༄། ཡོ་ལ་ཀ་རྒྱ།།

ཨ་ལེ་ཡིས་བརྩམས།

ཤར་ཆེན་ཉི་མས་བསྒྱུར།

བོད་ལྗོངས་བོད་ཡིག་དཔེ་སྙིང་དཔེ་སྐྲུན་ཁང་།

图书在版编目（CIP）数据

蘑菇圈 : 藏文 / 阿来著 ; 石达顿珠译. -- 拉萨 : 西藏藏文古籍出版社, 2024. 6. --

ISBN 978-7-5700-0977-0

Ⅰ. I247.5

中国国家版本馆CIP数据核字第2024FW4755号

蘑菇圈

作　　者　阿来
译　　者　石达顿珠
责任编辑　旦巴曲扎　央吉
终　　审　索朗次仁
封面设计　贡嘎桑布
排　　版　边卓玛
出版发行　西藏藏文古籍出版社
印　　刷　成都市川侨印务有限公司
开　　本　32开　（850mm×1168mm ）
印　　张　10.375
印　　数　01-3,000
字　　数　196千
版　　次　2025年3月第1版
印　　次　2025年3月第1次印刷
书　　号　ISBN 978-7-5700-0977-0
定　　价　24.00元

བསྒྱུར་གླེང་།

དྲང་པོས་གཞུང་བསྲང་རང་རྒྱུད་སྙིང་རྗེས་བརྟན། །
དྲན་དང་ཤེས་བཞིན་བག་ཡོད་རྒྱན་འཆང་བ། །
ཕུན་ཚོགས་ཚུལ་ཁྲིམས་ནོར་ལྡན་བློ་གྲོས་ཅན། །
འཛིག་རྟེན་མིག་གྱུར་རྣམ་པ་ཀུན་ཏུ་མཆོད། །

གཅིག །ཐོག་མའི་སེམས་བསྐྱེད།

དེ་ཡང་གངས་ཅན་སྐྱི་ནོར་བཅུ་ཕྲག་རིག་གཞུང་ནི་ཐོག་མར་རྩ་བ་ཚུགས། བར་དུ་ལོ་འདབ་རྒྱས། མཐའ་མར་འབྲས་བུ་སྨིན་པ་ཡིན་ཞིང་། རྩ་འབྲས་ལོ་འདབ་རྒྱས་པ་ལ་མེད་ཐབས་མེད་པ་ནི་སྒྲ་བསྒྱུར་རམ་ཡིག་སྒྱུར་ཡིན་ཏེ། འདི་ལ་བརྟེན་ནས་རང་གི་རིག་གནས་གྲ་ཇེ་རྒྱས་དང་། གཏོས་ཇེ་ཆེ། ཕུན་སུམ་ཇེ་ཚོགས་སུ་གྱུར་པས་སོ། །

འོ་སྐོལ་ལ་ལོ་ངོ་སྟོང་ཕྲག་ཡན་ཆོད་དུ་བྱེ་བྲག་རྟོགས་བྱེད་ཆེ་འབྲིང་ཆུང་གསུམ་བྱུང་ཞིང་། དབུས་སུ་རྒྱལ་བློན་བྱང་སེམས་དཔང་དུ་མཛད། གཡས་གཡོན་དུ་ལོ་པཎ་སྣན་ཐོག་གཅིག་ལ་བཞུགས་ཏེ། སំ་བོད་སྒྲ་བསྒྱུར་གྱི་ཆུ་མགོ་མཆེད་པས། བོད་སྐད་ཡིག་འདི་ཉིད་རིམ་བཞིན་ཆོས་དང་འཛིག་རྟེན་གྱི་དོན་སྟོན་པར་བརྗ་སྤྲོད་པའི་ནུས་པ་ཁྱད་པར་བ་དང་ལྡན་པའི་སྐད་ཡིག

ཏུ་གྱུར་ཅིང་། བསྟན་བཅོས་ལ་གྲགས་པའི་ཐ་སྙད་ཀྱི་གཏེར་མཚོ་བརྗོལ་ཏེ། གསུང་རབ་ཀྱི་པོ་ཏི་བྲག་རི་བརྩིགས་པ་བཞིན་མཇལ་དུ་ཡོད་དོ། །

དུས་རབས་ཉི་ཤུ་པའི་དུས་མཇུག་ཏུ་ཚུ་ངོགས་གཏམ་རྒྱུད་དང་། ཐོག་ཁང་དམར་པོའི་རྨི་ལམ་སོགས་སྒྲོལ་རྒྱུན་བརྩམས་སྒྲུང་དག་བསྒྱུར་ཕྲུས་མཐོན་པོའི་སྒོ་ནས་ཀློག་པ་པོའི་སྤྱན་སྔར་བཤམས་པས། སྙན་པ་གླིང་སྒྲུང་ལ་འགྲན་བཟོད་པའི་འཕྲིན་ལས་བྱུང་ཞིང་། བོད་ཀྱི་རྩོམ་རིག་གི་ཞིང་ས་དེ་བས་བརླན་ཞིང་གཤིན་པར་བྱས་སོང་། དེང་གི་ཆར་རྒྱལ་ནང་གི་རྩོམ་པ་པོ་གྲགས་ཅན་དག་གི་དཔེར་མཚོན་བརྩམས་ཆོས་རྣམས་མ་ལག་ཅན་དང་། འཕྲུལ་ཚད་ཅན་དུ་བསྒྱུར་བ་རེ་ཞིག་མཐུ་ཆུང་བ་ལྟ་བུར་གྱུར་པ་ནི་ཅུང་ཡིད་སྨུག་པའི་གནས་སུ་གྱུར་གཤིས། ཇི་སྐད་དུ་རྗེ་བཙུན་ཙོང་ཁ་པ་ཆེན་པོས་ཐོས་པའི་དོན་ལ་ནུས་པ་དང་མཐུན་པའི་ལག་ལེན་རེ་གནད་དུ་ཆེའོ་ཞེས་གདམས་པ་ཡིད་ལ་བརྣགས་ཏེ། རང་གིས་ནུས་པའི་སྒྲི་ཞུ་ཅུང་ཟད་བསྒྲུབ་ཐབས་ལ། གྲགས་རྩོམ་འགའ་ཞིག་གངས་ཅན་སྐད་དུ་ཕྱིན་འདོད་པ་ནི་སེམས་བསྐྱེད་པའོ། །

གཉིས། ནང་དོན་གནད་བསྡུས།

བརྩམས་སྒྲུང་འདིར་སྟོད་ཀྱི་འཛིག་རྟེན་ལས་བསོད་སྨོན་གྱི་འཚོ་གནས་དང་འབྲེལ་བའི་ཤ་མོ་ལུ་གུ་རྒྱུད་ཀྱི་གནས་ཡུལ་གསང་བ་དང་། བཙུད་ཀྱི་སེམས་ཅན་ལས་བསོད་སྨོན་གྱི་བརྩེ་དུང་གི་གསང་བ་ཐིག་སྐྱེར་བཟུང་སྟེ། རྒྱལ་རོང་བྱུད་མེད་ཀྱི་སེམས་ཁམས་དགེ་སྟོབས་ཅན་དང་། རང་དབང་ཅན་

བརྒྱུད། འཚོ་གནས་དང་མི་གཞིའི་འགལ་འདུ་མངོན་པར་ཕྱུངས་ནས། དུས་རབས་ཤིག་གི་འཕེལ་རྒྱས་བྲིས་ཡོད་ཅིང་། འཕེལ་རྒྱས་ཞེས་པ་དོན་དམ་པར་ཅི་ཞིག་ཡིན་པར་མཉེ་བསམ་ཟབ་མོ་བྱས་ཡོད། བརྩམས་ཆོས་འདི་ཉིད་ལ་ས་ཁྱི་༢༠༡༨ལོར་སྐབས་བདུན་པའི་ལྷའུ་ཞུན་རྩོམ་རིག་བྱ་དགའི་སྒྲུང་འབྲིང་བྱ་དགའ་ཐོབ།

གླེགས་བམ་འདིར་བསྟན་པའི་དབྱར་རྩྭ་གསུམ་ནང་རྣམ་རིག་བཀྲ་བའི་སློབ་མ་སངས་རྒྱས་ཀྱིས་ཁྱིམ་གྱི་འཚོ་བ་རྗེ་ལེགས་སུ་གཏོང་ཆེད། སློབ་གྲྭ་བྱས་ཏེ་དབྱར་རྩྭ་བཙོ་བར་ཕྱིན་པའི་བྱུང་རིམ་བརྒྱུད། སངས་རྒྱས་ཤེས་འདོད་ཀྱིས་བཅིངས་ཐབས་སུ་ཕར་ལ་དབྱར་རྩྭ་སྤྲད་དེ་ཚུར་ལ་ཤེས་བྱ་ཀུན་བཏུས་ཀྱི་དཔེ་ཆ་ལོན་ཐབས་བྱས་པའི་ཐིག་སྐྱེ་དང་། དབྱར་རྩྭ་སྐྱེ་བ་དང་། བཙོ་བ། ཉོ་ཚོང་། ཉར་ཚགས། སྐྱེལ་འབུལ། ལོངས་སྤྱོད་བཅས་ཀྱི་ཐིག་སྐྱེ་གཉིས་འོ་ཆུ་བཞིན་འདྲེས་པར་བྱས་ཡོད་ཅིང་། བརྩམས་སྒྲུང་འདི་གཉིས་ནི་སྐྱེ་ཁམས་རྩོམ་རིག་དཔེར་མཚོན་དུ་གྱུར་པ་ཞིག་ཀྱང་ཡིན་ནོ། །

གསུམ། རྩོམ་པ་པོ་ངོ་སྤྲོད།

ཨ་ལེ་ལགས་ནི་ས་ཕག་༡༩༥༩ལོར་སི་ཁྲོན་འབར་ཁམས་སུ་འཁྲུངས་ཤིང་། ཆུ་ཁྱི་༡༩༨༢ལོར་གསར་རྩོམ་ལ་ཞུགས། ཐོག་མར་སྙན་ངག་མང་དུ་བྲིས་ཤིང་། བར་དུ་དུས་དེབ་ཀྱི་གཙོ་སྒྲིག་པ་ཡང་བྱས། ལྕགས་འབྲུག་༢༠༠༠ལོར་སྒྲུང་རིང་རྟུལ་འཚུབ་གཏན་འཇགས་ཞེས་པས་མའོ་ཏུན་རྩོམ་རིག་བྱ་དགའི་ཅོད་པན་བཞེས་ཤིང་། དཔར་གྲངས་ཁྲི་ལྔ་བརྒྱ་ལྷག་བརྒལ་བའི་བྲིན་བདེའི་

དཔེ་ཆར་གྱུར། ས་གླང་༢༠༠༩ལོར་སྒྲུང་རབས་ཆེན་མོ་གླིང་སྒྲུང་བསྒྱུར་འབྲི་བྱས་པའི་སྒྲུང་རིང་གེ་སར་རྒྱལ་པོ་དང་། ཤིང་རྟ་༢༠༡༤ལོར་ལོ་རྒྱུས་དོན་རྐྱེན་གཞིར་བྱས་པའི་སྒྲུང་རིང་ལྷུགས་མདུད་དང་། ས་ཕག་༢༠༡༩ལོར་རང་བྱུང་ཁམས་ཀྱི་ཉེར་འཚོ་རྒྱབ་ལྗོངས་སུ་བྱས་པའི་སྒྲུང་རིང་སྤྲིན་གྱི་ཞིང་ཁམས་སོགས་བརྩམས་སྒྲུང་མང་། ཁོང་གིས་གཏིང་ཟབ་པའི་མདོ་བསམ་དང་། རྗེས་དཔག་གི་རིགས་ལམ་ལས། ཕ་ས་ཕ་ཡུལ་གྱི་མི་སྣའི་འཚོ་བ་བཞེངས་སྐྲུན་བྱས་ཏེ། ཤེས་རིག་ལ་སྙེར་ཚུགས་ཀྱི་ལྟ་བ་བཟུང་བས། གྲུ་ཟུར་དུ་ལུས་པའི་ཡུལ་ཕྱོགས་ཤིག་ཀུན་གྱིས་དོ་སྣང་བྱེད་ཡུལ་དུ་གྱུར་པ་བྱས་སོ། །

དཀར་ཆག

ཞྭ་མོ་ལུ་གུ་རྒྱུད།

སྔོན་ཆད། ཤུ་མོ་ནི་སྐྱིད་གྲོང་བས་ཤུ་མོའི་རིགས་སུ་གྱུར་པ་མཐའ་དག་གི་སྤྱི་མིང་དུ་བྱེད།

ཟླ་བ་ལྔ་པའམ་དྲུག་པ་ཙམ་ལ་ཤུ་མོ་སྤང་ལྗིབས་སུ་ཐོག་མར་ཐོན། དེ་ནི་ནོར་ལུག་འཚོ་ཡུལ་གྱི་སྤང་ལྗོངས་བདེ་མོ་དག་རེད། དུས་ཚིགས་འདིར་སྤང་ལ་ཤུ་མོ་རྩེ་ཐོག་ཅི་དཀར་བཞད། མཚན་ཆར་ཞིག་གིས་ཤུ་མོ་གཞུང་ཧ་དྲང་པོ་དང་འཁྱོག་པོ་ཅི་རིགས་འཚང་ཁ་ཤིག་ཤིག་ཏུ་སྐྱེས། སྤང་ཐོག་ཏུ་སླང་མ་དང་། སྨུག་ཤད། སྐྱེར་པ་སོགས་ཤིང་ཕྲན་ཚོམ་བུར་ཡོད་ཅིང་། ཤིང་ཕྲན་གྱི་གྲིབ་བསིལ་འོག་ཏུ་སྤང་རྩྭ་ཤིན་ཏུ་མགྱོགས་པར་འཚར་བའི་རྣམ་པ་མངོན་ཆུང་ལ། འདམ་ཆུ་ཙུང་ཟད་ཡོད་ས་དག་ནི་སྔོང་རྩ་འཁྱོག་པོ་དང་གྲོག་ཤིང་རེད།

ཟླ་བ་ལྔ་པའམ་དྲུག་པ་ཙམ་གྱི་ཉིན་ཞིག་རི་ཚོགས་ཀྱི་ཁྲོད་དུ་ཁུ་བྱུག་གི་གསུང་སྐད་གློ་བུར་དུ་གྲག །གསུང་སྐད་དེ་ནི་དྲོ་ཞིང་འཇམ་པའི་རླུང་བུས་འཁྱེར་ཡོང་། གསུང་སྐད་ན་བར་འཛེབས་པས་རི་གླུང་ཚང་མ་སྤར་བས་ལྟ་ན་སྡུག་པར་གྱུར།

ཁུ་བྱུག་གི་གསུང་སྙན་ཁྲོད་དུ་ཉིན་མོ་ཛེ་རིང་དུ་ཕྱིན།

ཨ་མ་བསོད་སྒྲོན་གྱིས་བྱ་རྒྱལ་ཁུ་བྱུག་མ་ཕེབས་ན། གསུང་སྙན་ལྷང་ལྷང་མ་བསྒྱུར་ན། ཉིན་མོ་ཛེ་རིང་དུ་མ་ཕྱིན་ན། དབྱར་ལོར་སླིང་པོ་དེ་ཙམ་མེད་ཟེར།

དེ་དུས་ཨ་མ་བསོད་སྒྲོན་ནི་ལང་ཚོ་མ་སྨིན་པའི་བུ་མོ་བསོད་སྒྲོན་རེད།

སྐབས་དེར་ཕལ་ཆེར་ཤིང་ལུག་༡༩༥༥ལོ་རེད། སྐྱིད་གྲོང་ལ་དམག་མིར་

འགྲོ་མཁན་མེད། ལས་ཀར་ཞུགས་ཏེ་རྒྱལ་ཁབ་ཀྱི་ལས་བྱེད་པ་བྱེད་མཁན་མེད། རྫོང་གྲོང་ཞིང་ལས་སློབ་གྲྭར་འགྲོ་མཁན་མེད། ལམ་བཟོ་རུ་ཁག་གི་གཞུང་ལམ་བཟོ་བར་འགྲོ་མཁན་ཡང་མེད་པས། གྲོང་སྡེའི་སྤྱི་ལེ་ལྷ་བཅུའི་སར་ཡོད་པའི་རིན་ཆེན་རྣམ་རྒྱལ་གླིང་གི་རབ་བྱུང་བཙུན་པ་རྣམས་ཀྱིས་ཁུ་བྱུག་གི་གསུང་སྙན་ཐོག་མ་དེ་ཐོས་ངེས། ནགས་རི་ནས་ཁུ་བྱུག་གི་གསུང་སྙན་མཆེད་དུས། མི་རྣམས་ཀྱིས་ལག་གི་ལས་འཕྲོ་བཞག །གཏམ་གྱི་ཤོད་འཕྲོ་བཞག །ཞིབ་ཉན་བྱས་རྗེས་ད་ནི་ཤྭ་མོ་ཐོག་མར་འབྱུ་དུས་སུ་སླེབས་ཟེར། ད་དུང་གཏམ་གཞན་ཡོད་མོད་དེ་དག་རླུང་ཕྱུས་འཕྱེར་བས། གཏམ་འདི་ལོ་ལྟར་མི་རྣམས་ཀྱིས་སྨྲ་བཞིན་ཡོད།

བྱ་ཁུ་བྱུག་གསུང་སྙན། མི་ང་ཚོ་རིང་། ལོ་གཅིག་ལ་ཁུ་བྱུག་གི་གསུང་སྙན་ཐོག་མར་བསྒྱུར་དུས་སྐྱིད་གྲོང་གི་བསྐྱར་ཟློས་ཡང་ཟློས་བྱེད་པའི་འཚོ་བ་དེ་རེ་ཞིག་འཕྲལ་སྤྱོད་བྱས། ཞིབ་ཉན་བྱས། དེ་ནས་གཏམ་སྨྲ་བཞིན། འཚོ་བར་རོལ་བཞིན་ཡོད།

དེ་དུས་ཞོ་གསར་སྤྲུངས་འདྲའི་སྤྲིན་དཀར་གྱི་ཕུང་པོ་ལས་ཉི་འོད་འཚེར།

སུས་ཀྱང་སྐྱིད་གྲོང་ནི་གངས་འདབས་ཀྱི་རི་སུལ་འདིར་ཆགས་ཏེ་ལོ་ངོ་ཅི་ཙམ་ཕྱིན་པ་མི་ཤེས། འོན་ཏེ་ལོ་ལྟར་ཁུ་བྱུག་ཕེབས་སྐབས། ཁམ་སྡོང་ཞིག་གམ་སྒྲོ་སྡོང་ཞིག་ཏུ་བབས་ཏེ། ལུས་པོ་ལོ་འདབ་ཀྱི་གྲིབ་གཟུགས་ནང་དུ་སྦས། སྙི་བུར་དུ་སྐད་གསངས་མཐོན་པོས་རྣ་བར་འཇེབས་པའི་གསུང་སྙན་བསྒྱུར། དེ་བས་ལོ་ལྟར་སྐྱིད་གྲོང་གི་དཔྱིད་ཟླ་འབྲིང་པོའི་འཚོ་བ་རེ་ཞིག་འཕྲལ་སྤྱོད་བྱེད། ཞིང་ཁར་རྩྭ་བཏང་བའི་སོ་ནམ་པ་དང་། འབྲོག་སར

རིབ་མ་བསྣ་བའི་ཕྱུགས་རྫི་བས་ལག་གི་ལས་ཀ་བཞག །སྐིད་པ་དགྱེ་སྟེ། ཞིབ་ཉན་བྱེད། ལན་གཅིག །ལན་གཉིས། ལན་གསུམ། བཞི་ལྔ་དྲུག་བདུན། དེ་རྗེས་སྐིད་པ་སྤྲུར་ཏེ་ལས་ཀ་མུ་མཐུད་བྱེད། འཚོ་བའི་ཁྱུར་པོ་ལྷི་མོས་ལུས་ཀྱི་སྐིད་པ་རྟག་ཏུ་དགྱེ་མི་ཐུབ་པར་ངོ་གདོང་ས་ནག་ལ་གཏད་དེ་ངལ་ལས་འབའ་ཞིག་བྱེད་དགོས་ཙང་། དུས་སྐབས་འདིར་སླེབས་དུས་བྱུས་ནས་ཚར་དུ་མེད་པའི་ལས་ཀ་རྣམས་བཞག །སྐིད་པ་དགྱེ་སྟེ་དུས་ཚོད་ཧེ་ལེགས་སུ་འགྲོ་བའི་གསུང་སྙན་ཞིབ་ཉན་བྱས། ཐ་ན་ཨ་སྟོན་གནམ་ལ་བལྟ་ཞིང་། སྤྲིན་གྱི་རྒྱུ་ཕྱོགས་ལ་ཡང་བལྟ།

སྐྱིད་གྲོང་ཙམ་མ་ཟད། ཉེ་འཁོར་གྱི་གྲོང་སྡེ་དག་ལ་ཡང་དཔྱིད་ཟླ་འབྲིང་པོའི་སྤྲ་རྡོ་ཉེ་མ་ལྷག་ཏུ་འཚེར། རྩྭ་དང་རྩི་ཤིང་། ཆུ་དང་རི་བྲག་ནས་ཀྱང་འོད་ལམ་ལམ་དུ་འཚེར་དུས་ལྷ་ན་སྡུག་ཅིང་དུས་ཡུན་ཐུང་བའི་འཕྲལ་སྣོད་བྱེད། སྐྱིད་གྲོང་ཙམ་མ་ཟད། སྐྱིད་གྲོང་གི་ཉེ་འཁོར་གྱི་གྲོང་སྡེ། ཉེ་འཁོར་གྱི་གྲོང་སྡེའི་གཡས་གཡོན་དུ་ཡོད་པའི་གྲོང་སྡེ་དག་གིས་ཀྱང་དུས་ཚོགས་འདི་ལ་བྱིན་ཆགས་པའི་འཕྲལ་སྣོད་བྱེད། གྲོང་སྡེ་འདི་དག་ནི་ཤར་རྒྱལ་མོ་ཚ་བ་རོང་ཆེན་ཏེ། དབུས་དམུ་རྗེ་ལྷ་རི་གཉན་ཆེན་ལ་མཐུ་ཆེན་སྐུ་བླ་རྣམ་གསུམ་དང་། བཀའ་བློན་གཉན་ཆེན་སྡེ་བཞི་སོགས་རི་ཕྲན་དྲུག་ཅུ་རྩ་བཞིས་བསྐོར་བའི་རོང་ཆེན་ལྕགས་སྒྲོག་དཔྱང་འདྲ་བ་རྒྱལ་རོང་རྒྱལ་ཁག་བཅོ་བརྒྱད་ཆགས་ཡུལ་དེ་རེད།

འཕྲལ་སྣོད་དེ་ཐོན་དུས་གྲོང་སྡེ་གཞན་གྱི་མི་རྣམས་ཀྱིས་ཞིབ་ཉན་བྱས་རྗེས་ཅི་ཞིག་བཤད་པ་སྐྱིད་གྲོང་བས་མི་ཤེས། འོན་ཏེ་སྐྱིད་གྲོང་བ་ཞིག

གིས་ངེས་པར་དུ་འདི་ལྟར་སྨྲ་སྟེ་ད་ནི་ད་ལོའི་ཤྭ་མོ་ཐོག་མར་འཐུ་དུས་སུ་སླེབས་ཟེར། གཏམ་རྒྱུད་ཀྱི་མགོ་ཚུགས་དུས་ནི་ཤིང་ལུག་༡༩༥༥ལོའམ་མེ་སྤྲེལ་༡༩༥༦ལོར་རེད། མི་རྣམས་ཀྱིས་དུག་མེད་ཤྭ་མོར་རིགས་དབྱེ་ཐོག་མར་བྱས། ཁྲུ་བྱུག་གི་གསུང་སྐད་བསྒྱུར་དུས་ཏེ་ཤིང་ལུག་༡༩༥༥ལོའམ་མེ་སྤྲེལ་༡༩༥༦ལོར་སྐྱིད་གྲོང་བས་ལྟོས་དང་། ད་ནི་ཁྲུ་བྱུག་གྲོད་པུ་འཐུ་རན་ཟེར།

རེད། ཁྲུ་བྱུག་གྲོད་པུ་ནི་སྐྱིད་གྲོང་གི་ན་ཕྱང་ཐོག་ཏུ་སྐྱེས་པའི་ཤྭ་མོ་ཐོག་མ་དེ་རེད། ཁྲུ་བྱུག་གྲོད་པུ་ནི་སྐྱིད་གྲོང་བས་མིང་གནད་ལ་འཁེལ་བ་ཤེས་པའི་ཤྭ་མོ་ཡང་དེ་རེད།

ཤྭ་མོ་དེ་དག་རྣ་བར་འཛེབས་པའི་ཁྲུ་བྱུག་གི་གསུང་སྐད་ཁྲིད་དུ་ན་ཕྱང་གི་མཚམས་དང་ཤིང་ཕྲན་གྱི་འདབས་སུ་སྐྱེ་བཞིན་ཡོད།

དེ་ནི་ནགས་ཁྲུལ་གྱི་ས་བཅུད་ལེགས་ལ་ས་རྒྱུ་གཤིན་པའི་ས་ནག་ཅིག་རེད། ས་ནག་ལ་ལོ་རྙིད་དང་། སྤོང་སྐམ། རྩྭ་ཕྲན། གྲོག་ཤིང་སོགས་འདྲེས་ཤིང་། ནགས་སའི་དཀྱིལ་དུ་འཛམ་ལ་སྐྱེ་བའི་ཁྲུ་བྱུག་གྲོད་པུས་ཁ་ཁྲུ་སིམ་མེར་རམས་ནག་ལྟ་བུའི་མགོ་འབུར་འབུར་བྱེད། དེ་དུས་ཁྲུ་བྱུག་གི་གསུང་སྐད་བསྒྱུར། དེ་བས་སྐྱིད་གྲོང་གི་ཕྱང་ལྗེབས་སུ་ཡོད་པའི་ཁྲུ་བྱུག་གྲོད་པུ་ཡིས་གྲོང་སྡེ་ཡོངས་དང་འདྲ་བར་འཕྲལ་སྤོད་ཡུད་ཙམ་བྱེད། གསུང་སྐད་ལན་འགའ་ཞིབ་ཉན་བྱེད། འཚོ་བ་དང་དུས་ཚོད་ཀྱི་ལྟ་སོས་འཕྲལ་སྤོད་འཕེབ་མནན་པས། རི་འདབས་དང་། གཙང་འགྲམ་དུ་ཡོད་པའི་སྐྱིད་གྲོང་གི་ཤིང་ཁང་དང་རྫོ་ཁང་ཐོག་ཏུ་འཕུར་བའི་དུ་བ་སྤོ་ཆུར་ཡང་འཕྲལ་སྤོད་བྱས།

བྱ་སྐད་གཅིག་གིས་ཁྱབ་པའི་འཇིག་རྟེན་ནི་འདི་ལྟར་དབེན་ཞིང་འཇམ།

སྔོང་སྐྱེས་དང་མངལ་སྐྱེས། སེམས་ལྡན་དང་སེམས་མེད་ཐམས་ཅད་ཀྱིས་ཞིབ་ཉན་བྱས།

འཕྲུལ་སྟོད་འཕེབ་ཀྱི་སྔོ་ཟླ་ཕྱེ། གྲོང་སྡེའི་ནང་དུ་བ་སྤོ་རྒྱུར་སླར་ཡང་ཐོན། ཁུ་བྱུག་ཙམ་མ་ཟད། བྱ་གཞན་གྱི་སྐད་ཀྱང་གྲག །འཇོལ་མོ་དང་། ཅོ་ག །ཨ་ཕོ་ལུག་རྫི་སོགས་ཡོད། འཛམ་གླིང་མདུན་དུ་བསྐྱོད། འཚོ་བར་མུ་མཐུད་དུ་རོལ།

རྐེ་ལམ་ལྟར་ཁུ་བྱུག་གྲོད་ཕུ་འཐོད་པའི་དུས་དེ་ནས་ཤྭ་མོ་དེ་དག་རིམ་བཞིན་སྐྱེས།

ད་ལྟ། ད་ལྟ་ཤྭ་མོའི་མགོ་ནགས་ས་ལས་ཐོན། ད་ལྟ་ཤྭ་མོའི་ལུས་ལ་སྐྱེས་སྟོབས་ཀྱི་དཔལ་འབར། འཇབ་བུར་སྲ་ཞིང་བརྟན་པོས་ས་ངོས་སུ་སྐྱེ། ད་ལྟ་ཤྭ་མོ་ནགས་ས་དང་ལོ་རྙིང་གི་གསེབ་ནས་མངོན་པར་གསལ། ཤྭ་མོ་ས་ངོས་སུ་ཐོན། ཤིང་སྡྲན་གྱི་ལོ་འདབ་གསེབ་ལས་འོད་ཐིག་འགའ་ཤྭ་མོར་འཕྲོས། རླུང་བུ་ལྷང་བས་ལོ་འདབ་གཡོ། འོད་ཐིག་དག་ཀྱང་ཤྭ་མོ་ལས་གཟུར་ཏེ་ས་ངོས་སུ་ལྷུང་། འོན་ཏེ་སེམས་འཚབ་བྱེད་མི་དགོང་། འོད་ཐིག་གཞན་ཞིག་སླར་ཡང་ཤྭ་མོར་འཕྲོ་སྲིད།

ཤྭ་མོ་ནི་ཤིང་གི་གྲིབ་བསིལ་འོག་ཏུ་ཁ་མ་ཕྱེ་བའི་ཆར་གདུགས་ཤིག་དང་འདྲ། སྔོད་ཀྱི་ཆ་ནི་དབུ་གདུགས་རམས་མདོག་ཅན་ཞིག་རེད། སྨད་ཀྱི་ཆ་ནི་སྦོམ་ཕྲ་མཐེ་བོང་ཙམ་གྱི་ཤྭ་ཡུ་གྲུ་གྲུ་ཅན་ཡིན་ཞིང་། དེ་ནི་ཆར་གདུགས་ཀྱི་ལག་འཛུ་རེད། ཤྭ་མོ་ནི་ཁིར་རྒྱང་ག་ལ་ཡིན། འདིའི་གཡས་

གཡོན་དུ་འདི་དང་དེ་འདྲ་བའི་ཤྭ་མོ་སྐྱེ་བའི་བརྒྱུད་རིམ་དག་བསྐྱར་ཟློས་བྱེད་བཞིན་ཡོད། ནགས་ས་དང་ལོ་ཏོག་ཞིང་ཁ་ལ་ཕུད། དབུ་གདུགས་ས་ངོས་ནས་ཐོན་ཏེ། འཛིག་རྟེན་གྱི་ལྗིད་མོར་ཡོང་བཞིན་ཡོད། ལྷུང་བུ་རྒྱུ་བས་ཤྭ་མོར་དམིགས་བསལ་གྱི་དྲི་ངད་ཅིག་ཀྱང་འཕྲུལ། ཉི་འོད་ལོ་འདབ་བརྒྱུད་དེ་དབུ་གདུགས་ལྷ་བུའི་སྟོད་ཆར་འཐོར་པ་ནི། སྐྱེ་འཕྲོས་རིག་པ་ལྟར་ན་མུ་ལ་མུ་སྲིལ་གྱི་བུང་ཚང་ལྷ་བུའི་ཀོང་བུ་ཡོད། དེ་ནི་བུང་ཚང་ལ་དཔེ་འགྲན་བྱས་པ་མ་ཡིན་པར་ཕྱི་ནང་སློག་པའི་ལུག་གི་གྲོད་པ་དང་མཚུངས། དེ་བས་སྐྱིད་གྲོང་གི་རི་ལྷེབས་སུ་ཐོག་མར་ཐོན་པའི་ཤྭ་མོ་ལ་སྐྱེ་འཕྲོས་རིག་པ་ལྟར་ན་ལུག་གྲོད་ཤྭ་མོ་ཟེར་ཞིང་། བོད་སྐད་དུ་ཁྲུ་བྱུག་གི་གསུང་སྙན་བསྒྱུར་དུས་གྲོད་ཕུ་འདྲ་བའི་ཤྭ་མོ་འདི་སྐྱེས་པས་ཁྲུ་བྱུག་གྲོད་ཕུ་ཟེར།

ཁྲུ་བྱུག་གི་གསུང་སྙན་བསྒྱུར་བའི་ཉིན་དེར་རི་ལྷེབས་ཀྱི་ཕྱུགས་རྫི་དང་རྫོན་པ། ཡང་ན་སྨན་འཐུ་བ་ཅི་ཞིག་ཡིན་རུང་གསུང་སྙན་ཐོས་དུས། ཤིང་ཕྲན་གྱི་འདབས་སུ་མིག་ཐུལ་བྱས་ན་ལོ་འདིའི་ཤྭ་མོ་ཐོག་མ་དེ་མིག་ལམ་དུ་མངོན་ངེས། ཁོ་ཚོས་མ་གྲོས་གཅིག་མཐུན་དུ་ཤྭ་མོ་བཏུས། རྒྱུག་ཆུའི་འགྲམ་དུ་ལྕུམ་གྱི་ལོ་མ་འགག་བཏུས་ཏེ་དེའི་ནང་དུ་ཤྭ་མོ་ཐུམ་སྒྲིལ་བྱས། དེ་ནས་རྒྱུག་ཆུ་བསིལ་མའི་ནང་ཐུམ་སྒྲིལ་སྦང་ནས་ཉི་མ་ནུབ་རིར་བཞུད་སྐབས་ཁྱིམ་དུ་འཁྱེར་སྲོལ་ཡོད།

ང་ནུབ་སྐྱིད་གྲོང་གི་ཁྱིམ་ཚང་མང་ཆེ་བས་ཤྭ་མོ་ལོངས་སུ་སྤྱོད། ང་འཛིན་ལྕེ་ཡི་བཅུད་དུ་གྱུར་པའི་ཤྭ་མོའི་བྲོ་བ་མྱངས།

ཤྭ་མོའི་གཡོས་སྦྱོར་ཡང་སྟབས་བདེ་སྟེ། འོ་མའི་ནང་སྐོལ་བཞིན་ཡོད།

དུས་ཚིགས་འདིར་སྒོ་ཕྱུགས་མོ་དག་གིས་ཟླ་བ་གཉིས་གསུམ་ཡོན་པའི་བེའུར་འོ་མ་བླུད་ཅིང་། ཉུ་མ་ཟླུམ་ཞིང་རྒྱས། སྣུམ་འདོན་མ་བྱས་པའི་འོ་མ་ཤིན་ཏུ་གར་ཞིང་། ཁུ་བྱུག་གྲོད་པུ་འཇམ་ལ་སྙི་བས། གཡོས་སྦྱོར་གྱི་རོ་བྲོ་སྨྲར་མི་གཏུབ། འོན་ཏེ་འདི་ལས་སྐྱིད་གྲོང་དུ་དབང་པོའི་ཚོར་ཤེས་ལ་ཤིན་ཏུ་སྲིད་པའི་བྲོ་ཞིམ་གྱི་རིག་གནས་ཤིག་མ་མཆེད། ཕོ་ཚོས་ཤ་མོ་སོས་པ་འཐུ་བའི་དོན་སྙིང་གཞན་ཞིག་ནི་འཇིག་རྟེན་ཁམས་ཀྱིས་བསྐུལ་བའི་ལེགས་སྐྱེས་འདི་དག་ལ་གཏང་རག་དང་དགའ་ཚོར་བྱེད་པ་འདྲ། དེ་རྗེས་ཕོ་ཚོས་ཕྱོགས་བཞིར་སྐྱེས་པའི་བྲོ་ཞིམ་ཤ་མོ་ཡང་རི་སུལ་དུ་བརྗེད་པ་ལྟར་སྣང་།

མིག་མདུན་དུ་ཤ་གདུགས་ཕྱེ། ཕྱི་རྒྱབ་ཉམས་ཅན། ནང་ཤ་སུལ་ཕྱུགས་ཀྱི་གྲོད་པ་འདྲ་བ་མཐོང་སོང་། ཕོ་ཚོས་སྣང་མེད་བྱེད། མིག་མདུན་དུ་ཤ་གདུགས་ཆར་པས་བརྡུངས་ཤིང་ རླུང་བུས་གཙེས། རིམ་གྱིས་རུལ་ཞིང་སྐམ། མཛེས་སྡུག་གི་ཕུང་པོ་ཆ་ཧྲུལ་མ་ཧྲུལ་སོན་ཕུང་སོགས་ལ་གྱེས། སླར་ཡང་ནགས་སའི་ཁྲོད་དུ་ཐིམས། དེ་ལྟ་མོད་ཀྱང་ཕོ་ཚོ་སེམས་མི་སྐྱོ་ཞིང་ཅན་དན་སོལ་བར་བཏང་མི་སྙམ་པར། ལྟོ་སྐྱུ་གོས་ཧྲུལ་གྱི་འཚོ་བ་ལོ་ཟླའི་ཕྲེང་བར་སྤྲེལ་བཞིན་ཡོད།

སྐབས་དེར་ལས་དོན་ཚོ་ཆུང་སྐྱིད་གྲོང་དུ་སླེབས་མོད་དེ་ལྟར་རེད།

སྐབས་དེར་ལས་དོན་ཚོ་ཆུང་གིས་བྱ་དངོས་ལ་འཛིན་པའི་ལྟ་བ་གསར་པ་ཞིག་དྲིལ་སྒྲིག་བྱས་ཀྱང་དེ་ལྟར་རེད།

ལྟ་བ་འདི་ལ་དངོས་པོའི་ནུས་པ་ཅི་ཡོད་བེད་སྤྱོད་གཏོང་བ་ཞེས་བྱ། ལྟ་བ་འདི་ལ་ཐོན་ཁུངས་འཕྲོ་བརླག་མི་གཏོང་བ་ཞེས་ཀྱང་བྱ།

ལྟ་བ་འདིའི་རྒྱབ་ཏུ་ད་དུང་གཏིང་རིམ་དུ་ལུས་པའི་ལྟ་བ་ཞིག་ཡོད་པ་ནི་གསར་པ་ཡིན་ན་སྔོན་ཐོན་དང་། རྙིང་པ་ཡིན་ན་རྗེས་ལུས་རེད།

ལས་དོན་ཚོ་ཚུང་གིས་མིག་རྒྱང་ཡངས་པོས་འདིར་དམ་ཟས་བཟོ་གྲྭ་ཞིག་འཛུགས་དགོས་ཟེར། དབྱར་ཁ་དང་སྟོན་ཀ་བྲོ་ཞིམ་ཤྭ་མོ་འབྲུ་ཚོག །སྟོན་མཇུག་དང་དགུན་སྟོད་ནི་བྲོ་བ་ལེགས་ཤིང་འཚོ་བཅུད་ཕུན་སུམ་ཚོགས་པའི་ཤིང་འབྲས་འབྲུ་ཚོག །ཚུ་སྟོན་དང་། སེར་ཐིང་ཐིང་གི་སྐར་བུ་ལྟ་བུ་རེད། སྐྱིད་གྲོང་དུ་འདི་དག་ནི་བྱིས་པའི་སིལ་ཟས་ཡིན་ཞིང་། མང་ཤོས་ཤིག་ནི་བྱ་བྱེའུ་ཡི་གཟན་དང་དོམ་ནག་གི་ཟས་རེད།

བསམ་བློ་གསར་པ་འདི་ལྟར་ན་བཙད་མི་ཚོག་པའི་ནགས་ཀླུང་དག་སྤྱི་ཚོགས་རིང་ལུགས་ཀྱི་མཁར་ཆེན་བསྐྲུན་ཆེད་དུ་སྤྱད་པ་ཡང་བསམ་མེད་ཀྱི་ཐིག་པ་ཙི་ལ་མིན། རྗེས་སུ་སྐྱིད་གྲོང་གི་གདོད་མའི་ནགས་ཚལ་དག་ལོ་ངོ་བཅུ་ཡི་རིང་ལ་ཤིང་ནགས་ལས་ཟུད་ཀྱིས་བཙུགས་པའི་ཤིང་གཅོད་ར་བས་ཁྱུར་མིད་དུ་བཏང་སོང་། ལས་དོན་ཚོ་ཚུང་གིས་བློ་བཀོད་བྱས་པའི་དམ་ཟས་བཟོ་གྲྭ་ནི་སྐྱིད་གྲོང་དང་སྐྱིད་གྲོང་གི་ཉེ་འཁོར་དུ་ད་དུང་མ་ཐོན། འདི་དག་ནི་ཕྱིས་ཀྱི་སྐད་ཆ་རེད།

ཤིང་ལུག་༡༩༥༥ལོ་དང་མེ་སྤྲེལ་༡༩༥༦ལོར་ཤྭ་མོའི་དུས་ཚིགས་སླེབས་དུས་ལས་དོན་ཚོ་ཚུང་གིས་ཐོག་མར་ཁུ་བྱུག་གྲོད་ཕུ་ཟ་བཞིན་ཡོད། སྐྱིད་གྲོང་གི་སྲོལ་རྒྱུན་གསོས་སྦྱོར་དང་བྱིས་པས་རྩེད་ཐབས་སུ་བྱས་པའི་སྐམ་བསྲེགས་ནི་རྣམ་པ་ཆིག་རྒྱང་ཙམ་རེད། ཁོ་ཚོ་ལ་རང་རང་གི་ཕུན་སུམ་ཚོགས་པའི་གསོས་སྦྱོར་ཡོད། ཁོ་ཚོས་ཕག་ཤ་དམ་ཟས་དང་ཤྭ་མོ་ལྷན་

ངུ་བརྔོས་པའི་གྲོ་བ་ནི་འགྲན་གྱི་ཟླ་མེད་ཅིག་རེད། ལམ་སྟོན་གྱི་སྒྲོན་མེ་ལྷ་བུའི་མི་འདི་དག་ནི་ལྷེ་ཡི་གྲོ་བར་འདི་ལྟར་སྤྱོད་པའི་རྒྱུ་མཚན་སྐྱིད་གྲོང་བས་ག་ལ་ཞེས། ཁྱིམ་ཚང་ཅིག་གིས་སྙོམ་རྩིས་བྱས་པ་ལྟར་ན་ལས་དོན་ཚོ་ཆུང་ངུ་རོགས་རམ་ལ་མངགས་པའི་བུ་མོ་བསོད་སྒྲོན་གྱིས་དཀར་ཡོལ་ཆེན་པོ་ཞིག་འཁྱེར་ཏེ་ས་སྐྱོད་ཙམ་ལ་རང་ཁྱིམ་དུ་འོ་མ་ལེན་པར་ཡོང་པའི་གྲངས་ཀ་དབྱར་ཁ་འདི་ཁོ་ནར་ཉི་ཤུ་ལྷག་ཙམ་ཟིན་གྱི་ཡོད། དེ་བས་སྐྱིད་གྲོང་གི་ལས་དོན་ཚོ་ཆུང་གིས་ཁུ་བྱུག་གྲོད་པའི་དུས་ཚིགས་ལ་ཉུང་མཐར་ཡང་འོ་མས་གདུས་པའི་ཤ་མོ་ཐེངས་ཉི་ཤུ་ལྷག་ཙམ་བཟས་པ་རེད། རེད། ཉུང་མཐར་ཡང་ཉིན་ཉི་ཤུ་ལྷག་ཙམ་རེད། ཁུ་བྱུག་གྲོད་པའི་དུས་ཚིགས་ལ་ཟླ་བ་གཅིག་ལྷག་ཙམ་ལས་མེད། རེད། ཐེངས་ཉི་ཤུས་ཅི་ལ་ཚད། དེ་ནི་ཁྱིམ་ཚང་གཅིག་ལ་ཕྱིན་པའི་གྲངས་ཙམ་རེད། སྐྱིད་གྲོང་ལ་ཁྱིམ་ཚང་ཉི་ཤུ་ལྷག་ཙམ་ཡོད།

དྲིས་ལན་ཁ་གསལ་ཞིང་སྤབས་བདེ། དཔལ་ཡོན། བཟའ་བཏུང་རིག་གནས།

སྐྱིད་གྲོང་གི་ཤར་མགོར་གངས་རིའི་ཉག་ཁ་ལ་གཏད་པའི་གྲོག་ཤུར་ཞིག་ཡོད། སྔོན་ཆད་འདིར་མུ་མཐུད་ལོ་སུམ་ཅུ་ཙམ་ཕྱིན་ཚེ་ཛ་རྟའི་གནའ་ལམ་དུ་ཚུད་ངེས་པའི་འགྲོ་ལམ་ཞིག་ཡོད། གངས་རིའི་ཉག་ཁ་བརྒྱུད་དེ་ཡོང་ན། སྐྱིད་གྲོང་བརྒྱུད་ནུབ་ཕྱོགས་ཀྱི་རྫ་ཐང་དུ་སླེབས། དེ་བས་གྲོང་སྡེའི་ཤར་མགོར་སྔོན་ཆད་ཁྲོམ་ལམ་ཐུང་ངུ་ཞིག་ཡོད། འགྲུལ་ཚུགས་འདིར་ད་ལྟ་ཛ་རྟའི་གནའ་ལམ་ཟེར། ཁྲོམ་ལམ་ཐོག་ཕྱི་མིས་བཙུགས་པའི་རྟ་དྲིལ་ལ་

གཟན་རྩ་སྟེར་བ་དང་རྩིག་ལྕུགས་རྒྱག་སའི་མགྲོན་ཁང་ཞིག་དང་། ཚོང་ཁང་འགའ། ཟ་ཁང་འགའ། ལྕགས་བཟོ་བ་གཅིག་སོགས་ཡོད། བསོད་སྒྲོན་པོ་བཅུ་གཉིས་བཅུ་གསུམ་ཙམ་ལ་མགྲོན་ཁང་གི་གཡོག་མོ་བྱས་ཤིང་། ཉིན་ལྟར་རི་འདབས་ཀྱི་གཙང་པོའི་འཁྲིས་སུ་རྟ་རྩ་བཛ་བར་འགྲོ་དགོས། ཉིན་གང་དངོས་པོ་བཀལ་བའི་རྟ་དྲེལ་གྱིས་འགྲུལ་ཚུགས་ཀྱི་རྟ་རའི་ནང་དུ་མཚན་གང་རྩ་བཟའ། མིག་གདངས་བཞིན་བཟའ། མིག་བཙུམས་ཏེ་བཟའ། རྨི་ལམ་ནང་དུ་ཡང་བཟའ།

བསོད་སྒྲོན་ཡོད་སའི་མགྲོན་ཁང་གི་སྦྱིན་བདག་ནི་ལྷའུ་ཚང་རེད། དེར་བསོད་སྒྲོན་གྱིས་རྒྱ་སྐད་དམ་དུམ་འདྲ་དང་རྒྱ་ཡིག་ཡིག་འབྲུ་བརྒྱ་ཙམ་ཤེས། ཁོམ་པ་ཡོད་དུས་མགྲོན་ཁང་གི་གྱང་ལྷེབས་སུ་འབྲི་ཤེས་པའི་ཡི་གེ་རྟ། རྩ། ཛ། འགྲུལ་པ། རྒྱ་མ། སྲང་། ཉག །དངུལ། ཀ་ར་སོགས་བྲི་བཞིན་ཡོད།

ཤིང་རྟ་༡༩༥༩ལོར་ལ་ཐོག་ཏུ་གཞུང་ལམ་ཤར་གཏོང་བྱས། སྲིད་གཞུང་གིས་མཁོ་སྒྲོད་ཁང་བཙུགས། རླངས་འཁོར་གྱིས་དངོས་པོ་མང་པོ་བསྐྱལ་བས། ཁྲོམ་ལམ་ཉམས་རྒུད་དུ་ཕྱིན། ཚོང་ཁང་གཉེར་བའི་ཕྱི་མི་དེ་དག་ཀྱང་ཁྲོམ་མི་རྣམས་འཕྲིད་དེ་ནང་སའི་ཕ་ཡུལ་དུ་ལོག །ལྷའུ་ཚང་ཡང་ཁྲོམ་མི་དག་འཕྲིད་དེ་ནང་སའི་ཕ་ཡུལ་དུ་ལོག །

ཁྲོམ་ལམ་རྒུད་མ་ཐག་བསོད་སྒྲོན་ཁྱིམ་དུ་ལོག །རྒྱ་ཡིག་འབྲུ་རེ་གཉིས་ཤེས་ཤིང་། རྒྱ་སྐད་ཅུང་ཤེས་པས་མོ་ལས་དོན་ཚོ་ཆུང་དུ་བསྐོངས། དེ་དུས་ལས་ཀར་ཞུགས་པ་ཞེས་ཀྱང་སྨྲ། ཁུ་བྱུག་གྲོད་པའི་དུས་ཚིགས་སུ་འོ་མ་བྲི་གང་ཙམ་ཤོང་བའི་དཀར་ཡོལ་ཆེན་པོ་འཁྱེར་ཏེ་མི་ཁྱིམ་གཞན་ནས་ལས་

དོན་ཚོ་ཆུང་གི་ཚབ་ཏུ་འོ་མ་སྐྱོང་གི་ཡོད་པའི་བུ་མོ་དེ་ནི་བསོད་སྒྲོན་རེད། བསོད་སྒྲོན་ཞེས་པ་ཐོག་མར་འབྲི་མཁན་ཡང་ལས་དོན་ཚོ་ཆུང་གི་མགོ་ཁྲིད་ལེའུ་ལགས་རེད། ཁོས་དམག་གོས་རྙིང་པའི་བྲང་ངོས་ཀྱི་ཁྲུག་མ་ལས་སྨྱུ་གུ་བཏོན་ཏེ། བུ་མོ་འདི་སྤྱང་གྲུང་འཛོམས་པས་བསོད་སྒྲོན་ཞེས་བྲིས། གྲོང་སྡེར་བསོད་སྒྲོན་ཞེས་པ་གཞན་ཡོད་ཀྱང་ཚང་མ་བསོད་སྒྲོལ་ཞེས་བྲི་བཞིན་ཡོད།

བསོད་སྒྲོན་ལས་དོན་ཚོ་ཆུང་ལ་ཞུགས། མོ་སྙེམས་ཆུང་བས་དཀར་ཡོལ་ཆེན་པོ་ཞིག་འཁྱེར་ཏེ་གྲོང་སྡེའི་ཁྱིམ་ཚང་དག་ལས་འོ་མ་སློང་བ་ཙམ་མ་ཟད། སློ་མ་འཁྱེར་ཏེ་རྩོ་ཚོད་ཀྱང་སློང་གི་ཡོད། དེ་དུས་ཀྱི་སྐྱིད་གྲོང་བས་ད་ལྟ་དང་མི་འདྲ་བར་རྩོ་ཚོད་མང་པོ་འདེབས་མི་ཤེས། དེ་དུས་སྐྱིད་གྲོང་གི་ཞིང་ནང་དུ་ཞོག་ཁོག་དང་། ལབ། ཉུང་མ་གསུམ་ཡོད། ལས་དོན་ཚོ་ཆུང་སྨྲ་མཁས་ཤིང་ལག་བདེ་བས། ལབ་དང་ཞོག་ཁོག་ཙོག་ཙེའི་ཐོག་ཏུ་ལྷེབ་གཏུབ་དང་ཞུག་གཏུབ་བྱེད། ཚལ་གྲིའི་འདེགས་འཛོག་ཤིན་ཏུ་སྤྱུར་ཞིང་། སྒྲ་དྲག་པ་ཛེའུ་སྒྲ་དང་འདྲ། འདིས་སྐྱིད་གྲོང་བ་དག་ཧང་སངས་པར་བྱས་ཤིང་། ཁ་གདངས་མིག་ཙེར་དུ་ལུས་པར་བྱས། འདམ་གྱིས་བཏུམས་པའི་ཞོག་ཁོག་དང་ལབ་ནི་བསོད་སྒྲོན་གྱིས་རྒྱུག་ཆུར་བཀྲུས་པ་ཤ་སྟག་རེད། སྟོན་དཔྱིད་དབྱར་གསུམ་ལ་ཆུའི་རེག་བྱ་འཇམ་ཡང་། དགུན་ཁ་སླེབས་དུས་འཁྱགས་ཁུང་ནང་དུ་བསོད་སྒྲོན་གྱི་ལག་པ་དམར་པོར་གྱུར། མོས་ལག་པ་བར་མེད་དུ་ཁ་ནང་དུ་བཙུག་སྟེ་ཧཱ་སྒྲ་དང་བཅས་ཁ་རླངས་ཕྱིར་གཏོང་བ་མི་རྣམས་ཀྱིས་མཐོང་།

མི་འགའ་ཞིག་གིས་བསོད་སྒྲོན། ལས་དོན་ཚོ་ཆུང་དུ་བསྡད་དེ་ཅི་བྱེད། རང་ཁྱིམ་གྱི་ཐབ་ཁར་བསྡད་ན། ཁྱོད་ཀྱི་ཨ་མའི་ཇ་ཚ་ལ་ཞིམ་ཟེར།

བསོད་སྒྲོན་གྱིས་ཧ་སྒྲ་དང་བཅས་ཁ་ཧྲངས་ཀྱིས་ལག་པ་སྒྲོ་ཞིང་དགོད་བཞིན། ང་ལས་དོན་སྒྲུབ་བཞིན་ཡོད་ཟེར།

དེ་དུས་ལས་དོན་ནི་གཟི་བརྗིད་ཆེན་པོ་ཞིག་ཡིན་པས། མི་མང་པོའི་ཁ་འགོག་ཐུབ། འོན་ཏེ་མི་འགའ་ཞིག་གིས་ལས་དོན་ནི་མི་དམངས་མང་ཚོགས་ལ་དྲིལ་སྒྲོག་སློབ་གསོ་བྱེད་པ་དེ་རེད། ཁྱོད་ཀྱིས་ལབ་དང་འུང་མ་འཁྲུགས་པའི་ནང་དུ་འཁྲུ་བ་ནི་ལས་དོན་ག་ལ་ཡིན་ཟེར།

དེ་དུས་ལས་དོན་ཚོ་ཆུང་གིས་སྐྱིད་གྲོང་དམའ་རིམ་ཞིང་ལས་མཉམ་ལས་ཁང་ནས་མཐོ་རིམ་ཞིང་ལས་མཉམ་ལས་ཁང་དུ་རིམ་སྤར་བྱས།

དཔྱིད་དུས་ཁུ་བྱུག་མ་ཕེབས་སྔོན་དུ། ལོ་གསར་གྱི་དཔྱིད་འདེབས་མཐོ་རིམ་ཁང་གིས་སྒྲིག་འཛུགས་བྱས། སྐྱིད་གྲོང་གི་ས་གཞི་རྒྱ་མི་ཆེ་ཞིང་། རི་འདབས་དང་གཙང་འགྲམ་དུ་ཐར་ཐོར་དུ་གནས། མཐོ་རིམ་ཁང་གིས་གྲོང་སྡེ་ཡོངས་ཀྱི་ངལ་ནུས་གཅིག་ཏུ་བསྡུས། མི་ལྔ་བཅུ་དྲུག་ཙུ་ཙམ་དུས་གཅིག་ལ་ཞིང་ཁ་གཅིག་གི་ཐོག་ཏུ་བཏང་། ཞིང་ཁ་ཆུང་བ་འགའ་ཞིག་ལ་མི་དེ་འདྲ་ག་ལ་ཤོང་། ལས་དོན་ཚོ་ཆུང་གིས་ཞིང་ཁར་མ་ཤོང་བའི་མི་དག་སྒྲིག་འཛུགས་བྱས་ཏེ་ཞིང་མགོར་སླུ་ལེན་དུ་བཙུག །མིག་མདུན་གྱི་དེ་དག་ནི་དངོས་གནས་སྟེ་ན་མེད་པའི་ཚ་ཚ་འུར་འུར་ཞིག་རེད་ཨང་།

མཐོ་རིམ་ཁང་འཁོར་རྒྱུག་གང་ཙམ་བྱས་རྗེས། ལས་དོན་ཚོ་ཆུང་ཕྱིར་ལོག

ལས་དོན་ཚོ་ཆུང་གིས་བསོད་སྒྲོན་ལ་གདམ་ག་གཉིས་སྤྲད། གཅིག་

ཉི་གྲོང་སྡེར་བསྡད་དེ་ཁྱིམ་དུ་ཨ་མ་དང་ལྷན་དུ་འཚོ་བར་རོལ་བ་དེ་རེད། ཅིག་ཤོས་ནི་མི་རིགས་ལས་བྱེད་སློབ་གྲྭར་ལོ་གཉིས་ཕྱིན་ཏེ་དངོས་སུ་རྒྱལ་ཁབ་ཀྱི་ལས་བྱེད་པར་བརྩོན་ལེན་བྱེད་པ་དེ་རེད།

བསོད་སྒྲོན་གྱིས་ཨ་མར་ཉོག་ཁོག་ཤ་གདུས་དཀར་ཡོལ་ཆེན་པོ་ཞིག་འཁྱེར་ཏེ་ཁྱིམ་དུ་ལོག །མོས་གུང་ཁྲན་རིང་ལུགས་སླེབས་དུས་ཉིན་ལྟར་བཟའ་ཆོག་སྙམ་པའི་ལྟོ་ཨ་མས་ལྷག་མ་མ་ལུས་པར་བཟའ་བར་བལྟས། ཨ་མར་ལྟོའི་གྲོ་བ་དྲིས་པ་ན། ཨ་མས་ཞིམ་པོ་འདུག །བཟས་ཚར་ན་ཁ་ཡང་སྐམ་ཟེར། དེ་དུས་སྐྱིད་གྲོང་བས་ཟོག་ཤ་བཟའ་བར་དཀའ་ཉོག་ཅི་ཡང་མེད། ཤ་རྫོག་བཙོས་བྱས་རྗེས་གྲིས་གཏུབ་པའམ་ལག་པས་གསེད་དེ་བཟས་ཆོག །དེ་རྗེས་ཤིང་ཕག་༡༩༣༥ལོར་དང་མི་བྱ་༡༩༣༨ལོར་དམར་དམག་གངས་རི་བརྒལ་ཏེ་རྫུ་ཐང་དུ་སླེབས། སྐྱིད་གྲོང་བ་སྐར་ཡང་བྲོས་ཏེ་དམག་ལ་གཡོལ། ཕྱིར་ཡོང་སྐབས་ཨ་མའི་ལྟོ་བར་བསོད་སྒྲོན་སྦྲུམ། དམག་ལ་གཡོལ་བའི་དོན་རྐྱེན་འདི་གཉིས་ལ་ཨ་མར་ཕ་མེད་ཀྱི་བྱིས་པ་གཉིས་བྱུང་། གསལ་བར་བཤད་ན་ཨ་ཕ་བསྟན་དུ་མེད་པའི་བྱིས་པ་གཉིས་བྱུང་།

བསོད་སྒྲོན་གྱི་གཅེན་པོ་ལོ་བཅུ་ལྷག་སོན་སྐབས་གནས་འདིར་ཡོང་བའི་རྣལ་འབྱོར་བ་ཞིག་དང་མཉམ་དུ་ཐོན་ཏེ། རབ་བྱུང་བསྒྲུབས།

ད་ཐེངས་བསོད་སྒྲོན་ཡང་ཐོན།

གྲོང་སྡེའི་མི་རྣམས་ཀྱིས་དེ་ལྟར་རེད། སྤྱང་ཕྲུག་གསོས་ཏེ་སྣ་ཁྲི་མི་ཉན། གང་ལྟར་གནས་འདིར་མི་སྡོད་ཟེར།

མདོན་ཤེས་ལ་གནས་འདིར་མི་སྡོད་ཅེས་གླེང་མོད། བསམ་ཡུལ་ལས་

འདས་པ་ལ་གཅེན་གཅུང་གཉིས་མི་རིང་བར་སླར་ཡང་གྲོང་སྡེར་སླེབས། སྔོན་ལ་བསོད་སྐྱོན་གྱི་གཅེན་པོ་སྡོད་སའི་རིན་ཆེན་རྣམ་རྒྱལ་གླིང་གི་འགོག་རྐོལ་ཉམས་ཉེས་སུ་ཕྱིན་ཏེ། སྲིད་གཞུང་གིས་སྒྲིགས་གྲྭ་བརྒྱ་རྩ་བརྒྱད་ནས་ལྔ་བཅུ་ལ་བཏང་ཞིང་། དེ་བྱིངས་གྲྭ་པ་སྐྱ་བབས་ཁྱིམ་ལོག་གིས་ཐོན་སྐྱེད་ལ་གཞོལ་དགོས་པའི་སྐུལ་སློང་བྱས། བསོད་སྐྱོན་གྱི་གཅེན་པོ་ཡང་སྐུལ་སློང་བྱ་ཡུལ་གྱི་གྲས་ཡིན། འོན་ཏེ་བསོད་སྐྱོན་གྱི་གཅེན་པོས་བཀའ་བཀོད་ལ་མ་ཉན་པར་རི་སྟེང་དུ་གབ། སློབ་ལོ་གཅིག་ལ་སླེབས་པའི་བསོད་སྐྱོན་ལ་ལས་འགན་ཞིག་སྤྲད་པ་ནི་མོས་གཅེན་པོ་རི་ནས་དགུག་རྒྱུ་དེ་རེད། རྗེས་སུ་བསོད་སྐྱོན་ལ་མི་རྣམས་ཀྱིས་སློབ་གྲྭར་རིག་གནས་གང་ཞིག་བསླབ་བམ་ཞེས་དྲིས་ཙང་བསོད་སྐྱོན་གྱིས་ལན་མི་བྱེད་པ་ནི་མོ་མི་ཚེ་འདིར་མི་རིགས་ལས་བྱེད་སློབ་གྲྭར་ཞུགས་མྱོང་མེད་པ་དང་འདྲ། འོན་ཏེ་མོས་གསལ་པོར་དྲན་པ་ནི་ཉིན་དེར་ཆབ་སྲིད་སློབ་ཚན་འཚོགས་ཀྱི་ཡོད། ཉིན་ཞིག །མི་ཞིག་གིས་མོ་བརྡ་ལན་ཁང་དུ་ཁ་པར་ཉན་དུ་ཡོང་བར་སྐུལ། མོ་ཕྱིན། སྒྲོག་ཙེའི་སྟེང་གི་བསླབ་དེབ་དང་། སྨྱུ་གུ། དེབ་སོགས་ཀྱང་བསྡུ་ཤོམ་མ་བྱུང་། ཁ་པར་ནང་ནས། ད་ལྟ་ཁྱོད་ཀྱིས་ལས་འགན་ཞིག་བསྒྲུབ་དགོས་ཤིང་། རྩ་འཛུགས་ཀྱིས་ཉམས་སད་ཐེག་མིན་ལྟ་བཞིན་ཡོད། ལས་འགན་དང་ཉམས་སད་འདི་ནི་རང་གི་གཅེན་པོ་རི་ནས་བཀུག་སྟེ་ཁྱིམ་དུ་ལོག་པར་སྐུལ་རྒྱུ་དེ་རེད་ཟེར། མོས་ངས་སྐུལ་སློང་ཇི་ལྟར་བྱེད། ཡི་གེ་གཏོང་ངམ་ཞེས་དྲིས། ཁ་པར་ལས། རང་གིས་བྲིས་པའི་ཡི་གེ་ཁོས་ཤེས་སམ་ཟེར། མོས་འོ་ན་ངས་ཁ་ལོན་ཞིག་བསྐུར་ཟེར། ཁ་པར་ལས། འོན་ཏེ་ཁོ་ད་ལྟ་གབ་ཡོད་པས་མི་རྙེད་

ཟེར། བསོད་སྒྲོན་གྱིས་ཁོ་ཚོས་མ་རྙེད་ན་ངས་ཅི་ལ་རྙེད་ཟེར། ཁ་པར་ལས། ཁོ་ད་དུང་རི་ནས་མ་ཡོང་ན་ངོ་ལོག་པར་བརྩི་ངེས། ཁྱོད་ཕྱིན་ཏེ་སྐྱལ་སློང་བྱེད་དུ་བཙུག་པ་ནི་གཏམ་གྱི་མཐའ་མ་ཡིན་ཟེར། བསོད་སྒྲོན་གྱིས་འོ་ན་ང་ཁོ་འཚོལ་དུ་ཞེས་འགྲོ་སྐབས།

བསོད་སྒྲོན་སློབ་ཁང་དུ་ཡང་མ་ཕྱིན་པར་གོང་རིམ་ནས་བཏང་བའི་རླངས་འཁོར་དུ་ཞུགས་ཏེ་ལེ་དབར་ཉིས་བརྒྱ་ལྷག་ཡོད་པའི་རི་སྟེང་དུ་མི་འཚོལ་བར་ཕྱིན།

བསོད་སྒྲོན་གྱིས་གཙེན་པོ་རབ་ཏུ་བྱུང་སའི་རིན་ཆེན་རྣམ་རྒྱལ་གླིང་གི་གཡས་རི་དང་གཡོན་རིར་ཉིན་བདུན་བརྒྱད་རིང་ལ་ཕར་འཚོལ་ཚུར་འཚོལ་བྱས། ཐོས་པའི་གཏམ་གྱིས་སྐད་ཀྱང་འགགས། འོན་ཏེ་རང་གི་ཕུ་བོ་གྲྭ་པ་དེ་མོས་ད་དུང་མ་རྙེད། བསོད་སྒྲོན་གྱི་བསམ་པར་གཙེན་པོ་གནས་གང་ཞིག་ཏུ་འཆི་ཡོད་ངེས་སྙམ་ཏེ། མོ་ཁེར་ཕུར་ཐེངས་མང་དུས། བྲག་ཁུང་དང་ཆུ་མིག་གི་འཁྲིས་སུ་ཡང་དུས། ཉིན་མཐའ་མར་མོས་སྤྲག་མའི་མེ་ཏོག་ཆེན་པོ་ཞིག་མཐོང་བས། སེམས་ནང་དུ་མེ་ཏོག་འདི་ལྟར་མཛེས་ཀྱང་མི་མེད་སྙམ་སླར་ཡང་དུས། ད་ཐེངས་ཁོང་ཡུས་ཀྱིས་བཙུགས་པས་རི་འདབས་སུ་སླེབས་སྐབས་མིག་ཟུང་སྤྲངས། སློབ་གྲྭས་སྤྲད་པའི་ལས་གོས་ཐལ་མདོག་མའི་སྟེང་དུ་ཤིང་གི་ཡལ་གས་ཨེ་ཁྱུང་འགའ་ཞིག་ཀྱང་བརྩོལ། ལྷས་མ་ཆེན་པོ་གཉིས་སུ་བྱས་པའི་མགོ་སྐྲེས་གསེར་སྐུད་ཀྱིས་བརྒྱན་པ་ནི་མོའི་རྣམ་པ་དེ་རེད། མོས་ལས་བྱེད་པར་ངས་ཁོ་མ་རྙེད་ཅེས་སྐབས།

ལས་བྱེད་པས་ཁྱོད་ཀྱིས་ལས་འགན་བསྒྲུབ་མེད་ཟེར།

བསོད་སྒྲོན་གྱིས་ང་ད་དུང་སློབ་གྲྭར་ཕྱིན་ཆོག་གམ་ཞེས་སྨྲས།

ལས་བྱེད་པས། ཆོག་ཅེས་མ་སྨྲས་ལ་མི་ཆོག་ཅེས་ཀྱང་མ་སྨྲས། ངོ་གདོང་སྒྲོད་བཞིན་ཁྱོད་ཀྱིས་བབས་བལྟ་གྱིས་ཟེར།

སློབ་གྲྭའི་ནང་དུ་སློབ་མ་དང་ལས་བྱེད་པ་རྣམས་ཀྱིས་རང་སྐྱོན་རང་གིས་ཤེས་ཤིང་ཅི་བྱ་གཏོལ་བྲལ་དུ་གྱུར་པ་རྣམས་ལ་དེ་ལྟར་སྨྲ་བཞིན་ཡོད། ཁྱོད་ཀྱིས་བབས་བལྟ་གྱིས།

བསོད་སྒྲོན་གྱིས་ལས་བྱེད་པར་འོ་ན་ང་ཁྱིམ་དུ་ལོག་སྟེ་ཨ་མར་གཅེན་པོ་མཐོང་རྒྱུ་མི་འདུག་སྨྲ་བར་འགྲོ་སྨྲས།

འདི་ལྟར་ས་ཕག་༡༩༥༩ལོར་ལོ་གཅིག་ལྷག་རིང་ལ་སྐྱིད་གྲོང་དང་ཁ་བྲལ་བའི་བསོད་སྒྲོན་སླེབས། མོ་ནི་ལག་སྟོང་པར་འོངས། མོའི་སློབ་དེབ་སོགས་ནི་སློབ་ཁང་དུ་ལུས། གྱོན་ཆས་ནི་མི་བརྒྱུད་ཡོད་སའི་ཉལ་ཤག་ཏུ་ལུས། མོའི་མལ་ཁྲིའི་འོག་ཏུ་ཡོད་པའི་ཀོ་སྒམ་ཛ་མདོག་ནང་དུ་གྱོན་པ་འགའ་ཡོད། བོད་ཆས་དང་། སློབ་གྲྭས་སྤྲད་པའི་ལས་གོས་ཡོད། མོའི་སློབ་དེབ་དང་གྱོན་ཆས་ཚང་མ་སློབ་གྲྭར་ཡོད། ལུས་ཐོག་ཏུ་རི་ལྷེབས་སུ་མི་འཚོལ་སྐབས་ཤིང་གི་ཡལ་གས་ཨི་ཁྲུང་འགའ་བརྩོལ་བའི་ལས་གོས་གྱོན་ཏེ་སྐྱིད་གྲོང་དུ་སླེབས། དེ་རྗེས་མོ་འདི་ནས་བྲལ་མ་སྲོང་།

མོ་སྐྱིད་གྲོང་དུ་སླེབས་ཉིན་མཐོ་རིམ་ཁང་གི་འགོ་ཁྲིད་རྣམས་གྲོང་སྡེའི་འཕྲམ་གྱི་ཨུའུ་དྲུག་ཙུ་བདུན་ཙུ་ཡོད་པའི་ཞིང་ཁ་སྤྱོལ་བཞིན་རྩྭ་ཡན་འབྲུ་བཞིན་ཡོད། སྐབས་དེར་ཞིང་ཁར་སྟོ་སོར་བཞི་ཙམ་སྐྱེས།

མཐོ་རིམ་ཞིང་ལས་ཐོན་སྐྱེད་མཉམ་ལས་ཕྱེའི་ཕྱེ་ཡོན་ཚང་མ་ཞིང་ཁའི་

ནང་སྐྱིད་པ་སྒྱུར་བཞིན་སྤོ་རྟུང་འཕྱུར་བཞིན་སོ་ནམ་ལ་ཞུགས། སྐབས་དེར་མི་འགའ་ཞིག་གིས་ལྟོས་དང་སུ་ཡོང་གི་འདུག་གམ་ཟེར།

ཚང་མས་སྐྱིད་པ་དགེ་སྟེ་བལྟས་པས། བསོད་སྒྲོན་འོང་ཁའི་དཀྱིལ་གྱི་ལམ་དེ་ནས་ཡོང་བ་མཐོང་།

མིག་རྫི་བ་འགའ་ཞིག་གིས་བསོད་སྒྲོན་ཡོང་གི་འདུག་ཟེར།

བསོད་སྒྲོན་གྱིས་ཞིང་ཁའི་ནང་དུ་སོ་ནམ་བྱེད་བཞིན་པའི་མི་རྣམས་ལ་བལྟ་ཙམ་ཡང་མ་བྱས་པར་ལག་ཟུང་སྟོང་པར་རང་ཁྱིམ་གྱི་ཕྱོགས་སུ་ཕྱིན།

མི་འགའ་ཞིག་གིས་མོའི་ཨ་མར། ལྟོས་དང་། ལས་བྱེད་པ་ཚགས་ནང་ཚོར་མིག་མི་བལྟ་ལ། རང་གི་ཨ་མར་ཡང་མིག་མི་བལྟ་ཟེར།

ཡང་འགའ་ཞིག་གིས། བལྟས་ཚོད་ལ་སྐྱོ་གདུང་གིས་མནར་བ་འདྲ་ཟེར།

རྗེ་དཔོན་གྱིས་བསོད་སྒྲོན་གྱི་ཨ་མར་ཁྲོད་ཁྱིམ་དུ་ལོག་ན་འགྲིག་ཟེར།

ཉིན་གཉིས་པར་བསོད་སྒྲོན་ཡུལ་མི་རྣམས་ཐུག་པར་མ་ཡོང་།

ཚང་མས་ཞིང་ཁའི་ཐོག་མོའི་ཨ་མར་བུ་མོ་ལོག་ཡོང་སྟེ་ཅི་བྱེད་ཅེས་དྲིས།

ཨ་མ་ད་དུང་བཞིན་མོའི་གཅེན་པོ་མཐོང་རྒྱུ་མེད་པ་ཚགས། གོང་རིམ་ནས་ཁོ་སྐྱ་སར་བབས་ཏེ་ཐོན་སྐྱེད་ལ་ཞུགས་དགོས་པའི་སྐུལ་མ་བྱས་པས། ཁོ་རི་ལ་བྲོས་ཏེ་མཐོང་རྒྱུ་མེད་པར་གྱུར་ཟེར།

མི་རྣམས་ཀྱིས། ཁོ་མཚམས་བསྙེན་སྒྲུབ་ལ་བསྡད་པའི་རྣལ་འབྱོར་བ་ནི་མིན། གྲྭ་པ་སློབ་གཉེར་མི་བྱེད་ན་ཁྱིམ་དུ་ལོག་པ་དགའ་ཟེར།

འོན་ཏེ་ཁོ་མ་རྙེད། བསོད་སྒྲོན་གྱིས་ཁོ་བཙལ་ཡང་མ་རྙེད། བོས་ཀྱང་ཨང་མ་ཐུག །

ཉིན་གསུམ་པར། བསོད་སྒྲོན་གྱིས་ལས་བྱེད་པའི་གྱོན་པ་གོང་པ་ཆེན་པོ་སྙིད་པ་སྟོམ་དུ་ཡོད་པ་ཁ་ཤོ་ཙན་དེ་གྱོན་ཏེ་ངལ་རྩོལ་དུ་ཡོང་།

ཚང་མས་མོ་ལ་གཏམ་བཤད་དེ། གནས་ཚུལ་རྒྱུས་ལོན་བྱུས།

འོན་ཏེ་མོ་རི་སྟེང་དུ་སྐད་འགགས་པས། མི་རྣམས་ཀྱིས་ཅི་དྲིས་ཀྱང་མོས་མགྲིན་པར་གཏད་དེ། ངས་སྐད་ཆ་ཤོད་མི་ཐུབ་ཟེར།

བསོད་སྒྲོན་འདི་ལྟར་སྐྱིད་གྲོང་དུ་ལོག

སྐྱིད་གྲོང་གི་མི་མང་པོའི་གཏམ་རྒྱུད་འདི་ལྟར་མཇུག་རྫོགས། དཔེར་ན་སྐྱིད་པའི་གངས་རི་ཨ་མྱེས་སྒོ་ལྗོང་གི་གཏམ་རྒྱུད་ཇི་བཞིན་རེད། ཨ་མྱེས་སྒོ་ལྗོང་གིས་རང་གི་བུ་ཆོད་གཉིས་འཁྲིད་དེ་ལོ་དེར་ང་ཚོའི་གནས་འདིར་ཡོང་། ལོ་དེ་ནི་བསྐལ་པ་ཡ་ཐོག་གི་ཉིན་ཞིག་ཡིན་ངེས།

རྗེས་སུ་བསོད་སྒྲོན་གྱི་བུ་བསྟན་པས་མོ་ལ་ཨ་མ་ནམ་ཞིག་ཏུ་གྲོང་སྡེར་སླེབས་མིན་དྲིས།

བསོད་སྒྲོན་གྱིས། ཨོ། སྔོན་ཆད་རེད། ང་ད་ལྟ་གསལ་པོ་མི་དྲན་ཟེར།

བུས་སླར་ཡང་དྲིས་པས། མོས། དངོས་གནས་སྔོན་ཆད་རེད། ཁྱོད་མ་སྐྱེས་གོང་གི་ལོ་ཟླར་རེད་ཟེར།

ཕལ་ཆེར་བསོད་སྒྲོན་མི་རིགས་ལས་བྱེད་སློབ་གྲྭ་ནས་སྐྱིད་གྲོང་དུ་ཡོག་པའི་ལོ་དེར་རེད། ཤོད་སྐྱོལ་ལ་སྐྱིད་གྲོང་དང་བར་ཐག་ཏ་ཙང་རིང་བའི་ནང་སར་མུ་གེ་བྱུང་བའི་ལོ་དེར་རེད།

ལོ་དེར་སྐྱིད་གྲོང་དུ་དོན་དག་གསུམ་བྱུང་།

དང་པོ་ནི་ལོ་ངོ་གཉིས་གསུམ་ལས་མ་ཕྱིན་པའི་ལས་དོན་ཚོཾ་ཆུང་སྔར་ཡང་སྐྱིད་གྲོང་དུ་བཙའ་སྡོད་བྱས། དེ་ནི་འབྲུ་རིགས་ཀྱི་ཐོན་འབབ་མཐོ་རུ་གཏོང་ཆེད་རེད། ལས་དོན་ཚོཾ་ཆུང་ནི་དར་ཆགས་ཆུ་མོ་རིམ་བཞིན་བཞུ་བའི་སྐབས་སུ་སླེབས་ཤིང་། སྐབས་དེར་བཞུ་མ་ཐག་པའི་གཞུང་ལམ་ནི་འདམ་ཉོག་གིས་བཏུམས་ཡོད་པས། ལས་དོན་ཚོཾ་ཆུང་གི་ལས་བྱེད་པའི་ལྷམ་དང་དོར་མ་ནག་ནོག་ཏུ་གྱུར། ཁོ་ཚོས་མི་འགྲམ་དུ་འདམ་གྱིས་ཚོས་པའི་ལྷམ་བསྒྲོ་བཞིན་མཐོ་རིམ་ཞིང་ལས་ཐོན་སྐྱེད་མཉམ་ལས་རྫེའི་ལས་བྱེད་རྣམས་ཚོགས་འདུར་བསྐོངས། ལས་དོན་ཚོཾ་ཆུང་གིས་སྐབས་དེའི་འབྲུ་རིགས་ཀྱི་ཐོན་འབབ་ལྷབ་གཅིག་གིས་མཐོ་རུ་གཏོང་དགོས་ཟེར། འདིས་མཐོ་རིམ་ཞིང་ལས་ཐོན་སྐྱེད་མཉམ་ལས་ཧྲེ་ཡི་ཧྲེ་དཔོན་ཀྲན་གཞོན་ཚང་མ་ཞེད་ཅིང་དངངས་པར་གྱུར།

གནམ་ཀྲན་མས་ཞིང་ཁར་འབྲུ་རིགས་མང་པོ་དེ་འདྲ་སྨིན་དུ་མི་འཇུག །ཧྲེ་དཔོན་ཀྲན་པས་སླས།

ལས་དོན་ཚོཾ་ཆུང་གིས་མིས་ངེས་པར་དུ་གནམ་ལས་རྣམ་པར་རྒྱལ་ངེས། འདི་ནི་བསམ་བློ་གསར་པ་རེད། བསམ་བློ་ནི་མཆོན་ཆའི་མཆོག་རེད་ཟེར།

ཧྲེ་དཔོན་གཞོན་པས་སོ་ནམ་བྱེད་པ་དམག་འཐབ་དང་མི་འདྲ། མཆོན་

ཆས་ཕན་མི་ཐོགས་ཟེར།

མཐར་མཐོ་རིམ་ཞིང་ལས་ཐོན་སྐྱེད་མཉམ་ལས་ཧྲེའི་ཧྲེ་དཔོན་ཏན་གཞོན་གཉིས་ཀས་གནས་ལུགས་ལ་གོ་བ་ལོན་ཏེ། ལས་དོན་ཚོ་ཚུང་དང་ལྷན་དུ་ཐབས་ཤིག་རྙེད་པ་ནི་ལུད་མང་ཙམ་རྒྱག་རྒྱུ་དེ་རེད། དུད་ཁྱིམ་ཚང་མའི་ཕྱུགས་ལྷས་དང་ཕག་ཚང་གཙང་མ་བཟོས། ལས་དོན་ཚོ་ཚུང་གིས་འདི་གཅིག་གོ་ཉིས་ཚོད་རེད། ཞིང་ལ་ལུད་ཙམ་མ་ཟད། རྒྱལ་གཅེས་གཙང་སྦྲའི་ལས་འགུལ་ཡང་མཉམ་དུ་བྱུང་ཟེར། སྐྱིད་གྲོང་གི་ཡུལ་མི་རྣམས་ཀྱིས་སྔོན་ཆད་དུས་ཡུན་རིང་མོའི་ནང་དུ་རང་ཉིད་ལུད་དང་མཉམ་དུ་བསྡད་པ་གཞི་ནས་ཤེས་ལ། མི་རྣམས་ཀྱིས་རང་ཉིད་དེ་བས་གཙང་སྦྲ་ལྡན་པའི་འཚོ་བ་སྐྱེལ་འདོད་ཡོད་པ་ཤེས། གྲོང་སྡེའི་ནང་གི་མི་ལུད་ཕྱུགས་ལུད་མེད་པར་གྱུར་སྐབས། མི་རྣམས་རི་སྟེང་དུ་ཕྱིན་ཏེ། ནགས་འདབས་ཀྱི་ས་རུལ་དག་ཞིང་ཁར་བསྐྱལ།

གངས་ཐིག་ཇེ་མཐོར་འགྲོ་བ་དང་བསྟུན་ནས། ཤིན་ཡངས་ནགས་ཚལ་དང་། དེ་ནས་ཤིན་སྔོའི་ནགས་རིམ་པར་བརྒྱུད་དེ། རི་མཐོའི་སྤང་རྩྭའི་ཐོག་ཏུ་སླེབས་སྐབས་ལོ་ཏོག་འདེབས་དུས་འཆར། ས་བོན་བཏབ་ནས་མི་རིང་བར་ནགས་སྔོན་པོར་འགྱུར། སྔོན་ལ་ལྗང་མ་དང་སྨྱུར་པ་སྔོན་པོར་འགྱུར། དེ་ནས་སྨུག་པ་དང་གཡའ་ཤིང་སྔོན་པོར་འགྱུར། དཔྱིད་ཆར་འཁའ་བབས་རྗེས་སུ་ས་ནག་པོར་མདོག་སྔོན་པོ་གསལ་ལ་མི་གསལ་ཞིག་མངོན་པ་ནི་སྟོ་འབྱུར་བ་རེད། ཞིང་ཁ་ཡོངས་སུ་སྔོན་པོར་གྱུར་རྗེས་ཁུ་བྱུག་གིས་མགྲིན་སྒྲ་སྒྲོག་དུས་རྩྭ་ཡན་འཐུ་དུས་སླེབས། སྐབས་དེར་ཚང་མས་འབྲུ་རིགས་ཀྱི་ཐོན་འབབ་ལྡབ་

འཕར་ཡོང་ངེས་སྐམ། སྟོ་འདི་དག་ལ་གཟིགས་དང་། ཞིང་ཁར་ལུད་མཐུག་པས་ཇི་ལྟར་སྟོ་བའི་དཔེ་ཟླར་གཡུ་ཚུང་གི་ཁ་དོག་ཁོ་ན་ལས་མེད། དབྱར་ཁ་སི་ལིང་ལྷུང་པར་སླེ་མ་སྟོན་ཚད་བྱུང་སྲུང་མེད་པ་ལྟར་ཆེ། མི་རྣམས་དགའ་སྤྲོའི་སྒྲ་ཡོང་རྒྱུས་བཞིན་འབྲུ་རིགས་ལྷབ་འཕར་གྱི་དུས་ཚིགས་ཤིག་འཆར་བར་ཡིད་ཆེས་ཀྱིས་ཁེངས། འོན་ཏེ་ཧྲི་དཔོན་སེམས་སྡུག་གིས་ནོན་བཞིན། ལུད་རྒྱང་པས། ལུད་ཁོ་ནས། ལོ་མང་བསགས་པའི་ལུད་ཚང་མ་ད་ལོ་བེད་སྤྱོད་བྱས་ཚར་བ་རེད། སང་ལོ་ལུད་གང་དུ་ཡོད་དམ་ཟེར།

དེ་བས་སྐྱིད་གྲོང་གི་ཡུལ་མི་རྣམས་ཀྱིས་ཧྲི་དཔོན་འདི་ནི་ལས་ངན་ཞིག་རེད་ཟེར། དགའ་དུས་ཀྱང་དགའ་མི་ཚོར། ཁོ་ཚོ་ཚང་མས་ཧྲི་དཔོན་དགའ་པོ་ཡོང་ཆེད་ང་ཚོས་ཕྱུགས་དང་ཕག་པར་རྟུག་པ་མང་དུ་གཏོང་བར་སྐུལ་ཚོག །ང་ཚོས་ངེས་པར་དུ་བཙོག་པ་མང་པོ་བཏང་ནས། ཧྲི་དཔོན་ལ་སང་ལོ་ལུད་མེད་པའི་སེམས་ཁྲལ་སེལ་རོགས་བྱེད་ཅེས་ཀུ་རེ་བྱེད། ལས་དོན་ཚོ་ཚུང་གིས་ཁྱིམ་ལུད་རི་ལུད་མེད་ན་རྫས་ལུད་ཡོད། བཟོ་གྲྭ་ནས་ཐོན་སྐྱེད་བྱས་པའི་རྫས་འགྱུར་གྱི་ལུད་ཡོད་ཟེར།

མི་རྣམས་ཀྱིས་བཟོ་གྲྭ་ནས་ཐོན་སྐྱེད་བྱས་པའི་རྫས་ལུད་ནི་ཅི་འདྲ་ཡིན་མིན་གླེང་ཞོར། ལོ་ཏོག་སྨིན་པར་རེ་སྒུག་བྱེད། འོན་ཏེ་སི་ལིང་ལྷུང་པ་ད་དུང་བསྐྱེད་བཞིན་ཡོད་པ་ལས། སྨིན་ཏེ་མགོ་བོ་དུད་པར་མི་བྱེད། རྗེས་སུ་མི་རྣམས་ཀྱིས་ཕྱིར་དྲན་བྱེད་སྐབས་ལོ་དེའི་ལྷུང་པ་སྨྱུ་བ་བཞིན་བསྐྱེད། ལྷུང་པ་སྨྱུ་བས་སྨིན་མ་ཐུབ། ཞིང་པ་རྒད་པོ་རྣམས་ཧྲི་དཔོན་ལྟར་སེམས་ཁྲལ་གྱི་རྒྱུ་ཚད། ལོ་ཏོག་ད་དུང་མ་སྨིན་ན་མཐོ་སྒང་གི་མཚན་མོ་བ་མོ་འབབ་ངེས།

སད་ཐེབས་ན་ལོ་ཏོག་མ་སྨིན་པ་རྣམས་ལས་འབྲུ་གཅིག་ཀྱང་བསྡུ་མི་ཐུབ། གནས་ཚུལ་དེ་འདྲ་ལོ་དེར་བྱུང་། མཚན་གསུམ་བསྟུད་མར་བ་མོ་བབས་ཏེ། ཞིང་ཁའི་ནང་ད་དུང་བསྐྱེད་བཞིན་པའི་ལོ་ཏོག་རྣམས་ལ་སད་སྐྱོན་བྱུང་།

ལོ་རྒྱུས་ཐོག་ལོ་ཏོག་ལེགས་ཤོས་བསྐྱེད་པའི་ལོ་དེར་སྐྱིད་གྲོང་ལ་ལོ་ཏོག་ཕལ་ཆེར་བསྡུ་རྒྱུ་མ་བྱུང་། འོན་ཏེ་གོང་རིམ་ནས་ལོ་མགོར་ཡར་ཞུ་བྱས་པའི་འབྲུ་རིགས་ལྷུབ་འཕར་གྱི་ཐོན་འབབ་ལྟར་སྤྱི་འབྲུ་སྤར་བཞིན་བསྡུས།

ཧྲེ་དཔོན་གྱིས་མགོ་བོ་འཕུར་བཞིན་རྩིས་བྱེད་སྐབས་ཕྱི་ལོའི་ཟླ་བ་གསུམ་པའི་གོང་དུ་སྐྱིད་གྲོང་གི་དུད་ཁྱིམ་ཚང་མ་འབྲུ་རིགས་ཟད་དེ། ཤོད་སྲོལ་ལྟར་གྱི་ནང་ས་བཞིན་མི་དམངས་ལྟོགས་ཤི་ཐེབས་ངེས་རེད་ཟེར།

རྩིས་འདི་ལྟར་བརྒྱབ་རྗེས་ཧྲེ་དཔོན་གྱི་བསམ་པར་ཐིག་པ་ཤིན་ཏུ་ལྕི་སྙམ་སྟེ་རང་ཤི་བརྒྱབ།

དོན་དག་གཉིས་པ་ནི་བསོད་སྒྲོན་གྱི་གཅེན་པོ་ལོག་འོངས།

ཁོ་ཁྱིམ་དུ་སླེབས་པ་དང་། བསོད་སྒྲོན་གྱིས་ཁོ་ལ་དམ་དུ་འཐམས་ཏེ་དཀྲུག་དཀྲུག་གཏོང་བཞིན་ངས་རི་སྟེང་དུ་སྐད་མ་འགག་བར་དུ་བོས་བྱུང་། ཁྱོད་ཀྱིས་ལན་ཙམ་ཡང་མི་བྱེད་དོན་ཅི་རེད་ཟེར།

བསོད་སྒྲོན་གྱི་གཅེན་པོས་ཉམ་ཆུང་ངང་། རི་སྟེང་དུ་ཨེ། ང་རི་སྟེང་དུ་ནམ་ཙམ་ལ་སླེབས་སམ། ང་བཀག་ཉར་བྱས་ཟེར།

འདི་ལྟར་ན་ཨར་ཀན་གྲྭ་པ་རི་སྟེང་དུ་ཕྱིན་མེད།

ཉིན་དེར་ཁོས་དངོས་པོ་བསྡུ་གསོག་བརྒྱབ་སྐེ་ཁྱིམ་དུ་ལོག་རྩིས་བྱེད་སྐབས། དགོན་པའི་ལས་དོན་ཚོ་ཆུང་གི་མི་ཞིག་གིས་ཁོ་དང་གྲྭ་པ་གཞན་

འགའ་ཞིག་ལ་འཕྲིན་ཡིག་རེ་སྤྲད་དེ་རྫོང་གྲོང་དུ་སྐྱེལ་བར་སོང་ཟེར། ཁོས་ང་ཁྲིམ་དུ་ལོག་མཁན་ཡིན་སྐབས། ལས་དོན་ཚོ་ཆུང་གི་མི་དེས་རྣམ་འགྱུར་ལེགས་པོས། སོང་ཅིག །འཕྲིན་ཡིག་འདི་སྤྲད་དེ་ནང་དུ་སོང་ཟེར། ཁོས་སྐྱ་རེངས་འཆར་བ་དང་དགོན་པ་ནས་ཁ་བྲལ།

ཁོས་ཧུམ་དུ་ལས་དོན་ཚོ་ཆུང་གིས་སྤྲད་པའི་འཕྲིན་ཡིག་བཙུག །བཀལ་ཏ་འཕྱིར་ཏེ་རྫོང་གྲོང་དུ་ཕྱིན། བཀལ་ཏའི་སྒེ་མོ་གཅིག་ཏུ་ཉལ་ཁེབས་དང་། སྒེ་མོ་གཞན་དེར་ཏ་ཡང་གཅིག །ཛ་ལྷིར་གཅིག །ཕོར་པ་གཉིས་བཅས་ཡོད། དེ་དག་ནི་ཁོ་དགོན་པར་འཚོ་བ་སྐྱེལ་དུས་ཀྱི་ཅ་ལག་ཡོད་ཚད་རེད། ཕྱིན་ཕྱིན་པས་དེ་ནས་ནམ་ལངས། ཁོས་ཕྱིར་མིག་བལྟ་དུས་དགོན་པ་མཐོང་ཡུལ་དུ་མ་གྱུར་མོད། དགོན་པའི་རྒྱབ་རིར་ཡོད་པའི་མཆོད་རྟེན་དཀར་པོ་མིག་ལམ་དུ་འཆར།

རྫོང་སྲིད་གཞུང་དུ་སླེབས་རྗེས། བརྡ་ལན་ཁང་གི་མི་དེས་འཕྲིན་ཡིག་ལ་བལྟས་ཏེ་དགོད་བཞིན། འཕྲིན་ཡིག་ཁོའི་ལག་པར་སྤྲད་དེ་འདི་སྤྱི་བདེ་ཅུད་དུ་སྐྱེལ་བར་རྒྱུག་ཟེར། ཁོས་ལམ་དྲིས་ཏེ་འཕྲིན་ཡིག་སྤྱི་བདེ་ཅུད་དུ་བསྐྱལ། སྤྱི་བདེ་ཅུད་ཀྱི་མི་དེས་འཕྲིན་ཡིག་ལ་བལྟས་རྗེས། དགྲུམ་མདའ་སྐེད་པ་ནས་བླངས་ཏེ་སྒྲོག་ཅེའི་ཐོག་ཏུ་བཞག །ཁོ་ལ་ལག་ལྷུགས་བརྒྱབ། ཁོས་ང་ལས་དོན་ཚོ་ཆུང་གིས་འཕྲིན་ཡིག་སྐྱེལ་མཁན་ཡིན་སྐབས་པར། སྤྱི་བདེའི་མི་དེས་འཕྲིན་ཡིག་ནང་མི་འདི་སླེབས་ན་བཀག་ཉར་གྱིས་ཞེས་བྲིས་འདུག་ཟེར།

ང་ཁྲིམས་ལས་འགལ་མེད།

ཁྲིམས་ལས་འགལ་དང་མ་འགལ་འཕྲིན་ཡིག་འདི་སྐྱེལ་བར་རྒྱུག་ཟེར་མཁན་དེ་སློབས་ན་ཤེས་ཟེར།

དེ་རྗེས་ཁོ་དང་མི་མང་པོ་ཞིག་མཉམ་དུ་ཁང་པ་ཆེན་པོ་ཞིག་གི་ནང་དུ་བཅུག །རྗེས་སུ་མཉམ་དུ་ཡོད་པའི་མི་དེ་དག་ཚང་མར་རང་གིས་ཐག་གཅོད་བྱས་པའི་འབྲས་བུ་རེ་ཡོད། བཙོན་དུ་བཅུག་པ་ཡོད་ཅིང་། སློབ་གསོ་དུས་ཡུན་གང་ཙམ་བྱས་པ་ཡང་ཡོད་ལ། ཉེས་མེད་གློད་འགྲོལ་བྱས་པ་ཡང་ཡོད། ཁོ་གཅིག་པུར་ལུས་ཤིང་། ཐ་ན་ཁོ་ལ་བལྟ་བར་ཡོང་མཁན་ཡང་མེད་པས། ལྟ་སྲུང་བས་ཀྱང་ལྟོད་གཡེང་བྱེད། གློག་དམར་འཁྱུག་ཅིང་འབྲུག་སྒྲ་ལྡིར་བའི་མཚན་མོ་ཞིག་ཁོ་སྐེའུ་ཁུང་ལས་མཆོངས་ཏེ་བྲོས། བྲོས་ནས་ཅི་བྱེད་སྨྲ་མཁན་མེད་ལ། ལག་སྟོན་གྱི་སྟོན་མི་སྤྱོར་མཁན་ཡང་མེད། ཁོ་སྐེའུ་ཁུང་ནས་བྲོས་པས་པའུ་སྐད་ཀྱང་ཐོས་རྒྱུ་མེད། ཁོ་ཕྱི་རོལ་དུ་བྲོས། ཉིན་གཉིས་པར་ རྫོང་གྲོང་དུ་ཉིན་གང་འཁྱམས་སོད། ཁོ་བཟུང་བར་ཡོང་མཁན་མེད། དེ་བས། ས་སྤྱོད་ཙམ་ལ་ཁོ་རྫོང་གྲོང་ནས་ཐོན་ཏེ་སྐྱིད་གྲོང་གི་ཕྱོགས་སུ་བསྐྱོད་ཀས།

ཁོ་ཁྲིམ་དུ་འཛུལ་བ་དང་གཅུང་མོ་བསོད་སྒྲོན་དུ་ཞིང་འབོད་བཞིན་ལུས་ནས་དཀྲུག་ཞོར་ལས་དོན་ཚོ་ཆུང་གིས་ང་རི་སྟེང་དུ་ཁྱོད་འཚོལ་བར་བཏང་བྱུང་། ཁྱོད་ཚུར་མི་འོང་བ་ཅི་ཡིན། ཁྱོད་ད་གཟོད་ལོག་དོན་ཅི་ཡིན་ཟེར།

ཁོས་འགྲེལ་བཤད་མ་བྱས་གོང་དུ་གཅུང་མོས་ལས་དོན་ཚོ་ཆུང་གིས་ཁྱོད་འཚོལ་བཞིན་འདུག །ཁྱོད་ལས་དོན་ཚོ་ཆུང་ཡོད་སར་སོང་ཅིག་ཟེར།

ཁོ་ལས་དོན་ཚོ་ཆུང་ཡོད་སར་འགྲོ་རྒྱུ་ལས་མ་འདས། ཁོའི་བསམ་པར་གཞན་གྱིས་མ་ཐོས་པར་རང་ཉིད་དེར་འགྲོ་དོན་ཅི་ཡོད་སྙམ། དེ་བས་ཁོ་ལས་དོན་ཚོ་ཆུང་ཡོད་སའི་ཉེ་འཁོར་དུ་བསྡད།

ཁང་པ་འདི་ནི་གྲོང་སྡེ་ཡོངས་ནས་སྤྱོད་ཁང་ལེགས་ཤོས་རེད། གྲོང་སྡེའི་ཁང་པ་ཚང་མ་ཉིས་ཐོག་ཡིན་ཞིང་། སུམ་ཐོག་འདི་ཐོག་བརྩེགས་གཅིག་གིས་མཐོ། ཁང་པ་ཕལ་ཆེ་བ་ཀ་བ་དྲུག་མཐའམ་ཀ་བརྒྱད་ཡིན་རུང་ཁང་པ་དེ་ཀ་བ་བཅུ་དྲུག་རེད། རྗེས་སུ་ཁང་པ་དེའི་བདག་པོ་ས་བདག་ཧུ་གྱུར། ཁང་པ་དེ་གཅེན་གཅུང་གཉིས་ཀྱི་ཡིན་ཞིང་། ཁོ་གཉིས་ལ་ཆུང་མ་གཅིག་ལས་མེད། ལས་དོན་ཚོ་ཆུང་གིས་གྲོང་སྡེར་བརྟག་དཔྱད་ཞིབ་འཇུག་མང་པོ་བྱས་རུང་། ཁང་པ་དེའི་བདག་པོ་དངོས་ནི་གཅེན་གཅུང་གཉིས་དང་ཆུང་མ་གཅིག་བཅས་ལས་སུ་གང་གི་ཡིན་མིན་མ་ཤེས། ཐོག་མར་ས་བདག་གི་ཞྭ་མོ་གཅིག་ལས་མེད་མོད། མི་འདི་གསུམ་ལས་སུ་ཞིག་ས་བདག་ཡིན་མིན་མ་ཤེས་པས། གོང་རིམ་ལ་སྙན་ཡང་ས་བདག་གི་ཞྭ་མོ་གཉིས་ཀྱི་སྙན་ཞུ་ཕུལ་ཏེ། གནད་དོན་འདི་ཐག་ཆོད་པ་བྱས།

ཤིང་རྟ་༡༩༥༨ལོར་ས་བདག་གི་ཞྭ་མོ་གྱོན་པའི་མི་གསུམ་པོ་ཁང་པ་འདི་ལས་བསྒྲད་དེ། འོག་ཐོག་མགོ་སྤྱོད་ཁང་དང་། ཉིས་ཐོག་སུམ་ཐོག་ལས་དོན་ཚོ་ཆུང་གྲོང་ཚོར་སླེབས་སྐབས་ཀྱི་འཕྲལ་སྡོད་བྱེད་ཡུལ་དུ་གྱུར།

བསོད་སྒྲོན་གྱི་གཅེན་པོ་ལས་དོན་ཚོ་ཆུང་ཡོད་སའི་ཉེ་འགྲམ་དུ་ཉིན་ཕྱེད་ལྷག་བསྡད། ཁོས་མི་ཞིག་སྒོའུ་ཁུང་གི་གམ་དུ་ལངས་ཏེ་ངར་ཆ་ལྡན་པའི་ཁ་སྒྲེང་གཏོང་བ་མཐོང་། ལས་བྱེད་པའི་གྱོན་གོས་ཐལ་མདོག་གྱོན་

པའི་བུད་མེད་ཅིག་སློ་མ་འཁྱེར་ཏེ་གཙང་འགྲམ་དུ་ཚལ་བགྲུ་བར་ཡོང་བ་མཐོང་། བུ་མོ་དེས་སྒྲུ་ལེན་ཞིང་དགའ་མཆོང་བྱེད་བཞིན། ཁོ་ལ་མིག་ཀྱང་མ་བལྟས་པར་ཁོའི་གམ་ནས་ཕྱིན། ཕོ་ཤས་སྟོན་དུ་ཁོའི་གཙུང་མོ་བསོད་སྒྲོན་གྱིས་ཀྱང་དེ་ལྟར་བྱས་ཏེ། མཐར་མི་རིགས་ལས་བྱེད་སློབ་གྲྭར་ཕྱིན་པ་ཁོས་དྲན། གཙུང་མོ་ནི་ཁོས་ལན་ཏེ་ལས་བྱེད་པར་གྱུར་པའི་གོ་སྐབས་ཤོར་སྙམ་ནས། ཨར་ཀན་གྲྭ་པ་འདི་སྟོན་ཚད་དང་མི་འདྲ་བར་སེམས་སྡུག་གིས་ནོན། ཁོ་སེམས་སྐྱོ་སྐྱེ་མཆི་མའི་ཟིང་བུ་བརྫོལ། ཁོའི་བསམ་པར་རང་ཉིད་ནི་མི་སྐྱ་ཞིག་ཏུ་གྱུར། སྟོན་ཚད་དགོན་པར་ཕྱིན་ནས་མགོ་སྐྲ་བཅད། ཆོས་གོས་གྱོན། ཆོས་མིང་ལ་ཆོས་ཀྱི་རྒྱ་མཚོ་ཟེར། རྒྱུན་དུ་བསྡུས་མིང་ཆོས་རྒྱམ་ཞེས་འབོད། འོན་ཏེ་ཕ་མིང་ཙམ་ཡང་མི་ཤེས་པའི་བྱིས་པ་དབུལ་པོ་འདིར་ཞུ་སྣ་མེད་ལ། ཐོས་བསམ་ཡང་བྱེད་མ་ཐུབ་པར། དགོན་པའི་ནང་དུ་ཨར་ལས་བྱེད་མཁན་གྱི་ཨར་ཀན་གྲྭ་པ་ཞིག་ཏུ་གྱུར། ཆོས་ཙུང་ཟད་ཐོས་ཙུང་རང་སྟོབས་ཀྱིས་གོ་བ་ཕྱེད་ཙམ་ཡང་མི་ཡོན། ལས་དང་བསྟུན་རྒྱུ་ཁོ་ན་ལས་གཞན་མི་ཤེས། སེམས་ལ་འདོད་ཆགས་གང་ཞིག་སྐྱེ་སྐབས་བཟོད་བསྲན་དང་། ད་དུང་སྡུག་བསྲན་བྱེད། དེ་ལྟར་ཡུན་རིང་སོང་བས། མི་སྣང་མའམ་ཚོར་མེད་ལྷ་བུ་ཞིག་ཏུ་གྱུར། ད་ལྟ་སྐྱོ་ངལ་ལས་ཐར་ཏེ་རྣམ་འགྱུར་གང་ཞིག་བསྟན་ཙང་ཚོག །གནམ་ཙ་ཙུབ། ཟླ་བ་བརྒྱད་པར་ཁང་སྟེང་ལས་ཤྭ་མོ་གདུས་པའི་དྲི་ཞིམ་མཆེད།

དུས་ཚིགས་འདི་ནི་ཁུ་བྱུག་གྲོད་ཕུའི་དུས་ཚིགས་མིན།
དུས་འདིར་ནགས་འདབས་སུ་བེ་ཤྭ་ཐོན་ཡོད།

སྐབས་དེར་ཡུལ་འདིའི་མི་རྣམས་ཀྱིས་བེ་ཤྭ་ཞེས་པའི་མིང་མི་ཤེས། ཁྱུ་བྱུག་གྲོད་པུ་ཕུད་པའི་ཤྭ་མོ་ཐམས་ཅད་ལ་ཤྭ་མོ་ཞེས་པའི་སྤྱི་མིང་ཙམ་ལས་མེད། རིགས་མང་ཤོས་ལ་ཡང་བེ་དོའི་ནགས་ཁྲོད་དུ་སྐྱེས་པའི་ཤྭ་མོ་ལ་བེ་དོའི་ཤྭ་མོ་དང་། གསོམ་ཤིང་ནགས་ཁྲོད་དུ་སྐྱེས་པའི་ཤྭ་མོ་ལ་གསོམ་ཤིང་ཤྭ་མོ་ཙམ་ལས་མེད།

སྟེང་ཐོག་ཏུ་ཕག་ཤ་དམར་བཙོས་ཀྱི་དམ་ཟས་དང་ཤྭ་མོ་གཡོས་སྦྱོར་བྱས་པས། དྲི་ཞིམ་འོག་ཐོག་ཏུ་འཐུལ། དེའི་འཁྲིས་སུ་ཡོད་ཅིང་། གཞན་གྱིས་ལེ་བདའ་བྱེད་མཁན་མེད་པའི་གྲྭ་པ་ཆོས་རྒྱམ་ནི་གཙུང་མོ་དང་རང་གི་ཡ་མཚན་པའི་བར་ཆད་བསམ་བཞིན་མིག་ནང་དུ་མཆི་ཞགས་འཁྱིལ།

དོན་དག་གསུམ་པ་ནི་བསོད་སྒྲོན་གྱིས་ལོ་དེར་བྱིས་པ་ཞིག་བཙས།

བསོད་སྒྲོན་མི་རིགས་ལས་བྱེད་སློབ་གྲྭར་ལོ་གཅིག་ཕྱིན་པའི་དོན་སྙིང་ནི་མོ་ལ་རང་གི་ཨ་མའི་ལས་དབང་བསྒྱུར་ཟློས་བྱེད་པའི་གོ་སྐབས་བྱུང་བ་དང་འདྲ། གྲོང་སྡེ་བྲལ་ཏེ་གང་ཙམ་སོང་ཙང་། ལག་གཉིས་སྟོང་པར་ལོག་ཅིང་། རང་གི་ལྟོ་བར་བྱིས་པ་ཞིག་སྦྲུམ་པར་ཡང་ཨ་ཕ་འདི་ཡིན་བསྟན་དུ་མེད།

ཆོས་རྒྱམ་གྱིས་མིག་ཆུ་ཕྱིས། ཁྲིམ་དུ་སོང་སྟེ་གཙུང་མོར་ང་ལ་ལེ་བདའ་བྱེད་མཁན་མི་འདུག་ཟེར།

བསོད་སྒྲོན་བྱིས་པར་ནུ་མ་བསྣུན་བཞིན་འདུག །མོས་བྱིས་པའི་མགོ་ལ་རྗེབ་ཙམ་བྱས་ཏེ། ཞང་པོ་སླེབས་བྱུང་། ཞང་པོ་ཞེས་སློས་ཤིག་ཟེར།

བྱིས་པས་ནུ་ཇོག་ཁ་ནས་བཏོན་ཏེ་གད་མོ་དགོད་བཞིན་སྒྲ་ངག་གི

ངོག་གེ་ཞིག་བཏོན་པ་ནི་ཨཱ། ཨཱ་ཨཱ་ཟེར།

ཆོས་རྒྱམ་དགོད་བཞིན། རང་གི་སྙིང་ཁ་བྲང་ཁོག་སྟེང་ལྡིག་ལྡིག་ཏུ་འཕར་བ་ཚོར།

བསོད་སྒྲོན་གྱིས་གྲྭ་པ་ཞང་པོ་ལགས། ཚ་བོར་མིང་ཞིག་ཐོགས་ཟེར།

ཆོས་རྒྱམ་གྱིས་སྙིང་ཉེ་བའི་ཚ་བོར་མིང་ཞིག་ཀྱང་མེད་དམ་ཟེར།

བསོད་སྒྲོན་དགོད་བཞིན། ཁྱིམ་དུ་སྐྱེས་པ་མེད་པས་ལན་ཟེར།

ཆོས་རྒྱམ་གྱིས་ཚ་བོ་པང་དུ་བཏབ་སྟེ། ཇ་ཕོར་ནང་དུ་ལྡིང་བའི་ཕོར་མར་གྱིས་བྱིས་པའི་ཐོད་པར་དཀར་རྟགས་ཤིག་བྱས་རྗེས་ན་རེ། ཁྱོད་ཀྱི་མིང་ལ་བསྟན་པ་གྱིས་ཟེར།

ཉིན་གཉིས་པར་བསོད་སྒྲོན་རི་ལ་འགྲོ་སྐབས་འདྲེད་བརྡར་ཤོར། རྐང་པ་འཕེན་སའི་བེ་དོའི་མཐའ་ནགས་ཁྲོད་ཀྱི་གྲུ་ཟུར་ཞིག་གི་ཤིང་ལོ་རྫེ་མོའི་འོག་ནས་ཤ་མོའི་ཁྲུ་ཚོགས་ཤིག་འཕུར་བ་མཐོང་། བྱུར་བུར་སྤུངས་པའི་ཤ་མོ་མཉམ་དུ་འདུས། བསོད་སྒྲོན་གྱིས་ཤིང་ལོ་ལག་པར་ཟུག་པར་མ་ལྟོས་པར་དགོད་བཞིན། ཤ་མོ་དག་ཚོགས་འདུ་འཚོགས་བཞིན་འདུག་ཟེར།

བསོད་སྒྲོན་གྱིས་ཤ་མོ་དེ་དག་ལས་སྙིང་རྗེ་པོ་བཅུ་གྲངས་ཤིག་བཏུས་ཤིང་། ཤ་གདུགས་མ་ཕྱེ་བ་རྣམས་སུ་མཐུད་མ་བཏུས།

ལས་དོན་ཚོ་ཆུང་གི་ཁང་པའི་མདུན་དུ་སླེབས་སྐབས་མོས་ཤ་མོ་ཕྱེད་ཀ་ལྷག་ཙམ་ལྩུགས་རིའི་ཐོག་ཏུ་བཞག །ལས་དོན་ཚོ་ཆུང་གི་ལས་བྱེད་ཅིག་གིས་དེ་མཐོང་བས་སྤུན་ཟླ་ལགས། ཐུགས་རྗེ་ཆེ་ཟེར།

བསོད་སྒྲོན་ཧང་ཙང་ཟད་སངས། ཕོ་ཚོས་མོ་ཞེང་པ་ཞིག་ཏུ་བལྟ་བ

ལས། ལས་བྱེད་པར་མི་བསྡེ། སྔོན་ཆད་ཕོ་ཚོས་མོ་ལ་བསོད་སྙོན་ཞེས་འབོད་ལ། ཤྭ་མོ་ཙུང་ཟད་ཅིག་ལ་ཐུགས་རྗེ་ཆེ་ག་ལ་ཟེར། རེད། ལུས་ལ་གྱོན་པའི་ལས་བྱེད་པའི་གྱོན་གོས་བརྗོལ་ཏེ་གྱོན་ཡང་མི་གཏུབ། དེ་ལས་ཨ་མར་དོར་མ་འཚེམ་ཞེས་སྨྲས་ཏེ་བུས་གྱོན་དུ་བཙུག །

བསོད་སྙོན་གྱིས་ཁང་ཐོག་ཏུ་ངའི་གཅེན་པོ་སླེབས་བྱུང་། ཕོང་གིས་ངའི་བྱིས་པར་མིང་བསྟན་པ་ཞེས་བཏགས་ཟེར།

མི་དེས་མོའི་གཏམ་ཉན་རྗེས་ལག་པ་གཡུག་བཞིན་སྐེའུ་ཁུང་ལས་ཡལ།

ཁང་སྟེང་དུ་སྔོན་ཆད་མོའི་མིང་བསོད་སྙོན་ཞེས་འབྲི་མཁན་ཏེ། ལེའུ་ཡོན་ཤོན་དུ་གྲགས་པའི་ལས་དོན་ཚོ་ཚུང་གི་མགོ་ཁྲིད་དེས་ད་ལྟ་བསོད་སྙོན་གྱིས་ཅི་ཞིག་སྨྲས་སམ་ཞེས་དྲིས་པ་མོས་མི་ཤེས།

མོ་ཤྭ་མོ་སྐྱིལ་དུ་འོངས།

ངས་ཤྭ་མོའི་སྐོར་མ་དྲིས། ངས་མོས་ཅི་ཞིག་སྨྲས་སམ་ཞེས་དྲིས།

མོས་རང་གི་གཅེན་པོ་སླེབས་ཟེར།

ལོག་སླེབས་ན་དེས་འཕྲུས་པ་རེད། ཕོ་ཚུལ་ལྡན་དང་ཐོན་སྐྱེད་ལ་ཞུགས་པར་སྐུལ་དགོས།

མི་དེས་སྐེའུ་ཁུང་ནས། ཕོ་ལ་ཚུལ་ལྡན་དང་ཐོན་སྐྱེད་དུ་ཞུགས་དགོས་སྐུལ་ཤིག །

འོན་ཏེ་བསོད་སྙོན་ཕྱིན་ཟིན་པས། དཀྱུགས་ལམ་ཞིག་ནས་མི་མཐོང་བར་གྱུར།

མི་དེས་སྐར་མོ་ཕྱིན་ཚར་བས་ཐོས་མི་སྲིད་ཅེས་སྨྲས།

མོ་ཕྱིན་ཚར་ན་སྨྲ་རྒྱུ་ཅི་ཞིག་ཡོད།

མོའི་བྱིས་པར་མིང་ཡོད། བསྟན་པ་ཟེར།

ཨོ། དགོན་པ་ནས་འོངས་པས་ཅུང་ཞིག་ཤེས་ངེས། ཡོན་གུར་གྱི་ཀྲའོ་རྨང་རྩ་ཤེས་སམ། བསྟན་པའི་རྗེ་རིང་ཤེས་སམ། ངས་བལྟས་ན་ཁྱོད་ཆོས་མི་ཤེས། མིང་འདི་ཐོགས་པའི་བླ་མས་ཡོན་གོང་མའི་ཧེ་ཤྣ་བྱས་པ་རེད། ཁྱོད་ཆོས་མ་ཤེས་ན་ངས་ཁོ་ལ་དྲིས་ཆོག །

ཉིན་ཤས་རྗེས་སུ་བསོད་སྒྲོན་རི་ལ་ཕྱིན། ཤྭ་མོ་མང་པོ་ཡོད་སའི་གནས་དེར་ངང་གིས་འགྲོ་བར་ཤོར། གལ་ཏེ་ཁ་སྟོན་ཤྭ་མོ་ཚོ་ཆུང་འདུས་པ་ཡིན་ན། ད་ཐེངས་ནི་ཚོགས་ཆེན་འདུས་ཡོད་ངེས་རེད། ཤྭ་མོ་དེ་བས་མང་བ་ཆེན་པོར་གྱུར། བསོད་སྒྲོན་གྱི་བསམ་པར་ཤོད་སྲོལ་ནང་གི་ཤྭ་མོ་ལུ་གུ་རྒྱུད་ཉེད་པ་རེད་སྙམ། ཤོད་སྲོལ་ལ་ཤྭ་མོ་ལུ་གུ་རྒྱུད་ནི་རི་དེའི་རིགས་མཚུངས་ཤྭ་མོ་དེ་དག་གི་བང་མཛོད་དམ། ཤྭ་མོའི་མ་མ་རེད་ཟེར། མོས་སླར་ཡང་འགག་ཞིག་བཏུས། རི་ནས་འོངས་དུས་སླར་ཡང་ཤྭ་མོ་མང་ཆེ་བ་ལས་དོན་ཚོ་ཆུང་གི་ལྷུགས་རིའི་ཐོག་ཏུ་བཞག །སྐབས་དེར་སྐེའུ་ཁྲུང་ནས་ཁྱོད་སྟོན་ལ་མ་འགྲོ། ང་སྨྱུག་ཅིག་ཅེས་པའི་སྐད་ཐོས།

དེ་ནི་ལས་དོན་ཚོ་ཆུང་གི་མགོ་ཁྲིད་ལེའུ་ཡོན་ཤོན་རེད། སྟོན་ཚད་མོ་ལས་བྱེད་སློབ་གྲྭར་སྐྱེལ་མཁན་དེ་རེད། ཡུད་ཙམ་ནས་ཁོས་སྟོད་གོས་ལྷེབ་གྱོན་བྱས་ཏེ་མར་འོངས། བསོད་སྒྲོན་གྱི་མདུན་དུ་ལངས་ཏེ། ཁྱོད་ཀྱི་གཅེན་པོ་སླེབས་ཅུང་འཁྱོར་ཐོ་འགོད་པར་ཡང་མི་ཡོང་ཟེར།

ད་ལྟ་ཡོང་དགོས་སམ། བསོད་སྒྲོན་གྱིས་དྲིས།

ནམ་ཙམ་ལ་འོང་ཉུང་ཚོག །

གྲྭ་པ་ཆོས་རྒྱམ་སླེབས་སོང་།

ལས་དོན་ཚོ་ཆུང་གི་མགོ་ཁྲིད་སྐྱར་ཡང་ཐོག་ཁ་ནས་སྟོད་གོས་ལྷེབ་གྱོན་བྱས་ཏེ་ཡོང་། རབ་ཏུ་བྱུང་སྐེ་ལོ་ཅི་ཙམ་ཕྱིན་ཞེས་དྲིས། ཆོས་རྒྱམ་གྱིས་ལོ་བཅུ་གྲངས་ཤིག་ཕྱིན། ཆོས་མིང་ལ་ཆོས་ཀྱི་རྒྱ་མཚོ་ཞེས་འབོད། ང་ཚོའི་དགོན་པར་ཆོས་རྒྱམ་ཞེས་པ་མང་ཟེར། བླ་མ་སུ་བསྟེན་ནམ། ང་ཁྲིམ་འགོས་ཞན་པས་འབུལ་བ་མེད། སྟོ་གོས་དགོན་པར་བསྟེན་དགོས་པས། བླ་མ་བསྟེན་མ་ཐུབ། ཉིན་ལྟར་ཨར་ལས་ངལ་ལས་བྱས་པ་ཡིན་ཟེར། ཨོ། སྟོན་ཚད་རྒྱ་ནག་ཏུ་ཨར་རྐན་རྟུད་ནིང་ཟེར་བ་ཞིག་ཡོད། རྗེས་སུ་གྲུབ་པ་ཐོབ་སྟེ་བསམ་གཏན་ཆོས་བརྒྱུད་ཀྱི་བླ་ཐོག་དྲུག་པར་གྱུར་པ་རེད། ཁྱོད་ཀྱིས་ཤེས་སམ། ཆོས་རྒྱམ་གྱིས་མགོ་བོ་གཡུག །ཁྱོད་ཀྱིས་ཚ་བོའི་མིང་ལ་བསྣན་པ་ཞེས་བཏགས། བསྣན་པ་ནི་ཡོན་གུར་གྱི་ཧི་ཤྲཱི་རེད། བོད་རིགས་རེད། ཁྱོད་ཀྱིས་ཤེས་སམ། ཆོས་རྒྱམ་གྱིས་སྐྱར་ཡང་མགོ་བོ་གཡུག་སྟེ། ད་དུང་གྲོང་སྡེའི་ནང་གི་སྐྱེས་པ་འགའ་ཞིག་གི་མིང་ལ་ཡང་བསྣན་པ་ཟེར་ཞེས་སྨྲས། མགོ་ཁྲིད་ཡི་ཐང་ཆད་དེ། དངོས་གནས་ཁྱོད་ཨར་རྐན་གྲྭ་པ་རང་རེད། ང་ཨར་རྐན་ཡིན། འོ་ན་ཕྱིར་སོང་། ངལ་རྩོལ་ཡག་པོ་གྱིས། ཐོན་སྐྱེད་ལ་ཧུར་བརྩོན་གྱིས་ཤུགས་ཤིག །

ཆོས་རྒྱམ་ཁ་བསྐོར་ཏེ་ཕྱིན།

གོམ་པ་འགའ་སྤོས་རྗེས་ཆོས་རྒྱམ་སྐྱར་ཕྱིར་འོངས། ཁོས་ལས་དོན་ཚོ་ཆུང་གི་མགོ་ཁྲིད་ལ་ང་ལོ་བཅུ་གཅིག་བཅུ་གཉིས་ཙམ་ལ་དགོན་པར་

ཕྱིན། ……

ཁོ་སོམ་ཉིར་ཚུད་སྐབས་མགོ་ཁྲིད་ཀྱིས་ཚོག་ཛ་འཛྲོག་སྐྱེ། ཡང་སྙིང་ལོ་བཅུ་གཅིག་ཡིན་ནམ་བཅུ་གཉིས་ཡིན། གསལ་པོར་ཤོད་དང་།

ང་ལོ་བཅུ་གཅིག་བཅུ་གཉིས་ཙམ་ལ་དགོན་པར་སླེབས། ཤིང་གཤག་རྒྱུ་དང་མེ་འབུད་རྒྱུ། ཨར་ལས་བྱེད་རྒྱུ་ལས་གཞན་ཅི་ཡང་མི་ཤེས།

མགོ་ཁྲིད་ཀྱིས་ཕར་འགྲོ་ཚུར་འོང་འགའ་བྱས་ཏེ། ལུག་རྫིར་འགྲོ་སྐྱོང་ངམ། སྔ་དྲོ་ལུག་ཕྲུ་སྤང་ཐོག་ཏུ་འཚོ། དགོང་དྲོ་ལུག་ཕྲུ་ལྷས་རར་བཅུག །

འདི་ལྟར་ཆོས་རྒྱམ་སྐྱིད་གྲོང་གི་ལུག་རྫིར་གྱུར།

ཁྲིམ་སྒོ་འཛུལ་སྐབས་བསོད་སྒྲོན་གྱིས་སླང་ལེབ་ཐོག་ཏུ་མར་བཞུས་ཏེ། ཤྭ་མོ་དཀར་པོ་སེར་པོར་མ་ཕྱིན་བར་དུ་བསྲེགས། འདི་ནི་སོས་ལས་དོན་ཚོ་ཚང་གི་གམ་ནས་ཤེས་པའི་ཤྭ་མོའི་གཡོས་སྦྱོར་རེད། ཤྭ་མོ་སླང་ལེབ་ཐོག་མ་བཞག་སྔོན་དུ་ཡ་མཚན་པའི་དྲི་ཞིག་འཕྱུལ། ས་འདམ་གྱི་དྲི་འདྲ་ལ། སྤོ་སྣུའི་དྲི་ཡང་འདྲ། ཐང་ཆུའི་དྲི་ཡང་འཕྱུལ། སླང་ཐོག་ཏུ་བསྲེགས་པས་དྲི་མ་ཙུང་ཡལ་མོད་སྣར་ཤ་དྲི་ལྟ་བུ་ཞིག་ཀྱང་འཕྱུལ། སྐྱིད་གྲོང་གི་མི་རྣམས་ཀྱི་བཟའ་བཏུང་དག་ནི་གདོང་མའི་གཡོས་སྦྱོར་ཙམ་ཡིན་པས། རོ་འཛིན་ལྕེ་དང་དྲི་འཛིན་སྣ་ཡིས་བློ་ཞིམ་འདི་འདྲ་གོམས་མི་སྲིད། དེ་བས་གཙང་མོ་བསོད་སྒྲོན་གྱིས་རང་གི་ཕོར་པའི་ནང་དུ་བཞག་པའི་ཤྭ་མོ་ལེབ་ལེབ་འདིས་ཆོས་རྒྱམ་གྱི་ཟས་ཀྱི་དང་ག་འདྲེན་མི་སྲིད།

བསོད་སྒྲོན་གྱིས། ཟོ་དང་། འདི་ལྟར་བྱས་ན་འབྲུ་རིགས་གྲོན་ཆུང་ཡོང་། ཚང་མས་ཧྲེ་ཡོངས་ཀྱི་འབྲུ་རིགས་ཀྱིས་སང་ལོའི་དཔྱིད་ཀ་མི་འཁྱོལ་ཟེར།

ཆོས་རྒྱམ་བྱིས་པ་ཆུང་ངུ་ཞིག་དང་འདྲ་བར་ཡུས་དང་བཅས། ང་ཚོ་སྐྱེས་པ་ནས་འབྲུ་དང་ཤ་དང་འོ་མ་གསུམ་ལོངས་སྤྱོད་བྱེད་ཀྱི་ཡོད་ཟེར།

བསོད་སྒྲོན་གྱིས་ཀླ་མ་ཞིག་དང་འདྲ་བར་གཅིག་བྱུས་ན་གང་ནས་ཀྱང་ཙུང་ཟད་བཟའ་དགོས་པའི་དུས་ཚོགས་ཤིག་སླེབས་ངེས་ཟེར།

ཕྱིས་སུ་སྐྱིད་གྲོང་གི་མི་རྣམས་ཀྱིས་ཕྱིར་དྲན་བྱས་པ་ལྟར་ན། ལྕགས་གླང་༡༩༦༡ལོ་དང་ཆུ་སྟག་༡༩༦༢ལོར་ང་ཚོའི་ལྟོ་བའི་ནང་དུ་རི་སྟེང་གི་ཟས་སྣ་ཚོགས་འགྲོ་བཞིན་ཡོད་ཟེར། དོན་ལ་རི་སྟེང་གི་དངོས་པོ་མང་པོ་ཞིག་གིས་ཀྱང་ལྟོ་བ་རྒྱགས། བེ་དོའི་འབྲུ་གུ་དང་། སེར་ཁྲིམ། གྲོ་མའི་རྩ་བ་སོགས་ནི་གར་ཕྱེ་ཕུན་སུམ་ཚོགས་པའི་ཟས་རིགས་ཤ་སྟག་རེད། ད་དུང་རི་སྟེང་དུ་སྔོ་མང་པོ་ཡོད་ཅིང་། དཔྱིད་དུས་ཟྭ་འབྲུམ་དང་། རྩ་མཁྲིས། དབྱར་དུས་ཀྱི་ཙུག་སྔོང་པོ་དང་། ལྕུ་ཚལ། སྔོག་ཆེན། སྟོན་དུས། སྟོན་དུས་ཤ་མོ་སྣ་ཚོགས་ཡོད། དེ་ནི་སྐྱིད་གྲོང་གི་མི་རྣམས་ཀྱིས་ཤ་མོ་སྣ་ཚོགས་ངོས་འཛིན་པའི་དུས་ཚིགས་རེད། ཁུ་བྱུག་གྲོད་ཕུ་ཕུད་འབོལ་ལ་སྙི་བའི་བ་གླང་གྲོད་ཕུ་དང་། སླུག་ལ་སྔོར་བའི་ངང་སྔོང་ཤ་མོ། ནང་དུ་ཆོས་བརྩེགས་མང་ཞིང་ཤ་གདུགས་མེད་པའི་ཤ་མོར་ཕྱུགས་མ་ཤ་མོ་ཞེས་མིང་བཏགས་པ་ལ། རྗེས་སུ་ལེའུ་ཡོན་ཤོན་གྱིས་མིང་དེ་བཙོག་པར་སེམས་ནས་འདི་རྒྱ་མཚོའི་ནང་གི་བྱུ་རུ་དང་འདྲ་གསུངས་པས། བྱུ་རུའི་ཤ་མོར་འབོད།

ལས་དོན་ཚོ་ཆུང་དང་ནང་ས་ནས་མུག་གཡོལ་དུ་ཡོང་བའི་མི་དག་གིས་སྐྱིད་གྲོང་གི་མི་རྣམས་ལ་ཤ་མོ་འཐུ་སྟངས་དང་གཡོས་སྦྱོར་བྱེད་སྟངས་བསླབས།

ལས་དོན་ཚོ་ཆུང་ནི་སྦྲོས་མི་དགོས། མུག་གཡོལ་དུ་ཡོང་བའི་སྤྱིན་བདག་ལྷུའུ་ལགས་ནི་སྔོན་ཆད་སྐྱིད་གྲོང་གི་ལྷོ་ཕྱོགས་ཁྲིམ་ལམ་ཐོག་ཏུ་ཡོད་པའི་མགྲོན་ཁང་གི་སྤྱིན་བདག་རེད། གཞུང་ལམ་བཟོས་པ་དང་ཁོ་ཚོ་ཁྲིམ་ཚང་དང་བཅས་པ་ནང་སར་ཡོག །

ཉིན་དེར་གྲྭ་པ་ཆོས་རྒྱམ་རི་ལ་ལུག་འཚོ་བར་སོང་།

ཉིན་དེར་ཆོས་རྒྱམ་ལུག་ཁྱུ་དེད་དེ་མི་རྣམས་རྒྱུན་གཏན་མི་འགྲོ་བའི་རྫོ་གཅལ་བརྟེངས་པའི་ཁྲིམ་ལམ་བརྒྱུད་སྐབས། སྔི་བརྒྱ་དང་བཙུ་ཙམ་གྱི་ཁྲིམ་ལམ་གྱི་རྫོ་གཅལ་གསེབ་ཏུ་རྩྭ་ཡན་གྱིས་ཁེངས། ཁྲིམ་གཞོགས་གཉིས་ཀྱི་ཁང་ཐོག་ཕལ་ཆེར་བརྡིབས་ཤིང་། ལྕམ་ཤིང་རྣམས་ནི་རུལ། བསོད་སྒྲོན་གྱིས་སྔོན་ཆད་གཡོག་བྱེད་སྐབས་སོལ་བས་བྲིས་པའི་ཡི་གེ་ཡང་མག་མོག་ཏུ་གྱུར། ཞིག་ཤུལ་འདིར་གདོན་འདྲེ་ལས་གཞན་ཅི་ཡང་མེད་སྣང་འཆར། ཆོས་རྒྱམ་གྱིས་གཟུངས་སྔགས་བཟླས་པས་སེམས་ལྷོད་པར་གྱུར།

དགོང་དྲོ་ལུག་ཁྱུ་དེད་དེ་སླར་ཡང་ཁྲིམ་རྙིང་པ་ནས་འགྲོ་སྐབས། ཁང་ཐོག་ཅིག་ནས་དུ་བ་སྔོ་ལམ་ཙམ་འཕྱུར་བ་མཐོང་། ཁོས་སྣ་གཟེངས་ཙམ་བྱས་ཏེ། དུ་དྲི་སྣོམ་སྐབས་བུད་ཤིང་རྙོན་པའི་དྲད་ཅིག་ཀྱང་འཐུལ། ཁོའི་སྙིང་ཁ་ལྡིག་ལྡིག་ཏུ་འཕག་བཞིན་མྱུར་བར་ལུག་ཁྱུ་དེད་དེ་ཁྲིམ་ལམ་ལས་བརྒལ།

དགོང་མོ་དེར་བསོད་སྒྲོན་གྱིས་ཚུ་ཁོག་མ་གང་སྐོལ་བའི་ནང་གྲོ་ལྦེབ་ཚུད་ཟད་ཕུད། གཞན་རྣམས་ཤྭ་མོ་ཁོ་ན་རེད།

ལྟོ་ཕར་བཞག་རྗེས། ཆོས་རྒྱམ་གྱིས་ངས་དེ་རིང་ཡ་མཚན་ཅན་ཞིག་མཐོང་བྱུང་སྨྲས་ན་གཞན་ཆོས་བཀས་བཀོད་རྒྱུད་འཛིན་གྱི་རྩོངས་དད་དྲིལ་སྒྲོག་བྱེད་ཟེར་ངེས།

བསོད་སྒྲོན་གྱིས་འདི་ཁྱིམ་དུ་རེད། ང་དང་ཨ་མ་གཉིས་ལས་མེད་ཟེར།

ཆོས་རྒྱམ་གྱིས་ངས་གདོན་འདྲེ་མཐོང་བྱུང་ཟེར།

བསོད་སྒྲོན་གྱིས་ཨ་མར་བལྟ་ཙམ་བྱས་པ་ལས། ཅི་ཡང་མ་སྨྲས། ཨ་མས་ཡ་མཚན་ཅི་ཡང་མ་བྱས།

ཆོས་རྒྱམ་གྱིས་ངས་ཁྲིམ་རྙིང་པ་ནས་འདྲི་མཐོང་བྱུང་། གདོན་འདྲིས་ཁང་རྒྱལ་ནང་དུ་བ་གཏོང་བཞིན་འདུག །ད་དུང་སྐེའུ་ཁུང་ཆགས་རོའི་ཐོག་ཏུ་རི་མོད་དང་ཤ་མོ་སྐམ་འདུག་ཟེར།

བསོད་སྒྲོན་གྱིས་ད་བཤད་མི་ཉུང་། སྔ་མཐུད་བཤད་ན་རྗེས་སུ་ང་དེ་ནས་འགྲོ་མི་ནུས་ཟེར།

ཆོས་རྒྱམ་གྱིས་ངས་ད་དུང་ཁྱོད་ཀྱིས་སྔོན་ཆད་གྲུང་ལྷེབས་སུ་བྲིས་པའི་ཡི་གེ་ཡང་མཐོང་བྱུང་ཟེར།

བསོད་སྒྲོན་གྱིས་གདོང་སློད་དེ། དེ་གཞན་གྱིས་བྲིས་པ་རེད། གདོན་འདྲིས་བྲིས་པ་རེད་ཟེར།

ཆར་པ་བསྟུད་མར་ཉིན་ཤས་བབས།

གནམ་ཉིན་རེ་བཞིན་ཇེ་གྲང་དུ་འགྲོ། རི་འདབས་སུ་ཆར་འབབ་ན་རི་རྩེར་སྨུག་པ་འཁྲིག་པས། གནམ་དང་རི་བོ་དཀྱུས་གཅིག་ཏུ་སྦྲེལ། གྲང་རླུང་ཕྱོགས་བཞིར་ལྡང་། སྐྱིད་གྲོང་གི་མི་རྣམས་ཀྱིས་ཆར་པ་གངས་ལ་འགྱུར་བ་ཤེས། འོན་ཀྱང་ཞིང་ཁའི་ལོ་ཏོག་ད་དུང་བཏུས་མེད། ཆར་རླུང་ཁྲོད་དུ་གྲོ་མེད་སྙེ་མའི་ཉུལ་དྲི་འཐུལ། དེ་ནི་མི་རྣམས་ཡི་ཐང་ཆད་པའི་དྲི་ངད་ཅིག་རེད།

ད་གཟོད་གཞི་ནས་སྔ་མཚམས་མེད་པའི་ཆར་རྒྱུ་གྲང་མོ་རེ་ཞིག་ཡལ་ཏེ། སྤྲིན་གསེབ་ནས་དྲིན་ཆེན་ཉི་མའི་གཟི་བྱིན་ངོམས།

དེའི་ཚེ་དེའི་དུས་ན། བསོད་སྒྲོན་ཁྱིམ་དུ་ཨ་མ་དང་ལབ་གླེང་བྱེད་

བཞིན་ཡོད།

ཨ་མས་ཆར་པ་མང་པོ་འདེབས། ལོ་ཏོག་ལྷ་ཞིག །སོག་མ་ཡང་རྡུལ་བ་ཡོད། རེ་ཐག་ཆོད་སོང་ཟེར།

ཆོས་རྒྱམ་གྱིས་རྡུལ་ཀྱང་ཆོག །མིས་སོག་མ་བཟས་ཏེ་འཚོ་བ་ནི་སྐྱེལ་མི་དགོས་ཟེར།

ངས་སེམས་ཁྲལ་འདི་ལ་མི་བྱེད། ཆར་པས་ཤིང་དང་ཤྭ་མོ་ཡང་རྡུལ་ན། མི་རྣམས་ལྟོ་ཚེ་འཕྲིད་མི་ཐུབ། ད་ནི་ཉི་མ་འཆར་ན་དགའ། བསོད་སྒྲོན་གྱིས་སྨྲས་རྗེས། བྱིས་པ་རྫོ་བོའི་པང་དུ་བཞག་སྟེ་རི་ལ་བསྒོམས།

ཉིན་ཤས་ཆར་ནག་བབས་པའི་ཡུལ་ལྗོངས་ནི་སྐྱོ་ཤས་ཆེ། ནགས་ཁྲོད་ཀྱི་ཤྭ་མོ་ཕལ་ཆེར་རྡུལ། ཤྭ་མོ་ལུ་གུ་རྒྱུད་དེར་ཤྭ་མོ་ཉིས་བརྒྱ་སུམ་བརྒྱ་ལྷག་ཡོད་ངེས། ཉིན་ཤས་རིང་གི་ཆར་ནག་རྒྱུ་འཁྱིལ་དེས་ཤྭ་མོ་མ་རྡུལ་བ་བཙུ་གྲངས་ཙམ་ལས་མེད། མོས་མྱུར་དུ་ཤྭ་མོ་བཏུས། ཤྭ་མོའི་རྡུལ་དྲིས་བསོད་སྒྲོན་གྱི་ཡིད་ལྷག་པར་སྐྱོ། མོ་ཡར་ལངས་ཏེ་མིག་ཤིང་ལ་བལྟས། བེ་དོའི་སྟོང་པར་འབྲུ་གུ་རབ་ཏུ་སྨིན་ཏེ། འོད་ཀྱང་འཚེར། བསོད་སྒྲོན་གྱི་སེམས་ནང་དུ་ཞིང་ཁའི་ལོ་ཏོག་མ་སྨིན་རུང་། དྲིན་ཆེན་ཉི་མས་ཤིང་སྟེང་གི་བཞའ་ཚན་སྐམ་ན། ལོ་ཏོག་རི་ནས་བཏུས་ཆོག་སྐམ་བཞིན། ཡིད་འཚེངས་པར་གྱུར་ཏེ། གདོང་ནས་འཛུམ་ཞིག་དང་གིས་ཕྱུངས། མོས་རང་གི་གདོང་ལ་བྱིལ་བྱིལ་བྱས་ཏེ། ལག་ཟུང་གཉིས་མིག་མདུན་དུ་བླངས་མོད། སྣར་མཐིལ་ནས་འཛུམ་མདངས་ནི་མ་མཐོང་།

མོས་རབ་ཏུ་སྨིན་པའི་བེ་དོའི་འབྲུ་གུ་དག་དྲན་བཞིན་གདོང་ཡོངས་

འཇུམ་གྱིས་ཁིངས། མུ་གེ་སྐྱིད་གྲོང་དུ་སླེབས་དུས། འབྲུ་གུ་འདི་དག་གིས་མོའི་ཁྲིམ་མི་རྣམས་ལྟོ་ཆེ་འཕྱིད་ངེས་སྙམ། ལྟོས་དང་ཨ་མ། ལྟོས་དང་གཅེན་པོ། ལྟོས་དང་གཅེས་པོ། ངེད་ཚོའི་ཁྲིམ་མི་མུ་གེའི་ལོ་ཟླར་ལྟོ་ཆེ་འཕྱིད་པར་ངས་བྱེད་ངེས་སྙམ།

མོ་སྒོ་འགྲམ་དུ་སླེབས་ཏེ། སྒོ་ཕྱེ་དུས་ད་གཟོད་ཧོན་འཐོར།

མོ་རང་ཁྲིམ་གྱི་སྒོ་འགྲམ་དུ་མེད།

མོས་རང་ཉིད་ནི་སྟོན་ཆད་ཀྱི་ཁྲོམ་སྙིང་དུ་སླེབས་པ་ཤེས། མོས་རང་གིས་རང་ལ་གདོན་འདྲེ་མཐོང་ཞེས་སྨྲ་མ་ནུས། སྐབས་དེའི་སྐྱིད་གྲོང་བ་རྣམས་ཀྱིས་མི་འདྲེས་འཁྲིད་པར་ཡིད་ཆེས་བྱེད་ཀྱི་ཡོད།

བསོད་སྒྲོན་གྱིས་གཅེན་པོའི་གཏམ་དྲན། སྟོན་ཆད་མོས་བྲིས་པའི་ཡི་གེ་ཡང་མཐོང་ཟེར། མོས་དེ་ལྟར་བསམ་བཞིན་རང་ཉིད་འདྲེས་འཁྲིད་སྙམ། གོམ་སྟབས་འཇོག་མ་ནུས། མྱུར་བར་སྟོན་ཆད་རང་ཉིད་གཡོག་མོར་སྡོད་སའི་ལྷུའུ་ཚང་མགྲོན་ཁང་གི་སྒོ་འགྲམ་དུ་འཁྱོར། མོས་བྲིས་པའི་ཡི་གེ་དག་ཀྱང་དངོས་སུ་མཐོང་མོད། ཆར་ལྷགས་དང་ཉི་འོད་ཀྱིས་གཙོས་ཏེ། ཡི་གེ་ཡལ་ལ་ཉེ་ཞིང་། ཤིང་གྱང་གི་ཁ་དོག་ཁམ་ནག་ཀྱང་ཡལ་ལ་ཉེ། མོས་ལག་པ་བརྐྱངས་ཏེ་ཡི་གེར་ལག་པ་འཆང་ཙམ་བྱས་པས། ཤིང་གྱང་དེ་མུར་ཞིག །མོས་ལག་འཆང་པའི་འཁོར་རྒྱུ་དེ་ཙམ་མ་ཟད་ཤིང་གྱང་ཡོངས་སུ་ཞིག །ཤིང་གྱང་སོབ་ཏུལ་ཞིག་དུས་སྐད་སྒྲ་ཅི་ཡང་མེད་པར་མོའི་རྐང་མདུན་དུ་སོབ་རྡུལ་གྱི་ཕུང་པོ་ཞིག་ཆགས། མགྲོན་ཁང་གི་ནང་ངོས་མོའི་མིག་ལམ་དུ་མངོན།

དེ་ནས་མོས་མེ་ཕུང་ཞིག་དང་མི་ཞིག་མཐོང་། ཉམ་ཐག་བགྲེས་སོང་

ཞིག་མེ་མདུན་དུ་བསྡད་པ་མཐོང་།

བསོད་སྐྱོན་ཧོན་འཐོར། གཅེན་པོ་ཆོས་རྒྱམ་གྱིས་འདྲི་ཡོད་ཟེར་བ་ད་ལྟ་རང་གིས་མངོན་སུམ་དུ་མཐོང་།

འདྲི་དེས་མིག་ལྷགས་གཟེངས་ཙམ་བྱས་ཏེ། མོ་ལ་ལྟ་བཞིན་སྐད་ཤུགས་ཆུང་ངུས། བསོད་སྐྱོན་ཡིན་ནམ་ཟེར།

བསོད་སྐྱོན་གྱིས་ལྕུང་འབོད་བྱེད་མ་ནུས། ཤུབ་བུར། གདོན་འདྲི་ཟེར།

ང་འདྲི་མིན། ང་ལྷུའུ་ཚང་ཡིན། འདྲིས་སྨྲས།

བསོད་སྐྱོན་འཁྲོ་སྣམ་ཏུང་གོམ་པ་སྤོ་མ་ཐུབ། འཇིགས་སྣང་གིས་མོའི་ཁང་ཟུར་དམ་དུ་བསྡམས།

ཁྱོད་ཀྱིས་ང་ལ་ཞིབ་མོར་ལྟོས་དང་། ང་ལྷུའུ་ཚང་ཡིན། འདྲིས་སྨྲས།

ད་ཐེངས་བསོད་སྐྱོན་གྱིས་འདྲིའི་ལུས་ཐོག་ནས་སྔོན་ཆད་ཀྱི་ལྷུའུ་ཚང་གི་གཟུགས་རིས་མཐོང་། མིག་ཟུར་ཆུང་ལ། སྨ་ར་རྒྱ་ར་ཅན། བསོད་སྐྱོན་བྲེད་བཞིན་དངངས་བཞིན། ལྷུའུ་ཚང་ཁྱོད་ཤི་འདུག

ང་མ་ཤི།

འོ་ན་ཁྱོད་ཀྱི་འདྲི་ཡོང་དོན་ཅི།

ལྷུའུ་ཚང་གིས་ངུ་སྐད་དང་ངེད་ཁྱིམ་མི་བདུན་པོ་འདི་ནས་ཐོན་རྗེས། ད་ལྟ་ང་ལས་འདྲེར་གྱུར་པ་རྣམས་ལོག་མི་སྲིད། ལྷུའུ་ཚང་ངུ་དུས་མིག་ཆུ་དང་སྣ་ཆུ་གཉེར་མའི་ཐོག་ཏུ་རིམ་གྱིས་བཞུར་ཏེ། སྐམ་ཤས་ཆེ་བའི་སྨ་ར་དཀར་པོའི་ངོས་སུ་འཁྱིལ། ལྷུའུ་ཚང་གིས་ཁང་པ་གཉིས་ཚུར་བཏོན། ཁང་པར་ལྐམ་མི་འདྲ་བ་རེ་གྱོན། ལྐམ་མཐིལ་གཉིས་པོ་སྦྲ་ས་ནས་བཙོལ་ཟེར།

ལྐམ་འདི་གཉིས་མ་ རྙེད་ན་ང་འདི་ཏུ་མི་སླེབས། ཁྱོད་ཚོ་གློ་ཡུལ་དུ་མི་སླེབས། ཨུའུ་ཚང་གིས་སྨྲས།

འདིར་འོངས་ནས་ཅི་བྱེད། བསོད་སྒྲོན་གྱིས་གཏམ་དྲིས།

ངས་ཁྱོད་ཁྲོ་བར་བྱས་སམ། ཨུའུ་ཚང་གིས་གཟབ་གཟབ་སིག་སིག་གིས་དྲིས།

བསོད་སྒྲོན་གྱིས་མི་རིགས་ལས་བྱེད་སློབ་གྲྭར་སྦྱངས་པའི་ཚིག་ཟུར་ཡིད་ལ་དྲན་ཏེ། གློ་ཡུལ་ཟེར་མི་ཚིག །བཅིངས་བཀྲོལ་བཏང་ཟིན། མི་རིགས་སྲིད་ཇུས་གྲངས་ཉུང་མི་རིགས་ཁུལ་དུ་ལག་བསྟར་བྱེད་དགོས་ཟེར།

རེད། དེ་ལྟར་རེད། བཅིངས་བཀྲོལ་བཏང་ཟིན། གཏམ་བཤད་ནོར་བྱུས་ན་ག་ལ་འགྲིག །ངའི་བསམ་པར་ང་འདིར་ཡོང་ན་གཞི་ནས་ལྷོ་ཚེ་འཕྲད་ངེས་སྙམ། རི་ལ་སྤོ་དང་ཤ་ཡོད། ད་དུང་རི་དྭགས་དང་། འདབ་ཆགས། ཤྭ་མོ་སྣ་ཚོགས་ཡོད། འདི་དག་གིས་མི་རྣམས་ཀྱི་ལྷོ་ཚེ་འཕྲོད་ངེས་རེད།

གཏམ་འདི་དག་ཉན་བཞིན་བསོད་སྒྲོན་ཡང་མིག་ཆུ་ཤོར།

ངས་ཁྱོད་ལ་ཞུ་བ་བྱེད། ཨུའུ་ཚང་གིས་སྨྲས།

ཅི་རེད། ཨུའུ་ཚང་། ད་ལྟ་ངེད་ཚོའི་ཁྲིམ་གྱིས་འབྲུ་རིགས་གྲོན་ཆུང་ཡོང་ཆེད་ཤྭ་མོ་ཤ་སྟག་བཟས་པས། ལུས་ཡོངས་ཤྭ་མོའི་དྲི་རེད། ད་དུང་ཅི་ཞིག་ཁྱོད་ལ་སྦྱིན་པ་གཏོང་དགོས་སམ།

ཨུའུ་ཚང་དགོད་བཞིན། བསོད་སྒྲོན་ནར་སོན། འཚོ་བས་ཉེན་ཏེ་དུ་ཤེས་ཟེར། ཨུའུ་ཚང་དགོད་སྐབས་སོ་རྙིལ་དམར་པོ་ཆུ་རལ་ཅན་ཡང་མཐོང་།

བསོད་སྒྲོན་གྱི་དྲན་ཚོད་ལ། སྔོན་ཆད་ཨུའུ་ཚང་སོ་རྒྱུ་མི་ལེགས་པས།

ཟས་བཟས་རྗེས་སྐྱིད་པ་ནས་བ་སོའི་སོ་ཤིང་བརྟོན་ཏེ་སོ་འཕྲུ་བར་བྱེད། སོ་སྨྱུབས་ནས་ཐོན་པ་རྣམས་ནོར་ལུག་གམ་རི་དྭགས་ཀྱི་ཤའི་རྒྱུས་པ་ཤ་སྟག་རེད། ཁོས་རྒྱུས་པ་དེ་དག་མིག་མདུན་དུ་བསྟན་ནས་རང་ཉིད་ལས་ངན་ཡིན་པར་ཡི་ཆད་བྱེད། རང་ཡུལ་དུ་སྡོད་མ་ཐུབ་པར་ཤ་ཁོ་ན་ལས་སྔོ་ཚོད་ཉུང་བའི་གནས་འདིར་སླེབས་པར་ཡི་ཆད་བྱེད། ཁོས་རྒྱུན་དུ་སོ་སྨྱུབས་ནས་བརྟོན་པའི་རྒྱུས་པ་དག་ལ་ལྟ་བཞིན་ཕ་ཡུལ་གྱི་ཚོད་མ་ཡིད་ཡུལ་དུ་བྱེད། སྲན་ཐུད་དང་། སྲན་ཞོ། པད་རྩ། སྨྱུག་རྩ། གསེར་ཕུད་སོགས་རེད། དེའི་འབྲས་བུར་ཁོའི་སོ་སྨྱུབས་ཇེ་ཆེར་སོང་ཞིང་། སོ་སྨྱུབས་ནས་བརྟོན་པའི་རྒྱུས་པ་ཡང་ཇེ་སྦོམ་དུ་འགྲོ། དེ་དུས་ལྷའུ་ཚང་གིས་ཉིན་ལྟར་ཀློ་ཡུལ་ལ་དམོད་མོ་འདེབས་བཞིན་ཡོད་ལ། རང་གི་མགྲོན་ཁང་ལ་དམོད་མོ་བྱེད་བཞིན་ཡོད།

ད་ལྟ་འགྲུལ་ཞིང་ཉུང་བའི་སོ་དག་བྱུང་ལ་ཉེ། ཁ་ནང་དུ་ཚོས་གཞི་དམར་ཞིང་མཐོང་སྙིང་མི་འདོད་པའི་སོ་རྙིལ་དེ་ལུས།

ཁྱོད་ཀྱིས་ང་ལ་ཤ་རྗོག་པོ་ཅིག་བྱིན་དང་། ངའི་ལུས་ཡོངས་རྩྭ་དྲི་རེད། ཁོས་བསོད་སྒྲོན་ལ་སྨྲས།

བསོད་སྒྲོན་གྱིས་ཁོ་སྟོན་ཆད་ཤ་ལ་མི་དགའ་བའི་ཚུགས་ཀ་དག་དྲན་ཏེ། ཤ་མེད་ཅེས་ལན་བཏབ་པ་དང་སྦྲགས། རང་གི་ཁ་ནང་དུ་མཆིལ་མའི་ཡོ་ལང་འཁྱུར་ཏེ་མོ་ཡང་ཤ་བཟའ་འདོད།

ལྷའུ་ཚང་གིས་ཀུ་མཐུད་འོ་དོད་འབོད་བཞིན། ང་ལ་ཚྭ་དགོས། རོ་ཡི་རྒྱལ་པོ་མེད་ན་ཤྭ་མོ་རྩི་ཐོག་ཇི་ལྟར་མང་ཡང་ང་ཡར་ལངས་མི་ཐུབ་ཟེར།

བསོད་སྒྲོན་དགོད་བཞིན། མགོ་སྐྱིད་ཁང་དུ་ཚྭ་སྟོན་ཆད་ལས་གོང་

ཁེ་ཟེར།

ཨུའུ་ཚང་གིས་མཐོང་སྙིང་མི་འདོད་པའི་སོ་རྙིལ་མངོན་བཞིན་འདི་ལྟར་བཤད། ངས་ཕྱི་བ་གཉིས་བཟས། འདམ་ཉ་མང་པོ་སྔོ་དང་མཉམ་དུ་བཙོས། ཚྭ་མེད་པས་ངའི་ལུས་ལ་ཤུགས་མེད། ང་ཡར་ལངས་མི་ཐུབ་པར་གྱུར་ངེས། ཁྱོད་ཀྱིས་ང་ལ་ཚྭ་སྤྲེར་ན་ལུས་ལ་ཤུགས་ཡོད་པས། ངས་ཤ་མང་པོ་རྙེད་ངེས་ཟེར།

བསོད་སྙོམ་ཁྲིམ་དུ་སླེབས་རྗེས། གཅེན་པོ་ལུག་རྫིར་ཁྲོམ་རྙིང་པར་གདོན་འདྲེ་མེད། ཨུའུ་ཚང་གྲོས་སླེབས་འདུག་ཅེས་སྨྲ་བཞིན། གསར་ཤོག་རྙིང་པར་ཚྭ་སྤྲིལ་ཏེ་ཕུ་བོས་ལུག་འཚོ་བར་འགྲོ་ཞོར་དུ་ཁོ་ལ་སྤྲོད་པར་སྐུལ།

གཅེན་པོས་སེམས་མཐུན་མ་བྱུས། ས་ཐག་རྒྱང་རིང་པོ་འདི་འདྲ་ཞིག་ནས་ཡོང་གི་ཟེར་བ་དང་སླེབས་པ་འདི་འདྲ། ཁྱོད་ཀྱིས་གདོན་འདྲེ་མིན་པ་ཇི་ལྟར་ཤེས་ཟེར།

བསོད་སྙོམ་གྱིས་ཁྱོད་གྲྭ་པ་ཡིན་པས། གཟུངས་སྔགས་བཟླས་ཏེ། གདོན་འདྲེ་བསྐྲད་མི་ཆོག་གམ་ཟེར།

ང་བླ་མ་ནི་མིན། གྲྭ་པ་ཨར་ཀན་ཞིག་ལ་མཐུ་ནུས་འདི་འདྲ་ཅི་ལ་ཡོད།

བསོད་སྙོམ་ཁྲོམ་རྙིང་པར་འགྲོ་སེམས་མ་བྱུང་། ཆར་པ་ཆད་རྗེས་ལས་དོན་ཚོ་ཆུང་གིས་ངལ་ནུས་ཚང་མ་སྤྲིག་འཛུགས་ཀྱིས་ལུད་མང་དྲགས་ཏེ་སྨིན་མ་ཐུབ་པའི་གྲོ་ཞིང་སྨྱུར་འཐུ་བྱེད་དུ་བཙུག །ལས་དོན་ཚོ་ཆུང་གིས་སྐུལ་སློང་ཚོགས་འདུའི་ཐོག་ཏུ་འབྲུ་རིགས་བཏུ་མ་ཐུབ་ཀྱང་། སི་ཞིང་ལྡང་པ་ནི་གཟན་རྒྱ་ཞིགས་པོ་ཞིག་ཡིན་པས། ཐུན་མོང་གི་འབྲི་གཡག་རྒྱུགས་པོ།

མཚོག་པོ། ཚོ་པོ་གསོ་ཐུབ་ཟེར། མགོ་ཁྲིད་སྐུ་ཡོན་ཆེ་བས། གྲོང་སྡེ་ཕལ་ཆེ་བས་གོ་བ་ལོན་མི་ཐུབ་པའི་གསུང་བཤད་གནང་། ཉི་ཤར་ལ་ཤོར་བ་ཉི་ནུབ་ལ་ཐོབ་ངེས་གསུངས། ཚིག་འདི་སྐད་བསྒྱུར་མང་པོ་བྱས་རྗེས་མི་རྣམས་ཀྱིས་གཞི་ནས་གོ་བ་ལོན། སྐད་བསྒྱུར་མང་པོ་བྱས་རྗེས། ཉི་མ་འཆར་དུས་མ་ཐོབ་པ་དག་ཉི་མ་བཞུད་དུས་ལོན་ངེས་ཞེས་པར་གྱུར།

མི་འགགས་མཚར་གཏམ་ཤོད་ཞོར། ཉི་མ་འཆར་དུས་ཤོར་བའི་འབྲུ་རིགས། ཉི་མ་བཞུད་དུས་གཟན་ཙྭར་གྱུར་ཟེར།

ལས་དོན་ཚོ་ཆུང་གིས་སི་ལིང་ལྷང་པ་ནོར་ལུག་ལ་སྤྲེར་ན་ཤ་ལ་འགྱུར། དེ་བས་ཉི་མ་བཞུད་དུས་ཤ་ལ་འགྱུར་ཟེར།

ལྷང་པ་ཤིན་ཏུ་མང་པོ་བཏགས། རིབ་མའི་ཐོག་ཏུ་བཀྲམས། ཤིང་སྡོང་ཐོག་ཏུ་བཀལ། གྲོང་སྡེ་ཡོངས་ལ་སི་ལིང་ལྷང་པ་ཉི་མར་སྐམ་པའི་དྲི་བསུང་འཐུལ།

ལུག་རྫི་ཆོས་རྒྱམ་དེ་བས་བྲེལ་བར་གྱུར། ཞག་མ་གཅིག་ལ་ཐེངས་གཉིས་ལངས་ཏེ་ལྷས་རའི་ལུག་ལ་ལོ་ཡག་ལྷང་པ་སྟེར། ཕོའི་ལུག་ཁྱུས་ཀྱི་ཙྭ་ཞིམ་པོ་དེ་དག་བཟས་པས། རྒྱགས་ཏེ་ལམ་དུ་ཡང་འགྲོ་མ་ཐུབ་པར་གྱུར། ཞོགས་པ་ལྷས་སྒོ་ཕྱེ་རུང་ལུག་རྣམས་ཀྱི་མིག་ནས་ཉོབ་མདངས་མངོན་བཞིན་ལྷས་ར་ནས་རི་ལ་ཐོན་རྩིས་མི་བྱེད།

ས་སྐྱོད་བསོད་སྒྲོན་གྱིས་ལུས་ལ་སི་ལིང་ལྷང་པའི་དྲི་མ་འཐུལ་བཞིན་ལྷའུ་ཚང་ལ་ཚྭ་སྐྱེལ་བར་ཕྱིན།

ལྷའུ་ཚང་གིས་མེ་ཆུང་ངུ་ཞིག་བསྐོངས་ཏེ། དེ་སྟེང་དུ་ཕོག་མ་གཞོགས་ཁྱེད་ཅན་ཞིག་བསྐྱོན་པའི་སྔོ་རྣམས་བརྡལ་ཟེན། ཕོས་སླར་ཡང་མིག་ཆུ

བཏང་། འདྲིན་བྱེད་ཟླུང་གིས་ཀྱང་ཚྭ་བཟའ་སྐམ་བྱེད་པ་ནི། ལྟོགས་འདུན་ཅན་ལ་ཟས་དང་སྐོམ་འདུན་ཅན་ལ་ཆུ་ཡི་འགྲན་ཟླ་ག་ལ་ཡིན། ཁོས་ཚྭ་ཐུམ་བུ་ཞིག་ཁ་ནང་དུ་བཙུག །སླར་ཡང་སྦོ་ཐུག་ནང་མང་པོ་བརྒྱབ་སྟེ། ཏུ་ལུ་ལུ་ཞེས་བཏུངས། ཁོས་གློ་ཁེངས་ཡིད་ཚིམ་གྱིས་ལྟོ་བ་འཕུར་བཞིན། བསོད་སྒྲོན། ཁྱོད་ཀྱི་ཕ་ཡུལ་ནི་དངོས་གནས་སྐྱིད་པོ་ཞིག་རེད། ལུང་པ་འདིའི་མི་ལྟོགས་གྲིར་མི་འཆི་ཟེར།

བསོད་སྒྲོན་གྱིས་སྟོན་ཆད་ཁོས་སྐྱོ་ཡུལ་ཞེས་དམོད་མོ་འདེབས་པའི་རྣམ་པ་དྲན་གསོས།

བསོད་སྒྲོན་གྱིས་ཁ་མ་གྲག་གོང་གཏམ་རྙིང་འདི་དག་གླེང་བས། ཨུའུ་ཚང་སླར་ཡང་དུས། འོན་ཏེ་ང་ལུང་པ་སྐྱིད་པོ་འདིར་རྒྱུན་རིང་སྡོད་དབང་མེད་ཟེར།

བསོད་སྒྲོན་གྱིས་ཁྱོད་འདི་གར་བསྡད་ན་མི་ཆོག་པ་ཅི་རེད་ཟེར།

ཨུའུ་ཚང་གིས་ད་ལྟ་རང་དགར་གང་དུ་ཡང་ཕྱིན་ཆོག་པའི་དུས་མ་རེད། ངའི་ཁྱིམ་ཐོ་འདིར་མེད། ངའི་ཁྱིམ་ཐོ་མུག་གྲིར་འཆི་ཡུལ་དུ་ཡོད་ཟེར།

ལོ་ངོ་གཉིས་གསུམ་རིང་ལ་ཕྱི་རོལ་དུ་མུག་གྲིར་འཆི་བའི་ཤོད་སྒྲོལ་ཡོད་མོད། མོས་ཨུའུ་ཚང་ཕུད་པའི་ཁྱིམ་མི་ཡོངས་རྫོགས་ལྟོགས་གྲིར་འཆི་བར་ཡིད་ག་ལ་ཆེས། ཨུའུ་ཚང་གིས་ཚྭ་བཟས་རྗེས་ཟླུངས་སོར་ཆུད་དེ་ལབ་གླེང་བྱེད་སྐབས་བསོད་སྒྲོན་ཅུང་ཟད་བསུན། མོས་ཟླ་འོད་ཀྱང་མགོ་ནས་རྐང་མདུན་དུ་འཕྲོ་བ་མཐོང་སྐབས་འགྲོ་རྩིས་བྱས། ཨུའུ་ཚང་གིས་ཁྱོད་མ་འགྲོ། རི་སྟེང་དུ་བཟའ་རུང་བའི་སྦོ་མང་པོ་ཡོད། ཁྱོད་ཚོས་ཁ་མི་གོ་ངས་

ཁྱོད་ལ་བསྟན་ཆོག་ཟེར། ཁོས་ཀྱང་སྟེང་གི་ཕྱེད་ཙམ་སྐམ་པའི་སྒོ་དག་བསྟན། བསོད་སྒྲོན་གྱིས་བལྟས་མ་ཐག་སྒོ་དེ་དག་མཐའ་འཁོར་དུ་སྐྱེ་བའི་རྩམ་པ་འཆར། མོས་ཡག་བྱུང་། ངས་དེ་ཚོ་ཟས་ཡིན་པ་ཤེས་སོང་ཟེར། དེ་རྗེས་མོ་ཕྱིན།

ཕྱུའུ་ཚང་གིས་ཉིན་འགའི་རྗེས་སུ་ཁྱོད་སླར་ཡང་འདིར་ཤོག །ངས་ད་དུང་ཁྱོད་ལ་སྒོ་མང་པོ་ཞིག་ངོ་སྤྲོད་བྱེད། དེ་དུས་ཁྱོད་ཀྱིས་རྩྭ་ཕྲན་ཙམ་འཁྱེར་ཤོག་ཟེར།

བསོད་སྒྲོན་གྱིས་ཕྱི་ལྟས་མ་བསྒྲིག་པར་རྩྭ་ཡན་གང་བྱུང་དུ་སྐྱེས་པའི་ཁྲམ་སྙིང་ཐོག་ཏུ་ཕྱིན། མགོ་ཐོག་གི་ཐྭ་བ་ཕྱེད་སྐོར་སྤྲིན་ཏུམ་དུ་ཞུགས་ཙམ་ཐོན་ཙམ་བྱེད། མོའི་སེམས་ནང་དུ་སྙིང་རྗེ་བའི་ཕྱུའུ་ཚང་མི་ཡིན་ནམ་འདྲི་ཡིན་སྙམ།

ཁྱིམ་དུ་སླེབས་དུས་གཅེན་པོས་སྒོ་འགྲམ་ནས་བཀག་སྟེ་ཁོ་ནང་དུ་འགྲོར་མ་བཅུག །ཁོས་ཁ་ནས་ཅི་ཞིག་ཟློ་བཞིན་ལག་ཏུ་བསངས་ཕོར་ཞིག་འཁྱེར་ཏེ་མོ་ལ་བསངས་བདུག་རྗེས་ད་གཟོད་ཁྱིམ་དུ་བཏང་བ་ནི་ཁྱོད་འདྲེར་མི་སྐྲག་ཏུང་མནོལ་ཁྱིམ་དུ་འཁྱེར་མི་ཆོག་ཟེར་བ་འདྲ།

བསངས་བདུག་རྗེས། གཅེན་པོས་མོ་ཐོག་ཁར་འགྲོ་བར་ལྟ་བཞིན། སླར་ལྟས་རང་ལྡང་པ་སྟེར་བར་ཕྱིན།

ཱཿ ཱཿ ཱཿ ཱཿ ཱཿ ཱཿ ཱཿ

ཁྲིམ་ཉིང་པར་གདོན་འདྲེ་ཡོད་པའི་གསར་འགྱུར་གྲོང་སྡེ་ཡོངས་ལ་གྲགས།

བསོད་སྒྲོན་ཁ་རོག་གེར་རི་སྟེང་དུ་ཕྱིན་ཏེ། ཕྱུའུ་ཚང་གིས་བསྟན་པའི་སྡོ་རྣམས་མཐོང་མ་ཐག་ཏུ་བཏུས། མོའི་སེམས་ནང་དུ་འདི་དག་ཀྱང་བཟའ་རུང་སྙམ། འདི་དག་ནི་མཐོང་མྱོང་ཡོད་ཀྱང་མིང་མི་ཤེས་པ་ཤ་སྟག་རེད། ལོ་རྫོ་མང་པོའི་རྗེས་སུ་ཛོང་གི་ལས་བྱེད་བྱས་པའི་བུས་བྲོ་བ་འདི་དྲན་ཏེ། ཡིག་འགྲུལ་ལས་ཨ་མས་འབྲས་འབྲུམ་རུང་ཟད་བཏུས་དང་། ཨ་མས་ཟླ་འབྲུམ་རུང་ཟད་བསྐུར་དང་ཟེར། ད་དུང་ཨ་མས་བེ་ཤྭ་ཕྲན་ཙམ་འཁྱེར་ནས་ཚ་བོར་བལྟ་བར་ཤོག་ཟེར། མོས་གཞི་ནས་སྡོ་དང་ཤྭ་མོ་དེ་དག་གི་མིང་ཤེས། ད་གཟོད་ཤྭ་མོ་ནི་སྤྱི་མིང་དང་། ལོ་རྫོ་བཅུ་ཕྲག་རིང་སྲུང་སྐྱོང་བྱས་པའི་ཤྭ་མོ་ལུ་གུ་རྒྱུད་ལ་ཡང་རང་གི་མིང་ཡོད་པ་ཤེས།

འོན་ཏེ་དེ་ནི་ལོ་མང་པོའི་རྗེས་ཀྱི་དོན་དག་རེད།

སྐབས་དེར་མོ་དེ་དག་ལ་རྒྱུས་མངའ་གཏན་ནས་མེད། མོས་ཁྲོས་ཕྱོལ་དུ་ཡོང་བའི་ཕྱུའུ་ཚང་གི་འགྲམ་ནས་དེ་དག་ཤེས་པས། སྐྱིད་གྲོང་གི་མི་གཞན་ལས་མོས་སྡོའི་མིང་མང་བ་ཤེས། ཕྱུའུ་ཚང་གིས་རྩྭ་བཟས་པས་ཤུགས་ཡོད་ཀྱང་ཟུངས་ཟད་པ་ལྟ་བུར་གྱུར། ཕོས་མོ་ལ་བསོད་སྒྲོན། ད་དུང་ཤྭ་མོ་ཡོད། ཤྭ་མོ་སྡོ་དང་མི་འདྲ། རླུང་གི་རྒྱ་ཕྱོགས་དང་བསྟུན་པས་གར་སྐྱེ་ངེས་གཏན་མེད། ཤྭ་མོའི་ཡན་ལག་ཕྱོགས་བཞིར་གྱེས་རུང་། རྩ་བ་ནམ་ཡང་འགྱུལ་མི་སྲིད། ཤྭ་མོའི་རྩ་བ་ལུ་གུ་རྒྱུད་དུ་ཡོད། ལུ་གུ་རྒྱུད་ལ་ལོ་ཟླའི་འགྱུར་བ་མེད་ཟེར།

བསོད་སྒྲོན་དགོད་བཞིན། ང་ལ་ཤྭ་མོ་ལུ་གུ་རྒྱུད་གཅིག་ཡོད་ཟེར།

བདེན་པ་ཨེ་རེད། ཁྱོད་ནི་བསོད་ནམས་སྒྲོན་མ་རང་རེད།

གཏམ་འདིས་བསོད་སྒྲོན་གྱི་སེམས་ནང་དུ་ཆུ་འཁྱགས་ལྟུག །མོས་མི་རིགས་ལས་བྱེད་སློབ་གྲྭའི་གཙང་སྦྲ་དོད་པའི་མལ་ཁྲི་དང་། དཔེ་ཆ། ཟེན་ཁྲིས་སོགས་དྲན་སོང་། ཆོག་ཁ་བསྒྱུར་ནས། ཁྱོད་ཀྱིས་རྩྭ་མང་པོ་དེ་འདྲ་བཟས་ཙུང་། ཤུགས་ཡོད་ཟུངས་ཟད་འདི་འདྲ་ཅི་རེད་ཟེར།

ཨུའུ་ཚང་རེ་ཞིག་སྨྲ་བ་མེད་པར་གྱུར། དེ་ནས་སྐྱོ་ཤས་ཆེན་པོས་ངས་ཉིན་ཤས་རིང་གཞི་ནས་མནོ་བསམ་གཏོང་ཐུབ་པར་གྱུར། འདི་ལྟར་གསོན་པོར་འདུག་ན་ཅི་འདྲ་འདུག་གམ་ཟེར། ཡང་དགོད་བཞིན། ངས་བལྟས་ན་ང་གསོན་པོར་གནས་མི་ཐུབ་ཟེར། ད་ཐེངས་ཁོས་ཁང་རྒྱལ་གྱི་མེ་འགྲམ་དུ་མ་འདུག་པར་ཟླ་འཁྱུམ་དང་། ཚར་ཕོན་སོགས་ཀྱིས་ཁེངས་པའི་ཁྲོམ་སྙིང་དུ་ཕྱིན། སྟོན་གྱི་ཁྲོམ་མགོར་ཕྱིན་ཏེ། ལི་ཤིའི་སྡོང་པོ་འདི་ད་དུང་འདུག་ཟེར། བསོད་སྒྲོན་གྱིས་སྟོན་ཚད་ཟླ་བ་ལྔ་པ་དྲུག་པར་ཁྲོམ་མགོར་མེ་ཏོག་རྒྱས་པར་བཀྲ་ཞིང་། བསུང་ཞིམ་ཅི་དཀར་འཐུལ་བའི་ཤིང་སྡོང་ཞིག་ཡོད་པ་དྲན། ད་ལྟ་དེ་ནི་སྔོ་ལྗང་འདབ་མས་བཏུམས་ཏེ། ཉི་འོད་འོག་ཏུ་འོད་འཚེར་བཞིན་ཡོད། འོན་ཏེ། རི་ལྡེབས་ཀྱི་སྟག་ཤིང་སེར་པོར་འགྱུར་བཞིན་ཡོད།

བསོད་སྒྲོན་སེམས་བཟང་ཁྱོད། ང་ལ་བལྟ་བར་ཡོང་མི་དགོས། ང་འགྲོ་ཟེར།

ཁྱོད་ཕ་ཡུལ་དུ་ལོག་གམ། བསོད་སྒྲོན་གྱིས་དྲིས།

དགུན་ཁ་འཆར་ལ་ཉེ། ཨུའུ་ཚང་གིས་སྨྲས།

བསོད་སྒྲོན་གྱིས་ཐུང་ཞིང་རྩུལ་བའི་ཁྲིམ་རྙིང་ལ་བལྟས་རྗེས། ཐག་རིང་གི་གྲོག་རོང་མཐོང་། གྲོག་རོང་གི་ཕ་རོལ་ན་ཡོད་པའི་གངས་རི་མཐོང་། ལྷའུ་ཚང་གི་ཕ་ཡུལ་གང་དུ་ཡོད།

ལམ་ཐག་ཅི་འདྲའི་རིང་བ་ལ། བསོད་སྒྲོན་གྱིས་སྨྲས་མོད་ཡང་སྙིང་ལམ་ཐག་ཇི་ཙམ་ཡོད་པ་མོས་ཀྱང་མི་ཤེས།

ལྷའུ་ཚང་གིས་རིང་ཟེར་ན་རིང་། ཐུང་ཟེར་ན་ཐུང་། ཡུད་ཙམ་ཞིག་ལ་མི་སླེབས་པའི་ངེས་པ་མེད་ཟེར།

བསོད་སྒྲོན་གྱིས་གཏམ་ཁ་མ་བླངས་ཤིང་། ལྷའུ་ཚང་གི་སྐད་ཆའི་གོ་བ་མ་རྙེད། ཉིན་ཤས་རྗེས་སུ་མོས་གཞི་ནས་ལྷའུ་ཚང་གིས་འགྲོ་ཟེར་བའི་དོན་ཡིན་པ་ཤེས།

མཚན་གུང་དུ་གྲོང་སྡེའི་རི་ལྡེབས་སུ་མེ་ཆེན་པོ་ཞིག་འབར།

ལས་དོན་ཚོ་ཚུང་གིས་དབྱེ་ཞིབ་བྱས་པ་ལྟར་ན། མེ་དེ་ནི་ཕལ་པ་ཞིག་མ་ཡིན་པར། གསང་ཉུལ་གྱིས་སྐམ་ས་ཆེན་མོར་ཕར་རྐྱལ་བྱེད་པའི་ཐའི་ཕན་ཇོ་ལོག་པའི་གནམ་གྲུས་བཏང་བའི་བརྡ་རྟགས་རེད། སྔོན་ཆད་ཐའི་ཕན་དུ་ཡང་འདི་འདྲ་ཞིག་སླེབས་པ་ནི་གནམ་གྲུ་མ་ཡིན་པར། དབུགས་ལྷང་ཆེན་པོ་ཞིག་རེད། དབུགས་ལྷང་ནམ་མཁར་འཕྱོ་ཞིང་། འགད་པས་ཤོག་རྩུག་ཚོན་ཁྲ་ཅན་འཐོར། ཤོག་རྩུག་གི་སྟེང་དུ་ཅི་ཞིག་བྲིས་པ་བསོད་སྒྲོན་གྱིས་མི་ཤེས་མོད། འཕྲིམ་ཡིག་ཚང་མ་རི་བཤེར་ཡུལ་དམག་གིས་གཙང་མར་བསྡུགས། འཕྲིམ་ཡིག་དང་ལྷན་དུ་གནམ་ནས་ད་དུང་སྲང་རིལ་སྨ་མིན་སྣ་ཚོགས་ཟགས་པ་ཡང་བསོད་སྒྲོན་དང་ཡུལ་མི་རྣམས་ཀྱིས་མཐོང་བ་ལས་

བཟའ་མ་སྨྱོང་། ལས་དོན་ཚོ་ཚུང་གིས་སྤྲང་རིལ་ལ་དུག་ཡོད། དེ་ཉི་ཐའི་ལྷན་ཡོག་སྤྱོད་པས་མི་དམངས་དུག་ལ་སྦྱོར་བའི་འཕྲིད་ཟས་རེད་ཟེར། ལས་དོན་ཚོ་ཚུང་གིས་རི་ལ་མེ་ཤོར་བའི་ཉིན་དེར་གྲོང་སྡེའི་ནང་ཤུ་སྨྲ་གཙེར་ལ་སྨྱུར་བ་ཞིག་གྲག །ཡུལ་དམག་གཅིག་ཏུ་འདུས་ཏེ་རི་བཤེར་བྱེད་པར་ཕྱིན། གྲོང་སྡེའི་མི་རྣམས་ཀྱིས་རི་འདབས་སུ་ལྟད་མོ་བལྟས། མི་རྣམས་ཀྱིས་གསོམ་ཤིང་དང་ན་སྤང་གི་འདྲིས་མཚམས་སུ་ཡུལ་དམག་གིས་མཐའ་བསྐོར་ཏེ། མདང་དགོང་གི་མེ་འབར་ཡུལ་དེ་མིག་འོག་ཏུ་བཙུག་པ་མཐོང་། མཐའ་བསྐོར་བ་ཇེ་ཆུང་དུ་སོང་། བསོད་སྒྲོན་ལ་སེམས་ཁྲལ་སྐྱེས། མོས་མཛུབ་མོ་ཁ་ནང་དུ་བཙུག་སྟེ་ཨམ་གཙིགས་དམ་དུ་བསྡམས། ཡུལ་དམག་འགའ་ཞིག་གསོམ་ཤིང་གི་གཡས་ངོས་སུ་ཕྱིན་ན། མོའི་ཤྭ་མོ་ལུ་གུ་རྒྱུད་ཕོ་ཚོས་རྙེད་ཀྱང་སྲིད། ཕོ་ཚོས་ལག་ཏུ་མེ་མདའ་བཟུང་སྟེ་ཤྭ་མོ་ལུ་གུ་རྒྱུད་དང་ཉེ་བར་སླེབས། བསོད་སྒྲོན་གྱི་ངག་ནས་གཏམ་ཤོར་གྲབས་བྱས། བོའུ་བཟུང་བའི་མི་དེ་མོའི་ཤྭ་མོའི་ཚང་དང་ཤིན་ཏུ་ཉེ། མོའི་བསམ་པར་ཤྭ་མོ་དེ་དག་མི་ཡིན་པའི་དབང་དུ་བཏང་ན། ངེས་པར་སྐྲག་སྟེ་ཕྱོགས་བཞིར་འཐོར་ངེས་སྙམ།

སྐབས་དེར་རི་སྟེང་ནས་མི་ཞིག་གིས་སྐད་བཏང་བས། ཡུལ་དམག་རྣམས་གཅིག་ཏུ་དེར་འདུས། མེ་མདའ་སྟབས་གཅིག་ཏུ་ས་ཐོག་ཏུ་འཕངས།

རྗེས་སུ་ཕོ་ཚོ་ལག་སྟོང་པར་རི་ནས་སླེབས།

མི་རྣམས་ཞེང་ཁར་སླིན་མ་ཐུབ་པའི་སི་ལིང་ལྕང་པ་བཟང་བསྟུ་དགོར་འདྲེན་བྱེད་པར་བྲེལ། ཕོ་ཚོས་ཅི་ཞིག་ཀྱང་མ་བཤད་མོད། གསང་བའི་ཉམས་ཤིག་མི་ཚོགས་ཁྲོད་དུ་མངོན། ཡུལ་མི་རྣམས་ཀྱིས་རྒྱུས་མངའ་གཏན་ནས་

མེད་པའི་ཐག་རིང་གི་ཐའི་ཕན་གླིང་།

བསོད་སྒྲོན་ལ་ཡང་ཉམས་འདི་འགོས། མཚན་མོ་མོས་ཤྭ་མོའི་གྲོ་ཐུག་སྐོལ་སྐབས་གཅེན་པོར། རི་སྟེང་དུ་ཡུལ་དམག་གིས་མ་རྙེད་པའི་ཤོག་ཧྲུག་ལུས་ཡོད་ངེས་ཟེར། གཅེན་པོས་རི་གཉིས་མཐོང་རྒྱུ་ཡོད་ཀྱང་ཆར་ཆུས་བརླན་ཞིང་། ལུག་གིས་བསྣད་ཟིན་ཟེར།

ཆོས་རྒྱལ་གྱིས་ལུག་གིས་བསྣད་ཟིན་པའི་ཤོག་ཧྲུག་དེས་ཁྱོད་ཅི་ཞིག་ལས་དགོས་སམ་ཟེར།

བསོད་སྒྲོན་གྱིས་ང་བལྟ་སྙིང་འདོད་ཟེར།

ཆོས་རྒྱལ་གྱིས་ལུག་གིས་ལྷང་པ་བཟས་དྲགས་པས། རི་ལ་འགྲོ་འདོད་མི་བྱེད་ཀྱང་། ཉིན་ལྟར་ལུག་རི་ལ་འཚོ་དགོས་པ་འདི་དཀའ་ལས་ཤིན་ཏུ་ཆེ། ད་དུང་ཁྱོད་ཀྱི་ཤོག་ཧྲུག་འཚོལ་རྒྱུ་ཨེ་ཞེས་འཕང་ར་བྱས།

བསོད་སྒྲོན་གྱིས་ཐུག་པའི་གྲོ་ལྕེབ་གཅིས་ཡོར་སྟེར་རྗེས། བྱིས་པ་ཆོས་རྒྱལ་གྱི་པང་ཁར་བཞག །རང་ཉིད་ཀྱིས་ཧུ་ལུ་ལུ་ཞེས་ཐུག་པའི་ཁུ་བ་བཏུངས། སྐབས་དེར་ཁོ་ཚོས་ཡུལ་དམག་རྣམས་ལས་དོན་ཚོ་ཆུང་གི་བཀའ་བཞིན་རི་བཤེར་དུ་ཕྱིན་པ་ག་ལ་ཤེས། ཉིན་མོ་ཁོ་ཚོས་མཐའ་སྐོར་བྱེད་ཡུལ་ལས་གོ་ཐལ་ཕྲན་ཙམ་དང་། ཏུས་པ་འོད་ཐེར་ཐེར་འགའ་ལས་མ་རྙེད། ད་ཐེངས་ཡུལ་དམག་རྣམས་ཀྱིས་བླ་བ་མ་འཆར་གོང་ལ་རི་སྟེང་དུ་འཛབ་མོད། དགོང་མོ་དེར་གོ་ཐལ་གཏོང་མཁན་གྱི་མེ་དེ་མ་ཐོན་པས། ཡུལ་དམག་གིས་འཛབ་སྐོལ་བྱེད་མཚམས་བཞག །

ཡུལ་དམག་གིས་འཛབ་སྐོལ་བྱེད་མཚམས་བཞག་པའི་དགོང་མོ་དེར་

དགོང་ཟས་སྐབས་བསོད་སྒྲོན་གྱིས་གཅེན་པོར་ཁྱིས་པར་དགོད་ཙམ་གྱིས་དང་། གདོང་ནག་པོ་འདི་འདྲ་མ་སྟོན་དང་ཟེར།

ཆོས་རྒྱམ་གྱིས་ཟས་ལ་སྤོ་དང་ཤུ་མོ་ལས་མེད་པར། ངོ་གདོང་ཡག་པོ་ཅི་ལ་ཡོང་ཟེར།

བསོད་སྒྲོན་གྱིས་ངོ་བསྟུས་ཏེ། ཕོ་ལ་ལྷེབ་ཐུག་མ་བླུགས་ལ་ཁྱིས་པ་ཡང་མ་ཐྲད།

ཆོས་རྒྱམ་གྱི་བསམ་པར་ཅི་འདྲའི་ཁྱད་མཚར་སྣམ་སྟེ། བསོད་སྒྲོན། ངས་ཕལ་ཆེར་ལུག་ཅིག་བརླག་པ་འདྲ་ཟེར།

བསོད་སྒྲོན་གྱིས་མྱུར་བར་ཁ་ཕོར་བཞག །

ངས་གྲངས་ཀ་བརྒྱབ་ཚར། བརྒྱ་དང་སོ་བརྒྱད། ཁ་ཉིན་བརྒྱ་དང་སོ་བརྒྱད། ཁ་སང་བརྒྱ་དང་སོ་བརྒྱད། དངོས་གནས་ཡིན་ན་བརྒྱ་དང་སོ་དགུ་ཡོད་ཟེར།

དེ་རིང་ག་ཚོད།

ང་གྲངས་ཀ་བགྲང་མི་འདོད། གཅེན་པོས་མགོ་བོ་སྨྱུར།

མགྱོགས་མྱུར་གྲངས་ཀ་བགྲོངས་དང་། བསོད་སྒྲོན་ཡར་ལངས།

གཅེན་པོས་མུན་ནག་ཏུ་ག་ལ་མཐོང་ཟེར། སྐབས་དེར་ཕོས་ད་དུང་དེ་རིང་ལུག་གཅིག་བརླག་པ་ཤེས་མེད།

དེའི་ཚེ་ཁྱིས་པ་ཏུས། ནམ་རྒྱུན་སྐད་ཤུགས་ཆུང་ཏུས་ཐྲན་ཙམ་ལས་མི་ཏུ་ཡང་ད་ཐེངས་ཏུ་བརྒྱངས་བྱེད།

ཆོས་རྒྱམ་ལ་ཁྱིས་པ་གཉེར་བའི་ཉམས་མྱོང་མེད་པས། ཁ་ནས་བསྟན་

པ་ཅི་ཞིག་བྱས་སམ། ཅི་ཞིག་བྱས་སམ་ཟེར།

བསྟན་པས་མུ་མཐུད་དུ་བརྒྱངས་བྱས།

བསོད་སྙོམ་གྱིས་ཁྱིས་པ་པང་དུ་བཏབ་སྟེ། ཅི་ཞིག་སྨྲས། བསྟན་པས་ཞང་པོ་གླིན་པ་ཞེས་ལེ་བདའ་བྱས། ཞང་པོས་ཟས་ངན་པས་ལུག་བརླག་ཅེས་ལེ་བདའ་བྱས། ད་དུང་ཞང་པོས་ཨ་མའི་ལས་བྱེད་སྐལ་ཤོར་བྱས། དེ་ལྟར་སྨྲ་བཞིན་རང་གི་མིག་ནས་མཆི་མ་ཐོན། སྐབས་དེར་གྲོང་སྡེའི་ནང་ཤ་སྦྲ་སྤུར་པོ་དེ་གྲག །ཤ་སྦྲ་གསལ་ཞིང་གཟན་པས། རྣ་བར་ན་ཟུག་གཏོང་།

རི་སྟེང་དུ་སླར་ཡང་མེ་ཕུང་སྤར།

གྲོང་སྡེའི་མི་རྣམས་ཁྱིམ་ནས་ཐོན་ཏེ། རི་ལྡེབས་ཀྱི་མེ་ཕུང་ལ་བལྟ། མེ་ཕུང་ཆེན་པོ་མེད་ཙང་མེ་ལྕེ་ལྷབ་ལྷུབ་ཏུ་འཕྱུར། ཡུལ་དམག་རྣམས་མདུན་དུ་བསྐྱོད་དེ་དམག་འཐབ་ཀྱི་ཙུ་གྲ་བསྒྲིགས་ཏེ་རི་ངོས་སུ་བཤར།

ད་ཐེངས་བཤར་བ་སྟོང་པ་ག་ལ་ཡིན། མི་ཞིག་མེ་འགྲམ་དུ་བསྡད་དེ་འདོད་པའི་མིག་ཅེར་ཏེ་ལུག་ཤ་ཁང་པ་ཞིག་ཟ་བཞིན་ཡོད། ལུག་ཤ་དེ་ནི་ཆོས་རྒྱམ་གྱི་ལུག་ཁྲུ་ནས་བྱུང་བའི་ལུག་གཉིས་པ་རེད། མི་དེ་ནི་མུག་གཡོལ་ལྟོ་འཚོལ་དུ་ཡོང་བའི་ལྷེའུ་ཚང་རེད། ཁོའི་སྨྲ་ར་རྒྱ་ར་ཅན་ལ་ལུག་གི་ཚིལ་བུའི་འོད་ཀྱང་འཚེར། ཡུལ་དམག་གིས་སྐབས་གཅིག་ཏུ་མེ་མདའ་ཁོ་ལ་བཙིགས། ལྷེའུ་ཚང་གིས་དབུགས་རིང་ཞིག་བཏང་སྟེ། གདོང་ནས་ཡ་མཚན་གྱི་འཛུམ་ཕྱུང་། ཁོ་ཡར་ལངས་ཏེ་ལག་པ་རྒྱབ་ཏུ་བཅས་ཏེ་རང་ཉིད་བཅིང་པར་སྐུལ། ཐག་པ་གཡུག་སྐབས་ཁོ་སླར་ཡང་ལན་གཅིག་བགད་དེ། འགྲངས་ཤ་ཐེབས་པའི་འདྲེ་ཞིག་བྱེད་པ་ངོ་མ་བསམ་ཡུལ་ལས་འདས་ཟེར།

ཨུ་ཙང་གི་གཏམ་འདི་རྗེས་སུ་ཡུལ་དམག་གི་ངག་ལས་ཐོས། བསོད་སྙན་དང་ཡུལ་མི་གཞན་གྱིས་ཀྱང་དངོས་སུ་ རྣ་བས་ཐོས་མེད། མོ་དང་ཡུལ་མི་རྣམས་ཀྱིས་རི་སྟེང་གི་མེ་ཤེ་བ་དངོས་སུ་མཐོང་ཞིང་། གློག་སྙན་གྱི་འོད་སྣང་ཁྲོད་དུ་མི་ཞིག་གིས་ལག་གཉིས་རྒྱབ་ལག་བཅིངས་ཏེ་ལས་དོན་ཚོ་ཚུང་གི་ཁང་པའི་ནང་འཛུལ་བ་ཡང་དངོས་སུ་མཐོང་།

དེ་ནི་སྐྱིད་གྲོང་གཉིད་མེད་མཚན་འཁྱོངས་ཀྱི་དགོང་མོ་ཞིག་རེད། མི་མང་པོ་ཞིག་གིས་ཨུ་ཙང་ངོ་ཤེས། ཨུ་ཙང་གིས་གྲོང་ཤར་དུ་ལོ་བཅུ་གྲངས་རིང་ལ་མགྲོན་ཁང་གཉེར། གཞུང་ལམ་བཟོས་ཏེ་འགྲུལ་ཁང་མགོ་མེད་དུ་གྱུར་སྐབས་ཨུ་ཙང་ཕ་ཡུལ་དུ་ལོག །མི་རྣམས་ཀྱིས་ཨུ་ཙང་གིས་ཁྱིམ་མི་རྣམས་འཁྲིད་དེ། ཐེམ་རེ་མི་རེར་གྱིས་མཇལ་ཞུས་ནས་སྐྱིད་གྲོང་དང་ཁ་བྲལ་བ་དྲན། འོན་ཏེ་མི་རྣམས་ཀྱིས་ཨུ་ཙང་དུས་ནམ་ཞིག་ལ་ལོག་ཡོང་བ་དང་ལོག་ཡོང་དོན་མི་ཤེས་ལ། འདི་ལྟར་མཉམ་ལས་ཁང་གི་ལུག་བཀུས་ཏེ་བསད་ཅིང་། མཚན་གུང་རི་སྟེང་དུ་མེ་སྤར་ཏེ་ལུག་ཤ་བཟས་པར་ཡ་མཚན་བྱེད། བསོད་སྙན་ཁོ་ནས་ཨུ་ཙང་མུག་གཡོལ་དུ་ཡོང་བ་ཤེས་ལ། ཁོ་གསོན་མི་འདོད་པ་ཡང་ཤེས།

ཞོགས་པ། ཡུལ་དམག་གིས་ཨུ་ཙང་རྫོང་གྲོང་དུ་འཁྲིད།

ཡུལ་མི་རྣམས་ཐང་ཆེན་ཐོག་ཏུ་འཛོམས་ཏེ། ལོ་མང་ཡལ་ཞིང་སློ་བུར་དུ་སླེབས་པའི་ཨུ་ཙང་ལ་བལྟ་བར་ཡོང་། ཁོའི་གདོང་ནས་ཡ་མཚན་གྱི་འཛུམ་ཕྱུང་། ཁོའི་སྨ་ར་དཀར་པོ་རྒྱ་ར་ཅན་ལ་འགོས་པའི་ལུག་གི་ཚིལ་བུ་ལས་ཀྱང་འོད་འཚེར།

ཁོས་མི་ཚོགས་ཁྲིད་ནས་སུ་ཞིག་བཙལ། བསོད་སྒྲོན་གྱིས་ཁོས་མོ་འཚོལ་བ་ཤེས། ཐོག་མར་བསོད་སྒྲོན་ནི་མི་གཞན་གྱི་རྒྱབ་ཏུ་གཡོལ་ཏེ་གདོང་བསྟན་མ་ནུས། འོན་ཏེ་མོས་ཨུའུ་ཚང་གི་གདོང་གི་དངངས་སྐྲག་མཐོང་བས། ངས་མི་ཉམ་ཐག་ཅན་དེར་གྱིས་མཇལ་ཞུ་དགོས་སྙམ། མོས་ཨུ་ཚུགས་ཀྱིས་མི་ཚོགས་ཁྲིད་འཚང་སྟེ་ཨུའུ་ཚང་གི་གམ་དུ་སླེབས། ཁོས་དབུགས་རིང་ཞིག་བཏང་རྗེས། ང་སྐྱིད་གྲོང་དུ་ཡོང་བ་འགྲིག །ད་དུང་འགྲངས་ཤེ་ཐེབས་པའི་འདྲི་ཞིག་ཀྱང་བྱེད་རྒྱུ་བྱུང་ཟེར།

བསོད་སྒྲོན་གྱིས་མིག་ཆུ་བསྲུན་ཞིང་གདོང་ལ་རྣམ་འགྱུར་ཅི་ཡང་མེད་པར་ཨུའུ་ཚང་གི་མདུན་དུ་ལངས།

ཨུའུ་ཚང་གིས་བསོད་སྒྲོན། ངས་ཁྱོད་ཀྱི་བུ་མོ་ལུ་གུ་རྒྱུད་མཐོང་། དངོས་གནས་ལུ་གུ་རྒྱུད་ལ་འདུག་ཟེར། ཨུའུ་ཚང་གིས་ཤུབ་བུར་ཁྱོད་བུ་མོ་ལུ་གུ་རྒྱུད་ལ་བལྟ་བར་རྒྱུག་ཟེར།

བསོད་སྒྲོན་གྱིས་གནམ་གྲང་བས་ཉིན་བཅུ་གྲངས་གོང་ནས་བུ་མོ་སྐྱེས་མི་འདུག་སྨྲས།

ཨུའུ་ཚང་གིས་ཨུ་ཚུགས་མཐར་སྐྱེལ་དང་བལྟ་བར་རྒྱུག་དང་། སྐྱེས་ཡོད་མིན་ཅི་ཤེས་ཟེར།

ཡུལ་དམག་གིས་མེ་མདའ་འཕྱར་ནས་ཁ་ཚུམས་ཟེར།

ཨུའུ་ཚང་ལ་གཏམ་ལན་སྤྲོད་བསམ་པའི་བསོད་སྒྲོན་གྱིས་ཚིག་སྔ་བསྐུམས།

ཨུའུ་ཚང་ཡུལ་དམག་གིས་འཁྲིད་དེ་ལམ་དུ་ཆས།

གྲོང་མགོ་ནས་ནུབ་བྱང་མཚམས་སུ་ཞིང་ཐང་དང་། ཤར་ཕྱོགས་ཀྱི་གཙང་པོ་རྒྱ་བའི་དགུག་ཆར་གཡང་སྐྱེགས་མཐོ་པོ་མེད་པ་ཞིག་ཡོད། གཡང་སྐྱེགས་ཐོག་ཏུ་ཤུག་སྡོང་འགའ་རེ་སྐྱེས་ཤིང་། གཙང་ཆུ་བྲག་ངོས་སུ་བརྡབས་པས། ལྦུ་དཀར་གནམ་ལ་འཕྱུར། གཡང་སྐྱེགས་ཀྱི་ལམ་ཡང་གཙང་པོ་དང་མཉམ་དུ་དཀྱོགས་ལམ་བརྒྱུད་ལྷོ་ཕྱོགས་སུ་ཡོད། ཞྭའུ་ཚང་གིས་ལམ་གྱི་དགུག་ཆར་མ་ཡོང་བར་མུ་མཐུད་ཤར་དུ་ཕྱིན་པས། ཤུག་སྡོང་གི་འགྲམ་དུ་སླེབས། ཁོས་ལྟད་མོར་ཡོང་བའི་མི་ཚོགས་ལ་ཕྱིར་མིག་བལྟས་ཏེ། ཁ་སྐོར་ནས་མུ་མཐུད་མདུན་དུ་ཕྱིན། མཇུག་ཏུ་རྐང་པ་སྐྱིལ་ས་མེད་པར་གཡང་རོང་དུ་ཟགས། གཙང་པོ་ལས་ལྦུ་དཀར་འཕྱུར། རྗེས་སུ་ཡོད་པའི་ཡུལ་དམག་གཉིས་ཀྱིས་ལྦུ་དཀར་སྐད་ཅིག་མ་དེ་མཐོང་། མི་རྣམས་གཡང་སྐྱེགས་ཐོག་སླེབས་སྐབས་གཙང་ཆུའི་ལྦུ་དཀར་སྟ་ས་ནས་ཡལ། རྗེས་སུ་རྣམ་ཤེས་མེད་པའི་སྐུ་ཕུང་སྨད་རྒྱུད་ཀྱི་སླེ་བརྒྱའི་སར་ཆུ་ཁར་གཡེང་མོད། མི་སུ་ཞིག་གིས་སྐུ་ཕུང་དེ་ལེན་རྩིས་མ་བྱས་ཤིང་། སྐུ་ཕུང་འཕྱོ་བཞིན་གཡེང་བཞིན་ཁོའི་ཕ་ཡུལ་གྱི་ཕྱོགས་སུ་འགྲོ་བར་བལྟས།

བསོད་སྒྲོན་སྐྲག་སྟེ་སྲོག་ཆད་གྲབས་བྱས། མོས་གཡང་སྐྱེགས་ལས་གཙང་པོར་བལྟ་མ་ནུས། མོ་ལུས་འདར་བཞིན་ཁྱིམ་དུ་ལོག །མོས་ལམ་བར་ནས་ཆོས་རྒྱམ་ལུག་ཁྱུ་དེད་ནས་རི་ལ་འགྲོ་བ་མཐོང་། ལུག་ཁྱུ་འགྲོ་ཡུལ་ནི་མདང་དགོང་ཡུལ་དམག་གིས་ཞྭའུ་ཚང་བཟུང་ས་དེ་རེད།

མོ་ཡང་རིར་འཛེགས།

མོས་ཆོས་རྒྱམ་གྱི་རྗེས་ཆོད་སྐབས་ལུག་རྣམས་སེར་པོར་གྱུར་པའི་སྤང་

རྫུའི་ཐོག་གྲམ་ཟིན། ཆོས་རྒྱམ་གོ་ཐལ་མདུན་དུ་ཧོན་འཐོར། མདང་ནུབ་འདི་ནས་མེ་འོད་ལྷབ་ལྷབ་བྱེད་མོད། ད་ལྟ་གོ་ཐལ་ཕྲན་ཙམ་དང་ཤིང་ཏུག་འགའ་ལས་མེད། བསོད་སྒྲོན་གྱིས་མེ་ཤུལ་གྲང་མོ་དེ་མཐོང་བས་མིག་ནས་མཆི་མ་ལྷུང་། ཆོས་རྒྱམ་དགོད་བཞིན་སྐབས་ལེགས་ནས་ཡུལ་དམག་གིས་ཁོ་བཟུང་བ་མ་གཏོགས། མི་དམངས་ཀྱིས་ང་ལ་ཐུབ་མོང་དཔལ་འབྱོར་གཏོར་བརླག་བྱེད་ངེས་ཟེར། མི་དམངས་ཀྱི་བསམ་པར་ངས་ལུག་གཉིས་བཟས་བསམ་ངེས་ཟེར།

བསོད་སྒྲོན་གྱིས་མིག་ཆུ་གཏོང་བཞིན། ཨུའུ་ཚང་ཆུ་གྲིར་ཤི་ཟེར།

ཆོས་རྒྱམ་གྱིས་བློ་ལྷོད་པོས་དེ་ནི་བདེ་བ་རེད་ཟེར།

བསོད་སྒྲོན་གྱིས་ང་སྐྲག་གི་འདུག །ཁོས་གཏམ་གྱི་མཇུག་མ་དེ་ང་ལ་བཤད་ཟེར།

ཆོས་རྒྱམ་གྱིས་བསོད་སྒྲོན་གྱིས་མི་ཚེ་གཅིག་ལ་བརྗེད་མི་སྲིད་པའི་གཏམ་སྨྲས། ཁོ་འདྲེ་ཆགས་པར་འགྱོད་སྐྲག་གམ། དགོན་པ་མེད་ཅིང་འཕོ་ལུང་ཙམ་ཡང་ཞུ་མྱོང་མེད་པ་ཞིག་ལ་མཚོན་ན་ཁོ་འདྲེ་ཆགས་པར་ཅི་ཞིག་བྱ་རྒྱུ་ཡོད་དམ་ཟེར། ཁོས་གོ་ཐལ་འགྲམ་གྱི་ལུག་གི་རྐང་རུས་ལ་གཞུས་ཏེ། ནང་སེམས་ཀྱི་དོགས་པ་སེལ་ཐབས་བྱས། ཁོས་ངའི་ལུག་གཉིས་བསད་རུང་ལུག་གི་རྐང་པ་གཅིག་ལས་མེད་པ་ཅི་ཡིན་ནམ། ཁོ་ལྟོགས་དྲགས་ཏེ་རུས་པ་ཡང་མཉམ་དུ་བཟས་ལས་ཆེ།

བསོད་སྒྲོན་ནི་ཆོས་རྒྱམ་གྱི་བྱེད་སྟངས་ལ་ཡི་ཆད་དེ། ཁོ་ནི་མགོ་མེད་གླད་མེད། བསམ་རྒྱུ་དྲན་རྒྱུ་མེད་པ་ཞིག་རེད་སྙམ། ཁོ་དང་ཁ་བྲལ་ནས་ཁྲིམ་

ཏུ་ཡོག །མཚམས་འདིར་མོའི་ རྣ་འཁྲམ་དུ་ལྷུའུ་ཚང་གིས་སྨྲས་པའི་གཏམ་དེ་འཕོར། གཙེར་ཞིང་ལྷོད་པའི་སྐད་ཀྱིས་མོ་ལ་བསོད་སྒྲོན། ཁྱོད་ཤྭ་མོ་ལུ་གུ་རྒྱུད་ལ་བལྟ་བར་རྒྱུག་ཅེས་ཟེར།

བསོད་སྒྲོན་གྱིས་སྐོར་དཀྱིལ་ཅིག་ནས་ལྕུག་འཚོ་བཞིན་པའི་ཚོས་རྒྱམ་ལ་གཡོལ་ཏེ། ནགས་སུ་ཕྱིན། མོ་ཕང་འཇབ་ལག་འཇབ་ངང་ཤྭ་མོ་ལུ་གུ་རྒྱུད་ཀྱི་མདུན་དུ་སླེབས། སྡོན་ཆད་འཚང་ཁ་ཤིག་ཤིག །བཙུས་ན་སྐྱེས་ཤིང་སྐྱེས་ན་བཙུས་ཚོག་པའི་ཤྭ་མོ་མཐོང་ཡུལ་དུ་མེད། སྡོང་ལོ་ཁ་དོག་ནག་སྐྱ་དང་། སྡོན་རྩྭ་རྙིད་ཅིང་སྐམ་པས་ཡིད་ལྷག་ཏུ་སྐྱོ། ཤྭ་མོ་སྡོན་ཆར་གྱིས་ས་འོག་ཏུ་ཐྲན། སང་ལོའི་དཔྱུར་གཞུག་གི་སྡོན་མགོ་ཙམ་ལ་ཤྭ་མོ་མགོ་ཐོན་ངེས། བསོད་སྒྲོན་གྱི་བསམ་པར་ལྷུའུ་ཚང་གིས་ང་ཅི་ལ་བལྟ་བར་རྒྱུག་ཟེར། ཕོ་འཆི་ཁར་ཞེད་དེ་སེམས་འཚོལ་བ་མིན་ནམ་སྙམ།

འོན་ཏེ་མོས་མྱུར་བར་རང་ལ་དགག་བྱ་བྱས། དེ་རིང་སྤུ་དྲྭ་ལྷུའུ་ཚང་གི་རྣམ་འགྱུར་ནི་སྐྱིད་གྲོང་དུ་སླེབས་རྗེས་སུ་སྣམ་ཞིང་བརླིང་ཤོས་དེ་རེད། བསོད་སྒྲོན་ནི་སྤྱང་གྲུང་ཅན་ཞིག་མིན་ལ། རང་གིས་ཤེས་པར་དཀའ་བའི་དོན་ལ་ཨུ་ཚུགས་ཀྱིས་བསམ་བློ་གཏོང་མཁན་ཞིག་ཀྱང་མིན། དེ་བས་མོས་ཁ་བསྐོར་ཏེ་ཡི་ཆད་ཀྱི་རྣམ་འགྱུར་དང་བཅས་དེ་ནས་འགྲོ་རྩིས་བྱས། སྐབས་དེར་ཨ་མོ་ཞིག་གིས་ནགས་ཁྲིད་ནས་མོ་ལ་གཏད་དེ་མགོ་བོ་རྒྱང་ཙམ་རྒྱང་ཙམ་བྱས། མོས་གོམ་པ་ཉི་ཤུ་སུམ་ཅུ་སྤོས་པ་ན་ཨ་མོ་དེས་ལྕང་མའི་རྒྱབ་ནས་མཆོངས་ཏེ། འདམ་ཐོག་ཏུ་བྱ་འཕུར་བ་ལྟར་ཕྱིན། ཨ་མོའི་མགོ་བོ་ནགས་ས་དང་ཤིང་ལོའི་འོག་ཏུ་འཛུལ་བས། བསོད་སྒྲོན་གྱིས་མཇུག་མ་

རིང་པོ་གནམ་ལ་གཟེངས་པ་མཐོང་ཞིང་། ནགས་ས་དང་ཤིང་ལོ་མཚུག་མའི་གཡས་གཡོན་དུ་ཟགས་པ་ཡང་མཐོང་།

དེ་མུར་བསོད་སྒྲོན་གྱི་སྣ་ལམ་དུ་དམར་དྲི་འཐུལ། ཁྲག་ཆུ་ཚོམ་ཚོམ་གྱི་ཤ་དྲི་འཐུལ།

སྐབས་དེར་མོས་གཞི་ནས་ཕྱུའུ་ཚང་གི་གཏམ་ལ་གོ་བ་ལོན། མོ་ཕར་ཕྱིན་ཏེ་ཝ་མོ་ཕར་བསྐྲད། ཝས་བསྒོག་ཤུལ་ནས་མོས་ལུག་མགོ་ཞིག་རྙེད། ད་ཐེངས་ཡི་མ་རངས་པའི་ཝ་མོས་ནགས་གསེབ་ནས་མོ་ལ་བལྟས། མོས་མྱུར་བར་ལུག་གི་རྣ་ཅོ་གཉིས་ནས་བཟུང་། གླུ་ཆུང་ལེན་བཞིན་ལུག་རོ་ས་འོག་ནས་བཏོན། དེ་ནི་ལུག་ལྤགས་བཤུས་པའི་ལུག་རྐང་པ་ཡ་གཅིག་མ་ཚང་བ་ཞིག་རེད། ཚིག་འགྲོས་བསྒྱུར་ན་ལུག་འདིར་རྐང་པ་གཅིག་མ་གཏོགས་གཞན་ཚང་མ་ཡོད། ད་དུང་ལུག་དེ་ནི་ཚོན་པོ་རྒྱགས་པ་ཞིག་རེད།

བསོད་སྒྲོན་ཐོག་མར་ཧང་སངས། དེ་ནས་གད་མོ་བགད།

མོས་ད་ལྟ་ལུག་ཤ་འཁྱེར་ནས་ལོག་མི་ཐུང་བ་ཤེས་ལ། ལུག་ཤ་རི་ལ་བཞག་ན་མིག་འོད་འཕྲོ་བའི་ཝ་མོས་གཏན་ནས་མི་འཇོག་པ་ཡང་ཤེས། དེ་བས་མོས་ལུག་ཤ་ས་གཏིང་དུ་སྦས་ཏེ། དེའི་སྟེང་དུ་བསྡད་ནས་ཝ་མོར་ཁ་གཏད་དེ་གླུ་བླངས།

མོས་ཡུལ་གླུ་བླངས། དཔྱིད་ཀྱི་བདག་མོ་ཕེབས་དུས། །སྤང་ལ་མེ་ཏོག་བཞད་སོང་། །མེ་ཏོག་སྣ་མིན་སྣ་ཚོགས། །ང་སྐྱེས་ཕོ་སྐྱེས་འདྲ་བ། །སྔོན་མོ་གཡུ་ཡི་མེ་ཏོག །དམར་པོ་བྱུ་རུའི་མེ་ཏོག །སེར་པོ་གསེར་གྱི་མེ་ཏོག །དཔྱིད་དུས་ལྷ་ཡུལ་འདྲ་སོང་། །

མོས་རྒྱ་སྐད་ལས་གསར་དར་གླུ་གཞས་བླངས། སྤྱི་ཚོགས་རིང་ལུགས་ཡག །སྤྱི་ཚོགས་རིང་ལུགས་ཡག །མའོ་ཀྲུའུ་ཞིས་མི་མངགས་པས། གངས་ཀྱི་ཁྲོད་དུ་འཛང་ལམ་ཕྱེ། ཞུང་ཅིའུ་ཅིའུ་ཆི་ཨང་ཨང་། ཡར་ལུང་གཙང་པོ་བརྒལ། ཞི་བདེ་སྐྱོང་ཞིང་རྒྱལ་ཁབ་སྲུང་། འདི་ནི་ཕ་ཡུལ་བསྲུང་བ་རེད། མོས་ཡར་ལུང་གཙང་པོ་བརྒལ་མཁན་གྱི་དམག་སྡེ་ལོ་ཤས་སྔོན་ནས་ལོག་ཟིན་པ་ག་ལ་ཤེས།

མོའི་གསང་བར་བསྡིགས་པའི་ལྷ་མོ་མིག་ལམ་ནས་མ་ཡལ་བར་དུ་བསོད་སྒྲོན་གྱིས་གླུ་བླངས།

ཉིན་དེར་དམར་དྲི་ཚོར་ཏེ་མོའི་མདུན་དུ་ཡོང་མཁན་ལ་གྲུམ་པ་དྲི་ངད་ཅན་ཞིག་དང་། དབྱི་གཉིས། ཁྭ་ཏ་འགའ་ཡང་ཡོད། ཁྭ་ཏ་ནི་མཉམ་དུ་ཤིང་སྡོང་གི་རྩེར་བབས་ཏེ་ཀཱ་ཀཱ་ཞེས་སྒྲོག །སྐད་འདིས་བསོད་སྒྲོན་སྐྲག་པར་བྱས་མོད། མོས་ལུག་རོ་སྤྲས་སར་མུ་མཐུད་བསྟུད་དེ་འགྲུལ་ཙམ་ཡང་མ་བྱས། མོས་སྤྱང་ལྟེབས་སུ་ལུག་འཚོ་བཞིན་པའི་ཆོས་རྒྱམ་ནི་ཁྭ་ཏའི་སྐད་ཀྱིས་བསླུན་ཏེ། ཡར་ལངས་ཏེ་ལག་གཡོབ་ཅིང་། ཀི་རིང་བཏབ་སྟེ་ཁྭ་ཏ་དེ་དག་ཕྱིར་བསྐྲད་པ་མཐོང་།

བསོད་སྒྲོན་གྱི་བསམ་པར་ཕུ་བོ་གྲྭ་པ་འདིས་ཅུང་ཟད་གོ་ཤེས་སྙམ་བཞིན་སེམས་ནང་དུ་དྲོད་འཕོལ་གྱིས་ཁྱབ།

མོས་དགོང་མོ་ལུག་ཤ་འཁྱེར་ཏེ་མ་སླེབས་བར་དུ་དྲོད་འཕོལ་དེ་རྒྱུན་མ་ཆད་པར་བྱུང་།

ཁྱིམ་དུ་སླེབས་དུས་ཆོས་རྒྱམ་འཁོར་མེད། ལས་དོན་ཚོ་ཆུང་གིས་ཁོ

ཨུའུ་ཚང་གིས་ལུག་ཇི་ལྟར་བཀྲུས་མིན་སྐོར་དྲི་བར་སྐད་བཏང་། རྐྱེན་འདིས་བསོད་སྒྲོན་ལ་ལུག་ཤ་གདུང་མའི་གསེབ་ཏུ་འགེལ་རྒྱུའི་དུས་ཚོད་འདང་ངེས་བྱུང་ཞིང་། མོས་ལུག་ཤ་ཐབ་ཀྱི་དུ་བས་བདུགས་པར་བྱས། ཆོས་རྒྱམ་གྱིས་མགོ་བོ་དགྱེ་སྟེ་གདུང་ཐོག་ཏུ་མི་བལྟ་བའི་གདེང་ཚོད་མོ་ལ་ཡོད། ཁོ་རྒྱུན་པར་མགོ་བོ་སྒུར་བ་ནི་རང་སེམས་ལ་བྱ་ར་བྱེད་པ་འདྲ། གྲྭ་པ་འདིས་ལོ་བཅུ་ཕྲག་རིང་དགོན་པར་ཁ་ཏོན་དགེ་སྦྱོར་བྱས། དེ་མིན་གཞན་ཞིག་ཁྱིམ་དུ་ཡོང་མཁན་མེད།

མ་གཞི་མོས་ཤ་རྗོག་གཅིག་བཙོས་རྗེས་ཁྱིམ་མི་རྣམས་ཏེ། ཨ་མ་དང་། གཅེས་ཕྲུག །ཕུ་བོ། རང་ཉིད་བཅས་ཁྱིམ་མི་ཚང་མར་ཐུག་པ་ཤ་དྲི་འཚུབ་འཚུབ་ཅིག་བསྐོལ་དགོས་སྙམ་མོད། མོས་རང་བློ་རང་གིས་གཅུན། མོས་དེ་ལྟར་བྱས་ན་གཅེན་པོ་སྐྲག་པ་ཤེས། ཨ་མས་འདི་དག་ཚང་མ་མཐོང་རུང་གཏམ་ཚིག་གཅིག་ཀྱང་མ་སྨྲས། མོ་དང་ཆོས་རྒྱམ་ཁྱིམ་དུ་ལོག་པ་ནས་བཟུང་ཨ་མ་ནི་སློག་འཁྱུད་པ་བཞིན་དོན་ཆུང་སྣང་མེད་དུ་འཛོག་ཅིང་། མི་གཞན་ལ་ཁ་བརྡ་གཏན་ནས་མི་བྱེད།

ཚང་མ་ལས་ཚར་རྗེས། ཆོས་རྒྱམ་སླེབས། ཁོའི་ལག་ཏུ་ཤྭ་མོ་དང་ཞོག་ཁོག་གྲོ་ལྷེབ་གསུམ་གདུས་པའི་ཐུག་པ་འཁྱེར། ད་དུང་ང་ཚོ་ཕྱི་མར་ཤྭ་མོའི་ལུས་མི་ལེན་ནམ་ཟེར།

བསོད་སྒྲོན་གྱིས་སྐྱེ་བ་དེ་འདྲ་ལེན་པ་ཞིག་མ་ཐོས་ཟེར།

ཆོས་རྒྱམ་གྱིས་ཤྭ་མོ་ཡིན་ན་དགའ་བ་ལ། གང་ཡང་བསམ་མི་དགོས། ལྷུང་སྟོང་གི་གྲིབ་བསིལ་དུ་ཁྲུ་སིམ་མེར་སྐྱེས་པ་རང་དབང་ཅི་ལ་མིན་ཟེར།

བསོད་སྒྲོན་བགད། གཙེན་པོའི་གཏམ་གྱིས་ཤུ་མོ་ཤིང་སྡོང་འོག་ཏུ་མགོ་རིལ་རིལ་དུ་སྐྱེས་ཤིང་། དབེན་ཐིང་ངེར་དྲི་མདངར་ཞིང་བསིལ་བ་འཐུལ་བ་དྲན།

ཆོས་རྒྱམ་གྱིས་སླར་ཡང་སང་ཉིན་ཁོ་ཚོས་ང་ལ་གཏམ་འདྲི་ཟེར།

བསོད་སྒྲོན་གྱིས་མི་ནི་ཤི་ཚར། ག་རེ་དྲིས་ན་ཡང་དྲིས་ཟེར།

ཉིན་འགའི་རྗེས་སུ་གྲོང་སྡེའི་ནང་གསལ་བསྒྲགས་ཤིག་སྤེལ། རྐུན་མ་ལྷུའུ་ཀྲེ་ཡོན། བཤུ་གཞོག་གྲལ་རིམ་གྱིས་སྤྱི་ཚོགས་རིང་ལུགས་དགྲར་མཐོང་སྟེ། ཕ་ཡུལ་ནས་བྲོས་ཤིང་ཕྱོགས་བཞིར་འཁྱམས། རྒྱལ་སྤྱིའི་དགྲ་འཛིན་སྟོབས་ཤུགས་ལ་རྒྱབ་སྐྱོར་བྱས། ཐུན་མོང་དཔལ་འབྱོར་ལ་གཏོར་སྐྱོན་བཏང་། དོགས་ཟོན་ཤིན་ཏུ་ཆེ་བའི་མི་དམངས་རྣམས་ཀྱིས་བཙན་བཟུང་བྱས་རྗེས་རང་ཤི་བྱས། མིག་ཚ་བ་རང་གི་ལག་པས་བཟོས། མིང་ཆད་ངན་པོ་མི་ཡུལ་དུ་བཞག །གསལ་བསྒྲགས་འདི་དང་ལོ་དེར་གསར་དུ་དར་བའི་མི་དམངས་ཁྲིམས་ཁང་གི་ཐམ་ག་མནན་པའི་གསལ་བསྒྲགས་གཉིས་མི་འདྲ་བར། སྣག་ཚོགས་ཆེ་བའི་སྦུ་སྨྱུག་གིས་བྲིས་ཡོད། དེ་ནི་སྔོན་ཆད་བསོད་སྒྲོན་གྱི་མིང་རྒྱ་ཡིག་ཏུ་གཏན་འཁེལ་བྱེད་མཁན་ལས་དོན་ཚོ་ཆུང་གི་མགོ་ཁྲིད་ལེའུ་ཡོན་ཤོན་གྱི་ཡིག་གཟུགས་རེད།

མིས་བཀླགས་པ་ཉན་རྗེས། གསལ་བསྒྲགས་ཀྱི་ནང་དོན་འགྲེལ་བཤད་བྱས་པས། བསོད་སྒྲོན་དང་སྐྱིད་གྲོང་གི་མི་རྣམས་ཀྱིས་གཞི་ནས་ལྷུའུ་ཚང་གི་མིང་ལ་ཀྲེ་ཡོན་ཟེར་བ་ཤེས།

མིང་འདི་སྐྱིད་གྲོང་གི་མི་རྣམས་ཀྱིས་ཁ་གཏམ་ལ་ལོ་དུ་མ་ཞིག

འཛིགས། ལོ་དེར་ལོ་བཅུ་ལ་སོན་པའི་བྱིས་པ་རྣམས་ཀྱིས་མཚན་བསྒྲོད་བྱེད་སྐབས་ཕན་ཚུན་བྲེད་བཙ་སྐུལ་བྱེད་ལ་སྦྲ་མི་དག་པའི་རྒྱ་སྐད་ཀྱིས་ཀྱི་ཡོན་ཡོང་གི་འདུག་ཟེར།

མུ་གེ་ལས་ཐར་ཏེ་ལོ་གསུམ་བཞིའི་རྗེས་སུ་བྱིས་པ་དེ་དག་མི་གྲལ་དུ་ཚུད་པས། རྩེད་མོ་དེ་རིགས་ག་ལ་རྩེ། བྱིས་པ་གསར་སྐྱེས་ཕལ་ཆེ་བས་གྲོང་ སྡེར་འཁྱུར་གྱིས་འགྲོ་བའི་ཚེ་བྲེད་བཙ་སྐུལ་བྱེད་ཀྱི་རྩེད་མོ་གསར་པ་ཡང་ཡོད། དེ་ཡང་ཁོ་ཚོས་གབ་ས་ཞིག་ནས་སློ་བུར་དུ་རྩེད་ཟླའི་སར་ཡོང་སྟེ་ཤིང་རྟུམ་ཅིག་གིས་སྐེད་པ་མནན་ཏེ། བོའུ་བཞག་ན་མི་གསོད་ཅེས་སྐད་ཤུགས་ཆེན་པོས་སྨྲ། འདི་ནི་ཟླ་རེར་ཐང་ཆེན་ཐོག་བསྟན་པའི་གློག་བརྙན་ལ་ལད་ཟློས་བྱས་པ་རེད།

བསོད་སྙོན་གྱི་བྱིས་པ་ཡང་སློབ་གྲྭར་འགྲོ་ཚོད་སླེབས། མོའི་བྱིས་པ་ནི་གྲོང་སྡེའི་བྱིས་པ་ན་ཟླ་གཞན་ལས་ཆེ་ཞིང་ཚོ་ལ་དཀར་བས། མུ་གེའི་ལོ་ཟླར་སྐྱེས་པའི་བྱིས་པའི་ཁྲིད་དུ་མངོན་གསལ་དོད། མོས་འདི་དག་ནི་ལྷའུ་ཚང་གིས་བཞག་པའི་ལུག་གི་བཀའ་དྲིན་ཡིན་པ་ཤེས།

བསྟན་པས་བྱིས་པ་ཆེ་བ་དག་ལ་ལད་ཟློས་བྱས་ཏེ་ཤིང་རྟུམ་ཞིག་ཞང་པོའི་སྐེད་པར་བཞག་ནས། ལག་པ་ཡར་རྐྱོངས། བོའུ་བཞག་ན་མི་གསོད་ཟེར།

ཁོས་ཞང་པོ་སྔོན་ཆད་གྲྭ་པ་ཡིན་པ་མི་ཤེས་ལ། ཟབ་ཅིང་རྒྱ་ཆེ་བའི་ཆོས་ལ་དད་པ་བརྟན་པ་མི་ཤེས་པས། ཞང་པོས་ཀྱང་ལག་པ་གཏན་ནས་མ་བརྐྱང་།

ཞང་པོས་རྩེད་ཟླ་མ་བྱས་པས་བསྟན་པས་དུ་བཤིག་བྱས།

བསོད་སྒྲོན་གྱིས་བྱིས་པ་པང་དུ་བླངས་ཏེ། ཁྱོད་ཀྱི་ཞང་པོ་བསམ་མེད་ཡིན་པ་སྔར་ནས་མི་ཤེས་སམ་ཟེར།

འགྲུལ་ཙམ་བྱས་ན་བོའུ་མི་ལ་གཏད། རྒྱག་རྒྱུ་དང་གསོད་རྒྱུ་ཕོ་ན་ལས་མེད་པ་ནི་བསམ་མེད་རང་རེད། ཆོས་རྒྱམ་གྱིས་ལན་བཏབ།

བསོད་སྒྲོན་གྱིས་སྐྱེས་པ་འདིས་ཁྱིམ་འདིར་རི་ལ་ལུག་རྫིར་འགྲོ་བ་ལས། ཅི་ཡང་མི་ཤེས་སྨྲ་འདོད་མོད། ཆོག་ལ་མཚོན་ཆ་མེད་ཏུང་མི་སྙིང་དུམ་བུར་གཏུབས་པས་སྨུ་མཐུད་དུ་མ་སྨྲས། མོས་ཁྱིམ་གྱི་སྐྱེས་པ་གཉིས་རྩོད་པ་བྱེད་མི་དགོས། ང་ཚོ་ཟས་བཟའ་ཞེས་སྨྲས།

ཿ ཿ ཿ ཿ ཿ ཿ ཿ

དེ་ནི་ཤིང་སྤྲུལ་༡༩༤༤ལོར་རེད།

བསོད་སྒྲོན་གྱི་དགོང་ཟས་གྲོ་ཐུག་རེད། འདི་ནི་དངོས་སུ་གྲོ་ལྷེབ་ཀྱི་ཐུག་པ་རེད། ཐང་གར་ཞིང་། གྲོ་ཕྱེ་ཞིམ། ནང་དུ་ཤ་ཡོད་ལ། ཚོད་དཀར་ཕྲན་ཙམ་ཡང་ཡོད། ཕོར་པ་གང་བཏུངས་པས་ལུས་ལ་བདེ་དྲོད་བསྐྱེད། ཕོར་པ་དོས་བསོད་སྒྲོན་གྱི་གདོང་ཡང་དམར་པོར་གྱུར། ཆོས་རྒྱམ་གྱི་མགོ་སྐྱེ་ཐེར་ཐོག་ཏུ་རྟུལ་ཚུ་ཁྲུམ་མེར་ཐོན། བསྟན་པས་དགོད་བཞིན་ཞང་པོའི་མགོ་བོ་སྒོ་རའི་རྗེ་དང་འདྲ་ཟེར། བསོད་སྒྲོན་ཡང་བགད། མོས་བསྟན་པར་དཔེ་འདི་འདྲ་ཞིག་དྲན་རྒྱུ་ལ་ཨང་ཟེར།

ཞང་པོས་བསྟན་པ་པང་ཁར་སྡོད་དུ་བཙུག་སྟེ། སྐམ་ནན་དང་དཔེ་རོ་མཚར་ཅན་འདི་འདྲ་འཛོག་མཁན་ནི་བློ་རིག་བཀྲ་བའི་རྟགས་རེད་ཟེར།

སྟོན་མགོའི་ཞོགས་པ་གྲང་ངར་ཅུང་རྒྱུས། སྒོ་རའི་རྗེ་གཙལ་འཇམ་པོའི་ཐོག་ཏུ་བ་མོའི་ཟིལ་པ་ཁྲུམ་ཁྲུམ་མེར་ཡོད་པ་ནི་དངོས་གནས་ཆོས་རྒྱམ་གྱི་རྟུལ་ཚུའི་ཐིགས་པ་དང་གཉིས་སུ་མ་མཆིས།

བསོད་སྒྲོན་བྱིས་པ་བཞིན་དགོད་ཞོར། གཅེས་ལོ། འདི་རྗེ་གཙལ་གྱི་ཟིལ་པ་གྲང་མོ་རེད། ཞང་པོའི་རྟུལ་ཚུ་ཚ་མོ་རེད་ཟེར།

ཆོས་རྒྱམ་གྱིས་བསྐག་སྒྲ་ཁྲོག་ཞོར། རེད། གྲོ་དང་སྣུམ་གྱི་དྲི་ཡིས་ངའི་ལུས་སྟེང་གི་སྤོ་དང་ཤྭ་མོའི་དྲི་ཡང་ཡལ་བར་གྱུར་ཟེར།

བསོད་སྒྲོན་གྱིས་སྤོ་དང་ཤྭ་མོས་མུ་གེའི་ལྟོ་ཆེ་འཁྱིད་པ་བརྗེད་མི་ཏུང་། ད་དུང་ལུག་ཅིག་ཡོད་ཟེར།

ཆོས་རྒྱམ་གྱིས་ཨོཾ་མ་ཎི་པད་མེ་ཧཱུྃ། མི་ཡུལ་གྲ་མའི་སྟེང་དུ་སྡིག་པ་འདི་

འདྲ་གསོག་དོན་ཅི་རེད་ཟེར།

གཅེན་པོའི་གཏམ་འདིས་བསོད་སྒྲོན་ཉིན་གཉིས་པར་རི་ལ་ཕྱིན། ལམ་དུ་བཟའ་ཐུང་བའི་སྤོ་མཐོང་བས། དེ་དག་ནི་སྔོན་ཆད་ཞུའུ་ཚང་གིས་རང་ལ་ངོ་སྤྲོད་པ་དྲན། ཞུའུ་ཚང་གིས་རྐང་ཐུང་ལ་ལྷམ་མི་འདྲ་བ་རེ་གྱོན་ནས་མོ་ལ་གཏད་དེ་རྒྱ་འབྲུམ་ལ་མཛུབ་མོ་བཙུགས་ནས། འདིའི་ཡལ་ག་དང་ལོ་མ་གཉིས་ཀ་བཟའ་ཆོག་ཟེར། ཡང་གྲོ་ཙར་མཛུབ་མོ་བཙུགས་ནས། འདི་ཙ་བ་ཕྱུང་སྟེ་ཕྱེ་མ་གྲོ་ཐུག་ལ་བསྲེས་ན་ཞིམ་ཟེར།

ཞུའུ་ཚང་གཞོན་ནུའི་དུས་སུ་ཧ་ལམ་བརྒྱད་སྡོ་ཟ་བཞིན་མུག་གཡོལ་དུ་ཡོང་། རྗེས་སུ་ཧ་ལམ་ཐོག་ཏུ་མགྲོན་ཁང་གཉེར། མགྲོན་ཁང་གི་མདུན་སྟེགས་སུ་ཁབ་སྐྲུད་སོགས་ཙག་ཙིག་བཀྲམ་ཡོད་ཅིང་། ད་དུང་ཆང་ཛ་ཞིག་ཀྱང་ཡོད། ཆང་ཛའི་ནང་དུ་རི་ནས་བཏུས་པའི་སྨན་རྩྭ་སྣ་ཚོགས་སྦྲངས་ཡོད་ཅིང་། ཞུའུ་ཚང་གིས་མདུན་སྟེགས་འོག་ཏུ་ཆང་གང་དགའ་གང་སྐྱིད་དང་རོལ་བཞིན་ཡོད། དེ་དུས་ཁོའི་ངོ་དཀར་ལ་དམར་ཞིང་། མིག་ནས་འོད་འཚེར་བ་བསོད་སྒྲོན་གྱིས་དྲན་མོད། མུག་གཡོལ་དུ་ཐེངས་གཉིས་པ་ཡོངས་སྐབས་དེ་ལྷ་བུའི་གཟི་བྱིན་ནམ་མཁའི་འཇའ་བཞིན་ཡལ།

བསོད་སྒྲོན་ལོ་ཤས་རིང་ཤྭ་མོ་ལུ་གུ་རྒྱུད་ལ་བལྟ་བར་སླེབས་མེད།

གསར་དུ་སྐྱེས་པའི་རྩྭ་ལྗུམ་གྱིས་སྔོན་ཆད་ལན་མང་ཕྱིན་པའི་ལམ་ཆུང་སྤྱ་ས་ནས་ཡལ་ཟིན། མོ་གང་ཙམ་ནས་ནགས་ཁྲོད་ཀྱི་ས་སྟོང་དེར་སླེབས། དྲིན་ཆེན་ཉི་མ་ཤིང་སྡོང་རིང་པོའི་གསེབ་ནས་འཆར་ཞིང་། འོད་ཐིག་སྐོར་མོ་ས་ཐོག་ཏུ་གསལ་བས། ཉི་ཟེར་ཤྭ་མོར་འཕྲོས། ཤྭ་མོ་ལུ་གུ་རྒྱུད་ཀྱང་རྗེ་

ཆེར་ཕྱིན་ཏེ་ས་སྟོང་ཐལ་ཆེར་ཁེངས་ལ་ཉེ། བྱ་ཟེར་མོ་ཆ་གཅིག་གིས་ཤྭ་མོ་རེ་བཟུང་སྟེ་རང་དགར་མཆུ་གཙབ་བྱེད། མོ་ནགས་ཁྲོད་དུ་བསྐྱོད་སྐབས་ཟེར་མོས་ངང་ཙམ་སྨུག་སྟེ་འཕུར་བའི་ཚུལ་བྱེད།

མུ་གེའི་ལོ་ཟླ་བརྒྱུད་པའི་བསོད་སྙོན་གྱིས་བཟའ་རྒྱུ་དཀོན་པའི་གཙན་གཟན་རི་དྭགས་ལ་ཡང་སྙིང་རེ་རྗེ། མོས་གོམ་པ་སྐྱོ་མཚམས་བཞག་སྟེ་ཕྱིར་ནུར་བྱེད་བཞིན། ཤུབ་བུར་དལ་བུར་ཟོས། དལ་བུར་ཟོས། ང་བལྟ་ཙམ་བྱེད་དུ་ཡོང་ཞེས་སྨྲས། ཟེར་མོ་གཉིས་ཀྱིས་མགོ་བོ་རྒྱང་བཞིན། མིག་ཟུང་སྐོར་བ་བྱས་ཏེ། མིའི་སྐད་ཆ་ཐོས་པ་ཇི་བཞིན་སླར་ཡང་མགོ་བོ་སྨུར་ཏེ་ཤྭ་གདུགས་ཟ་བཞིན་འདུག །

ཤྭ་མོ་ སྤར་བཞིན་ཡོད་ལ། ཟེར་མོ་བདེ་བར་འཚོ་བས་བསོད་སྙོན་གྱི་གདོང་ལས་འཛུམ་མྱུང་བཞིན་རི་ནས་བབས།

མོ་རི་འདབས་སུ་སླེབས་སྐབས་ཟློང་འཁོར་ཞིག་གྲོང་སྡེར་བཞག་ཅིང་། མི་རྣམས་ཀྱིས་ཟློང་འཁོར་ལས་དངོས་པོ་ཕབ་པ་མཐོང་། དེ་ནི་ལོག་ཟིན་པའི་བཅའ་སྒྲོད་ལས་དོན་ཚོ་ཚུང་སླར་ཡང་གྲོང་ཚོར་སླེབས་པ་རེད།

ད་ཐེངས་ཀྱི་ལས་དོན་ཚོ་ཚུང་གི་མིང་ལ་གཙང་བཞི་ལས་དོན་ཚོ་ཚུང་ཟེར།

བསོད་སྙོན་ལས་དོན་ཚོ་ཚུང་བཅའ་སྡོད་ཁུལ་དུ་ལྟད་མོ་བལྟ་བར་ཕྱིན། བཅའ་སྡོད་ཁུལ་གྱི་འཁྲིས་སུ་ཡོད་པའི་མི་རྣམས་ཀྱིས་ལས་དོན་ཚོ་ཚུང་གི་དངོས་པོ་དཔོར་ཟིན། སྟོན་ཆད་མོས་ལས་དོན་ཚོ་ཚུང་ལ་རོགས་པ་བྱེད་སྐབས་གྲོང་སྡེའི་ཡར་ཐོན་མ་ཡིན་པའི་མི་རྣམས་ཀྱིས་ད་ལྟའི་མོ་དང་འདྲ་

བར་སྒོ་རའི་སྤང་སྐྱུར་བསྙེས་ཏེ། ལས་དོན་ཚོ་ཆུང་དང་ཏུར་བརྩོན་མི་སྣ་ཡར་འགྲོ་མར་འགྲོ་བྱེད་པར་ལྟ་བཞིན་ཡོད། མོ་ནི་སྔོན་ཆད་ལྟར་གཙང་མ་གཙང་རྒྱུང་སྤྱང་སྤྱང་གྲུང་གྲུང་དེ་འདྲ་ཞིག་ག་ལ་ཡིན། ད་ལྟ་མོའི་གདོང་ལ་བཀྲག་མདངས་མེད་ཅིང་། ལུས་ཀྱི་གྱོན་པ་བཙོག་ལ། རྐང་པའི་ལྷམ་ཟླུང་ཡང་ལྷེབ་ལྷེབ་བྱེད།

སྔོན་ཆད་མོའི་མིང་བསོད་སྒྲོན་ཞེས་ཡིག་ཐོག་ཏུ་འབྲི་མཁན་གྱི་མགོ་ཁྲིད་ལེའུ་ཡོན་ཧྲོན་ཡང་ཡོད་ཅིང་། བྲང་ངོས་སུ་ལྕགས་སྨྱུག་འཛེར་བའི་དམག་གོས་རྙིང་པ་དེ་གྱོན་འདུག །སྐྱིད་གྲོང་ལ་ལན་བཞི་ཙམ་བསྐྱོད་པའི་ལས་བྱེད་འདི་ལ་སྔར་གྱི་གཟི་བྱིན་ནི་མེད། ད་ཐེངས་བཀོད་འདོམས་ལ་མཁས་ཤིང་། སྤོབས་པས་ཁེངས་པ་ནི་བུད་མེད་ལུས་ཆུང་ཞིང་ཤ་རིད་ཅན་དེ་རེད།

བུད་མེད་གཟུགས་ཆུང་ཤ་རིད་དེའི་བཀའ་བཀོད་བཞིན། ལེའུ་ཡོན་ཧྲོན་དང་བཅས་པ་ཡར་འགྲོ་མར་འགྲོ་བྱས་ཏེ་དངོས་པོ་དཔོར། ལེའུ་ཡོན་ཧྲོན་གྱིས་བསོད་སྒྲོན་གྱི་གམ་ནས་འགྲོ་དུས་ངོ་མི་ཤེས་ཁུལ་བྱེད་ཅིང་། བསོད་སྒྲོན་གྱིས་ཀྱང་སྣང་མེད་དུ་གཏོང་བཞིན་ཡོད། ལེའུ་ཡོན་ཧྲོན་གྱིས་ངོ་ཤེས་གཏོང་བར་མོས་རེ་ལྟོས་གཏན་ནས་མི་བྱེད། འོན་ཏེ་ཐེངས་གསུམ་པར་མོའི་གམ་ནས་འགྲོ་སྐབས་ཁོས་འགྲོ་མཚམས་བཞག་སྟེ། ལག་གཡས་པའི་དྲ་ཐུག་གཡོན་མར་བཞག །གཡོན་མའི་དྲ་ཐུག་གཡས་པར་བཞག །དྲ་ཐུག་ནང་གི་ཀོ་གཞོང་དང་ཁ་ཕོར་ཇ་ཕོར་ཕན་ཚུན་བཙིར་ཏེ་ཆོག་ཆོག་ཀྲག་ཀྲག་ཅེས་པའི་སྒྲ་གྲག །གང་ལྟར་ཁོ་ཅི་ཞིག་སྨྲ་བསམ་མོད་ཅི་ཡང་སྨྲ

མ་ནུས། བསོད་སྒྲོན་གྱིས་ཕོའི་མིག་ཟུང་ལས་གནོང་འགྱོད་ཀྱི་ཉམས་ཤིག་མཐོང་། ཕོའི་འགྲམ་རྩར་སྐྲ་དཀར་རེ་ཟུང་སྐྱེས། མི་མངོན་པའི་ལག་ཟུང་གིས་བསོད་སྒྲོན་གྱི་སྙིང་ཁ་བཙིར་སྣང་བྱུང་བས། ཕོས་གཏམ་ཤོད་པར་མ་སྒུག་པར་བསོད་སྒྲོན་ཁ་སྐོར་ཏེ་ལོག་ཚར།

སྐབས་དེའི་ལས་དོན་ཚོ་ཚུང་གིས་ཉེན་ལྟར་ཧྲེ་ཡོན་རྣམས་ངལ་རྩོལ་དུ་གཏོང་གི་ཡོད། བུད་མེད་གཟུགས་ཆུང་ཤ་རིད་དེས་གཞས་སྨ་ལེན་ཞིང་། ངལ་གསོའི་སྐབས་སུ་ཚང་མས་མི་དམངས་ཚགས་པར་གྱི་རྩོམ་ཡིག་བཀླགས། སྟོན་ཆད་འདི་དག་ནི་ལེའུ་ཡོན་ཤོན་གྱི་བྱ་བ་རེད། ད་ལྟ་ཕོ་ཧྲེ་ཡོན་རྣམས་དང་འདྲ་བར་ས་ཐོག་ཏུ་བསྡད་དེ་ཁ་ནང་དུ་རྔ་ཕྱུར་ཟ་བཞིན་གདོང་ལས་ཡི་ཆད་ཀྱི་ཉམས་ཤིག་མངོན།

མི་མང་པོ་ཞིག་གིས་མགོ་ཁྲིད་ལེའུ་ལགས་ཀྱིས་ནོར་འཁྲུལ་གང་ཅུང་ཞིག་ཤོར་ངེས་རེད་ཟེར།

འོན་ཏེ་བསོད་སྒྲོན་ནི་དེ་ལྟར་མི་བསམ། མོའི་བསམ་པར་མི་འདིས་ངལ་གསོས་ན་འགྲིག་སྟེ། མགོ་ཁྲིད་བུད་མེད་དེ་དང་མི་འདྲ་བར། རང་གི་གདོང་སེར་པོ་མ་ཆགས་བར་དུ་དཀའ་སྤྱད་སྡུག་ཅུས་བྱས་པར་སྙིང་པོ་ཨེ་ཡོད་སྙམ།

དགོང་ཚོགས་འཚོགས། མགོ་ཁྲིད་བུད་མེད་ཀྱིས་སྐད་གསང་མཐོན་པོས་བཤད། གཟུགས་ཆུང་གཏེ་པོ་དེར་ནུས་ཚད་དེ་ལྟར་མང་བ་སུས་ཀྱང་མ་ཤེས། ལས་དོན་ཚོ་ཆུང་གིས་གྲོང་སྡེའི་ལས་བྱེད་ཚང་མ་བསྐྱར་དུ་བརྫེས། གངས་ཅར་མེད་པའི་མཚན་མོར་འགོ་ཁྲིད་བུད་མེད་ཀྱིས་ཁྱིམ་རེ་མི་རེར་

འཚམས་འདྲི་བྱས། བསོད་སྙོམས་ལ་འཚམས་འདྲི་བྱེད་དུས་ནི་གངས་ཅན་བབས་པའི་མཚན་མོ་ཞིག་རེད།

མོའི་ངོ་ནས་ཐལ་མདོག་ཐོན། བྲེལ་འཚུབ་འཚུབ་ཏུ་བསོད་སྙོམས་ཚང་གི་གོ་ཁར་སླེབས། མོས་སྐད་པ་སྒྱུར་ཏེ་ཟེའུ་བྲིས་ཀྱི་རྒྱབ་ཤ་མཁྲིགས་པོ་ལྟོ་བར་བསྟན། ཡུད་ཙམ་ཅི་ཡང་མ་སྨྲས།

བསོད་སྙོམས་ཀྱིས་ཉལ་ཁེབས་བླངས་ཏེ་མོའི་རྒྱབ་ཏུ་འབོལ་བསྙེས་ཤིག་བཟོས། ཇ་ནང་དུ་འོ་མ་མང་ཙམ་ལྷུག་སྟེ་མོའི་མདུན་དུ་བཞག །བསོད་སྙོམས་ཀྱིས་གཏམ་སྨྲ་བར་བྲེལ་བ་མ་བྱེད། གསོལ་ཇ་མཆོད་དང་ཟེར།

ཇའི་ནང་དུ་འོ་མ་སྤར་རྒྱུན་ལས་ལྷབ་གསུམ་གྱིས་མང་།

མགོ་ཁྲིད་ཀྱིས་འོ་ཇ་བཏུངས་རྗེས། མིག་ཟུང་བཙུམས། གདོང་མདོག་ཙུང་དམར་དུ་སོང་། མོས་ཐུགས་རྗེ་ཆེ། ཇི་བདེར་ཕྱིན་ཟེར།

བསོད་སྙོམས་ཀྱིས་སྔར་བཞིན་གཏམ་སྨྲ་བར་བྲེལ་བ་མ་བྱེད་ཟེར།

མོས་སླར་ཡང་འོ་མ་མེད་པའི་ཇ་སྐོལ་ཞིང་། དེའི་ནང་དུ་བཙའ་ལྷ་སྐམ་པོ་ཙུང་ཟད་བཏབ་སྟེ། ཐོར་པ་གང་བླུགས། བུད་མེད་མགོ་ཁྲིད་ཀྱིས་ཇ་དེ་བཏུངས་རྗེས། བསོད་སྙོམས་ཀྱིས་ངའི་བསམ་པར་ཁྱོད་ཀྱི་ལྟོ་བ་མི་བདེ་བ་འདྲ། ད་ལྟ་ཙུང་བདེ་ཙ་སོང་ངམ་ཟེར།

མགོ་ཁྲིད་ཀྱི་གདོང་མདོག་ཇེ་ལེགས་སུ་སོང་།

མོས་སྨྲང་རིལ་ཞིག་བཏོན་ཏེ་པགས་པ་ཚོན་ཁྲ་ཅན་བཤུས་རྗེས། བསོད་སྙོམས་ཀྱི་བུའི་ཁ་ནང་དུ་བཅུག །ཞིམ་པའི་གདོང་ལས་བདེ་སྐྱིད་ཀྱི་ཉམས་ཤུང་། མོས་ཞིམ་པའི་མིང་ལ་ཅི་ཟེར་དྲིས།

བསྟན་པ་ཟེར། ཞང་པོས་མིང་བཏགས།

བུད་མེད་མགོ་ཁྲིད་ཀྱིས། ང་ཚོའི་ལས་དོན་ཚོ་ཆུང་གི་མིས་ཟེར་ན་མིང་འདི་ཡོད་མཁན་ནི་སྐུ་ཡོན་ཆེ། ད་དུང་ལོ་རྒྱུས་ཐོག་ཡོན་གུར་གྱི་དུས་སུ་བསྟན་པའི་རྗོ་རིང་ཡང་ཡོད་ཟེར།

མགོ་ཁྲིད་ཀྱིས་ཟིན་བྲིས་ཁ་ཕྱེ། ཚུགས་ཀ་སྐམ་བཀྲིང་དུ་གྱུར། བསྟན་པའི་ཨ་ཕ་སུ་ཡིན་ནམ།

བསོད་སྒྲོན་གྱི་སེམས་རྩ་འཕོལ་པོར་གཏམ་འདིས་ཆུ་འཁྱགས་ལྟུག །མོས་མཆུ་དམ་དུ་བཙུམས།

ཕལ་ཆེར་ངས་འདི་ལྟར་འདྲི་མི་རུང་། ཁྱོད་ལ་སྐྱེས་པ་མང་པོ་ཡོད་དམ།

བསོད་སྒྲོན་གྱིས་མགོ་བོ་གཡུགས་སོང་། མཆུ་དམ་དུ་བཙུམས།

ཁྱོད་ལ་སྐྱེས་པ་མང་པོ་མེད་པར་ང་ཡིད་ཆེས་ཡོད། འོ་ན་བྱིས་པའི་ཕ་དོ་མི་ཤེས་པའི་རྒྱུ་མཚན་ཅི་རེད། དེ་རྗེས་སྙིང་སྟོབས་སྐར་ཡང་བསྐྱེད་པའི་མགོ་ཁྲིད་ཀྱིས་མནོ་བསམ་གྱི་འཛིངས་སུ་ལྷུས་པའི་བསོད་སྒྲོན་ལ་གཏམ་མང་པོ་ཞིག་བཤད། བར་དུ་གཙུང་མོ་དང་། སྨུན་བཟང་མོ། གོ་རྟོགས་དམན་པའི་གཙུང་མོ་སོགས་བསོད་སྒྲོན་ལ་མིང་གསར་པ་འགའ་ཡང་འདོད། འོ་ཇ་དང་ལྷ་ཇས་བྱུང་བའི་མགོ་ཁྲིད་ཀྱི་ངོ་མདོག་དམར་པོ་ལས་རེ་ཆད་ཀྱི་ཉམས་ཤིག་མངོན་བཞིན་སྣོ་ཕྱིར་ཐོན།

བསོད་སྒྲོན་འདི་ལྟར་བསམ། ལས་དོན་ཚོ་ཆུང་གི་མགོ་ཁྲིད་ཅིག་གིས་ལས་དོན་མང་པོ་དེ་ལྟ་བུ་ཞིག་ལ་བསམ་མནོ་མི་བྱེད་པར། བྱིས་པའི་ཨ་

ཕ་སྲུ་ཡིན་རྩད་གཅོད་བྱས་པ་ཡ་མཚར་ཆེ་སྙམ། འཛམ་བུའི་གླིང་འདིར་བསོད་ནམས་མེད་པའི་ཕ་མེད་ཀྱི་བྱིས་པ་ཞིག་ཀྱང་ཤོང་དཀའ་སྙམ། མཚན་མོ་དེར་བསོད་སྙོམས་སོམ་ཉིའི་རྒྱུ་ཙ་ཚུད། འོན་ཏེ་མཚན་མོ་དེར་མོ་ལ་རྨི་ལམ་ཞིག་རྨིས། རྨི་ལམ་དུ་བསྟན་པ་སྦྲུམ་པའི་དོན་དེ་རྨིས། རྨི་ལམ་དུ་རང་ཉིད་ལ་བསྟན་པ་སྦྲུམ་པར་བྱེད་མཁན་གྱི་མི་དེ་ཡང་རྨིས། མོ་གཉིད་ལས་སད་དུས། ལུས་ཡོངས་སྤུ་ལོང་ཙི་དགར་གཡོས་ཤིང་། ནུ་མ་མཁྲང་ཞིང་རྒྱས། རང་གི་ལང་ཚོའི་སྨྱུ་གུ་འབུས་པའི་དོན་དེ་དྲན་པས། མོ་དབང་མེད་དུ་བགད། དགོད་བཞིན་དགོད་བཞིན་མིག་ཆུ་ཐྲེང་ཐག་མཆུ་འགྲམ་བར་དུ་བཞུར་བས། མོས་ཚྭ་ཡི་བྲོ་བ་མྱངས། མོས་སྐབས་འདིར་ཁྱིམ་གྱི་ཕྱི་རོལ་དུ་ཡོད་པའི་རྩྭ་དང་། རྡོ། ཐ་ན་གྲོང་ཚོའི་ཕྱི་རོལ་དུ་ཡོད་པའི་ཟམ་པའི་ལན་ཀན་དུ་ཡང་སྨོན་གྱི་བ་མོ་འབབ་ངེས་སྙམ། དེ་ནི་བ་ཚྭ་དང་འདྲ་མོད། བ་ཚྭ་ལས་ལྷ་ན་སྡུག །

མོས་རང་གི་གདོང་ལ་བྱིལ་བྱིལ་བྱས་ཤིང་། མཁྲང་ཞིང་རྒྱས་པའི་ནུ་མར་བྱིལ་བྱིལ་བྱས་པས། དུས་ཀྱི་འཁོར་ལོའི་རྩིབས་མས་ལག་པ་ཤེལ་ཚྭ་རྡོན་པོར་རེག་པ་བཞིན་ན་ཟུག་གཏོང་།

ལས་དོན་ཚོ་ཆུང་གིས་སྣང་དང་མི་འདྲ་བར། གྲོང་སྡེ་ལས་གཞོན་ནུ་ཧུར་བརྩོན་ཅན་ཞིག་འཁྲིད་ཡོང་བ་ལས་ཀའི་ཆེད་དུ་ཡིན་ཟེར་ཡང་དོན་དུ་ཁོ་ཚོའི་འཚོ་བར་ལྷ་རྟོག་བྱེད་ཕྱིར་རེད། གཞོན་ནུས་སྔོན་ཆད་ཀྱི་བསོད་སྙོམས་ལྟར་ཁྱིམ་རེ་མི་རེར་འོ་མ་དང་སྒོ་ཚོད་སློང་བར་འགྲོ། ད་ཐེངས་ཀྱི་ལས་དོན་ཚོ་ཆུང་གི་རང་ཁྲིམས་དམ་པོ་ཡོད་པ་ནི་མགོ་ཁྲིད་བུད་མེད་དེ་སྐམ་

ནན་ཆེ་བས་ཡིན་སྲིད་ལ། དུས་བབས་དེ་བས་ཛ་དྲག་པས་ཀྱང་ཡིན་སྲིད།

དགུན་ཁ། ལས་དོན་ཚོ་ཆུང་ཕར་འགྲོ་བའི་སྐོར་མེད། གངས་ཆེན་བབས་པའི་ཉིན་ཞིག་གདོང་མདོག་སེར་པོར་གྱུར་པའི་མགོ་ཁྲིད་བུད་མེད་དེ་སླར་ཡང་ཁྱིམ་དུ་སླེབས།

དེ་དུས་བཞིན་མར་འོ་མ་མེད་པས། བསོད་སྒྲོན་གྱིས་ལྷ་ཛ་སྐོལ།

སོས་ཛ་བཏུངས་རྗེས་གདོང་ནས་དམར་མདངས་ཐོན། བསོད་སྒྲོན་གྱིས་སླར་ཡང་ཁོག་མ་ཆུང་དུ་ཞིག་མེ་ལ་བསྐྱོན་ཏེ་མགོ་ཁྲིད་བུད་མེད་དེར་ཤ་བཙོ་དགོས་སྐམ། འོན་ཏེ་བུད་མེད་དེས་སླར་ཡང་ཟིན་བྲིས་བཏོན། བསོད་སྒྲོན་ཁོང་ཁྲོ་ལངས་ཏེ། ཁྱོད་སླར་ཡང་བསྟན་པའི་ཨ་ཕ་སུ་ཡིན་ཙང་གཙོད་བྱེད་དགོས་སམ། ངས་གཞན་ལ་རེ་མི་དགོས་པར་བྱིས་པ་འདི་གསོ་ཐུབ་ཟེར།

མགོ་ཁྲིད་བུད་མེད་དེའི་གདོང་དམར་པོར་གྱུར་ཏེ། ང་ནི་བུད་མེད་སྨུན་ཆུང་ཁྱོད་མགོ་བོ་གདུགས་ལྟར་འཁོར་ཏེ། གཞན་གྱི་གཡོ་འཁོག་ཏུ་ཚུད་པར་སྙིང་རླུང་ལངས་ཟེར།

བསོད་སྒྲོན་གྱིས་གཏམ་འདིའི་དོན་མ་གོ་བས། ཁྱོད་ང་ལ་སྙིང་རྗེའམ། ངས་བསམ་ན་ང་ནི་ཁྱོད་ལ་སྙིང་རེ་རྗེ་ཟེར།

མགོ་ཁྲིད་ཁྲེལ་དགོད་བྱེད་བཞིན། ཉོན་དང་། གཏམ་འདི་ཙི་རེད། འདི་ཁྱོད་ཀྱི་ཕུ་བོ་གྲྭ་པ་དེས་བསླབ་བམ་ཟེར།

བསོད་སྒྲོན་གྱིས་ཕྱིས་སུ་སྐབས་དེ་དུས་ཤ་བཙོ་བྱེད་ཀྱི་ཁོག་མ་ཚུར་བསྡུས་པ་དེར་འགྱོད་པ་ཆེན་པོ་བྱེད།

བསོད་སྨོན་གྱིས་ཁྱོད་ལ་དོན་གཞན་ཡོད་ན་དྲིས་ཆོག་ཟེར།

མགོ་ཁྲིད་ཀྱིས་མི་འགའ་ཞིག་གིས་སྤྲང་འཁྱམས་པ་ལྷུའུ་ཀྲེ་ཡོན་ནི་ཁྱོད་ཀྱིས་སྐྱབས་བསྐྱངས་བྱས་ཟེར།

ཡུལ་འདིར་ཁོས་མགྲོན་ཁང་ལོ་བཅུ་གྲངས་ཤིག་གཉེར། སུས་ཀྱང་སྐྱབས་བསྐྱངས་བྱེད་མི་དགོས།

ཨ་ན་ཁོ་དང་འབྲེལ་བ་གཏན་ནས་མེད་དམ།

ང་ཁོ་ལ་སྙིང་རྗེ་བས། ཁོ་ལ་ཚྭ་སྤྲེར།

ཚྭ་ཁོ་ན་རེད་དམ།

ཁོས་ཉིན་ལྟར་སྒོ་དང་ཤ་མོ་བཟའ། ཚྭ་མེད་ལ་སྣུམ་ཡང་མེད་པས། གདོང་སྔོན་པོར་གྱུར། ངས་ཁོ་ལ་མར་ཁྲན་ཙམ་ཡང་བྱིན།

ཨོ། ད་དུང་མར་སྤྲེར།

ཨོན་ཏེ་ཁོས་ང་ལ་རོགས་རམ་བྱས། ཁོས་བཟའ་རུང་བའི་སྔོ་མང་པོ་ཞིག་རེ་རེ་བཞིན་ང་ལ་ངོ་སྤྲོད། ཁོས་བཟའ་རུང་བའི་ཤ་མོ་རེ་རེ་བཞིན་ང་ལ་བསྟན། ལོ་དེར་ཞིང་ཁ་ནས་ལོ་ཏོག་འབྲུ་རྡོག་གཅིག་ཀྱང་བསྡུ་རྒྱུ་མེད། དེ་བས་ཁོས་ངའི་ཁྱིམ་མི་རྣམས་ཀྱི་སྲོག་བསྐྱབས་ལ། སྐྱིད་གྲོང་གི་མི་མང་པོའི་སྲོག་ཀྱང་བསྐྱབས།

ཙུང་ཞིག་སྨུག་དང་། ཁྱོད་ཀྱིས་ཤ་མོ་ཟེར། ལས་དོན་ཚོ་ཆུང་གིས་སྐྱིད་གྲོང་གི་མི་རྣམས་ལ་ཤ་མོའི་གཡོས་སྦྱོར་བསླབས་ཟེར། ཁྱོད་ཀྱང་ཉིན་ལྟར་ཐེམ་རེ་མི་རེར་འོ་མ་སློང་བར་འགྲོ་ཟེར།

ཉིན་ལྟར་མ་རེད། ཉིམ་བཅུ་གྲངས་འགའ་དང་ཉི་ཤུ་ཙམ་རེད། ཁུ

བྱུག་གྲོད་པུ་འཕྲུ་དུས་རེད། བསོད་སྒྲོན་དགོད་བཞིན། དེ་ནི་ལས་དོན་ཚོ་ཚུང་གིས་སྐྱིད་གྲོང་ལ་སློབ་སྦྱོང་བྱས་ཟེར།

འོ་མ་སློང་དུས་དཔྱལ་ཨེ་སྒྲོད།

སྐབས་རེ་སྒྲོད་ཀྱི་ཡོད།

སྐབས་རེ་སྒྲོད་ཟེར་ན་ཇི་ལྟར་སྒྲོད་དམ།

མཚམས་རེ་ལས་དོན་ཚོ་ཚུང་གི་མི་ཚང་མའི་ཁྱུག་མ་བསྡོག་རྟུང་དཔྱལ་སྐར་ལི་གཅིག་མེད།

རྗེས་སུ་སྒྲོད་དམ།

མཚམས་རེ་སྒྲོད་སྲིད་ལ། མཚམས་རེ་བརྗེད་ངེས།

འོ། ཏ་ཙང་ལེགས། ཤྭ་མོའི་སྐོར་ཤོད་དང་།

ཤྭ་མོ་གཞན་གྱི་གཡོས་སྦྱོར་ནི་ལས་དོན་ཚོ་ཚུང་གིས་ང་ཚོར་བསླབས་པ་རེད། སྨུམ་བསྲེགས་ཤྭ་མོ་དང་། དམ་ཟས་ཤྭ་མོ། ཤྭ་མོ་དཀར་བརྗོས། ཤྭ་མོའི་ལྐེབ་ཐུག་ལྟ་བུ་རེད། ཤོད་མཚམས་འདིར་སླེབས་སྐབས་ཤྭ་མོ་ཞེས་པའི་ཚིག་གི་ནུས་པ་ཡ་མཚན་ཅན་གྱིས་བསོད་སྒྲོན་གྱི་ངོ་ལ་འཛུམ་ཕྱུངས།

མགོ་ཁྲིད་ཀྱི་གདོང་སྐམ་བསྙིང་ཅན་ཡང་རྡུང་ཟད་ཞི་བར་གྱུར་ཏེ་རེ་བས་ཁེངས། མོས་མཆུ་སྐམ་པོ་འགྲུལ་བཞིན། སྐད་ཤུགས་ཆུང་ངུས་ད་དུང་མེར་བསྲེགས་ཤྭ་མོ་ཟེར།

བསོད་སྒྲོན་དགོད་བཞིན། མ་རེད། མ་ཡིན། འདི་སྐྱིད་གྲོང་བས་སྤུ་ས་ནས་ཤེས་ཟེར། སྔོན་ཆད་བྱིས་པས་ཁྱིམ་ནས་ཚྭ་རྡུང་ཟད་འཁྱེར་ཏེ། ཕྱི་རོལ་དུ་མེ་བསྒྲོངས་ཏེ། ཤྭ་མོའི་ཐོག་ཚྭ་ཞིབ་བཞག་རྗེས། མེར་བསྲེགས་

ཏེ་ཟ་བཞིན་རྩེད་མོ་རྩེ་ཟེར།

སྐྱིད་གྲོང་བས་ཤྭ་མོ་ངོ་མི་ཤེས་ཟེར་བ་མིན་ལ། ཤྭ་མོ་བཟའ་མི་ཤེས་ཟེར་བ་ཡང་མིན།

ཨོ། ཤྭ་མོ་དེ་ལྟར་མང་པོ་ངོ་མི་ཤེས་ལ། ཤྭ་མོའི་གཡོས་སྦྱོར་མང་པོ་དེ་ཙམ་མི་ཤེས།

མགོ་ཁྲིད་ཀྱིས་དྲི་བ་ཡ་མཚན་ཅན་འདི་འདྲ་ཞིག་དྲིས། ཁྱོད་ལྟར་ན་ཤྭ་མོ་ནི་ཡག་པོ་ཞིག་རེད་དམ་མ་རེད་ཟེར།

བསོད་སྒྲོན་གྱིས་སྔོན་ཆད་ལས་དོན་ཚོ་ཚུང་གིས་དྲི་བ་འདིའི་ལན་བཏབ་པར་ཡུལ་ཆུ་བཏུངས་ན་ཡུལ་ཁྲིམས་འཁྱུར། ཐོན་ཁུངས་གང་ཡོད་རྩལ་དུ་འདོན་ཞེས་པ་དྲན་ཏེ། ཡག་པོ་རེད། ཏ་ཙང་ཡག་པོ་རེད་ཟེར།

སྐབས་དེར་ཁྱོད་ཀྱིས་ལས་དོན་ཚོ་ཚུང་ལ་རི་ཁོར་མོ་ཡུག་ནས་ཤྭ་མོ་ཞིམ་ཤོས་དེ་འཚོལ་སྐད་ཟེར།

རེད་ལགས། ཤྭ་མོ་ལ་ཞིམ་པ་དང་མི་ཞིམ་པ་གང་ཡང་ཡོད། ཁུ་བྱུག་གྲོད་པུ་དང་། བེ་ཤྭ། སྔོང་ཤྭ། བྱུ་རུའི་ཤྭ་མོ་སོགས་ནི་ཤྭ་མོ་ཞིམ་པོ་ལེགས་པོ་ཤ་སྟག་རེད།

མགོ་ཁྲིད་དེ་ཁྲེལ་དགོད་བྱེད་བཞིན་ད་འོ་ན་ཁྱོད་ལས་དོན་ཚོ་ཚུང་དུ་ཡོང་རྗེས་ཀྱི་ལས་ག་ནི་ཤྭ་མོ་འཐུ་རྒྱུ་དེ་རེད་ཟེར།

བསོད་སྒྲོན་གྱི་བསམ་པར་མགོ་ཁྲིད་ཀྱི་མོ་མི་རིགས་ལས་བྱེད་སློབ་གྲྭར་ཕྱིན་པའི་སྐོར་དྲིས་ན་སླམ་མོད། མགོ་ཁྲིད་ཀྱིས་ཟིན་བྲིས་ཁ་བཏབ་སྟེ་ཡར་ལངས།

སྒོ་རར་སླེབས་དུས་མགོ་ཁྲིད་འགྲེལ། མོ་ས་སྟེང་ཐོག་གན་རྐྱལ་དུ་འགྲེལ། གདོང་རྡུལ་ཆུས་ཁེངས་སོད། བསོད་སྒྲོན་གྱི་ལག་པ་ཕར་ཕུད་དེ། ང་ལངས་ཐུབ་ཟེར།

བསོད་སྒྲོན་གྱིས་མོ་འཕྲུལ་མར་ལངས་མི་ཐུབ་པ་ཤེས་ལ། རང་གིས་རོགས་རམ་བྱེད་མི་ཉུང་བ་ཤེས་པས། ནང་དུ་ཕྱིན་ཏེ་ཤ་མོ་སྨམ་པོ་ཕྲེང་བརྒྱུས་ཤིག་བླངས། མགོ་ཁྲིད་ཡར་ལངས་ཏེ། ལུས་ཐོག་གི་ཐལ་རྡུལ་དང་རྫ་རྡུལ་རྡེབ་རྡེབ་བྱེད། བསོད་སྒྲོན་གྱིས་ཤ་མོ་མོའི་ལག་ཏུ་སྤྲད་དེ། ཤ་དང་མཉམ་དུ་སྐོལ་ན་ཆོག་ཟེར།

མགོ་ཁྲིད་ཁོང་ཁྲོ་ལངས། ཤ་མོ་བསོད་སྒྲོན་གྱི་མཐིང་པར་གཡོག །ཤ་མོ་སྨམ་པོ་མོའི་བྲང་ངོས་སུ་བཏགས་པ་ནི་སྐེ་རྒྱན་ཞིག་དང་འདྲ། མགོ་ཁྲིད་དགོད་བཞིན། སྐེ་རྒྱན་འདི་མི་མཛེས་ཟེར།

བསོད་སྒྲོན་ཡང་ཁྲོས། ཁྱོད་ལས་བྱེད་བཟང་པོ་ཞིག་ཡིན་ན་ང་ཚོ་མི་དམངས་ལ་སྐེ་རྒྱན་འདི་ལས་ལེགས་པ་སྤྲོད་དགོས་ཟེར།

མགོ་ཁྲིད་ཀྱི་གདོང་སྔར་བས་སེར་པོར་གྱུར་ཞིང་། མོས་བཀུག་པའི་ལག་པ་འདར་སིག་སིག་བྱེད་སོད། ཁ་ནས་གཏམ་ཅི་ཡང་མ་ཐོན། མཐར་མགོ་ཁྲིད་ཀྱི་སྨམ་ལ་རིད་པའི་མཆུ་སྒྲོས་ནས་ཁྲག་དམར་ཁ་གང་ཐོན། བསོད་སྒྲོན་རབ་ཏུ་སྐྲག །མགོ་ཁྲིད་ཀྱིས་ཁ་ཕྱིས་ཙམ་བྱས་ཏེ། ལག་པའི་ཁྲག་མཐོང་བས། ལུས་པོ་འགུལ་མ་ཐུབ་པར་བསོད་སྒྲོན་གྱི་རྐང་མདུན་དུ་བརྒྱལ། བསོད་སྒྲོན་གྱིས་མོ་སྐལ་པར་འཁྱེར་ཏེ། དབུགས་ཐེངས་གཅིག་ལ་ལས་དོན་ཚོ་ཆུང་བཙའ་སྐྱོད་ཁུལ་དུ་ཕྱིན། ཐོག་མར་སྨད་ཤུགས་ཆེན་པོས་དུས། དེ་རྗེས་

དངངས་སྐྲག་གིས་མོ་བརྒྱལ། མོ་དྲན་པ་གསོས་དུས་ལག་སྒྲོན་གསལ་ལ་མི་གསལ་ཞིག་མགོ་ཐོག་ཏུ་གཡོ་བ་མཐོང་། དེ་རྗེས་ལས་དོན་ཚོ་ཆུང་གི་མགོ་ཁྲིད་གཞོན་པ་ཞིའུ་ལགས་ཀྱིས་རང་ལ་བལྟ་བ་མཐོང་།

མོས་འདི་གང་དུ་ཡིན་ནམ་ཞེས་དྲིས།

འཁོར་ཐོག་ཏུ། རྫོང་སྨན་ཁང་ལ་འགྲོ་བའི་ལམ་བར་དུ་རེད་ཟེར།

བསོད་སྒྲོན་གྱིས་ངའི་གཅེན་པོར་ངའི་བྱིས་པ་འཚོ་སྐྱོང་གྱིས་ཟེར་རོགས། ང་དང་མོ་ལོག་ཡོང་མི་ཐུབ་ཟེར།

ཞིའུ་ལགས་ཀྱིས་བསོད་སྒྲོན་གྱི་ལག་པ་ནས་འཇུས་ཏེ། བསོད་སྒྲོན། ཁྱོད་དཀའ་ཐལ་ཟེར།

བསོད་སྒྲོན་གྱིས་ལག་བསྐྱམས་ཏེ། ང་ལ་ཉེས་པ་ཡོད། ངས་མགོ་ཁྲིད་ཁྲག་སྐྱུགས་པ་ཡང་བཟོས་ཟེར།

ཞིའུ་ལགས་ཀྱིས་མིག་གཞན་ཞིག་ལ་བལྟས། མིག་མདངས་ལས་བསོད་སྒྲོན་གྱིས་མགོ་ཁྲིད་ཀྱི་རྣམ་ཤིང་རིད་པའི་གདོང་མཐོང་། ཤ་མེད་ཁྲག་མེད་ཀྱི་ངོ་གདོང་དེ་བས་འཇིགས་སྣང་ཆེ།

ཞིའུ་ལགས་དབུགས་རིང་གཏོང་བཞིན། མོ་དྲན་གསོས་རྗེས་ཇི་ལྟར་སྐྱིས་པར་རགས་ལུས་ཟེར།

བསོད་སྒྲོན་དེ་བས་སྐྲག་པར་གྱུར་ཏེ། ཡར་ལངས་ལ་ཁད་ཙམ་བྱས་ཏེ། ལམ་དུ་བགྲོད་བཞིན་པའི་རླངས་འཁོར་ལས་མཚངས་རྩིས་བྱས། ཞིའུ་ལགས་ཀྱིས་དོན་ཇི་ལྟ་བུ་ཞིག་ཡོད་ཅང་ཐོས་ཏེ་ཅི་བྱེད། ཁྱོད་ཀྱིས་ཤུའུ་ཀྲེ་ཡོན་ལས་མགྱོགས་པ་འབྲོ་ཐུབ་བམ་ཟེར།

དེ་བས། རེ་ཐག་ཆད་པའི་བསོད་སྒྲོན་སླར་ཡང་བརྒྱལ།

དྲན་པ་རྙེད་སྐབས་མོ་སྨན་ཁང་དུ་ཉལ་ཡོད། ནད་ཁང་དུ་མ་ཡིན་པར་སྨན་ཁང་གི་ཁྲིམས་ལམ་དུ་ཡོད། མོ་འགྲུལ་ཙམ་བྱས་ན་མལ་ཁྲི་ལས་ཅེར་སྒྲ་གྲག །གཡས་གཡོན་དུ་གོས་དཀར་གྱོན་པའི་སྨན་པ་ཕར་འགྲོ་ཚུར་འོང་བྱེད། མོའི་མགོ་འཁྲམ་གྱི་སྙོའི་ནང་དུ་ཡར་འགྲོ་མར་རྒྱུག་བྱེད། མོས་མིག་བཙུམས། གྲང་ཞིང་བསིལ་བའི་རླས་ཤིག་ལག་ངར་བརྒྱུད་དེ་ལུས་ཡོངས་ལ་ཁྱབ་པས་རྐང་ལག་དེ་བས་འཁྱགས་སྡུང་འཆར། མོའི་བསམ་པར་གཅིག་བྱས་ན་དུས་སྐབས་གང་ཞིག་ནས་རང་ཉིད་འཁྱགས་པར་གྱུར་ཏེ་ཤི་འགྲོའམ་སྙམ། དེ་བས་མོས་མིག་ཟུང་དམ་དུ་བཙུམས། འོན་ཏེ་དེ་རྗེས་མོ་མ་བརྒྱལ་ཞིང་གཉིད་ཀྱང་མ་ཁུག །མཚན་གུང་སླེབས་དུས་ལྟོགས་སྡུང་ཡང་འཆར་བས། བསོད་སྒྲོན་དུས།

མོ་རབ་ཏུ་བསྒྲུན་ཏེ་ཤུབ་བུར་དུས་པ་ལས་སྐད་ཆེན་པོས་ངུ་མ་ནུས། རང་སེམས་སྡུག་གཙོང་དབང་གིས་ཤུབ་བུར་དུས་པས་གཞན་གྱིས་མ་ཚོར། སྐབས་དེར་སྨན་པ་རང་གི་སྙོ་འཁྲམ་གྱི་ནང་དུ་འགྲུལ་བཞུད་མི་བྱེད། ཁྲིམས་ལམ་རིང་པོའི་སྒྲོག་འོད་མི་གསལ་ཞིང་། ཨར་འདམ་གྱི་ས་རྡོས་ལས་འོད་ཀྱང་འཚེར། བསོད་སྒྲོན་གྱིས་གཙེན་པོ་ཆོས་རྒྱམ་གྱི་རྣམ་ཤེས་དག་ཞིང་དུ་འཕོ་བའི་ལམ་ནི་འོད་དང་ལྡན་པ་ཞིག་ཡིན་ཟེར་བ་ཐོས་མྱོང་བས། བསོད་སྒྲོན་གྱི་བསམ་པར་ད་ནི་རང་ཉིད་ཀྱི་རྣམ་ཤེས་བདེ་བ་ཅན་དུ་འགྲོ་བཞིན་ཡོད་སྙམ། སྔོ་བུར་དུ་མོས་རྣམ་ཤེས་དག་ཞིང་དུ་འགྲོ་སྐབས་རྣམ་ཤེས་དེས་ད་ནི་དག་ཞིང་དུ་འགྲོ་བཞིན་ཡོད་སྙམ་པ་ཅི་ལ་འཆར་དྲན་མུར།

སྦོ་དེ་བས་རིག་པ་དྭངས་གསལ་དུ་གྱུར།

སྦོ་ནད་ཁྲི་ལས་ལངས་ཏེ། ལག་ངོས་ཐོག་ཏུ་བརྩུགས་པའི་གནམ་ཁབ་ཀྱང་བཀྲོལ། ཁབ་ཤུལ་ལས་ཁྲག་ཐིགས་ཐོན་པ་མོས་མཐོང་ཞིང་རིམ་གྱིས་ཆེ་རུ་ཕྱིན་པས། ཁྲག་ཐིགས་འཐོར་ལ་ཁད་དུ་མོས་ལག་པ་ཁ་འགྲམ་དུ་བསྐྱལ་ཏེ་ཁྲག་འཇིབས། མོས་མལ་ཁྲིའི་མགོ་ཐོག་གི་སྒོ་འགྲམ་དུ་འགྲོ་སྐབས་ཁྲག་ཐིགས་གཉིས་པ་ཐོན་པ་མ་ཤེས། སྒོ་རྟགས་༢༢བྲིས་པའི་སྒོ་དཀར་པོའི་སྟེང་དུ་ཤེལ་སྒོ་ཞིག་ཀྱང་འདུག །མོའི་ལག་སྟེང་གི་ཁྲག་ཐིགས་ཟགས་སྐབས་མོས་ཤེལ་སྒོ་ལས་ནང་དུ་ལྟ་བཞིན་ཡོད། ཁང་པའི་ནང་གློག་མེད། ནང་དུ་མི་ཞིག་ཉལ་བ་རབ་རིབ་ཏུ་མཐོང་།

གློ་བུར་དུ་ཁང་པའི་གློག་སྒྲོན་སྤར།

མལ་ཁྲིའི་ཐོག་གི་མི་དེས་ལག་པ་བརྐྱངས་ཏེ་སྔས་མགོའི་གློག་སྒྲོན་སྤར།

གློག་སྒྲོན་ལས་མགོ་ཁྲིད་ཀྱི་གདོང་མཐོང་། གདོང་དེ་སྔས་མགོ་དཀར་པོ་དང་མལ་ཁྲི་དཀར་པོའི་ཁྲོད་དུ་རིད་ཅིང་ལྐོད། རྣམ་པ་འདི་མཐོང་བས་བསོད་སྒྲོན་སེམས་འགུལ་ཐེབས་ཏེ་སྐད་ཡང་ངུས།

མགོ་ཁྲིད་ཀྱིས་ལག་པ་གཡུག་སྟེ་མོ་ཡོང་དགོས་པའི་བརྡ་བྱས།

མགོ་ཁྲིད་ཀྱི་མལ་ཁྲིའི་གམ་དུ་བསོད་སྒྲོན་གྱིས་ངུ་བརྐྱངས་བྱས།

མགོ་ཁྲིད་ཀྱིས་སྔར་མཐོང་མྱོང་མེད་པའི་སྐད་ངག་འཇམ་པོས་བསོད་སྒྲོན། ཁྱོད་སྐྲག་མི་དགོས་ཟེར།

ང་ཚོ་ལ་སྐྲག །ཁྱོད་འདི་ལྟར་མཛེས་ཤིང་། འདི་ལྟར་སྙིང་རྗེ།

མགོ་ཁྲིད་ཀྱི་རྣམ་པ་སྐམ་བརླིང་དུ་གྱུར། བསོད་སྒྲོན་གྱིས་མྱུར་བར

གསལ་འགྲེལ་བྱས། ངས་ཁྱོད་ལ་སྙིང་རྗེ་མི་བྱེར། ངས་འདི་ལྟར་བྱེར། ངས་འདི་ལྟར་བྱེར།

མགོ་ཁྲིད་ཀྱི་རྣམ་འགྱུར་མཉེན་ཤིང་གཤིན་པར་གྱུར། མོ་དགོད་བཞིན། ངས་ཁྱོད་ཀྱི་ཇི་ལྟར་བྱེར་བ་ཤེས། ངའི་ཨ་མ་ཡང་ཆོས་ལ་དད་པ་བྱེད་མཁན་ཞིག་རེད། ཆོས་དད་བྱེད་མཁན་གྱིས་རང་ཉིད་སྙིང་རྗེ་བྱེད་ཡུལ་ཡིན་པ་མ་ཤེས་པར་གཞན་ལ་སྙིང་རེ་རྗེ་བྱེར།

བསོད་སྒྲོན་གྱིས་མགོ་བོ་སྒྱུར་བཞིན་མགོ་ཁྲིད་ཀྱི་ལག་ནས་བཟུང་སྟེ་ངུས། ངས་ཁྱོད་ཀྱི་ཐུགས་དགོངས་དཀྲུགས།

མགོ་ཁྲིད་ཁྲོས་ཏེ་ཁྲག་སྐྱུག་པར་ངོས་འཛིན་ག་ལ་བྱེད། མོས་ཁྱོད་ཀྱིས་ལན་མེད། སྨན་པའི་བརྟག་འབྲས་ཐོན་སོང་། གློ་གཅོང་རེད། འཚོ་བཅུད་མ་འདང་། དཀའ་ལས་ཆེ་དྲགས་པས་ཁྱོད་ཚོའི་གྲོང་སྡེར་གློ་ནད་འགོས་བྱེར། མོས་ལག་པ་གཉིས་སྟེས་རྒྱབ་ཏུ་བཙུག །ཕལ་ཆེར་གོང་རིམ་ནས་ང་ཡུལ་དུ་ནད་གསོ་བར་གཏོང་ཡང་སྲིད། སྐབས་དེར་མོས་བསོད་སྒྲོན་གྱི་ལག་པའི་ཁྲག་མཐོང་། མོས་བསོད་སྒྲོན་ལ་བལ་ཐུར་ཞིག་སྤྲད་དེ་ལག་པའི་ཐོག་མནན་པར་སྐུལ། མགོ་ཁྲིད་ཀྱིས་ཁྱོད་ཕྱིར་ལོག་རྒྱུག །ང་འཕྲལ་དུ་གྲོང་སྡེར་ལོག་མི་ཐུབ་བྱེར།

བསོད་སྒྲོན་གྱི་མིག་ལས་བྲལ་མི་ཕོད་པའི་ཉམས་ཤིག་ཐུང་།

མགོ་ཁྲིད་ཀྱིས་འོ་ན་ཁྱོད་འདིར་སྡོད་བྱེར།

ལོ་ངོ་མང་པོ་ཞིག་ཕྱིན། བསོད་སྒྲོན་གྱིས་སེམས་ནང་དུ་སྨྲ་བཞིན། དེ་ནི་མོས་མི་ཚེ་གཅིག་ལ་མི་བརྗེད་པའི་མཛེས་སྡུག་གི་མཚན་མོ་ཞིག་རེད།

ཐམས་ཅད་དཀར་པོ་ཡིན་པའི་ནད་ཤག་ཏུ་མགོ་ཁྲིད་ཀྱི་གདོང་ལ་རྩི་ལམ་ལྷ་བུའི་འཇུམ་ཤུང་། གློག་སྒྲོན་འོག་ཏུ་མོའི་མིག་ནག་པོ་དང་སྐྲ་ནག་པོ་ལས་འོད་འཚེར། མོས་སྐད་ངག་འཇམ་པོས་ངས་ཁྱོད་ལ་མ་གཞི་ཅུང་ཚོག །ངས་ཁྱོད་ཀྱིས་ཤ་མོ་ཕྲེང་བ་གཅིག་སྟེར་བ་ཤེས། ངས་སྐྱིད་སྒྲོང་དུ་ཤ་མོ་བལྟ་བར་ཁྱོད་ལས་མཁས་པ་ཡང་མེད་པ་ཤེས། ཤ་མོ་ལུ་གུ་རྒྱུད་ནི་ཅི་འདྲ་ཞིག་ཡིན། ཤ་མོ་ནགས་སུ་སྐོར་གཞས་འཁྲབ་པ་ལྟ་བུ་ཡོད་དམ་ཟེར།

བསོད་སྒྲོན་དགོད་བཞིན། ཤ་མོ་ལུ་གུ་རྒྱུད་ནི་ཤ་མོ་རེ་རེ་བཞིན་སྐོར་གཞས་འཁྲབ་པ་ལྟ་བུ་མ་ཡིན་པར། ཤ་མོ་མང་པོ་ཞིག་གཅིག་ཏུ་བསྡུས་ཏེ་སྐྱེས་པ་ཞིག་རེད། བཏུས་ན་སྐྱེས་ཤིང་། སྐྱེས་ན་བཏུས་ཆོག །ཤ་མོའི་དུས་ཚིགས་ལ་ཟད་རྒྱུ་ཞིག་ག་ལ་ཡོད་ཟེར། ད་དུང་བསོད་སྒྲོན་གྱིས་ད་ལོ་བཏུས་ན་སང་ལོ་མེད་སྙམ་མོད། དོན་དུ་སང་ལོ་གནས་དེར་སྔར་བཞིན་ཡོད་ཟེར།

མགོ་ཁྲིད་དགོད་བཞིན། རེད། ས་བོན་ནམ་ཡང་ས་འོག་ཏུ་ཡོད་པས། འཛད་པའི་དཔེ་མེད་ཟེར།

བསོད་སྒྲོན་གྱིས་ལོ་ཤས་མ་བཏུས་ན། ལོ་རེ་བཞིན་ཤ་མོ་ཧེ་མང་དང་ས་རྒྱ་ཧེ་ཆེར་ཕྱིན་ཏེ། ཐོག་མའི་འཕོར་རྒྱ་ལས་འབྱུད་ངེས་ཟེར།

བསོད་སྒྲོན་གྱིས་མུ་མཐུད་སང་ལོའི་ཤ་མོའི་དུས་ཚིགས་སླེབས་ན་ངས་ཁྱོད་ལ་ཤ་མོ་སོས་པ་འཐུ། ཁྱོད་ཀྱིས་ཟིན་བྲིས་འཁྱེར་ཏེ་ངའི་ཁྱིམ་དུ་ཤོག །ངས་ཁྱོད་ལ་ཤ་མོ་སོས་པ་འོ་མར་བཙོས་ཆོག །རྨུམ་ལ་བསྲེགས་ཆོག །ཁྱོད་ཀྱིས་ཅི་ཞིག་དྲིས་ཀྱང་ངས་སྨྲས་ཆོག་ཟེར།

མགོ་ཁྲིད་ཀྱིས་མགོ་བོ་གཡུག །མིག་བཙུམས། སྐད་ཤུགས་ཆུང་ངུས།

སྨན་པས་ངའི་གློ་བ་ཏུལ་འདུག་ཟེར། ཏུལ་ཏེ་བཪྫོལ་ཟེར། སང་ལོ་ཁྱོད་ཀྱི་ཤྭ་མོ་ལུ་གུ་རྒྱུད་ལ་ཤྭ་མོ་སྐྱེས་སྐབས་ང་འཆི་ཡང་སྲིད།

སྐབས་དེར་བསོད་སྒྲོན་གྱིས་གཏམ་སླ་མ་ཤེས། མོས་ཅི་རེར་མགོ་ཁྲིད་ཀྱི་མལ་ཁྲིའི་ཟུར་དུ་བསྡད།

གང་འཚམ་སོང་རྗེས་མགོ་ཁྲིད་ཀྱིས་མིག་གདངས། ཁྱོད་བློ་བདེ་པོར་ལོག །ངས་ཁྱོད་ལ་བསུན་པོ་བཟོ་མི་སྲིད། ཁྱོད་ཀྱིས་སླ་མི་འདོད་པའི་དོན་དེར་དྲི་བ་བྱེད་མི་སྲིད།

བསོད་སྒྲོན་སྨན་ཁང་ལས་ཐོན་སྐབས་སྐྱ་རེངས་འཆར་བཞིན་འདུག །ལྟང་མའི་ཡལ་གར་བ་མོ་འོད་འཚེར་འཚེར་ཞིག་ཀྱང་བབས། གཙང་རོས་སུ་འཁྱགས་པ་ཚོབ་སྦྲ་དང་བཅས་བཞུར་བཞིན་འདུག །

རྫོང་གྲོང་ནས་སྐྱིད་གྲོང་བར་གྱི་ལམ་ཐག་ཧ་ཅང་རིང་། མོས་སྐྱ་རེངས་འཆར་བ་ནས་ཕྱིན་ཏེ་ས་སྐྱོད་ལ་སླེབས་ཏུང་ལམ་སྐྱ་ཐལ་ལེར་འདུག །ཤིང་ལ་རླུང་བུ་ལྡང་བས་ཤུ་སྦྲ་ལེན། ལྟོགས་ཏེ་བསྲན་མི་ཐུབ་པའི་ཚེ་རྒྱུག་ཆུའི་གམ་ནས་འཁྱགས་པ་ཞིག་བླངས་ཏེ་ཁ་ནང་དུ་བཞག །ལྟོགས་པར་མི་ཕན་ཏུང་འཁྱགས་སིལ་སིལ་གྱིས་དེ་བས་རིག་པ་དྭངས་པར་བྱས། མཚན་གུང་དུ་གྲོང་སྡེར་སླེབས་ཤིང་ཁྱི་སྐད་ཡང་ཐོས། མོས་ཕྱུ་པ་གྱོན་པའི་མི་ཞིག་ཟམ་སྟེར་ཡོད་པ་མཐོང་། མི་དེས་གློག་སྒྲོན་སྤར་ཏེ་བསོད་སྒྲོན་གྱི་གདོང་ལ་བལྟས། བཀྲག་མདངས་ཆེ་བའི་འོད་ཟླུམ་གྱི་རྒྱབ་ནས་སྐྱེས་པ་ཞིག་གི་ང་སྒྲ་ཐོས། མོས་དེ་ནི་ཕུ་བོ་ཚེས་རྒྱམ་ཡིན་པ་མ་ཤེས། གང་ལགས་ཤེ་ན་ཚེས་རྒྱམ་ནི་སྔོན་ཆད་གཏན་ནས་ཐུ་སྙིང་མེད་པས་རེད། གལ་སྲིད་ཁྱོད་མ་

ཡོང་ན། ཨ་མ་དང་བསྟུན་པ། ང་ཚོ་འཚོ་བ་ཇི་ལྟར་སྐྱེལ་ཟེར་དུས་མོས་ད་གཟོད་མི་དེ་རང་གི་ཕུ་བོ་ཡིན་པ་ཤེས།

བསོད་སྒྲོན་གྱིས་ཚོས་རྒྱམ་ཡིན་ནམ་ཞེས་དྲིས།

ང་ཨར་རྒན་ཚོས་རྒྱམ་ཡིན། ཁྱོད་མེད་ན་ང་ཚོ་འཚོ་བ་ཇི་ལྟར་སྐྱེལ་ལམ།

ཁ་སང་ཁྱིམ་ནས་བྲལ་རྗེས་བསོད་སྒྲོན་གྱིས་ཟས་ཁམ་གང་ཡང་བཟས་མེད། མོས་ལག་པ་ཟམ་པའི་ལན་ཀན་ལ་བསྙེས་ཏེ། ང་འགྲོ་མི་ཐུབ། ཁྱོད་ཀྱིས་ཁྱིམ་ནས་ལྟོ་ཞིག་ལེན་དང་། ལྟོ་བཟས་རྗེས་ངེད་གཉིས་ཁྱིམ་དུ་འགྲོ་ཟེར།

ཚོས་རྒྱམ་མྱུར་བར་ཁྱིམ་དུ་ཕྱིན།

ཅུང་ཞིག་ཕྱིན་རྗེས། པོ་སླར་ཡོང་སྐྱེ། གླེན་པ་ང་འདྲ་བ། གླེན་པ་ང་འདྲ་བ་ཟེར་བཞིན། སྲིང་མོའི་མདུན་དུ་སྐྱུར་ཙམ་བྱས། སྲིང་མོས་དབུགས་བཏང་བའི་སྒྲ་ཉན་རྗེས། པོས་སྲིང་མོའི་ལུས་པོ་རང་གི་སྐལ་ཐོག་ཏུ་བཞག་རྗེས། མྱུར་བར་ཡར་དགྱེ་ནས་རང་ཁྱིམ་དུ་འཕུར།

བསོད་སྒྲོན་གྱིས་ཕུ་བོའི་སྐལ་རྒྱབ་ཏུ་ངུས་ཤིང་སླར་ཡང་བཀད།

བསོད་སྒྲོན་གྱིས་མཚན་མོ་དེར་ཕུ་བོས་མོ་ལ་ལྟོ་ཇི་ལྟར་མང་པོ་སྟེར་བ་དྲན། པོས་ལག་པ་འཕུར་བཞིན་མུ་མཐུད་ཟོ་དང་། ཅུང་ཟད་ཟོ་ཟེར། བསོད་སྒྲོན་ཟས་གཏན་ནས་བཟའ་མི་ཐུབ་པར་གྱུར་དུས། ཕུ་བོས་བསོད་སྒྲོན་གྱིས་པའི་གམ་དུ་སྐྱོར་ཏེ་འཁྲིད། ཉལ་ཐེངས་གཅིག་དང་གཅིས་ལོར་འཐམ་ཐེངས་གཅིག་ལ་གཉིད་དུ་ཡུར།

བསོད་སྒྲོན་གྱིས་གཉིད་མོ་ཆེ་ཇི་ལྟར་ཁུག་པ་མི་ཤེས། མོས་མིག་གདངས་སྐབས་རང་གིས་ཞག་མ་གཅིག་ལྟག་ཉལ་བ་ཚོར། མལ་ཁྲིའི་མདུན་དུ་ཡོད་པའི་གཅེས་ཡོས་དགའ་མཚངས་བྱེད་བཞིན། ཨ་མ་གཉིད་ལས་སད། ཞང་པོ། ཨ་མ་གཉིད་ལས་སད་ཟེར།

ཆོས་རྒྱམ་མྱུར་བར་ཡོང་སྟེ། ལས་དོན་ཚོ་ཆུང་གིས་ཁྱོད་འཚོལ་བཞིན་འདུག །སྔོན་ཆད་ཀྱི་མགོ་ཁྲིད་ལེའུ་ལགས་རེད་ཟེར།

བསོད་སྒྲོན་གྱིས་ངོ་བཀྲུས་ཤིང་སྐྲ་བསྣུས། དེ་རྗེས་ཇ་འཐུང་བཞིན་བཤད།

ཆོས་རྒྱམ་ཧང་སངས་བཞིན། ཁྱོད་ལས་དོན་ཚོ་ཆུང་ཐུག་པར་མི་འགྲོའམ།

བསོད་སྒྲོན་གྱིས་རང་འགྲོ་འདོད་ན་ངའི་ཚབ་ཏུ་རྒྱུག་ཟེར།

ང་ཕྱིན་ཏེ་ཅི་ཞིག་སྨྲ་དགོས་སམ།

ཁྱོད་ཅི་ཞིག་སྨྲ་བསམ་ཙང་དེ་ལྟར་སྨྲོས།

ང་ལ་བཤད་རྒྱུ་ཞིག་ཅི་ལ་ཡོད།

འོ་ན་ཁྱོད་ཀྱིས་ངེད་ཚང་གི་བསོད་སྒྲོན་ནི་ཁྱོད་ཚོ་དང་བར་ཐག་འགྱངས་ཙམ་བྱེད་འདོད་སྨྲོས།

ཆོས་རྒྱམ་གྱིས་རྗེས་སུ་གཏམ་འདི་མགོ་ཁྲིད་ལེའུ་ལགས་ལ་དངོས་སུ་བཤད། ཉིན་ཞིག །ཁོ་ལུག་འཚོ་བར་འགྲོ་སྐབས་སླར་ཡང་ལས་དོན་ཚོ་ཆུང་གི་མགོ་ཁྲིད་ལ་བསྐོས་པའི་ལེའུ་ལགས་ལམ་ཁར་འཕྲད། ཁོས་ཁྱོད་ཀྱི་གཙུང་མོར་ངས་ལས་དགོས་པའི་དོན་ཞིག་ཡོད་ན་སྨྲོས་ཟེར།

ངེད་ཚང་གི་བསོད་སྒྲོན་གྱིས་ལས་དོན་ཁྱོད་ཚོ་དང་བར་ཐག་འགྱངས་ཙམ་བྱེད་འདོད་ཟེར། ཚོས་རྒྱམ་གྱིས་དེ་སྐད་སྨྲས།

མགོ་ཁྲིད་ཏང་སངས་ཏེ། ངས་གོ་ནོར་ཐེབས་སམ། མོས་འདི་ལྟར་སྨྲས་སམ།

དཀོན་མཆོག་མཁྱེན། མོས་དངོས་གནས་འདི་ལྟར་བཤད།

བསྐྱར་དུ་མགོ་ཁྲིད་བྱས་པའི་ལེའུ་ལགས་ལོ་ཤས་རིང་གི་ཉམ་ཐག་རྣམ་པ་བསྒྱུར་ཏེ། གཟི་ཉམས་སྤར་བཞིན་ཆེ། དེ་བས་ཁོས་ཁོག་རྒྱ་ཆེན་པོས། དེ་ནི་བུད་མེད་དེ་སྐྲག་པས་ལན། དེ་རིང་མ་ཡོང་ཙང་སང་ཉིན་ཡོང་ངེས་ཟེར།

འོན་ཏེ་བསོད་སྒྲོན་ལས་དོན་ཚོ་ཚུང་གི་མདུན་དུ་གཏན་ནས་མ་ཐོན། ཐ་ན་གྲོང་སྡེའི་ནང་དུ་འགྲུལ་བཞུད་བྱེད་སྐབས་སུ་ཡང་ལས་དོན་ཚོ་ཚུང་གི་ཁང་པར་གཡོལ་ཏེ་འགྲོ།

དཔྱིད་ཀ་སླེབས་དུས་སྐྱིད་གྲོང་དུ་ལོ་རྒྱུས་ཐོག་བྱུང་མ་མྱོང་བའི་ཐན་སྐྱོན་ཆེན་པོ་བྱུང་། གནམ་ནས་ཆར་པ་ཡུན་རིང་མ་བབས། གྲོང་སྡེའི་ཁ་མགོ་ཐམས་ཅད་ཀྱི་རྒྱུག་ཆུ་ཡང་སྐམ། ཁ་མགོའི་རྒྱུག་ཆུ་ཆད་པ་ནི་སྐྱིད་གྲོང་བའི་དར་ལུང་རྣ་བས་ཐོས་མྱོང་མེད། འོན་ཏེ་བསམ་ཡུལ་ལས་འདས་པའི་དོན་དེ་དངོས་སུ་བྱུང་། གནས་ལུགས་ཀྱང་སྟབས་བདེ་སྟེ། རི་སྟེང་གི་གདོང་མའི་ནགས་ཚལ་ཕལ་ཆེར་ནགས་ལས་བཟོ་ལས་ཙུད་ཀྱིས་གཙོད་བྲེགས་བྱས་ཤིང་། ཙང་ཟད་ལུས་པ་དག་ནི་མེ་སྐྱོན་གྱིས་ལྷག་མེད་དུ་བསྲེགས།

ཉིན་དེར་བསོད་སྒྲོན་ཆུ་མིག་ཏུ་ཆུ་གཙུ་བར་འགྲོ་བཞིན་ཡོད། ཐན་

པས་ལོ་ཏོག་འཚོགས་ཤིང་། ཞིང་ཁ་སྐམ་བསྲེགས་བྱེད་དུས་ནགས་ཁྲོད་ཀྱི་ཤུག་སྡོང་ཆེན་པོ་འགའི་འོག་ནས་ལྕུང་ལྕུང་དུ་རྒྱུ་བའི་ཆུ་མིག་འདིས་གཡས་གཡོན་ཙུང་ཙམ་བརྟན་ཞིང་གཤེར་བར་བྱས། བསོད་སྒྲོན་གྱིས་ཆུ་ཟྫམ་ཆུ་སྡིགས་ཐོག་ཏུ་བཞག་སྟེ། ཆུ་སྐྱོགས་རེ་རེ་བཞིན་ཆུ་ཟྫམ་དུ་གཙུས། མོའི་སྟངས་སྟབས་ཏ་ཅང་ཡང་ཞིང་། ཆུ་ནང་དུ་གསལ་བའི་ཤིང་སྡོང་གི་ལྗོག་རིས་དང་གནམ་སྔོན་པོ་ཡལ་བར་བྱེད་མི་འདོད། སློ་བུར་དུ་སླར་ཡང་ཨུ་གེ་ཡོང་གི་མེད་དམ་སྙམ་སྟེ་མོ་སྐྲག །ད་ཐེངས་ཞིང་ཁར་ལོ་ཏོག་མེད་པ་མ་ཟད། ས་གཞི་ཆེན་མོར་ཆུའི་བརྟན་དང་བྲལ་བས། སྔོ་དང་བཞའ་ཚོན་ལ་དགའ་བའི་ཤྭ་མོ་ཡང་སྐྱེ་མི་ཐུབ་སྙམ། སྐབས་དེར་བསོད་སྒྲོན་གྱིས་ཤྭ་མོ་ལུ་གུ་རྒྱུད་ལ་ཆུ་བཏབ་སྟེ་ཤྭ་མོ་སྐྱེ་བར་བྱེད་སྙམ།

ཚོད་ལྟ་དང་པོ་ལེགས་གྲུབ་མ་བྱུང་།

ཆུ་མིག་ནས་ནགས་ཁྲོད་ཀྱི་ཤྭ་མོ་ལུ་གུ་རྒྱུད་བར་དུ་ལམ་མདོན་གསལ་མེད་པས། མོ་ལུས་རྩལ་ཆུས་བརྟན་ཏེ་དེར་སླེབས་སྐབས་ཆུ་ཟྫམ་ནང་ཆུ་ཙུང་ཟད་ལས་ལྷག་མེད།

བསོད་སྒྲོན་གྱིས་ཤིང་བཟོ་བར་ཆུ་ཟྫམ་ལ་ཁ་ལེབ་བཟོ་བར་སླུལ་མོད། ཤིང་བཟོ་བས་ཁ་གདངས་མིག་ཙེར་གྱིས་གནའ་ནས་ད་བར་དུ་སུ་ཞིག་གི་ཆུ་ཟྫམ་ལ་ཁ་ལེབ་ཡོད་དམ། ངས་མེས་པོའི་ལག་རྩལ་ལ་འགྱུར་བ་གཏོང་མི་ཉན་ཟེར། མི་རིང་བར་བསོད་སྒྲོན་གྱིས་ཆུ་ཟྫམ་ལ་ཁ་ལེབ་བཟོས་པའི་གཏམ་གྲོང་སྡེ་ཡོངས་ཀྱི་མཚར་གཏམ་དུ་གྱུར།

མི་འགའ་ཞིག་གིས་བསོད་སྒྲོན་ཆུ་གཙུས་ཏེ་ཡོང་སྐབས་ལམ་བཀག

སྟེ། བསོད་སྙོམས། ཁྱོད་ཀྱིས་ཆུ་གཙུ་མི་ཤེས་སམ། ཁྱོད་ཀྱི་ཆུ་ཟོམ་ལ་ཁ་ལེབ་མེད་པས་ཆུ་ཐམས་ཅད་ལམ་དུ་འཕོའམ་ཟེར།

ཉིན་ཤས་རྗེས་ཀྱི་ཞོགས་པ། ཉི་མ་དལ་བུར་འཆར། གནམ་ལ་སྤྲིན་པ་བྱིའུ་རོ་ཙམ་ཡང་མེད། མཁའ་ཀླུང་ཁྲིད་ནས་ཐལ་རྡུལ་གྱི་དྲི་འཐུལ། མི་འགའ་ཞིག་གིས་བསོད་སྙོམས་ཀྱིས་ཆུ་ཟོམ་ལ་ཁ་ལེབ་བཟོས་པའི་གླེན་བཤད་ལ་ཟུར་ཟ་བྱས། ཐེངས་འདིར་མོས་གོམ་པ་སྤོ་མཚམས་བཞག་སྟེ། ངས་ཆུ་ཟོམ་ལ་ཁ་ལེབ་མ་བཟོས་ན་ཉིན་ཞིག་ཆུ་ལེན་རྒྱུ་མེད་པར་ཉི་མས་སྐམ་ངེས་ཟེར།

ལོ་དེ་དག་ཏུ་མི་སེམས་ཧེ་སྡུག་ཏུ་འགྲོ། མི་རྣམས་ཀྱིས་རང་ལས་ནུས་པ་ཞན་པ་རྣམས་ལ་ཁྲིལ་དགོད་བྱེད། དེ་བས་བསོད་སྙོམས་ནི་གྲོང་སྡེའི་མི་རྣམས་ཀྱི་ཁྲིལ་དགོད་བྱེད་ཡུལ་དུ་གྱུར། འོན་ཏེ་དེ་རིང་ནི་མི་དེ་དག་གིས་བསོད་སྙོམས་ཀྱི་གཏམ་ཁ་མ་ཁྱུག་ཅིང་དགོད་ཀྱང་མ་འཚོར། གཏམ་སྨྲས་རྗེས་བསོད་སྙོམས་ཀྱིས་ཆུ་འཁྱུར་ཏེ་སྙིང་རྗེ་བའི་མི་དེ་དག་གི་ཁྲོད་ནས་ཕྱིན། ཁ་གཡེར་ཁ་ལས་ཚ་བའི་མི་དེ་དག་ལ་ཚིག་འདིའི་བྲོ་བ་མྱང་དུ་བཅུག །རང་གི་འཚོ་བ་བསམ་བཞིན་མོས་ཚིག་དེར་སྐྲག་སྣང་ཡང་སྐྱེས།

ལོ་བཅུ་གྲངས་ཀྱི་ཕ་རོལ་ཏེ་ཉི་ཤུ་མ་ཟིན་ཙམ་ལ། སྐྱིད་གྲོང་ནི་ས་སྐྱོང་[①]གི་དུས་རབས་རེད། སྐྱིད་གྲོང་གི་རྒྱན་རབས་དང་དར་མ་ཚང་མ་དུས་སྐབས་དེ་ནས་འཆར་བ་ཤ་སྟག་རེད། ཁོ་ཚོས་དུས་སྐབས་དེར་མི་

① ས་སྐྱོང་། ཐུའུ་སི། དཔོན་གནས་ཤིག་སྟེ། ཡོན་གུར་དང་། མིང་གུར། ཆིང་གུར་སྐབས་སུ་ལྷོ་ནུབ་དང་། ནུབ་བྱང་གི་གྲངས་ཉུང་མི་རིགས་ས་ཁུལ་གྱི་མགོ་གཙོས་རང་ཡུལ་དུ་ཁྲིམས་སྲོ་རང་བཙན་གྱིས་དབང་བསྒྱུར་བྱེད་པའི་དཔོན་གནས་ཤིག་གོ །

ཞིག་གིས་བསོད་སྙོན་ལྟར་ཆུ་ཟྩོམ་ལ་ཁ་ཞེབ་བཟོ་བའི་བསམ་བློ་གསར་པ་དེ་འདྲ་བྱུང་ན། དམོད་པོར་བའི་གཏམ་དུ་བརྩི་བས་མོ་ཡང་བདུད་མོ་ཞིག་ཏུ་འགྱོ། དུས་སྐབས་གསར་རྙིང་གི་མི་རྣམས་དོན་ལ་ཤིན་ཏུ་འདྲ། དོན་དངོས་ཀྱི་གནོད་འཚེ་ཡང་གནོད་འཚེའི་རང་བཞིན་གྱི་གཏམ་འགའ་ཡིས་བཟོས་པས་ལན།

ས་སྐྱོང་གི་དུས་རབས་སུ་ས་སྐྱོང་གིས་མངགས་པའི་ བླ་མས་བསོད་སྙོན་ནི་གདོན་ཁོག་བནྲམས་རེད་ཅེས་སྨྲས་ན་མོ་མྱུར་དུ་མི་ཡུལ་ནས་ཡལ་བར་གྱུར། དེ་རིང་མོའི་གཏམ་དེས་སྐྲག་ཅིང་དངངས་པ་རྣམས་ཀྱང་མྱུར་བར་ལས་དོན་ཚོ་ཆུང་གི་གམ་དུ་འགྱོ།

ཉིན་དེར་ལས་དོན་ཚོ་ཆུང་ལ་གནམ་གཤིས་ཅུད་ཀྱི་གནམ་གཤིས་འདྲི་རྨེད་བཟ་ལན་འཁྱོར་བར། གཅིག་ཏུ་ཆ་རྐྱེན་དབང་གིས་གནམ་གཤིས་ཅུད་ཀྱིས་ཟླ་ཕྱེད་ལྷག་གི་གནམ་གཤིས་སྔོན་བརྡ་བྱེད་མི་ཐུབ། གཉིས་སུ་སྔོན་བརྡ་ཐུབ་པའི་ཟླ་ཕྱེད་རིང་སྐྱིད་གྲོང་གི་ཕྱོགས་སུ་ཆར་པ་མེད་ཅེས་པ་དེ་རེད།

ཅི་བྱ་གཏོལ་བྲལ་དུ་གྱུར་པའི་སྐབས་དེར་ཡུལ་མི་འགའ་ཡིས་བསོད་སྙོན་གྱིས་བཤད་པའི་གཏམ་ཡར་ཞུ་བྱས།

འགའ་ཞིག་གིས་ཅོག་ཙེ་བརྡུང་བཞིན་བདུད་མོ་འདི་བཟུང་དགོས་ཟེར།

བསྐྱར་དུ་ལས་དོན་ཚོ་ཆུང་གི་མགོ་ཁྲིད་ལ་བསྐོས་པའི་ལེའུ་ཡོན་ཤོན་ནི་ད་ཐེངས་སྐམ་ཚུགས་ཆེ། ས་སྐྱོང་གི་སྐབས་དང་འདྲ་བར། མོ་ཆུ་ནང་དུ་གཡུག་ན་གནམ་ནས་ཆར་པ་ཨེ་འབབ་ཟེར།

དེ་རྗེས་ཁོས་རྒྱབ་ལག་བཅིངས་ཏེ་གཙང་འགྲམ་དུ་ཁྱིན། གཙང་པོ་

གྲོང་སྡེའི་གཤམ་དུ་ཡོད་ཅིང་། ཞིང་ཁའི་གཤམ་གྱི་སྨྲི་ཉེ་ཤུ་སུམ་ཅུའི་སར་རྒྱུ་བཞིན་ཡོད། ཆུ་འཕེན་མེད་ན་ཆུ་མཐོ་སར་འདྲེན་མི་ཐུབ། ལེའུ་ཡོན་ཤོན་ཆུ་མིག་གམ་དུ་བསྐྱོད། ཆུ་མིག་གི་ཆུ་ཁ་ཡུར་དུ་དྲངས་ཀྱང་ཆོག་སྐམ། སྐབས་དེར་ཁོས་རང་གི་དཔོན་ངན་རིང་ལུགས་ལ་གཤེ་ཡང་འདོད། ད་ཐེངས་བརྩིས་ན་ཁོ་སྐྱིད་གྲོང་དུ་སླེབས་ཏེ་ལོ་ལྔ་སོང་། སྐྱིད་གྲོང་གི་ཆུ་ཞིམ་པོ་མང་པོ་དེ་ལྟར་བཏུངས་སོང་། ཁོས་ཆུ་མིག་ལ་བལྟ་ཙམ་ཡང་བྱེད་མ་མྱོང་། ཆུ་མིག་གི་ཤུག་སྡོང་གཡས་གཡོན་བརྟན་གཤེར་ཆེ་ཞིང་། བཞའ་ཚན་ཆེ།

འདིར་ལེའུ་ཡོན་ཤོན་དང་བསོད་སྒྲོན་འཕྲད།

བསོད་སྒྲོན་གྱིས་ཆུ་གཅུས་ཏེ་ཆུ་ཟོམ་གྱི་ཁ་འགེབས་བཞིན་ཡོད། ཆུ་ཟོམ་གྱི་ཁ་བཀབ་བྱེད་ནི་ཆུ་ལ་སྦྲངས་ཏེ་མཉེན་པོར་གྱུར་པའི་ལུག་ལྤགས་ཤིག་རེད། མོས་ལུག་ལྤགས་ཀྱིས་ཟོམ་ཁ་བཀབ་སྟེ། སྐད་པས་དམ་དུ་བསྡམས། ལེའུ་ཡོན་ཤོན་གྱིས་སྒོ་བུར་དུ་གཏམ་སློས་པས། མོ་སྤྲག་སྟེ་སྨྲི་ངག་འདོན་བཞིན་ཆུ་ཟོམ་གྱི་གམ་ནས་ཐོས།

ལེའུ་ལགས་ཀྱིས་ཆུ་ཟོམ་བཟུང་སྟེ། འདི་ལྟར་བྱས་ན་ཉེ་མས་སྐམ་མི་ནུས་སམ་ཟེར།

བསོད་སྒྲོན་གྱིས་སྙིང་ཁ་མནན་ཏེ། དབུགས་རིང་ཞིག་བཏང་། ས་ཐོག་ཏུ་བསྡད་དེ་གཏམ་མ་སྨྲས།

ལེའུ་ལགས་ཀྱིས་ངག་འཛམ་པོས། རྗེས་སུ་བསམ་བློ་མ་བཏང་བའི་གཏམ་དེ་འདྲ་སྨྲ་མི་རུང་ཟེར།

བསོད་སྒྲོན་གྱིས་མགོ་བོ་སྒྲུར་ཏེ་གཏམ་ཚིག་གཅིག་ཀྱང་མ་བཤད།

ཞིའུ་ལགས་ཀྱིས་ཁྱོད་སྐྲག་མི་དགོས། བུད་མེད་དེ་ལོག་མི་ཡོང་། སྣད་ཕྱིན་སུ་ཞིག་གིས་ཀྱང་ཁྱོད་ཀྱི་རྗེས་དེད་ནས་གཏམ་འདྲི་མི་སྲིད་ཟེར།

བསོད་སྒྲོན་གྱིས་སློ་བུར་དུ་མགོ་བོ་བཏེགས་ནས། ཚང་མ་སྙིང་རྗེ་བའི་བུད་མེད་རེད། ང་མོ་ལ་མི་སྐྲག །ང་མོ་ལ་དགའ་ཟེར།

ཞིའུ་ལགས་ཧྲུང་ལངས། མོས་རང་གི་སྲོག་ཀྱང་འགན་སྲུང་མི་ཐུབ། ཁྱོད་དགའ་ཧྲང་མི་དགའ་ཧྲང་བུད་མེད་དེ་ལོག་མི་སྲིད། ང་སྣར་ཡང་ལས་དོན་ཚོ་ཆུང་གི་མགོ་ཁྲིད་རེད། ཁོས་བསོད་སྒྲོན་གྱིས་གཏམ་མི་སྨྲ་བ་མཐོང་བས། ཆུ་ཟོམ་གྱི་ལུག་ལྤགས་ལ་འཇུས་ཏེ། ལོ་ཤས་གོང་འབྲུ་རིགས་མེད་དུས་ཁྱོད་ཀྱིས་སྔོ་དང་ཤ་མོ་ཚགས་ཧྲང་བྱས། ད་ལོ་ཐན་པ་བསྐྱན་དུས་ཁྱོད་ཀྱིས་རྟག་པར་ཆུ་འཁུར་ཏེ་ཁྱིམ་དུ་ཆུ་གསོག་གམ་ཟེར།

བསོད་སྒྲོན་གྱིས་སྐད་གསངས་མཐོན་པོས་ཁྱོད་ཤ་མོ་དེ་དག་བཟའ་རྒྱུར་མི་དགའ་འམ་ཅི། ཐན་པས་ནགས་ཁྲོད་དུ་ཤ་མོ་ཡང་མི་སྐྱེ་ཞེས་སྨྲས།

ཞིའུ་ལགས་ཀྱིས་མགོ་ཁྲིད་ཀྱི་ཉམས་དང་བཅས། དཀའ་ངལ་ལ་སེལ་ཐབས་ཡོད། ཁྱོད་ཀྱིས་ཏང་ལ་ཡིད་ཆེས་དགོས་ཟེར།

ཉིན་དེ་དག་གི་རིང་བསོད་སྒྲོན་གྱི་བསམ་པར་རང་ཉིད་དྲང་བདེན་དང་འཚོ་བས། ས་གྲོང་སྡེའི་མི་རྣམས་གཡོ་འགྲུལ་ཐུབ་པའི་གཏམ་སྨྲ་ཐུབ་པ་ཤེས། འོན་ཏེ་མིག་མདུན་གྱི་མི་དེའི་གཏམ་གྱིས་མགོ་རྨོངས་པར་བྱས། གནམ་ནས་ཆར་པ་མ་འབབ་ན་གུང་ཁྲན་ཏང་དང་འབྲེལ་བ་ཅི་ཡོད། ཡིད་ཆེས་དང་འབྲེལ་བ་ཅི་ཡོད་སྙམ།

གཏམ་འདི་འཆད་མཁན་ནི་ཕོན་ཞིང་འགྲུས་ངེས་པའི་མི་ཞིག་ཡིན་

མོད། བསོད་སྙོན་གྱིས་སྨྲ་ས་ནས་མི་སུ་ལ་ཡང་ལྷོན་འགྲུས་མ་བཅངས།

ལས་བྱེད་མ་ཆགས་པའི་བུད་མེད་ཅིག །ཕྱིས་པར་ཨ་ཕ་མེད་པའི་བུད་མེད་ཅིག་གིས་ད་དུང་སུ་ཞིག་ལ་ལྷོན་དགོས་ན། འཛམ་གླིང་འདིར་མོ་གསོན་པོར་འཚོ་བའི་རེ་བ་ཅི་ལ་ཡོད།

ཞེའུ་ལགས་ཀྱིས་སླར་ཡང་ཁྱོད་ཀྱང་སྐྱེ་ས་དབུལ་ཕོངས་རེད། དཀའ་ངལ་ཡོད་ན་རྩ་འཛུགས་བཙལ་ཆོག་ཟེར།

བསོད་སྙོན་གྱིས་ཆུ་ཟེམ་ལྦུར་ཏེ་ཡར་ལངས། ངས་ཁྱོད་ཚོ་འཚོལ་མི་སྲིད་ཅེས་སྨྲས་ཏེ་རི་ལམ་བརྒྱུད་དེ་ཕྱིན།

ཞེའུ་ལགས་ཀྱིས་མོའི་རྒྱབ་གཟུགས་ནགས་ཁྲོད་དུ་མ་ཡལ་བར་བལྟས་རྗེས། མགོ་བོ་གཡུག་བཞིན། དགོད་བཞིན། ཆུ་མིག་གི་ཆུ་གཞུག་ན་ཡོད་པའི་ཤིང་ལེབ་དེ་ཡར་བླངས་ཏེ། ཆུ་གཙང་མར་བཏང་ནས། ཆུ་མིག་ལ་ཆུ་ཤུགས་ཅི་འདྲ་ཡོད་མེད་བལྟས། ཁོས་བཟའ་ཐུར་འདྲ་བའི་ཆུ་མགོ་གསུམ་བྲག་ངོས་ནས་ཐོན་པ་གསལ་པོར་མཐོང་། ཁོས་ཐོག་མར་འདི་ལས་ཡུར་ཀ་ཞིག་ལས་ཏེ། ལོ་ཏོག་ལ་ཆུ་འདྲེན་དགོས་སྙམ་མོད། ཆུ་ཤུགས་ཆུང་བས་ཞིང་ཁར་མ་སླེབས་གོང་དུ། བསོད་སྙོན་གྱིས་སྨྲས་པ་བཞིན་ཉི་མས་སྐམ་པའི་ཉེན་ཁ་ཆེ།

ད་ཐེངས་ནི་རི་ཐག་ཆད་པའི་ཞེའུ་ལགས་ཆུ་མིག་གི་འགྲམ་དུ་མགོ་བོ་སྐོར་དེ་བསྡད།

དེའི་ཚེ་དེའི་དུས་ན། བསོད་སྙོན་ནི་ཆུ་ཟེམ་ལྦུར་ཏེ་རི་ལ་འགྲོ་བཞིན་ཡོད། རི་ལམ་གཟར་མོད། མོའི་རྣ་བར་ཆུ་ཟེམ་རྒྱབ་ལ་ལྦུར་བའི་ཏོབ་སྒྲ་སྙན་ཞིང་འཇེབས། མོ་རི་འཛོགས་བཞིན་འཛམ་བུའི་གླིང་འདིར་ཆེས་སྙན་

ཞིང་འཛེབས་པའི་སྒྲ་ནི་ཆུ་ཡི་རླབས་སྒྲ་འཇོག་བཞིན་ཡོད། ལྷུང་མའི་རྩེ་ནས་བྱིའུས་གསུང་སྐད་སྒྲོག་པ་ཐོས། སོས་མགོ་དགེ་སྡེ་ཁྱོད་ཀྱི་གསུང་སྐད་སྙན་ཡང་སྙན་ཟེར། ཉིན་འདི་དག་རིང་འཇོལ་མོ་དེ་དང་མོ་འདྲིས་པར་གྱུར།

སོས་ལྷུང་སྟོང་འདིའི་རྒྱབ་ཏུ་ཤིང་གིས་བཏུམས་པའི་ཤྭ་མོ་ལུ་གུ་རྒྱུད་ཡོད་པ་ཤེས། འཇོལ་མོ་ནི་ཆུ་བསྐུག་བཞིན་ཡོད།

བསོད་སྒྲོན་ཤྭ་མོ་ལུ་གུ་རྒྱུད་དུ་སླེབས། ཆུ་ཟོམ་མར་བཞག་སྟེ་ཆུ་སྐྱོགས་རེ་རེ་བཞིན་བྲན། ཆུ་ལག་པའི་འདེགས་འཇོག་ལྟར་ཤིང་ལོ་དང་། རྩོ། ནགས་སའི་ཁྲོད་དུ་བཞུར། ཆུའི་བཞུར་སྒྲ་ཇ་བར་འཛེབས། ཆུ་བྲན་རྗེས་བསོད་སྒྲོན་གྱིས་ལུས་ཤིང་སྟོང་ལ་བསྙེས། ཆུ་ཟོམ་པང་དུ་བཏབ། ཆུ་སིམ་པའི་སྒྲ་ཉན། ཤིང་དང་རྩྭ་ཡིས་ཆུ་འཐུང་བའི་སྒྲར་ཉན། དམིགས་སུ་ལྷག་མར་བཞག་པའི་ཆུ་ཕྲན་ཙམ་སོས་ལོ་མ་པད་མ་འདབ་བརྒྱད་ཀྱི་ཐོག་ཏུ་བྲན། འཇོལ་མོ་ཤིང་རྩེ་ལས་བབས་ཏེ་མཆུ་རིང་བསྣར་བཞིན་ཆུ་འཐུང་བར་ཡོད་། འཇོལ་མོའི་མཆུ་ཏོ་རྣོ་པོའི་བར་ལས། སྐད་སྙན་པའི་སྒྲ་ལྡེ་མཐོང་མ་ཐག་མོ་བགད་མ་ཚུགས།

དྲིན་ཆེན་ཉི་མ་ཡང་བཞུ་མི་འགྲོའམ་སླམ་པའི་སྐམ་ཐན་འདིར་ལས་དོན་ཚོ་ཆུང་ངམ་གྲོང་སྡེའི་ལས་བྱེད་པས། སྡོན་ཐོག་བསྡུ་རྒྱུར་རེ་འབྲས་མེད་པའི་ཡུལ་མི་རྣམས་ཐུན་མོང་གི་ངལ་རྩོལ་བྱེད་པར་སྐུལ་བ་ནི་ཤིན་ཏུ་དཀའ་བའི་དོན་ཞིག་རེད།

བསོད་སྒྲོན་གྱི་གཙེན་པོ་ཆོས་རྒྱམ་ནི་ལུག་ཁྱུ་རྩྭ་སྔ་གང་འཛོམས་དང་ཆུ་སྔ་གང་བཟང་ལ་འཚོ་བཞིན་ཡོད་པ་ཕུད། སྐྱེས་པ་རྣམས་ཤོག་ཏུ་ནགས་ཁྲོད་དུ་རྫོན་བྱེད་པར་འགྲོ་ཞིང་བུད་མེད་རྣམས་རི་ལ་སྤོ་འཕྲུ

བར་འགྲོ། བསོད་སྒྲོན་གྱིས་ཉིན་ལྟར་སྐོག་ཏུ་ཤ་མོ་ལུ་གུ་རྒྱུད་ལ་ཆུ་ཐིངས་གཉིས་གཏོང་བར་འགྲོ་བཞིན་ཡོད། ཟླ་བ་བརྒྱད་པའི་ཉིན་ཞིག་བསོད་སྒྲོན་གྱིས་ཆུ་འཕུར་ཏེ་ནགས་ཁྲོད་དུ་སླེབས་སྐབས་མོས་ཤ་མོ་ས་ངོས་ལས་སྐྱེས་པ་མཐོང་། རྒྱུས་མངའ་ཆེ་ཞིང་སྨྲ་ལ་ཞིམ་པའི་ཤ་མོའི་བསྲུང་ཞིམ་མོའི་དྲི་འཛིན་བུ་གར་འཕྱུལ།

ཉིན་དེར་མོས་ཆུ་བརྒྱབ་རྗེས་ཕྱུས་མོ་བཙུགས་ཏེ་སྐྱེས་མ་ཐག་པའི་ཤ་མོ་དལ་བུར་བཏུས་པས། པང་གདན་བྱུར་བུར་ཁེངས། མོ་སློ་ཁེངས་ཡིད་ཚིམ་ངང་ནགས་འགྲམ་དུ་ལངས། མོས་ཆུ་སིམ་བཞིན་པའི་ས་གཞི་དྲིན་ཆེན་ཡིན་པ་ཤེས། ཤ་མོ་དེ་བས་མང་བ་ས་ངོས་ལས་སྐྱེས། འཇོལ་མོ་ཡང་ལྟུང་སྡོང་ལས་བབས་ཏེ། ཤ་མོ་ཞིག་ལ་མཆུ་ཏོ་བསྣུན། བསོད་སྒྲོན་གྱིས། ཅེ་ཙུ་ཆུང་འཇོལ་མོ་ལགས། མཆོད་དང་། བཞེས་དང་ཟེར།

དེ་བས་འཇོལ་མོ་ཤ་མོའི་ཐོག་ཏུ་ཡོང་ནས། སྔེར་མོས་ཤ་གདུགས་བཟུང་སྟེ། མཆུ་སྟུང་བྱེད་བཞིན་བཟས།

བསོད་སྒྲོན་གྱིས་ཟོ་དང་། ཟོ་དང་། འོན་ཏེ་བྱ་ཅེ་ཙུ་གཞན་ལ་སྨྲ་མི་རུང་ཟེར།

འཇོལ་མོས་བསོད་སྒྲོན་ལ་མགོ་བོ་དཀྱུག་སྟེ། ཁྲ་ཆུང་མིག་གིས་ཅི་རེར་བལྟས།

དགོང་དྲོ་བསོད་སྒྲོན་གྱིས་ཤ་མོ་རེ་རེ་བཞིན་ལྷེབ་མོར་གཏུབ་སྟེ། མར་ཁུའི་ནང་དུ་བསྲེགས། དྲི་ཞིམ་ཕྱོགས་བཞིར་འཕྱུལ་དུས་མོའི་བསམ་པར་དྲི་ཞིམ་གྲོང་སྡེའི་མི་རྣམས་ཀྱིས་སྣོམ་ངེས་སྙམ། ཟས་རྗེས་སུ་མོའི་བསམ་

པར་གཅེན་པོར་ལས་ཤིག་སྐྱུལ་དགོས་སྐམ་མོད། གནམ་ཛོ་རུབ་པ་དང་ཕུ་བོ་འཕྲལ་མར་སྒོ་ཕྱིར་ཐོན། ཕུ་བོ་ནི་གྲོང་སྡེའི་བུད་མེད་བསོད་སྒྲོན་འདྲ་བ་ཞིག་དང་དགའ་མཛའ་བྱེད་བཞིན་ཡོད། གནམ་ཛོ་རུབ་ན་གཅེན་པོའི་སེམས་པ་རང་ཁྲིམ་དུ་ག་ལ་གནས།

དེ་བས་གནམ་ཛོ་རུབ་ན་སྒོམ་པ་ཤོར་བའི་གཅེན་པོ་ཕྱིར་ཐོན། བསོད་སྒྲོན་གྱིས་ཤྭ་མོ་ལྷག་མ་པང་གདན་ནང་དུ་སྡུགས་ཏེ། བུ་བསྟན་པ་འཁྲིད་ནས་ཐོན། སུ་ཚང་གི་མདུན་དུ་སླེབས་རུང་བསོད་སྒྲོན་གྱིས་ཤྭ་མོ་འགའ་བསྟན་པར་སྤྲད། བསྟན་པས་སྒོ་ར་བརྒྱུད་ཁྲིམ་གྱི་སྒོ་འགྲམ་དུ་འཛོག་གི་ཡོད། བསྟན་པས་ཤྭ་མོ་སྒོ་འགྲམ་གྱི་རྡོ་ཐེམ་ཐོག་བཞག་སྟེ། ཁྲིམ་ཚང་དེ་དག་གི་སྒོ་བརྡུང་བཞིན་ཡོད། བསྟན་པའི་གཟུགས་སྟོབས་ཆུང་མོད་སྒོ་བརྡུང་བའི་སྒྲ་ཧ་ཅང་ཆེ། ཁྲིམ་ཚང་སོ་སོས་སྒོ་བརྡུང་བའི་སྒྲ་ཐོས་ཏེ་སྒོ་ཕྱེ་སྐབས་སུ་མ་བུ་གཉིས་ཁྲིམ་ཚང་གཞན་ཞིག་ཏུ་སླེབས་ཟིན། མཚན་མོ་དེར་བསོད་སྒྲོན་གྱིས་བསྟན་པ་འཁྲིད་དེ་གྲོང་སྡེ་ཡོངས་ལ་ཕྱིན། ཆོས་རྒྱམ་འགྲོ་སའི་ཁྲིམ་ཚང་དེར་འགྲོ་སྐབས་མ་བུ་གཉིས་ཀྱིས་རྩིག་ཁུག་ཏུ་ཡིབས་ཏེ་བལྟས་པས། བུད་མེད་དེས་ཕྱུ་པ་གཡང་ལུགས་སུ་གྱོན་ཏེ་ཡོང་། སྒོ་འགྲམ་གྱི་ཤྭ་མོ་མཐོང་བས་དགའ་ཆེས་པའི་སྐད་ཕྱུང་བ་མཐོང་། མ་བུ་གཉིས་ཀྱིས་མགོ་བོ་དགེ་འདུན་ལྷར་བྱས་པའི་ཆོས་རྒྱམ་ཡང་སྒོ་འགྲམ་ནས་མཐོང་ཞིང་། ཤྭ་མོ་མཐོང་རྗེས་ཁོས་མྱུར་བར་བུད་མེད་དེ་ནང་དུ་འཁྲིད།

བསྟན་པས་བསོད་སྒྲོན་གྱི་ལག་ནས་འཐེན་ཏེ། ངས་ཞང་པོ་མཐོང་། ཞང་པོ་ཆོས་རྒྱམ་མཐོང་ཟེར།

བསོད་སྒྲོན་གྱིས་གད་མོ་བསྡུན་པས། དབུགས་ཀྱང་གཏོང་མི་ཐུབ་པར་གྱུར།

མཇུག་མ་དེ་ལས་དོན་ཚོ་ཆུང་གི་ཁང་པ་རེད།

མི་རྣམས་ཀྱིས་གནམ་ནས་ཆར་མི་འབབ་པའི་ལོ་ལན་ཐམས་ཅད་འཚོ་བ་སྡུག་ལ་སྒྱུར་མཁན་གྱི་ལས་དོན་ཚོ་ཆུང་གི་མགོ་ཐོག་ཏུ་དགྲི་བ་བསྟན་པས་ཀྱང་ཤེས་པས། ཤྭ་མོ་སྒོ་རར་སྐྱིལ་འདོད་མི་བྱེད་སྐབས། བསོད་སྒྲོན་གྱིས་ཤྭ་མོ་ལྷག་མ་འགའ་སྒོ་རའི་ཕྱང་སྐྱའི་ཐོག་ཏུ་བཞག །

བསོད་སྒྲོན་གྱིས་བུ་ལ་མི་དེ་འདི་བཟའ་རྒྱུར་ཤིན་ཏུ་དགའ་ཟེར།

བསྟན་པས་ཨ་མས་ཟེར་བའི་མི་དེ་སུ་ཡིན་ངས་ནི་མ་ཤེས་ཟེར།

ཁོས་ཁྱོད་ཀྱི་མིང་ལ་རིག་གནས་ཡོད་ཟེར།

བུས་ངས་ཀྱང་རིག་གནས་ཟེར་བ་གང་ཞིག་ཡིན་མིན་མ་ཤེས་ཟེར།

བསོད་སྒྲོན་གྱིས་འོ་ན་ཁ་རོག་སྡོད་ཟེར། རྗེས་སུ་ཡང་མོས་ལྷུའུ་ཚང་གིས་ང་ལ་སྟོ་བསྟན། ལས་དོན་ཚོ་ཆུང་གིས་ང་ལ་ཤྭ་མོ་བསྟན་ཟེར།

བུས་ཁ་རོག་གེར་བསྡད་དེ་མོ་ལ་གཏམ་ལན་མ་བྱས།

བསོད་སྒྲོན་གྱིས་ཤྭ་མོ་སོས་པ་ཁྲིམ་ཚང་སོ་སོར་ཐེངས་གསུམ་བསྐྱལ་རྗེས། ནང་དུ་ལོག་སྐབས་རང་ཁྲིམ་གྱི་རྫོ་ཐེམ་ཐོག་ཏུ་ཅི་ཞིག་བཞག་ཡོད་པ་དེར་ལྟ་དུས་དེ་ནི་ཤྭ་བའི་ཤ་རེད།

རྗེས་སུ་སྒོ་འགྲམ་དུ་ཕག་ཀོད་ཀྱི་ཤ་དང་གནའ་བའི་ཤ་ཁུ་སིམ་མེར་བཞག་པ་མཐོང་།

སུ་ཞིག་གིས་ཕོ་ཚོའི་སྒོ་འགྲམ་དུ་ཤྭ་མོ་ཐེངས་བཞི་བསྐྱལ་བ་ཚང་མས་

ཞེས་ལ། བསོད་སྒྲོན་གྱིས་ཀྱང་གྲོང་སྡེའི་སུ་ཚང་གི་མི་རྫོན་དུ་བྱེད་པར་ཕྱིན་ཏེ་ཕག་རྐོད་དང་གནའ་བའི་ཤ་བསྐྱལ་བ་ཡང་ཞེས། ཕག་ཤ་བཙོས་ཏེ་བཟའ་བའི་མཚན་མོ་བསོད་སྒྲོན་གྱིས་བསྟན་པར་ཁྱིམ་མཆེས་ཀྱི་བཀའ་དྲིན་སེམས་ལ་ངེས་དགོས་ཟེར། དེའི་ཚེ་དེའི་དུས་ན་མི་རྣམས་ཀྱིས་ཤྭ་མོ་དེ་དག་ནི་བསོད་སྒྲོན་གྱིས་ཆུ་འཕུར་ཏེ་རི་སྟེང་དུ་གསོས་པ་ཞེས་ལ། ཆུ་བཏང་བའི་ཤྭ་མོ་བཟས་རྗེས་མི་རྣམས་ཀྱིས་མོས་ཆུ་ཟོམ་ལ་ཁ་ལེབ་བཟོ་བའི་དགོས་པ་ཡང་ཞེས། ཤིང་བཟོ་བས་གྲུ་བྲུ་འཁྱེར་ཏེ་སྒོ་རྒྱར་ཡོང་། བསོད་སྒྲོན། ངས་ཁྱོད་ཀྱི་ཆུ་ཟོམ་ལ་ཚད་ལེན་ཟེར།

བསོད་སྒྲོན་ཁྲིས་ཏེ། ཆུ་ཟོམ་ལ་ཁ་ལེབ་བཟོས་ན་ཧ་ལ་རྣ་ཅོ་སྐྱེས་པ་འདྲ་ཟེར།

ཤིང་བཟོ་བས་ངས་ཇི་ལྟར་སླ་དགོས་སམ། མགོ་ཆེན་ཀླད་པའི་རྒྱ་མཚོ་འདིས་ཤྭ་མོར་ཆུ་འདྲེན་བྱེད་ཀྱི་ཆུ་ཟོམ་ཞིག་ག་ལ་དྲན་ཟེར།

བསོད་སྒྲོན་གྱིས་དབུགས་རིང་གཏོང་བཞིན། ཨ་ཁྲུ་ལགས། ད་མི་དགོས། ཤྭ་མོའི་དུས་ཚིགས་ཡོལ་ཟིན་ཟེར།

ཤིང་བཟོ་བས་སང་ཕོ་ད་དུང་དགོས་ཟེར།

བསོད་སྒྲོན་གྱིས་ཨ་ཁྲུ་སེམས་བཟང་ཅན་ལགས། དེ་ལྟར་བསམ་མི་ཉུང་། སང་ཕོ་འདི་ལྟར་བྱས་ན་ཤ་མོ་འགའ་ཞིག་གིས་མི་ག་ལ་སྐྱོབ་ཐུབ་ཟེར།

གཏམ་ཚིག་གཅིག་སྟེ། སྐབས་དེར་སྐྱིད་གྲོང་གི་མི་ཚང་མས་བསོད་སྒྲོན་ནི་ཤྭ་མོ་གསོ་མཁན་ཞིག་ཡིན་པ་ཞེས།

མཚན་མོ་ཞིག་བསོད་སྒྲོན་གྱི་སྒོ་འགྲམ་དུ་ཡང་ཤ་རྗོག་ཅིག་བཞག་ཡོད།

བསོད་སྒྲོན་ཐབ་འགྲམ་དུ་མ་ཕྱིན་པར་ཆོས་རྒྱལ་ལ་གཏད་རྗེས་ཤ་དེ་འཁྱེར་ནས་མོ་ལ་བལྟ་བར་རྒྱུག་ཅེས་སྨྲས།

ཆོས་རྒྱལ་གྱི་གདོང་འཛུམ་གྱིས་ཁེངས་ཏེ། གཅུང་མོ་ཁྱོད་ཀྱིས་མོའི་བྱིས་པ་གཉིས་ལྟོགས་ཧམ་ཆེ་བར་རྒྱུས་མངའ་མེད་ཟེར།

ཞོགས་པ། ཆོས་རྒྱལ་སླེབས། བསོད་སྒྲོན་གྱིས་ཁྱོད་ཀྱང་སྐྱེས་པ་རེད། ཇོན་བྱེད་པར་ཕྱིན་ཆོག་ཟེར།

ཆོས་རྒྱལ་གྱིས་སྐམ་ནན་དང་བཅས། དེ་ལྟར་ག་ལ་ཡོང་། ང་ནི་གྲྭ་པ་རེད་ཟེར།

བསོད་སྒྲོན་གད་མོས་མ་ཚུགས་པར་གྱུར། མོའི་བསམ་པར་སྡོམ་ལྡན་དགེ་འདུན་ཡིན་ན་བུད་མེད་བསྟེན་ག་ལ་རུང་སྙམ། དེ་ནས་མོ་ངུས།

མི་ཚེ་དེ་ལྟར་འཕྲོལ།

གཙང་བའི་ལས་འགུལ་མཇུག་མ་བསྒྲིལ་གོང་དུ་རིག་གནས་གསར་བརྗེ་ཚུགས།

ལས་དོན་ཚོ་ཆུང་སྐྱིད་གྲོང་དུ་ཡོད་མོད། ལས་རྒྱུ་ཞིག་ཕལ་ཆེར་མེད། ཟེར་སྒྲོས་ལ་ཁྲུལ་དང་རྫོང་དུ་གྱེན་ལོག་ཤོག་ཁག་གིས་མགོ་ཁྲིད་ལ་འཐབ་རྩོད་བྱེད་སྐབ། དུས་སྐབས་དེར་ལས་དོན་ཚོ་ཆུང་ལ་བཀའ་བཀོད་མཇུབ་སྟོན་གང་ཡང་མེད་པས། ལས་དོན་གང་ཞིག་སྤེལ་མིན་མ་ཤེས།

མགོ་ཁྲིད་ལེའུ་ཡོན་ཤོན་གྱི་ཉི་མ་འཕྲོལ་དཀའ། ཁོས་ལྷ་རིང་བསླུབས་ཏེ་གྲོང་སྡེའི་ནང་དུ་དམིགས་ཡུལ་མེད་པར་འགྲོ་བཞིན་ཡོད། ཁོ་ལ་མི་དགའ་བའི་མི་རྣམས་ཀྱིས་མི་འདི་ཧུས་པ་འཆའ་རྒྱུ་མ་རྙེད་པའི་ཁྲི་རྐྱན་དང་འདྲ་ཟེར།

གྲོང་སྡེ་རྒྱ་ཆུང་བས། ཁོ་གྲོང་སྡེར་བསྐྱོད་སྐབས་བསོད་སྒྲོན་དང་ཐུག་འཕྲད་ཡོང་ངེས།

ཐེངས་དང་པོར་ཁོས་ཨོ། མི་ཚང་མས་ཁྱོད་ལ་ཤྭ་མོ་གསོ་མཁན་གྱི་བུད་མེད་ཅེས་འབོད་པ་མ་ཐོས་སམ་ཟེར།

བསོད་སྒྲོན་གྱིས་གཏམ་ལན་མ་བྱས།

ཐེངས་གཉིས་པར་བསྟན་པ་དང་བསོད་སྒྲོན་མཉམ་དུ་ཡོད། ལེའུ་ཡོན་ཤོན་གྱིས་བུ་སློབ་གྲྭར་འགྲོ་རན་མོད། གྲོང་སྡེའི་སློབ་ཆུང་གི་དགེ་རྒན་ཚང་མ་རྫོང་གྲོང་དུ་ལུས་རྩལ་འགྲན་བསྡུར་བྱེད་པར་ཕྱིན་ཟེར།

བསོད་སྒྲོན་གྱིས་གཏམ་ལན་མ་བྱས།

ཐེངས་གསུམ་པ་འཕྲད་དུས་ལེའུ་ཡོན་ཤོན་སྐམ་རིད་ཅན་དུ་གྱུར། ཁོའི་གདོང་ནས་སྐྱོ་ཤས་ཀྱི་ཉམས་ཤིག་ཕྱུང་སྟེ། བསོད་སྒྲོན། ང་འགྲོ་དགོས་པ་འདྲ།ད་ཐེངས་ཕྱིན་ན། མི་ཚེ་འདིར་ཐུག་འཕྲད་ཨེ་ཡོང་མི་ཤེས་ཟེར།

བསོད་སྒྲོན་ཁོའི་མདུན་ནས་འགྲོ་སྐབས། ཁྱོད་ཡོང་ངེས། ཁྱོད་ཕྱིན་ཀྱང་མཐར་མར་ཡོང་རྒྱུང་མ་བྱས་སམ་ཟེར།

ལེའུ་ཡོན་ཤོན་གྱིས་བསོད་སྒྲོན་གྱི་རྒྱབ་ཏུ། དུས་བབས་ལ་འགྱུར་ལྡོག་བྱུང་། དུས་བབས་ལ་འགྱུར་ལྡོག་བྱུང་། ངས་དུས་བབས་ཀྱི་རྗེས་མི་ཟིན་ཟེར།

ཉིན་དེར། གྲོང་སྡེའི་ཕྱི་རོལ་གྱི་སློབ་འཁྲིད་དུ་སློབ་སྦྱོང་བྱེད་བཞིན་པའི་དམར་སྲུང་དམག་འགའ་སླེབས། ཁོ་ཚོ་ཟིང་ལྭོར་བཏང་སྟེ་ལོག་ཡོང་། ཁོ་ཚོ་ཙམ་མ་ཟད་དམར་སྲུང་དམག་དེ་བས་མང་བ་འཁྲིད་དེ་སླེབས། ཁོ་ཚོས་བྱས་པའི་ལས་ཀ་དང་པོ་ནི་ལས་དོན་ཚོ་ཆུང་གི་སྡོད་ཁང་དུ་འཛུལ་ཏེ། གྲོང་སྡེའི་དབང་འཛིན་ཤོག་ཁག་གི་མགོ་གཙོ་ལེའུ་ཤོན་ཡོན་བཟུང་། ཤོད་སྒྲོལ་ལ་སྐབས་དེར་ལེའུ་ཡོན་ཤོན་རྗོག་ཆས་བསྒྲིལ་རྗེས་ཁུག་མ་རྒྱབ་ཏུ་འཁུར་ཏེ་ཐོག་ཁ་ནས་ཐོན་རྩིས་ཡོད་སྐད། མཚན་མོ་དེར་གྲོང་སྡེའི་ཐང་ཆེན་ཆུང་ངུར་མེ་བསྐོངས་ཆེན་པོ་ཞིག་སྤར། དམར་སྲུང་དམག་གིས་ལེའུ་ཡོན་ཤོན་ལ་ཐེར་འདོན་དགག་རྒྱག་བྱས། ལེའུ་ཡོན་ཤོན་ལ་གྲོང་སྡེ་ཡོངས་ཀྱི་མི་རྣམས་ཀྱིས་སྙིང་ནས་སྡང་བ་འདྲ། ལུད་མང་དྲགས་ཏེ་སྟོན་ཐོག་བསྡུ་མ་ཐུབ་པར་ཞུ་གེ་ཐོག་མ་བཟོས། ལེའུ་ཡོན་ཤོན་གྱི་མགོ་བོ་རབ་ཏུ་དུད། ཤོག་ལྭ་རིང་པོ་ལན་འགའ་ས་ཐོག་ཏུ་ལྷུང་། ན་ནིང་གི་སྐམ་ཐན་འདིར་སྐྱིད་གྲོང་ལ་སླར་ཡང་སྟོན་ཐོག་འབྲུ་གཅིག་ཀྱང་བསྡུ་མ་ཐུབ་པའི་སྐོར་སྨྲ་སྐབས། ཁོས་མགོ་བོ་ཡར་

བརྟེགས་ཏེ། འདི་ངའི་མགོ་ཐོག་ཏུ་བབས་དོན་ཅི་རེད། གནམ་ནས་ཆར་མ་འབབ་པར་ཁོ་ལ་ལན་པ་ཅི་ཡོད། ནགས་ལས་ཙུད་ཀྱིས་ཤིང་ནགས་བཅད་པས། རྒྱུག་ཆུ་སྐམ་པའི་འགན་འཁྲི་ཡང་ཁོ་ལ་མེད་ཟེར། རྣམ་འགྱུར་འདིས་རྫོང་གྲོང་ནས་ཡོང་བའི་དམར་སྲུང་དམག་རབ་ཏུ་ཁྲོས་ཏེ། དགོང་མོ་དེར་ཞིའུ་ཡོན་ཤོན་གྱི་ལུས་ཀྱི་རྩིབ་མ་གཉིས་དང་། རྐང་པ་ཡ་གཅིག་བཅགས།

མཚན་མོ་དེར་དམར་སྲུང་དམག་གིས་ཞིའུ་ཡོན་ཤོན་སླར་ཡང་ཟྫོང་འཕོར་ཐོག་གཡུག་སྟེ། ཝུར་སྦྲ་ཆིལ་ཞིར་སོང་།

ད་ཐེངས་ཕྱིན་རྗེས་གོ་རྒྱུ་ཐོས་རྒྱུ་མེད་པར་གྱུར།

ལོ་གཉིས་ཀྱི་རྗེས་སུ་སྤྱོབས་པ་མཐོ་བའི་དམར་སྲུང་དམག་དེ་དག་གྲོང་སྡེར་ཞུམ་ཞུམ་དུ་ཞིང་པ་འབྲིང་པའི་སློབ་གསོ་མྱངས་ཏེ། སྤྱི་ཚོགས་རིང་ལུགས་ཀྱི་གྲོང་གསེབ་གསར་པའི་ཞིང་པ་གསར་པ་བྱེད་པར་སླེབས།

དེ་དག་གི་ཁྲིད་ནས་མིང་བསྒྱུར་བའི་འོད་ཁུང་ནི་གྲོང་སྡེའི་དམངས་བཙུགས་སློབ་གྲྭའི་དགེ་རྒན་དུ་གྱུར།

ལོ་གསུམ་མཚམས་འཛོག་བྱས་པའི་སློབ་ཆུང་ནས་དྲིལ་སྦྲ་གྲག །བསྟན་པ་དང་གྲོང་སྡེའི་བྱིས་པ་རྣམས་སློབ་གྲྭར་ཕྱིན།

ཆོས་རྒྱམ་གྱིས་སྐབས་འདིར་དཔྱད་གཏམ་སྤེལ། མའོ་ཀྲུའུ་ཞི་ནི་སངས་རྒྱས་ཀྱི་སྤྲུལ་པ་རེད། སྤྲུལ་རྒྱུད་རིམ་པར་བྱོན་ན་ལོ་ཁྲི་གཅིག་ཡོང་སྲིད།

བསྟན་པས་ཞང་པོར་སྐད་ཤུགས་ཆེན་པོས་ངས་ཁྱོད་རྩིས་སྤྲོད།

ཞང་པོ་དེ་འཕྲལ་སྐྲག་སྟེ་གདོང་སྒྲོད། ངས་རྗེས་སུ་གང་བྱུང་མི་བཤད།

བསྟན་པས་མའོ་ཀྲུའུ་ཞིའི་སྐུ་པར་བརྟེགས་ཏེ། མའོ་ཀྲུའུ་ཞིར་འགན་

ལེན་གྱིས་ཟེར།

ཆོས་རྒྱལ་གྱིས་ངས་འགན་ལེན་བྱེད་ཟེར།

དེ་དུས་བསོད་སྒྲོན་ཁྱིམ་དུ་མེད། མོ་ཆུ་ལེན་པར་ཕྱིན་མེད་ལ། ཤྭ་མོ་ལུ་གུ་རྒྱུད་ལ་བལྟ་བར་ཡང་ཕྱིན་མེད། བསོད་སྒྲོན་ནི་ཁྱིམ་མཚེས་ཀྱི་བུད་མེད་དེས་སྐད་བཏང་། བུད་མེད་དེས་ལྷ་ཚལ་མང་པོ་བཏུས་ཡོད་པའི་ནང་དུག་རྩ་གཞན་ཡོད་དམ་སྙམ་སྟེ་བསོད་སྒྲོན་བལྟ་བར་སྐུལ།

བསོད་སྒྲོན་གྱིས་ལྷ་ཚལ་ཆག་པ་གཅིག་འཁྱེར་ཏེ་ཡོང་དུས། ཆོས་རྒྱལ་གྱིས་བསྟན་པ་ཆང་གིས་མྱོས། སྨ་ཚ་དང་གསེར་ཆེན་མེ་ཏོག་ཐགས་སུ་བཀྲ་བའི་ཉིན་དེར་བུང་ཚང་ནང་དུ་སྦྲང་རྩི་སེར་ཆིལ་ལེར་འདུག །ཉིན་གཉིས་ཀྱི་སྔོན་ལ་ཁོས་ལུག་འཚོ་སྐབས་སྡོང་ཁུང་ཞིག་ལས་བུང་ཚང་ཆུང་ངུ་ཞིག་རྙེད། ཆོས་རྒྱལ་གྱིས་སྦྲང་རྩི་ཅུང་ཟད་དེར་གཅེས་འཛིན་ཆེན་པོ་བྱེད། གཅེས་འཛིན་མ་བྱས་པར་མི་འགྲིག །དེ་དུས་ཨ་མ་གྲོངས་ཏེ་ལོ་གཉིས་ལྷག་སོང་མོད། ཁོའི་སྦྲང་རྩི་འདི་གཅུང་མོར་སྟེར་བསམ། ཚ་བོར་བྱིན་སྙམ། རང་གི་བུད་མེད་དང་དེའི་བྱིས་པ་ལྟོ་བ་འགྲངས་རྒྱུ་མེད་པ་དེར་སྤྲོད་འདོད། དེ་བས་ཁོས་སྦྲང་རྩི་དེ་ཉིན་གཉིས་ཙམ་སྦས་ཏེ། སུ་ལ་སྤྲོད་དགོས་ཐེ་ཚོམ་དུ་གྱུར།

ད་ཐེངས་ཁོས་སློ་མི་ཐུང་བའི་གཏམ་ཁ་ནས་ཤོར་བས། བསྟན་པས་རང་གིས་བཤད་མ་ཐག་པའི་གཏམ་མྱུར་བར་བརྗེད་ན་བསམ་སྟེ། སྦྲང་རྩི་བཏོན། ཆང་བཙལ། ཁོ་ཆང་མི་འཐུང་། ཁྱིམ་དུ་བསོད་སྒྲོན་གྱིས་མཚམས་རེ་ཁམ་རེ་ཟུང་འཐུང་། ཁོས་སྦྲང་རྩི་ཕོར་པར་བླུགས་ཏེ་ཆང་བླུགས། བསྟན་པ་སྦྲང་རྩིའི་ཆང་གིས་མྱུར་དུ་ར་བཟི།

ཆོས་རྒྱལ་གྱི་བསམ་པར་བསྟན་པ་བཞི་དྭངས་རྗེས་རང་གིས་བཤད་པའི་གཏམ་དག་བརྗོད་ངེས་སྙམ།

བསོད་སྒྲོན་ཁྲིམ་གྱི་སྒོ་འཇོལ་བས། ཆང་དང་སྦྲང་རྩིའི་དྲི་འཕྲུལ། མོས་ཆོས་རྒྱལ་ལ་བསྒྲིགས་ཏེ། གྲྭ་པ་ཁྲོད་ཀྱིས་ཆང་བཏུངས་སམ།

ཆོས་རྒྱལ་གྱིས་མགོ་བོ་གཡུག་བཞིན། གཉིད་དུ་ཡུར་བའི་བསྟན་པར་བལྟས།

བསོད་སྒྲོན་གྱིས་ཆོས་རྒྱལ་གྱི་ལུས་ནས་བཟུང་སྟེ། ཁྲོད་དགེ་འདུན་ཅི་ལ་འདྲ་ཟེར།

ལོ་བཅུའི་རྗེས་སུ། ཆོས་རྒྱམ་ནི་ཆུ་ཕྱི་༡༩༨༢ལོར་བསྐྱར་བཞེངས་བྱས་པའི་རིན་ཆེན་རྣམ་རྒྱལ་གླིང་གི་དགེ་འདུན་པའི་གྲལ་དུ་བསྣེགས།

བསྟན་པ་ཁྲུལ་ནོར་དོན་ཚོང་ཟོང་སློབ་གྲྭ་ཐོན་ཏེ། རྫོང་ཚོང་ལས་ཅུད་ཀྱི་རྩིས་པ་བྱེད་བཞིན་ཡོད། ཆང་དང་སྤྲང་རིལ་ཉོས་ཏེ་ཨ་མར་བལྟ་བར་འོང་རིམ་བཞིན། བསོད་སྒྲོན་གྱིས་ཆང་ཁྱིམ་དུ་བཞག །སྤྲང་རིལ་བསྟན་པར་སྤྲད་དེ་དགོན་དུ་ཞང་པོར་བལྟ་བར་སྐུལ།

བསྟན་པ་ཞང་པོར་བལྟ་བར་ཕྱིན།

ཞང་པོས་སྤྲང་རིལ་ཟ་བཞིན་དགའ་སྤྲོས་མིག་ཀྱང་ཟིམ་བུར་བལྟ། སྐབས་དེར་འདུ་ཁང་དུ་ཚོགས་འཚོགས་བཞིན་ཡོད། ཇ་སྤུབ་ཀྱི་སྒྲ་དང་དགེ་འདུན་པའི་འདོན་ཧ་གཅིག་ཏུ་འདྲེས་ཏེ། ཀྱུང་དམར་པོའི་ཕོར་ཡུག་ཏུ་བྲག་ཆ་འཁོར། བསྟན་པས་ཞང་པོ་ཚོགས་ལ་མ་ཕྱིན་པའི་རྒྱུ་མཚན་དྲིས།

ཆོས་རྒྱམ་གྱིས་ཟེའུ་ལྷ་ཁང་གི་ལྷ་སྐུར་ཐོད་པ་གཏུགས་ཏེ། མི་རྣམས་པས་ཆོས་ཤིག་བསྒྲུབ་མི་ཐུབ་ཟེར།

ཆོས་རྒྱམ་གྱིས་དགོན་པའི་འགྲམ་དུ་ཤག་ཚང་ཁང་མིག་གཉིས་བསྐྲུན། ལྟོ་ཐུན་གསུམ་ཕུད་དགོན་པའི་སྒྲིགས་ལྟར་ཕྱག་མཆོད་འབུལ་བྱེད་ཀྱི་ཡོད། ཁོས་རང་ཉིད་ནི་དགོན་པའི་དགེ་འདུན་སྒྲིགས་ཡོད་ཅིག་ཡིན་མིན་མི་ཤེས། འོན་ཏེ་ཁོའི་ཤག་དཀར་ཆ་དོད་ཅིང་གཙང་སྦྲ་ལེགས། ཁོས་རྐང་རྗེན་མར་པང་གཅལ་གཙང་མའི་ཐོག་ཕར་འགྲོ་ཚུར་འོང་བྱེད། བསྟན་པས་དེབ་རྣམ་ཞིག་བླངས། དེ་ནི་བཀའ་ཤོག་ཕྱོགས་བསྒྲིགས་ཤིག་རེད། བསྟན་པས་དེབ་རྣམ་དེ་ཁ་ཕྱེ་སྟེ་ཞང་པོར་བསྟན། ཁྱོད་ཀྱིས་ང་ལ་བཏགས་པའི་མིང་དངོས་

གནས་འདིར་འདུག་ཟེར།

དེ་རྗེས་བསྟན་པས་རྒྱ་ཡིག་གི་བཀའ་ཤོག་ཆིག་འབྲུ་རེ་རེ་བཞིན་བསྒྲགས། བླ་མ་བོད་ཡུལ་ཁམས་ཕྱོགས་ཀྱི་ཡུལ་ཤུལ་དུ་བལྟམས། ཆུང་དུའི་དུས་སུ་རབ་ཏུ་བྱུང་། ཆོས་རྗེ་ས་སྐྱ་པཎ་ཆེན་གྱིས་རྗེས་སུ་བཟུང་། མཚན་བསྟན་པར་གསོལ།

ཞང་པོས་ལུས་སྒྱུར་ཏེ་ལྷ་སྐུ་མཇལ་བའི་རྣམ་པས་བཀའ་གཙིགས་ལ་བལྟས།

སྐབས་དེར་ཤག་གི་དཀར་ཆ་ཇེ་མོག་ཏུ་ཕྱིན། དགོན་པའི་བླ་མ་དང་ཕྱུག་ཕྱིའི་ལུས་ཀྱིས་སྐོ་བཀག་པས་འོད་ རྒྱུ་མ་ཐུབ།

ཆོས་རྒྱམ་མྱུར་བར་ལངས་ཏེ་ཐོད་པ་བླ་མའི་སྐུ་ལ་གཏུགས།

བླ་མ་ནང་དུ་ཕེབས། དབུགས་ཏལ་བཞིན་བཞུགས། བསྟན་པར་དབུ་ཞྭག་ཙམ་བྱས་ཏེ། མགོ་ཁྲིད་སླེབས་དུས་སྡེ་ལེན་ཡག་པོ་བྱུང་མ་སོང་ཟེར།

བསྟན་པ་དགོད་བཞིན། ཞང་པོས་བཏགས་པའི་ངའི་མིང་འདི་ལོ་བདུན་བརྒྱ་ཙམ་གྱི་སྔོན་རོལ་ནས་ཡོན་གུར་གྱི་བཀའ་གཙིགས་ཐོག་འདུག །དེ་ནི་ཏེ་ཤྲིའི་མཚན་རེད།

བླ་མས་ལོ་རྒྱུས་མི་མཁྱེན་ཞིང་། བོད་བརྒྱུད་ནང་བསྟན་གཙུག་ཏུ་བཀུར་བའི་ཡོན་གུར་གྱི་གནས་ཚུལ་ཡང་མི་རྟོགས་ལ། རྒྱ་ཡིག་ཡང་མི་ཤེས་སོད། བཀའ་གཙིགས་ཀྱི་ཡི་གེར་བསྔགས་པ་བྱས། བསམ་གྱིས་མི་ཁྱབ། བསམ་གྱིས་མི་ཁྱབ་པ་རེད་ཅེས་གསུངས། དེ་རྗེས་བླ་མས་ཕྱུག་ཕྱི་གཏམ་སྤྲ་བར་སྐུལ།

ཕྲུག་ཕྲིས་ལུས་པོ་སྒྱུར་ཙམ་བྱས་ཏེ། བླ་མས་སྦྱིན་བདག་དགོན་པར་ལྷ་སྐོར་ལ་གདན་འདྲེན་ཞེར།

བསྟན་པའི་སེམས་ནང་དུ་ཡུད་ཙམ་ཞིག་ལ་རང་ཉིད་མགོ་ཁྲིད་ནས་སྦྱིན་བདག་ཏུ་གྱུར་སྐབས། དགོན་པའི་འཛུགས་སྐྲུན་འདི་དག་ནི་ལོ་གསུམ་བཞིའི་རིང་ལ་གསར་དུ་བཞེངས་པའི་འདུ་ཁང་དང་། མགོན་ཁང་། བླ་བྲང་། དུས་འཁོར་གྲྭ་ཚང་བཅས་རེད། སྔོན་ཆད་ཀྱི་སྨན་པ་གྲྭ་ཚང་དང་། རྒྱུད་སྟོད་གྲྭ་ཚང་ཞིག་ཤུལ་དུ་ལུས། ལྷ་སྐོར་གྲུབ་རྗེས་བླ་མ་ཕེབས། ཕྲུག་ཕྲིས་བསྟན་པ་ཆོས་རྒྱམ་གྱི་ཤག་ཏུ་འཁྲིད། བསྟན་པས་དོན་ཅི་ཡོད་སྨྲས།

བླ་མའི་ཕྲུག་ཕྲིས། ཁྱོད་ཀྱིས་དགོན་པར་འཁྱིག་གི་ཆུ་སྦུག་འགག་གནང་ཆེ། དགོན་པར་ཆུ་མིག་འཁྲིད་ཆོག་ལ། ཨར་འདམ་གྱི་ཆུ་སྦུག་ཅིག་བསྐྱུན་ན། དགེ་འདུན་པ་ཉིན་ལྟར་རི་སྟེང་དུ་ཆུ་ལེན་པར་འགྲོ་མི་དགོས་ཞེར།

བསྟན་པས་ཐོས་རྗེས། སེམས་ནང་དུ་དཀའ་ཁག་ཆེ་མོད། ཁོས་ཚོང་ལས་ཙུད་ཀྱིས་འཁྱིག་སྦུག་དོ་དམ་མི་བྱེད་མ་སྨྲས་པར། ངས་ཚོད་ལྟ་ཞིག་བྱེད། ཁྱོད་ཚོར་ཕན་ཐོགས་མིན་མི་ཤེས་ཞེར།

དེ་དུས་རྫོང་གྲོང་དུ་ཚན་པ་ཧ་ཅང་མང་། ཚོང་ལས་ཙུད་ཀྱིས་མང་པོ་ཞིག་ལ་དོ་དམ་བྱེད་མོད། འཁྱིག་སྦུག་ནི་ཐོན་སྐྱེད་རྒྱུ་ཆ་ཡིན་པས། དངོས་ཟོག་ཙུད་དང་། ཆུ་གློག་ཙུད། ཞིང་ལས་ཙུད་སོགས་ཀྱིས་དོ་དམ་བྱེད་ཀྱི་ཡོད། འདིས་ལས་ཀར་ཞུགས་མ་ཐག་པའི་ཚོང་ལས་ཙུད་ཀྱི་རྩིས་པ་བསྟན་པར་དཀའ་ངལ་འཕྲད། ཟླ་བ་གཅིག་སོང་གཉིས་སོང་། དོན་ད་དུང་མ་བསྒྲུབ་པས་ཁོ་ཟས་བརྗེད་གཉིད་ཆག་ཏུ་གྱུར།

སྐབས་ལེགས་པ་ཞིག་ལ། ཉིན་ཞིག་ཚན་པའི་ནང་གློ་བུར་དུ་འབྲུག་པོར་གྱུར། མི་ཚང་མ་སེམས་འགྱུལ་ཐེབས། ཇོང་མི་དམངས་སྲིད་གཞུང་ནས་མི་བཏང་སྟེ་ལས་བྱེད་གཞོན་ནུར་ལྷ་ཞིབ་བྱེད་ཟེར། དོན་ལ་ཇོང་ནས་མི་གསུམ་སླེབས། རྩ་འཛུགས་པུའུ་ཡི་པུའུ་ཀྲང་དང་། གཞུང་དོན་ཁང་གི་ཀྲུའུ་རེན། བཟོ་ཚོང་ཚོགས་པའི་ཀྲུའུ་ཞི་བཅས་རེད། ཁོ་ཚོས་ཙུད་ཀྲང་གི་གཞུང་དོན་ཁང་དུ་མི་རེ་རེ་བཞིན་བོས། བསྟན་པར་ཡང་བརྡ་ཐོ་སླེབས། གཞུང་དོན་ཁང་ནས་གཞན་གང་དུ་ཡང་ཕྱིན་མི་ཆོག །སྒུག་དགོས་ཟེར། སྔ་དྲོ་ནས་ཉིན་གུང་། ཕྱི་དྲོ་ལས་ཐུན་མ་གྲོལ་ཙམ་ལ་མི་མང་པོ་ཞིག་བོས་སོང་། ཁོ་བོས་མེད། ཁོ་ནི་དགོང་མོ་ཆུ་ཚོད་དགུ་པ་ཙམ་ལ་ཙུད་ཀྲང་གི་གཞུང་དོན་ཁང་དུ་ཕྱིན།

མི་གཞན་ལ་ཅི་ཞིག་དྲིས་པ་ཁོས་མི་ཤེས། ཁོ་ལ་དྲིས་པ་ནི་དོན་རང་ག་བ་ཤ་སྟག་རེད།

གཙོ་བོ་འདྲི་མཁན་ནི་གཞུང་དོན་ཁང་གི་ཀྲུའུ་རེན་རེད། ཁོས་ཡིག་ཚགས་པུས་མོའི་ཐོག་བཞག་སྟེ། ཐོག་མར་ཁྱོད་སྐྱིད་གྲོང་ནས་ཡིན་ནམ་ཟེར།

ཡིན།

ཁྱོད་ཀྱི་མིང་ལ་བསྟན་པ་ཟེར་རམ།

ངའི་མིང་ལ་བསྟན་པ་ཟེར།

ཁྱོད་ཀྱིས་ཤེས་སམ། བསྟན་པ་ཞེས་པ་རྒྱུན་དུ་བརྟན་པ་ཞེས་ཀྱང་འབྲི།
རེད། ཚེ་བརྟན་གྱི་བརྟན་རེད།

ཁྱོད་ཀྱིས་འདི་ཅི་ཡིན་ཤེས་སམ།

ངས་མི་ཤེས། ཨ་མ་བསོད་སྒྲོན་གྱིས་གསུངས་པ་ལྟར་ན་ལས་དོན་ཚོ་ཚུང་གི་མགོ་ཁྲིད་ཀྱིས་དེ་ལྟར་བྲིས་ཟེར།

ཨོ། བསྟན་པ་ཞེས་པ་ཡོན་གྲུར་དུས་ནས་ཡོད། ཡོན་གྲུར་གྱི་ཏི་ཐྲི་ཞིག་ལ་བསྟན་པ་ཟེར་བ་ཁྱོད་ཀྱིས་ཨེ་ཤེས།

ངས་ཤེས། ངས་ཆེད་དུ་རྫོང་རིག་གནས་ཁང་གི་དགེ་རྒན་གྱི་གམ་ནས་བསྟན་པའི་བཀའ་གཙོགས་ཤིག་བླངས།

གཞོན་ནུ་ཁྱོད་ལེགས་པོ་འདུག །ནོར་དོན་ཚོང་ཟོང་ཆེད་ལས་པ་ཞིག་གིས་བཀའ་གཙོགས་ཀྱང་བལྟས། དེ་རྗེས་ཁོས་དཀྱིག་ཙམ་བྱས་ཏེ་རྩ་འཛུགས་ སྤུའུ་ཀྲང་དང་། བཟོ་ཚོགས་ཀྲུའུ་ཞིར་ཁྲིད་གཉིས་ལ་སྐད་ཆ་འདྲི་རྒྱུ་ཨེ་ཡོད་ཟེར།

ཁོ་གཉིས་ཀྱིས་ཁྱོད་གཙོ་བོ་རེད། ཁྱོད་ཀྱིས་ཤོད་ཟེར།

ལེའུ་ཀྲུའུ་རེན་སེམས་འགུལ་ཐེབས་ཏེ། ཁོས་བསྟན་པ། ང་ནི་ཁྱོད་ཀྱི་མིང་འབྲི་མཁན་གྱི་ལས་དོན་ཚོ་ཚུང་གི་མགོ་ཁྲིད་དེ་ཡིན། ཁྱོད་ཀྱིས་ང་ངོ་མི་ཤེས་སམ།

བསྟན་པ་གཏམ་ཅི་ཤོད་འདི་ཤོད་མེད་པར་གྱུར།

བཟོ་ཚོང་ཀྲུའུ་ཞིས་ཚུལ་འདི་མཐོང་བས། བསྟན་པ། ཁྱོད་ཀྱིས་ལེའུ་ཀྲུའུ་རེན་ལ་ཐུགས་རྗེ་ཆེ་མི་ཞུའམ། མིང་གཞན་དང་མི་འདྲ་བ་ཞིག་ཡོད་ན། སྤྱོད་པ་ཡང་གཞན་དང་མི་འདྲ་བ་ཞིག་དགོས། ཀྲུང་དབྱང་གི་དགོངས་དོན་ལྟར་ན། ལས་བྱེད་རིག་གནས་ཅན་དང་གཞོན་ནུ་ཅན་དུ་འགྱུར་དགོས། རང་ལ་ཡར་ཐོན་གྱི་བསམ་པ་དགོས་ངེས་ཟེར།

བསྟན་པ་ད་དུང་སྐད་ཆ་ཤོད་མ་ནུས། ངས་ཨ་མ་དང་ཞང་པོའི་གམ་ནས་ལས་དོན་ཚོ་ཆུང་གི་སྐོར་མང་པོ་ཐོས་མོད། སྐབས་དེར་ལོ་ཆུང་བས་བརྗེད་ཐལ།

ལེའུ་ཀྲུའུ་རེན་གྱིས་དངན་པ་འཛིན་བཞིན། ཁྱོད་ཀྱི་ཞང་པོས་ཨ་མ་བསོད་སྒྲོན་གྱི་མི་ཚེ་སྡུག་ལ་སྦྱར། ཁོས་ཡིག་ཚགས་ཁ་བཏབ། ཡར་ལངས་ནས་བསྟན་པའི་དཔུང་པར་གཞུ་ཙམ་བྱས་ཏེ། དངངས་སྐྲག་མ་བྱེད། དོན་དག་ཡོད་ན་རྫོང་ཞུད་གཞུང་ལས་ཁང་དུ་ང་འཚོལ་བར་ཤོག་ཟེར། ཁོས་བསྟན་པ་ཁྲིམས་ལམ་གྱི་བར་དུ་སྐྱེལ་མ་བྱས། ཁྱོད་ནམ་ཙམ་ལ་ཕ་ཡུལ་དུ་ལོག་ཉུང་ཨ་མ་བསོད་སྒྲོན་ལ་འཚམས་འདྲི་བྱེད་རོགས། ད་དུང་ང་ལ་ཤ་མོ་ཕྲན་ཙམ་འཁྱེར་ཤོག །ཁྱོད་ཀྱི་ཨ་མ་ནི་སྐྱིད་གྲོང་ནས་ཤ་མོ་བལྟ་བ་མཁས་ཤོས་དེ་རེད་ཟེར།

ལེའུ་ཀྲུའུ་རེན་གྱི་ལག་པས་སླར་ཡང་བསྟན་པའི་དཔུང་པར་རྡེབ་ཙམ་བྱས་ཏེ། དོན་དག་ཡོད་ན་ང་འཚོལ་བར་ཤོག་ཟེར།

ཉིན་ཤས་མ་སོང་བར་ཟུད་ནང་དུ་བསྟན་པ་ཚོང་ལས་ཟུད་ཀྱི་ཟུད་ཀྲང་གཞོན་པར་སྤྱར་རྒྱུ་རེད་ཟེར།

གཏམ་འདི་ཐོས་རྗེས་བསྟན་པའི་བསམ་པར་སྐྱིད་གྲོང་དུ་སྡོད་སྡོང་བའི་ལེའུ་ཀྲུའུ་རེན་ལ་འཚམས་འདྲི་བྱེད་དགོས་སྙམ། ཁོས་སྔོན་ལ་ཕ་ཡུལ་དུ་ལོག་སྟེ་སྔོན་ཆད་ཀྱི་ལས་དོན་ཚོ་ཆུང་གི་མགོ་ཁྲིད་ལེའུ་ལགས་འཕྲད་པའི་སྐོར་ཨ་མ་བསོད་སྒྲོན་ལ་བཤད།

བསོད་སྒྲོན་གྱི་རྣམ་འགྱུར་ཡ་མཚན་ལ་དགོད་བྲོ། དར་ཅིག་ནས་མི་

འདིས་ད་དུང་ང་ཚོའི་རི་ཐོག་གི་ཤ་མོ་མ་བརྗེད་དམ་ཟེར།

བསྟན་པས་ངས་ཁོ་ལ་ཤ་མོ་སྲན་བུ་ཞིག་སྤྲོད་འདོད་ཟེར།

བསྟན་པས་རང་ཉིད་ཕལ་ཆེར་ཙུད་ཀྱང་གཞོན་པར་བསྐོ་སྲིད་པའི་སྐོར་མ་བཤད་པར། ཞང་པོའི་དགོན་པ་རིན་ཆེན་རྣམ་རྒྱལ་གྱིས་མངགས་པའི་འགྲིག་སྒྲུག་གི་སྐོར་བཤད་དེ། དོན་དེ་ལེའུ་ཀྲུའུ་རེན་ལ་མངག་འདོད་པའི་སྐོར་གླེང་།

ཨ་མ་བསོད་སྒྲོན་དེ་བས་ཡ་མཚན་པར་གྱུར། ཁྱོད་ཀྱི་ཞང་པོ། ཁྱོད་ཀྱི་ཞང་པོས་ཟེར།

བསྟན་པ་དེ་ནུབ་སྔ་ཙམ་ཉལ། ནངས་པར་ཁོ་སྔ་ཙམ་ལངས་ཏེ་སྐྱེས་པས་ལས་དགོས་པའི་ལས་ཀ་དག་ཨ་མར་ལས་རོགས་བྱས། ནམ་གསལ་མ་ཐག་སྔོན་ལ་ཡོ་འཁྱོག་ཏུ་སོང་བའི་སྒོ་ར་དེ་སླར་བརྩིགས། དེ་ནས་ཤིང་བཤགས། སྐབས་དེར་སྒོ་རའི་ནང་དུ་བེ་དོའི་བསུང་ཞིམ་འཐུལ། དེའི་ཚེ་ཨ་མ་བསོད་སྒྲོན་སྒོ་རའི་ཕྱི་རོལ་ནས་ཡོང་། ཟིལ་པས་ལྷམ་དང་ཕྱུ་པའི་མས་སྣེ་ཡང་བངས། མོ་སྔ་ས་ནས་རི་ལ་ཐོན་ཏེ་ཤ་མོ་སོས་པ་འཐུ་བར་ཕྱིན།

ཤ་མོ་རེ་རེའི་ཐོག་ཏུ་ས་དང་གྲོག་ཤིང་། བེ་དོའི་ལོ་མ་དམ་དུམ་འགོས་པ་དག་བཤགས་མ་ཐག་པའི་མེ་ཤིང་སྟེང་དུ་རེ་རེ་བཞིན་སྐམ། བསུང་ཞིམ་སྒོ་རར་ཁྱབ། མ་བུ་གཉིས་ཞོགས་ཟས་ཚར་དུས་ཤ་མོའི་བཞའ་རྣམས་ཕལ་ཆེར་ཡལ།

ཨ་མ་བསོད་སྒྲོན་གྱིས་བུ་ལ་ཇི་ལྟར་བྱས་ཀྱང་ཤ་མོ་འདི་དག་ཁྱོད་ཀྱིས་བཟས་ན་ལེགས་ཟེར།

ཨ་མ། ལེའུ་ཀྲུའུ་རེན་གྱིས་ང་ལ་སེམས་ཁྲུར་ཆེན་པོ་བྱེད་ཀྱི་ཡོད།

ཨ་མ་བསོད་སྒྲོན་གྱིས་བུ་ལ་མི་དེས་སྟོན་ཚད་ཨ་མ་ལ་ཡང་སེམས་ཁྲུར་ཆེན་པོ་བྱེད་ཀྱི་ཡོད་སྙམ་འདོད་མོད། གཏམ་ཁ་འགྲམ་དུ་སླེབས་ཀྱང་མོས་མ་བཤད། དེ་ལྟར་མཛེས་པའི་ཞོགས་པ། གནམ་སྟོ། ཆུ་དྭངས། བུ་ཕྱི་རོལ་དུ་འགྲོ་དུས་མོས་སེམས་མི་སྐྱིད་པའི་གཏམ་དེ་དག་སྨྲ་མ་འདོད། དེ་བས་ཨ་མ་བསོད་སྒྲོན་གྱིས་རེད། ངའི་ཤྭ་མོ་ལུ་གུ་རྒྱུད་ནང་དུ་ཤྭ་མོ་བཅུས་ནས་རྫོགས་རྒྱུ་མེད། ཁྱོད་ཀྱི་གྲོགས་པོ་དགའ་ན་ང་ལ་སློས་ཤིག་ཟེར།

ཨ་མ་བསོད་སྒྲོན་གྱིས་ད་དུང་བསྟན་པར་ལུ་གུ་རྒྱུད་ཀྱི་ཤྭ་མོ་ཇི་ལེགས་ཇི་མཛེས་སུ་འགྲོ་བཞིན་འདུག་ཟེར།

དཔེ་སྲིད་དམ། མི་རྣམས་ཤྭ་མོ་འཐུ་བར་ཕྱིན་ཙང་། ཤྭ་མོ་དེ་བས་མཛེས་པར་འགྲོ་ཟེར་བ་མ་ཐོས།

ཨ་མ་བསོད་སྒྲོན་གྱིས་ཁོ་ཚོར་ཤྭ་མོ་ལུ་གུ་རྒྱུད་མེད། ཁོ་ཚོས་རི་ནས་ཤྭ་མོ་མཐོང་བ་ལས། ཤྭ་མོ་གནས་གང་ཞིག་ནས་བྱུང་བ་མི་ཤེས།

བསྟན་པས་ཤྭ་མོ་དེ་དག་ལེའུ་ཀྲུའུ་རེན་གྱི་ཁྱིམ་དུ་བསྐྱལ། ལེའུ་ཀྲུའུ་རེན་སེམས་འགུལ་ཐེབས་པར་ཁོ་ཡ་མཚན་ཞིང་། སེམས་འགུལ་དེ་ལྟར་ཐེབས་པར་ཁོ་ཧང་སངས།

ཤྭ་མོ་གྲལ་འཁྲིག་པོར་ལྟུང་མའི་སྣོ་མར་བཞག །ཤྭ་མོ་རེ་རེ་བཞིན་འཛམ་ལ་མཉེན་པའི་གྲོག་ཤིང་ནང་དུ་བཞག །

ལེའུ་ཀྲུའུ་རེན་གྱི་གདོང་དམར་པོར་གྱུར། ལྟོས་དང་། སྣོ་མའི་ནང་དུ་ཇི་ལྟར་བཞག་འདུག་གམ། འདི་ལྟར་མཛེས། ཁྱོད་ཀྱི་ཨ་མ་བསོད་སྒྲོན་ནི་

གྲོང་གསེབ་ཀྱི་ཨ་མ་རང་ག་བ་ཞིག་མ་རེད།

བསྟན་པས་ཅི་ཞིག་སྨྲ་དགོས་མ་ཤེས་པར། ཁ་རོག་བསྡད།

ལེའུ་ཀྲུའུ་རེན་གྱིས་ལག་པ་བརྐྱངས་ཏེ། ཤྭ་མོ་རེ་རེ་བཞིན་འཕུར། ཨོ། ཨོ། འདི་ཚོ་སྔོན་ཆད་དང་གཅིག་པ་གཅིག་རྐྱང་རེད།

དེ་རྗེས་ལེའུ་ཀྲུའུ་རེན་ནི་ཐབ་ཚང་དུ་ཕྱིན། བསྟན་པ་ཚོམས་ཆེན་དུ་ལུས། སྐབས་དེ་དུས་བསྟན་པ་ནི་ཕ་མེད་ཀྱི་གྲོང་གསེབ་བྱིས་པ་ཞིག་ཡིན་པས། སེམས་ནང་དུ་ངོ་ཚ་དང་དངངས་སྐྲག་གིས་སྡོད་བཟོད་མི་བདེ་བར་གྱུར། ཁོས་ཇ་ཕོར་བླངས་པ་ཙམ་ལས་ཁྲིམ་འཛིན་མ་དང་ལོ་ན་རང་དང་མཉམ་པའི་བུ་མོ་མཛེས་མ་དེར་སྐད་ཆ་ཅི་ཞིག་བཤད་དགོས་མ་ཤེས།

ཁྲིམ་འཛིན་མ་དེས་ང་དང་ལེའུ་ལགས་དགའ་མཛའ་བྱེད་སྐབས་ང་ཁྱོད་ཚོའི་ཕ་ཡུལ་དུ་འགྲོ་སྐྱོང་ཟེར།

ཁོས་དུས་དང་འཚམས་པའི་གཏམ་ཚིག་ཀྱང་མ་བཤད། ཁོས་ཅི་ཞིག་སྨྲ་བསམ་མེད། དོན་དང་འཚམས་མིན་མ་ཤེས། ཁོས་ངེས་པར་དོན་དང་འཚམས་པའི་གཏམ་ཞིག་ཡོད་པ་ཤེས་མོད། གཏམ་དེ་ཁོས་གཏན་ནས་མ་དྲན།

སྐབས་དེར་ཐབ་ཚང་ལས་སྣུམ་གྱི་ཚིག་སྒྲ་ཐོས་ཤིང་ཤྭ་མོ་ཚ་པོ་ཆགས་པའི་དྲི་ཞིམ་འཐུལ། ཁྲིམ་འཛིན་མས། བུ་སླེམས་ཆུང་ཞིག་རེད་ཟེར།

ཁོ་ཚོའི་ཁྲིམ་གྱི་བུ་མོས་རང་ཉིད་ནི་ལས་བྱེད་ཀྱི་བུ་མོ་ཡིན་པ་ཤེས་ཀྱི་ཡོད་ཅིང་། རང་ཉིད་ནི་གྲོང་ཁྱེར་ནང་གི་བུ་མོ་སྤྱོབས་པ་མཐོ་པོ་ཞིག་ཡིན་པ་ཤེས་ཀྱི་ཡོད། དེ་བས་ཁོའི་གདོང་ལ་མོས་ཐད་དུ་བལྟ་བར་ཡང་མི་བྱེད།

མོས་ཨ་མར་ཨ་ཕ་ནི་ཅི་རེད། ཤྭ་མོ་ཙུང་ཟད་ཅིག་གི་ཆེད་དུ་ཟེར།

མོས་མུ་མཐུད་སྨྲ་རུ་ཨ་མས་མ་བཅུག་པར་བསྟན་ཡག་ཟེར། ཁྲིམ་འཛིན་མས་བསྟན་པར་ཕྱོགས་ཏེ། སྡུག་མྱངས་པའི་བྱིས་པ་འདྲ་ས་མེད་ཟེར། ཚོག་འདིས་བསྟན་པ་དེ་བས་སྡོད་བཟོད་མི་བདེ་བར་གྱུར། སྐབས་དེར་ཁྲིམ་འཛིན་མས་ཁོ་ལྟེབས་ཅོག་བསྒྲིག་པར་སྐུལ། འདི་ནི་ཁོ་བཅིངས་བཀྱོལ་བཏང་བ་ལྟ་བུར་གྱུར། ཁོས་བདེ་ལྷུག་དོད་པོས་ལྟེབས་ཅོག་བཀྲམས་ཤིང་། འདུག་སྟེགས་བསྐྱལ།

ལེའུ་ཀྲུའུ་རེན་གྱིས་བརྗོས་པའི་ཚོད་མ་བཏེགས། ཚོད་མ་གསུམ་ལས་གཉིས་ནི་ཤ་མོ་རེད། གཅིག་ནི་བྱ་ཤའི་ཤ་མོ་དང་། ཅིག་ཤོས་ནི་ཤ་མོ་སྐམ་བསྲེགས་རེད། ལེའུ་ཀྲུའུ་རེན་གྱིས་སྔོན་ལ་བཟའ་ཐུར་གྱིས་བྲོ་བ་བལྟས་ཏེ། ཞིམ་པོ་འདུག་ཟེར། ལྷོ་བཟས་རྗེས་སུ་ཀྲུའུ་རེན་གྱིས་ཁོ་དཔེ་ཤག་ཏུ་འཁྲིད་པར་དཔེ་ཆ་ཧ་ཅང་མང་། ཁོས་སྔོན་ལ་བཀའ་ཤོག་སླངས་ཏེ་བསྟན་པར་བསྟན་ནས། ཁྱོད་ཀྱི་མིང་འདིར་ཡོད། ཁྱོད་ཀྱི་མིང་ལ་འབྱུང་ཁུངས་ཡོད། ཁོས་བསྟན་པ་རང་མིང་འཚོལ་དུ་བཅུག །བསྟན་པས་མྱུར་བར་རང་མིང་རྙེད།

ལེའུ་ཀྲུའུ་རེན་ཧ་ལས་ཏེ། ཁྱོད་ཀྱིས་ཡིག་གཟུགས་བལྟ་ཤེས་པ་ངས་མི་ཤེས།

བསྟན་པས་དྲང་གཏམ་བཤད། ངས་ཡིག་གཟུགས་བལྟ་མི་ཤེས་མོད། ལེའུ་ཀྲུའུ་རེན་གྱིས་རང་གི་མིང་བཏགས་པའི་གཏམ་རྒྱུད་ཤེས་པས། ཆེད་དུ་བཀའ་གཙོགས་ནང་དུ་བཙལ་བས་རང་གི་མིང་རྙེད་ཅེས་བཤད། བསྟན་པས་མུ་མཐུད། ངས་ཨ་མ་བསོད་སྒྲོན་གྱི་མིང་ཡང་ཁྱོད་ཀྱིས་གཏན་ལ་ཕབ་པ་ཤེས། ཨ་མའི་མིང་ནི་སྒྲོན་ཏེ་རྗེས་འཇུག་ན་དང་། མི་གཞན་གྱི་མིང་ནི་

སྒྲོལ་ཧེ་རྗེས་འཇུག་ལ་རེད་ཅེས་སྨྲས།

ཞིའུ་ཀྲུའུ་རེན་གྱིས་ལྷ་བཞིན་ཡིད་སེམས་རབ་ཏུ་འགུལ་བའི་ངང་ནས། བསམ་པ་ཡོད་ན་འཕྲིག །ང་རྣས་ཐེན། ཁྱོད་ལོ་གཞོན་པས་རྗེས་སུ་སྐྱོང་པོ་ཆགས་ངེས་ཐེར། ཁོས་སྦྱོབས་པས་ཁྱེངས་པའི་བུ་མོ་བོས་ཏེ། བསྟན་ཡག་ནི་ཁྱོད་ལས་ལོ་གཉིས་ཀྱིས་ཆུང་། ཅི་ཡང་མི་ཤེས། སྙིད་ལུག་ཆེ། རང་གི་བསོད་ནམས་གཅེས་འཛིན་མི་བྱེད། རྗེས་སུ་ཁྱོད་ཀྱིས་མོ་ལ་ལྷ་སྐྱོང་བྱེད་དགོས་ཐེར།

བསྟན་པས་ངས་ལྷ་སྐྱོང་ག་ལ་ཐུབ་ཐེར།

ཞིའུ་ཀྲུའུ་རེན་གྱིས་ཁོ་ལ་འདི་ལྟར་བཤད། སང་ཉིན་རྩ་འཛུགས་པུའུ་ཡིས་ཡིག་ཆ་བཀྲམ་རྒྱུ་རེད། ཁྱོད་ཚོང་ལས་ཙུད་ཀྱི་ཙུད་ཀྲང་གཞོན་པ་རེད་ཐེར།

སྒོ་ལ་བསླེས་ཡོད་པའི་བསྟན་ཡག་གིས་མཆུ་སྣུང་བྱེད་བཞིན། ལྟོས་དང་། ཤ་མོ་ཕྲན་བུས་ཙུད་ཀྲང་གཞོན་པར་གྱུར་ཐེར།

ཞིའུ་ཀྲུའུ་རེན་གྱིས་དོན་འདིར་ཁ་སང་ནས་རྫོང་ཞུད་ཀྱི་མོས་མཐུན་བྱུང་། དེ་རིང་ཤ་མོ་བསྐྱལ་བར་འབྲེལ་བ་ཅི་ལ་ཡོད་ཐེར།

བསྟན་པའི་བསམ་པར་བསྟན་ཡག་ཕྱིན་ན་ཞིའུ་ཀྲུའུ་རེན་ལ་དོན་ཞིག་ཤོད་དགོས་སྙམ་མོད། མོས་སྟོད་སྐལ་སྒོ་ལ་བསླེས་ཏེ་འགྲོ་རྩིས་མ་བྱས།

ཞིའུ་ཀྲུའུ་རེན་གྱིས་དོན་ཅི་ཞིག་ཡོད་སྨྲས་ཐེར།

བསྟན་པས་ཞང་པོའི་དགོན་པར་འཁྲིག་སྒུག་འགའ་རྒྱ་འདྲེན་ཆེད་དུ་བྱུང་ན་བསམ་ཐེར།

ཞིའུ་ཀྲའུ་རེན་གྱིས་ཚིག་ཇ་འཕྲོག་སྟེ། ཁྱོད་ཀྱི་ཞང་པོ། ཞང་པོ་དེ་མེད་ན་ཁྱོད་ཀྱི་ཨ་མ་བསོད་སྒྲོན་ཡང་རྒྱལ་ཁབ་ཀྱི་ལས་བྱེད་ཅིག་ཡིན་ངེས།

བསྟན་པས་མགོ་བོ་སྒྱུར་ཏེ། ཨ་མ་བསོད་སྒྲོན་གྱིས་ཞང་པོར་འཁང་ར་མི་བྱེད།

མི་བཟང་སེམས་བཟང་། སུ་ལ་ཡང་འཁང་ར་མི་བྱེད། ཕ་ཡུལ་དུ་ལོག་སྟེ་ཨ་མ་བསོད་སྒྲོན་ལ་ངས་ཁྱོད་ལ་ལྟ་རྟོག་ལེགས་པོ་བྱེད་ངེས་སྨྲོས་ཤིག

ཉིན་ཤས་ལས་མ་སོང་བར་བསྟན་པ་ཙུད་ཀྲང་གཞོན་པར་བསྐོས་པའི་ཡིག་ཆ་སླེབས་ཤིང་། རྩ་འཛུགས་ཕུའུ་ཡི་ཙུད་ཡོངས་ཀྱི་ལས་བཟོའི་ཚོགས་འདུའི་ཐོག་ཁྲབ་བསྒྲགས་བྱས། ཉིན་གཉིས་པར་བསྟན་པའི་གཞུང་དོན་ཁང་ཙུད་ཀྲང་གི་གཞོགས་སུ་སྤོས། ཟླ་བ་གཅིག་གི་རྗེས་སུ་པོས་ཙུས་ཀྲང་གཞོན་པ་ཇི་ལྟར་བྱེད་དགོས་མིན་ཤེས། ཟླ་བ་གཉིས་ཀྱི་རྗེས་སུ་པོས་ཞང་པོར་ཡི་གེ་བསྐུར་ཏེ། པོ་ཚེ་རྫོང་གྲོང་དུ་འཁྱིག་ཐུག་ལེན་པར་སྐུལ། ལོ་གསར་དུ་ཁྱིམ་ལ་སླེབས་སྐབས་པོ་ཙུད་ཀྲང་གཞོན་པ་བྱས་ཏེ་ཟླ་བ་བཞི་ཙམ་ཕྱིན་པས། གཞན་ལ་གཏམ་སྨྲ་བར་མི་སྐྲག་ཅིང་དཔོན་ཉམས་ཀྱང་ཙུང་ཟད་ཡོད།

ཨ་མ་བསོད་སྒྲོན་དང་ལྷན་དུ་རིན་ཆེན་རྣམ་རྒྱལ་གླིང་དུ་ཞང་པོར་བལྟ་བར་འགྲོ་བའི་ཚེ། ཁྲ་མས་པོ་དང་མཉམ་དུ་འཁྱིག་ཐུག་ནང་ཆུ་མིག་གི་ཆུ་འདྲེན་པར་བལྟས། ཞང་པོས་འདུ་ཁང་འཁྲིས་ཀྱི་ཆུ་རྫིང་ལས་ཆུ་བླངས་ཏེ། བསྟན་པར་ཇ་སྐོལ། ཞང་པོས་ཨ་མ་བསོད་སྒྲོན་ལ་ངོ་མ་བསམ་ཡུལ་འདས། ངེད་ཚོའི་ཁྱིམ་ནས་ཀྱང་ལས་བྱེད་པ་བྱུང་། ངས་ཁྱོད་ལ་བར་ཆད་བྱུང་མོད། བསྟན་པ་སྐྱོང་པོ་བྱུང་། ཕལ་ཆེར་མགོ་ཁྲིད་ཞིའུ་ལགས་ཀྱིས་མིང་

བཀྲ་ཤིགས་པོ་ཞིག་བཏགས་པས་ལན་ངེས་ཟེར།

བསྟན་པས་ཞང་པོ་དང་ཨ་མར་འཁྲིག་སྤྲུག་ནི་ཁོས་ཅུང་ཀྱི་ལྟུགས་རྐ་དང་བརྟན་འཕྲིན་ལས་བརྗེས་པའི་སྐོར་མ་བཤད།

སྐབས་དེའི་ཚོང་ལས་ཅུང་ནི་ཕྱིས་ཀྱི་ཁྲིམ་རའི་དཔལ་འབྱོར་དང་མི་འདྲ་བར་དངོས་པོགང་ལ་ཚད་གཞི་ཡོད་ན་རིན་གོང་གཅིག་མཚུངས་རེད། ཚད་གཞི་མེད་ན་རིན་གོང་མི་འདྲ། ཚོང་ལས་ཅུང་གྱིས་བྲིན་བདེའི་ཚོང་ཟོག་གི་ཚད་གཞི་དོ་དམ་བྱེད་ཀྱི་ཡོད་པས། བསྟན་པ་ནི་རྫོང་གྲོང་དུ་ངོ་ཡོད་པར་གྱུར་ཅིང་། མི་ཚང་མས་ངོ་ཤེས་ཀྱི་ཡོད།

ཅུང་ཀྲང་བྱུས་ཧེ་ལོ་གཉིས་མ་སོང་གོང་ནས་ལེའུ་ཀྲུའུ་རིན་གྱི་ཁྲིམ་དུ་ཁ་ཡ་མི་བྱེད་པའི་བསྟན་ཡག་གིས་རང་འགྲུལ་ངང་ཁོ་འཚོལ་བར་ཡོང་བ་མ་ཟད། གཅིན་པོ་བསྟན་པ་ཞེས་སྨྲས།

དེའི་ཚེ་བསྟན་པ་ནི་སྟོན་ཚད་ཀྱི་གཏམ་ཁ་ལྷུགས་པའི་གྲོང་གསེབ་ཀྱི་ཁྱིས་པ་ག་ལ་ཡིན། ཁོས་ངས་ཁྱོད་ཀྱི་གཅེན་པོ་ཅི་ལ་ཡོང་། ག་ལ་ཡོང་ཟེར།

བསྟན་ཡག་གིས་ཨ་ཕས་ཁྱོད་ལ་འདི་ལྟར་འབོད་ཟེར། ཁྱོད་ཀྱིས་ཨ་ཕའི་ངག་ལ་མི་ཉན་པ་མི་སྲིད་ཟེར།

བསྟན་པས་འོ་ན་དེ་ལྟར་བྱེད། ཁྱོད་ལ་སྐུ་དོན་གང་ཡོད་ཟེར།

ང་ལ་བརྙན་འཕྲིན་གཉིས་དགོས།

གཉིས་དགོས་སམ། མིག་གཉིས་ལ་བརྙན་འཕྲིན་གཉིས་དགོས་སམ།

ང་ཡུལ་སྐོར་དུ་འགྲོ།

ཡུལ་སྐོར་ཨེ། སྐབས་དེར་རྫོང་གྲོང་དུ་ཡུལ་སྐོར་ཞེས་པ་ནི་མིང་གསར་

པ་ཞིག་རེད།

ངས་རྒྱ་མཚོ་མཐོང་མྱོང་མེད། ང་རྒྱ་མཚོར་བལྟ་བར་འགྲོ་འདོད།

ང་ཡང་མཐོང་མ་མྱོང་།

འོ་ན་ཁྱོད་ཀྱིས་བརྟན་འཕྲིན་བཞི་འཁྱེར་ཤོག །ཚོད་གཞི་བཙོངས་ཏེ་ང་ཚོ་རྒྱ་མཚོར་བལྟ་བར་འགྲོ།

ང་དང་ཁྱོད་ཨེ། དེ་འདྲ་ཅི་ལ་ཡོང་། ངེད་གཉིས་དགའ་མཛའ་ཡང་བྱས་མེད།

ཁྱོད་ང་དང་དགའ་མཛའ་བྱེད་དམ།

བསྟན་པས་གྲོང་གསེབ་ཀྱི་བྱིས་པའི་མཇུག་མ་སླར་ཡང་བསྟན། མགོ་བོ་སྒྱུར་ཏེ་གཞུང་དོན་ཅིག་ཅེའི་སྟེང་གི་རྩིས་ཁྲར་བལྟ་བ་ལས་ཅི་ཡང་མ་སྨྲས།

ང་མཛེས་པོ་མེད་པས་ལན་ནམ།

མཛེས་པོ་འདུག །

ཁྱོད་མཛེས་མར་མི་དགའ་འམ།

ཁྱོད་ནི་ལས་ནན་ཏན་དུ་མི་བྱེད་པའི་གཞོན་ནུ་མ་ཞིག་རེད།

འགྲིག་སོང་། བརྙན་འཕྲིན་གཉིས་སྲིད་ན་འགྲིག་སོང་།

བསྟན་པས་བརྙན་འཕྲིན་གཉིས་ཀྱི་ཤོག་ལྷེ་བསྟན་ཡག་ལ་སྤྲད།

བསྟན་ཡག་དང་མོའི་དགའ་གྲོགས་གཉིས་ཉིན་གང་ཐག་རིང་འགྲུལ་འཕོར་ནང་བསྡད་དེ་ཞིང་ཆེན་དུ་ཕྱིན། དེ་ནས་སླར་ཡང་མེ་འཁོར་ཉིན་གཉིས་བསྡད་དེ་རྒྱ་མཚོའི་འགྲམ་དུ་ཕྱིན། ཡུལ་སྐོར་ནས་ལོག་སླེབས་རྗེས་བསྟན་ཡག་གི་མིང་རྫོང་གྲོང་དུ་འཛད། མོའི་ལས་ཁུངས་རིམས་ཁག་ས་

ཚོགས་ལ་ལྕུགས་ལམ་སྐྱི་བདེའི་བརྡ་བསྒྲགས་འཕྱོར། མོ་དང་མཉམ་དུ་འགྲོ་མཁན་གྱི་གཞོན་ནུས་མེ་འཁོར་ཐོག་ཏུ་ཚུལ་མིན་གྱི་བྱ་བ་བྱས། གཏམ་འདི་མེ་ལྕེ་མཆེད་པ་བཞིན་རྫོང་གྲོང་གང་སར་ཁྱབ། བྱ་བ་དེ་ལྟ་བུ་མེ་འཁོར་གྱི་ཐོག་ཏུ་བྱས། ཁྲེལ་དང་ངོ་ཚ་མི་ཤེས། རྒྱུན་འདིས་བསྟན་ཡག་གི་དགའ་གྲོགས་གར་སོང་ཆ་མེད་དུ་གྱུར། དགའ་གྲོགས་ཀྱི་མགོ་ཁྲིད་ཨ་ཕ་དེས་ཁོ་ཞིང་ཆེན་དུ་ལས་བསྒྱུར་བྱས། མི་རྣམས་ཀྱིས་འཆལ་པོ་དེ་དང་བསྟན་ཡག་ནི་རིག་གནས་ཕོ་བྲང་གི་ཞབས་བྲོའི་ལྷན་འཛོམས་ཐོག་ངོ་ཤེས་པ་རེད་ཟེར། ལྷན་འཛོམས་ཐོག་ངོ་ཤེས་རྗེས་ཐེངས་གཉིས་ལས་མ་འཕྲད་པར་མེ་འཁོར་བཤད་དེ། མེ་འཁོར་དུ་ཚུལ་མིན་གྱི་བྱ་བ་བྱས་ཟེར།

དེའི་དུས་སུ་བསྟན་པ་ནི་གཡས་གཡོན་གྱི་མི་མང་པོ་ཞིག་དང་འདྲ་བར་མེ་འཁོར་དངོས་སུ་མཐོང་མ་མྱོང་།

དེའི་དུས་སུ་མེ་འཁོར་ཡོད་པའི་གློག་བརྙན་ཀ་སང་ཌྷ་རིའི་ཟམ་ཆེན་ཞེས་པ་ཞིག་བསྟན། གློག་བརྙན་ཁང་དུ་ན་གཞོན་ཕོ་མོ་སྐྱེ་འབྲས་མཚར་པོ་འགའ་མེ་འཁོར་ཐོག་རྩེ་དགའ་བྱེད་པའི་རྣམ་པ་ཡང་ཡོད། བསྟན་པ་ནི་གློག་བརྙན་ལྟ་བཞིན་ལུས་ཀྱི་བ་སྤུ་ཟིང་། མི་ཚེ་འདིར་ཁོ་ཐོག་མར་འདོད་པའི་མེ་ལྕེས་རབ་ཏུ་གདུངས། ཁོས་མིག་བཙུམས་མོད་རང་གི་གཟུང་ལས་ཁང་གི་སྒོ་འགྲམ་དུ་བསྟན་ཡག་གིས་གཏམ་སྨྲས་པའི་ཚུལ་དག་དྲན་བཞིན་རང་ཚུགས་རང་གིས་མ་ཟིན་པར་གྱུར།

དེ་རྗེས་མཚན་མོ་རྟག་པར་བསྟན་པ་གཉིད་མ་ཁུག་པར་གྱུར། རྫོང་གྲོང་གི་ཉེ་འགྲམ་དུ་སྤོ་ཚལ་རྟེན་གཞི་འཛུགས་སྐྲུན་བྱེད་དགོས་སྐབས། ཞིང་

པ་ཚོར་ཉིན་ལྟར་གནས་ལུགས་གསལ་འགྲེལ་བྱེད་དགོས་པས་ལུས་ཀྱི་ཤ་རིད་དུ་ཕྱིན།

ལེའུ་ཀྲུའུ་རེན་ཡང་རིད་དུ་ཕྱིན། ཁོས་བསྟན་པ་འཕྲད་མ་ཐག་དབུགས་རིང་གཏོང་བཞིན། ང་རྒས་པ་བསྟན་ཡག་གིས་ལན། ཁྱོད་རིད་པ་ལས་དོན་གྱིས་ཡིན་ནམ།

བསྟན་པས་དཔའ་བརྟན་པོས། ང་ཡང་བསྟན་ཡག་གིས་ལན།

དེ་འཕྲལ་ལེའུ་ཀྲུའུ་རེན་གྱི་གདོང་ལས་ཧང་སངས་པའི་རྣམ་འགྱུར་ཞིག་མངོན་མོད་མྱུར་བར་ཞི། བསྟན་པ། ཁྱོད་ཀྱིས་མོ་ལ་དགའ་གྲོགས་ཡོད་པ་མི་ཤེས་སམ། གལ་ཏེ་མེད་ན་དེ་ལྟར་བྱེད་མི་སྲིད།

ངས་ཤེས།

ལེའུ་ཀྲུའུ་རེན་གྱི་གདོང་ལས་སྐྱོ་ཉམས་འཆར་བཞིན། མོའི་མིང་ཟེར་ཟེད། མོ་དང་འབྲེལ་བ་བྱས་ན། རང་གི་མདུན་ལམ་ལ་གནོད་སྲིད།

ཉིན་ཤས་མ་སོང་བར། ལེའུ་ཀྲུའུ་རེན་གྱིས་བསྟན་པ་ཁྲིམ་དུ་བོས། བསྟན་ཡག་ཁྲིམ་དུ་མེད། ཟས་ཅོག་ཐོག་ཏུ་གཞོན་ནུ་མ་ཞིག་འདུག །ལེའུ་ཀྲུའུ་རེན་གྱིས་གཞོན་ནུ་མ་སྨམ་ཚུགས་ཅན་སློབ་ཆུང་དགེ་རྒན་དེ་རང་ལ་འོས་སྦྱོར་བྱེད་པ་བསྟན་པས་ཤེས།

གཞོན་ནུ་མ་དེ་སྐྱེ་འབྲས་མཚར་མོད། བསྟན་ཡག་ལྟ་བུའི་ཡིད་དབང་འཕྲོག་ཤུགས་དེ་མེད། ཟས་རྗེས་སུ་བསྟན་པ་དང་གཞོན་ནུ་མ་དེ་རགས་འགྲམ་དུ་སྤྱི་ལེ་གཉིས་ཅམ་སྤྲོ་འཆམ་དུ་བསྐྱོད། འོན་ཏེ་མཚན་མོ་རང་ལུས་རང་ཚུགས་མ་ཟིན་པའི་དུས་སུ་གནམ་རྒྱན་ཐོག་ཏུ་དྲན་ཡུལ་དུ་གྱུར་

པ་ནི་ཡིད་འཕྲོག་ལྷ་མོ་དངོས་ནི་བསྟན་ཡག་པོ་ན་རེད།

རེས་གཟའ་ཉི་མ་ཞིག་ལ་པོ་ཨ་མ་བསོད་སྒྲོན་ལ་བལྟ་བར་ཕྱིན། ལམ་བར་དུ་རིམས་ཁྱིམས་ས་ཚུགས་ཀྱི་འགག་སྒོར་སླེབས། ཉེ་བའི་རྩྭ་ཐང་གི་ཕྱུགས་རིགས་ལ་ཁ་ཚ་རྫིག་ཚའི་ཕྱུགས་རིམས་འགོས། རིམས་ཁྱིམས་མི་སྣས་གོས་དཀར་བསྒྱུབས་ཏེ་སྐལ་རྒྱབ་ཀྱི་སྨན་འཕྲུལ་གྱིས་ཕར་འགྲོ་ཚུར་ཡོང་གི་རླངས་འཁོར་ལ་དུག་སེལ་བྱེད། བསྟན་པ་ལྡིབ་འཁོར་དུ་ཡོད་པས་གོས་དཀར་བསྒྱུབས་ཤིང་ཁ་ཐུམ་གྱོན་པའི་མི་ཚོགས་ལས་བསྟན་ཡག་ངོ་ཤེས། པོས་མོའི་ཤ་ཡང་རིད་དུ་ཕྱིན་པ་མཐོང་བས། དབུགས་ཀྱི་རྒྱུ་བ་བཀག །བསྟན་ཡག་པོའི་རླངས་འཁོར་གྱི་མདུན་དུ་ཡོང་སྟེ། རླངས་འཁོར་ལ་བསྐོར་ནས་སྨན་ཆུ་སྟོར་བར་པོས་བལྟས། མོའི་ཁ་ཐུམ་ཡན་ཆོད་དང་ཞྭ་མོ་མན་ཆོད་ཀྱི་སྟབས་ཀ་ལས་དོགས་འཚེར་དང་ཡི་ཆད་ཀྱིས་གདུངས་པའི་མིག་ཟུང་པོས་མཐོང་། པོས་འཁོར་སྐེའུ་མར་འཐེན་ཏེ། སྐད་ཤུགས་ཆུང་ངུས་བསྟན་ཡག་ཅེས་འབོད།

བསྟན་ཡག་གི་མིག་གི་འོད་ཟེར་གཅིག་ཏུ་བསྡུས་པས་པོ་ངོ་ཤེས།

བསྟན་པས་སྒྲོ་བསངས་བྱེད་བཞིན། བསྟན་ཡག །ཁྱོད་ཤ་ཧེ་རིད་དུ་ཕྱིན།

བསྟན་ཡག་གི་མིག་ལས་སྤྱོབས་སེམས་དང་ཞུ་ཚུགས་ཀྱི་ཉམས་ཤིག་ཐོན། གཏམ་མ་སྨྲས།

ཁ་ལོ་བས་ལྡིབ་འཁོར་གྱི་སྒྲོག་སྤར། ངས་ལེའུ་ཀྲུའུ་རེན་ལ་སྨྲས་ཟིན།

བསྟན་པས་སྨྲས།

ངས་མིང་རྫོང་པར་ཁྱོད་ཀྱིས་འཁོན་འཁྲུས་བྱེད་ངེས།

ངས་ཁོང་ལ་ང་ཁྱོད་ལ་དགའ་ཞེས་སྨྲས།

བསྟན་ཡག་ཧང་སངས་ཏེ་གནས་དེར་དར་ཅིག་ལུས།

བསྟན་པས་སླར་ཡང་ལན་ཅིག་སྨྲས། ངས་ཁྱོད་ཀྱི་ཨ་ཕར་ང་ཁྱོད་ལ་དགའ་ཞེས་སྨྲས།

རླངས་འཁོར་ཕྱིན། བསྟན་ཡག་གི་མིག་ནང་མཆི་ཞགས་འཁོར་བ་ཁོས་མཐོང་། ཁོས་བསྟན་ཡག་ལ་ལག་པ་གཡུག་བཞིན་ང་ལ་བལྟ་བར་ཤོག་ཟེར། ཉིན་དེའི་དགོང་དྲོ་ཁོས་ཁྱིམ་གྱི་སྒོ་ར་རྩིག་བཞིན་ཨ་མ་བསོད་སྒྲོན་དང་གཏམ་སྨྲ་སྐབས་བསམ་ཡུལ་ལས་འདས་པ་ཞིག་ལ་སློ་བུར་དུ་བསྟན་ཡག་ཐོན།

ཨ་མ་བསོད་སྒྲོན་གྱིས་བསྟན་ཡག་གི་ལག་ནས་བཟུང་སྟེ། ངས་བུ་མོ་ཁྱོད་མི་ཚེ་གསུམ་གྱི་སྔོན་ནས་མཐོང་མྱོང་ཟེར།

བསྟན་པས་ལག་ཤུབས་ཕུད་དེ་བསྟན་ཡག་ལ་ཁྱིམ་དུ་ཇ་བཏུང་བར་འགྲོ་ཞེས་བཤད།

བསྟན་ཡག་གི་ལུས་པོ་མཉེན་པོ་བསྟན་པའི་ལུས་ཐོག་ཏུ་བསྙེས། ཨ་མ་བསོད་སྒྲོན་ཁྲེལ་འཚུབ་འཚུབ་ཏུ་གྱུར་ཏེ། ཇའི་ནང་དུ་འོ་མ་མང་པོ་བླུགས། བསྟན་པས་ཨ་མ་བསོད་སྒྲོན་ལ་བསྟན་ཡག་ཕལ་ཆེར་ཤ་མོ་སོས་པ་བཟའ་འདོད་ཆེ་ཞེས་སྨྲས།

ཨ་མ་བསོད་སྒྲོན་གྱི་དེ་འཕྲལ་ལྷང་སླི་འཁྱེར་ཏེ་རི་ལ་ཐོན།

ཁྱིམ་ཡོངས་ཁུ་སིམ་མེར་གྱུར་སྐབས་སུ་ཐབ་ཁ་ནས་བུད་ཤིང་ལ་མེ་འབར་བའི་སྒྲ་ཡང་ཐོས། བསྟན་ཡག་གི་མགོ་བོ་བསྟན་པའི་ཕྲག་ཐོག་ཏུ་བཞག །བསྟན་པས་འགྱུལ་ཙམ་ཡང་མ་བྱས་པར་བཤད་པ་ནི། གནམ་སའི་

བར་གྱི་ལྗིད་ཆེན་པོ་ཞིག་གློ་བུར་དུ་ཟགས་ཏེ་ཁོ་འོག་ཏུ་མནན་པ་དང་འདྲ་བར་འགྱུལ་མ་ཐུབ་ཅིང་རེག་མ་ཐོད་ལ། འཁྲིས་སུ་ཡོད་པའི་ལུས་ཕྲ་མར་འོ་ཡང་བྱེད་མ་ནུས།

དེ་རྗེས་བསྟན་ཡག་ཏུས།

བསྟན་པ་སྔར་བཞིན་འགྱུལ་ཙམ་ཡང་མ་བྱས།

ཁྱོད་ཀྱིས་དོན་དེ་དག་ཤེས་སམ། བསྟན་ཡག་གིས་སྨྲས།

བསྟན་པས་མགོ་བོ་ལྷོག་ལྷོག་བྱས།

ང་སླེབས་མ་ཐག་མི་ཚང་མས་ང་ལ་སྲུན་སྣང་བྱེད། ཚང་མས་ང་ལ་གཡོལ་གྱི་འདུག །

བསྟན་པ་ནི་ངས་ཁྱོད་ལ་གཡོལ་མེད་ཅེས་སྨྲ་འདོད་མོད། ཁོའི་མཆུ་སྒྲོས་གློ་བུར་ཡོང་བའི་མཆིལ་མས་འབྱར་བ་ལྟ་བུར་གྱུར།

ཁྱོད་ཀྱིས་ཤོད་དང་། ངས་མི་གཞན་ལ་གནོད་པའི་ལས་བྱས་སམ། བསྟན་ཡག་གིས་ལུས་དྲང་པོར་བསྡད་དེ་ཁོག་ཏུ་ཞེ་སྡང་འཕྱུར། ང་རང་གི་ལུས་པོ། ང་རང་གི་བརྩེ་དུང་། གཞན་སུ་ལ་གནོད་དམ།

བསྟན་ཡག་གིས་ལུས་པོ་ཞེས་སྨྲ་སྐབས་བསྟན་པའི་ལུས་ཀྱི་བ་སྤུ་གཡོས། ཁོས་བསྟན་ཡག་པང་དུ་བླངས། དམ་དུ་འཁྱུད། བསྟན་ཡག་གིས་ཁོའི་འཐམ་འཁྱུད་ལ་ལན་ཟློན་དྲག་པོ་བྱས། ཁོས་ལག་པ་མོའི་བྲང་ཁར་སྐྱོང་སྐབས་བསྟན་ཡག་གིས་བློ་ཐག་ཆོད་པོས་ཕར་ཕུད་དེ། རྣམ་འགྱུར་སྨམ་པོས། ཁྱོད་ཀྱི་བསམ་པར་ང་ལ་གང་འདོད་རྩེད་མོ་བྱས་ཆོག་སྙམ་མམ།

བསྟན་པས་ང་ཁྱོད་ལ་དགའ་ཞེས་སྨྲས།

ཁྱོད་ང་ལ་ཇི་ལྟར་དགའ་བ་ཤོད་དང་།

བསྟན་པ་མི་སྙེམས་ཆུང་ཞིག་ཡིན་པས། སློག་བཙན་ལྟ་སྐབས་སུ་ང་ཁྱོད་ལ་དགའ། མཚན་མོ་རེ་རེ་བཞིན་ངས་ཁྱོད་དྲན་ཞེས་སྨྲས།

སློག་བཙན། མེ་འཁོར་ཡོད་པའི་སློག་བཙན། ཀ་སང་རྡ་རིའི་ཟམ་ཆེན་ཡིན་ནམ།

བསྟན་པས་མགོ་བོ་ལྷུག་ལྷུག་བྱས།

འགྲམ་ལྕག་མེ་འབར་བ་ཞིག་བསྟན་པའི་འགྲམ་པར་གཞུས། ཁྱོད་ཀྱིས་ཇི་ལྟར་བསམ་མམ། མེ་འཁོར་ཐོག་ནང་དུ་ངའི་དོར་མ་ཕུད་བསམ་མམ། ངའི་སྨད་ཤམ་ཕུད་བསམ་མམ།

བསྟན་པས་འགྲམ་པ་བསྐྱུར་ཏེ། དེ་ལྟར་བསམ། མཚན་མོ་རྟག་པར་ཁྱོད་དང་ལུས་འབྲེལ་བྱེད་བསམ། མེ་འཁོར་གྱི་ཐོག་དང་། གནམ་གྲུའི་ནང་། གྲུ་གཟིངས་ཀྱི་སྟེང་། སྐབས་དེར་བསྟན་པས་སློག་བཙན་ཙམ་ལས། འཕྲིམ་འཕྲུལ་ཡོ་བྱད་འདི་གསུམ་དངོས་སུ་མིག་གིས་མཐོང་མྱོང་མེད་པ་ཤེས་དགོས། ཁོས་ཁྱོད་ཀྱི་དོན་འདིས་ང་དབང་མེད་དུ་འདི་ལྟར་དྲན་བཙུག་ཟེར།

བསྟན་ཡག་མིག་ཆུ་གཏོང་བཞིན་ཁྱིམ་ལས་ཐོན་ཏེ། ཕྱི་རོལ་དུ་སོང་། བསྟན་པ་རྗེས་སུ་འགྲོ་སྙམ་མོད། གོམ་པ་འགའ་སྤོས་རྗེས། གྲོང་སྡེའི་མི་རྣམས་ཀྱིས་རང་ལ་འཕྱ་ཡོང་སྙམ་སྟེ། ཁ་ལོ་བས་མོའི་རྗེས་དེད་པར་སྐུལ་ཏེ། མོ་རྫོང་གྲོང་དུ་སྐྱེལ་བར་བཏང་།

ཨ་མ་བསོད་སྒྲོན་ཁྱིམ་དུ་སླེབས་སྐབས་མགྲོན་པོ་མེད་པ་ཤེས། ངའི་བསམ་པར་ཁྱོད་ཀྱི་མནའ་མ་ཨ་མ་འཕྲད་དུ་འཁྱིད་ཡོང་སྙམ་ཟེར།

བསྟན་པའི་ཡིད་སྒྲོ་བུར་དུ་སྐྱོ་བར་གྱུར། སེམས་སོང་བྱམས་པས་རང་ལ་མི་བལྟ།

ཨ་མ་བསོད་སྒྲོན་གྱིས་སླང་ལེབ་ཐོག་ཏུ་མར་སོས་པས་ཤྭ་མོ་བསྲེགས་ཏེ་ཕོ་ལ་སྟེར། ཁྱིམ་ཡོངས་རྩྭ་དང་རྩི་ཤིང་འདམ་ལས་གྲུབ་པའི་དྲི་ཡིས་ཁྱབ།

དེའི་ཚེ་བསྟན་པར་ཟླ་ཕོགས་དམངས་སྒོར་བདུན་ཅུ་ལྷག་ཡོད་ཅིང་། ཁྱིམ་དུ་ལོག་རིམ་བཞིན་སྒོར་བཅུ་ནས་ཉི་ཤུ་ཙམ་ཨ་མར་སྤྲོད་བཞིན་ཡོད། ཨ་མ་བསོད་སྒྲོན་གྱིས་ཕོ་ལ་སྨྲས་དོན་ཤྭ་མོ་འདི་དག་སྤྱི་ལེ་དྲུག་གི་ཕ་རོལ་གྱི་འགྲུལ་ཚུགས་སུ་འཁྱེར་ན། འགྲུལ་པ་འགའ་ཞིག་གིས་རྒྱ་མ་དོ་གསུམ་ཉོ་འདོད་བྱེད་ཅིང་། རྒྱ་མ་རེར་སྒོར་ཟུར་ལྔ་རེ་སྤྲོད་ཟེར། ཨ་མ་བསོད་སྒྲོན་གྱིས་ཁྱོད་ཀྱིས་ང་ལ་དངུལ་སྤྲོད་མི་དགོས། ང་ལ་ད་ལྟ་ཤྭ་མོ་ལུ་གུ་རྒྱུད་གསུམ་ཡོད། ད་ལོ་སྒོར་བརྒྱ་ཙམ་གྱི་ཤྭ་མོ་བཙོངས་པ་ཡིན་ཟེར།

སྤར་རྒྱུན་ལྟར་ཕོས་ལེའུ་ཀྲུའུ་རེན་ལ་ཤྭ་མོ་སློ་མ་གང་འཁྱེར། ཕོ་ཡར་འཛུལ་མ་ཐག་བསྟན་ཡག་མྱུར་དུ་ཡར་ལངས་ཏེ། རང་ཤག་ཏུ་ཁྲིད་ཏེ་སྒོ་རྗེང་སྒྲ་དང་བཅས་བརྒྱབ། ལེའུ་ཀྲུའུ་རེན་གྱིས་སྔོན་གྱི་གཞོན་ནུ་མ་དེ་ཁྱིམ་དུ་མགྲོན་འབོད་བྱེད་རྩིས་བྱས། བསྟན་པས་ནོར་དོན་རྩིས་ཁྲ་ཞིབ་བཤེར་བྱེད་པར་ཁ་གཡར་ཏེ་བྲལ། ལེའུ་ཀྲུའུ་རེན་མྱུར་བར་ཡོང་སྟེ། སློབ་ཆུང་དགེ་རྒན་དེས་ཁ་པར་ཡོང་དོན་ལ། ཁྱོད་དང་མཉམ་དུ་སྡོད་འདོད་ཡོད་ཟེར།

བསྟན་པས་ལེའུ་ཀྲུའུ་རེན་ལ་ང་མི་གཞན་ལ་དགའ་ཟེར།

ལེའུ་ཀྲུའུ་རེན་གྱིས། སུ་ཡིན་ནམ།

བསྟན་པས་ཁྱོད་ཀྱི་བུ་མོ་བསྟན་ཡག་རེད་ཟེར།

ཞིའུ་ཀྲུའུ་རེན་གྱིས་གདོང་མདོག་ཐལ་སྐྱར་གྱུར་ཏེ་དར་ཅིག་ལུས་པ་ནི་གློག་འཁྱུད་པ་དང་འདྲ། ཁྱོད་ཀྱིས་འདི་ལྟར་བྱེད་ག་ལ་རུང་། འདི་ལྟར་ག་ལ་རུང་།

བསྟན་པའི་སེམས་ནང་དུ་རང་ཉིད་འདི་ལྟར་གསོ་སྐྱོང་གནང་མཁན་གྱི་ཞིའུ་ཀྲུའུ་རེན་གྱིས་ཀྱང་མཐོང་ཆུང་བྱེད་ཀྱི་འདུག་སྙམ། ལམ་དུ་འགྲོ་སྐབས་ད་ཕྱིན་ཆད་ཁྱིམ་འདིའི་སྒོ་ཁར་མི་འགྲོ་སྙམ། འོན་ཏེ་མཚན་མོ་འཆར་རིམ་བཞིན། རང་ལུས་རང་ཚུགས་མི་ཐུབ་པའི་འདོད་པ་འཕྱུར་བའི་ཚེ་ན། མུན་ནག་ཁྲོད་གནམ་རྒྱན་ཐོག་ཏུ་འཆར་བའི་ལུས་ཕྲ་མའི་གཟུགས་བརྙན་ནི་སྔར་བཞིན་བསྟན་ཡག་རེད།

དོན་ཡོད་རུང་མེད་རུང་། བསྟན་པས་ཆེད་དུ་བསྟན་ཡག་གི་ལས་ཁུངས་འགྲམ་གྱི་ཁྲིམ་ལམ་དུ་འགྲོ། མཚམས་རེ་ཐུག་འཕྲད་ཡོང་མོད་བསྟན་ཡག་གིས་སྔར་བཞིན་མཐོང་ཡང་མ་མཐོང་བའི་ཁུལ་བྱེད། བསྟན་ཡག་གིས་ཁོ་སྣང་མེད་དུ་གཏོང་། འོན་ཏེ་ཁོ་ནི་རང་ཚུགས་རང་གིས་མི་ཐུབ་པར་མཐའ་འཁོར་གྱི་མི་གཞན་རྣམས་ཀྱིས་ཁེར་རྐྱང་དུ་ཕུད་པའི་སྐྱེ་གཟུགས་དེར་སྙིང་རྗེ་དང་འདོད་སྲེད་ཀྱིས་བཅིངས།

དེ་རྗེས་སླར་ཡང་བསྟན་ཡག་གི་འཁྲིས་སུ་ཐོ་སྒོ་ཞིགས་པའི་གཞོན་ནུ་ཞིག་ཐོན། བསྟན་པའི་སྙིང་ཚལ་བུར་གས་སོང་། རིམ་བཞིན་ལྷོད་པར་གྱུར། ཁོས་སྔར་བཞིན་མཚམས་རེ་ཞིའུ་ཀྲུའུ་རེན་ལ་ཤ་མོ་སྐྱེལ་གྱི་ཡོད་མོད། ཁོ་ཚོའི་ཁྱིམ་དུ་གཏན་ནས་མི་འགྲོ།

ལོ་གཉིས་པར་ཨ་མ་བསོད་སྒྲོན་གྱིས་འགྲུལ་ཚུགས་སུ་ཤ་མོ་བཙོངས་

པར་སྐོར་ཉིས་བརྒྱ་ཙམ་བྱུང་། ཨ་མ་བསོད་སྒྲོན་རྫོང་གྲོང་དུ་ཡོང་། མཚན་མོ་ཨ་མ་བསོད་སྒྲོན་བུའི་མལ་ཁྲིར་ཉལ། བསྟན་པ་རྡོ་ལྕགས་མལ་ཁྲིར་ཉལ། ཨ་མས་དངུལ་ཆིག་སྟོང་ལོན་དུས་དངུལ་དེ་དག་ཁྱོད་ཀྱི་གཉེན་སྟོན་ལ་སྤྱོད་ཟེར། ཁོས་ཨ་མར་རྗེས་སུ་ཤྭ་མོ་སྐྱིལ་སྐབས་སློ་མ་གསུམ་དགོས་ཟེར།

ཨ་མ་བསོད་སྒྲོན་གྱི་སེམས་ལ་ན་ཟུག་བཏང་། དེ་ལྟར་བྱས་ན་ལོ་གཅིག་ལ་བཅོལ་དངུལ་སྐོར་བཅུ་གྲངས་ཤིག་ཉུང་དུ་འགྲོ།

ཨ་མ་བསོད་སྒྲོན་གྱིས་གཏམ་འདི་བླ་རྒན་ཆོས་རྒྱམ་ལ་ཡང་བཤད། བླ་རྒན་གྱིས་གཙུང་མོར་ཚ་བོ་ནི་སྐྱེས་བུ་བྱས་པ་ཅན་ཞིག་ཏུ་གྱུར་ངེས། ཤྭ་མོ་ལྷུང་སློ་འགའ་ལ་ཕངས་སེམས་སྐྱེ་རྒྱུ་ཅི་ཡོད་ཟེར། བསྟན་པས་དགོན་པའི་འདུ་ཁང་གི་གསེར་ཟངས་ཀྱི་རྒྱ་ཕིབས་ལ་བསྒྲོན་ཆེད་གསེར་ཞོ་རྒྱ་མ་འགའ་རོགས་རམ་བྱས་ཤིང་། སྐུ་གདུང་མཆོད་རྟེན་ལ་དངུལ་སྤྲུངས་བརྟུངས་རྒྱ་མ་བཅུ་ཕྲག་འགའ་ཐག་གཅོད་བྱས་པས། ཆོས་རྒྱམ་གྱི་གནས་བབས་དགོན་པའི་ནང་དུ་ཇེ་མཐོར་སོང་སྟེ། སྟོན་ཆད་ཀྱི་ཨར་རྒན་གྲྭ་པ་དེ་ད་ལྟ་ཕྱག་མཛོད་ཟུར་པར་གྱུར་པས། སྐུའི་གཟི་བྱིན་སྔར་བས་ཆེ།

ཨ་མ་བསོད་སྒྲོན་གྱིས་ལོ་གཉིས་ཀྱི་ཡུན་ལ་ཤྭ་མོ་ལྷུང་སློ་འགའ་བསྐྱལ་བས། བསྟན་པ་ཚོང་ལས་ཙུད་ཀྱི་ཙུད་ཀྲང་དུ་གྱུར།

སྤ་ལྟས་ཅི་ཡང་མེད་པར་ཤྭ་མོའི་དངུལ་གོང་མཐོན་པོར་གྱུར། མི་རྣམས་ཀྱིས་སྨྱོ་བ་བཞིན་ཤྭ་མོ་འཐུ་བའི་དུས་ཚིགས་སླེབས།

ཤྭ་མོ་ཐམས་ཅད་ལ་དངུལ་མི་ཡོང་། ཨ་མ་བསོད་སྒྲོན་གྱི་ཤྭ་མོ་ལུ་གུ་རྒྱུད་དུ་ཡོད་པའི་ཤྭ་མོར་དངུལ་མང་པོ་ཡོང་། ཤྭ་མོ་དེ་དག་ལ་མིང་གསར་པ་ཞིག་ཡོད་པ་ནི་བེ་ཤྭ་ཟེར། དངུལ་གོང་དམའ་བའི་ཤྭ་མོ་ཚང་མར་ཤྭ་མོ་ཞེས་འབོད་སྐབས་སུ་བེ་ཤྭར་འབོད་པའི་ཤྭ་མོར་གོང་ཆེན་ཁུག །ན་ནིང་ཨ་མ་བསོད་སྒྲོན་གྱིས་སྤྱི་ལོ་དྲུག་གི་སར་ཡོད་པའི་འགྲུལ་ཚུགས་སུ་རྒྱ་མ་རེར་སྒོར་ཟུར་ལྔ་ཁུག་པ་ལ། ད་ལོ་བེ་ཤྭ་སྤྱི་རྒྱ་གང་ལ་སྒོར་སུམ་ཅུ་བཞི་བཅུ་ཙམ་ཁུག་གི་ཡོད།

ཨ་མ་བསོད་སྒྲོན་གྱིས་དཀོན་མཆོག་མཁྱེན། འདི་ནི་སྒོར་ཟུར་ལྔ་ག་ཚོད་ཡིན་ནམ་ཟེར།

བསྟན་པས་དེ་ནི་སྒོར་ཟུར་ལྔ་བྱས་པ་དྲུག་ཅུ་ནས་བརྒྱད་ཅུའི་བར་རེད་ཟེར།

ཨ་མ་བསོད་སྒྲོན་ལྟོད་ལ་བབས། མང་པོ་དེ་འདྲ་མེད། སྒོར་ཟུར་ལྔ་བྱས་པ་སུམ་ཅུ་ནས་བཞི་བཅུའི་བར་རེད། སྤྱི་རྒྱ་ཁྱོད་ཀྱིས་ཤེས་སམ། སྤྱི་རྒྱ་གང་ལ་རྒྱ་མ་གཉིས།

རེད། སྤྱི་རྒྱ་ཞེས་པའི་འཇལ་བྱེད་འདི་ཡང་བེ་ཤྭ་ཞེས་པའི་ཤྭ་མོའི་མིང་དང་མཉམ་དུ་ཡོང་། བེ་ཤྭ་ཐོན་པའི་དུས་ཚིགས་ཀྱང་སྐྱིད་གྲོང་གི་ས་བབས་མི་འདྲ་བས། འགའ་རེར་དབྱར་མཇུག་སྐྱེ་ཞིང་། འགའ་རེར་སྟོན་མགོར་སྐྱེ། ཡ་མཚན་པ་ཞིག་ལ་ཤྭ་མོ་ཉོ་མཁན་དེ་དག་གིས་ནགས་ཁྲོད་ཀྱི་ཤྭ་མོ་

མིག་གིས་མ་མཐོང་ཡང་། གནས་གང་དུ་ཤ་མོ་ཐོན་མཚམས་སླེབས་མ་ཐག་དེ་གར་ཐོན་གྱི་ཡོད། ཁོ་ཚོས་འཕེལ་འགོར་བཏང་སྟེ། གྲོང་སྡེར་སླེབས་མ་ཐག་རྒྱབ་སྒོ་དཔྱེ། རྒྱ་མ་བརྟན། ཉོ་ཚོང་མགོ་ཚུགས། རྒྱ་མ་དེ་ནི་རྒྱ་རྗེ་བཞག་སྟེ་ལག་པས་གྲངས་ཀ་ཇེ་ཡོད་སྣང་ལ་གཞལ་དགོས་པའི་བརྟེགས་རྒྱ་མ་ཡིན་པར་སྟེགས་རྒྱ་རེད། སྟེགས་རྒྱ་འཕྲུལ་ཆས་ཤིག་དང་འདྲ། འཕྲུལ་ཆས་ཀྱི་བཟོ་ལྟ་དང་། རྡོ་ལྩུགས་ཀྱི་འཇམ་ཤ། འོད་འཚེར་བའི་ཕྱི་ངོས། འཇལ་ཚེན་པའི་ལྡི་ཚད་ནི་སྤྱི་རྒྱ་ཤ་སྟག་རེད། ཨ་མ་བསོད་སྒྲོན་གྱིས་ཚོང་པ་འདི་དག་གིས་རྩིས་ཕྲེང་མི་གཏོང་བར་སློག་རྩིས་ཁོ་ན་བྱེད་པ་མཐོང་། ཨང་ཀི་དང་མཚོན་རྟགས་འདི་ཚོའི་འཐེབ་ཆུང་དུ་དག་མནན་པ་ཙམ་གྱིས་ཨང་ཀི་དེ་དག་འཆར་ངོས་ཐལ་མངོག་ཐོག་ཏུ་ཕྱ་ལེར་གསལ།

འདི་དག་སྟོན་ཆད་མེད་པ་ཤ་སྟག་རེད།

ཤ་མོ་སྲུམ་ཅུ་སོ་གཉིས་ལ་སྒོར་མོ་བཞི་བརྒྱ་ལྔག་ཙམ་ཁུག །

ཨ་མ་བསོད་སྒྲོན་གྱི་མིག་ཀྱང་བགད། ཉིན་དེར་མོ་གྲོང་མགོའི་སྣར་སྟོང་འོག་ཏུ་ཡོད་པའི་རྣལ་ཚོང་ལྟ་བཞིན་ཡོད། བྱ་ཚང་ནས་ཐོན་པ་བཞིན་གྲོང་སྡེའི་མི་རྣམས་རི་ལ་ཐོན་ཏེ། མིང་གསར་དུ་བེ་ཤར་འབོད་པའི་ཤ་མོ་འཚོལ་དུ་འགྲོ། ཨ་མ་བསོད་སྒྲོན་ནི་སྔ་པོར་རི་ལ་ཐོན་པས། ད་ལྟ་ཉི་མ་འཆར་སྐབས་སུ་སྔ་རྗེ་ཟིལ་པས་བརྡས་པའི་ཕྱུ་པའི་མས་སྣེ་ཉི་མས་དལ་བུར་སྐམ། ཟུར་དུ་ཕུད་པའི་ལྷམ་ཡང་སྐམ། སྐབས་དེར་མི་རྣམས་རིམ་བཞིན་རི་ནས་ཡོང་། འགའ་ཞིག་གིས་ཤ་མོ་གསུམ་བཞི་ཙམ་དང་། མང་བས་བཅུ་གྲངས་ཉི་ཤུ་ཙམ་བཏུས།

ཚོང་པས་ཨ་མ་བསོད་སྒྲོན་ཁོ་ནའི་ཤ་མོ་དེ་ལྟར་མང་ལ་དེ་ལྟར་ལེགས་པའི་རྒྱུ་མཚན་དྲིས།

ཨ་མ་བསོད་སྒྲོན་ཁ་མ་གྲག་གོང་གྲོང་སྡེའི་མི་འགས་ལན་བཏབ། ལས་དོན་ཚོ་ཚུང་གིས་ སྦྲ་ས་ནས་མོ་ལ་ཤ་མོ་འདི་དག་ཙོ་སྤྲད་ཟེན་ཟེར།

དེ་འཕྲལ་མི་ཞིག་གིས་རྫོད་ཟླ་བྱས་ཏེ། མ་རེད། ཕྲུའུ་ཚང་གིས་བསླབས་ཟེར།

ད་དུང་མི་ཞིག་གིས་མོའི་བུ་ཚོང་ལས་ཟུད་ཀྱི་ཟུད་ཀྲང་རེད་ཟེར།

ཨ་མ་བསོད་སྒྲོན་དགོད། མོས་གཏམ་འདི་དག་ལ་ཞེ་སྨང་དང་ཕྲག་དོག་འདྲེས་པ་ཤེས། སེམས་ནང་དུ་མོ་དང་ཤ་མོའི་དབར་གྱི་གཏམ་རྒྱུད་སྣ་ཚོགས་དྲན་ཞིང་། དགའ་སྐྱོ་འདྲེས་མའི་སྣང་བ་ཞིག་འཆར། འོན་ཏེ་མོ་འཚེངས་པར་གྱུར། འདི་ལྟར་མི་རྣམས་ཀྱིས་དོ་འཕྲུར་བྱས་པར་མོ་དགའ་པོ་ཡོད།

དེའི་ཚེ་ནམ་མཁར་སྤྲིན་ནག་ལང་ལོང་དུ་འཕྱུར། དབྱར་མཇུག་སློབས་མོད། འབྲུག་ཆར་བབས་པས། མོ་ཡར་ལངས་ཏེ་ཕྱུ་པའི་རྔ་རྟུལ་རྗེབ་བཞིན་རང་ཁྱིམ་དུ་ལོག་རྩིས་བྱས། མོས་གོམ་པ་འགའ་མ་སྤོས་གོང་འབྲུག་སྒྲ་ལྡིར་ལྡིར་དུ་གྲག་ཅིང་། ཆར་པ་ཆུ་བཞོས་པ་བཞིན་བབས། ཨ་མ་བསོད་སྒྲོན་སླར་ཡང་སྟར་སྔོང་འོག་ཏུ་ཆར་གཡོལ་བྱས། འཇིག་རྟེན་ཐམས་ཅད་ཆར་ཆུའི་སྒྲ་ཡིས་ཁྱབ་ཅིང་། ཆར་ཆུ་དང་ཐལ་རྡུལ་འདྲེས་མའི་དྲི་ཞིག་ཀྱང་འཕྱུལ། ཐོག་མར་དྲི་རྡུབ་དཀའ་མོད་མྱུར་བར་ཐལ་དྲི་འཇགས། ཆར་ཆུའི་ཁྲོད་དུ་ས་དང་རྩོ། རྩྭ་རྩི་ཤིང་ཐམས་ཅད་ལ་བསིལ་ བླུང་ལྡང་།

ཨ་མ་བསོད་སྒྲོན་གྱི་མིག་ཟུང་ལས་འོད་འཚེར། སྐར་སྟོང་འོག་ཏུ་ཆར་གཡོལ་བྱས་པའི་མི་ཚོགས་ཁྲོད་ལས། བེ་དོའི་ནགས་ཁྲོད་དུ་ཆར་ཆུས་བསྙིལ་བའི་ནགས་ས་གཞིན་པོ་ལས་ཤ་མོ་དག་ཀེ་རེར་དགའ་བཞིན་སྤྲོ་བཞིན་སྐྱེ་བཞིན་ཡོད་པ་མོ་གཅིག་ཕྱུས་ཤེས། འདི་ནི་སྟོང་བསམ་ག་ལ་ཡིན། ཨ་མ་བསོད་སྒྲོན་གྱིས་སྔོན་ཆད་ཆར་ནག་ཆུ་དཀྱིལ་དུ་ནགས་ཁྲོད་ཀྱི་མོའི་ཤ་མོ་ལུ་གུ་རྒྱུད་ལས་ཤ་མོ་ཇི་ལྟར་སྐྱེ་བའི་ཚུལ་མིག་མཐོང་ལག་ཟིན་བྱུང་། འདིར་ཅིག །དེར་ཅིག །དངོས་གནས་གཅིག་སྐྱེས་གཉིས་སྐྱེས་རེད།

ཆར་རིམ་བཞིན་ཆད། ཉི་མ་སླར་ཡང་འཆར། གྲོང་སྡེའི་རི་འདབས་སུ་འཇའ་ཚོན་འཆར། མི་རྣམས་ཕྱོགས་བཞིར་གྱེས།

ཚོང་པ་སླར་ཡང་ཨ་མ་བསོད་སྒྲོན་གྱི་གམ་དུ་སླེབས། ཨ་མ་ལགས། ཁོ་ཚོས་བཤད་པ་བདེན་ནམ་ཟེར།

ཨ་མ་བསོད་སྒྲོན་གྱིས་ཨ་མ་ལགས་ཞེས་འབོད་མཁན་མེད། ཁོ་ཚོས་ཨ་མ་བསོད་སྒྲོན་ཞེས་འབོད།

འོ་ན། ཨ་མ་བསོད་སྒྲོན། ཁོ་ཚོས་བཤད་པ་བདེན་ནམ།

ཨ་མ་བསོད་སྒྲོན་དགོད། ཁྱོད་ལྟར་ན་ཁོ་ཚོས་བཤད་པའི་དོན་ཅི་ཞིག

ཁོ་ཚོས་ཁྱོད་ཀྱི་བུ་ཚོང་ལས་ཙུད་ཀྱི་ཙུད་ཀྲང་རེད་ཟེར།

ཨ་མ་བསོད་སྒྲོན་གྱིས་དེ་ལས་ལྡོག་སྟེ། ད་ལྟ་རི་ལ་ཤ་མོ་སོས་པ་མང་པོ་ཡོད་ཟེར།

ཡིན་མི་སྲིད། མི་བརྒྱ་གྲངས་ལྷག་གིས་སྤུ་རྫི་རི་ལ་གཙང་བཤེར་མ་བྱས་སམ།

ཨ་མ་བསོད་སྒྲོན་གྱིས་འོ་ན་ཁྱོད་ཀྱིས་ང་འདིར་སྒྲུགས་ཤིག་ཅེས་སྨྲས།

དེ་རྗེས་ཨ་མ་བསོད་སྒྲོན་དངོས་གནས་སླར་ཡང་རི་ལ་ཐོན།

ཚོང་པ་དེས་དུ་བ་འཐེན་བཞིན་མི་ཆེ་མི་ཆུང་བའི་གྲོང་སྡེར་སྐོར་བ་ལན་གཅིག་བྱས། འཕེལ་འགོར་ནང་དུ་ཙུང་ཙམ་གཉིད། དུ་བ་རྐང་གཅིག་འཐེན། སླར་ཡང་གྲོང་སྡེར་སྐོར་བ་གཅིག་བྱས། ཚུར་འཁོར་དུས་ཟིལ་པས་གོས་ལྷམ་བངས་པའི་ཨ་མ་བསོད་སྒྲོན་སླར་ཡང་འཕེལ་འགོར་གྱི་འགྲམ་དུ་སླེབས།

ད་ཐེངས་ཨ་མ་བསོད་སྒྲོན་གྱིས་ཤ་མོ་ལྔ་བཅུ་ང་གསུམ་བཏུས། དེ་དག་ལས་ཤ་མོ་ཞེ་བརྒྱད་ནི་ཐོག་མའི་ཤ་མོ་ལུ་གུ་རྒྱུད་དང་། རྗེས་སུ་རྙེད་པའི་ཤ་མོ་ལུ་གུ་རྒྱུད་གསུམ་ལས་བཏུས་ཤིང་། གཞན་རྣམས་ནི་སྔེས་དབང་གིས་རྙེད་པ་དག་རེད། ཤ་མོ་གཞན་དག་འདི་ཚོ་འཐུ་སྐབས་ཨ་མ་བསོད་སྒྲོན་གྱིས་ཅི་ཞིག་སྨྲ་བཞིན་ཁྱོད་ཚོ་ནི་ཁྲིམ་མེད་པའི་བྱིས་པ་འདྲ། སྙིང་རྗེ་ཟེར།

ཚོང་པས་ཤ་གདུགས་ལྟ་སྟང་དོད་ཅིང་། ཤ་ཡུ་རླུམ་ལ་རིང་བའི་ཤ་མོ་སོས་པ་མཐོང་བས། ཆར་རྗེས་ཀྱི་སྨྱུག་མ་ཞེས་པའི་ཚིག་དཔེ་ཞིག་དྲན་ཏེ། ཁོས་རེད། ཆར་རྗེས་ཀྱི་ཤ་མོ་ཟེར།

ཨ་མ་བསོད་སྒྲོན་གྱིས་ཚིག་དཔེ་འདི་དག་ག་ལ་ཤེས། མོས་ཡུད་ཙམ་རིང་རི་ལ་ཤ་མོ་ཁྱུ་ཞིག་སྐྱེས་ཟེར།

དེའི་ཚེ་ཉི་མ་ནུབ་རིར་བཞུད། ཆར་རྗེས་ཀྱི་ཚོན་མདངས་བཀྲ་བའི་ནགས་ལྗོངས་སྨུམ་པོར་གྱུར། ཚོང་པས་ཡིད་ཕངས་པ་ལ་ད་ནི་ངས་སྒྲུག་མི་ཐུང་ཟེར། ང་ད་ལྟ་མཚན་བགྲོད་བྱས་ཏེ་སྤྱི་ལོ་ལྔ་བརྒྱའི་སར་ཡོད་པའི་

ཞིང་ཆེན་དུ་འགྲོ་དགོས། སང་ཉིན་གྱི་གནམ་གྲུ་སྔ་ཤོས་དེར་བེ་ཤྲུ་ཧྲུགས་ཧེ་པེ་ཅིན་དུ་དབོར། པེ་ཅིན་ནས་ཉི་ཧོང་དུ་དབོར། སང་ཉིན་ད་ལྟ་ཙམ་ལ་ཤྲུ་མོ་འདི་དག་ཉི་ཧོང་བའི་ཟས་ཅོག་ཏུ་སླེབས་ཟེར།

ཚོང་པས་གནས་དེའི་དགོང་ཟས་ཐོག་ཏུ་མི་རེས་ཤྲུ་མོ་གཉིས་རེ་བཟའ། གཅིག་རྫེན་པ་དང་། ཅིག་ཤོས་ཐང་གདུས་ཏེ་བཟའ། གལ་ཏེ་ཉི་ཧོང་བས་འདི་དག་མ་བཟས་ན་ཤྲུ་མོ་ལ་རིན་གོང་འདི་འདྲ་ག་ལ་ཡོང་ཟེར།

ལྟ་ཐུབ་བྱེད་མཁན་གྱི་སྐྱིད་གྲོང་བས་ཉི་ཧོང་ཉི་ཧོང་ཟེར། མི་འགའ་ཞིག་གིས་ཉི་ཧོང་བ་འདི་དག་གིས་སྔ་ཙམ་ཤྲུ་མོ་མི་བཟའ་བ་ཅི་རེད་ཟེར།

ཚོང་པས་གནས་ལུགས་རྒྱུ་མཚན་བཤད། ཁོས་བསྒྱུར་བཅོས་སྒོ་དབྱེ་དང་། ཆ་འཕྲིན་བརྗེ་རེས། འཁྲིམ་འགྲུལ་འཛུགས་སྐྲུན་སོགས་བཤད། ཁོས་གཞུང་ལམ་ལེགས་པོ་མེད་ན། གནམ་གྲུ་མེད་ན། དུས་ཚོད་ཉེར་བཞིའི་ནང་དུ་བེ་ཤྲུ་ཕྱི་རྒྱལ་དུ་སྐྱེལ་མ་ཐུབ་ན། ཉི་ཧོང་བར་དཔུལ་མང་ཡང་ཤྲུ་མོ་བཟའ་བའི་བསོད་ནམས་མེད། དུས་ཚོད་ཉེར་བཞི་ཡོལ་ན་བེ་ཤྲུ་སྙི་ལ་མཉེན་ཞིང་། སོས་པའི་བྲོ་བ་འགྱུར་འགྲོ། དུས་ཚོད་དེ་ལས་རིང་ན་ཤྲུ་མོ་ལམ་དུ་རུལ་འགྲོ་ཟེར།

ལོ་དེར་སྐྱིད་གྲོང་དང་ཉེ་འགྲམ་གྱི་གྲོང་ཚོ་དག་བེ་ཤྲུ་ཡིས་སྨྱོ་བ་ལྟ་བུར་གྱུར།

ཐོ་རེངས་སྐར་ཆེན་འཆར་མ་ཐག་གམ་བྱ་བྱེའུ་ཚང་ནས་མ་ཐོན་གོང་མི་རྣམས་རི་ལ་ཤྲུ་མོ་འཐུ་བར་ཐོན། ཟླ་བ་གཅིག་ལས་མ་སོང་བར་ནགས་ཁྲོད་དུ་ལམ་ཕྲན་ཞིག་ཀྱང་ཆགས། ཨ་མ་བསོད་སྒྲོན་ནི་གཞན་དང་མི་འདྲ་བར་

ཉིན་ལྟར་རི་ལ་མི་འགྲོ། མི་རྣམས་རི་ནས་སླེབས་ན་མོ་རི་ལ་ཐོན། ནགས་ཁྲོད་དུ་ལམ་ཕྲན་ཞིག་ཆགས་པ་མཐོང་བས་མོའི་སྙིང་ལ་ན་ཟུག་བཏང་། གང་ལགས་ཤེ་ན་བརྫིས་ཏེ་མཁྲིགས་པོར་གྱུར་པའི་ལམ་ཤུལ་དུ་སླར་ཡང་ཤྭ་མོ་མི་སྐྱེ། ཤྭ་མོ་ནི་རྩྭ་ཤིང་མིན་ཏེ། མེ་ཏོག་མེད་ལ་འབྲས་བུ་ཡང་མེད། འོན་ཀྱང་མོའི་བསམ་ཚོད་ལ་ཤྭ་མོར་མི་མཚོན་པའི་ས་བོན་ཡོད་ཅིང་། ཆུ་ཐུར་མིག་གིས་མ་ཟིན་པར་ཕྱོགས་བཞིར་མཆེད། ཤིང་རྒྱལ་ལོ་སྐམ་དག་གི་ནགས་ས་གཞིན་པོ་ནི་ས་བོན་སྐྱེ་སའི་སྐྱེས་ཡུལ་ཡིན་སྙམ།

ཨ་མ་བསོད་སྒྲོན་གྱིས་ཇོང་གྲོང་དུ་སུ་མཐུད་ཤྭ་མོ་བསྐྱུར་བཞིན་ཡོད། སྔར་བཞིན་ལྕང་སླེའི་ནང་དུ་ཤྭ་མོ་དང་མཚུངས་པའི་དྲི་འཕྱུལ་བའི་གྲོག་ཤིང་བཏིངས་རྗེས། ཤྭ་ཡུ་རླུམ་ལ་རིང་བའི་བེ་ཤྭ་གྲལ་འགྲིག་པོར་བཤམས། ཨ་མ་བསོད་སྒྲོན་གྱིས་བསྟན་པར་དྲི་བ་ཞིག་བཏོན། ཤྭ་མོའི་ས་བོན་ནི་ཅི་འདྲ་ཞིག་ཡོད་དམ།

བསྟན་པས་ལན་འདེབས་མ་ཤེས།

བསྟན་པས་རྗེས་སུ་དཔེ་མཛོད་ཁང་དུ་རྒྱུ་ཆ་བཙལ་ན། ལན་རྙེད་ངེས་ཟེར།

གཟའ་འཁོར་རྗེས་མར་ཨ་མ་བསོད་སྒྲོན་སླར་ཡང་ཇོང་གྲོང་དུ་ཤྭ་མོ་སྐྱེལ་བར་ཕྱིན། བསྟན་པས་ཨ་མར་ཤྭ་མོར་ས་བོན་ཡོད་པ་བདེན། འོན་ཏེ་ཤྭ་མོའི་ས་བོན་ལ་ས་བོན་དུ་མི་འབོད་སོན་ཕུང་དུ་འབོད་ཟེར།

སོན་ཕུང་ནི་ཅི་ཞིག་རེད།

བསྟན་པས་རྟག་ཏུ་ལག་པར་འཆང་བའི་ཚོགས་འདུའི་ཟིན་དེབ་ཁ་ཕྱེ།

དེར་ཁོས་དཔེ་མཛོད་ཁང་ལས་རྙེད་པའི་སོན་ཕུང་གི་མཚན་ཉིད་བཤུས་ཡོད། སོན་ཕུང་ནི་མ་ཡི་ལུས་དང་བྲལ་ནས་གསར་དུ་ལུས་ཀྱི་རྣམ་པར་ཆགས་པའི་ཕྲ་ཕུང་ཞིག་གོ །

ཨ་མ་བསོད་སྒྲོན་གྱིས་དབུགས་རིང་བཏང་། བསྟན་པ། ཁྱོད་ཀྱིས་བཤད་པའི་གཏམ་འདི་དག་ངས་གཏན་ནས་མ་གོ་ཟེར།

བསྟན་པས་ཟིན་བྲིས་ཁ་བཏབ། དྲང་པོར་བཤད་ན་རིག་ཚན་འདི་དག་ངས་ཀྱང་གསལ་པོ་མི་ཤེས་ཟེར།

ཨ་མ་བསོད་སྒྲོན་རང་གིས་ཕྱོགས་སྡོམ་བྱས། གང་ལྟར་ཡང་ཤ་མོར་ས་བོན་ཡོད། དེ་ལྟར་མིན་ན་ཁོ་ཚོ་རི་སྟེང་དུ་ཇི་ལྟར་སྐྱེ།

སྐད་ཆ་ཤོད་བཞིན་བསྟན་པས་སློ་མའི་ཤ་མོ་ཁག་བཞིར་བགོས། སྤོས་འཁྱིག་ལྷྲུ་སོབ་ཀྱི་སྣམ་ཆུང་ནང་དུ་བླུགས། ཁོས་ཤ་མོ་འདི་དག་ཁྱིམ་ཚང་བཞི་ལ་སྐྱེལ་དགོས། དེ་དག་ནི་ལས་འགྱུར་བྱེད་ཉེར་ཡོད་པའི་ལེའུ་ཀྲུའུ་རེན་དང་། ཇོང་ཞུད་ཧྲུའུ་ཅི། ཇོང་དཔོན། ཙ་འཛུགས་པུའུ་ཀྲང་བཅས་རེད། ཨ་མ་བསོད་སྒྲོན་ཅུང་མ་དགའ་བར་གྱུར་ཏེ། ཁྱོད་ཀྱིས་ཤ་མོ་སུ་ཞིག་ལ་སྤྲད་ཆོག །འོ་ན་ཨ་མས་དངོས་སུ་བཏུས་པའི་ཤ་མོར་བྲོ་བ་བལྟ་མི་འདོད་དམ་ཟེར།

བསྟན་པས་ང་ལ་ཤ་མོ་སོས་པ་བཟའ་རྒྱུ་མེད་ཙང་ཅི་སྐྱོན། ཨ་མ་བསོད་སྒྲོན་ལ་ད་ལྟ་མིང་གསར་པ་ཞིག་ཡོད་ཟེར།

མ་རྒྱན་ང་ལ་མིང་གསར་པ་ཅི་ཞིག་ཡོད་དམ།

ཨ་མར་མི་དེ་བས་མང་བས་ངོ་ཤེས་པའི་མིང་ཞིག་ཡོད་པ་ནི་ཨ་མ་ལུ

གུ་རྒྱུད་ཟེར། ཕོ་ཚོས་གཞན་གྱིས་རྙེད་པ་ནི་ལམ་འཕྲུན་པའི་ཤྭ་མོ་དང་། ཨ་མ་ལུ་གུ་རྒྱུད་ཀྱིས་རྙེད་པ་ནི་ཚོགས་འདུ་འཚོགས་པའི་ཤྭ་མོ་རེད་ཟེར།

ཨ་མ་བསོད་སྒྲོན་གྱིས་ཕྱུས་མོར་གཞུ་ཅམ་བྱས་ཏེ་བཤད། ཚོགས་འདུ་འཚོགས་པའི་ཤྭ་མོ། འདི་བདེན། ད་ལྟ་སྔོན་ཆད་ལྟར་གྲོང་དཔོན་གྱིས་ཚོགས་འདུ་མི་འཚོགས་པས། མི་མང་པོ་འདུ་ག་ལ་ཐུབ།

ཨ་མ་བསོད་སྒྲོན་མཚན་མོ་བུའི་མལ་ཁྲི་ཆེན་པོའི་ཐོག་ཏུ་ཉལ། ཁྲ་ཡོལ་གྱི་གསེབ་ལས་ལམ་སྒྲོན་གྱི་འོད་སྣས་མགོར་འཁྲོས། མོས་ད་དུང་ཚོགས་འདུ་འཚོགས་པའི་ཤྭ་མོ་བསམ་བཞིན་ཡོད།

བསྟན་པ་ཤྭ་མོ་བསྐྱལ་རྗེས་ཁྱིམ་དུ་སླེབས། ཨ་མའི་གམ་དུ་ཡོད་པའི་རྡོ་ལྷུགས་མལ་ཁྲིར་བསྟན་པ་ཉལ། ཨ་མ་བསོད་སྒྲོན་དབང་མེད་དུ་བཤད།

བསྟན་པས་ཨ་མ་ད་དུང་གཉིད་དུ་མ་ཡུར་བའི་རྒྱུ་མཚན་དྲིས།

ཨ་མ་བསོད་སྒྲོན་རབ་ཏུ་བཤད་དེ། ཚོགས་འདུ་འཚོགས་པའི་ཤྭ་མོ་ཟེར།

ཉིན་གཉིས་པར་བསྟན་པས་ཨ་མ་བསོད་སྒྲོན་འགྲུལ་ཚུགས་སུ་བསྐྱལ་ཞིང་། ཞང་པོ་ཆོས་རྒྱམ་དང་འཕྲད། ཞང་པོ་རྒས། སྟོད་སྨུར་ཞིང་གོམ་པ་འཕྱོར། གཙུང་མོ་དང་ཚ་བོ་མཐོང་བས་ངོ་ནས་འཛུམ་ཕྲུང་།

བསྟན་པས་མྱུར་བར་ཞང་པོ་དང་ཞང་པོའི་རྗེས་སུ་ཡོད་པའི་དགོན་པའི་ཕྱག་མཛོད་ཁྱིམ་ལམ་གྱི་ཞོགས་ཟས་ཁང་དུ་འཁྲིད། ཞོགས་ཟས་ནི་རྫོང་གྲོང་འདིའི་གོམས་གཤིས་ལྟར་ཤ་ཁུ་དང་ཤ་ཕེ་ལོག་རེད། ཞང་པོ་དང་ཕྱག་མཛོད་ཐོན་ཐེངས་རེར་བསྟན་པར་རོགས་རམ་བླའི་རེ་སྐུལ་ཕོ་ན་བྱེད། ཁོས་སྐུ་དོན་ཅི་ཡོད་གསུངས་དང་། ང་ཚོགས་འདུར་འགྲོ་དགོས་ཡོད་ཟེར།

ཕྲུག་མཛོད་ཀྱིས་དཔལ་ལྷོད་ལྷོད་ངང་ཕྱིས་རས་བརྟན་ཏེ་མགོ་བོའི་རྔུལ་ཆུ་ཕྱིས། དགོན་པའི་བླ་གྲྭ་ཡོངས་ཀྱིས་རྒྱུན་དུ་སྦྱིན་བདག་ཁྱོད་ལ་སྨོན་ལམ་བྱེད་བཞིན་ཡོད་ཟེར།

བཤད་པས་ང་སྦྱིན་བདག་ག་ལ་ཡིན། མར་མེ་ཀོང་གང་ཡང་འབུལ་ཕྱོང་མེད་ཟེར།

ཕྲུག་མཛོད་ཀྱིས་ལོ་འདི་དག་ནང་ཁོས་རོགས་རམ་བྱས་པའི་སྐོར་ཞིབ་ལ་རྒྱས་པ་གླེང་སྟེ། འདི་ནི་བཤད་པའི་སྦྱིན་བདག་རེད་ཟེར།

བཤད་པས་ཁྱོད་ཚོས་ང་བཙལ་བས། རོགས་རམ་མ་བྱས་ན་མི་འགྲིག་ཟེར།

ཕྲུག་མཛོད་ཀྱིས་ཚོས་རྒྱམ་གཏམ་སྨྲ་བར་སྐུལ།

ཚོས་རྒྱམ་གྱི་ངོ་ལས་འོད་ཟེར་འཕྲོས། ངའི་ཚ་བོ་བྱས་པ་ཅན་ཞིག་ཡིན་པས། ངའི་གདོང་ལ་ངོ་ཡོད། དེ་སྐད་སྨྲ་བཞིན་རང་གི་ངོ་ལས་འོད་བཀྱེ་བར་བྱས།

བཤད་པས་ད་ནི་དོན་ཅི་ཡོད་སྨྲོས་ཟེར།

ཕྲུག་མཛོད་ཀྱིས་ད་ཐེངས་ནི་སྲིད་གཞུང་གི་རེ་སྐུལ་ལྟར། ང་ཚོས་དགོན་པའི་ཕྱོགས་བཞིའི་ནགས་རི་སྲུང་སྐྱོང་བྱེད་སྙམ་ཟེར། ལོ་འདི་དག་རིང་ལ་ནང་སའི་ཤིང་ཚའི་ཁྲིམ་ར་རྒྱ་སྐྱེད་བཏང་བས། ཤིང་ཚ་ཉོ་མཁན་རི་གྲོང་དུ་སླེབས། ཡུལ་མི་རྣམས་ཀྱིས་སྟ་རེ་འཁྱེར་ཏེ་རི་ལ་ཐོན། སྔོན་ཆད་ནགས་ལས་ཙུད་ཀྱིས་བྲེགས་གཅོད་གཞི་རྒྱ་ཆེན་པོ་བྱས་རྗེས་ཀྱི་ཤིང་ཚ་གཙང་བཤེར་ལན་གཅིག་བྱས། རྒྱུ་བྲེགས་དམ་གཅོད་ཀྱི་བྱ་བ་ལོ་རེ་ལས་ལོ་

རེ་ཐུ་བ་བསྟན་པས་ཤེས། ཕྱུག་མཛོད་ཀྱིས་དགོན་པས་གྲྭ་དམངས་བཏང་སྟེ་དགོན་པའི་ཕྱོགས་བཞིའི་ནགས་རི་སྲུང་འདོད་ཆེ་བས། སྲིད་གཞུང་གིས་རོགས་སྐྱོར་གནང་དང་ཟེར།

བསྟན་པ་དགོད་བཞིན། འདི་དངོས་གནས་ལེགས་ཟེར་བཞིན་གཟན་ཤམ་གྱོན་པའི་བླ་རྒན་གཉིས་པོ་ནགས་ལས་རྩུད་ཀྲང་ཡོད་སར་འཁྲིད།

རྩུད་ཀྲང་གིས་ཕྱུག་མཛོད་ཀྱི་གཏམ་ལ་འཕྲལ་མར་རྒྱབ་སྐྱོར་བྱས། མྱུར་བར་གཞུང་ལས་ཁང་གི་ཀྲུའུ་རེན་དང་ཤོའོ་ཀྲང་ཐོས་ཏེ། མྱུར་དུ་ཡིག་ཆ་བཟོ་དགོས་པའི་བཀའ་མངག་བྱས། རིན་ཆེན་རྣམ་རྒྱལ་གླིང་གི་རྒྱབ་རི་དང་མདུན་རི་གཉིས་རི་རྒྱ་ནགས་གསོའི་སྲུང་སྐྱོང་ཁུལ་དུ་བཙུག །རིན་ཆེན་རྣམ་རྒྱལ་གླིང་གིས་སྲིག་འཛུགས་བྱས་པའི་རི་བཤེར་བས་ཏུ་བྲིགས་ཏམ་གཙོད་པ་སྲི་བདེའི་ཚན་པར་སྐྱེལ་ཆོག་པའི་དབང་ཆ་སྤྲད།

ནགས་ལས་རྩུད་ཀྲང་གིས་དགོན་པས་རང་བྱུང་སྐྱེ་ཁམས་ལ་སྲུང་སྐྱོང་བྱེད་པ་འདི་བྱ་བ་གསར་པ་རེད། བྱ་བ་གསར་པར་ངས་རྒྱབ་སྐྱོར་བྱེད་ཟེར། བླ་རྒན་གཉིས་ནི་དགའ་བཞིན་སྤྲོ་བཞིན་ལོག །

ནགས་ལས་རྩུད་ཀྲང་གིས་གཞི་ནས་བསྟན་པར་རི་རྒྱ་ནགས་གསོའི་བྱང་བུ་བཀལ་མ་ཐག་རི་དེ་གཉིས་ཀྱི་བེ་ཤྭ་ཚང་མ་དགོན་པར་དབང་བས། མང་ཚོགས་ཀྱིས་བདག་མི་ཐོད་ཟེར།

བསྟན་པས་ངས་དེ་ཚོ་མ་དྲན་པ་ཅི་ཡིན་ཟེར།

ནགས་ལས་རྩུད་ཀྲང་གིས་ང་ལོ་ན་ལྔ་བཅུར་སོན། འཇིག་རྟེན་གྱི་ལྟད་མོ་མང་པོ་མཐོང་། སྙིག་སྙིག་སུད་སུད་ཀྱི་བྱ་བ་མང་པོ་མཐོང་། ཁྲོད་ལོ་

གཞོན་པས་མདུན་ལམ་ལེགས། དོན་དག་འགའ་ཞིག་ཐོང་བུ་ས་འཇམ་སར་ཉལ་དུ་བཅུག་ན་ལེགས་ཟེར།

ཉིན་དེ་དག་རིང་ཆོས་རྒྱམ་ནད་ཀྱིས་མཐར་བས་བསྟན་པ་དགོན་པར་ནད་སྐོར་དུ་ཕྱིན།

བསྟན་པའི་སེམས་ནང་དུ་དགོན་པས་རི་རྒྱ་ནགས་གསོ་ཇི་ལྟར་བྱས་འདུག་བལྟ་སྐམ། དགོན་པས་བེ་ཤྭ་འཐུ་བའི་དུས་ཚོགས་འདིར་རི་རྒྱ་བསྡམས་ཤིང་། ནགས་ལས་ཙུད་ཀྱིས་སྲུང་པའི་རི་རྒྱ་ནགས་གསོའི་བྱང་བུ་བཀལ། དགེ་འདུན་ལོ་ན་གཞོན་པ་འགའ་རེ་བཤེར་བར་སྒྲིག་འཛུགས་བྱས། གྲྭ་བ་དེ་དག་གིས་ཤིང་རྟུམ་རེ་འཁྱེར་ནས་འགག་དོག་ས་དང་ལམ་ཉག་ས་རྣམས་བསྲུང་། དགོན་འདབས་ཀྱི་ཡུལ་མི་མ་གཏོགས་གཞན་རི་ལ་འགྲོ་མི་ཆོག་པ་བཟོས། ད་དུང་ཡུལ་མིས་བཏུས་པའི་བེ་ཤྭ་གཅིག་འགྱུར་ཐོག་དགོན་པར་འཚོང་རྒྱུ་དང་། དགོན་པས་བེ་ཤྭ་ཚོང་པར་འཚོང་རྒྱུ་བྱས། དགོན་པས་ཡུལ་མི་རྣམས་ཀྱི་རིན་གོང་ཟུར་གཉིས་བཅག །ཚོང་སྐབས་སུ་རིན་གོང་ཟུར་གཅིག་སྤར་བས། བསྟན་པའི་རོགས་རམ་འདིས་དགོན་པའི་ཡོང་འབབ་མང་དུ་ཕྱིན།

དེ་བས་དགོན་པས་ངང་རྒྱུད་རིང་བའི་གྲྭ་ཆུང་ཞིག་ཨར་རྐན་ཆོས་རྒྱམ་གྱི་ཞབས་ཕྱིར་བཏང་།

ལོ་འདི་དག་རིང་འབྲེལ་འདྲིས་བྱས་པ་བརྒྱུད། བསྟན་པ་དང་དགོན་པའི་བླ་མ་འདྲིས་པར་གྱུར། ཉིན་དེར་བླ་མ་འཕྲད་དུས་ཁོས་བླ་མ་རིན་པོ་ཆེ་རྐང་དཔོན་དུ་གྱུར་ཉེན་ཆེ་ཟེར།

བླ་མས་ཇི་མི་སྙམ་པར་མི་བརྒྱ་ཙམ་ལ་དོ་དམ་མེད་ན་མི་འགྲིག །དོ་དམ་ལེགས་པོ་མ་བྱས་ན་ག་ལ་འགྲིག །ཉེད་པ་འཚོལ་བའི་ཐབས་མེད་ན་མི་འགྲིག །ཉེད་པ་འཚོལ་བའི་ཐབས་ཤུང་ན་ག་ལ་འགྲིག་ཟེར།

གཏམ་འདི་བདེན། བསྟན་པས་སྨྲས།

བླ་མས་ཞལ་འཛུམ་བསྟུས་ཏེ། ད་དུང་ང་ལ་བདེན་གཏམ་ཞིག་ཡོད། ཁྱོད་ཀྱི་ཞང་པོ་དཀུན་ཁ་འདི་ཨེ་འགྲོལ་བསམ།

བསྟན་པ་ཁ་རོག་གེར་དར་ཅིག་གཏམ་ཅི་ཞིག་སྨྲ་བསམ་སྟེ་ལུས།

བླ་མས་གྲྭ་ཚུང་ཞབས་ཕྱི་ཞིག་མངག་ཡོད་གསུངས།

བསྟན་པས་ངས་ཞང་པོ་སྨན་ཁང་དུ་འཁྲིད་ཟེར།

བླ་མས་ལས་འབྲས་ཐོག་ཏུ་བབས་ན་སྨན་ཁང་དུ་བསྐྱལ་ནས་ཅི་ཞིག་བྱེད་གསུངས།

ཁྱིམ་དུ་ལོག་རྗེས་བསྟན་པས་བླ་མའི་གསུང་ཨ་མ་བསོད་སྒྲོན་ལ་སྨྲས། ཨ་མ་བསོད་སྒྲོན་གྱིས་དབུགས་རིང་གཏོང་བཞིན། ཡོ་འདི་དག་རིང་ངའི་བསམ་པར་ཁྱིམ་འདི་སྐྱེས་པ་འདིས་སྐྱོང་སྙམ་མོད། དེ་ལས་ལྡོག་སྟེ་སྐྱེས་པ་དེར་ངས་ལྷ་སྐྱོང་བྱེད་དགོས་བྱུང་། ལས་འབྲས། ཨ་མ་བསོད་སྒྲོན་གྱིས་སྨྲ་བཞིན། ལས་ཀྱི་རྣམ་སྨིན་ནི་ནང་པ་སངས་རྒྱས་ཀྱི་ལྟ་བ་རེད། ཨ་མ་བསོད་སྒྲོན་གཙུང་མོ་དང་ཆོས་རྒྱམ་གཅེན་པོར་བསྒོས་པ་འདི་ཡང་། ཨ་མས་ཚེ་སྔོན་ཆོས་རྒྱམ་ལ་ཅི་ཞིག་ཆད་པས་ལན། རྣམ་སྨིན་དེ་རྒྱུ་དངུལ་དང་། ཐ་ན་སྤྱོད་ལམ་དང་བརྩེ་དུང་ཡང་ཡིན་སྲིད།

ཨ་མ་བསོད་སྒྲོན་གྱིས་ལྷ་སྐུའི་མདུན་དུ་མཆོད་གོང་ཞིག་ཕུལ། མིག་

ནང་མཆི་ཞགས་འཁོར་ཡང་སེམས་ལྷོད་པར་གྱུར།

སོས་ཐོད་པ་བསྟན་པའི་ཐོད་པར་གཏུགས། བསྟན་པ། ངེད་གཉིས་དབར་ལ་ཅི་ཞིག་ཀྱང་ཆད་མེད་པས། ཁྱོད་ཀྱིས་ངའི་དོན་དུ་སེམས་ཁྲལ་བྱེད་མི་དགོས། འོན་ཏེ་ཁྱོད་ཀྱིས་ང་ལ་ཆད་ཡོད།

ངས་ཤྭ་མོ་ལུ་གུ་རྒྱུད་དེ་དག་བསྐྱུར་ན་མི་ཡོང་། ད་ལྟ་ཤྭ་མོར་གོང་ཆེན་ཁྱུག །ཨ་མ་བསོད་སྒྲོན་བགད། དེར་མ་ཟད་ཁྱོད་ཀྱི་ཁང་ཚུང་དེར་རང་སེམས་ཤོར་བའི་བུ་མོ་ཞིག་སླེབས་ན། ང་ད་དུང་ཁྱོད་ཀྱི་མལ་ཁྲིར་ཉལ་ཚོག་གམ།

ལོ་དེར་ཁ་བ་ཐེངས་གསུམ་པ་བབས་དུས་ལོ་མང་ལུག་རྫི་བྱས་པའི་ཨར་ཏན་ཚོས་རྒྱམ་ཕྱི་མའི་ལམ་དུ་གཤེགས།

བསྟན་པས་རྫེས་སུ་གཏམ་འདི་ཐོས། དེ་ནི་ལོ་གསར་ལ་ཁྱིམ་དུ་སླེབས་དུས་ཨ་མ་བསོད་སྒྲོན་གྱིས་ཞང་པོ་འཛིག་རྟེན་ཕྱི་མར་ཕེབས་པའི་སྐོར་བཤད། ཞང་པོ་ལྷོད་ཅིང་གཙང་བར་ཕེབས་སྐད།

ལྷོད་ཅེས་པ་ནི་ཚོས་རྒྱམ་གྲོངས་ཁར་སེམས་ལ་སྡུག་བསྔལ་མེད་པར་ཞི་ཞིང་དུལ་བར་ཕེབས་པ་དང་། གཙང་ཞེས་པ་ཡང་ཞང་པོ་བྱ་གཏོར་གྱི་ལམ་ནས་ལྷག་མའི་ལུས་ཀྱང་བྱ་རྒོད་ལ་བྱིན་ཏེ་ཕེབས་པར་གོ །

མཚན་མོ་དེར་བསྟན་པས་ཞང་པོའི་ཆེད་དུ་ལྷ་སྐུའི་མདུན་དུ་མཆོད་མེ་ཞིག་སྤར།

ཨ་མ་བསོད་སྒྲོན་གྱིས་སློ་བུར་དུ་འདི་ལྟར་དྲིས། ཁྱོད་ཀྱི་ཞང་པོའི་མི་ཚེ་སྟོང་ཟད་ཡིན་ནམ།

བསྟན་པ་ནི་ཨ་མ་བསོད་སྒྲོན་གྱིས་འདི་ལྟར་དྲིས་པར་ཤིན་ཏུ་ཡ་མཚན། ཚེ་སྔ་ཕྱིར་ཡིད་ཆེས་ཡོད་པ་ཞིག་ལ་མཚོན་ན་མི་ཚེ་སྟོང་ཟད་ག་ལ་ཡིན།

ཨ་མ་བསོད་སྒྲོན་གྱི་མཇུག་གཏམ་འདིས་རང་ཉིད་ཀྱང་སྐྲག་པར་བྱས། གལ་ཏེ་ཚེ་སྔ་ཕྱི་ཟེར་བ་མེད་ན་ཟེར། མོས་དེ་འཕྲལ་ཨོཾ་བཛྲ་སཏྭ་ཧཱུྃ། ཨོཾ་བཛྲ་སཏྭ་ཧཱུྃ། ཨོཾ་བཛྲ་སཏྭ་ཧཱུྃ། གདོན་གྱིས་ངའི་ལྕེ་ལ་བདག་པོ་བྱས་ཟེར།

བསྟན་པ་དགོད་བཞིན། ཨ་མ་བསོད་སྒྲོན་ལ་སྨུམ་དང་ཀ་ར་བཏབ་པའི་ཆང་ལྷུག །ཨ་མས་བཞེས་དང་།

ཨ་མ་བསོད་སྒྲོན་གྱིས་ཆང་ཁམ་གང་བཏུངས་རྗེས་མིག་ཀྱང་བགད་དེ། འདི། འདི་ནི་མི་ཚེའི་རོ་བྲོ་རེད་ཟེར།

དེའི་དུས་སུ་ཁང་པའི་ཕྱི་རོལ་དུ་གངས་བབས། སྐམ་ཤས་ཆེ་བའི་དགུན་ཁའི་མཁའ་རླུང་ལ་གཙང་ཚུའི་དྲི་ཞིམ་འཐུལ། ཁ་བས་རྩྭ་རྩི་ཤིང་དང་ཐལ་ས་རྗོ་རྡུལ་དེ་བས་ལྷིང་འཛགས་སུ་བཏང་།

དེ་ནི་གནས་བཟོད་བདེ་ཞིང་རེ་བ་འགྲུབ་པའི་ལོ་གསར་པ་ཞིག་རེད། ཨ་མ་བསོད་སྒྲོན་གྱིས་མི་ལ་དགོས་པའི་ལོ་གསར་ཞིག་རེད་ཟེར། འོན་ཏེ་མོ་རྐྱས་པས་གཞི་ནས་ལོ་གསར་འདི་འདྲ་ཞིག་བྱུང་། མོས་འཛིག་རྟེན་ཐོག་གི་མི་ཐམས་ཅད་ལ་འདི་ལྟ་བུའི་ལོ་གསར་ཞིག་ཡོང་བའི་སྨོན་ལམ་བཏབ།

དེ་ལྟ་མོད་ཀྱང་ལོ་གཉིས་པའི་ལོ་གསར་ལ་གྲོང་སྡེ་ཡོངས་སྡུག་བསྔལ་གྱི་འོབས་སུ་ལྷུང་། གཞོན་ནུ་གཉིས་ཀྱིས་ཤིང་ཟོང་འཕོར་གང་རྐུ་བྲིགས་བྱས་པས། གཞོན་ནུ་གཅིག་ཉེན་རྟོག་པས་བཟུང་། ཅིག་ཤོས་ཀྱིས་ཟོང་འཕོར་

བཏང་སྟེ་ཐྲོས་མཐར་ཟློང་འཁོར་ཐྲག་ལ་བརྒྱངས་པས་སྤྲོག་ཤོར།

ལོ་གསུམ་པའི་ལོ་གསར་ལ་ཁོ་ཚོའི་ཁྱིམ་དུ་གཞོན་ནུ་བུན་གཡོལ་ཞིག་ཡོང་།

གཞོན་ནུ་དེས་བཏུས་ཟིན་པའི་བེ་ཤྭ་ཚོང་པ་དག་ལ་བཙོངས་པར་ཡི་མ་རངས་པར་ཁོས་བེ་ཤྭ་ཉོས། མཐའ་མར་གྲོང་སྡེ་ཡོངས་ཀྱི་སྒོར་ཁྲི་མང་པོའི་བེ་ཤྭ་བསྡུགས་པའི་རླངས་འཁོར་ལ་ལམ་བར་དུ་འདམ་ཙུད་འཕྲད་སྐབས། བེ་ཤྭ་དེ་དག་གནམ་གྲུར་སྐྱེལ་མ་ཐུབ་ཅིང་ཉི་ཧོང་དུ་མ་སླེབས་པར། མིག་གི་མཐོང་སར་རླངས་འཁོར་ནང་དུ་ཙུལ་ཏེ། འབུ་གྲོ་ཉེར་གྱིས་ཁེངས་པའི་ཙུལ་ཕུང་ཞིག་ཏུ་གྱུར། ཁོའི་བེ་ཤྭ་དེ་དག་གྲོང་སྡེ་ནས་བསྐྱི་བ་ཤ་སྟག་ཡིན། དགོང་མོ་དེར་གྲོང་མི་རྣམས་ཁོའི་འགྲམ་དུ་བུ་ལོན་ལེན་པར་ཡོང་བས། བསྟན་པས་ཁོ་རང་ཁྱིམ་དུ་འཁྲིད་ཡོང་།

ལོ་བཞི་པར་བསྟན་པ་རྫོང་དཔོན་གཞོན་པར་བསྐོས་ཤིང་། དགའ་རོགས་བུ་མོ་ཞིག་ཀྱང་ཡོད་མེད། ཁོས་ཁྱིམ་དུ་དབུགས་རིང་སྟ་གཏོང་ཕྱི་གཏོང་བྱེད། གང་ལགས་ཤེ་ན་ཁོས་དོ་དམ་བྱེད་ཡུལ་ནི་ཚོང་ལས་མ་ལག་དུས་བབས་གསར་པར་གནས་དཀའ་བར་གྱུར། གནས་ལུགས་ལྟར་ན་ཁྲོམ་ར་སྒོ་དབྱེ་བས། ཚོང་ལས་ཙུད་དུ་ལས་ཀ་རྒྱུན་རིང་བྱས་པའི་མིས་ཉོ་ཚོང་ཤེས་དགོས་མོད། མི་འདི་ཚོས་གཏན་ནས་མི་ཤེས་པས། ཕྱོགས་གང་ཐད་ནས་ཚོང་དུད་མི་སྐེར་གྱི་འགྲན་རྩོད་ཁྲིད་གཉའ་ཞུམ་པར་གྱུར། མཐར་ཚོང་ལས་ཙུད་ཀྱི་ཁོངས་སུ་ཡོད་པའི་རྒྱ་ཟློག་སྤྱི་གཉེར་ཁང་སྟེགས་སྒྲོམ་རེ་རེ་བཞིན་ཚོང་ཉ་ཆོད་པའི་མི་སྐེར་ལ་བོགས་གཏོང་བྱས།

ལོ་ལྔ་པའི་ལོ་གསར་ལ་ཨ་མ་བསོད་སྒྲོན་ཡིད་ཕྲོང་ཕྲོང་པོར་གྱུར། དེ་ཡང་ཨ་མའི་ཞྭ་མོ་ལུ་གུ་རྒྱུད་གཞན་ལ་ཤོར། བེ་ཤྭའི་དུས་ཚིགས་དེར་གྲོང་སྡེ་གཅིག་པའི་ཨ་མའི་རྒྱབ་ནས་རྗེས་དེད་བྱས། ཁོ་ཚོས་རྟག་པར་ཨ་མའི་སྔོན་ལ་གསར་དུ་སྐྱེས་པའི་བེ་ཤྭ་དག་བཏུས། མཇུག་ཏུ་བེ་ཤྭའི་ཚོང་པ་ཐོན་མ་ཐག་ཁོ་ཚོ་ཡུལ་མི་གཞན་དང་འདྲ་བར་རི་ལ་ཐོན། ཁོ་ཚོས་བེ་ཤྭ་རང་བཞིན་གྱིས་སྐྱེ་བར་དང་སྒུག་མི་ཐུབ། ཨ་མ་ནི་ཁོ་ཚོས་ཞྭ་མོ་བཏུས་པར་སྙིང་ན་བ་ཙམ་མ་ཡིན་པར། ཁོ་ཚོས་ཞྭ་མོ་རང་བཞིན་གྱིས་སྐྱེ་བའི་དུས་ཚིགས་དང་སྒུག་མི་བཟོད་པར་ཧྥ་མ་མཆེ་བ་དྲུག་ལྡན་འཁྱེར་ནས། ཡུལ་མི་གཞན་དང་འདྲ་བར་ནགས་ས་གཤིན་པོ་བསྐོགས་ཏེ། ཡོངས་སུ་མ་འཚར་བའི་ཞྭ་མོ་དག་བཏུས་པར་སྙིང་དེ་བས་ན། ཨ་མ་བསོད་སྒྲོན་རི་ལ་ཐོན་སྐབས་ཁོ་ཚོས་ཞྭ་མོ་ཆུང་ངུ་བཅུ་གྲངས་ཤིག་བཏུས་ཏེ་རི་ནས་ཡོང་། ལོ་གསར་གྱི་དགོང་མོ་ཨ་མ་བསོད་སྒྲོན་ཡིད་སྐྱོ་བཞིན་བསྟན་པར་འདི་ལྟར་བཤད། མི་སེམས་འདི་ལྟར་སྡུག་པ་ཅི་རེད། མི་སེམས་སྐྱུག་བྲོ་པོ་འདི་ཅི་རེད་ཟེར། ཞྭ་མོ་ཆུང་ངུ་དེ་དག་ནི་གླད་པ་མེད་ཅིང་ཡན་ལག་མ་འཚར་བའི་མངལ་དང་ཀུན་ནས་མཚུངས། དེ་དག་ནི་ཞྭ་གདུགས་དང་ཞྭ་ཡུ་ཡང་དབྱེ་མི་ཤེས་པ་ཤ་སྟག་རེད། ཞྭ་མོ་ཆུང་བ་བྱེའུ་སྒོང་ཙམ་ལས་མེད་ཟེར། ཨ་མ་བསོད་སྒྲོན་དུས། ཁྱོད་ཀྱིས་དྲན་ནམ། དེབ་ཐོག་ཏུ་ཞྭ་མོའི་ས་བོན་ལ་སོན་ཕུང་ཞེས་འགོད་པའི་སོན་ཕུང་དེ་ངས་མཐོང་ཟེར།

བེ་དོའི་ནགས་ཁྲོད་དུ་མཆེ་བ་དྲུག་ལྡན་གྱི་ཧྥ་མས་ཞྭ་མོ་ལུ་གུ་རྒྱུད་བཟོ་བའི་རྩིང་སྤྱོད་ཨ་མ་བསོད་སྒྲོན་གྱིས་དངོས་སུ་མཐོང་། ཞྭ་སྐྱུད་ཕྲ་མོ་དཀར་

ལ་མང་བ་སྟེ་ཤྭ་མོའི་སོན་ཕུང་སྐྱེ་བར་འགྱུར་བའི་ཕུང་པོ་ཞིག་ནགས་ས་གཞིན་པོའི་ཐོག་ཏུ་བཀྲམས་པས། ཡུད་ཙམ་ཞིག་ལ་རྙིད་ཅིང་སྐམ། འདི་ནི་རྣམ་པ་མི་འདྲ་བ་ཙམ་ལས་རྟུལ་བ་མིན་ན་ཤི་བ་རེད། རྙིད་ཅིང་སྐམ་པའི་ཁ་དོག་ནག་པོ་རྣམས་ནི་རླུང་བུས་འཕྱེར། རྟུལ་བ་དག་ནི་རྙོག་ཆུ་དང་འདྲེས་ཏེ་ས་ལ་ཐིམ། འདི་དག་ནི་མི་སེམས་སྐྱོ་ཞིང་འཇིགས་པའི་བྱ་བ་རེད་ལ། མི་སེམས་ཇེ་སྡུག་ཏུ་འགྲོ་བའི་ཚུལ་ཡང་རེད།

ལོ་དེར་བསྟན་པ་ལ་བསམ་ཚུལ་ཞིག་ཡོད་པ་ནི་གྲོང་སྡེར་བེ་ཤུའི་མཉམ་ལས་ཁང་ཞིག་འཛུགས་འདོད་སྐྱེས། གཅིག་ན་ཐུན་མོང་གིས་གོང་གཏམ་ཆོག་པས། འཕྲུལ་ཚོང་པའི་རིན་གོང་མནན་གཅོག་ལ་ཚོད་འཛིན་ཐུབ། གཉིས་སུ་ཐོན་ཁུངས་སྲུང་སྐྱོབ་བྱས་ཏེ། ཡུལ་སྤྱོལ་དམངས་ཆིངས་ལ་ཚང་མས་བརྩི་སྲུང་བྱེད་པ་དེ་རེད།

ཇོང་དཔོན་དང་རྒུའུ་ཅི་གཉིས་ཀས་ལོའི་བྱ་བར་རྒྱབ་སྐྱོར་བྱས།

ཇོང་དཔོན་གྱིས་ཁྱོད་ཀྱི་ཕ་ཡུལ་སྐྱིད་གྲོང་དུ་བེ་ཤུའི་ཐོན་བབས་ལེགས་མོད། ཐོན་ཁུངས་གཏོར་བརླག་ཚབས་ཆེན་ཐེབས་ཁུལ་ཡང་ཡིན་པས། ཚོད་ལྟ་བྱས་ཆོག་ཟེར།

ꣲ ꣲ ꣲ ꣲ ꣲ ꣲ ꣲ

ལོ་དེའི་ཟླ་གཅིག་དུས་ཆེན་ལ་བསྟན་པ་གཉེན་སྒྲིག་བྱས།

དེ་ནི་སྔོན་ཚད་ལེའུ་ཀྲུའུ་རེན་གྱིས་འོས་སྦྱོར་བྱས་པའི་གཞོན་ནུ་མ་དེ་མ་རེད། གཞོན་ནུ་མ་དེ་ནི་བསྟན་པས་རིག་གནས་ཕོ་བྲང་གི་ཞབས་བྲོའི་ལྷན་འཛོམས་ཐོག་ངོ་ཤེས། མོའི་ཨ་ཕ་ནི་རྫོང་དཔོན་གཞོན་པ་ཡིན། ལྷན་འཛོམས་ཐོག་ཏུ་གཞོན་ནུ་མ་དེས་ངས་ཁྱོད་མྱུར་བར་ངའི་ཨ་ཕའི་ལས་རོགས་བྱེད་པ་ཤེས་ཟེར། ཐེངས་ཤིག་ཕོ་རྫོང་ནང་དུ་རྫོང་དཔོན་གཞོན་པ་འདིས་སྐོང་འཚོགས་བྱས་པའི་ཚོགས་འདུར་ཕྱིན། ཚོགས་འདུ་གྲོལ་རྗེས་ཕོ་སྒོ་འགྲམ་དུ་སླེབས་དུས་རྫོང་དཔོན་གཞོན་པས་ཅུས་ཀྲང་བསྟན་པ་ཅུང་ཟད་སྡུག་དང་ཟེར།

རྫོང་དཔོན་གཞོན་པས་ཁོ་ལ་བལྟ་ཡག་བྱས་རྗེས། ངས་ཁྱོད་ལ་འདྲི་མི་འོས་པའི་གཏམ་ཞིག་འདྲི་ཟེར།

བསྟན་པས་སྨྲ་བ་མེད་པར་ཁོས་གཏམ་སྨྲ་བར་སྒུག །

རྫོང་དཔོན་གཞོན་པས་ཁྱོད་ནལ་བུ་ཡིན་སྐྲོས་འདུག་ཟེར།

བསྟན་པས་ལྷོད་པོར་ཨ་མ་བསོད་སྒྲོན་གྱིས་ང་ལ་ངའི་ཨ་ཕའི་མིང་མ་བཤད་ཟེར།

རྫོང་དཔོན་གཞོན་པས་ཅིག་ཅེར་མཇུབ་མོ་རྗེབ་ཙམ་བྱས་ཏེ། གསེར་སེར་པོར་བྱེ་མའི་འདྲེས་ཡོས་ཡོད། གསེར་སེར་པོར་བྱེ་མའི་འདྲེས་ཡོས་ཡོད། དངོས་གནས་རེད། ངས་ཁྱོད་ལ་སྨྲ་རྒྱུར་དེད་ཚང་གི་བུ་མོ་ཁྱོད་ལ་དགའ་ཟེར།

བསྟན་པས་ཞབས་བྲོའི་ལྷན་འཛོམས་ཐོག་གི་མིག་ཟུང་འོད་འཚེར་བའི་གཞོན་ནུ་མ་དེ་དྲན།

རྫོང་དཔོན་གཞོན་པས་སླར་ཡང་ཁྱོད་གཉིས་འབྲེལ་བ་བྱས་ན་ལེགས། འོན་ཏེ་ཁྱོད་ཀྱིས་ང་ཚོ་ནི་ཡིན་ལུགས་ཚུལ་ལྡན་བྱེད་མཁན་ཡིན་པ་ཤེས་དགོས་ཟེར།

ཁོ་དང་རྫོང་དཔོན་གཞོན་པའི་བུ་མོ་པད་མ་འབྲེལ་བ་བྱེད་མགོ་ཚུགས། པད་མ་ནི་རྩ་འཛུགས་ པུའུ་ཡི་ལས་བྱེད་དཀྱུས་མ་ཞིག་རེད། ང་འཕྲད་ཐེངས་གསུམ་པར་མོས་སློ་སྒྲུ་མས་མ་གསང་བར་བསྟན་པར་འདི་ལྟར་བཤད། ངའི་ཨ་ཕས་སྒྲ་རྒྱུར་ཡང་ན་རང་གིས་རྟུར་བརྩོན་གྱིས། ཡང་ན་ཁྲོ་བོ་རྟུར་བརྩོན་བྱེད་མཁན་ཞིག་འཚོལ་ཟེར། མོས་དྭང་བ་ཟབ་མོས་ང་ནི་བུད་མེད་ཡིན་པས། ཕྱི་མ་འདི་འདེམས་འདོད་ཟེར།

བསྟན་པ་ཧང་སངས། བུད་མེད་འདིས་ཁ་ཕོག་པས་མ་གསང་བར་ཚེ་འདིའི་ཁེ་ཕན་དང་རྩེ་དགའི་དྭང་བ་འདི་ལྟར་གཞི་གཅིག་ལ་འདྲེས་ཏེ་སྨྲས་པར་ཏ་ལས། འབྲེལ་བ་ཇི་ཟབ་ཏུ་སོང་། འོ་དང་། འཐམ་འཁྱུད། ཕ་རོལ་གྱི་ལུས་པོ་འཚོལ་སློག་བྱེད་སྐབས་པད་མས་ཁོའི་རྣ་རྩར་ཁྱོད་ལྟར་ན་ངས་ཁྱོད་ཀྱི་སེམས་ནང་གི་བུད་མེད་དེ་ཕྱིར་སྦྲོད་ཐུབ་བམ་ཟེར།

བསྟན་པས་ངའི་སེམས་ནང་དུ་ཁྱོད་ལས་མེད་ཟེར།

ལུས་དྲི་ཞིམ་པའི་པད་མས་འོ་ན་ཁྱོད་ཀྱི་ཨ་ཁུ་ལེའུ་ལགས་ཀྱི་བསྟན་ཡག་ཟེར།

བསྟན་པ་ཧང་སངས། ངས་མོ་དྲན་པ་ཁྱོད་ཀྱིས་ཇི་ལྟར་ཤེས།

པད་མས་བུད་མེད་དེ་ལྟ་བུ་ནི་བུད་མེད་མེད་པའི་སྐྱེས་པ་སུས་ཀྱང་དྲན་ངེས་ཟེར།

བསྟན་པས་པད་མའི་ལུས་ལ་ཕར་རྐྱལ་བྱས། འགག་རྩའི་དུས་མཚམས་དེར་པད་མས་མལ་ཁྲི་ལས་ལངས། གྱོན་པ་གྱོན། ཀན་ལགས། གོམ་སྟབས་འདི་ངེས་པར་དུ་ཁྱོད་ངའི་ཁྱོ་བོ་ཡིན་དུས་བར་སྒུག་དགོས་ཟེར།

བསྟན་པ་ཅི་བྱ་གཏོལ་བྲལ་དུ་གྱུར་ཞིང་། ཅུང་ཙམ་ཁྲེལ། ཁྱོད་ཀྱིས་ལུས་ནན་དུ་བསྲུང་ན་སྐྱེས་པར་གོ་ཤེས་དེ་བས་ཆེ།

པད་མས་ཁྱོད་ཀྱི་བསམ་པར་མལ་ཁྲིར་སྐྱེས་པ་དང་འདུག་ན་སྐྱེས་པར་གོ་ཤེས་ཆེ་བསམ་མམ།

བེ་ཤུའི་དུས་ཚིགས་མ་སླེབས་གོང་དུ་བསྟན་པ་གཉེན་སྒྲིག་བྱས།

རྫོང་སྲིད་གྲོས་ནས་ལས་འགྱུར་བྱས་ཟིན་པའི་ལེའུ་གྲུའུ་རེན་གཉེན་སྟོན་སྟབས་བདེ་དེར་ཡོང་། བསྟན་ཡག་ཀྱང་སླེབས། ལེའུ་གྲུའུ་རེན་གྱིས་ཆང་ཕོར་བཏེགས་ཞོར་སྨྲས་པ་ནི་རྟེན་འབྲེལ་གྱི་ཤེས་ཚིག་མིན་པར། ཁོས་ང་ལས་འགྱུར་བྱས་པས་སྟོད་བཟོད་མི་བདེ། ད་ནི་བེ་ཤུའི་ཉོ་ཚོང་བྱེད་འདོད། ང་ནི་སྐྱིད་གྲོང་བ་ཉིང་པ་ཡིན་པས། སྐྱིད་གྲོང་དུ་བེ་ཤུ་ཉོ་ཚུགས་འགག་འཛུགས་འདོད་ཟེར།

བསྟན་པས་འདི་ནི་ཁོང་གིས་བེ་ཤུའི་ཚོང་བྱེད་འདོད་པ་མ་ཡིན་ཡང་། ཚོང་བྱེད་འདོད་པའི་བསྟན་ཡག་གིས་རྒྱབ་ནས་སྐུལ་སློང་བྱས་པ་ཤེས། བསྟན་པས་ཁོང་ལ་རྫོང་གིས་སྐྱིད་གྲོང་དུ་མྱུར་བར་བེ་ཤུ་མཉམ་ལས་ཁང་འཛུགས་པའི་སྐོར་བཤད། དེ་ལྟར་བྱས་ན་ཁོར་ཡུག་སྲུང་སྐྱོང་དང་ངན་འཕྱམས་འགྲན་རྩོད་སྔོན་འགོག་ཡོང་ཚུལ་ཡང་བཤད།

ལེའུ་གྲུའུ་རེན་མ་དགའ་བར་གྱུར་ཏེ། ཁྱོད་ཀྱིས་ད་ལྟ་ལན་བྱེད་མི་

དགོས་ཟེར།

བསྟན་པ་ཡང་མ་དགའ་བར་གྱུར། རྗེས་སུ་བསྟན་པས་སྐྱིད་གྲོང་དུ་གཉེར་བའི་བེ་ཤྭ་མཉམ་ལས་ཁང་གི་ཚོད་ལྟ་ལེགས་གྲུབ་མ་བྱུང་།

སྐྱིད་གྲོང་གི་བགྲེས་སོང་རྣམས་ཀྱིས་མཉམ་ལས་ཁང་། ང་ཚོ་སྔོན་མ་མཉམ་ལས་ཁང་གི་ཁོངས་མི་བྱེད་སྨྲོང་། བུ་ཁྱོད་ཀྱིས་ང་ཚོ་ད་དུང་ལྟོ་ཆེ་མི་འཕྲིད་པར་ཨེ་འཇུག །ཁྲིམ་དུ་ཕྱིན་ཏེ་བསོད་སྒྲོན་ལ་མོ་ཨ་མ་ལུ་གུ་རྒྱུད་ཇི་ལྟར་ཆགས་མིན་དྲིས་ཤིག་ཟེར།

དེ་ལྟ་མོད་ཀྱང་བསྟན་པས་གྲོང་སྡེའི་མི་རྣམས་ཚང་འཛོམས་ཚོགས་འདུ་འཚོགས་ཏེ། མཉམ་ལས་ཁང་ནི་སྔོན་ཆད་ལྟར་མ་ཡིན་པའི་འགྲེལ་བཤད་བྱས། མི་འགའ་ཞིག་གིས་དོན་མ་རྟོགས་རྟོགས་ཁུལ་གྱིས་ལེགས་པོ་རེད། ཨ་མ་བསོད་སྒྲོན་གྱི་ཤྭ་མོ་ལུ་གུ་རྒྱུད་ནང་གི་བེ་ཤྭ་ཚང་མ་ང་ཚོའི་རེད། གྲོང་སྡེ་ཡོངས་ཀྱི་བེ་ཤྭའི་དངུལ་མཉམ་བགོས་བྱེད་ཟེར།

ཨ་མ་བསོད་སྒྲོན་གྱིས་དོགས་འཆར་མེད་པར་ཁྱོད་ཚོས་ཕྱག་ཏུ་ཤིང་བཀུས་པའི་དངུལ་དང་། ཉོ་ཚོང་བྱས་ཏེ་བྱུང་བའི་དངུལ་ཚང་མ་མཉམ་དུ་བགོ་བཤའ་བྱེད་དགོས་ཞེས་སྨྲས།

བསྟན་པ་སྐྱིད་གྲོང་དུ་ཉིན་གསུམ་བསྡད་དེ། ཐེམ་རེ་མི་རེར་འགྲེལ་བཤད་བྱས་ཀྱང་འབྲས་བུ་གང་ཡང་མ་བྱུང་།

འདི་ལྟར་ངལ་བ་འབྲས་མེད་དུ་གྱུར། ཧུའུ་ཅི་དང་རྫོང་དཔོན་ནི་ལས་བྱེད་རྙིང་པ་ཡིན་པས། ཡ་མཚན་ཅི་ཡང་མ་བྱས། ང་ཚོས་དོན་མང་པོ་ཞིག་ལ་མནོ་བསམ་མ་བྱས་པ་མིན་ཙང་། ལག་ཐོག་ཏུ་འཁྱོལ་མི་ཐུབ། བསྟན་པའི་

གཏམ་འདི་ནི་བྱས་འབྲས་མཐའ་རུ་མི་འཁྱོལ་བའི་ཁོ་ཚོར་ལེ་ལན་བདས་པ་ཡིན་སྲིད།

མཉམ་ལས་ཁང་གི་དོན་རྣམས་བསྟན་པས་སེམས་ནས་བསྐྱུར་རྗེས། མནའ་མ་འཁྲིད་དེ་ཁྱིམ་དུ་ལོག །ཨ་མ་བསོད་སྒྲོན་གྱིས་སློར་ཁྲི་བཅུ་ལ་ཉེ་བའི་རྒྱུན་ཆ་མནའ་མར་སྤྲེར། ཨ་མ་བསོད་སྒྲོན་གྱིས་ཁྱོད་ཀྱིས་བསྟན་པར་ལེགས་པོ་བྱེད་དགོས། ཁོ་གླེན་ལྐུགས་རེད། གླེན་ལྐུགས་སྙེམས་ཆུང་ཞིག་རེད། རེད། ང་ཡང་གླེན་མ་རེད། འོན་ཏེ་ངས་རང་དགར་དཔྱལ་རྣམས་གཞན་ལ་བགོ་བཤའ་བྱེད་མི་སྲིད་ཟེར།

པད་མས་རྒྱུན་ཆས་ཕུད་དེ་བོད་ཆས་གྱོན། ཨ་མ་བསོད་སྒྲོན་གྱིས་བེ་ཤུས་ཉོས་པའི་བྱུ་རུ་དང་སྤོས་ཤེལ་བཏགས། གདོང་གི་སྤྲོ་ཉམས་དང་རྒྱུན་ཆའི་གཟི་འོད་གཅིག་ཏུ་འདྲེས།

ཨ་མ་བསོད་སྒྲོན་གྱིས་མིག་ཆུ་ཕྱིས་ཏེ། ཁང་པ་འདིར་བཀྲ་ཤིས་རྟེན་འབྲེལ་འདི་འདྲ་ཡོང་མ་མྱོང་ཟེར།

མོས་མར་ཆང་བསྐོལ་ཏེ་ཤུབ་བུར་པད་མར་དོ་ནུབ་ཁྱོད་ཀྱིས་ཁང་པ་འདིར་ང་ལ་ཚ་བོ་ཞིག་སྨྲུམ་པ་གྱིས་ཟེར།

ནུབ་མོ་དེར་ཉལ་ལ་ཁད་དུ་ཨ་མ་བསོད་སྒྲོན་གྱིས་བུ་དང་མནའ་མའི་ཉལ་ཁྲི་བཅས། རང་ཉིད་མ་ཉལ་བར་སྒོ་རར་བསྡད་དེ། འཁྲིས་སུ་ཆང་དམ་བཞག །ཟླ་འོད་འོག་ཏུ་སླུ་ལེན་བཞིན་གར་འཁྲབ། མཚན་གུང་དུ་བསྟན་པས་ཨ་མ་བསོད་སྒྲོན་གྱིས་སྒོ་རའི་ནང་སླུ་ལེན་པ་ཐོས་པས། ཡར་ལངས་སྐབས་པད་མས་འཐམས་ཏེ། ཨ་མས་ང་ལ་ལས་འགན་ཆེན་པོ་ཞིག

སྤྲོད་ཟེར།

བསྟན་པ་སྐྱར་ཡང་མལ་ཁྲིའི་ཐོག་ཏུ་ལུས། ཨ་མས་ཁྱོད་ལ་ཅི་ཞིག་སྨྲས་སམ།

ཨ་མས་ང་དང་ཁྱོད་ཀྱིས་དོ་ནུབ་ཚ་པོ་ཞིག་ཡོང་བར་འབད་དགོས་ཟེར།

བསྟན་པ་དགོད་བཞིན། རྒྱུན་དུ་མི་འབད་བཞིན་མེད་དམ།

དོ་ནུབ་ཡང་ལན་ཅིག་འབད་ཚོག །

མཚན་མོ་དེར་ཕོ་གཉིས་ཀྱིས་ཨ་མ་བསོད་སྒྲོན་ལ་ཚ་པོ་ཡོང་བར་འབད་པའི་བྱ་བ་ཚ་ཚ་ཝུར་ཝུར་དུ་སྤེལ།

ཐོ་རེངས་སྐར་ཆེན་འཆར་སྐབས་སུ་ཨ་མ་བསོད་སྒྲོན་དལ་བུར་ཐོག་ཁར་ཕྱིན། མེ་བཏང་། རྫ་ཁོག་ཏུ་བོད་ཕག་བཙོས་ཏེ་རི་ལ་ཐོན། ནགས་རི་སྐུག་པས་བཏུམས། ཨ་མ་བསོད་སྒྲོན་གྱིས་ཐེངས་གསུམ་པ་ངང་སྐྱུག་བྱས་ཏེ་རྒྱབ་ཏུ་གོམ་སྒྲ་ཡོད་མེད་ཉན་རྟེས། རྒྱབ་ཕྱོགས་སུ་ཅི་ཡང་མེད་པ་ཤེས་མཚམས་གཞི་ནས་ནགས་སུ་དེངས། དེའི་དུས་སུ་སྐུག་པ་སྲབ་ཏུ་སོང་། མོས་ཤ་མོ་ལུ་གུ་རྒྱུད་དུ་ཤ་མོ་བཙུ་གྲངས་ཤིག་གསར་དུ་སྐྱེས་པ་མཐོང་། འོན་ཏེ་མོས་ཤ་མོ་འཐུ་བར་དངངས་སྐྲག་མི་བྱེད།

ཨ་མ་བསོད་སྒྲོན་གྱིས་བེ་དོའི་ཤིང་ལོ་རླན་པ་འགའ་ཕར་ཕྱུད་པས། རྗོ་ལེབ་ཅིག་ལག་འོག་ནས་མཐོང་། མོ་རྗོ་ལེབ་ཐོག་ཏུ་བསྡད། གདོང་ནས་བདེ་སྐྱིད་ཀྱི་འཛུམ་ཕྱུང་། སྙིང་རྗེ་ལྟ་བུའི་ངག་གིས་ང་ལ་བྲེལ་བ་མེད་ཟེར། མོ་ཁྲུ་སིམ་མེར་བསྡད། ཕྲུ་པའི་ཁ་དོག་དང་བེ་དོའི་ཡལ་གའི་ཁ་དོག་ཕལ་ཆེར་མཚུངས་ཤིང་། ནགས་སའི་ཁ་དོག་དང་ཆ་འདྲར་ཡོད། དེ་མུར་ངོ་གདོང་

ཞིག་ལས་འོད་ཁྲིད་པར་ཅན་ཞིག་འཚོར་བས། སྨུག་པ་སྨྲབ་པའི་ནགས་ཁྲོད་འོད་ཀྱིས་ཁྱབ།

མོ་མར་འདུག །སྨུག་རྡུལ་ལས་གྲུབ་པའི་ཟིལ་པ་ལོ་འདབ་ཐོག་ཏུ་ཆགས་ཤིང་ཟགས་པ་མཐོང་། མོས་ལུས་ཀྱི་གཞོགས་ཤིག་ནས་ནགས་ས་རིམ་བཞིན་འབུར་བ་མཐོང་། དེ་ནི་ཤ་མོ་སྐྱེ་བའི་རྟགས་རེད། སྟོབས་ཤུགས་ཡོད་རྒྱུས་སྐྱི་ལ་འཛམ་པའི་ལུས་པོ་ས་ངོས་སུ་ཐོན། ཨ་མ། འདི་ནི་ཅི་འདྲའི་ཡ་མཚན་པ་ཞིག་རེད་ཨང་།

ལོ་འདབ་རྙིང་པས་བཀབ་པ་སོ་སོར་བྲལ། འདབ་ལོའི་གསེབ་ནས་བེ་ཤ་དུད་མདོག་ལ་ཤ་སྤུལ་ཕྲུགས་ཀྱི་གྲོད་པ་དཀར་པོར་ཡོད་པའི་དབུ་གདུགས་མཐོང་། དབུ་གདུགས་ཇེ་མཐོར་ཕྱིན་པ་ནི་ས་འོག་ནས་སྐྱོབ་ཞྭ་གྱོན་པའི་མི་ཞིག་གིས་བྱ་ར་བྱེད་པ་དང་འདྲ། བྱེའུ་ཚུང་གཅིག་གིས་གསུང་སྐད་བླངས་རྗེས་བྱེའུ་ཚུང་གཞན་ཞིག་གིས་གསུང་སྐད་མ་གྲག་གོང་བེ་ཤ་ས་ངོས་སུ་ཐོན། གལ་ཏེ་མི་ཞིག་ལ་དཔེ་བླངས་ན་ཤ་གདུགས་ཀྱིས་ངོ་ཡོངས་བཀབ་པ་འདྲ་ལ། ཤ་ཡུ་ཙུང་ཟད་འཕྲོག་པ་ནི་བྱ་ར་བྱེད་བཞིན་པའི་མཛིང་པ་འདྲ།

དེ་ལྟར་བེ་ཤ་རེ་རེ་བཞིན་ཨ་མ་བསོད་སྙོན་གྱི་གཡས་གཡོན་དུ་སྐྱེས། མོས་ཚེ་སྲོག་གསར་པ་སྐྱེ་ཞིང་མཆེད་པ་མཐོང་།

མོས་དེ་དག་ལས་སྙིང་དུ་སྡུག་པ་འགའ་ཐོགས་ཏེ་རི་ནས་བབས།

མོས་སླང་ལེབ་ནང་དུ་མར་བཞུར། མེ་ཚུང་ཏུས་ཤ་མོ་སོས་པ་སྲིག་སྐབས་བུ་དང་མནའ་མ་མལ་ནས་ལངས་པ་ཚོར། མནའ་མའི་སྐད་ངག་སྙན་པོ་ཐོས་པས་ཨ་མ་བསོད་སྙོན་གྱི་ཡིད་སྤྲོ་བས་བརྟས། ཁོ་ཚོས་རྫོང་

གྲོང་གི་མི་བཞིན་འཁྲུ་བཤལ་རྣོག་འཛིང་ཅན་བྱེད་སྐབས་ཤུ་མོ་བསྒྲིགས་ཟིན། མོས་ཉལ་ཤག་ཏུ་ཟིལ་པས་བཏང་པའི་གྲྭན་པ་བཟྲེ་བའི་ཚེ་བསྟན་པ་དང་མནའ་མ་ཟས་ལ་རོལ། མནའ་མས་ཤུ་མོ་བསྟན་པའི་ཁ་ནང་དུ་བཙུག་པ་མོས་མཐོང་། ཨ་མ་བསོད་སྒྲོན་གྱི་གདོང་ལ་བདེ་ཞིང་སྐྱིད་པའི་ཉམས་ཤིག་ཕྱུང་། ཕོ་ཚོའི་ལུས་ནས་མཛའ་དགའ་ཡིས་བཅིངས་པའི་དྲི་ཞིག་ཀྱང་འཐུལ།

བསྟན་པས་མནའ་མར་ལྟོས་དང་། ཨ་མ་བསོད་སྒྲོན་གྱིས་ཁྱོད་ཀྱི་ཆེད་དུ་དུས་ཆེན་བཞིན་ཟབ་མཆོར་ལེགས་པར་སྦྲས་ཟེར།

མནའ་མས་ཨ་མ་བསོད་སྒྲོན་སྐྱུར་ཏེ་ཐབ་མདུན་དུ་བསྡད། རྫ་ཕོག་ལས་ཐང་ལྟུད་དེ་ལག་གཉིས་ཀྱིས་བཏེགས།

ཨ་མ་བསོད་སྒྲོན་དུ་ཤོར། ཁ་གདངས་པ་ཙམ་ལས་དུ་སྨྲ་མ་ཐོན། མིག་ཆུ་ཚ་པོ་ཤ་ར་རར་ལྷུང་། མནའ་མའི་མིག་ལ་ཡང་མཆི་ཞགས་འཁོར། བསྟན་པས་ང་ལ་སྨྲ་མྱོང་། ཨ་མས་དགའ་བ་བརྒྱ་དང་ངལ་བ་སྟོང་སྤྱད། ཨ་མས་སྡུག་བསྔལ་སྣ་དགུ་མྱངས། མནའ་མས་དེ་ལྟར་བཤད།

ཨ་མ་བསོད་སྒྲོན་སྐད་ཡང་བགད། ང་སེམས་མི་སྐྱོ། ང་སེམས་དགའ་བས་རེད། ལས་བྱེད་སློབ་གྲྭ་ནས་ཁ་བྲལ་རྗེས། ངས་རེ་ལྟོས་བྱེད་མ་མྱོང་ཡང་། དེ་རིང་འཚོ་བ་སྐྱིད་པོ་འདི་འདྲ་སྐྱེལ་རྒྱུ་བྱུང་།

རིན་ཆེན་རྣམ་རྒྱལ་གླིང་བསྐྱར་བཞེངས་བྱེད་པའི་ལོ་དེར་ཞང་པོ་ཆོས་རྒྱམ་གྱིས་བསྟན་པ་གྲྭ་པ་བྱེད་དུ་འཁྲིད་ཅ་ན། ཨ་མས་མཚན་བགྲོད་སྦྱི་ལེ་བཙུ་ཕྲག་འགའ་བྱས་ཏེ་བསྟན་པ་འཇོག་ཐུབ་ཙམ་བྱུང་བའི་སྐོར་བསྟན་པས་

ང་ལ་སྨྲས།

འཕོས་ཟིན་པའི་རྣམ་ཤེས་དེ་རེད།

མནའ་མས་ཚིག་བསྒྱུག་དོན་བསྒྱུག་བྱས་ཏེ། ཕྱོད། ཕྱོད་ཀྱི་བཀྲ་མ་ཤིས་པ། མི་ལེགས་པ་ཐམས་ཅད།

ཨོཾ། མ་རེད། བསྟན་པའི་ཞང་པོ་ནི་གྲྭ་པ་རྒྱལ་མ་ཞིག་ག་ལ་ཡིན། ཨར་ཏན་གྲྭ་པ་དགེ་སློང་རྣམ་དག་ག་ལ་ཡིན། བུད་མེད་བསྟེན་མཁན་ནི་གྲྭ་པ་རྒྱལ་མ་ག་ལ་ཡིན། ངའི་བུ་གྲྭ་པ་རྒྱལ་མ་ཞིག་ཆགས་སྲིད་ཀྱང་ངའི་བློས་མི་བཟོད། འཕོས་ཟིན་པའི་རྣམ་ཤེས་གླིང་ནས་ཅི་བྱེད། ང་ད་ལྷའི་ཕྱོད་གཉིས་ལ་དགའ། མདང་ནུབ་ཕྱོད་གཉིས་མཉམ་དུ་ཁང་རྙིང་འདིར་ཉལ། ང་དགའ་དྲགས་ཏེ་མཚན་གང་གཉིད་མེད་པར་སྒོ་རར་བསྡད། ཕྱོད་གཉིས་ལ་ཚེ་སྲོག་གི་མྱུ་གུ་གསར་པ་སྨྲུམ་པའི་རེ་ལྟོས་ཆེ།

ཨ་མ་བསོད་སྒྲོན་གྱིས་སྐེའུ་ཁྲུང་གི་ནགས་རིར་ཁ་གཏད་དེ། ཚ་བོ་ཡོད་ན་ངས་ཤ་མོ་ལུ་གུ་རྒྱུད་ལས་བསགས་པའི་དངུལ་ལ་སྤྱོད་མཁོ་ཡོད་ཟེར།

རྫོང་དུ་ལོག་པའི་ལམ་བར་གཉེན་གསར་ཕྲུ་ཤུག་ཟླུང་གིས་ཨ་མ་བསོད་སྒྲོན་གྱི་གཏམ་ལ་བློ་བ་སྨྲོང་བཞིན། པད་མས་བསྟན་པའི་ཕྲག་པར་བསྙེས་ཏེ་སྐྱར་ཡང་དུས། མོས་ངས་བསོད་ནམས་ཅི་འདྲ་ཞིག་བསགས་པ་ལས་ཨ་མ་བྱམས་སེམས་ཅན་དང་འཕྲད་ཟེར།

ஃ ஃ ஃ ஃ ஃ ஃ ஃ

ལོ་གཉིས་པའི་ཤ་མོའི་དུས་ཆོགས་མ་སླེབས་གོང་དུ་ཨ་མ་བསོད་སྒྲོན་ལ་ཚ་མོ་ཞིག་བྱུང་།

ཚ་མོ་བསྟན་པ་དང་འདྲ། མིག་སྐོར་ཞིང་། སྣའི་གཟེངས་མཐོ། ལུས་ཀྱི་ཚུགས་ཀ་ལེགས།

ཨ་མ་བསོད་སྒྲོན་གྱིས་ཚ་མོ་འཁྲིད་དེ་དངུལ་ཁང་དུ་བཙོལ་འཛིན་བཟོ་བར་སྐྱུལ། ཚ་མོའི་མིང་བྲིས་རྗེས་ཤ་མོའི་དུས་ཆོགས་ཤིག་ལ་ཨ་མས་བཙོལ་འཛིན་དེར་སྐོར་ཁྲི་གཉིས་ལྷག་བཙོལ།

སླར་ཡང་ལོ་ཤས་ཕྱིན། བེ་ཤའི་རིན་གོང་འཕར་བཞིན་ཆག་མེད། ཚ་མོ་སློབ་གྲྭར་འགྲོ་དུས་བཙོལ་འཛིན་ཐོག་སྐོར་ཁྲི་བཅུ་བརྒལ་ཟིན།

དེའི་ཚེ་ན་སྟོན་ཆད་ཀྱི་ལས་དོན་ཚོ་ཆུང་གི་མགོ་ཁྲིད་ལེའུ་ཡོན་ཤོན་ཡང་ལས་འགྱུར་བྱས་ཏེ་ལོ་མང་སོང་། བསྟན་ཡག་ཀྱང་གཉེན་སྒྲིག་ལན་གཉིས་བྱས། གཉེན་འཁོར་མཐའ་མ་བྱེད་དུས་མོས་གནས་འཛོག་སླ་བསྐྱུར་གྱི་འགྲོ་ལུགས་བརྒྱུད་དེ། ཤིང་ཚོང་བྱེད་པའི་ཚོང་པ་ཀྲོ་བོ་དེ་ལས་བགོས་པའི་དངུལ་གྱིས་མ་རྩ་བྱས་ཏེ། མོ་ཤ་མོའི་ཚོང་པར་གྱུར།

ཤ་མོའི་ཉོ་ཚོང་སྟོན་ཆད་ལྟར་དངུལ་ཟོག་བརྗེ་རེས་དང་ཚུར་ཡོང་ཕར་འགྲོ་ལྟར་སྟབས་བདེ་ག་ལ་ཡོད། དེའི་དུས་སུ་ཤ་མོའི་ཉོ་ཚོང་སྤྱི་གཉེར་ཅན་དུ་གྱུར། འཕྲིན་ཐར་ལངས་པའི་སྤྱི་གཉེར་ཁང་གིས་མཉམ་ལས་བྱས་པ་ཙམ་གྱིས་ཚོང་ཆུང་རྣམས་ཀྱི་ཕྱུག་འགྱུར་རྨི་ལམ་འཇའ་ལྟར་ཡལ་བ་བྱས།

བསྟན་ཡག་གི་ལས་དབང་ཡང་དེ་ལས་མ་འདས། གཉེན་འཁོར་ལས་བྱུང་བའི་དངུལ་རྣམས་བསྡུ་ཐུབ་ཙང་ཚོང་མི་ཐུབ་པའི་བེ་ཤ་དང་ལྷན་དུ

ཡལ། ཟེར་སྒྲོས་ལ་རྒྱ་ཟོག་སྤྱི་གཉེར་ཁང་ཞིག་གི་སྣོ་འགྲམ་དུ་བེ་ཤུ་རུལ་ཧེ་ཤུ་རྩེ་ནག་པོ་འཕོར་སྒྲོམ་གྱི་ཕྱི་རོལ་དུ་ཐོན་སྐད། བསྟན་ཡག་ཞེ་མེར་ཧེ་དེར་སྐྱུགས། མོའི་ཕོ་བའི་ནང་གི་ཟས་དང་ཕོ་རྩེ་ཐམས་ཅད་སྐྱུགས། ད་དུང་དེར་མིག་ཆུ་དང་སྟོན་ཚད་ཀྱི་ནོར་འཁྲུལ་ལས་བྱུང་བའི་གནོང་འགྱོད་ཀྱང་འདྲིས་ཡོད།

དེ་རྗེས་མོ་མི་གཞན་ཞིག་ཏུ་གྱུར། ཧ་ཅང་ལེགས་གྲུབ་བྱུང་རུང་སྟོན་ཚད་ཀྱི་བསྟན་ཡག་ཏུ་འགྱུར་མ་ཐུབ།

ཟེར་སྒྲོས་ལ་མོ་ཕ་ཁྱིམ་དུ་ཉེན་ཤས་ལུས་ཟེར། ཉེན་ལྷ་པར་བསྟན་ཡག་མལ་ལས་ལངས་རྗེས། ད་ནི་མི་སྙིང་པར་སེམས་གསར་པ་འཇུག་སྐམ་སྟེ། ཐམས་ཅད་ཐོག་མ་ནས་མགོ་རྩོམ་ཟེར།

ལས་འཁྱུར་བྱུས་རྗེས་དབང་དང་པོ་འགན་གཉིས་ཀ་མེད་པའི་ལེའུ་ཡོན་ཤོན་གྱིས་མོ་ལ་དྲིས། ཐོག་མ་ནས་མགོ་རྩོམ་ཟེར། ཁྱོད་ཀྱི་ཐོག་མ་གང་དུ་ཡོད་དམ།

བསྟན་ཡག་རང་གིས་ཀྱང་ཐོག་མ་གང་དུ་ཡོད་མིན་མ་ཤེས། འོན་ཏེ་མོས་ཁྱོད་ཀྱིས་རོགས་རམ་བྱེད་སྒྲོང་བའི་བསྟན་པ་ད་ལྟ་ཛོང་དཔོན་གཞོན་པར་གྱུར། ཁྱོད་ཀྱིས་ཁོས་ང་ལ་རོགས་རམ་བྱེད་པར་སྐུལ་དགོས་ཟེར།

ལེའུ་ཡོན་ཤོན་གྱིས་ཁྱོད་ཀྱིས་སུ་འཚོལ་དགོས་བྱུང་ཡང་ཁོ་གཏན་ནས་འཚོལ་མི་རུང་།

བསྟན་ཡག་གིས་ཁྲིལ་དགོད་བྱེད་བཞིན་སྟོན་ཚད་བསྟན་པས་ང་ལ་རྩེ་དགའ་བྱེད་དུས་ཀྱང་འདི་ལྟར་ཟེར། དེ་ལྟར་མིན་ན་ང་ནི་ད་ལྟ་ཛོང་དཔོན

གཞོན་པའི་སྐུ་བླ་རེད།

གནམ་ངོ་དྭངས་པའི་ཞོགས་པའི་ཉི་འོད་ཤར་གྱི་སྣེའུ་ཁུང་བརྒྱུད་དེ་ནེམ་ཁྲིའི་མདུན་གྱི་པང་གཅལ་ཐོག་ཏུ་འཕྲོས།

ཐོག་ཐུག་ཆེས་དྲགས་པས་ལེའུ་ཡོན་ཞོན་གྱི་གདོང་སྐྲངས་ཏེ་དམར་པོར་གྱུར། ནེམ་ཁྲི་ལས་ལངས་ཏེ་དལ་བུར་འགྲེལ། ཁོ་ཉི་འོད་འོག་ཏུ་འགྲེལ། ཆེས་ཆེར་བགྲད་པའི་མིག་གི་འོད་མདངས་རིམ་བཞིན་ཉམས། བསྟན་ཡག་གིས་ཁ་པར་ལས་སྐྱོབ་འཁོར་བོས། ཁོས་ཨུ་ཚུགས་བྱེད་མི་དགོས། མི་དགོས་ཟེར་མོད། བསྟན་ཡག་གིས་ལྦུ་བ་དཀར་པོ་མཆུ་ཟུར་ལས་ཐོན་པ་མཐོང་བ་ལས། གཏམ་འདི་དག་ག་ལ་ཐོས། སྐྱོབ་འཁོར་གྱི་སྐད་སྒྲ་ཐོས་པས་བསྟན་ཡག་གིས་ད་གཟོད་ལུས་སྒུར་ཏེ་ལྦུ་བ་ཇེ་མང་དུ་གྱུར་ཏེ་ཡ་ང་ཞིང་ཡིད་སྐྱོ་བའི་གཏམ་ཐོས། བསྟན་ཡག་གིས་ཨ་ཕའི་གཏམ་མཇུག་མ་དེ་ཐོས། བསྟན་པ་ནི་ཁྱོད་ཀྱི་གཅེན་པོ་རེད། ཅུས་པ་གཅིག་གི་གཅེན་པོ་རེད།

མྱུར་སྐྱོབ་ལྟེ་གནས་ཀྱི་སྨན་པ་མྱུར་དུ་ནང་དུ་འཛུལ། སྔོན་ཆད་ཀྱི་ལས་དོན་ཚོ་ཆུང་གི་མགོ་ཁྲིད་ལེའུ་ཡོན་ཞོན་གྱི་མཛིང་པ་འཕུར་ཞིང་། སྙིང་ཁར་བརྟག །དེ་རྗེས་ལག་སྒྲོན་ཆུང་ངུ་ཞིག་ཁོའི་མིག་གི་རྒྱལ་མོར་བསྟན། དེ་རྗེས་འཇིག་རྟེན་ཕ་རོལ་དུ་འགྲོ་བའི་དུས་ཚོད་བྲིས། བསྟན་ཡག་ནེམ་ཁྲིའི་ཐོག་ཏུ་འདོད་ཀྱང་མིག་ནས་མཆི་མ་མ་ཐོན། ཞོགས་པའི་ཉི་གཞོན་པང་གཅལ་ལས་བྲལ་ཏེ་གྱང་ངོས་ཀྱི་དམའ་སྒྲོམ་ལ་འཕྲོས། ཨ་ཕའི་སྐུ་ཕུང་འཁྱོགས་བྱམས་ཐོག་ལུས་པ་མཐོང་བས། མོས་རས་དཀར་ཞིག་གཡོག་སྟེ་ཕོ་ངོ་བཙུ་ལྟག་བཤད་སྒྲོང་བའི་སྐབས་ཚན་ཁང་པ་ལས་ཐོན། སྐྱོབ་འཁོར་དུ་

ཞུགས་ཏེ་སྨན་ཁང་གི་རོ་འཛོག་ཁང་དུ་ཕྱིན།

ཕྱུར་སྲེག་ཁང་གི་ཕེབས་སྒོ་མཛད་སྒོར་རྫོང་གི་མགོ་ཁྲིད་ཚང་མ་སླེབས། བསྟན་པ་ཡང་དེར་ཡོད། དེ་དུས་བསྟན་པ་ནི་རྒྱུན་ལས་རྫོང་དཔོན་རེད། ཁོ་བསྟན་ཡག་གི་མདུན་དུ་ཡོང་སྟེ། མགོ་ཁྲིད་གཞན་དང་འདྲ་བར་མོ་ལ་ལག་པ་བཏང་། བསྟན་ཡག་གིས་ཁོའི་དཔུང་པར་བསྣོལ་ཏེ་དྲུ་བརྒྱངས་བྱས། དེའི་ཚེ་མཆུ་ཧོ་ཉྫེ་བ་འགའ་ཞིག་གིས་ཤུབ་ཤུར་སྔོན་ཆད་བསྟན་པའི་ཚུང་མ་བྱས་ཡོད་ན། དེ་རིང་འདི་ལྟར་དུ་དགོས་མེད་ཟེར།

ཚུལ་འདི་མཐོང་བས་བསྟན་པ་བྱེད་སྟབས་མི་བདེ་བར། ཨ་ཁྱུ་ཕེབས་པར་ང་ཡང་སེམས་ཧ་ཅང་སྐྱོ་ཟེར།

བསྟན་ཡག་གིས་ཁོ་ལ། ཨ་ཕའི་གཏམ་གྱི་མཇུག་མར་ཨ་ཕས་སྔོན་ཆད་ཁྱོད་ཀྱིས་ང་ལ་དགའ་མཛའ་བྱེད་དུ་མི་འཇུག་པའི་རྒྱུ་མཚན་ནི་ཁྱོད་ཀྱི་ཨ་ཕ་ཡང་ཁོང་ཡིན་ཟེར།

མཚན་མོ་དེར་བསྟན་པའི་མིག་མདུན་དུ་ཕྱུར་སྐམ་ནང་དུ་ནུབ་གོས་གྱོན་ཞིང་། མཆུ་སྐྲག་བཀུས་པའི་གདོང་ཐལ་སྐྱ་ཅན། སེམས་ནང་དུ་ཡི་ཆད་ཀྱིས་ཁེངས་པ་དེ་འཁོར། དེ་ནི་སྤྱི་མཚན་དང་སྣང་ལ་མ་ངེས་པའི་ཨ་ཕའི་རྙོག་དོན་དེར་ཡིད་འཁྲིང་བ་ཡང་ཡིན་སྲིད།

པད་མས་ལེའུ་ཀྲུའུ་རེན་གྱིས་ཁྱོད་ལ་བརྩེ་མཐོང་བྱེད་པ་ངས་ཀྱང་ཤེས། འོན་ཏེ་ལམ་དེར་མ་ཕྱིན་པའི་མི་མེད་ཟེར།

བསྟན་པ་སོམ་ཉིའི་དྲ་བར་གང་ཅམ་ཚུད་མོད། བསྟན་ཡག་གིས་གཏམ་དེ་པད་མར་བཤད།

པད་མས་དེ་ལྟར་ཡིན་མི་སྲིད་ཟེར།

པད་མས་སླར་ཡང་གཅིག་བྱས་ན་ཡིན་ཀྱང་སྲིད་ཟེར།

ངས་མོའི་གཏམ་བདེན་མིན་ཅི་ལ་ཤེས།

ཨ་མ་བསོད་སྒྲོན་ལ་དྲིས་ཆོག །

ངས་ཇི་ལྟར་འདྲི་དགོས་སམ།

ཇི་ལྟར་བྱས་རུང་གསལ་པོ་བཟོ་དགོས།

ལོ་འདི་ལྟར་མང་པོ་ཕྱིན་རུང་མ་འགྱོལ་བ་ཅི་ཡང་མེད།

པད་མས་བྱང་ཆ་དོད་པོས་འདི་ཤི་བའི་མི་ལ་གཏམ་དྲིས་པ་མིན། གསོན་པའི་མི་ལ་གཏམ་དྲིས་པ་ཡིན་ཟེར།

མི་གསོན་པོར་ལུས་པའི་གཏམ་ཨེ།

རེད། ཁྱོད་དང་བསྟན་ཡག་དགའ་མཛའ་བྱེད་མྱོང་། ཨ་མ་བསོད་སྒྲོན་གྱིས་དེ་ལྟར་མི་ཆོག་ཟེར་ན་ཁྱོད་ཀྱིས་ཐག་རིང་སར་གཡོལ་ཆོག །མོ་ལ་འབྲེལ་བ་བྱེད་དགོས་མེད། དེ་ལྟར་ཆོག་ཟེར་ན་དོན་གཞན་དག་རེད། མོས་རིག་པ་མ་བསྒྲིམ་རུང་རང་གི་གཙུང་མོ་རེད།

ཤ་མོའི་དུས་ཚོགས་སླེབས། ཨ་མ་བསོད་སྒྲོན་གྱིས་འཕྲིན་བསྐུར་ཏེ་ཁྲོ་ཤུག་ཟུར་གིས་ཚ་མོ་འཁྲིད་ནས་མོ་ལ་བལྟ་བར་ཤོག་ཟེར། ད་ལྟ་ཉིན་རེར་རྒྱས་བཞིན་ཡོད་པའི་ཨ་མ་བསོད་སྒྲོན་ནི་ཕྱི་འགྲོ་ཏ་ལམ་མི་བྱེད། དེ་བས་ཁྲོ་ཤུག་ཟུར་གིས་རེས་གཟའ་ཉི་མ་ཞིག་ལ་རོང་པའི་རྫོ་བོར་བལྟ་བར་ཕྱིན།

ལམ་དུ་པད་མས་བསྟན་པར་ང་ཚོས་བྱིས་པའི་ཨ་ཕྱི་རྫོང་གྲོང་དུ་བསུས་ན་ལེགས་ཟེར།

བསྟན་པའི་བསམ་བློ་དེ་དག་ཐོག་ཏུ་མེད་པས། ཁྱོད་ཀྱིས་ཨ་མར་སྨྲས་ཟེར།

སྐྱིད་གྲོང་དང་རྫོང་གྲོང་གི་བར་ཐག་མི་ཉེ་ལ་མི་རིང་། སྤྱི་ལེ་ལྔ་བཅུ་ལྷག་ཡོད། སྔོན་ཆད་ལམ་མི་ལེགས་པས་ལམ་ཐག་ཤིན་ཏུ་རིང་སྣང་འཆར་ཡང་། ད་ལྟ་སྣུམ་ལམ་གྱི་དཀྱིལ་དུ་ཕར་འགྲོ་ཚུར་འགྲོའི་བཅད་མཚམས་ཐིག་སེར་དང་། གཙང་ངོས་ཀྱི་གཞོགས་དེར་རྡོ་ར་ཡང་ཡོད། ལོ་བཅུ་ལྷག་རིང་ལ་སྐྱོ་བ་ལྟ་བུའི་སྐྱེ་ཤིང་རྒྱ་གཅོད་བྱེད་མཚམས་ཀྱང་རིམ་བཞིན་ཆད། གྲོག་རོང་གི་ཆུ་དྭངས་ཤིང་རི་ཡང་སྔོ། བསྟན་པ་ཁྱོ་ཤུག་ཟླུང་ནི་ཨ་མ་བསོད་སྒྲོན་གྱི་ཤྭ་མོ་ལུ་གུ་རྒྱུད་ཀྱི་སྐུ་དྲིན་ལས་བྱིས་པའི་སློབ་ཡོན་གསོག་མི་དགོས་པས། མི་གཞན་གྱི་སྔོན་ལ་གསེར་ཁྲུང་རླངས་འཁོར་ཁྲི་བཅུ་ལྷག་བྱས་པ་ཞིག་ཉོས། སྒེར་དོན་བསྒྲུབ་དུས་གཞུང་འཁོར་གཏོང་གི་མེད་པས། མང་ཚོགས་ཁྲིད་དུ་རྫོང་དཔོན་གཞོན་པ་འདི་ལ་མི་ཁ་ཉུང་། རོང་པའི་ཨ་མ་གཞན་ཕལ་ཆེར་འཚོ་བའི་ཁུར་པོར་གྱུར་མེད། རོང་པའི་ཨ་མ་བསོད་སྒྲོན་གྱིས་ཁོ་ཚོར་ལོ་རེར་སྒོར་ཁྲི་ཕྲག་གསོག་བཞིན་ཡོད།

པད་མས་ཧྲག་ཏུ་བསྔགས་པ་བརྗོད་བཞིན་བསྟན་པ་ཁྱོད་ལ་ཨ་མ་ཡག་པོ་འདི་འདྲ་ཞིག་ཡོང་དོན་ཅི་རེད་ཟེར།

བསྟན་པ་དབུགས་རིང་གཏོང་བཞིན། མི་ཚེ་དཀའ་སྡུག་གི་འཕྲང་ནས་འཁྱོལ་བའི་ངའི་ཨ་མ་ཟེར།

མཚམས་རེ། ཨ་མ་བསོད་སྒྲོན་གྱི་དཔུང་པར་པད་མས་བསྙེས་ཏེ། ཨ་མ་བསོད་སྒྲོན། བསྟན་པའི་ལས་དབང་འདི་ནི་ཨ་མ་བྱམས་སེམས་ཅན་ཁྱོད་

ཡོད་པས་ལན་ཟེར།

ཨ་མ་བསོད་སྒྲོན་གྱིས་དབུགས་རིང་གཏོང་བཞིན་བཤད། ལས་འབྲས་རེད།

བསྟན་པས་ཨ་མ་བསོད་སྒྲོན་གྱིས་སྟོན་ཚད་ཞང་པོ་ཡང་ལས་འབྲས་གྱིས་རེད་ཟེར།

ལས་འབྲས་ཟེར་བ་ཅི་རེད་ཚོ་མོས་དྲིས།

ཨ་མ་བསོད་སྒྲོན་གྱིས་ལས་འབྲས་ནི་ཚེ་སྔོན་ལས་ཀྱི་འབྲས་བུ་རྣམ་པར་སྨིན་པ་དེ་རེད། ཁྱོད་ཀྱི་མེས་ཞང་ལ་སྨིན་པ་དེ་ལས་ངན་པའི་འབྲས་བུ་རེད། ཁྱོད་ཀྱི་ཨ་ཕར་སྨིན་པ་དེ་ལས་བཟང་པོའི་འབྲས་བུ་རེད་ཟེར།

བསྟན་པས་དངོས་སུ་དེ་ལྟར་ཡིན་ན་མི་ཚེ་འདིར་ངས་ཨ་མ་བསོད་སྒྲོན་གྱི་རྣམ་སྨིན་མཐོང་རྒྱུར་ལུས་སྙམ།

བསྟན་པས་སློ་བུར་དུ་དེ་ལྟར་བཤད་ན་མི་འགྲིག་པ་དྲན་ཏེ། ཁ་ཟུར་དུ་སྐྱིབས་པའི་གཏམ་མེད་པ་ནང་བསྒྱུམ། འོན་ཏེ་སྐད་ཆ་དེ་ཨ་མ་བསོད་སྒྲོན་གྱིས་བཤད། ཚེ་ཕྱི་མ་ད་དུང་ངས་ཁྱོད་ལ་ཨ་ཕ་ཞིག་ཀྱང་ཡོང་བ་བྱེད།

ལེའུ་ཡོན་ཤོན་གྲོངས་པ་རེད། བསྟན་པས་དེ་ལྟར་སྨྲས།

སུ་ཞིག །

སྟོན་ཚད་ཀྱི་ལེའུ་མགོ་ཁྲིད།

ཨ་མ་བསོད་སྒྲོན་གྱིས་སླར་ཡང་སྙིད་པ་དགྲི་ཙམ་བྱས། ད་ར་ཅིག་སོང་རྗེས། བསྟན་པ། མི་དེ་ཁྱོད་ཀྱི་ཨ་ཕ་རེད།

ཁོང་གིས་འཆི་ཁར་བསྟན་ཡག་ལ་ཡང་དེ་ལྟར་གསུངས། བསྟན་པས་སྨྲས།

བསྟན་པའི་བསམ་པར་ཨ་མ་བསོད་སྒྲོན་གྱིས་སླར་ཡང་ལས་འབྲས་སྐོར་སྨྲས་ཏེ། འདི་དག་ཐམས་ཅད་རྣམ་སྨིན་ལས་ཀྱི་འབྲས་བུས་ལན་པར་འདོད་སྙམ་མོད། ཨ་མ་བསོད་སྒྲོན་གྱིས་དེ་ལྟར་མ་བཤད། ཨ་མས་ད་གཟོད་ང་ནི་འཛིག་རྟེན་འདིར་མི་ཞིག་ཡོད་པའི་དབང་གིས་གནས་བཟོད་མི་བདེ་བ་ཆགས་མི་སྲིད་ཟེར།

གཏམ་འདི་ཐོས་པས། པད་མའི་མིག་ལ་མཆི་ཞགས་འཁོར།

བསྟན་པས་ཨ་མ་བསོད་སྒྲོན་གྱི་གདོང་ལ་ཐད་དུ་བལྟ་མ་ནུས། ཁོས་གྲོང་སྡེའི་མི་ཁྱིམ་གཞན་ལས་གཙང་སྦྲ་ལེགས་པའི་ཁང་པ་མཐོང་། ཐབ་མདུན་དུ་ཕྱིས་ཏེ་འོད་འཚེར་བའི་ཟངས་དེམ་དང་། ཀྱང་སྒྲོམ་གྱི་གྲལ་འགྲིག་པའི་སྣོད་ཆས། ཐ་ན་གཙང་མར་ཕྱིས་པའི་བརྙན་འཕྲིན་གྱི་འཆར་ཤེལ། འདི་དག་ལ་ལྟ་བཞིན་བསྟན་པའི་མིག་ལ་མཆི་མ་འཁོར། དེ་ནི་ཁོས་སྐྱེས་པའི་གྲུ་ཟུར་ལས་བུད་མེད་འདིར་མཚོ་བསམ་བྱེད་ཐེངས་ཐོག་མ་རེད། ཨ་མ་རྒྱལ་ཁབ་ཀྱི་ལས་བྱེད་དུ་འགྱུར་པའི་ཐོབ་ཐང་གོ་མེད་ཚོར་མེད་དུ་ཤོར་དོན་ཅི་ཡིན་ནམ། རང་ཉིད་ལ་ཕན་ཐོགས་རྒྱུ་ལྟ་ཅི་ད་དུང་ཕར་ལ་ཕན་གདགས་དགོས་པའི་གཅིན་པོ་ཞིག་ཨ་མར་ཇི་ལྟར་བསྐྱོས་སམ། ཨ་མས་རང་གི་ཤ་ལས་ཆད་པའི་བུ་གཅིག་པོ་གསོ་སྐྱོང་ཇི་ལྟར་བྱས་སམ། ཨ་མས་བྱིས་པའི་ཕ་མིག་མདུན་དུ་ཡོད་ཀྱང་མི་སྨྲ་བའི་བརྟུལ་ཞུགས་འཛིན་དོན་ཇི་ལྟར་ཡིན་ནམ། ད་ལྟ་མི་འདི་གྲོངས་མོད། ད་གཟོད་ང་ནི་འཛིག་རྟེན་འདིར་མི་ཞིག་ཡོད་པའི་དབང་གིས་གནས་བཟོད་མི་བདེ་བ་ཆགས་མི་སྲིད་ཟེར་དོན་ཅི་ཡིན་ནམ།

པད་མས་མགོ་བོ་ཨ་མ་བསོད་སྒྲོན་གྱི་དཔུང་པར་བསྙེས། ཨ་མ་བསོད་སྒྲོན། ང་ཚོ་ཇོང་གྲོང་དུ་བསྡད་ཆོག །

ཨ་མ་བསོད་སྒྲོན་གྱིས་སྐད་པ་དགྱེ་མཚམས་བཞག །དེ་ལྟར་ཆོག་གམ། དེ་ལྟར་སྲིད་དམ། ང་ཁང་པ་འདི་ལས་བྲལ་ག་ལ་ནུས། ད་དུང་རི་ལ་ཤྭ་མོ་ཡོད། འདི་ནི་གཏམ་གྱི་མགོ་མ་རེད། དེ་ནས་གཏམ་གྱི་སྒོ་མོ་ཕྱེ། ཨ་མ་བསོད་སྒྲོན་གྱིས་འདི་ལྟར་ཟེར། འཇིག་རྟེན་འདིར་ཡོད་པའི་མི་མང་པོ་ཞིག་གི་ཚེ་སྲོག་ནི་སྐྱེས་མ་ཐག་ནས་མགོ་ཚུགས་པ་རེད། འོན་ཏེ་ངའི་ཚེ་སྲོག་ནི་ང་སྐྱིད་གྲོང་དུ་ཡོག་ཡོང་བའི་ཉིན་དེར་མགོ་ཚུགས། ཉིན་དེར་གནམ་གཤིས་ཏ་ཙང་ལེགས། གསར་སྐྱེས་ལྷུང་པར་བསིལ་ཀླུང་ལྷང་། སྐྱིད་གྲོང་གི་མི་རྣམས་དེ་དུས་ཀུང་ཧྲེའི་ཧྲེ་ཡོན་རེད། ཕོ་ཚོ་ཙྭ་བྲེག་བཞིན་འདུག །ཕོ་ཚོས་སྐད་པ་དགྱེ་བཞིན་ལས་བྱེད་ཀྱི་ལུས་གོས་གྱོན་པའི་བསོད་སྒྲོན་བསིལ་ཀླུང་ལྷང་བའི་ཞིང་ཁ་བརྒྱུད་དེ་གྲོང་སྡེར་འགྲོ་བ་མཐོང་། ངས་ཕོ་ཚོའི་མིག་འོག་ཏུ་ཐུབ་པ་གཅིག་པུ་ནི་རང་ཉིད་མི་དུ་ཞིང་མི་འགྱེལ་བ་བྱ་རྒྱུ་དེ་རེད། ཁྱོད་ཚོས་ཤེས་སམ། ལས་དོན་ཙུ་ཁག་དང་ལས་བྱེད་སློབ་གྲྭར་ངས་ལྟུགས་ལས་སྤྲ་བའི་གནས་ལུགས་མང་པོ་ཤེས། འོན་ཏེ་གནས་ལུགས་འདི་དག་གིས་ང་ལ་གསལ་འགྲེལ་མ་བྱས། གནས་ལུགས་འདི་དག་གིས་ཆོས་རྒྱམ་གྱིས་ཉིན་ལྟར་ངས་འདོད་པ་ཐོས་ཏུང་བསྒྲུབ་ཅིང་བཟོད་དེ་ཕྱིར་མ་ཐོན་པར་འགྲེལ་བཤད་མ་བྱས། དེ་དུས་ངའི་མིག་མདུན་དུ་འཕོར་བ་ནི་ལས་འབྲས་རེད། རྣམ་སྨིན་རེད། ང་ཁྱིམ་དུ་སླེབས་རྗེས་མལ་ཁྲིའི་ཐོག་ཏུ་གཉིད་ཐེངས་གཅིག་ལ་ཡུར། འོན་ཏེ་ང་བསྟན་པས་གཉིད་ལས་སད། ངའི་ལྟོ་བའི་ནང་

གི་ཚེ་སྒྲོག་དེས་འགྱུལ། དེ་དུས་བསྟན་པས་ཐོག་མར་འགྱུལ་ཙམ་བྱས། ངས་འགྲེལ་ས་ནས་ལངས་དགོས་པ་ཤེས། ཤོད་མཚམས་འདིར་སླེབས་དུས་ཨ་མ་བསོད་སྒྲོན་གྱིས་ལོ་ན་བཞི་བཅུར་སོན་པའི་བུ་ལ་ལག་པ་བརྐྱངས། བུ་འདིར་ཤོག་ཟེར། བསྟན་པ་ཨ་མ་བསོད་སྒྲོན་གྱི་གམ་དུ་ཕྱིན། ཨ་མ་བསོད་སྒྲོན་གྱིས་བསྟན་པའི་མགོ་ལ་ལྷུག་ཙམ་བྱས་ཏེ། བུ་རང་གི་པང་དུ་བླངས། སྐབས་དེར་ངས་ཅི་སྟེ་ཆོས་རྒྱམ་རི་ནས་རྟེད་དེ་སྐྱིད་གྲོང་དུ་འཁྲིད་ཐུང་། རང་ཉིད་ལས་བྱེད་སློབ་གྲྭར་ལོག་མི་ཐུང་བ་ཤེས། ངས་ཅི་སྟེ་བྱིས་པའི་ཕ་སྲུ་ཡིན་མ་སྨྲས་ཐུང་། ལྟ་སྣང་དོད་པའི་ལས་བྱེད་ཀྱི་ལུས་གོས་མུ་མཐུད་གྱོན་མི་ཐུང་བ་ཤེས། ལོ། ད་དུང་ལས་བྱེད་སློབ་གྲྭའི་ཀོ་སྐམ་དུ་གྱོན་རྒྱུར་ལུས་པའི་ངའི་ལས་བྱེད་ལུས་གོས་སོ་མ་ཞིག་ཀྱང་ཡོད།

ལོ་ན་བཞི་བཅུ་ཡོལ་བའི་བསྟན་པའི་སྣ་ཁུང་སྐྱུར་མོ་ཆགས། ཁོས་ཨ་མ་བསོད་སྒྲོན་གྱི་པང་དུ་བྱིས་དུས་སུ་ངག་ནས་ཤིན་ཏུ་ཐོན་དཀའ་བའི་གཏམ་དེ་བཤད། ཨ་མ། ང་ཁྱོད་ལ་དགའ། ཁྱོད་ཀྱིས་ཤོད་དང་། འདི་ལས་འབྲས་ཨེ་རེད། རྣམ་སྨིན་ཨེ་རེད།

མ་རེད། ག་ལ་ཡིན། ཨ་མ་བསོད་སྒྲོན་གྱིས་མགོ་བོ་དྲག་ཏུ་གཡུག །ཁྱོད་ངའི་ལྟོ་བར་ཡོད་དུས་ངས་ཁྱོད་མཐོང་མེད། དེ་དུས་ངས་ཀྱང་ཁྱོད་ལས་འབྲས་རེད་སྙམ། དངོས་གནས་དྲང་གནས། ངས་དེ་ལྟར་བསམ། ཁྱོད་བསྐྱེད་པར་བྱེད་མཁན་གྱི་སྐྱེས་པ་དང་། ལས་བྱེད་སློབ་གྲྭ་ཚང་མ་ནི་རྟག་པར་གནས་ལུགས་ཆེན་པོ་ཤ་སྟག་སྨྲ་མཁན་རེད། འོན་ཏེ་ངའི་ལྟོ་བར་ཚེ་སྲོག་གསར་པ་སྨྲུམ་དུས་ངས་རང་ཉིད་ཀྱང་ངའི་ཨ་མའི་ལམ་དུ་ཞུགས་པ་

ཤེས། ངའི་ཨ་མས་འཛིག་རྟེན་འདིར་ཕ་མེད་ཀྱི་བྱིས་པ་གཉིས་གསོས། ངས་འདི་རྣམ་སྨིན་གྱི་འབྲས་བུ་རེད་སྙམ། ངའི་རྣམ་སྨིན་གྱིས་ནོར་བ་དང་འཁྲུལ་བ་མི་སྲིད་པར་ངས་ནོར་འཁྲུལ་ཤོར། ངས་ཁྲིམས་སོ་ཟིན་པའི་སྐྱེས་པ་ཞིག་རང་ལུས་ཐོག་ཡོང་དུ་འཇུག་ག་ལ་ཉུང་། ང་རི་ལ་ཕྱིན་ཏེ་ཉིན་རྟོག་པས་འཚོལ་དགོས་པའི་གྲྭ་པ་ཞིག་འཚོལ་དུ་འགྲོ་ག་ལ་དགོས།

མི་ཚེ་འདིར་བསྟན་པས་ཨ་མའི་པང་དུ་མིག་ཆུ་ཐོག་མར་བཞུར།

གྱ། ངས་ཁྱོད་སྦྲུམ་པའི་ཉིན་དེ་ནས་བཟུང་། ངས་རང་གིས་རང་ལ་སྡུག་བསྔུན་གྱིས་ཞེས་སྨྲས། ངས་ཀྱང་ཉིན་རེ་བཞིན་འཚར་བཞིན་པའི་ཁྱོད་ལ་སྨྲ་སྐྱོང་། སྡུག་བསྔུན་བྱ་དགོས།

པད་མས་ཀྱང་ཨ་མ་བསོད་སྒྲོན་གྱི་པང་ཁར་བསྙེས་ཏེ་ངུས།

ཨ་མ་བསོད་སྒྲོན་གྱིས་པད་མའི་གདོང་ལ་འོ་བྱས། ཆུ་བཞིན་བཞུར་བའི་མིག་ཆུའི་བྲོ་བ་མྱུང་། ཨ་མས་འདི་ལྟར་ཟེར། བསྟན་པ་སྐྱེས་པའི་མཚན་མོར་ཞང་པོ་ཆོས་རྒྱམ་ཤིན་ཏུ་སྐྲག་སྟེ་ལྷས་རར་ལུག་དང་མཉམ་དུ་ཉལ་བར་ཕྱིན། ངས་བསྟན་པ་སྐྱེས་རྗེས་མལ་ཁྲིའི་ཐོག་ཏུ་བསྟན་པ་པང་ཁར་བཏབ་སྟེ་ཉལ། བསྟན་པས་ཨ་མར་མིག་བལྟ་བ་མཐོང་། དེ་དུས་ངས་རང་གི་ཚེ་སྲོག་ལ་གསོན་ཤུགས་ཀྱིས་ཁེངས་པ་ཤེས། ང་ནོར་འཁྲུལ་ག་ལ་ཤོར་ཉུང་། གཞན་གྱིས་ང་ལ་ཚེ་སྟོན་ཅི་ཞིག་ཆད་ཡོད་ཉུང་མེད་ཉུང་ང་ནོར་འཁྲུལ་ཤོར་མི་ཉུང་། ངས་གཏམ་འདི་དག་ལྷ་དང་བླ་མར་མ་སྨྲས་པར་རང་གིས་རང་ལ་བཤད། ངས་ད་ལྟ་གཏམ་འདི་ལྟར་བཤད་པ་འཁྲིག་པ་ཡང་ཤེས། ངའི་བུ་ཆེན་པོར་གྱུར། ཆུང་མ་ལེགས་པོ་འདི་འདྲ་ཞིག་འཁྲིད། ཚོ

མོ་མཛེས་པོ་འདི་འདྲ་ཞིག་སྐྱེས།

ཨ་མ་བསོད་སྒྲོན་གྱིས་སློ་བུར་དུ་གནམ་ཁ་གཙུས། ང་ཤི་ན་ཁང་པ་འདིར་སྡོད་མཁན་མེད། ཉི་མ་གཅིག་སོང་གཉིས་སོང་བཛིབས་མི་སྲིད་དམ།

བསྟན་པས་ང་ལས་འགྱུར་བྱས་ན་འདིར་ཡོང་ཟེར།

ཨ་མ་བསོད་སྒྲོན་རབ་ཏུ་དགའ། ཨ་མ་དགོད་བཞིན། ད་དུང་ངས་ཁྱོད་ལ་ཤ་མོ་ལུ་གུ་རྒྱུད་ཀྱང་སྡོད། ངས་ཤ་མོ་ལུ་གུ་རྒྱུད་ཀྱིས་རང་གི་ཤ་ལས་ཆད་པའི་བུ་ཙོ་ཤེས་པར་བྱེད།

མཚན་མོ་དེར་ཨ་མ་བསོད་སྒྲོན་གྱིས་ཆང་བཏུངས། ཆང་གིས་ཨ་མ་བསོད་སྒྲོན་དེ་བས་སྤྲོ་བར་གྱུར། ཨ་མས་སློ་བུར་དུ་ཁེར་དགོད་བྱས་ཏེ། བུའི་ཆུང་མར་སྔོན་ཆད་བསྟན་པས་ལེའུ་ཡོན་ཤོན་གྱི་བུ་མོ་འདིར་འཁྲིད་ཡོང་བ་ཁྱོད་ཀྱིས་ཤེས་སམ་ཟེར། གཅིན་པོས་གཙུང་མོ་མནའ་མར་བླངས་ན། མཉོལ་རང་ཁྲིམ་ནས་བྱུང་བ་མ་རེད་དམ། གལ་ཏེ་ང་ནི་ལས་ཀྱི་བསྐོས་ཐང་གི་བྲན་དུ་གྱུར་པའི་སྐྱེས་མ་ཞིག་ཡིན་ཙང་། མཉོལ་རང་ཁྲིམ་དུ་བཞག་སྡེ་གསོན་པ་ལས། བག་ཡོད་ཚུལ་ལྡན་དང་དུ་ཤི་ན་དགའ་ཞེས་རང་གིས་རང་ལ་སྨྲས་ཟེར།

བསྟན་པས། ཝོ། ཨ་མ། ང་དེ་དུས་མོ་ལ་སྙིང་རེ་རྗེ། མི་ཚང་མ་མོ་ལ་ཞེན་པ་ལོག་ཙང་ང་ནི་མོ་ལ་སྙིང་རབ་ཏུ་རྗེ་ཟེར། བསྟན་པས་གནའ་བོའི་ཤོད་རྒྱུན་ལྟར་ལང་ཚོའི་འདོད་པས་ལུས་ཀྱི་བ་སྤུ་རབ་ཏུ་གཡོས་པའི་སྐོར་དག་མ་བཤད།

ཨ་མ་བསོད་སྒྲོན་གྱིས་ལག་པ་གཡུག །བསྟན་པའི་ཚིག་ཇ་འཁྲོག་སྟེ།

ངས་ཁྱོད་ལ་སྙོ་བདེ་པོས་ཤ་མོ་ལུ་གུ་རྒྱུད་སྤྲད་ཚོག་གམ་ཟེར།

ངས་ལྟུགས་གཞན་སྤྱོད་མི་ཤེས་པས། ད་དུང་སྐྱེས་མེད་པའི་ཤ་མོ་དག་བསྟོག་སྟེ་ཤ་སྲུད་ཀྱི་མལ་ཁྲི་བརྣག་པར་མི་བྱེད་དམ། བསྟན་པས་ལན་བཏབ།

རེད། འདོད་པས་མི་ཚོམ་པའི་མི་དག་གི་ལྟུགས་གཞན་གྱིས་ངའི་ཤ་མོ་ལུ་གུ་རྒྱུད་ཅིག་གཏོར།

ངས་རི་ནས་རྩི་ཤིང་རྐུ་བྲིག་བྱས་ན། ཤ་མོ་ལུ་གུ་རྒྱུད་ཀྱི་གྲིབ་བསིལ་མེད་པར་གྱུར་ཞིང་། ཤ་མོའི་ནགས་ས་གཉིན་པོ་ཆུ་ཡིས་བྲུབས་པར་མི་བྱེད་དམ།

རེད། རྩི་ཤིང་རྐུ་བྲིག་པས་ངའི་ཤ་མོ་ལུ་གུ་རྒྱུད་ཅིག་བརྣག་པར་བྱས། ང་འདི་ལ་སེམས་ཁྲལ་མེད་ཙུང་ཁྱོད་ཀྱི་མཉམ་ལས་ཁང་ལ་སེམས་ཁྲལ་འདུག །ཨ་མ་བསོད་སྒྲོན་གྱིས་པད་མར་གཏད་དེ་བསྟན་པ་ཤ་མོ་མཉམ་ལས་ཁང་འཛུགས་འདོད་པ་ཁྱོད་ཀྱིས་ཤེས་སམ་ཟེར།

ངས་ཤེས། དེ་དུས་ང་དང་བསྟན་པ་ངོ་ཤེས་ཙམ་རེད།

ཁྱོད་ཀྱིས་བསྟན་པ་ཤ་མོ་མཉམ་ལས་ཁང་འཛུགས་ཏུའཛུག་མི་ཙུང་།

བསྟན་པ་ཅི་ཞིག་སྨྲ་སྣམ་མོད་ཨ་མ་བསོད་སྒྲོན་གྱིས་བཀག །ཁྱོད་ཀྱིས་ཁ་རོག་སྡོད་ལ་ངས་བཤད་པར་ཉོན་དང་། ཁྱོད་ཀྱི་མཉམ་ལས་ཁང་དེ་སྔོན་ཆད་ཀྱི་མཉམ་ལས་ཁང་དེ་འདྲ་མ་ཡིན་པ་ངས་ཤེས། འོན་ཏེ་ཁྱོད་ཀྱི་བསམ་པར་ངའི་ཤ་མོ་ལུ་གུ་རྒྱུད་བསྟན་ན་མི་རྣམས་སེམས་འགུལ་ཐེབས་ཏེ། མི་སེམས་ཀྱི་འདོད་པ་བསྐྲང་ཐུབ་སྣམ་མམ། ཕོ་ཚོའི་འདོད་པ་བསྐྲང་ག་ལ་ཐུབ། དེ་རིང་མི་ཞིག་ང་ཚོ་ཚང་མའི་མདུན་དུ་འཆི་ཡང་ཕོ་ཚོ་སེམས་

འགྲུལ་ཐེབས་མི་སྲིད། གལ་ཏེ་ཅུང་ཟད་ཅིག་ཐེབས་ཏུང་སང་ཉིན་འཆར་ན་བློ་ཡུལ་ལས་གཙང་ཐིང་ངེར་བརྗེད་ངེས། མི་སེམས་ཇེ་ལེགས་སུ་འགྲོ་བ་ངས་མི་ཚེ་འདིར་མཐོང་མ་སོང་། ཉིན་ཞིག་དུས་དེ་སླེབས་སྲིད་མོད། ད་ལྟ་ནི་ཡིན་མི་སྲིད། གང་ལྟར་ཡང་ངའི་ཤྲཱ་མོ་ལུ་གུ་རྒྱུད་འཛོག་དགོས། རྩ་བ་བརླག་མི་ཏུང་། མ་འོངས་པར་ཡང་ཤྲཱ་མོ་རྩེ་ཐོག་སྤྱང་དང་ནགས་ལ་བཞད་པ་བྱེད་དགོས།

བསྐྱན་པས་ཨ་མ་བསོད་སྒྲོན་ལ། ད་ལྟ་སྲིད་གཞུང་གིས་བྱ་ཐབས་གསར་པས་ཁོར་ཡུག་སྲུང་སྐྱོང་བྱེད། གྲོང་གསེབ་གྲོང་རྡལ་ཅན་དུ་གཏོང་ཟེར། འདི་ཡང་བདེན་ཏེ། རྫོང་དཔོན་གཞོན་པ་བསྐྱན་པས་དོ་དམ་བྱེད་ཡུལ་གཙོ་བོ་ནི་ལུང་ཁུག་དང་སྐྱེ་ཁམས་གཏོར་བརླག་ཚབས་ཆེན་ཕྱིན་པའི་གྲོང་སྡེའི་མི་རྣམས་གསར་དུ་བསྐྲུན་པའི་གྲོང་རྡལ་དུ་གཅིག་སྡུད་བྱེད་པའི་ལས་དོན་རེད། ནགས་ཤུལ་མེད་དུ་བཅད་པའི་ཡུལ་དུ་ཤིང་འཛུགས་བྱེད་པ་དང་། ཤྲཱ་མོ་ཤུལ་མེད་དུ་བཏུ་སའི་སྤང་ལ་ཤྲཱ་མོ་བསྐྱེད་པར་བྱེད་པ་དེ་རེད།

ཨ་མ་བསོད་སྒྲོན་གྱིས། ང་རྒས་ཟིན། ངས་ཁྱོད་ཀྱིས་བཤད་པའི་གཏམ་དག་ཉན་མི་འདོད། ངས་མི་ཚེ་གཅིག་ལ་འཛམ་གླིང་འདིའི་དོན་མང་པོ་ཞིག་མི་ཤེས། ཁྱོད་ཀྱིས་ངའི་ཤྲཱ་མོ་ལུ་གུ་རྒྱུད་མཐའ་མ་འདིར་ལྟ་སྐྱོང་བྱེད་དགོས།

ཨཱ ཨཱ ཨཱ ཨཱ ཨཱ ཨཱ ཨཱ

ལོ་གཉིས་ཀྱི་རྗེས་སུ་བསྟན་པ་གོ་འགན་འཁུར་ཏེ། ཉེ་འགྲམ་གྱི་ཛོང་དུ་ཛོང་དཔོན་བྱེད་པར་ཕྱིན། བསྟན་པ་ཕ་ཡུལ་དང་རྒྱང་ཐག་ཇེ་རིང་དུ་སོང་། སྤྱི་ལེ་ལྔ་བརྒྱ་ལྷག་གི་སར་ཡོད་པའི་ཛོང་དེ་དང་ཕ་ཡུལ་དབར་ལ་ད་དུང་ཛོང་གཅིག་ཡོད། མཚམས་དང་མཚམས་སུ་བསྟན་པས་ཨ་མ་ལས་ཀ་བྱེད་ཡུལ་དུ་བསུས་སོད། བསུ་ཐེངས་རེར་ཨ་མ་ནི་ཡུན་རིང་མི་སྡོད། ཨ་མས་དཀྱུས་ཁ་མི་འགྲོ་གཏན་འཁེལ་ཡིན། གངས་ཆེན་བབས་ན་ངའི་སྒོ་རའི་རིབ་མ་ཁ་བས་སྣུབ་ངེས་ཟེར། དཔྱིད་ཀ་ཕྱིན་ཏེ་ཅི་བྱེད། ངའི་སྒོ་རའི་ནང་དུ་ཟླ་འབྲུམ་གྱིས་ཁེངས་ན་འགྲོ་ལམ་ཡང་མེད་པར་འགྱུར་ངེས་ཟེར། བེ་ཤྭ་འབུ་ཉེར་སླེབས་པའི་སྟོན་ཀ་ནི་སྨྲས་ཅི་དགོས། ང་དེ་བས་ཡོང་མི་ཐུབ་ཟེར། ཚ་སོས་ཅི་ཡིན་ཞེས་དྲི་དུས་ཨ་ཕྱིས་དེ་དུས་ཤྭ་མོ་ཡོད། དགའ་བཞིན་སྤྲོ་བཞིན་སྐྱེས་པའི་ཤྭ་མོ་དེ་དག་ནགས་ཚལ་དུ་རྡུལ་ཏེ། ནགས་ས་དང་འདྲིས་ན་ཅི་འདྲའི་ཕངས་པ་ལ་ཟེར།

ཛོང་དཔོན་བསྟན་པས་རླངས་འཁོར་མངགས་ཏེ་ཨ་མ་བསྐྱལ།

༢༠༡༣ལོར་བསྟན་པ་སླར་ཡང་གོ་འགན་འཁུར་ཏེ། རང་སྐྱོང་ཁུལ་ཞིག་གི་ཁུལ་དཔོན་དུ་གྱུར། ད་ཐེངས་ཕ་ཡུལ་དང་ཁུལ་དེའི་བར་ལ་ཛོང་ལྔ་ཡོད་ཅིང་། བར་ཐག་སྤྱི་ལེ་ཆིག་སྟོང་ལྷག་ཙམ་ཡོད། ཨ་མ་བསོད་སྒྲོན་གྱིས་དཀོན་མཆོག་མཁྱེན། ང་དང་ཁྱོད་ཀྱི་བར་ཐག་ཇེ་རིང་དུ་འགྲོ་དོན་ཅི་རེད་ཟེར། བསྟན་པས་ང་ཨ་མ་དང་བར་ཐག་ཇེ་རིང་དུ་ཕྱིན་པ་མ་རེད། འཛམ་གླིང་ཇེ་ཆུང་དུ་ཕྱིན་པས་རེད་ཟེར། ཨ་མ་བསོད་སྒྲོན་གྱིས་འོ། དེ་ལྟར་བྱས་ན་གཅིག་སྐད་ཇེ་ཆེར་འགྲོའམ་ཟེར། ཨ་མ་བསོད་སྒྲོན་གྱིས་ཚ་སོར་གཏད་

དེ། ཁྱོད་ཀྱིས་ཀྱང་རྒྱུན་དུ་ཨ་རིར་སློབ་སྦྱོང་དུ་འགྲོ་ཟེར་བའི་རྒྱུ་མཚན་འདིས་ལན། ཁྱོད་ཕྱིན་ཚོག །མ་རྟན་ཞིག་གིས་རྗེ་ཆུང་དུ་འགྲོ་བཞིན་པའི་འཛམ་གླིང་བཀག་སྟེ་ཇི་ལྟར་ཁེགས་ཟེར། ཚ་མོས་ང་ཡང་འཛམ་གླིང་ཇི་ལྟར་ཆེ་བར་ལྟ་འདོད་ཟེར།

ཨ་མ་བསོད་སྒྲོན་གྱིས། འོ། ཁྱོད་ཀྱི་ཨ་ཕས་འདི་ལྟར་མི་སྨྲ། ཨ་ཕས་འཛམ་གླིང་རྗེ་ཆུང་དུ་འགྲོ་ཟེར།

ཨ་ཕས་ཁྱོད་ལ་མགོ་བསྐོར་བཏང་བ་རེད། འཛམ་གླིང་ཏ་ཙང་ཆེ། ཚ་མོས་སྨྲས།

འོ། ཨ་ཕས་རྟག་པར་འཛམ་གླིང་རྗེ་ཆུང་དུ་འགྲོ་ཞེས་ཟེར་བྱེད། རེད། ད་ཐེངས་ཨ་ཕས་ང་ལ་མགོ་སྐོར་བཏང་མེད། མི་ཆེན་པོར་གྱུར་སྐབས་རང་གི་རྐང་ལག་ཇི་ལྟར་འཛོག་དགོས་མིན་མི་ཤེས་ལ། རང་གི་རྗེ་ཆེར་འགྲོ་བའི་ལྟོ་བར་ཁ་གཏད་ཇི་ལྟར་གཅོག་དགོས་ཀྱང་མི་ཤེས། འོན་ཏེ་ང་རྗེས་སུ་ལུས། ང་ད་དུང་རང་གི་འཇིག་རྟེན་དུ་ལུས། གཏམ་འདི་དག་བཤད་རྗེས་ཨ་མ་བསོད་སྒྲོན་ཡར་ལངས་ཏེ་ཁྱིམ་དུ་ལོག །

དེ་ནི་ཆུ་སྤྲུལ་༢༠༡༣ལོར་རེད། དབྱར་གྱི་དཔལ་ཡོན་རེ་ཞིག་རྫོགས། ཀླུང་བུ་དེ་བས་བསིལ། སྟོན་ཚུགས་པས་ལོ་གཅིག་དུས་གཅིག་གི་བེ་ཤྭ་འབྲུ་དུས་འཆར།

གྲོང་སྡེ་དང་བར་ཐག་རིང་ས་ནས་ཨ་མ་བསོད་སྒྲོན་ཀླངས་འཕོར་ལས་བབས། ལྕང་སློ་ལག་ཏུ་ཐོགས་ཏེ་གྲོང་སྡེར་བསྐྱོད། དེ་ནི་གྲོང་སྡེའི་མི་རྣམས་ཀྱིས་རང་ཉིད་གཞུང་འཕོར་ནང་དུ་ཡོང་བ་མི་མཐོང་བའི་ཆེད་དུ་ཡིན། མོ་

ཟམ་པ་བརྒྱུད་ལག་པ་ཟམ་པའི་ལན་ཀན་ལ་བསྙེས་སྐབས་རྡོད་འཛམ་ཉི་མ་མཐོང་། གྲོ་ཞིང་བརྒྱུད་དེ་ཕྱིན། ད་ལྟ་གྲོ་དེ་དག་སྨོན་ཆད་ཀྱི་གྲོ་ག་ལ་ཡིན། གྲོ་དེ་དག་ནི་གསར་སྤེལ་བྱས་པའི་རྒྱུད་གསར་ཤ་སྟག་རེད། གྲོ་སོག་ཐུང་ཞིང་གྲོ་སྙེ་ཆེ། རླུང་བུ་མེད་པས་མོའི་ཕྲུ་པ་ལྷོབས་ཆེན་དང་ལྕུང་སྙི་གཉིས་མགོ་བོ་རབ་ཏུ་དུད་པའི་སྙེ་མ་དང་ཐུག་པས་ཚག་སྒྲ་གྲག །

གྲོང་མགོའི་ཁམ་སྟོང་འོག་ཏུ་མོ་ཙུང་ཙམ་བསྡད། ངོ་གདོང་ཨ་སྟོན་གནམ་ལ་གཏད་དེ། དཀོན་མཆོག་མཁྱེན། སྐྱིད་ཤོས་ནི་རང་ཡུལ་རེད་ཟེར།

ཁྱིམ་སྒོར་མ་སླེབས་པར་རྩ་སྟོན་པོའི་དྲི་མ་མོའི་སྣ་ལམ་དུ་འཐུལ།

མོ་དྲི་མ་འདིར་རྒྱུས་མངའ་ཆེ། དེ་ནི་སྟོན་ཆད་གཞུང་ལམ་མེད་པའི་ལོ་ཟླ་སྔེ། མོ་ལང་ཚོ་མ་སྨིན་པའི་དུས་སུ་རེད། གྲོང་སྡེར་རྟ་ལམ་ཡོད་ཅིང་། གྲོང་མགོར་ཁྲིམ་ལམ་ཆུང་ངུ་དང་ཚོང་ཁང་འགའ་ཞིག་ཡོད། མོས་དེར་ཨུའུ་ཚང་གི་གཡོག་མོ་བྱས་ཏེ། རྟ་དྲིལ་ལ་གཟན་རྩྭ་སྟེར། ཟོར་བའི་འོག་གི་རྩྭ་སྟོན་གྱི་དྲི་འདི་ལྟར་རེད། ད་དུང་མུ་གེའི་ལོ་ཟླར་མི་རྣམས་ཀྱིས་སྙེ་གྲ་མ་འགྲིག་པའི་ལྷང་པ་འཐུ་སྐབས་ཀྱི་དྲི་ཡང་འདི་ལྟར་རེད། ད་ལྟ་སྣ་ལམ་དུ་དྲི་འདི་འཐུལ་བས། མོས་འགྲོ་མཚམས་བཞག །ལུས་གྱང་ལ་བསྙེས། ཨ་མ་བསོད་སྒྲོན་གྱིས་ང་འཆི་དུས་མ་སླེབས་སམ་ཞེས་ཅིག་ལབ་བྱས།

མོས་སྐད་སྒྲ་གཅིག་གིས་ད་དུང་འཆི་དུས་མ་སླེབས་ཟེར།

མོས་འོ་ན་ངས་སྟོན་ཆད་ཀྱི་དྲི་མ་ཚོར་དོན་ཅི་ཞིག་རེད།

ཨ་མ་བསོད་སྒྲོན་སྒོ་རར་འཛུལ་བས། གྲོང་སྡེའི་བྱིས་པ་སྤྲ་ཚག་གཉིས་ཀྱིས་སྐེད་པ་སྒུར་བཞིན་ཟླ་བ་གཅིག་ཡུན་ལ་གང་སར་སྐྱེས་པའི་རྩྭ་ཡན་དག

ཟེར་བས་བརྫ་བ་མཐོང་། རྩྭ་འདི་དག་བརྫས་པས་ད་གཟོད་ཉི་མའི་འོག་ཏུ་དྲི་མ་དེ་ལྟར་འཐུལ།

ཁྱིས་པ་མ་རབས་འདི་གཉིས་ཀྱིས་ཨ་མ་བསོད་སྒྲོན་གྱི་ཤུ་མོ་ལུ་གུ་རྒྱུད་ཉེད་འདོད་ཀྱིས་ཐེངས་འགའ་འཇབ་འདེད་བྱེད་སྨྱོང་། ད་ཐེངས་ཁོ་གཉིས་ཀྱིས་ཨ་མར་གཏད་དེ་ཁོང་དགོད་བྱེད།

ཨ་མ་བསོད་སྒྲོན་གྱིས་མ་རབས་ཐ་ཤལ། ཁྱོད་གཉིས་ཀྱིས་ང་ལ་ཁང་པ་ཞིག་བསྐུན་ཀྱང་ངས་ཁྱོད་གཉིས་གནས་དེར་མི་འཕྲིད་ཟེར།

དེའི་ཚེ་རང་ཁྱིམ་གྱི་ཐོག་ཁ་ནས་མི་ཞིག་གིས་སྐད་བཏང་། ཨ་མ་བསོད་སྒྲོན། ང་ཡིན། ང་ཁྱོད་ལ་འཚམས་འདྲིར་ཡོང་ཟེར།

སྔོན་ཆད་ཀྱི་ལས་དོན་ཚོ་ཆུང་སྨྲར་ཐོན་པ་ཇི་བཞིན། ཐོག་ཁའི་སྐེའུ་ཁུང་ནས་ངོ་དཀར་པོའི་གདོང་མཐོང་། ཐོག་ཁར་འགྲོ་སྐབས་བདག་པོའི་སྔོན་ལ་མགྲོན་པོ་འཛུལ་མཁན་ཞིག་ག་ལ་ཡོད་སྙམ། སྐས་མགོར་སླེབས་རྗེས་མོས་ལག་པ་སྐས་ཙུར་བསྙེས་ཏེ། རང་སྟང་གང་ཤར་བྱེད་མཁན་དེ་སུ་ཡིན་ནམ་བལྟས། མི་དེས་ཁྱིམ་དུ་མེ་བཏང་། ཁ་སྐེའུ་ཁུང་ལ་བལྟས་པས་ངོ་གསལ་པོ་མ་མཐོང་། ཨ་མ་བསོད་སྒྲོན་གྱིས་བདག་པོ་མེད་དུས་ཁྱིམ་འདིར་གདོན་འདྲིས་མ་གཏོགས་རང་སྟང་གང་ཤར་བྱེད་མི་ཉུང་ཞེས་བཤད།

མི་དེས་ཁ་ཚུར་གཏད་དེ། ཨ་མ་བསོད་སྒྲོན། ང་ཚོ་ནི་ཁྱིམ་ཚང་གཅིག་ཡིན་ཟེར།

ད་ཐེངས་ཨ་མ་བསོད་སྒྲོན་གྱིས་མི་དེ་གསལ་པོར་མཐོང་། དེ་བུད་མེད་ཅིག་རེད། གྱོན་པ་ལྷབ་ལྷུབ་ཏུ་གྱོན་ཞིང་། ངོ་གདོང་དཀར་ལ་འཐེན་ཞད་

ཆེ་བ་ཞིག་མཐོང་། ཁྱོད་སུ་ཡིན་ནམ།

ཁྱོད་ཀྱིས་ང་ཡང་བརྗེད་དམ། ང་དང་བསྟན་པ་མཉམ་དུ་ཁྱོད་ཀྱི་ཁྱིམ་དུ་ཡོང་མྱོང་། ང་བསྟན་ཡག་ཡིན།

ཅི་ཞིག་གིས་ཨ་མ་བསོད་སྒྲོན་གྱི་གཤིས་ཀ་འདི་ལྟར་མི་ལེགས་པར་གྱུར་པ་མ་ཤེས། མོས་རྣམ་འགྱུར་ངན་པོས། འོ། དེ་དུས་ཁྱོད་ཀྱིས་བསྟན་པ་གཅེན་པོར་མ་བརྩིས་ཞེས་སྨྲས་པ་རང་གིས་ཐོས།

བསྟན་ཡག་དགོད་བཞིན། རེད། དེ་དུས་ཨ་ཕ་ཡང་ཤིན་ཏུ་སྐྲག །

ཨ་མ་བསོད་སྒྲོན་གདན་ཐོག་ཏུ་བསྡད་མོད། ད་དུང་རྣམ་འགྱུར་ཇེ་ཡག་ཏུ་མ་ཕྱིན་པར། ད་ཐེངས་ཁྱོད་ངའི་ཤྭ་མོ་ལུ་གུ་རྒྱུད་ཀྱི་ཆེད་དུ་ཡོང་ངམ་ཟེར།

བསྟན་ཡག་གིས་ལག་པ་གཡུག །མི་མང་པོས་ཤྭ་མོ་ལུ་གུ་རྒྱུད་ཀྱི་དོན་དུ་ཁྱོད་འཚོལ་བར་ཡོང་ངམ།

མི་མང་པོ་མེད། ཡོང་མཁན་དེ་དག་ཚང་མ་ཤྭ་མོ་ལུ་གུ་རྒྱུད་ཀྱི་ཆེད་དུ་རེད།

ངས་ཁྱོད་ལ་ངའི་སྐོར་འཆད་འདོད། ང་ནི་སྔོན་ཆད་ལྟར་ཉིན་མོ་སྐྱེས་པ་རྣམས་སྐྱུག་མེར་བྱེད། མཚན་མོ་རང་ཚུགས་མི་ཟིན་པའི་བུད་མེད་དེ་ག་ལ་ཡིན། ང་ནི་ད་ལྟ་ངེད་ཀྱི་སྤྱི་གཉེར་ཁང་གི་ཆང་དཔོན་དང་སྤྱི་ཁྲབ་གཉེར་དཔོན་ཡིན། བསྟན་ཡག་གིས་དེ་ལྟར་སྨྲས།

ཨ་མ་བསོད་སྒྲོན་གྱིས། འོ། སྤྱི་ཁྲབ་གཉེར་དཔོན་ཟེར་བ་ངས་ཕལ་ཆེར་ཤེས། ཆང་དཔོན་ཟེར་བ་རྒྱུས་མེད།

ཧྲང་དཔོན་ནི་སྤྱི་ཁྱབ་གཉེར་དཔོན་དོ་དམ་བྱེད་མཁན་རེད།

ཨ་མ་བསོད་སྒྲོན་དགོད་བཞིན། བུ་མོ། ཁྱོད་ཀྱིས་རང་གིས་རང་ལ་དོ་དམ་བྱེད་དམ། ལེགས་པོ་རེད། ཡག་པོ་རེད། བུད་མེད་ཟེར་བ་འདིས་རང་གིས་རང་ལ་དོ་དམ་བྱེད་དགོས། མ་རེད་དམ།

རེད། ཨ་མ་བསོད་སྒྲོན། ཁྱོད་ཀྱིས་ང་ལ་ཡག་ཙམ་བྱས་ན་འགྲིག་གམ། ང་ནི་བསྟན་པའི་གཙུང་མོ་རེད། ཁྱོད་ཀྱིས་ང་ཚོའི་ཨ་ཕར་ལཔོན་འཁྲུས་བྱེད་སྲིད་མོད། ད་ལྷ་ཁོང་གྲོངས་པ་རེད།

ཨ་མ་བསོད་སྒྲོན་གྱིས་ཁ་རོག་གེར་བསྡད། དབུགས་རིང་ཚད་མེད་དུ་བཏང་། སྙིང་རྗེ། སྙིང་རྗེ། ང་ཚོ་ཚང་མ་འཆི་རྒྱུ་རེད།

ཁྱོད་འཆི་ན་ཤྭ་མོ་ལུ་གུ་རྒྱུད་ཇི་ལྟར་བྱེད། ངས་ཁྱོད་ཀྱིས་འདི་ལྟར་སྨྲ་བ་ཤེས། བསྟན་པར་སྤྲད་ན་ཆོག་མོད། བསྟན་པས་ཤྭ་མོ་ལུ་གུ་རྒྱུད་ལ་ལྟ་སྐྱོང་མི་ཐུབ། གོ་འགན་ཇེ་མཐོར་འགྲོ་བ་དང་བསྟུན་ནས། བསྟན་པས་ཤྭ་མོ་ལུ་གུ་རྒྱུད་བརྗེད་ངེས།

ཨ་མ་བསོད་སྒྲོན་ནི་སྙིང་བརྟན་པ་བཞིན་གཏམ་ཡང་སྨྲ་མ་ཐུབ་པར་གྱུར།

བསྟན་ཡག་གིས། ཨ་མ་བསོད་སྒྲོན། ཁྱོད་ཀྱིས་སྐྱེས་པར་ཕོག་ཐུག་ཆེ་ཤོས་ནི་གང་ཡིན་པ་ཤེས་སམ། ངོ། རེད། ཁྱོད་ནི་མི་སེམས་བཟང་ཅན་ཞིག་རེད། མི་སེམས་བཟང་ཅན་གྱིས་སྐྱེས་པར་རྒྱུས་མངའ་མི་ཡོན། སྐྱེས་པ་ལོ་གཞོན་དུས་བུད་མེད་ལ་དགའ་ཞིང་། ལོ་རྒས་དུས་གོ་འགན་ལ་དགའ། ཁྱོད་ཀྱི་བུའམ་ངའི་གཅེན་པོ་བསྟན་པ་ཡང་དེ་ལྟར་རེད།

ཨ་མ་བསོད་སྒྲོན་ཁྲོས། ཕོ་ཚོ་རི་ལ་བཞག་ཆོག །སྔོན་ཆད་ང་ཚོས་ཕོ་ཚོ་ངོ་མི་ཤེས། ཕོ་ཚོས་དངུལ་བསྒྲུབ་མི་ཤེས་པའི་དུས་སུ་ཕོ་ཚོ་ནགས་ཁྲོད་དུ་བདེ་བར་མ་གནས་སམ།

ངའི་སྤྱི་གཉེར་ཁང་གིས་ད་ལྟ་ལས་ཀ་ཞིག་སྒྲུབ་བཞིན་ཡོད། རྗེས་སུ་ཤྭ་མོ་ནགས་ཁྲོད་དུ་རང་བཞིན་གྱིས་མེད་པར་མི་འགྲོ་བའི་ཆེད་དུ་ང་ཚོས་ལོ་ཏོག་ཞིང་ཁར་བཏབ་པ་བཞིན་བཏབ་ཆོག །

བསྟན་ཡག་གིས་ཨ་མ་བསོད་སྒྲོན་སྤྱི་ལེ་བཙུ་ཐྲག་སར་ཡོད་པའི་གཞན་ཐེད་ཤྭ་མོ་གསོ་སྐྱེལ་ལྟེ་གནས་སུ་འཁྲིད། དྲོད་ཁང་དུ་ཤིང་སྒྲོམ་གྱིས་ཁེངས། ཤིང་སྒྲོམ་ཐོག་ཏུ་གྲལ་སྒྲིག་པའི་འཁྱིག་སྣོད་ནང་དུ་ས་བླུགས། ད་དུང་ལུད་སྣ་ཚོགས་ཡོད། བཟོ་པས་འཁྱིག་སྣོད་ཐོག་ཏུ་ཤིང་ཐུར་གྱིས་ཨི་ཁུང་འབིགས། སོན་རྒྱུད་ཤེལ་དམ་ནང་གི་ཤྭ་སྨྱུད་ཐལ་མདོག་ཤིང་ཐུར་གྱིས་འཁྱིག་སྣོད་དུ་བླུགས།

ཨ་མ་བསོད་སྒྲོན་གྱིས་བསྟན་ཡག་ལ་ཁྱོད་ཀྱི་སོན་ཕུང་ཁ་དོག་ཉེས་པ་ལ་ཟེར།

སོན་ཕུང་། སོན་ཕུང་ཟེར་བ་ཅི་རེད།

ཨ་མ་བསོད་སྒྲོན་གྱིས་ཅུང་སྨྱུག་བྲོ་བའི་རྣམ་པ་དང་བཅས་མོའི་སོན་རྒྱུད་ཤེལ་དམ་ལ་གཏད་དེ། འདི་ནི་ཟེར།

འདི་ནི་སོན་རྒྱུད་རེད། ངའི་གཙེན་པོའི་ཨ་མ་ལགས།

སོན་ཕུང་། སྤྱི་ཁྱབ་གཉེར་དཔོན་ལགས། དེ་དག་ལ་སོན་ཕུང་ཟེར། ངའི་ཤྭ་མོ་ལུ་གུ་རྒྱུད་ཀྱི་སོན་ཕུང་གངས་ལྟར་དཀར་ཞིང་གཙང་།

འཁྲིག་སོང་། ཁྱོད་ཀྱིས་བལྟས་ན་གཙང་བ་ཙམ་གྱིས་ཆོག །
དཀར་ཞིང་གཙང་བ་ནི་གཙང་བ་ལས་ཀྱང་ལྷག །
ཁྱོད་ནི་དངོས་གནས་རྒྱན་མོ་རང་འདོད་ཅན་ཞིག་རེད།
ང་ཤི་ལ་ཉེ་བས་རང་འདོད་བྱས་མི་ཆོག་པ་ཅི་ཡོད།
བསྟན་ཡག་གིས་ཨ་མ་བསོད་སྒྲོན། ང་ཁྱོད་ལ་དགའ་ཟེར།
འོ། འོན་ཏེ་ང་ཁྱོད་ལ་དགའ་བར་མ་གྱུར།

རྫོང་ཁང་ཆེན་པོ་གཞན་ཞིག་ལས་ཨ་མ་བསོད་སྒྲོན་གྱིས་ཤིང་སྒྲོམ་དེ་དག་དང་ཤྭ་མོ་མཐོང་། དེ་ནི་གསེར་སྐྱུད་ཤྭ་མོ་རེད། ཕུང་པོར་སྤུངས་པའི་གསེར་སྐྱུད་ཤྭ་མོ་རེད། བལྟས་ཚོད་ལ་དཀར་པོའི་ནང་ནས་སེར་པོ་མངོན། དངོས་གནས་ལྷ་སྣང་དོད།

འོན་ཏེ་ཨ་མ་བསོད་སྒྲོན་གྱི་བློ་འདོད་མ་ཆིམ། མོས་ཤྭ་མོ་ལ་བཟོ་ལྟ་འདྲ་མིན་འདི་འདྲ་སྐྱེ་རྒྱུ་ཨེ་ཡོད། མ་བཤད་ན་བུ་ཞྭ་མོ་གྱོན་པ་འདྲ་ཞིང་། བཤད་ན་བུ་མོ་གདུགས་འཁྱེར་བ་དང་མཚུངས་པ་ནི་ཤྭ་མོའི་བཟོ་ལྟ་རེད།

བསྟན་ཡག་གིས་ཨ་མ་བསོད་སྒྲོན་མངར་ཤྭས་ཁེངས་པའི་ཤིང་སྒྲོམ་ཞིག་གི་འགྲམ་དུ་འཁྲིད། འདི་ཚོ་ཤྭ་མོའི་བཟོ་ལྟ་འདྲའམ།

འོ། རྐང་པ་ཐུང་བའི་བུ་འདི་དག་ལ་བུ་མོས་དགའ་པོ་མི་བྱེད་ཁོ་ཐག་རེད།

རྫོང་ཁང་ཚ་བ་ཆེ་ཞིང་དབུགས་ཀྱང་རྔུབ་དཀའ། ཨ་མ་བསོད་སྒྲོན་གྱིས་ཤྭ་མོ་ལེགས་པོ་དག་འདི་ལྟ་བུའི་གནས་སུ་ཅི་ལ་སྐྱེ། ང་དབུགས་ཀྱང་གཏོང་མི་ཐུབ།

བསྟན་ཡག་གིས་ཨ་མ་བསོད་སྒྲོན་བསྐྱོར་ཏེ་རྫོང་ཁང་ལས་ཕྱིར་ཐོན། རྫོང་ཁང་ཕྱི་རོལ་གྱི་ལྷུང་གསེབ་ནང་རྒྱུག་ཆུ་ལྷུང་ལྷུང་དུ་བཞུར། ཨ་མ་བསོད་སྒྲོན་གྱིས་རྒྱུག་ཆུར་གདོང་བཀྲུས། རླངས་འཁོར་དུ་བསྡད་དེ་སྐྱིད་གྲོང་དུ་ཡོང་། །དེ་ནུབ་བསྟན་ཡག་ཨ་མ་བསོད་སྒྲོན་གྱི་ཁྱིམ་དུ་བསྡད། མཚན་མོ་དེར་བསྟན་ཡག་གིས་ཨ་མ་བསོད་སྒྲོན་ཨ་ཕར་ཨེ་འཕོན་ཞེས་དྲིས་པ་ན། ཨ་མ་བསོད་སྒྲོན་གྱིས་མགོ་བོ་གཡུག་བཞིན་གཤིན་པོར་འཕོན་འགྲུས་བྱེད་པ་ནི་སྡིག་པ་ཁོ་ན་རེད་ཟེར།

འོ་ན་ཨ་ཕ་གསོན་པོར་བཞུགས་དུས་ཨེ་འཕོན།

ཨ་མ་བསོད་སྒྲོན་ཅུང་ཐེ་ཚོམ་དུ་གྱུར་རྗེས། ཁོ་ལ་ངས་འཕོན་འགྲུས་བྱས་ན། ང་འཚོ་བ་སྐྱེལ་མི་ཐུབ་ཟེར།

འོ་ན་ཁོ་ལ་ཁྱོད་དགའ་སྙིང་ངམ།

ཨ་མ་བསོད་སྒྲོན་གྱིས་ཐེ་ཚོམ་གཏན་ནས་མེད་པར། དགའ་མ་སྙིང་ཟེར།

དེ་ནུབ་ཁང་ཐོག་གཅིག་གི་འོག་ཏུ་ཉལ་བའི་བུད་མེད་གཉིས་གཉིད་ཡག་པོ་མ་ཁུག །ཞོགས་པ་བསྟན་ཡག་ལངས་དུས་ཐབ་མདུན་གྱི་ཇ་དེམ་ནང་ཇ་འཁོལ་བཞིན་ཡོད་མོད། མི་མེད། མོས་ངོ་བཀྲུས་ཤིང་བྱུག་རྫས་བྱུག་སྟེ། མེ་ལོང་ཆུང་ཆུང་དུ་འཆར་བའི་རང་ལ་ལྟ་དུས་ཨ་མ་བསོད་སྒྲོན་ཐོག་ཁར་སླེབས། མདང་ནུབ་ངས་ཤྭ་མོ་སོས་པ་སྐྱེས་པ་རྨིས། ད་ནངས་རི་ལ་འགྲོ་དུས་དངོས་གནས་འདུག །ཨ་མ་བསོད་སྒྲོན་གྱིས་རྨིག་པ་འདྲ་བའི་ལོ་མ་སྔོན་པོ་ཞིག་ཕར་བསལ་བས། ལོ་དེར་ཐོག་མར་ཐོན་པའི་བེ་ཤྭ་གཉིས་མཐོང་། ཀླུམ་ལ་རིང་བའི་ཤྭ་ཡུ། སྐྱོབ་ཞྭ་ལྟར་ཕུབ་པའི་གདུགས། ད་དུང་

ཤྭ་མོའི་མགོ་ཐོག་ཏུ་གྲོག་ཤིང་དང་། ཆང་པར་ནགས་ས་ཙུང་ཟད་འགོས།

སྤོས་དང་། ཕོ་ཚེ་ཧི་ལྟར་མི་མཛེས་སམ། ཨ་མ་བསོད་སྒྲོན་གྱིས་ལོ་མ་ཕར་བསལ། རང་གི་སྙིང་གི་ནོར་བུ་མཐོང་བའི་རྣམ་འགྱུར་ཡ་མཚན་ཞིང་ཚུགས་ཀ་ཡུད་ཆེ།

བསྟན་ཡག་གིས་ཁྱོད་ཀྱིས་ཤེས་སམ། ཨ་མ་བསོད་སྒྲོན་ནི་གློག་བརྙན་ནང་གི་ཕྱི་རྒྱལ་གྱི་རྒན་མོ་འདྲ་ཟེར།

ཨ་མ་བསོད་སྒྲོན་གྱིས་མོའི་གཏམ་ལ་ཟུར་ཟ་འདྲིས་ཡོད་པ་ཤེས་ཏེ། ངས་ཀྱང་གློག་བརྙན་བལྟས། མ་ཡིན་ཡིན་མདོག་བྱེད་མཁན་གྱི་རྒན་མོ་ཡང་མཐོང་སྲིང་། བུ་མོ། དེ་ནི་མིའི་ངོ་རེད།

ཤྭ་མོ་འགའ་ཞིག་གིས་མི་ཞིག་ངོ་ཡོད་པར་འགྱུར་རམ།

བུ་མོ། ཁྲེལ་དགོད་མ་བྱེད། མི་ཞིག་གིས་སྙེམས་ཆུང་བྱས་ཏེ། ལས་དང་བྱ་བ་ནོར་ཞིང་འཁྲུལ་ཙུང་དཀོན་མཆོག་གིས་དགོངས་དྭངས་བྱེད། གང་ལགས་ཤེ་ན་ནོར་འཁྲུལ་ཅན་རང་གིས་རྣམ་སྨིན་གྱི་འབྲས་བུ་མྱོང་དགོས་པས་རེད། འོན་ཏེ་མི་ཞིག་ལ་ཁྲེལ་དགོད་བྱས་ན་གཞན་ལ་མཐོང་ཆུང་བྱས་པ་ཡིན་པས། དེ་ནི་སྡིག་པ་རེད། གྲོང་གསེབ་ཀྱི་རྒན་མོ་ཚང་མ་བརྙན་འཕྲིན་ནང་དུ་ཏུ་ཏུ་བཤུམས་བཤུམས་བྱེད་བཞིན་སེམས་ཁོང་སྡུག་གིས་ཁེངས་པ་ཤ་སྟག་ག་ལ་ཡིན།

བསྟན་ཡག་གཏམ་འདིས་ཧང་སངས་པར་གྱུར། མོའི་ངོ་ལ་ཐབས་ཟད་པའི་འཛུམ་ཤུང་། དངོས་གནས་གློག་བརྙན་ནང་གི་མིའི་སྐད་ཆ་འདྲ་ལ། ཕྱི་རྒྱལ་གྱི་རྒན་མོའི་གཏམ་འདྲ།

ང་ཚོའི་ཆན་སོས་གཏམ་སྨྲ་མི་ཤེས་སམ། ཁོ། བུ་མོ། ཁྱོད་ནི་ སྟག་ཤི་རྒྱག་དགོས་པའི་ལས་དོན་ཚོ་ཆུང་གི་འགོ་ཁྲིད་དེ་དང་འདྲ། སྤོབས་པ་རང་མཐོ། མིག་ནང་གཞན་མེད། ངས་སྟག་ཤི་རྒྱག་དགོས་པའི་མི་དེའི་མི་ལེགས་པ་ཐམས་ཅད་རང་གི་ལུས་ཐོག་ནས་མཐོང་།

གཏམ་འདིས་བསྟན་ཡག་སྐྱར་ཡང་ཧང་སངས། མོ་སྨྲ་བ་མེད་པར་གྱུར། བྱུག་རྫས་སྐམ་ཆུང་ཁ་ཕྱེ། སྐེག་ཕྱེ་ངོ་ལ་སྦྱོར་ཏེ་སོས་ལག་གཉིས་ཀྱིས་བར་མེད་དུ་བྱུགས། ངོ་ལ་མ་འབྱར་བའི་སྐེག་ཕྱེ་མོའི་གོང་ཁ་དང་བྲང་ངོས་སུ་ཟགས།

ཨ་མ་བསོད་སྒྲོན་གྱིས་ཞོགས་ཟས་བཟོས། གྲོ་རྫེན་བཟོས། ཤྭ་མོ་སོས་པ་ལྡེབ་གཏུབ་བྱས་ཏེ། གྲོ་རྫེན་གྱི་ནང་དུ་བསྒྲིལ་རྗེས། མར་སོས་པ་བཞུར་བའི་སླང་ལེབ་ནང་དུ་བསྲེགས། སོས་འདི་ནི་ཚ་མོ་དང་སོས་ཞིབ་འཇུག་བྱས་པའི་ཚོད་མ་ཡིན་ཟེར། རེད། ཚ་མོ་ནི་ཁྱོད་ཀྱི་བུ་མོ་ཡང་རེད། བུ་མོས་འདི་ལ་སྐྱིད་གྲོང་ཕེ་ཟས་ཟེར།

བསྟན་ཡག་གིས་མ་འདོད་བཞིན། ང་ཚོའི་བུ་མོ་རེད། སྐྱིད་གྲོང་ཕེ་ཟས་ཨེ།

ངོ་གདོང་ལ་འདྲ་མིན་མ་བྱུག །ཐལ་ཕྱེས་ཅི་ཞིག་འགོག་ཐུབ། ཆར་དང་རླུང་བུས་གཙོས་ན་ཅི་ཡང་མཐོང་ངེས། མར་སྡོད་ལ་ཟས་ཟོ།

བསྟན་ཡག་མར་བསྡད། ཨ་མ་བསོད་སྒྲོན་ལྷར་དལ་བུར་ལྟོ་བཟས། དེ་རྗེས་སེམས་གཏིང་ནས་བསྔགས་པ་བྱས།

ད་ཐེངས་བསྟན་ཡག་ཨ་མ་བསོད་སྒྲོན་གྱི་གམ་དུ་ཉེན་གསུམ་བསྡད།

སོས་ཚོང་གི་སྐོར་ཡང་མ་བཤད། གཡོས་སྦྱོར་སྣ་ཚོགས་ཀྱི་བེ་ཤྭ་དང་དངུལ་གོང་མི་ཆེ་བའི་ཤྭ་མོ་མང་པོ་བཟས།

ཤིང་རྟ་༢༠༡༥ལོར་ཤྭ་མོའི་དུས་ཚོགས་འཆར་དུས་གྲོང་སྡེའི་གཞུང་ལམ་རྒྱ་ཆེ་རུ་བཏང་ཞིང་། ཨར་འདམ་གྱི་ལམ་བུ་བཏིངས། བསྟན་ཡག་གིས་ཁྱིགས་འཁོར་ཞིག་ཨ་མ་བསོད་སྒྲོན་གྱི་སྒོ་རའི་འགྲམ་དུ་བཏང་། ད་ཐེངས་བསྟན་ཡག་གིས་བསྟན་པའི་ཤུལ་འཛིན་བྱེད་མཁན་གྱི་རྫོང་དཔོན་གསར་པ་ཡང་འཁྲིད་ཡོང་།

རྫོང་དཔོན་གསར་པས་ངས་ད་གཟོད་མིང་གྲགས་ཆེ་བའི་ཨ་མ་ལུ་གུ་རྒྱུད་མཇལ་ཟེར།

བསྟན་ཡག་གིས་ཨ་མ་བསོད་སྒྲོན། ངས་རྫོང་དཔོན་ལ་ཁྱོད་ཀྱི་སྐྱིད་གྲོང་ཕི་ཟས་ཀྱི་བྲོ་བ་སྨྲ་སྦྱོང་ཟེར།

རྫོང་དཔོན་གྱིས་ང་ལ་བསོད་ནམས་དེ་ཡོད་མེད་མི་ཤེས་ཟེར།

ཨ་མ་བསོད་སྒྲོན་སེམས་མི་སྐྱིད་པར་གྱུར་དོན་མི་ཤེས་མོད། ད་ཐེངས་མི་ཡོང་ཁོ་ཐག་རེད། ད་ལོ་ཆར་ཆུ་ཉུང་བས། ཤྭ་མོ་སོས་པ་རྗེས་སུ་ལུས་ཞེས་སྨྲས།

བསྟན་ཡག་གིས་ང་ཚོས་གྲོང་སྡེར་ཤྭ་མོ་ཉོ་ཚོང་བྱེད་པ་མཐོང་ཟེར།

ཨ་མ་བསོད་སྒྲོན་གྱིས་དེ་དག་གཞན་གྱི་རེད། དངངས་སྐྲག་ཆེ་བ་རྣམས་ཀྱིས་སྐྱེས་མ་ཚར་བའི་ཤྭ་མོ་ནགས་ནས་བཏུས་པ་རེད། གང་ལྟར་ཡང་ད་ལོ་ངའི་ཤྭ་མོ་རྗེས་སུ་ལུས་ཟེར།

བསྟན་ཡག་གིས་རྫོང་དཔོན་ལ་རྫོང་སྲིད་གཞུང་གིས་ཡིག་ཆ་བཀྲམ་

ན་ལེགས། ཤ་མོ་རྗེས་སུ་མ་ལུས་པའི་བཀའ་རྒྱ་གཏོང་དགོས་ཟེར།

ཇོང་དཔོན་ཡར་ལངས་ཏེ། ད་ནི་སླེབས་ཟིན་པས། ཕྱོགས་བཞིར་བལྟ་བར་འགྲོ། ཇོང་སྲིད་གཞུང་གི་ཡིག་ཆར་ཅི་ཞིག་འབྲི་དགོས་མིན་བལྟ་དགོས་ཟེར།

བསྟན་ཡག་དང་ཇོང་དཔོན་ཐོག་ཁ་ལས་བབས། ཨ་མ་བསོད་སྒྲོན་སྐེའུ་ཁྲུང་གི་འགྲམ་དུ་ལངས་པས། སྒོ་རའི་ནང་མི་མང་པོ་འདུས་པ་མཐོང་། དེ་དག་ནི་ཡུལ་ཤོག་སྲིད་གཞུང་དང་གྲོང་སྡེའི་ལས་བྱེད་པ་རེད། མི་ཁྲུ་ཞིག་ཇོང་དཔོན་དང་བསྟན་ཡག་གི་རྗེས་སུ་ཕྱིན། སྒོ་ར་ནས་ཐོན། གྲོང་སྡེ་བརྒྱུད་རི་ལ་ཐོན། མི་དེ་དག་གིས་རི་ལྗིབས་སུ་ཕར་འགྲོ་ཚུར་འོང་བྱས། ཉིན་གུང་ཡང་རི་ནས་མ་སླེབས། བསྟན་ཡག་དང་གྲོང་སྡེའི་ལས་བྱེད་པ་ལོག་ཡོང་། གྲོང་སྡེའི་ལས་བྱེད་པས་གུང་ཟས་རི་ལ་བསྐྱལ། བསྟན་ཡག་ནི་ཨ་མ་བསོད་སྒྲོན་གྱི་ཁྱིམ་དུ་ངལ་གསོས། མོས་ཀོ་ལྐམ་མཁྲིགས་པོ་ཞིག་གྱོན་ཏེ་རི་ལ་ཐོན་པས་ཇང་པར་རྨ་བཟོས།

ཨ་མ་བསོད་སྒྲོན་གྱིས་བསྟན་ཡག་ལ་འདི་ལྟར་དྲིས། མི་དེ་དག་རི་ལ་ཐོན་དོན་ཅི་རེད།

བསྟན་ཡག་གིས་མི་དེ་དག་ཁྱོད་ཀྱི་ཤ་མོ་ལུ་གུ་རྒྱུད་འཚོལ་བར་ཐོན།

ཨ་མ་བསོད་སྒྲོན་གྱིས་གཏམ་འདི་དངོས་གནས་སམ་རྫུན་མཚར་གང་ཡིན་མ་ཤེས།

འོན་ཏེ་མོའི་བསམ་པར་ངའི་ཤ་མོ་ལུ་གུ་རྒྱུད་སུས་ཀྱང་མི་རྙེད་སྙམ། མོས་ངས་ཤེས། ཕོ་ཚོས་ད་དུང་གློས་མ་ཐོངས། ད་དུང་སྟུག་གྲིར་འཇུག་པའི་

མཉམ་ལས་ཁང་འཛུགས་དགོས་ཟེར།

བསྟན་ཡག་བགད། ཁྱོད་ཀྱིས་བུས་ཀྱང་མི་འཛོན་པའི་ལས་ངས་ག་ལ་འཛོན། ང་ལ་མཉམ་ལས་ཁང་མི་དགོས། ང་ལ་སྒེར་གཉེར་ཁང་དང་ཁྱིམ་ཏུད་མཉམ་སྦྲེལ་མི་དགོས། འདི་ཚོ་ཉོ་ཚོང་ཆུང་གྲས་རེད། ངས་བྱེད་པ་ནི་ཚོང་ཆེན་པོ་རེད། ངས་ལས་པ་ནི་དོན་ཆེན་པོ་རེད།

ཁྱོད་དངོས་གནས་ངའི་ཤ་མོ་ལུ་གུ་རྒྱུད་ཀྱི་ཆེད་དུ་མ་ཡོང་ངམ།

ཨ་མ་བསོད་སྒྲོན། ཁྱོད་ཀྱིས་ཤོད་དང་། ཁྱོད་ཀྱི་ཤ་མོ་དེ་དག་གིས་ལོ་གཅིག་ལ་སྐོར་ཅི་ཙམ་གསོག་ཐུབ་བམ།

ཅི་ཙམ་ཡོད། ཁྲི་གཉིས་ལྷག་ཙམ་ཡིན་ན་མང་པོ་རེད་དམ།

ཨ་མ་བསོད་སྒྲོན། ད་ལྟ་ང་ལ་དགོས་པ་ནི་ཁྲི་བརྒྱ་ཕྲག་བྱས་པ་གཉིས་རེད། ངས་བསམ་པ་ནི་ཁྲི་སྟོང་ཕྲག་བྱས་པ་གཉིས་རེད།

ང་ཚོའི་རི་འདི་དག་ཏུ་ཁྱོད་ལ་དགོས་པའི་དངུལ་མང་པོ་དེ་འདྲ་ག་ལ་ཡོད།

བསྟན་ཡག་གིས་སྤྱོབས་པ་མཐོན་པོས་དངུལ་གོང་ཆེན་ནི་དངོས་པོ་གཅིག་ལས་བྱུང་བ་ག་ལ་ཡིན། དངུལ་གསོག་ཤེས་པས་ངལ་དངུལ་ཕྲན་ཙམ་ལ་སྣང་མེད་གཏོང་། ད་ལྟའི་ཕྱུག་པོ་རྣམས་ནི་ངལ་དངུལ་ཕྲན་གསོག་མཁན་ག་ལ་ཡིན། ཨ་མ་བསོད་སྒྲོན། དུས་རབས་གཅིག་པ་ག་ལ་ཡིན།

ཨ་མ་བསོད་སྒྲོན་གྱིས་དུས་རབས་མི་འདྲ། དུས་རབས་མི་འདྲ། ཁྱོད་ཀྱི་ཨ་ཕ་འདས་པོས་ལས་དོན་ཚོ་ཆུང་འཁྲིད་ཡོང་བ་ནས་བཟུང་གསར་དུ་སླེབས་པའི་མི་ཚང་མས་དེ་ལྟར་ཁོ་ན་ཟེར། འོན་ཏེ་ངས་ད་དུང་མི་འདྲ་བ

ཞིག་ཡོད་པ་མ་ཤེས།

བསྟན་ཡག་གིས་བྱ་དངོས་གསར་པ་མང་པོ་དཔེ་བཞག །གཞུང་ལམ་དང་། ཁ་པར། རླངས་འཁོར། བེ་ཤྭ་དང་ཁུ་བྱུག་གྲོད་ཕུའི་རིན་གོང་ལྷབ་བརྒྱ་འགྱུར་གྱིས་འཕར་བ་སོགས། མོས་ཁྱོད་ཀྱིས་དངོས་གནས་འཕོ་འགྱུར་འདི་དག་མ་མཐོང་ངམ་ཟེར།

ངས་གཏམ་འདྲི། སྒྱུ་འཕྲུལ་ལྟར་བཟོས་པའི་དངོས་པོ་འདི་དག་གིས་མི་སེམས་ཇི་ཡག་ཏུ་འགྱོའམ། ཨ་མ་བསོད་སྒྲོན་གྱིས་བཤད། སུས་མི་སེམས་ཇེ་ཡག་ཏུ་གཏང་ན་དེའི་ཚེ་དུས་རབས་འགྱུར་བ་རེད།

བསྟན་ཡག་གིས་འདི་ལྟ་བུའི་དུས་རབས་དངོས་སུ་འཆར་ལ་ཉེ། སློག་ཎད། ཁྱོད་ཀྱིས་ཤེས་སམ། རྩིས་འཕྲུལ་སློག་ཎད།

ཨ་མ་བསོད་སྒྲོན་གྱིས་ངའི་ཚ་མོ་ཆུང་ཆུང་གིས་སྔོན་ལ་གཞན་གྱི་ཚལ་ར་ནས་ཚལ་བརྐུ། རྗེས་སུ་འཆར་ཤེལ་ཐོག་ཏུ་མི་ཡང་གསོད།

ངས་ཁྱོད་ལ་འདི་ལྟར་སྨྲ། སྐད་མར་སློག་ཎད་ཆུང་ངུ་མིའི་ཎད་པར་འཛོག །དེར་ཅི་ཞིག་ལས་སུ་བཙུག་ཀྱང་དེ་ལྟར་ལས་སུ་ཅུང་ལ། དེར་བཀའ་སྟོན་ཅི་ཞིག་བྱས་ན་དེ་ལྟར་ལག་ལེན་བྱེད།

ཨ་མ་བསོད་སྒྲོན་དགོད་བཞིན། ཁྱོད་ཀྱི་སྐད་ཆ་ནི་བསམ་གྱིས་མི་ཁྱབ་པར་སྨྲ་བའི་ཆོས་པའི་གཏམ་འདྲ།

འོ་ན་ཁྱོད་ཀྱི་ཤྭ་མོ་ལུ་གུ་རྒྱུད་སློང་ཚོག །

འཕྲིག་སོང་། རང་གཤིས་མངོན་སོང་། ཁྱོད་ལ་གང་ལྟར་ངའི་ཤྭ་མོ་ལུ་གུ་རྒྱུད་དགོས་པ་རེད།

ང་ལ་ཁྱོད་ཀྱི་ཤ་མོ་ལུ་གུ་རྒྱུད་མི་དགོས། ངས་ལས་དགོས་པའི་དོན་འདིར་ཁྱོད་ཀྱི་ཤ་མོ་ལུ་གུ་རྒྱུད་གཡར་ཙམ་བྱེད་དགོས། ཨ་མ་བསོད་སྒྲོན། ངའི་ཚིག་ཇ་མ་འཕྲོག་དང་། ངས་ཁྱོད་ཀྱི་ཤ་མོ་ལུ་གུ་གཡར་ཙམ་བྱེད། ང་ལ་ཁྱོད་ཀྱི་ཤ་མོ་གཅིག་ཀྱང་མི་དགོས།

གཡར་དགོས་ཨེ། སྒོ་འགྲུལ་བྱེད་ཐབས་མེད་པའི་ཤ་མོ་ལུ་གུ་རྒྱུད་ཇི་ལྟར་གཡར་དགོས་སམ།

ངས་ད་ལྟ་ཁྱོད་ལ་བཤད་ན་མི་འགྲིག །ད་ལོ་ང་ལ་བེད་སྤྱོད་མེད། སང་ལོ་ང་ལ་བེད་སྤྱོད་ཡོད་ཀྱང་སྲིད། གཅིག་བྱས་ན་ཁྱོད་འཆི་དུས་ཀྱང་ང་ལ་བེད་སྤྱོད་མེད། འདི་ནི་ངའི་གསར་འཆར་རེད། བློ་བཀོད་རེད།

ཨ་མ་བསོད་སྒྲོན་གྱིས་དབུགས་རིང་བཏང་སྟེ། འོ་ན་ཁྱོད་ཀྱིས་ང་འཆི་རྒྱུར་སྨུག་ཚོག་ཟེར།

བསྟན་ཡག་གིས་ཁྱོད་དངོས་གནས་འཆི་འདོད་ན། ངེད་གཉིས་གྲོས་ཆིངས་བྱེད། ཁྱོད་འཆི་ན་ཤ་མོ་ལུ་གུ་རྒྱུད་ཀྱི་བདག་དབང་ང་ལ་དགོས།

ཨ་མ་བསོད་སྒྲོན་གྱིས་ཁྱོད་ཆོས་གཤིན་པོ་ཡང་རང་དགར་མི་འཇོག་གམ།

བསྟན་ཡག་གིས་བསྟན་པས་སྨྲ་རྒྱུར་ཁྱོད་ཀྱིས་ཚ་མོར་དངུལ་མང་པོ་བསགས་ཡོད་ཟེར། ཡང་སྙིང་ག་ཚོད་ཡོད་མིན་ང་ལ་སྨྲས་ན་འགྲིག་གམ་ཟེར།

ངས་ཁྱོད་ལ་མི་སྨྲ། གང་ལྟར་ཚ་མོ་སློབ་ཆེན་དུ་འགྲོ་བར་འདང་ངེས་ཡོད།

ངས་ཚོད་དཔག་ཅིག་བྱེད། ཁྱོད་ཀྱི་ཤ་མོ་ལུ་གུ་རྒྱུད་ནས་ལོ་གཅིག་ལ་སྒོར་ཁྲི་གཉིས་ལྷག་ཙམ་ཡོང་ཟེར། ད་ལྟ་ཁྲི་ཉི་ཤུ་ཡོད་དམ་སུམ་ཅུ་ཡོད། ཁྱོད་ཀྱི་ཚ་མོ་ཡང་ངའི་བུ་མོ་དང་ཁྱད་མེད། ཚ་མོ་ཕྱི་རྒྱལ་དུ་སློབ་སྦྱོང་

ལ་འགྲོ་འདོད། ཨ་རི་དང་། དབྱིན་ཇི། རྒྱ་རན་སི་ལ་སོགས་པ་ནི་སྟོན་ཐོན་གྱི་རྒྱལ་ཁབ་རེད། ཨ་མ་བསོད་སྒྲོན། ཁྱོད་ཀྱི་དངུལ་ཕྲན་བུ་དེ་དག་གིས་ཕྱི་རྒྱལ་གྱི་ལོ་གཅིག་གི་སློབ་ཡོན་ཙམ་ལས་མི་འདང་། ཁྱོད་ཀྱིས་ཚ་མོ་ཕྱི་རྒྱལ་དུ་སློབ་སྦྱོང་ལོ་ག་ཚོད་བྱེད་དགོས་མིན་ཤེས་སམ།

ཨ་མ་བསོད་སྒྲོན་གྱིས་མི་ཤེས།

གལ་ཏེ་འབུམ་རམས་བར་ཕྱིན་ན་ལོ་བཅུ་དགོས།

ཚ་མོ་ལོ་གཞོན་དུས་སློབ་སྦྱོང་མ་གཏོགས་གཞན་ཅི་ཡང་ལས་མི་དགོས་སམ།

སྐབས་དེར་ཇོང་དཔོན་ལ་སོགས་པའི་མི་དག་རི་ནས་སླེབས། བསྟན་ཡག་ཀྱང་ཨ་མ་བསོད་སྒྲོན་དང་མུ་མཐུད་ལབ་གླེང་བྱེད་མ་འདོད་པར་ཇོང་དཔོན་བསུ་བར་ཕྱིན། འགྲོ་ཁར་བསྟན་ཡག་གིས་ཨ་མ་བསོད་སྒྲོན་ལ་ངས་སྨྲས་པའི་གཏམ་ལ་མནོ་བསམ་ཐོངས་ཟེར།

ཨ་མ་བསོད་སྒྲོན་ཁྲིས། ཁྱོད་ཀྱིས་ངའི་ཤ་མོ་ལུ་གུ་རྒྱུད་ལ་རེ་བ་མ་བྱེད།

བསྟན་ཡག་གིས་ཀྱང་གདོང་སྒྲོད། ངའི་ཤ་མོ་ལུ་གུ་རྒྱུད་ཨེ། ཨ་མ་བསོད་སྒྲོན། རི་ཁྱོད་ལ་བདག་གམ་རྒྱལ་ཁབ་ལ་དབང་། རྒྱལ་ཁབ་ལ་དངོས་སུ་དགོས་མཁོ་ཡོད་ན། ཁྱོད་ཀྱིས་འགོག་ཐུབ་བམ།

གཏམ་འདིས་ཨ་མ་བསོད་སྒྲོན་གྱི་ཡིད་སྣང་སྣང་པོར་གྱུར།

ཤ་མོའི་དུས་ཚིགས་སུ་བསྟན་ཡག་མ་སླེབས། རྒྱལ་ཁབ་ཀྱིས་ཀྱང་རི་ཡི་བདག་དབང་མ་གླེང་། འོན་ཏེ་གྲོང་སྡེའི་ནང་སྲིད་གྲོང་གི་བེ་ཤ་ཐོན་བབས་ལེགས་པའི་བེ་དོའི་ནགས་ཚལ་སྐོར་རྒྱུ་རེད་ཟེར། ཇི་ལྟར་བསྐོར་

རམ། སྔོན་ཆད་རིན་ཆེན་རྣམ་རྒྱལ་གླིང་གིས་བསྟན་པའི་རིགས་སྐོར་ལས་དགོན་པའི་རྒྱབ་རི་རི་རྒྱ་ནགས་སྲུང་བྱས། དགོན་པས་འདི་ལས་བེ་ཤུའི་ཐོན་ཁུངས་སྐྱེར་སྐོམ་བྱས་པའི་ཚུལ་དག་སྐྱིད་གྲོང་གི་མི་རྣམས་ཀྱིས་དྲན། དོན་ལ་བསྟན་ཡག་གི་སྤྱི་གཉེར་ཁང་གིས་གཉེར་བཞིན་པ་ནི་སྐྱིད་གྲོང་བ་ཞིག་དང་། གཞན་གྱིས་ཇི་བཞིན་མ་ཤེས་པའི་ལས་གྲྭ་ཞིག་རེད། ལས་གྲྭ་འདིར་རི་སྐྱེས་བེ་ཤུའི་ཐོན་ཁུངས་སྲུང་སྐྱོང་དང་གཞན་བྱེད་གསོ་སྐྱེལ་ཕྱོགས་བསྡུས་ལས་གཞི་ཐེར། ཡི་གེ་འདི་དག་བསྟན་ཡག་གི་སྤྱི་གཉེར་ཁང་གིས་རྫོང་སྲིད་གཞུང་ལ་ཕུལ་བའི་སྤྱི་བཀོད་ཡིག་ཆའི་ཐོག་ཏུ་བྲིས་ཡོད། འོན་ཀྱང་མི་རྣམས་ཀྱིས་ལས་གྲྭའི་མིང་རྙོག་འཛིང་ཅན་དེ་འབོད་མི་ཤེས་པས། དེ་དོན་གླིང་མཁན་ཡང་རང་བཞིན་གྱིས་མེད་པར་གྱུར། འདི་ནི་མི་ཞིག་གནས་དེར་མ་སླེབས་ཤིང་། དེའི་མིང་ཡང་གསལ་པོ་མ་ཤེས་ན། མི་རྣམས་ཀྱིས་དེའི་སྐོར་གྱི་གཏམ་དོན་མི་གླེང་བ་དང་མཚུངས།

ལར་དོན་འདི་ཤིང་རྟ་༢༠༡༤ལོར་ལག་ལེན་དུ་མ་འཁྱོལ། དེ་ཡང་ཕྱོགས་བསྡུས་ལས་གཞི་འདི་ནི་བསྟན་ཡག་སྤྱི་གཉེར་ཁང་གིས་བརྟོན་པའི་སྤྱི་བཀོད་ཙམ་ཡིན་པས་ལན། སྤྱི་བཀོད་འདིར་ད་དུང་སྲིད་གཞུང་གི་ཆོག་མཆན་དགོས་ཤིང་། རྒྱལ་ཁབ་ཞིང་ལས་ཚན་པའི་རིགས་སྐོར་ཐེབས་རྩ་སྣན་ཞུ་བྱ་དགོས་ལ། དངུལ་ཁང་ནས་དངུལ་བུན་ཡང་བསྐྱི་དགོས། སྤྱི་བཀོད་ལས་གཞི་ལམ་འགྲོ་སྤྱོད་ཏུང་ཤིང་ལུག་༢༠༡༥ལོ་ནས་མེ་སྤྲེལ་༢༠༡༦ལོ་བར་སྒྲུག་དགོས། གཞན་དུ་ན་སྤྱི་བཀོད་ཆུ་ནང་གི་རྟུག་དྲི་ལྟ་བུར་འགྲོ་ཡང་སྲིད། བེ་ཤུ་གཞན་བྱེད་གསོ་སྐྱེལ་འདི་འཛམ་གླིང་ཁྱོན་དུ་བྱུང་སྲོང་མེད། བསྟན་

ཡག་གི་འཆར་བཀོད་ནང་ཨ་མ་བསོད་སྒྲོན་གྱི་ཤ་མོ་ལུ་གུ་རྒྱུད་ཀྱང་ཚུད་ཡོད། ཤིང་ལུག་༢༠༡༥ལོ་དང་མེ་སྤྲེལ་༢༠༡༦ལོར་མོས་སྲིད་གཞུང་དང་དངུལ་ཁང་གི་མགོ་ཁྲིད་རྣམས་སྐྱེ་བཞིན་པའི་རི་སྐྱེས་ཤ་མོ་ལུ་གུ་རྒྱུད་ལ་བལྟ་བར་འཁྲིད་འཆར་ཡོད། དེའི་ཚེ་དེའི་དུས་སུ་བསྟན་ཡག་སྤྱི་གཉེར་ཁང་གིས་རང་བྱུང་ཁོར་ཡུག་ཏུ་གཞན་བྱེད་བེ་ཤ་གསར་སྤེལ་ཐུབ་པའི་ཐག་གཅོད་དེ་གར་བྱས་ནས། ལག་རྩལ་རིམ་གྱིས་སྨིན་པར་གྱུར་རྗེས་ཁྲིམ་རར་ཤ་མོ་འཕོར་ཆེན་ཐོན་སྐྱེད་བྱེད་འཆར་ཡོད།

སྐབས་དེ་དུས་བསྟན་ཡག་སྤྱི་གཉེར་ཁང་ལ་མ་རྩ་འཕོར་ཆེན་དགོས་པའི་སེམས་ཁྲལ་ཅི་ལ་ཡོད། མ་རྩ་བྱུང་ན་མོས་ས་གནས་རང་བཞིན་གྱི་བེ་ཤའི་ཁྲིམ་ར་སྣེར་སྐོམ་བྱས་ཆོག་ལ། བེད་སྤྱོད་བཏང་མ་ཚར་བའི་དངུལ་རྣམས་དེ་བས་ཁེ་བཟང་ལེགས་པའི་ཉོ་ཚོང་ལ་བཏང་ཆོག །

ཨ་མ་བསོད་སྒྲོན་དང་ཐ་ན་སྐྱིད་གྲོང་གི་མི་རྣམས་ཀྱིས་རྟོག་འཛིང་ཆེ་བའི་ཉོ་ཚོང་གི་བསྟན་བཅོས་འདི་གོ་བར་དཀའ། དེ་བས་ཤ་མོའི་དུས་ཚིགས་འཆར་དུས་ཁོ་ཚོས་སྔོན་ཆད་ལྟར་ང་ཤར་ཁོ་ཤར་གྱིས་བེ་ཤ་རི་ནས་བཏུས། དུས་མཚུངས་སྲིད་གཞུང་གི་ལས་བྱེད་པ་དང་བསྟན་ཡག་སྤྱི་གཉེར་ཁང་གི་མི་སྣས་རི་ལ་ཐིག་ལེན་བྱས། འཕྲུལ་ཆས་ཀྱིས་བརྟག་པ་བྱས་ཏེ། རྟགས་འགོད་ཐིག་ཁྲི་བྱེད་པ་ཡང་མཐོང་།

གལ་ཏེ་རྟགས་འགོད་བྱས་པ་ལྟར་ལྷུགས་ཁྲ་བསྐོར་ན་སྐྱིད་གྲོང་གི་བེ་ཤའི་ཁུལ་ཕལ་ཆེར་ཚུད།

སྐྱིད་གྲོང་གི་མི་དག་གིས་རྩེད་མོའི་ཚུལ་དུ། ཨ་མ་བསོད་སྒྲོན། ལུ་གུ

རྒྱུད་འདི་ཁྱོད་ཀྱི་ཤྭ་མོ་ལུ་གུ་རྒྱུད་ལས་ཀྱང་ཆེ་ཟེར།

ཨ་མ་བསོད་སྒྲོན་གྱིས། ད་ཉི་ང་ལོ་རྒས། ནགས་རི་བེ་ཤུས་བཏུམས་ཀྱང་ང་རི་ལ་འགྲོ་མི་ཐུབ་ཟེར།

ཁྱོད་རི་ལ་འགྲོ་མ་ཐུབ་ན་ཤྭ་མོ་ལུ་གུ་རྒྱུད་ང་ཚོར་ཨེ་ཉེན།

ཨ་མ་བསོད་སྒྲོན་གྱིས་མགོ་བོ་འཕྲེད་དུ་གཡུག་བཞིན། མ་རེད། ཁྱོད་ཚོས་ཤྭ་མོ་ཐམས་ཅད་མེད་པར་བྱས་ན། ངའི་ཤྭ་མོ་ལུ་གུ་རྒྱུད་ཀྱིས་རི་ལ་ས་བོན་ཞིག་འཛོག་ངེས་ཟེར།

ཡུལ་མི་རྣམས་ཀྱིས་རྩོད་ཟླ་མ་བྱས། མུ་མཐུད་འདི་ལྟར་བྱས་ན། ལོ་འགའ་ཕྱིན་པའི་རྗེས་སུ་རི་ལ་ཨ་མ་བསོད་སྒྲོན་གྱི་ཤྭ་མོ་ལུ་གུ་རྒྱུད་དུ་བེ་ཤྭ་ཡོད་ཀྱང་སྲིད་སྙམ།

ཁོ་ཚོས་རང་ལ་འགྲེལ་བཤད་ཀྱི་ཚུལ་དུ་ང་ཚོར་དེའི་སེམས་ཁྲལ་མེད། བེ་ཤྭ་མེད་པར་གྱུར་ན་ཡང་རི་སྟེང་དུ་དཔལ་གོང་ཆེ་བ་གཞན་ཞིག་རྙེད་ཀྱང་སྲིད་ཟེར།

ཨ་མ་བསོད་སྒྲོན་གྱིས་ལག་པ་གཡུག་བཞིན་དཀོན་མཆོག་མཁྱེན། བླ་མས་སྐྱོབས། ང་དེ་ཉིན་མ་སླེབས་བར་དུ་འཆི་བར་ཤོག་ཟེར།

ཤ་མོའི་དུས་ཚིགས་མཇུག་བསྡིལ་ལ་ཉེ། ཨ་མ་བསོད་སྒྲོན་གྱིས་ལག་འཕྲིན་བླངས་ཏེ། བསྟན་པར་ཁ་པར་གཏོང་དགོས་སྙམ།

མོས་བུ་ལ་རང་གི་རྐང་ཚིགས་མི་བདེ་བས། སང་ལོ་སླར་ཡང་རང་གི་ཤ་མོ་ལུ་གུ་རྒྱུད་ལ་བལྟ་བར་འགྲོ་མ་ཐུབ་པའི་སྐོར་སྨྲ་འདོད།

མོས་ད་ཐེངས་ནི་ལོ་གཞོན་དུས་རེ་ཐག་ཆད་པའི་སྐབས་དང་མི་འདྲ་བར། སེམས་ནང་དུ་སྐྱོ་སྣང་འཆར་ཞིང་། ཡོད་ཚད་སྐྱོ་སྣང་མིན་པ་ཚོར། སེམས་ནང་དུ་སྟོང་ལྷང་ལྷང་འཆར་ཞིང་། ཡོད་ཚད་སྟོང་ལྷང་ལྷང་མིན་པ་ཚོར།

དུས་ཚོད་གཉིས་ཀྱི་གོང་དུ་མོ་རི་ནས་ཡོང་སྐབས་ཐེངས་འགའ་འགྱེལ། དེ་ནི་ཆར་རྗེས་ཀྱི་འདམ་དང་གསེག་ལམ་དུ་ཡིད་གཟབ་མ་བྱས་པར་འགྱེལ་བ་མིན་ལ། སྤང་ལྡེབས་སུ་སྤང་འདྲེད་ཤོར་བ་ནི་དེ་བས་མིན། དེ་ནི་བྱིན་པས་ལུས་སྟོད་མ་ཐེག་པར་འགྱེལ་བ་རེད། འགྱེལ་རྗེས་མོ་དེ་འཕྲལ་ལངས་མ་ཐུབ་པ་ནི་ལྟུང་སློའི་བེ་ཤ་བསྡུངས་པས་ཡིན་སྲིད། མོས་མིག་ཅེ་རེར་ལྟུང་སློ་ཁ་སྦུབ་མར་བལྟས། བེ་ཤ་རེ་རེ་བཞིན་ལྟུང་སློ་ལས་ཟགས། ཤ་མོ་རི་ལྡེབས་སུ་རྟབ་ལ་འདྲིལ། མོས་ཨུ་ཚུགས་ཀྱིས་ཡར་ལངས། ཕྱོགས་བཞིར་འཐོར་བའི་བེ་ཤ་བསྡུག་སྐབས་པུས་མོའི་ལྷ་ངར་ན་ཟུག་སྐྱེས་པས། དེ་འཕྲལ་དར་ཅིག་འགྱེལ། ཨ་མ་བསོད་སྒྲོན་སྤང་ཐོག་ཏུ་འགྱེལ་ཏེ་ཡར་ལངས་སྐབས་ཆར་རྗེས་ཀྱི་ཉི་འོད་འཕྲིས་ཀྱི་བེ་དོ་དང་། གསོམ་ཤིང་། ལུང་མར་འཕྱོས་ཤིང་། རྒྱང་རིང་གི་ཡུག་ཅིག་ཏུ་སྡིལ་བའི་ནགས་ལྗོངས་སུ་འཕྱོས། མིག་ལམ་ཐམས་ཅད་གཡུ་ལོའི་ཞིང་ཁམས་སུ་གྱུར། གཡུ་ལོའི་ཞིང་ཁམས་སུ་ད་དུང་འཇའ་ཚོན་ཐགས་སུ་བཀྲ་བ་ཞིག་ཀྱང་འཆར། བསོད་སྒྲོན། ཉིན་དེ་སླེབས་སོང་

ཞེས་རང་གིས་སྨྲས་པ་མོས་ཐོས།

ཨ་མ་བསོད་སྒྲོན་རི་ལྗིབས་སུ་ངལ་གསོ་ཡུན་རིང་བྱས། མོས་ཤྭ་མོ་འཐོར་བ་དག་ལྟུང་སློར་བླུགས་ཏེ་ཁྱིམ་དུ་ཡོག །མོས་དུས་ཚོད་རྒྱུན་རིང་སྤྱད་རྗེས་གཞི་ནས་ལུས་ཐོག་གཙང་མ་བཟོས། ད་ནི་ལག་འཁྱིན་བླངས།

ལག་འཁྱིན་འདི་ནི་བསྟན་པས་ཆེད་དུ་བཞག་པ་ཞིག་རེད།

མོས་རྒྱུན་དུ་བུ་དང་། མནའ་མ། ཚ་མོ་བཅས་ཀྱིས་ཚུར་ཁ་པར་གཏོང་སྐབས་སུ་ཏིང་ཏིང་ཏང་ཏང་གི་རོལ་དབྱངས་ཁྲོད་ཁ་པར་བླངས་ཏེ། ཁོ་ཚོ་དང་སྐྱིད་མོ་བྱེད། ཚིག་འགྲོས་བསྒྱུར་ན་ཨ་མ་བསོད་སྒྲོན་གྱིས་ཕར་ཁ་པར་གཏོང་མི་ཤེས། ཉེ་མ་བཞུད་ཁར་མོས་ལག་འཁྱིན་འཁྱེར་ཏེ་ཕྱི་རོལ་དུ་ཕྱིན། རྒྱ་ལམ་ནས་མི་ཞིག་འཕྲད། མོས་ལག་འཁྱིན་བསྟན་ཏེ། བུ་བསྟན་པར་ཁ་པར་གཏོང་རོགས། ང་ལ་དོན་ཞིག་ཡོད་སྨྲས།

མི་དེས་ཨ་མ་བསོད་སྒྲོན། ང་ལ་བསྟན་པའི་ལག་འཁྱིན་ཨང་གི་མེད་ཟེར།

གྲོང་ཚོ་ཨུ་ཡོན་ལྷན་ཁང་ནང་དུ་གྲོང་དཔོན་འཕྲད་པས་ད་གཟོད་མོས་བསྟན་པར་ཁ་པར་གཏོང་ཐུབ་ཙམ་བྱུང་།

མོས་བསྟན་པ། ངའི་ཤྭ་མོ་ལུ་གུ་རྒྱུད་ནམ་ཡང་རི་ལ་འཛོག་རྒྱུ་ལས་འོས་མེད་ཟེར།

བསྟན་པ་རབ་ཏུ་སྨྲག །ཨ་མའི་ལུས་ལ་ན་ཚ་སྟུང་གཞི་མེད་དམ།

ཨ་མ་བསོད་སྒྲོན་གྱིས་རང་གི་མིག་ནང་མཆི་ཞགས་འཕྱོར་བ་ཚོར་མོད། མོ་མ་དུས། མོས་ངའི་ལུས་ལ་ན་ཚ་མེད། བདེ་བདེ་ཐང་ཐང་ཡིན། རྐང་པ་ཙུང་མི་བདེ། སང་ལོ་ང་ཤྭ་མོ་ལུ་གུ་རྒྱུད་ལ་བལྟ་བར་འགྲོ་མི་ཐུབ།

ཨ་མ་བསོད་སྒྲོན། ཁྱོད་སེམས་སྡུག་བྱེད་མི་དགོས།

གུ། ངའི་སེམས་མི་སྐྱོ། ང་རི་ལྡེབས་སུ་ཅི་བྱ་གཏོལ་མེད་དུ་གྱུར་སྐབས་ངས་འཇའ་ཚོན་ཞིག་མཐོང་།

ཨ་མ་བསོད་སྒྲོན་གྱིས་བསྟན་པའི་སྐད་ཆར་དུ་སྐད་འདྲིས་པ་ཐོས། ཁོས་ཨ་མ་བསོད་སྒྲོན། ངའི་ལས་འགན་ཏ་ཙང་ལྷོ། ང་ད་ལྟ་ལས་གནས་དང་བྲལ་མི་ཐུབ། མགྱོགས་མྱུར་བལྟ་བར་ཡོང་མི་ཐུབ། ཨ་མ་ངའི་འཁྲམ་དུ་ཤོག་དང་།

དེ་བས་ཨ་མ་བསོད་སྒྲོན་སྤོབས་པ་མཐོ་བར་གྱུར། མོས་ཁ་པར་བཞག་སྟེ། ང་ལ་བུ་སྲི་ཞུ་བསྙེན་བཀུར་ཅན་ཞིག་ཡོད། ངའི་རྐང་པ་མི་བདེ་སྒྲས་པས་བུ་དུ་ཡང་ཤོར་ཟེར། མོས་གྲོང་ཚོ་ཨུ་ཡོན་ལྷན་ཁང་ནས་དལ་བུར་ཁྲིམ་དུ་ཡོང་། ལམ་བར་དུ་མི་ལྷ་འཕྲད་པ་ཚང་མར་མོས་ང་ལ་བུ་སྲི་ཞུ་བསྙེན་བཀུར་ཅན་ཞིག་ཡོད། ངའི་རྐང་པ་མི་བདེ་སྒྲས་པས་བུ་དུ་ཡང་ཤོར་ཞེས་བཤད།

ཉིན་གཉིས་པར་བསྟན་ཡག་སླེབས།

བསྟན་ཡག་གིས་བཟའ་རྒྱུ་བཏུང་རྒྱུ་མང་པོ་ཞིག་འཁྱེར། ཨ་མ་བསོད་སྒྲོན། ང་བསྟན་པའི་ཚབ་ཏུ་ཁྱོད་ལ་བལྟ་བར་ཡོང་། གཙེན་པོ་བསྟན་པས་ང་ནི་ཁྱོད་གཙེན་པོའི་འཁྲིས་སུ་བསྐྱོང་བར་བཏང་ཟེར།

ཨ་མ་བསོད་སྒྲོན་གྱིས་ང་གང་དུ་ཡང་མི་འགྲོ། སེམས་སྡུག་ཆེ་ཤོས་ནི་ད་ལྟ་ང་ཤྭ་མོ་ལུ་གུ་རྒྱུད་ལ་བལྟ་བར་འགྲོ་མི་ཐུབ་ཟེར།

བསྟན་ཡག་གིས་འོ་ན་ངས་ཁྱོད་ཀྱི་ཤྭ་མོ་ལུ་གུ་རྒྱུད་ལ་བལྟས་ཆོག །

ཨ་མ་བསོད་སྒྲོན་གྱིས་ཁྱོད་ཀྱིས་ཤ་མོ་ལུ་གུ་རྒྱུད་ལྷ་སྐྱོང་བྱེད་མི་ཤེས། ཁྱོད་ཀྱིས་མི་ཡོང་ཟེར།

བསྟན་ཡག་གིས་ངས་ཡོང་། ཤ་མོའི་འཁྲིས་སུ་བསྡད། ཤ་མོ་ཇི་ལྟར་ནགས་ས་ནས་སྐྱེས་པར་བལྟས། ངང་རྒྱུད་རིང་པོས་ཤ་མོ་རེ་རེ་བཞིན་ཐོན་པར་བལྟ་བ་ཙམ་མ་ཡིན་ནམ།

ཨ་མ་བསོད་སྒྲོན་གྱིས་ཨོ། རང་གིས་མི་ཤེས། ཁྱོད་ཀྱིས་ག་ལ་ཤེས་ཟེར།

བསྟན་ཡག་གིས་ངས་ཤེས། ཤ་མོ་ནགས་ནས་ཐོན་པར་བལྟས། ཁ་ནས་ཚིག་ལབ་བྱེད་པ་ཙམ་མ་ཡིན་ནམ།

ཨ་མ་བསོད་སྒྲོན་གྱིས་དཀོན་མཆོག་མཁྱེན། ཁྱོད་ཀྱིས་ཇི་ལྟར་ཤེས།

བསྟན་ཡག་གིས་ཚན་རྩལ། ཁྱོད་ཀྱིས་ཤེས་སམ། ཚན་རིག་ལག་རྩལ་གྱིས་ང་ཚོས་ཤེས་འདོད་པ་ཚང་མ་ཤེས།

ཨ་མ་བསོད་སྒྲོན་གྱིས་ཁྱོད་ཀྱིས་ཤེས་མི་སྲིད།

བསྟན་ཡག་གིས་ཨ་མ་རང་གི་ཤ་མོ་ལུ་གུ་རྒྱུད་ད་ལྟ་ཅི་འདྲ་ཡོད་པ་ཤེས་འདོད་དམ།

ཨ་མ་བསོད་སྒྲོན་ལ་སྨྲ་བ་མེད།

བསྟན་ཡག་གིས་ཁྱུག་མ་ལས་པར་ཆས་ཆུང་ངུ་ཞིག་བཏོན། ཨ་མ་བསོད་སྒྲོན་གྱི་མདུན་དུ་བཞག །གཏོང་འཛིན་མནན་པས་ལྟ་སྣང་འཆར་ཤེལ་ཐོག་ཏུ་སྔོ་ལམ་ལམ་ཞིག་མཐོང་། དེ་ནས་ཨ་མ་བསོད་སྒྲོན་གྱི་ཤ་མོ་ལུ་གུ་རྒྱུད་ཀྱི་ཁོར་ཡུག་མཐོང་། ཐོག་མར་རབ་རིབ་ཅིག་གསལ། ཤིང་དང་། ཤིང་གསེབ་ཏུ་འཁྱམས་པའི་ཉི་ཟེར། དེ་རྗེས་ཤིང་འདབས་ཀྱི་བརླན་ཞིང་གཤེར་བའི་ནགས་

ས་དང་། ལོ་རྙིད། གྲོག་ཤིང་། རྩ་ཕྲན། ད་དུང་ཨ་འཕྱོག་འཕྱོག་པའི་སྔོང་རྩ་ཡིག་ལམ་དུ་འཆར། ཨ་མ་བསོད་སྒྲོན་གྱིས་དེ་ནི་མོའི་ཤ་མོ་ལུ་གུ་རྒྱུད་ཡིན་པ་ཤེས། བེ་དོའི་ཤིང་སྡོང་ཆེན་པོའི་འཁྲིས་སུ་ཡོད་པའི་རྗེ་ལེབ། མོ་རྒྱུན་པར་རྗེ་ལེབ་དེའི་ཐོག་ཏུ་བསྡད་པས་གྲོག་ཤིང་དག་སྐམ་ཞིང་རྙིད་པ་དག་མཐོང་། ད་ལྟ་རྗེ་ལེབ་སྟོང་པར་ལུས། བྱེའུ་ཞིག་ཤ་མོའི་ཐོག་ཏུ་བབས། མཆུ་སྣུང་ལན་འགའ་བྱས། བག་ཟོན་ཆེན་པོས་ཕྱོགས་བཞིར་བལྟས། སླར་ཡང་མཆུ་སྣུང་ལན་འགའ་བྱས། དེ་ལྟར་ཐེངས་འགའ་བྱས་རྗེས་བྱེའུ་འཕུར། ཤ་མོ་ལས་ཤ་གདུགས་ཕྱེད་ཙམ་བཟས།

བསྟན་ཡག་གིས་ཨ་མ་བསོད་སྒྲོན། ཁྱོད་ཀྱི་མིག་ཤེད་མི་ལེགས། ཤ་མོ་ཆེན་པོ་འདི་ཡང་མ་བཏུས་ཟེར། མོས་སྨུ་མཐུད་པར་རིས་ལ་ལྟ་བཞིན། འདི་དང་། འདི། ཤ་མོ་མང་པོ་འདི་ཚོ་ཡང་མ་མཐོང་བར་བྱེའུའི་གཟན་དུ་གྱུར།

ཨ་མ་བསོད་སྒྲོན་དགོད་བཞིན། དེ་དག་ནི་ངས་ཁོ་ཚོར་བཞག་པ་རེད། རི་ནས་བྱུང་བ་མི་ལ་དགོས་ལ་བྱ་ལ་ཡང་དགོས།

གཟུགས་ལམ་རྗེས་མར་ཨ་མ་བསོད་སྒྲོན་མཐོང་། དེ་ནི་ཆར་རྗེས་ཤིག་ལ་ཡིན་པ་འདྲ་སྟེ་ལོ་མ་ཟིལ་པ་ཁྲུམ་མེར་འདུག །བསིལ་རླུང་གིས་ལོ་མའི་ཟིལ་པ་ཟགས། ཨ་མ་བསོད་སྒྲོན་གྱིས་རྗེ་ལེབ་ཐོག་བསྡད། བྱམས་ཤིང་བརྩེ་བའི་འཛུམ་ཕྱུང་། མོའི་ཕྱོགས་བཞི་ནི་ཆར་རྗེས་ཀྱི་ཤ་མོ་སྐྱེས་མ་ཐག་པ་རེད། ལེན་ཤེལ་ངོས་སུ་ཨ་མ་བསོད་སྒྲོན་གྱིས་མཆུ་ཟུར་འགུལ་བ་ནི་མོས་ཤ་མོ་དག་ལ་གཏམ་སྨྲ་བཞིན་ཡོད། མོས་གཏམ་ཡུན་རིང་བཤད། ཉེ་འཁོར་དུ་ཤ་མོ་དེ་བས་མང་བར་གྱུར་ཞིང་། དེ་བས་ཆེ་བར་གྱུར། མོས་ཤ་མོ་བཏུས།

སྨམ་བསྐྱིང་གི་རྣམ་འགྱུར་དང་བཅས་གཟབ་ནན་ངང་བཏུས་ཟིན་པའི་ཤྭ་མོ་དག་དལ་བུར་ལྷུང་སྙིར་བླུགས། འཁྲོ་ཁར་མགོ་བོ་འབུས་པའི་ཤྭ་མོ་ཆུང་ངུ་དག་ཤིང་ལོ་དང་གྲོག་ཤིང་གིས་བཀབ།

པར་རིས་འདི་དག་ལ་ལྟ་བཞིན། ཨ་མ་བསོད་སྒྲོན་གྱིས་གཏམ་སྨྲས། མོས་སྙིང་དུ་སྡུག་ཅིང་ཡ་ང་བའི་ཤྭ་མོ་འདི་དག །སྤང་དང་ནགས་ཀྱི་བཅུད་དང་ཚིལ་དུ་གྱུར་པ་འདི་དག་ཟེར། མོས་སྙིང་དུ་སྡུག་པའི་ཁྱོད་ཚོར་ཨ་མ་བསོད་སྒྲོན་ང་བལྟ་བར་ཡོང་མི་ཐུབ་ཟེར།

བསྟན་ཡག་གིས་བསྟན་པ་ལས་བྲེལ་ཆེ། ལས་ཁུངས་སུ་བརྟན་སྲུང་མིན་ན་འཁྲོག་སར་གཏན་སྡོད་རེད། གཅིན་པོས་ཁྱོད་ཀྱི་ཁ་པར་ཉན་རྗེས་ང་ཁྱོད་ལ་བལྟ་བར་བཏང་ཟེར།

ཨ་མ་བསོད་སྒྲོན་གཞི་ནས་དྲན་པ་སངས། ཨ་ཡེ། ངའི་ཤྭ་མོ་ལུ་གུ་རྒྱུད་ཁྱོད་ཀྱིས་ཇི་ལྟར་མཐོང་ངམ།

བསྟན་ཡག་གིས་ལན་མ་བཏབ། མོས་ཨ་མ་བསོད་སྒྲོན་ལ་སྨྲ་མི་སྲིད། སྤྱི་གཉེར་ཁང་གིས་ཇི་ལྟར་བྱས་ཏེ་ཨ་མ་བསོད་སྒྲོན་གྱི་རྒྱུན་འཁྱེར་དངོས་པོའི་ཐོག་ཏུ་འཛམ་གླིང་གནས་འཕེལ་མ་ལག་བཞག་ནས་མོའི་གསང་རྒྱ་གནས་འཕེལ་བྱས་པའི་སྐོར་སྨྲ་མི་སྲིད། མོས་ཨ་མ་བསོད་སྒྲོན་ལ་སྨྲ་མི་སྲིད། གནས་འཕེལ་བྱས་རྗེས། སྤྱི་གཉེར་ཁང་གིས་རང་བྱུང་སྲུང་སྐྱོང་ཁུལ་དུ་གཙན་གཟན་རི་དྭགས་ལེན་ཤིལ་ཐོག་འཚར་བ་ཙམ་གྱིས་རང་བཞིན་གྱིས་པར་ལེན་བྱེད་པའི་པར་ཆས་ཤྭ་མོ་ལུ་གུ་རྒྱུད་དུ་བཙུགས་པའི་སྐོར་སྨྲ་མི་སྲིད།

ཨ་མ་བསོད་སྒྲོན་གྱིས་ཧ་གོ་ཞིང་དོན་རྟོགས། ཁྱོད་ཚོས་ངའི་ཤྭ་མོ་ལུ་

ཤུ་རྒྱུད་རྙེད། ཁྱོད་ཚོས་ངའི་ཤྭ་མོ་ལུ་ཤུ་རྒྱུད་རྙེད་ཟེར།

དེང་དུས་འཛམ་གླིང་འདིར་མ་རྙེད་པ་ཞིག་གང་དུ་ཡོད། ཨ་མ་བསོད་སྒྲོན། ང་ཚོས་ཀྱང་རྙེད།

ཨ་མ་བསོད་སྒྲོན་གྱི་ཁོང་དུ་མེ་ལྕེ་འཕྱུར་མོད་དེ་མར་ཞི། དེ་འབྲེལ་གྱི་སེམས་འགྱུ་ཡང་སྐྱོ་སྣང་མ་ཡིན་པར། རྒྱུས་མེད་ཀྱི་འཇིག་རྟེན་འདིར་གདོང་གཏོད་སྐབས་ཀྱི་སྟོང་ལྷང་ལྷང་དང་ཡི་ཆད་རེད། མོས་གཏམ་མ་སྨྲས། གཏམ་སྨྲ་མི་ཐུབ་པར་གྱུར།

བསྟན་ཡག་གིས་མོ་ལ་གཏམ་སྨྲས།

བསྟན་ཡག་གིས་ངའི་སྤྱི་གཉེར་ཁང་གིས་ཁྱོད་ཀྱི་ཤྭ་མོ་ལུ་ཤུ་རྒྱུད་ལ་གནོད་པ་མི་བྱེད། ཤྭ་མོ་དེ་དག་གི་དངུལ་གྱིས་ང་ཚོར་ཕན་ཅི་ཡང་མི་ཐོགས་ཟེར།

བསྟན་ཡག་གིས་ངའི་སྤྱི་གཉེར་ཁང་གིས་ཁྱོད་ཀྱི་ཤྭ་མོ་ལུ་ཤུ་རྒྱུད་ཀྱི་གཟུགས་བརྙན་གཡར་ཏེ། ང་ཚོས་རང་བྱུང་ཁམས་སུ་བེ་ཤྭ་གསོ་སྐྱེལ་ལེགས་གྲུབ་བྱུང་བ་མི་རྣམས་ཀྱིས་མཐོང་ཆེད་དུ་རེད། ཁོ་ཚོས་རང་བྱུང་ཁོར་ཡུག་ཏུ་ངེད་སྤྱི་གཉེར་ཁང་གིས་བཏབ་པའི་བེ་ཤྭ་ཇི་ལྟར་སྐྱེས་པར་བལྟ་ཆེད་དུ་རེད།

ཨ་མ་བསོད་སྒྲོན་གྱིས་མགོ་བོ་བཏེགས། མོའི་མིག་ནང་སྔོན་ཆད་ཀྱི་གཟི་མདངས་མེད། མོས་འདི་ཅི་ཞིག་གིས་ལན་ནམ་ཞེས་དྲིས།

བསྟན་ཡག་གིས་ཨ་མ་བསོད་སྒྲོན། དངུལ་གྱིས་ལན། མི་རྣམས་ཀྱིས་ཤྭ་མོ་དེ་ལྟར་སྐྱེས་པ་མཐོང་ན། ཁོ་ཚོས་ང་ཚོར་དངུལ་མང་པོ་མང་པོ་སྤྲོད་ངེས།

ཨ་མ་བསོད་སྒྲོན་གྱིས་ཨུ་ཚུགས་དང་འདི་ཅི་ཞིག་གིས་ལན་ནམ་ཞེས་དྲིས།

བསྟན་ཡག་གིས་དོན་རྟོགས། ཨ་མ་བསོད་སྒྲོན་གྱིས་ངས་ཆེད་དུ་ཨ་མའི་ཤྭ་མོ་ལུ་གུ་རྒྱུད་ལ་དམིགས་དོན་དྲིས་སྐམ།

བསྟན་ཡག་གི་ལན་ལ་འགྱུར་བ་མེད། ཨ་མ་བསོད་སྒྲོན། དངུལ་གྱིས་ལན། དངུལ་མང་པོ་མང་པོའི་ཆེད་དུ་རེད།

ཨ་མ་བསོད་སྒྲོན་གྱིས་ལག་འཁྱིད་བསྟན་ཡག་གི་ལག་པར་བཞག །ང་བསྟན་པ་ལ་ཁ་པར་གཏོང་འདོད་ཟེར།

བསྟན་ཡག་གིས་བསྟན་པར་ཁ་པར་བཏང་། གཏམ་ལ་མགོ་ཇ་མེད་པར་ཨ་མ་བསོད་སྒྲོན་གྱིས་ངའི་ཤྭ་མོ་ལུ་གུ་རྒྱུད་མེད་པར་གྱུར། ངའི་ཤྭ་མོ་ལུ་གུ་རྒྱུད་མེད་པར་གྱུར་ཞེས་བཤད།

ཁ་པར་ནང་གི་བསྟན་པས་ཉིན་ཤས་རྗེས་སུ་ངས་དགོངས་ཞུ་བྱས་ཏེ། ཨ་མ་བསུ་བར་ཡོང་ཞེས་སྨྲས།

ཉིན་འགའ་ཕྱིན་ཙང་བསྟན་པ་ད་དུང་མ་སླེབས།

བསྟན་པ་དགུན་དུས་སུ་སླེབས། གངས་ཐོག་མར་འབབ་དུས་གཞི་ནས་སྐྱིད་གྲོང་དུ་ཨ་མ་བསུ་བར་སླེབས། གྲོང་སྡེ་ལས་བྲལ་དུས་ཁོས་རླངས་འཁོར་དལ་གྱིས་བཏང་། འཁོར་ལོས་གངས་སག་སག་ཏུ་མནན། ཨ་མ་བསོད་སྒྲོན་གྱིས་སྒོ་བུར་དུ་གཏམ་སྨྲས། ངའི་ཤྭ་མོ་ལུ་གུ་རྒྱུད་མེད་པར་གྱུར།

བསྟན་པས་ཨ་མའི་ཕྲག་པར་འཐམས་ཏེ། ཨ་མ་ལགས། ཐུགས་ཁྲལ་གནང་མི་ཙང་ཞེས་སྨྲས།

ཨ་མ་བསོད་སྒྲོན་གྱིས་བུ། ང་རྣམ་པར་སེམས་མི་སྐྱོ། འོན་ཏེ་ངའི་ཤྭ་མོ་ལུ་གུ་རྒྱུད་དེ་མེད་པར་གྱུར་ཟེར།

དབྱར་ཟླ་གསུམ།

གཅིག

མཚོ་འཕགས་སུམ་སྟོང་སུམ་བརྒྱ།

སློབ་སྟོད་སློབ་ཆུང་གི་ཙོང་བཟ་ལྷང་ལྷང་དུ་གྲག །

སངས་རྒྱས་ཀྱིས་དེའུ་འབྲུར་གྱི་སྒོ་ནས་ཙོང་བཟ་གྲག་སའི་ཕྱོགས་སུ་ཕྱིར་བལྟ་བྱས། དེ་ནི་ཤང་སྲིད་གཞུང་གི་གནས་ཡུལ་རེད། གཤོང་སའི་དབུས་སུ་ཁང་པ་སྣར་ཕྲེང་ཉི་ཤུ་སུམ་ཅུ་ལྷག་ཐར་ཐོར་དུ་ཡོད་ཅིང་། སུམ་ཐོག་ཅན་ནི་ཤང་སྲིད་གཞུང་རེད། ལག་པ་དགུག་གི་ཐོག་བརྩེགས་ནི་པོ་ད་ལྷ་བྲལ་མ་ཐག་པའི་སློབ་གྲྭ་རེད།

དེ་ནི་ཉིས་སྟོང་བཅུ་བཞི་ལོའི་ཟླ་བ་ལྔ་པའི་ཚེས་ཤར་ཙམ་ལ་རེད། མཁའ་རླུང་བརླན་ཞིང་གཤེར། འདས་མ་ཐག་པའི་དགུན་ལོ་དེར་སྣ་ལམ་དུ་འཕྲུལ་བ་ནི་འཁྱགས་པའི་དྲི་དང་ཐལ་རླུང་གི་དྲི་རེད། ད་ལྟ་པོའི་སྣ་ལམ་དུ་འཕྲུལ་བ་ནི་མཁའ་རླུང་ཁྲོད་དུ་མཆེད་པའི་གངས་ཆབ་བཞུ་བའི་དྲི་དེ་རེད། ད་དུང་འཁིངས་ས་བཞུར་བའི་དྲི་དང་། གསར་དུ་སྨྱུ་གུ་འབུས་པའི་རྩྭ་སྔོན་གྱི་དྲི་ཡང་ཡོད།

འདི་ནི་མཚོ་འཕགས་མཐོ་བའི་མདོ་དབུས་མཐོ་སྒང་གི་འཆར་འཕྲིས་པའི་དཔྱིད་ཀའི་དྲི་རེད།

ཙོང་བཟ་དང་པོའི་ཁྲོད་དུ་དྲིན་ཆེན་ཉི་མ་སྤྲིན་གསེབ་ནས་འཆར། ཨ

སྟོན་གནམ་དང་། དོག་མོ་ས། གུ་གྲུའི་གཙང་ཆབ་ཚང་མ་གསལ་བར་གྱུར། ཙོང་བཟ་དང་པོར་སྟོན་བཟ་ཟེར། སྟོན་བཟ་གྲག་དུས་སངས་རྒྱས་ཀྱི་འཆར་སྣང་ལ། སློབ་མ་བུ་མོ་རྣམས་སྤུ་ས་ནས་ཁྲུ་སིམ་མེར་སློབ་ཁང་དུ་བསྡད། སློབ་མ་བུ་དག་ནི་ཞལ་ཁང་དང་། ལུས་རྩལ་ཐང་། ཆབ་ཁང་། སློབ་གྲྭའི་རྒྱ་སྒོའི་ཕྱི་རོལ་བཅས་ནས་སློབ་ཁང་ལ་ཕྱོགས་ཏེ་རྒྱུག་བཞིན་ཡོད། གྱོན་པ་གཡས་གཡོན་དུ་ཡོ་ཞིང་། རྐང་པར་འཚམ་དང་མི་འཚམ་སྣ་ཚོགས་ཡོད་པའི་ལྷམ་ལས་རྫོག་སྒྲ་གྲག །སློབ་མ་བུ་ཚོ་འདི་ལྟར་རྒྱུག་པར་དགའ། ཐོག་སྐས་དང་། ཁྱམས་ལམ་ནང་དཔུང་གཟུར་འབུད་འདེད་བྱེད་པར་དགའ་ཞིང་། འཚང་ཁ་ཤིག་ཤིག་ངང་ཕྱེབ་གཅིག་ལ་སློབ་ཁང་དུ་འཛུལ་བཞིན་ཡོད། ལྷོ་སྒོ་འབྱེད་བཞིན་པའི་བྱིས་པ་འདི་དག་སློབ་ཁང་དུ་དབུགས་ཧལ་བཞིན་དུ་རང་གི་འདུག་གནས་འཚོལ་བ་ནི་གྲང་རེག་ཆེ་བའི་ཞོགས་པ་རི་དྭགས་ཀྱི་ཁ་ནས་རླངས་པ་དཀར་པོ་ཐོན་བཞིན་ཆུ་འཚོལ་བ་དང་འདྲ།

ཙོང་བཟ་གཉིས་པ་གྲག་དུས་སློབ་ཁང་དབེན་ཐིང་ངེར་གྱུར། སློབ་མ་བུ་རྣམས་འདུར་རྒྱུག་བྱས་རྗེས་ཀྱི་དབུགས་ཧུབ་སྒྲ་ལས་མེད།

ཙོང་བཟ་གསུམ་པ་གྲག་དུས་སློབ་ཚན་དངོས་སུ་ཚུགས་པའི་ཙོང་བཟ་རེད།

ཀན་རྡོ་རྗེ་ལགས་སམ་ཀན་ལྷ་མོ་ལགས་ཀྱིས་མིང་འབོད་བྱེད།
སྐར་ཕྲེང་དང་པོའི་དཀྱིལ་རོས་ནས་མགོ་འཛུགས་ཀྱི་ཡོད།
དེ་ནས་གཡོན་དང་དེ་རྗེས་གཡས་རེད།
དེ་རྗེས་སྐར་ཕྲེང་གཉིས་པ་དང་སྐར་ཕྲེང་གསུམ་པ་རེད།

སངས་རྒྱས་ཀྱི་སྡོད་གནས་ནི་སྐར་ཕྲེང་གསུམ་པའི་དཀྱིལ་ངོས་སུ་ཡོད། འཚེར་སྣང་ཆེ་བའི་མེ་ཏོག་དང་མཉམ་དུ་ཡོད།

ད་ལྟ་མིང་འབོད་ཀྱི་དུས་སུ་སླེབས། དེ་རིང་ནི་གཟའ་ལྷག་པ་རེད། ཚོགས་ཐུན་དང་པོ་རྩིས་རིག་ཡིན་ཞིང་མིང་འབོད་མཁན་རྒན་ལྷ་མོ་ལགས་རེད། ཁོང་གིས་མཉེན་ལ་གཞིན་ཞིང་། འཚེར་སྣང་ཆེ་བའི་སྐད་ཀྱིས་ཁོའི་མིང་ནས་བོས།

སངས་རྒྱས།

ལན་མ་བཏབ།

རྒན་ལྷ་མོ་ལགས་ཀྱིས་སྐད་ཅུང་མཐོ་པོས།

སངས་རྒྱས།

སངས་རྒྱས་ཀྱིས་སློབ་མ་ཚོ་བགད་པ་ཐོས་པ་ལྟར་སྣང་། མགོ་བོ་བཏེགས་པ་ཙམ་གྱིས་སྐར་ཕྲེང་གསུམ་པའི་དཀྱིལ་གྱི་སྡོད་གནས་སྟོང་པ་དེ་མཐོང་། རྒན་ལགས་ཀྱིས་མགོ་ཀྱོག་ཙམ་བྱས་ཏེ། སླར་ཡང་མིང་ནས་བོས།

སངས་རྒྱས།

དེའི་ཚེ་ན་སངས་རྒྱས་ནི་སློབ་ཆུང་མཐོང་ཡུལ་དུ་གྱུར་ཅིང་། སློབ་ཆུང་གི་ལུས་རྩལ་ཐང་དང་དར་དམར་མཐོང་སའི་དེའུ་འཕུར་གྱི་ཐོག་ཏུ་ཡོད།

སངས་རྒྱས། ཁོས་མཁའ་རླུང་བརླན་ཞིང་གཤེར་བ་རྔུབ་བཞིན། རྒན་ལགས་ཀྱི་སྐད་ལ་ལན་གློས་བྱས་ཏེ་དེ་ལྟར་སྨྲས།

དེ་རྗེས། རྒན་ལགས། དགོངས་པ་མ་ཚོམ། སངས་རྒྱས་སློབ་ཕྱིལ་བྱས། ཁོ་དགོད་བཞིན་སྨྲས།

དེ་དུས་སངས་རྒྱས་དེའུ་འབུར་བརྒྱལ་ཟིན། ལྷོ་ཕྱོགས་ཀྱི་རི་ལྡེབས་སུ་གོམ་པ་འགའ་སྤོས་པས། རི་འདབས་ཀྱི་ཉིན་ངོས་སུ་ཡོད་པའི་སློབ་ཆུང་དང་། ཤང་གྲོང་གི་ཁང་པ་དེ་དག་མིག་ལམ་ནས་ཡལ། ཁོ་རི་ལྡེབས་ཀྱི་ཐུར་ངོས་སུ་རྒྱུག ། ང་ནི་རྩ་ཐང་གི་བྱིས་པ་གཞན་དང་འདྲ་བར་རྒྱུག་དགོས་པའི་བྲེལ་བ་ཅི་ཡང་མེད་མོད། འཇམ་མཉེན་གྱི་བསིལ་རླུང་རང་ཉིད་ཀྱི་ཕྱོགས་སུ་ལྷུང་བས། རང་ཉིད་ནི་བང་རྩལ་རྫོགས་པའི་རི་དྭགས་དང་འདྲ་བར་དབུགས་ཧལ་བཞིན་རྒྱུག ། དཔྱིད་ཀའི་སྤང་ངོས་ནི་ཁང་འོག་ཏུ་འབོལ་ཞིང་མཉེན་ལ་ལྡེམ་གཤིས་ལྡན་པ་ནི། ས་འགུལ་བྱུང་རྗེས་ཁོ་ཚོ་ཞིང་ཆེན་ནང་དུ་གཡར་སློབ་བྱེད་སྐབས་ཀྱི་སློབ་གྲྭ་དེའི་ནང་གི་འབོལ་འཁྲིག་རྒྱུག་ལམ་དང་འདྲ།

ཁང་འོག་ཏུ་སྐྱི་གཅིག་ཙམ་གྱི་ས་འབོལ་ཞིག་བརྗིས་པས། སངས་རྒྱས་ཀྱིས་སྟབས་ཡང་མོར་མཆོངས། ས་འབོལ་དེ་ནི་གཡག་གིས་རྣ་རྩེ་བཏྲར་ནས་བྲུས་པ་ཞིག་རེད།

ཁོ་ཡལ་ག་ཧྲིང་པོར་ལུས་པའི་གངས་འདབས་ཀྱི་སྟག་མ་ཚོམ་བུ་དག་གི་ཐོག་ཏུ་མཆོངས། ཉིན་ཤས་ཕྱིན་ན་སྟག་མ་འདི་དག་ལ་སྨུ་གུ་གསར་དུ་འབུས་ཤིང་། ཟླ་བ་གཅིག་གི་རྗེས་སུ་མེ་ཏོག་སྨུག་པོས་ཡུག་ཅིག་ཏུ་བཏུམ་ངེས།

སྟག་མའི་འཁྲིས་སུ་སོ་ཐོངས་པའི་གངས་རོ་ལྷེབ་ཙམ་ལྷེབ་ཙམ་ཡོད། ཁོས་གངས་རོ་དག་ཁང་འོག་ཏུ་རྫོབ་དང་བཅས་ཕྱི་མར་གྱུར་པའི་སྒྲ་ཐོས། དེ་རྗེས་ཁོའི་མིག་ལམ་དུ་ནམ་མཁའ་འཆར། དེ་ནི་ཁོ་གངས་ཁྲོད་དུ་འཁྱིལ་

བས་ལན། ཁོ་གན་རྒྱལ་དུ་འཁྱིལ་བས་ཟ་བས་ལུས་ཀྱི་དོན་སྙོད་དག་གཡོ་ཞིང་འཁྲུག་པའི་སྒྲ་ཡང་ཐོས། ཁོ་དགོད་བཞིན། སློབ་གྲོགས་དག་གི་དགོད་ཚུགས་ལ་ལད་ཟློས་བྱེད་བཞིན། ཀུན་ལགས། སངས་རྒྱས་བྲོས་ཐལ་ཟེར།

ཀུན་ལགས་ཡིད་མ་ཆེས། སངས་རྒྱས་ནི་སློབ་མ་སློབ་ལ་དགའ་ཤོས་དེ་རེད། སངས་རྒྱས་ནི་སློབ་མ་སྦྱངས་འབྲས་ལེགས་ཤོས་དེ་ཡང་རེད།

ཁོ་ན་བ་མ་ཡིན་ནམ། ཀུན་ལགས་ཀྱིས་དྲིས།

ཀུན་ལགས། ད་ལོ་དབྱར་རྩའི་གུང་གསེང་གཏོང་མི་ཐུབ་པའི་སྐོར་ཐོས་པས། སངས་རྒྱས་སྐྱག་ཏུ་ཁྱིམ་དུ་བྲོས།

མ་གཞི་ལོ་ལྟར་ཟླ་བ་ལྔ་པར་རྩ་ཐང་གི་སློབ་གྲྭ་རྣམས་དབྱར་རྩའི་གུང་གསེང་གཏོང་སྲོལ་ཡོད། དབྱར་རྩའི་དུས་ཚིགས་ནི་རྩ་ཐང་གི་མི་རྣམས་ཀྱི་ཡོང་འབབ་ཆེ་ཤོས་ཀྱི་དུས་ཚིགས་དེ་རེད། སྔར་རྒྱུན་ལྟར་ན། སློབ་གྲྭ་གཟའ་འཁོར་གཉིས་ཀྱི་ཡུན་ལ་དབྱར་རྩའི་གུང་གསེང་བཏང་ནས། སློབ་མ་དག་ཁྱིམ་དུ་ལོག་སྟེ་རོགས་ཕན་བྱེད། ད་ལྟ། འབྲོག་བསྐྱུར་རྩ་ལོག་གི་སྐྱེ་ཁམས་སྲུང་སྐྱོང་བྱས་ཏེ། འབྲོག་པ་གཏན་སྡོད་ཁུལ་དུ་གནས་སྤོས་བྱས་པས། འབྲོག་པར་རྩ་ཡུལ་ཆེན་པོ་མེད། ཁྱིམ་གྱི་ཇ་ཚྭའི་གྲོན་དངུལ་དང་། གྱོན་གོས་སོ་མ་དང་ཁྱིམ་ཆས་གསར་པའི་གྲོན་དངུལ། ཕྲུ་གུ་ཆེ་བ་དག་ཐག་རིང་དུ་སློབ་གྲྭར་བསྐྱོད་པའི་གྲོན་དངུལ། སྨན་བཅོས་པའི་གྲོན་དངུལ་སོགས་ཚང་མ་དུས་ཐུང་གི་དབྱར་རྩའི་དུས་ཚིགས་ལ་རེ་ལྟོས་བྱེད། སངས་རྒྱས་ཀྱི་གཅེན་མོ་ཞིང་ཆེན་སློབ་འབྲིང་དུ་ཡོད། ཕ་མ་གཉིས་ཀྱིས་རྟག་པར་གཅེན་མོས་དངུལ་མང་པོ་མཛེས་སྤྲས་ཀྱི་ཐོག་གཏོང་བར་འཕང་ར་བྱེད་མོད། སངས་

རྒྱས་ཞིང་ཆེན་དུ་གཡར་སློབ་བྱེད་སྒྲུང་བས། ཁོས་གཙོན་མོའི་འགྲོ་སྒྲོན་དེ་དག་ནི་དགོས་ངེས་ཡིན་པ་ཤེས་ཀྱི་ཡོད། མོ་སྐད་ཤམ་སྒྱུར་དགོས་ལ། དོར་མ་ཡང་སྒྱུར་དགོས། སྐད་ཤམ་དང་དོར་མ་ལ་ལྷམ་མི་འདྲ་བ་བསྡེབ་དགོས་པས། ཀོ་ལྷམ་དང་། རས་ལྷམ། འཁྲིག་ལྷམ་སོགས་དགོས།

དཔྱུན་སེང་སྐབས་གཙོན་མོ་ཁྲིམ་དུ་ལོག །མོས་སྔར་བརྒྱ་གྲངས་ཤིག་སྒྱུར་གོས་དང་མཛེས་སྤྲས་ཀྱི་ཐོག་ཏུ་བཏང་བར་ཨ་ཕས་ལྷབང་ར་བྱས།

ཨ་ཕས་ད་དུང་རྨོ་བོའི་ནད་ཀྱི་སྐོར་གླེང་སྟེ། གཙོན་མོ་གནོང་གིས་ངུ་ཤོར་བ་བྱས།

དེ་དུས་སངས་རྒྱས་ཀྱིས་གཙོན་མོར་འདི་ལྟར་སྨྲས། བུ་མོས་ངེས་པར་མཛེས་སྤྲས་ལྷང་ལ་བུད་པ་ཞིག་བྱེད་དགོས།

ལྷང་ལ་བུད་རྒྱུ་ཅི་ཡོད། གཙོན་མོས་སྨྲས་རྗེས། ཁོ་གཉིས་ཀྱིས་རྒྱ་སྐད་ལས་གཏམ་ཚིག་འགའ་གླེང་།

འཕང་ལོས་བལ་འཁེལ་བཞིན་པའི་ཨ་མ་དགོད་བཞིན། ཁྱོད་གཉིས་ཀྱི་གཏམ་འདི་ཚོ་ཡུལ་ཤོག་གི་ལས་བྱེད་པའི་སྐད་དང་འདྲ་ཟེར།

སངས་རྒྱས་ཀྱི་ཨ་ཕས་ལྷམ་ཚངས་བརྗེ་བཞིན། ལས་བྱེད་པ་བསྟུ་བ་ཤིན་ཏུ་དཀའ། དེ་ལས་དགེ་རྒན་བྱས་ན་བཟང་ཟེར།

ད་ལོའི་དབྱར་རྫུའི་གྲུང་གསེང་ལ་ངས་སྔར་ཉིས་སྟོང་གསོག །ཆིག་སྟོང་གཙོན་མོར་བསྐུར། ཆིག་སྟོང་གིས་རྨོ་བོར་ནད་བསྟེན།

རྨོ་བོས་གཏམ་མ་སྨྲས།

རྨོ་བོས་ན་ཟུག་ཆེ་དུས་གཏམ་མི་ཤོད་ལ། ན་ཟུག་མེད་དུས་ཀྱང་གཏམ་

མི་ཤོད།

སངས་རྒྱས་ཀྱི་གཏམ་དེ་ཐོས་རྗེས། རྨོ་བོ་དཀའ་ཡང་གཏམ་མ་སྨྲས་པར། སོ་སྨུ་ཏིག་ཙམ་ཙམ་མེད་པའི་ཁ་ཡིས་བགད་ཙམ་བྱས།

འོན་ཏེ། དབྱར་སྟྭའི་གུང་གསེང་གཏོང་ལ་ཉེ་སྐབས་གོང་རིམ་ནས་སློབ་གྲྭར་དོ་དམ་བྱེད་མཁན་ཞིག་ཡོང་སྟེ། དབྱར་སྟྭའི་གུང་གསེང་། དབྱར་སྟྭའི་གུང་གསེང་ནི་ཅི་ཞིག་རེད། ནོར་དད་རིང་ལུགས་ཀྱིས་མི་རབས་རྗེས་མའི་སེམས་པ་བསླད་ཅིང་བརྫད་ཟེར།

དེ་ཕྱིར། སངས་རྒྱས་ཀྱི་མིག་མདུན་དུ་ཡོད་པའི་འཆར་གཞི་ཆུ་ཡི་ལྦུ་བར་གྱུར། གཅེན་མོ་དང་རྨོ་བོའི་མདུན་དུ་ཁ་བཤད་ལག་ལེན་མ་ཐུབ་ན། ཁོ་ནི་ཁ་དན་ཚིག་ལ་མི་གནས་པ་ཞིག་ཏུ་གྱུར་ངེས།

དེ་ནས། ཁོ་སློབ་ཕྱོལ་བྱེད་རྩིས་བྱས།

དེ་ནས། ཞོགས་པ་དེར་སློབ་ཚན་འཚོགས་པའི་ཅོང་བརྡ་མ་གྲག་པའི་གོང་དུ་ཁོ་སློབ་གྲྭ་ལས་བྲོས།

ཅོང་བརྡ། ཁོའི་བསམ་པར་ང་མེད་ན་ད་དུང་ཅོང་བརྡ་འདི་མེད་སྐམ།

དོན་དུ་སློབ་ཚན་ཚུགས་སྐབས་དང་གྲོལ་སྐབས་ཟངས་དྲིལ་ཞིག་རྡུང་བཞིན་ཡོད། ཤར་གྲོང་དུ་སྙིགས་ཟིང་བརྩུ་མཁན་གྱི་ཁལ་འཁོར་ཞིག་སླེབས་རྗེས། ཟངས་དྲིལ་དེ་སློབ་གྲྭའི་ནང་མཐོང་ཡུལ་དུ་མེད། ཟངས་དྲིལ་དེ་སློབ་གཙོ་དང་རིས་ཐུན་དགེ་རྒན་གྱི་ལག་པས་འཕྱུར་ཏེ། འོད་ཐིང་ངེར་ཡོད་ཅིང་། ལག་འཇུའི་ཐོག་ཏུ་སྐུད་པ་དམར་པོ་ཞིག་བཏགས་ཡོད་པ་རྒྱུན་དུ་སློབ་གཙོའི་གཞུང་ལས་ཁང་གི་སྒེའུ་སྟེགས་ཐོག་འཇོག་གི་ཡོད། དབྱར་

དུས་ཀྱི་ཞོགས་པ་དེའི་ཐོག་ཏུ་ཟེལ་པ་ཆགས་ཤིང་། སྟོན་མཇུག་དང་དཔྱིད་མགོའི་ཞོགས་པ་དེའི་ཐོག་ཏུ་བ་མོ་ཆགས་ཀྱི་ཡོད། དགུན་ཁ་དེའི་ཐོག་ཏུ་ཅི་ཡང་མེད་ཅིང་། རབ་ཏུ་འཁྱིངས་ཏེ་སྐད་ཀྱང་གཅེར་བར་འགྱུར།

སློགས་ཟྲོང་བསྟུ་མཁན་གྱི་ཁལ་འཁོར་ཡོང་སྐྱེ་ལོག །ཟངས་དྲིལ་དེ་མཐོང་ཡུལ་དུ་མེད་པར་གྱུར།

ཚང་མས་ཅི་ཞིག་སྨྲ་བཞིན་དེ་ནི་སློབ་མ་ལག་མི་གཙང་བ་ཞིག་གིས་དེ་ལྟར་བྱས་ཟེར།

ཟེར་སྒྲོས་ལ་ཁོས་ཟངས་དྲིལ་བརྩོངས་པའི་དངུལ་གྱིས་དྭ་ཁང་དུ་རོལ་རྩེད་མཚན་འཕྲོངས་ཤིག་རྩེད་དེ། གློག་ཀླད་ཀྱི་འཆར་ཡོལ་ཐོག་ཏུ་བདུད་སྲིན་མང་པོ་བཏུལ་ཅིང་། འཕུར་གྲུ་རྟ་ཚོགས་ཤིག་བཅོམ་སྐད།

ཟེར་སྒྲོས་ལ་དགེ་རྒན་རྣམས་ཆེད་དོན་ཚོགས་འདུ་འཚོགས་ཏེ། སློབ་མ་དེ་རྩད་གཅོད་བྱེད་དགོས་མིན་གྲོས་བསྡུར་བྱས། རྗེས་སུ་སློབ་གཙོས་སློབ་མ་དེ་གང་ལྟར་ཡང་ཕྲུ་གུ་རེད། དོན་འདི་ལན་ཅིག་བཞག་ན་འཐད་ཟེར།

སློབ་གཙོ་རྫོང་གྲོང་དུ་རང་གི་ཆུང་མའི་ཨོལ་ལག་གཉན་ཚད་བསྐྱེན་པར་འགྲོ་ཞོར། རྫོང་སློབ་གསོ་ཚུད་ནས་གློག་དྲིལ་ཞིག་འཁྱེར་ཡོང་། གློག་དྲིལ་ལ་གློག་སྐུད་མཐུད་དེ་སློབ་གཙོ་ཁང་གི་སྒོ་ཐོད་དུ་བཞག །ནང་ངོས་ནས་གློག་སྒོ་མནན་ན་ཏིང་སྒྲ་གྲག་བཞིན་ཡོད། སྒྲའི་དྲག་མྱུར་ཤུགས་མནན་ཅུང་གཅིག་མཚུངས་རེད། སྔོན་གྱི་སྐད་ནི་དགེ་རྒན་མི་འདྲ་བའི་ལག་ཏུ་སྐད་སྒྲ་མི་འདྲ། ཏིང་ཏང་། ཏིང་ཏང་ཏང་། ཏིང་ཏིང་ཏང་ཏང་ལྟ་བུ་རེད།

བསམ་ཐོག་ཏུ་མ་རྒྱུག་པ་ནི་དགུན་དུས་གློག་དྲིལ་འཁྱིངས་ཏེ་ཕྱུགས་

པར་གྱུར། སེ་རྟོད་ཐིག་འོག་གི་ཉི་ཤུ་ལྷག་སླེབས་པའི་དགུན་དུས་སློག་དྲིལ་ཉིན་འགག་གྲག་རྗེས། དགུན་གྱི་ཁུ་བྱུག་ལྟར་གྱུར།

སངས་རྒྱས་དང་ཚེ་རིང་གིས་གཞུང་ལམ་འཁྲིས་ཀྱི་གངས་ཁྲོད་དུ་ཡུས་པའི་རླངས་འཁོར་གྱི་འཁྱིག་འཁོར་སྐོགས་རོ་དེ་དྲན་ཏེ། ཕོ་གཉིས་ཀྱིས་སྟོན་ལ་མི་སྤུར་ནས་འཁྱིག་དག་མེར་བསྲེགས་རྗེས། ཆག་རོར་གྱུར་པའི་འཁོར་རྩིབས་ཕྱེད་ག་དེ་ལག་གྲུག་སྒྲོམ་ཐོག་ཏུ་བཀལ་བ་ནི་ད་ལྟ་སློབ་གྲྭའི་ཅོང་དྲིལ་རེད། དེར་དབྱུག་པས་གཞུས་ན་སྐད་གསངས་ལ། བྲག་ཆ་འཁོར་བ་ནི་བྱུང་བའི་མགྲིན་སྒྲ་ཅི་དཀར་སྒྲོག་པ་དང་འདྲ།

དགུན་སེང་བཏང་ཙང་། འཁོར་རྩིབས་ད་དུང་ལག་གྲུག་སྒྲོམ་ཐོག་ཏུ་ཡོད།

རྫོང་གྲོང་ནས་སྐོགས་ཟིང་བསྡུ་མཁན་དེ་སླར་ཡང་ཕོའི་ཁལ་འཁོར་བཏང་ནས་ལན་གཉིས་གསུམ་ཙམ་ཡོང་། འཁོར་རྩིབས་ད་དུང་ལག་གྲུག་སྒྲོམ་ཐོག་ཏུ་ཡོད།

སངས་རྒྱས་ཀྱིས་དོན་འདི་ཨ་ཕར་བཤད།

ཨ་ཕས་བསམ་པ་བཟང་ན་ས་དང་ལམ་ཡང་བཟང་། །དགེ་བའི་ལས་ལ་རྣམ་དཀར་འབྲས་བུ་སྨིན། །ཁྱོད་ཚོར་སློབ་གཙོ་བཟང་པོ་ཞིག་ཡོད་པ་འདྲ་ཟེར། ཉིན་ལྟར་ལས་མེད་སོས་དལ་དུ་འདུག་པའི་འབྲོག་པ་འདིས་དོན་འདིར་རྣམ་རྟོག་རྒྱ་བསྐྱེད་དེ། དེང་དུས་མི་ངན་མང་བ་ནི་ཉེན་རྟོག་པ་མང་བས་ལན། མི་ངན་ནི་དབྱར་རྩྭ་བཞིན་ཇི་ཙམ་བཅོས་ན་དེ་ཙམ་ཉུང་དུ་མི་འགྲོ་བར། མི་ངན་ཇི་ཙམ་བཟུང་ན་དེ་ཙམ་མང་དུ་འགྲོ། བཟང་ངན་གཉིས་

མི་འདྲ་བས། ངན་པ་ཇི་ཙམ་བཟུང་ན་དེ་ཙམ་མང་དུ་འགྲོ་ཟེར།

སངས་རྒྱས་ཀྱིས་ཨ་ཕའི་གཏམ་འདི་དག་ཏན་སྟོབས་རྒྱས་ལགས་ལ་བཤད། ཏན་ལགས་དགོད་བཞིན། ཡ་མཚན་གྱི་མཚན་ཉིད་རིག་པ་ཟེར།

ཡ་མཚན་གྱི་དོན་ངས་ཤེས། མཚན་ཉིད་རིག་པའི་དོན་ངས་མི་ཤེས། སངས་རྒྱས་ཀྱིས་སྨྲས།

འདི་ངས་ཀྱང་མི་ཤེས། ཏན་ལགས་ཀྱིས་དེ་ལྟར་གསུངས།

སངས་རྒྱས་བློ་རིག་བཀྲ་བས། ངས་ཤེས་སོང་། མ་ཤེས་པ་འདི་ཤོད་མི་ཤེས་པའི་ཤེས་པ་ཞིག་ཡིན་པ་ལས། ངའི་མ་ཤེས་པ་དེ་ལྟ་བུ་ཞིག་མ་རེད་ཟེར།

གཏམ་འདིས་ཏན་ལགས་སེམས་འགུལ་ཐེབས་ཏེ། ཁོའི་མགོ་བོར་ཁྱིལ་ཁྱིལ་བྱེད་བཞིན། མགྱོགས་པོ་རེད། མགྱོགས་པོ་རེད། ངས་ཁྱོད་ལ་སློབ་ཁྲིད་བྱེད་མི་ཐུབ་ཟེར།

ཏན་སྟོབས་རྒྱས་ལགས་ཀྱིས་རྒྱུན་དུ་རྗེམ་སྟོད་དམག་ལྭ་མདོག་ཅིག་དང་། རྗེ་དོར་གྱི་འོག་ཏུ་དམག་ལྷམ་སྙེད་མཐོ་ཞིག་གྱོན་ཞིང་། སྨ་ར་རྒྱ་ར་ཅན་ཞིག་བཞག་ཡོད་པས། གྱོང་མཁྲིགས་ཅན་གྱི་ཚུགས་ཀར་ཡོད་སོད། གཏམ་འདིས་ཁོང་གི་མིག་ལ་མཆི་ཞགས་འཁོར།

ཁོང་གི་ཚུགས་ཀ་འདིས་ཏན་ལྷ་མོ་ལགས་དགོད་ཚུགས་མ་ཟིན་པར་མཁྲང་ཞིང་རྒྱས་པའི་བྲང་ངོས་གཡོ་འགུལ་བྱུས།

ད་ལྟ་སངས་རྒྱས་ནི་ཅོང་བཙ་འདི་ལས་རིང་དུ་གྲེས་བཞིན་ཡོད།

འདུར་རྒྱུག་བྱེད་དུས་ཁོ་གངས་རོའི་ཐོག་ཏུ་ཤུགས་ཀྱིས་བརྡབས། གན་རྐྱལ་དུ་བརྡབས་པས་བྲང་ཁོག་གི་དོན་སྙོད་རབ་ཏུ་འཁྲུགས། མགོ་བོ་སྨྲི་

གྲུག་སྒྲོམ་ཐོག་གི་འཕོར་རྩིབས་ལ་གཞུས་པ་ལྟར་ཤང་སྒྲ་གྲག །

སྐབས་ལེགས་པ་ཞིག་ལ་སངས་རྒྱས་ཀྱིས་རང་གི་ལྕེ་ལ་སོ་བཏབ་མེད།

དེ་རྗེས་ཁོས་ལུས་གཟུར་ཏེ་ངོ་གདོང་རབ་ཏུ་གྲང་བའི་གངས་ཐོག་ལ་འགྱུར། དེ་ལྟར་བྱས་པས་མགོ་བོའི་ན་ཟུག་དང་བུང་བའི་ཤང་སྒྲ་རིམ་གྱིས་ཞི།

དེ་དུས་ཁོས་ལོ་འདིའི་དབྱར་རྩྭ་ཐོག་མ་དེ་མཐོང་།

གཉིས།

དོན་དུ་སངས་རྒྱས་ཀྱིས་རི་གཞན་དུ་སྐྱེས་པའི་དབྱར་རྩྭ་མཐོང་མ་མྱོང་།

འོན་ཏེ་ཁོས་ཤེས་གསལ་ལ། རང་གི་ལུས་པོ་གཟུར་སྐབས་མགོ་བོ་ཡང་གཟུར། མིག་མདུན་དུ་རྩྭ་ཕྲན་ཞིག་འཆར། གསལ་བར་བྱས་ན་མིག་མདུན་གྱི་རྩྭ་སྨྱུག་དེ་ནི་དབྱར་རྩྭ་རེད།

དེ་ནི་རྩྭ་སྨྱུག་ཅི་འདྲ་ཞིག་རེད་དམ།

དེ་ནི་སྔོན་པོ་མ་ཡིན་པར་ཕྱི་ལྤགས་ནི་དུད་མདོག་གམ་ཐ་མདོག་ཕྱི་ངོས་ཤ་མདོག་ཅན་ཞིག་རེད། ནང་ངོས་ནི་ཤ་རྒྱུ་དཀར་པོའི་གར་རྩེ་འོད་དང་ལྡན་པ་ཞིག་རེད།

མཐེའུ་ཆུང་ཕྱེད་ཙམ། སུམ་ཆ་གཅིག །མ་རེད། མཐེའུ་ཆུང་གི་ཕྲ་སྦོམ་གྱི་བཞི་ཆ་གཅིག་ཙམ་ཡོད། སངས་རྒྱས་བློ་རིག་བཀྲ་བས། བསླབ་མ་ཐག་པའི་ཆ་གྲངས་འདིར་བེད་སྤྱོད་བྱས།

རེད། དེ་ནི་རྩྭ་མ་རེད། དེ་ནི་རྩྭ་སྨྱུག་ཐ་མདོག་ཅན་ཞིག་རེད།

འདག་ཕིག་ལྷ་བུའི་རྩྭ་སྨྱུག་ཐ་མདོག་ཅན་ཞིག་རེད། དགུན་དུས་ཐབ་ནང་དུ་ཅུས་ཁུ་གདུས་རྗེས། ཞག་གཅིག་སོང་བའི་ཉིན་གཉིས་པའི་ཚོགས་པ་དེ་ལྟར་འཕིངས་སྲིད། ཅུང་གསལ་དྭངས་ཆེ་ཞིང་། སྣེ་ལ་འཛམ་པ། འདར་ཕིག་ཕིག །རིག་མ་ཐག་ཞིག་ལ་ཁད་པ་ཞིག་རེད།

སངས་རྒྱས་ཀྱིས་སྐད་ཤུགས་གཉོམ་པོས་དབྱར་རྩ་ཞེས་སྨྲས།

ཁོས་གནམ་ལ་བལྟ་ཙམ་བྱས། ཨ་སྔོན་གནམ་ལ་ཡལ་ལ་ཁད་ཀྱི་ཐག་རིས་ལྷ་བུའི་སྤྲིན་རིས་ལས་གཞན་ཅི་ཡང་མེད། བདུད་དང་གདོན་འདྲེ་མེད་ལ། སངས་རྒྱས་བྱང་སེམས་ཀྱང་མེད། མི་ཆན་དག་གི་གཏམ་ལྟར་བྱས་ན། མི་ཞིག་ཨ་བསོད་ཆེ་དུས་དེ་ནི་དཀོན་མཆོག་གི་དངོས་གྲུབ་རེད་ཟེར། ད་ལྟ་སངས་རྒྱས་ལ་མཚོན་ན་ཤིན་ཏུ་གལ་ཆེ་བའི་དུས་ཤིག་ཡིན་མོད། དཀོན་མཆོག་ནི་མཐོང་ཡུལ་དུ་མེད། ཆན་སྟོབས་རྒྱས་ལགས་ནི་རྒྱུན་དུ་ངོམ་སྟོན་ཆེན་པོས་སྙེམས་ཆུང་སྙེམས་ཆུང་ཞེས་སྨྲ་བར་དགའ། ཁོའི་རྩོམ་ཡིག་ནང་སླར་ཡང་ཚིག་ལེགས་རེ་ཐོན་ཚེ། ཆན་སྟོབས་རྒྱས་ལགས་ཀྱིས་འཛུམ་ཤོར་ཞོར། ཁོའི་དཔུང་པར་ལྟག་ཙམ་རྡེབ་ཙམ་བྱེད།

ཁོ་སླར་ལོག་སྟེ་ཆན་ལགས་ལ་དཀོན་མཆོག་ནི་སྙེམས་ཆུང་མོད། དཀོན་མཆོག་གི་བཀའ་དྲིན་གྱིས་ཨ་བསོད་ཆེན་པོ་ཡོང་དུས་གཞན་ལ་ངོམ་མི་དགོས་སམ་ཞེས་སྨྲས།

ཆན་སྟོབས་རྒྱས་ལགས་ནི་དེ་འདྲ་ག་ལ་ཡིན། འདིར་ཁོ་ལ་ལྟག་འདེབས་བྱེད་དུས་སྙེམས་ཆུང་སྙེམས་ཆུང་ཞེས་སྨྲས་ཉུང་། གཞུང་ལས་ཁང་དུ་སླེབས་ན་དགེ་ཆན་གཞན་ལ་ངས་འཕྲིད་བྱའི་ཕྲུ་གུ་དེ་སྐྱེས་ཤེས་ཅན་ཞིག་རེད་ཅེས་སྨྲ།

སངས་རྒྱས་ཀྱིས་ལུས་ཐོག་གི་ན་ཟུག་བརྗེད། ཁོས་དབུགས་ཀྱི་འཕྱིན་ཧྲབ་སྙོམ་སྒྲིག་བྱས་ཏེ། དབྱར་རྩའི་ཕྱོགས་སུ་ལག་པ་བརྐྱངས།

ཁོའི་ལག་པ་འདག་ཕྱིག་ལྷ་བུའི་རྩ་མྱུག་དེར་མ་རེག་གོང་དུ་སླར་བསྐུམས།

ཁོས་མཛུབ་རྩེར་ཕུ་བཏབ་པ་ནི་ཨ་མའི་ལག་པ་ཐབ་ཐོག་ཏུ་འཁོལ་བཞིན་པའི་འོ་མར་རེག་པ་དང་འདྲ།

ཁོས་སླར་ཡང་ཞིབ་ནན་གྱིས་བལྟས། མཐོང་རྒྱུ་དེ་བས་ཆེ་བར་བཏང་། དབྱར་རྩྭའི་སྦུ་གུ་དེ་གངས་རིའི་ཟུར་དུ་སྐྱེས་པ་མཐོང་། གངས་དང་ས་ནག་གི་ཁྲོད་དུ་ཀྱོང་ངེར་ཡོད་པ་དེ་སྨྱུག་རྩེ་ཆུང་ངུ་ཞིག་དང་གཉིས་སུ་མ་མཆིས།

ཁོས་ལུས་སྟོད་དགྱེ་ཞིང་ཕུས་མོ་ས་ཐོག་ཏུ་བཙུགས། ཐད་ཀར་ལག་པས་བསྡོགས། སྦུ་གུའི་གཤམ་ནས་དབྱར་རྩྭའི་རྩ་བ་རིམ་གྱིས་མངོན། དངོས་གནས་མགོ་དང་མིག་དང་རྐང་པ་ལ་སོགས་དངོས་སུ་དོད་ཅིང་། འབུ་ཉལ་སྐབས་ཀྱི་རྣམ་པར་ཡོད། ཚོ་ཞིང་ཤ་མདོག་ཅན་གྱི་ལུས་ཐོག་ཏུ་འཕྲེད་དུ་གཉེར་མ་ཕྲ་ལ་ཞིབ་པ་མང་ཞིང་། དགུན་དུས་འབུ་ནུར་འགུལ་བྱས་ཏེ། ཤུགས་བསྐྱེད་ཐབས་བྱས་པའི་ཁྲབ་གཤོག་ཀྱང་ཡོད། ཁོས་ཤུགས་གང་ཡོད་ཀྱིས་དབྱར་རྩྭའི་ཐོག་ཏུ་ཡོད་པའི་ས་རྡུལ་ལ་ཕུ་བཏབ། འབུའི་མཇུག་མ་ཕྲ་མོ་ཕྱིར་ཐོན།

ད་ལྟ་དབྱར་རྩྭ་ཁོའི་ལག་ཏུ་ཐོན།

ཁོས་དབྱར་རྩྭ་སྣར་མོའི་ནང་ཉར་ཏེ་ཞིབ་པར་བལྟས། འབུ་ལུས་ལས་སྐྱེས་པའི་རྩྭ་སྨྱུག་ཟེ་མདོག་དེར་བལྟས། རྩ་བ་འབུ་ལ་ལོ་མ་རྩྭ་ཞེས་པའི་གཏམ་དེ་དྲན། དེ་ཕྱིར་དབྱར་རྩྭ་དང་། རྩྭ་ད་བྱིད། སྤོ་ད་བྱིད། དབྱར་རྩྭ་དགུན་འབུ། ཐ་ན་བསྟུས་མིང་དུ་ཐད་ཀར་འབུ་ཞེས་ཀྱང་འབོད།

འདི་ཟུར་སྐྱེས་སྐྱེ་དངོས་ངོ་མཚར་ཅན་ཞིག་རེད། འདི་འབུའི་སྒོ

ངའི་རྒྱུ་ལས་སྐྱེས་པའི་ཤ་མོའི་རིགས་ཤིག་རེད། སྨན་གཞུང་ལས། དབྱར་ཤི་དགུན་སོས་རྩྭ་ཡི་ད་བྱིད་འདིས། །ལུས་ཀྱི་ཟུངས་གསོ་དབང་པོའི་ནུས་པ་བགྲ། །མཁལ་ནུས་གསོ་ཞིང་རླུང་འཇོམས་མཁྲིས་པ་སེལ། །བད་ཀན་མི་བསྐྱེད་རོ་ཙའི་དོན་མཆོག་བྱེད། །འདི་ནི་ཁོས་ཕྱིས་སུ་དཔེ་ཆ་ལས་མཐོང་བའི་དབྱར་རྩྭའི་ཕན་ནུས་དག་རེད།

འདི་དངུལ་སྒོར་བརྗེ་ཐུབ་པའི་དབྱར་རྩྭ་ཞིག་རེད། དབྱར་རྩྭ་གཅིག་ལ་སྒོར་སུམ་ཅུ་རེ། སྒོར་སུམ་ཅུས་རྗོ་བོའི་ཕུས་ཚོགས་ལ་འབྱུར་བྱེད་ཀྱི་ཟུག་འཇོམས་འབྱུར་ལྡེ་ཐུམ་སྒྲིལ་གཉིས་སམ། གཅིན་མོར་ཧྲུལ་ལེན་ལེ་ཉིང་རྟགས་ཅན་ཟུར་གཙོག་ཟིང་སྐྱ་ཞིག་གམ་དཀར་པོ་ཞིག་ཉོ་ཐུབ། གཅིན་མོས་ཧྲུལ་ལེན་གྱོན་ཏེ་ལུས་རྩལ་སློབ་ཚན་འཚོགས་པར་ཕྱིན་ན། སྟག་ཤར་པོ་སྒོ་ཅན་སྐྲ་འཁྱིལ་ལུ་བཞག་པ་དེ་ཚོས་མོ་ལ་གཏད་དེ་སི་གླུ་ལེན་སྲིད།

ཨ་ཕས་སྒྲ་རྒྱུར་དབྱར་རྩྭ་བཀྲོ་ཐེངས་རེར་ཁོང་གིས་རྟག་ཏུ་ཡུལ་ལྷ་གཞི་བདག་ལ་གནང་བ་ཞུ་བཞིན། གཞི་བདག་གིས་སྦྱས་པའི་གཏེར་ཁ་རང་ཉིད་ཀྱིས་བསྔོག་པར་ངོས་འཛིན་བཞིན་ཡོད།

སངས་རྒྱས་ལ་ཡང་དེ་འདྲ་ཅུང་ཟད་ཡོད། རེད། འཕྱིངས་མདུད་འདི་རྒན་ལྷ་མོ་ལགས་ཀྱིས་བེད་སྤྱོད་གཏོང་བར་དགའ་བའི་ཚིག་ཅིག་རེད་ལ། ཁོ་གཡར་སློབ་བྱེད་རིང་གྲོང་ཁྱེར་གྱི་སློབ་གྲྭའི་སློབ་མ་དག་གིས་སྤྱོད་པར་དགའ་བའི་ཚིག་ཅིག་ཀྱང་རེད།

སངས་རྒྱས་དངོས་གནས་སྐྱེས་ཤིས་ཅན་ཞིག་རེད། ཐེངས་ཤིག་ཨ་མས་བཀལ་བའི་བལ་སྐུད་ཀྱི་གྲུ་གུ་ཞུམ་བུས་རྟེད་མོ་རྟེད་དེ་བལ་སྐུ་ཐམས་ཅད

འཛོམས་ནས་ཅི་བྱ་གཏོལ་བྲལ་དུ་གྱུར་སྐབས། ལོས་གློ་བུར་དུ་ཚིག་དེའི་དོན་རྟོགས་ནས། འཕྲིངས་མདུད་ཅེས་ཁ་ནས་ཤོར།

ཨ་མ་ཏད་བཞིན། ཁྱོད་ཏད་པ་དང་ཧོན་པ་འདི་འདྲ་ཅི་རེད། གདོན་ཞུགས་པ་མིན་ནམ་ཟེར།

ད་ལྟ་སངས་རྒྱས་ལ་འཕྲིངས་མདུད་ཅུང་ཙམ་ཡོད། དབྱར་རྩ་འདི་སྐྱེ་དངོས་ངོ་མཚར་ཅན་ཞིག་ལ་བརྩི་དགོས་སམ། ཡང་ན་དམངས་སྐོར་སྲུམ་ཅུར་བརྩི་དགོས། འདི་ནི་གྲུང་གོ་བ་ཕལ་ཆེ་བར་མཚོན་ན་གནད་དོན་ཞིག་མ་ཡིན་མོད། རྩ་ཐང་འདིའི་ཐོག་གི་མི་རྣམས་ལ་མཚོན་ན་ཏག་པར་གནད་དོན་ཞིག་རེད།

སྐྱེ་དངོས་ཀྱི་སྲོག་གཅོད་དམ་སྐོར་སྲུམ་ཅུ་དགོས། འདི་ནི་ཁོ་ཚོའི་སེམས་ངོར་འཆར་བའི་འཕྲིངས་མདུད་རེད།

འོན་ཏེ། དགེ་འདུན་འགའ་ཞིག་གིས་གསུངས་པ་ལྟར་ན། སྙིགས་མ་ལྔ་བདོའི་དུས་སུ་མི་རྣམས་ཀྱིས་འཕྲིངས་མདུད་ཅུང་ཞིག་བྱས་ཏེ། སྔར་བཞིན་ཚེ་སྲོག་དང་དངུལ་སྐོར་བརྗེ་བཞིན་ཡོད་ཅེས་གསུངས།

སངས་རྒྱས་ཀྱིས་དབྱར་རྩ་གཙོགས་ཤིག་ཏུ་བཞག །འཕོངས་འབྲུར་རེར་འཁྲུགས་པ་བཞུ་མ་ཐག་པའི་ས་བཞའ་ཅན་གྱི་རྩ་སྐམ་ཐོག་གོག་བསྒྲོད་བྱས་ཏེ། ཞིབ་མོར་དབྱར་རྩ་རྗེས་མ་དེ་བཙལ།

མི་རིང་བར། སྐར་གསར་ཉེད་བྱུང་།

དབྱར་རྩ་ཞིག །

སྐར་ཡང་དབྱར་རྩ་ཞིག །

སྤྱང་ལྡིབས་དེ་ནས་ཁོ་ལ་དབྱར་ རྩྭ་བཅོ་ལྔ་རྙེད།

བསམ་བཞིན་བསམ་བཞིན་སྐོར་བཞི་བརྒྱ་ལྔ་བཅུ་ཁུག་པ་དྲན་མ་ཐག་སངས་རྒྱས་ཀྱིས་སྨྱུ་ཆུང་བླངས།

ཁོའི་ལུས་པོ་སྤྱང་ལྡིབས་སུ་འགྱུར་བས། ཕུས་མོའི་གཉིས་བཞུར་མ་ཐག་པའི་ས་རྗེན་གྱིས་བརླན་པར་གྱུར། ཁོས་ཐུང་ལ་ཕྲ་བའི་དབྱར་རྩྭའི་རྩྭ་སྨྱུག་འཚོལ་བཞིན་མིག་ཟུང་ལས་མིག་ཆུ་ཐོན། རྩྭ་གསེབ་ཏུ་ཚང་བཅས་པའི་རི་བྱིའུ་དག་མགོ་ཐོག་ཏུ་ཡར་མར་དངངས་འཕུར་བྱེད་བཞིན། ཅིག་ཅིག་ཅིག་ཅེས་སྒྲོག །

འདབ་ཆགས་གཞན་དང་བསྡུར་ན་རི་བྱིའུ་ཡི་སྟངས་སྟབས་དེ་བས་དགོད་བྲོ། ཐད་གོང་ཐད་འོག །རྫོའམ་འདམ་ཟགས་པ་བཞིན་ཡར་འཕར་མར་ཟགས་བྱེད། སངས་རྒྱས་ཡར་ལངས། ཕྲག་པ་རྒྱབ་ཏུ་དགྱེ་སྟེ་གཤོག་པ་ལྟར་བཀྲམ། ཁོས་དེ་ལྟར་རི་ལྡིབས་ནས་བབས། ཁོ་ལྡིང་བའི་ཚུལ་བྱས། ཁོ་འཕྱོ་བའི་ཚུལ་བྱས། ཁོས་འདི་ལྟར་བྱེད་དོན་ནི་ཟློག་རྩོལ་བྱེད་མཁན་གྱི་རི་བྱིའུ་ལ་འདི་ལྟར་མཛེས་པར་མི་འཕུར་བ་ཅི་ཡིན་ཞེས་སྨྲ་བ་ལྟར་སྣང་།

རི་བྱིའུ་ཡིས་ཁོ་ལ་ཁ་ཡ་མ་བྱས་པར། སྤྲར་ཚང་ནང་དུ་འཕོག །ཅྱི་སྤྱུ་ཟིང་ཟིང་བྱས་ཏེ། ཉི་མའི་དྲོད་བསྡུ།

རི་བྱིའུ་ཡིས་བལྟས་ན་ཕྲུ་གུ་རི་དྭགས་འདྲ་བ་འདི་དག་དགོད་བྲོ། འཕུར་ཚུལ་ཙམ་བསྟན་མོད། ནམ་ཡང་ས་ཐོག་ཏུ་འདུར་རྒྱུག་བྱེད་པ་ཙམ་ལས་མ་འདས། རལ་སྒྲ་སྒྲོག་པ་ནི་གླིན་ལ་སྐྱུགས་པའི་འཕྱི་བ་སྒོམ་ཆེན་དང་འདྲ་སྙམ།

ཉིན་དེར་སངས་རྒྱས་ལ་སླར་ཡང་དབྱར་རྩྭ་མ་རྙེད།

ཁོའི་ཡིད་རབ་ཏུ་ཞོམ། དབྱར་རྩྭ་གསར་པ་རྙེད་ན་མི་བསམ།

དབྱར་རྩྭ་བཙོ་ལྔ་ནི་སྒོར་བཞི་བརྒྱ་ལྔ་བཅུ་རེད།

ཁོ་རི་ལྷེབས་ཀྱི་མགོར་མ་ཕྱིན་པར། ལ་དེའུ་འདྲིས་མཚམས་ཀྱི་སྨུ་ཁྲུད་དུ་ཡོད་པའི་ལམ་ཆེན་ཐོག་གོམ་ཞེང་ཆེན་པོས་བསྐྱོད། ཉི་འོད་ཚ་གདུག་ཆེ་བས། ལམ་འགྲམ་གྱི་ལྗིངས་ཀ་དང་འདམ་ཁྲོད་ལས་འོད་འཚེར། སྨུར་དུ་བཞུ་བཞིན་པའི་རྩྭ་ཐང་གི་ས་ནག་ལས་ས་དྲི་ཐམ་སྟུག་པ་འཐུལ། ནོར་ནག་འགའ་ཐག་འོག་ཏུ་རྩྭ་དཀར་ལྷག་བཞིན་ཡོད།

ལེ་དབར་ཉི་ཤུ་ཙམ་ཕྱིན་རྗེས། སངས་རྒྱས་ཁྱིམ་དུ་སླེབས།

གྲོང་སྡེ་གསར་པ་ཞིག །དེ་ནི་འབྲོག་པ་གཏན་སྡོད་ཀྱི་འཆར་གཞི་ལག་བསྟར་བྱས་རྗེས་འཛུགས་སྐྲུན་བྱས་པའི་གྲོང་སྡེ་གསར་པ་ཞིག་རེད། གྲུ་བཞི་ཐོ་འདྲའི་ཁང་པ་ཤ་སྟག་རེད། མདུན་དུ་སྒོ་ཞིག་དང་། སྒོའི་གཡས་གཡོན་དུ་སྒེའུ་ཁུང་གཉིས་ཡོད་ཅིང་། ཁྱིན་ཁང་མིག་གསུམ་ཡོད། ཁྱིམ་དེའི་གཡས་སམ་གཡོན་གྱི་གློ་ཟུར་ན་སླར་ཁྱིམ་གཞན་ཞིག་ཡོད། འདི་ལྟའི་ཁང་པ་སྟར་ཕྲེང་ཉེར་དྲུག་གམ་ཉེར་བདུན་ཙམ་གྱིས་གྲོང་སྡེ་ཞིག་གྲུབ། རྨ་ཆུ་དང་འབྲི་ཆུའི་ཆུ་མགོ་སྲུང་སྐྱོང་བྱེད་ཆེད། འབྲོག་བསྐྱུར་རྩྭ་ལོག་བྱས་པས། འབྲོག་པས་ཕྱུགས་མི་འཚོ། ཡང་ན་ཞིང་དུ་ལས་མི་འཚོ་བས། འབྲོག་པ་གྲོང་ཁྱེར་བ་འདྲ་ཟེར།

སངས་རྒྱས་ཀྱིས་ཨ་ཕའི་གཏམ་ལ་ངོ་རྒོལ་མ་བྱས་མོད། སེམས་ནང་དུ་གཏམ་དེར་མོས་མཐུན་མེད། ཁྱིམ་ཚང་ཉི་ཤུ་ལྷག་མཉམ་དུ་འདུས་པ་ཙམ་

གྱིས་གྲོང་ཁྱེར་བ་དང་ག་ལ་འདྲ། ཁོ་སློབ་གྲྭར་འགྲོ་སའི་ཤང་སྲིད་གཞུང་གནས་ཡུལ་དུ་འཕྲོད་བསྟེན་ཁང་ཡོད། སློབ་གྲྭ་ཡོད། རླངས་འཁོར་བཟོ་ས་དང་། ཟྭ་ཁང་། འཕྲིན་ཐུག་ཁང་གསུམ་ཡོད། བོད་ཟས་ཁང་གཅིག་དང་། སི་ཁྲོན་གྱི་མགྲོན་ཁང་གཅིག །སྐྲ་ཁང་གཅིག །ལྕག་ཁྲོམ་གཉིས། དུང་དཀོན་པ་ཞིག་ཡོད། འདི་ཡང་གྲོང་རྡལ་ལས་གྲོང་ཁྱེར་མ་ཡིན། དེར་གནས་ཀྱང་གྲོང་ཁྱེར་བ་དང་ག་ལ་འདྲ། གང་ལགས་ཤེ་ན། དེར་སྤྱོས་འཁྱིག་རྒྱུག་ལམ་མེད། སློབ་འབྲིང་མེད། དཔེ་མཛོད་ཁང་མེད། རྟེན་མཛོད་ཁང་མེད། གློག་བརྙན་ཁང་མེད། ཐང་ཆེན་མེད། མགྲོན་བྲང་མེད། བསྐོལ་ཟམ་མེད། གློག་བརྙན་ནང་ཐོན་པའི་ཁྲོམ་གཞུང་གི་ནག་ཚོགས་མེད། གློག་དམར་སློག་ལྡང་དང་འཁྲིམ་འཁྲུལ་ཉེན་རྟོག་པ་མེད་པས། གྲོང་ཁྱེར་བ་ཅི་ལ་ཡིན། གཏན་སྡོད་བྱས་པའི་མི་དེ་དག་ནི་ལས་མེད་ནུས་མེད་དུས་ངེས་མེད་ལ་ཡིག་རྡུག་ཁ་ནས་བཟློ་མཁན་ཙམ་རེད། བྱང་རླུང་འཛགས་ན། དཔྱིད་རླུང་ལྡང་། ས་གཞིར་རྡོད་སླེབས་པས་ཆབ་རོམ་བཞུ། དབྱར་རྒྱའི་དུས་ཚིགས་འཆར། རྩི་ལམ་གྱི་ལྗོངས་སུ་ཚུད་པའི་མི་རྣམས་གཉིད་ལས་སད་པ་ལྟར་སྣང་།

སངས་རྒྱས་ཀྱིས་གཏམ་འདི་དག་གིས་ཨ་ཕའི་འཆར་སྒོ་བཤིག་མི་ཐུང་།

ཁོའི་སེམས་ནང་དུ་ལས་མེད་སོས་དལ་དུ་བཤད་དེ་སྲིད་གཞུང་གི་འཚོ་བའི་གྲོན་དངུལ་ཉུང་ངུ་རེ་ལེན་པ་ནི་གྲོང་ཁྱེར་བ་དང་ག་ལ་འདྲ་སྙམ།

ཁྱིམ་ཚང་རེ་རེའི་ཁང་ཐོག་ཏུ་བཟོས་སྐར་གྱི་བརྙན་འཕྲིན་གནམ་སྐུད་ཡོད། མཚན་མོ་རྟག་པར་བརྙན་འཕྲིན་ཁ་ཕྱེ་ན། ས་གནས་བརྙན་འཕྲིན་

ཁང་གིས་བཏང་བའི་བོད་འགྱུར་བརྙན་གར་ཡོད། ཨ་ཕ་དང་ཨ་མ་ཇ་འཐུང་བཞིན་རྒྱ་སྐད་ཤོད་མཁན་གྱི་གྲོང་ཁྱེར་བ་དག་གི་གཏམ་རྒྱུད་དག་བལྟས། ཁོ་གཉིས་ཀྱིས་བལྟས་ཙང་དོན་མ་རྟོགས།

བརྙན་གར་ཚར་བས་ཁོ་གཉིས་ཀྱིས་མལ་ནང་དུ་རང་གི་ཚོར་སྣང་གླེང་།

ཨ་མའི་གནད་དོན་ནི་མི་དེ་དག་གི་ཟས་ནི་ཡག །གྱོན་པ་ནི་ལེགས། ལས་ནི་བྱེད་མི་དགོས། འོན་ཏེ་སེམས་མི་སྐྱིད་པའི་ཚུལ་འདི་ཅི་རེད།

སངས་རྒྱས་ཀྱིས་གཏམ་འདི་ཐོས་རྗེས་སེམས་ནང་དུ་འདི་ལྟར་དྲན། ཁྱོད་གྲོང་ཁྱེར་བ་མིན་པས་གྲོང་ཁྱེར་གྱི་འཚོ་བར་རྒྱུས་མངའ་ག་ལ་ཡོང་སྙམ།

ལོ་ལྟར་དཔྱིད་ཀྱི་ཐོ་ཉ་སླེབས་སྐབས་གྲོང་ཁྱེར་ནས་ཡོང་བའི་ཡུལ་སྐོར་བ་རྩ་ཐང་དུ་ཐོན། ཚོགས་པ་མཉམ་སྡེབ་དང་། རླངས་འཁོར་རང་གཏོང་། སྤྲང་འཁྱམས་སོགས་ཡོད། གྲོང་ཁྱེར་བ་དག་གིས་ཨེ་མ། གནས་འདི་ནི་ལུས་སེམས་ལྷོད་ལ་ཕེབས་སའི་ཡུལ་རེད་ཟེར།

འདི་ལྟར་ཁོ་ཚོས་གྲོང་ཁྱེར་དུ་རྩེད་མོར་རོལ་བ་ནི་རྩེད་མོར་མི་བརྩི་ཞིང་སེམས་ཀྱང་ལྷོད་ལ་མི་འབབ། རྩ་ཐང་དུ་སླེབས་ན་རྩེད་མོར་བརྩི་ཞིང་སེམས་ལྷོད་ལ་བབས། འོན་ཏེ་ཁོས་ཤེས་པ་འདི་དག་ཨ་ཕར་མ་བཤད། ཁོས་ཕ་མ་གཉིས་ཀྱིས་རང་ཉིད་དང་གཅིན་མོ་སློབ་གྲྭར་མངགས་པ་ནི་ཕྲུ་གུའི་འཚོ་བ་སྔར་ལས་ལེགས་པ་ཡོང་ཕྱིར་ཡིན་པ་ལས། ཁོ་གཉིས་ཕྱིར་ལོག་རྗེས་རང་གི་མཐོང་རྒྱ་ཕ་མ་གཉིས་ལས་ཆེ་བ་ཡོད་པ་རྫོམ་ཕྱིར་མིན་པ་ཤེས།

ཨ་ཕ་ཐེ་ཚོམ་དུ་གྱུར་པ་ནི་དམག་འཁྲུག་སྐོར་གྱི་བརྙན་གར་དག་རེད། མི་དེ་ཚོས་མི་གསོད་པ་ནི་སྔོན་ཆད་ཁོ་ཚོས་རྟེན་བྱས་པ་ལས་ཀྱང་

སྟབས་བདེ་ཞིང་ལས་སླ་བ་དེ་རེད། མི་གསོད་པ་དེ་ལྟར་ལས་སླ་པོ་ཅི་ལ་ཡོད་སྙམ།

དེ་ནི་ཉི་ཧོང་འདྲི་དམག་རེད། ཨ་མས་བཤད།

ཉི་ཧོང་འདྲི་དམག་གསོད་པ་ནི་རི་བོང་གསོད་པ་ལས་ཀྱང་ལས་སླའམ། ཨ་ཕས་བརྒྱལ་ལན་སློག །

སྐབས་འདིར་ཁོས་ཨ་ཕར་འདི་ནི་བཙན་གར་བཟོ་མཁན་གྱི་རྒྱལ་གཅེས་རིང་ལུགས་མཚོན་ཐབས་བྱས་པ་རེད་ཅེས་མ་སྨྲས། ཁོས་བཙན་འཕྲིན་ལས་བཙན་གར་གྱི་འཁྲབ་གཞུང་རྩོམ་སྒྲིག་པ་དང་། གྲགས་སྐར་གྱིས་དེ་ལྟར་བྱེད་དོན་ནི་རྒྱལ་གཅེས་རིང་ལུགས་ཀྱི་མཚོན་ཐབས་ཡིན་པའི་སྐོར་གླེང་བ་མཐོང་མྱོང་།

ཨ་ཕ་ནི་མི་ནན་ཁུར་ཅན་ཞིག་དང་། ཙ་ཙེ་ཐམས་ཅད་འདྲི་མཁན་ཞིག་རེད། གལ་ཏེ་ཁྱོད་ཀྱིས་ཁོང་ལ་འདི་ནི་རྒྱལ་གཅེས་རིང་ལུགས་རེད་ཅེས་སྨྲས་ན་ཉིན་བསམ་བསམ་པའི་མུ་ནས་སློ་བུར་དུ་འོ་ན་ཁྱོད་ཀྱིས་སྨྲས་པའི་རིང་ལུགས་དེ་དང་གུང་ཁྲན་རིང་ལུགས་དབར་ཁྱད་པར་ཅི་ཞིག་ཡོད། ད་དུང་མི་སྒེར་རིང་ལུགས་ནི་འདི་ཚོ་དང་འདྲའམ་མི་འདྲ་ཞེས་སྨྲ་ངེས།

ཁོ་ནི་ཨ་ཕས་འདི་ལྟར་རང་ཉིད་འཕྱིངས་མདུད་ཀྱི་གཏམ་གླེང་ནང་འཁྲིད་པར་མི་འདོད།

ད་ལྟ་སློབ་ཕྱོལ་གྱི་ཕྲུ་གུ་ཁྱིམ་དུ་ལོག་བཞིན་ཡོད། ཁོ་རྒྱུག་ཆུའི་རྐང་ཟམ་ཐོག་ཏུ་བསྐྱོད། གྲོང་སྡེའི་ཨར་འདམ་ལམ་མཁྲིགས་པོ་དེའི་ཐོག་ཏུ་བསྐྱོད།

རྩོ་བོ་སྔོ་འཁྲམ་དུ་ཉི་མ་བསྒྲོ་བཞིན་ཡོད་པས། རྒྱང་རིང་ནས་ཁོ་མཐོང་།

མོས་ལག་པ་ཐོད་པའི་ཐོག་བཀབ་སྟེ་ཉི་མ་བཀག་ནས། ཚ་པོ་རྒྱུག་ཆུའི་ཐོག་གི་རྐང་ཟམ་ཐོག་ཡོང་བར་བལྟས། རིམ་བཞིན་རང་ཉིད་དང་ཉེ་བར་བཅར། ཁ་ན་སོ་མུ་ཏིག་ཙམ་ཡང་མེད་པའི་མོའི་ངོ་ནས་འཛུམ་ཕྱུངས། ངོ་གདོང་ཟངས་རྙིང་མདོག་སྨིང་གི་གཉེར་མའི་འདབ་བརྒྱ་ལྷུག་པར་གྲོལ།

སངས་རྒྱས་ཀྱིས་ཐོད་པ་རྨོ་བོའི་ཐོད་པར་གཏུགས་རྗེས། ངའི་དྲི་ཞིག་སྨོམས་དང་ཟེར།

རྨོ་བོས་སྣ་གཉེར་ཙམ་བྱས་པ་ནི་དྲི་འཛིན་སྣ་ཡིས་ཅི་ཡང་མ་ཚོར་ཟེར་བ་ལྟར་སྣང་།

སངས་རྒྱས་ཀྱི་བསམ་པར་རང་གི་ཏུམ་ནང་དབྱར་རྩྭ་བཅོ་ལྔ་ཡོད། དབྱར་རྩྭ་དེ་དག་ཕྱིད་ཀ་རྩྭ་དང་། ཕྱིད་ཀ་འབུ་ཡིན་པས། འབུ་དང་རྩྭ་སྨྱུག་གི་དྲི་ཡོད་སྐབས། རྨོ་བོས་ངེས་པར་དྲི་ཚོར་ངེས་སྙམ། འོན་ཏེ་རྨོ་བོས་སྣ་གཉེར་ཙམ་བྱས་པ་ལས་དྲི་ཚོར་བའི་ལན་མ་བཏབ།

ཁྱིམ་དུ་མི་མེད་དམ།

ཨ་ཕ་དང་ཨ་མ་གྲོང་ལྷན་དུ་ཚོགས་འདུར་སོང་།

ཁོས་ལྟོ་བཅལ། ཤ་སྐམ་དང་ཆུར་བ་ཕྲན་ཙམ་བཅལ་ཏེ། ཁ་ནང་དུ་ཟ་བཞིན་གྲོང་ལྷན་དུ་ཕྱིན། དེ་དུས་གྲོང་ལྷན་གྱི་ཚོགས་འདུ་གྲོལ། སྐྱེས་པ་རྣམས་གྲོང་ལྷན་གྱི་སྒོ་རའི་ནང་མུ་མཐུད་གཏམ་གླེང་བྱས། བུད་མེད་རྣམས་ཕྱོགས་བཞིར་གྱེས།

སངས་རྒྱས་དང་ཨ་མ་མདུན་གཏད་དུ་འཕྲད།

ཨ་མས་ཁོ་ལ་རྣམ་འགྱུར་ཡག་པོ་མ་བསྟན་པར། ལག་པས་ཁོའི་རྣ་བ་

ནས་བཟུང་སྟེ། ཁྱོད་སློབ་ཕྲུལ་བྱས་སམ་ཟེར།

ཁོས་ཕྲུ་པའི་ཨམ་ཕྲག་བསྐོགས་ཏེ། དྲི་སྣོམས་དང་ཟེར།

ཨ་མས་དེ་ལས་ལྡོག་སྟེ། སློབ་གཙོས་གྲོང་དཔོན་ལ་ཁ་པར་བཏང་སྟེ་ཁྱོད་སློབ་ཕྲུལ་བྱས་ཟེར།

ཨ་མས་ཐོས་ཀྱང་མ་ཐོས་ཁུལ་བྱས། ལྷ་ཙུབ་བྱེད་མཁན་གྱི་བུད་མེད་དག་རིང་དུ་ཕྱིན་རྗེས། ཁོ་རང་ཁྲིམ་དུ་འཁྲིད་རྗེས། དབྱར་རྩྭ། དབྱར་རྩྭ། གཞན་གྱིས་མ་ཐོས་དོགས་འདུག་གམ་ཟེར།

སངས་རྒྱས་ཀྱིས་ཙུང་ཚ་བ་རྒྱས་པའི་རྣ་བ་འཕུར་འཕུར་བྱེད་བཞིན། ཙམ་གྱི་དབྱར་རྩྭ་དག་སྒྲོག་ཅེའི་སྟེང་གི་དཀར་ཡོལ་སྡོ་ཁྲའི་ནང་དུ་བཞག །ཁོས་དབྱར་རྩྭ་བཅོ་ལྔ་བླུགས་པའི་དཀར་ཡོལ་ལས། བདུན་དཀར་ཡོལ་གཞན་ཞིག་ཏུ་བཞག་སྟེ་འདི་རྩོ་བོའི་ཡིན། དེ་གཅེན་མོའི་ཡིན་ཟེར། དེ་ནས་དཀར་ཡོལ་ཞིག་ལས་དབྱར་རྩྭ་གཅིག་བླངས་ཏེ་རང་གི་སྦྲར་མཐིལ་དུ་བཞག་རྗེས། འདི་ལྟར་བྱས་ན་ཤིན་ཏུ་སྙོམས་ཟེར། ཁོས་སྦྲར་མཐིལ་ནང་གི་དབྱར་རྩྭ་གཅིག་པོ་དེར་ལྟ་བཞིན་ཁེར་རྐྱང་གི་སྣང་བ་ཆེ་བར་མཐོང་སྟེ། སླར་དཀར་ཡོལ་གཉིས་ལས་དབྱར་རྩྭ་རེ་རེ་བླངས། ད་ལྟ་དཀར་ཡོལ་རེར་དབྱར་རྩྭ་དྲུག་རེ་དང་། རང་གི་སྦྲར་མཐིལ་དུ་དབྱར་རྩྭ་གསུམ་ཡོད། ཁོས་འདི་གསུམ་ངའི་ཡིན་ཟེར།

ཨ་མས་མིག་ཆུ་འཁྱིད་བཞིན། བསམ་ཤེས་ཆེ་བའི་སངས་རྒྱས། སྙིང་རྗེ་ཆེ་བའི་སངས་རྒྱས་ཟེར།

ཨ་མས་གྲོང་སྡེའི་བུད་མེད་དག་དང་འདྲ་བར་ཚིག་སྐབས་བདེ་པོ་ཞིག

སྨྲད། དེ་ཕྱིར་ཨ་མའི་སེམས་འགུལ་ཐེབས་པའི་མིག་ཆུ་དང་། གཅེས་ཤིང་འཕངས་པའི་མིག་ཆུ་ནི་སངས་རྒྱས་ལ་གོ་བསྐོན་ཤིན་ཏུ་ཆེ།

ཨ་མས་ཚིག་ཉམས་བསྒྱུར་ཏེ། མི་རྒན་ལ་སྨྲ་བའི་སྐད་ཆ་བཞིན་སངས་རྒྱས་ལ་འདི་ལྟར་བཤད། གྲོང་སྡེའི་ནང་དུ་ད་ལྟ་ཚོགས་འདུ་འཚོགས་མ་ཐག་རེད། སང་ཉིན་དབྱར་རྩ་བཟོ་རུ་འགྲོ་ཆོག །ད་ལོ་སྤྲིགས་རྟོག་རུ་ཁག་བཙུགས་ནས་རི་ལམ་བསྲུང་། ཕྱི་མི་ང་ཚོའི་འདིར་དབྱར་རྩ་བཟོ་བར་ཡོང་མི་ཆོག །ཨ་ཕ་སྤྲིགས་རྟོག་རུ་ཁག་ཏུ་ཞུགས། ཁྱོད་མ་ཡོང་ན་ངེད་ཚང་གིས་ད་ལོ་དངུལ་གསོག་མི་ཐུབ་ཟེར། ཨ་མས་ཐབ་ཀྱི་གཡོན་འདབས་སུ་མཇུབ་མོ་བཙུགས། ཁྱིམ་གྱི་ཕྱིར་འགྲོའི་སྒྲ་དཀར་པོ་དེ་བསྟོགས་ཚར་བ་མཐོང་།

སངས་རྒྱས་ཀྱི་བསམ་པར་རང་ཉིད་སློབ་ཕྱོལ་བྱས་པ་ནི་ཡང་དག་པའི་བྱ་བ་ཞིག་རེད་སྙམ་སྟེ། རང་གི་བྲང་ཁོག་ཆུང་ངུ་དེ་དགྱེ་ཙམ་དགྱེ་ཙམ་བྱས།

ཨ་ཕ་སླར་ཡང་མི་གཞན་དག་དང་ལྷན་དུ་ཆང་བཏུང་བར་ཕྱིན་ནམ། སངས་རྒྱས་ཀྱིས་དྲིས།

རི་མགོར་གྭ་ནག་དང་སྐྱིག་དཀར་འཚོལ་དུ་སོང་། ཨ་མས་བཤད།

གྭ་ནག་དང་སྐྱིག་དཀར་ནི་ཁྱིམ་གྱི་ཁལ་གཡག་རེད།

ཨ་ཕའི་བཙོལ་གཏམ་ལ་ཁྱོད་ཀྱི་སྣ་ཡིས་བསྒྲུག་ཆོག་ཟེར། ཨ་མས་བཤད།

སངས་རྒྱས་ཀྱིས་དེ་ནི་རང་གིས་སློབ་ཕྱོལ་བྱས་པར། ཨ་ཕས་བཅད་པའི་ཆད་པ་ནི་སྣ་ནས་འཐེན་པ་ཡིན་སྟབས། འོ་ན་ངས་སྣ་བསྐྱུང་ཆོག་ཟེར།

དེ་ལྟར་ཡིན་ན་ཁྱོད་ཀྱིས་མྱུར་དུ་འཕྱི་ཁྱུང་བཙལ་ཏེ་གབ་དགོས། འཕྱི་ཁྱུང་ཇི་ལྟར་གཏིང་རིང་ན་དེ་ལྟར་ལེགས། ཨ་མས་སྨྲས།

སངས་རྒྱས་མ་སླག །ཨ་ཕའི་བཅོལ་གཏམ་ལ་ཁྱོད་ཀྱི་འཕོངས་ཀྱིས་བསྒྲུག་ཚོག་ཟེར་དུས་དངོས་གནས་ཚད་པ་རེད། སྟ་ནས་འཐེན་ཙམ་བྱས་པར་སྐྱོན་ཅི་ཡོད། ན་ཟུག་དང་གཅེས་སྲུས་ཟུང་འཛུག་ནི་དོན་ཆུང་རེད་སྙམ།

ཨ་ཕས་གྭ་ནག་དང་ཐིག་དཀར་རི་ལྷེབས་ནས་མར་དེད་ཡོང་ཞིང་། ཁོའི་སྟ་ནས་མ་འཐེན། ཁོང་གིས་སང་ཉིན་སློབ་གྲྭར་ཡོག་དགོས་ཟེར།

ང་ཉིན་ལྔ་བཅུ་སློབ་ཕྲུལ་བྱས་ཀྱང་། ཁོ་ཚོས་ངའི་རྗེས་མི་ཚོད། སངས་རྒྱས་ཀྱིས་གཏམ་ལན་བྱས།

སློབ་གཙོ་དེ་ལྟར་ཞིགས། སྐུ་དངོས་ཀྱིས་ཁ་པར་བཏང་། ཁོང་གི་ངག་བཞིན་མ་བྱས་ན་མི་འགྲིག །

སངས་རྒྱས་ཀྱིས་མནོ་བསམ་ཙུང་ཞིག་བྱས་རྗེས། ངས་སློབ་གཙོར་ཡིག་འཕྲིན་ཡིག་ཅིག་འབྲི་ཟེར།

ཁོས་དངོས་གནས་དཔེ་ཁྲུག་ལས་འབྲི་དེབ་ཅིག་བཏོན། མར་བསྡད་དེ་སློབ་གཙོར་ཡི་གེ་བྲིས། དོན་དུ་འཕྲིན་ཡིག་ནན་སྟོབས་རྒྱས་ལུགས་ལ་བྲིས། ནན་སྟོབས་རྒྱས་ལུགས། ངས་ཡིག་རྒྱུགས་སྐར་མ་བརྒྱ་གཏོང་ངེས། ངའི་ཚབ་ཏུ་སློབ་གཙོར་དབྱར་རྩྭའི་གུང་གསེང་གི་གནང་བ་ཞུ་རོགས། ངའི་རྨ་པོ་ན་ཞིང་། གཅིན་མོ་སློབ་གྲྭར་འགྲོ་དུས་ཀྱང་གྱོན་གོས་ཡག་པ་མེད། དེ་རིང་ངས་དབྱར་རྩྭ་མཐོང་། དབྱར་རྩྭ་གསོན་པོ་དེ་དག་ནི་སྲོག་ལྡན་ཞིག་དང་འདྲ། ངས་སྒྲིགས་འགལ་བྱས་པ་ཤེས། ང་ཡོག་རྗེས་ཁྱོད་ཀྱིས་སློབ་ཚན་ཐོག་ལངས་ཚད་བཅད་ཚོག །སློབ་ཕྲུལ་ཉིན་ཅི་ཙམ་བྱས་ན་ང་ཉིན་དེ་ཙམ་ལངས་ཚོག །ངས་འདི་ལྟར་བྱས་པ་གཙོམ་ཆུང་གཏན་ནས་མིན་པ་ཤེས། རྩྭ

ཐང་སྤུང་སྐྱོང་གི་ཆེད་དུ་ང་ཚོར་ནོར་ཕྲུ་མེད། ངེད་ཚང་ལ་ནོར་ལྷ་ལས་མ་ལྷག །ཁལ་གཡག་གཉིས་དང་འབྲི་གསུམ་ལས་མེད། དབྱར་རྩྭ་བཀོ་བ་པོ་ནས་དངུལ་གསོག་ཐུབ།

ཁོས་འཕྲིན་ཡིག་ཤོག་བུ་ལྟར་བཟློས་ཤིང་། གཤོག་སྟེང་དུ་ཀན་སྤོབས་རྒྱུས་ལ་ངེས་འགྱུར་ཡོད་པ་ཞུ་ཞེས་བྲིས།

ཁོས་ཤིན་ཏུ་བྱང་ཞིང་སྐམ་ནན་གྱིས་བྱས་པ་ཚང་མ་ཨ་ཕས་མཐོང་བས། ཨ་ཕའི་མིག་ལས་བཀུར་འདུན་གྱི་ཉམས་ཤིག་མངོན།

ཨ་ཕས་དེ་བས་གཟབ་ནན་དང་། འོ་ན་ངས་འཕྲིན་ཡིག་འདི་གྲོང་དཔོན་ལ་སྤྲད་ཆོག་ཟེར།

ལོས་འགྲིག །གྲོང་དཔོན་ལ་སྤྲོད། གཞན་བསྐུར་ཏེ་སློབ་གྲྭར་འཕྲོད་ན་ཆོག །ཁོས་དེ་ལྟར་སྨྲས།

མཚན་མོ་དེར་ཁོ་གཉིད་མ་ཁུག །ཨ་ཕ་དང་ཨ་མས་ཤུབ་ཤུར་རང་གི་སྐོར་གླེང་བར་ཉན། དཀོན་མཆོག་གི་བཀའ་དྲིན་ལས་ཁོ་ཚོར་བསོད་ནམས་ཡོད། བུ་མོ་སྙིང་རྗེ་པོ་ཞིག་དང་། བུ་བསམ་ཤེས་ཆེ་ལ་བློ་རིག་བཀྲ་བ་ཞིག་སྐྱེས་ཟེར། སྲིད་གཞུང་གིས་འབྲོག་པ་གཏན་སྡོད་བྱས་ཏེ་འཚོ་བ་གསར་པར་རོལ་དགོས། མི་རེ་རེ་ཤག་རེ་རེར་ཉལ་ཆོག་ཟེར། འོན་ཏེ་ཁྱིམ་མི་རྣམས་རྣམ་ཀུན་བཞིན་རྡོ་སོབ་སོབ་ཀྱི་ཐབ་མདུན་དུ་སྡོད་འདོད་ཆེ། ཉིན་པར་ཉལ་ཁེབས་ཉལ་ཤག་གི་མལ་ཁྲིའི་ཐོག་བཀྲམས། དགོང་མོ་ཁོ་ཚོས་ཉལ་ཁེབས་ཐབ་མདུན་གྱི་པང་གཅལ་ཐོག་བཀྲམས། མི་རྒན་རྣམས་གཡོན་ཕྱོགས་སུ་ཉལ། ཕྲུ་གུ་གཡས་ཕྱོགས་སུ་ཉལ། ཨ་ཕ་དང་ཨ་མའི་གཏམ་རྫོགས། ཨ་མ་

སངས་རྒྱས་ཀྱི་གཤམ་དུ་ཡོད་པའི་མལ་ནང་དུ་འཛུལ། ཨ་མས་ཕོ་པང་དུ་བཏབ། ཕོའི་མགོ་བོ་ཨ་མའི་མ་ནེར་གཏུགས། ཨ་མའི་ལུས་ཐོག་ཏུ་ཨ་ཕའི་དྲི་ཙུང་ཞིག་ཡོད་ཅིང་། ནུ་མ་རྡོད་ཆེ་ལ་མཉེན།

གསུམ།

དབྱར་རྔ་རིར་འགྲོ་དུས་ཀྱི་ཞོགས་པ་དེར་བུ་ཡུག་འཚུབ།

བུ་ཡུག་ཐད་ཀར་ཪོ་ཐོག་ཏུ་ལྷུང་བ་ནི་ཁ་ཆུ་གྲང་བའི་འཕུར་སྤྲིན་གྱིས་རྟུང་ཁ་བྱེད་བཞིན་རྒྱུགས་པ་འདྲ།

བུ་ཡུག་གིས་གནམ་ས་ཡོངས་སུ་བསྒྲིབས་པས། འཇིག་རྟེན་ཐམས་ཅད་རབ་རིབ་ཏུ་གྱུར།

ལྗོངས་ནམ་འདི་འདྲའི་ཁྲོད་ད་དུང་ཨ་སྔོན་གནམ་འོག་ཏུ་དབྱར་རྔ་སྐྱེ་བའི་རི་བོ་ཞིག་ཡོད་པར་བསམ་ཚོད་བྱེད་དཀའ། དོག་མོ་ས་སྙིང་དང་སྤང་རྩྭའི་འོག་ཏུ་ཡིད་བཞིན་ནོར་བུ་ལྟ་བུའི་རི་བོ་ཞིག་ཡོད་པར་བསམ་ཚོད་བྱེད་དཀའ།

སངས་རྒྱས་ཀྱིས་སྤྲུ་པའི་ཕུ་ཐུང་ཆེན་པོ་ནས་བཟུང་སྟེ། བུ་ཡུག་འགོག་ཐབས་བྱས། སེམས་ནང་དུ་དབྱར་རྔ་རི་མཐོང་ཡུལ་དུ་མེད་ངེས་སྙམ།

གཏམ་མཆུ་ཟུར་དུ་སླེབས་དུས་ང་ཚོས་དབྱར་རྔ་རི་རྙེད་མི་སྲིད་ཅེས་པར་བསྒྱུར།

དབྱར་རྔ་རི་ཡོད་ངེས། ཨ་མའི་གཏམ་གྱིས་ཁོའི་བློ་དེ་བས་བདེ་བར་གྱུར།

ཉིན་གུང་ཟིན་ལ་ཉེ་དུས་མི་རྣམས་དབྱར་རྔ་རིའི་འདབས་སུ་སླེབས།

གངས་ཆད། རླུང་ཞི། བུ་ཡུག་ཡལ། འོན་ཏེ་ད་དུང་གནམ་ཪོ་འཐིབས།

སྨུག་པ་དམའ་ཞིང་སྲབ་པས། དབྱར་རྩྭ་རིའི་དབུ་རྩེར་སྨུག་སྤྲིན་གྱི་ཅོད་པན་མནབས། དབྱར་རྩྭ་སྐྱེ་བའི་སྤང་རི་མིག་མདུན་དུ་འཆར་བ་ནི་མི་བོ་ཆེ་ཞིག་དང་འདྲ་བར། དེའི་ལྟོ་བ་མཐོང་བ་ལས་སྨུག་སྤྲིན་གྱི་ཀློང་དུ་ལུས་པའི་དབུ་རྩེ་མི་མཐོང་ལ།

སངས་རྒྱས་ཀྱི་བསམ་པར་ལྟོ་བ་ལྡིར་བ་ལྟ་བུའི་སྤང་ལྡེབས་སུ་དབྱར་རྩྭ་ཤིན་ཏུ་མང་ངེས་སྙམ།

རླུང་ཁྲོད་དུ་སྦྲ་ཕུབ་པར་ཅུང་ཞིག་ལུས། རླུང་བུས་ད་དུང་དམ་པོ་མེད་པའི་སྦྲའི་རེ་སྣམ་ནམ་མཁར་འཕྱིར། སངས་རྒྱས་ཀྱིས་ལུས་ཡོངས་ཀྱིས་རེ་སྣམ་མནན། ཨ་ཕས་ཆོན་ཐག་ལ་ཕུར་པ་བཏབ།

སྦྲ་ཕུབ་རྗེས་ཨ་མས་སྦྲའི་ནང་དུ་མེ་བཏང་།

སངས་རྒྱས་ཀྱིས་གཙང་འགྲམ་གྱི་ཤིང་ཕྲན་ཁྲོད་ནས་བུད་ཤིང་སྐམ་པོ་འགའ་ཞིག་བཙལ། ཁོས་མིག་མ་བལྟས་པར་ཤིང་ཕྲན་རྡོག་པས་བརྫིས།

ལོ་མ་མེད་པའི་ཤིང་ཕྲན་བལྟ་སྣང་ལ་གཅིག་མཚུངས་སུ་ཡོད་པས། སྐམ་རློན་དབྱེ་འབྱེད་བྱེད་དཀའ། འོན་ཏེ་རྡོག་པས་བརྫིས་ན་སྐམ་པོ་དག་ཚག་སྒྲ་དང་བཅས་ཆག་ཅིང་། རློན་པ་དག་ལྡེམ་པ་ཙམ་ལས་སྣར་དགུ་བཞིན་ཡོད། སྨྱུར་བར་སྦྲའི་འཁྲིས་སུ་བུད་ཤིང་སྐམ་པོ་རི་ཆུང་ལྟ་བུ་ཞིག་སྤུངས།

རྟ་ཞིག་ཡོང་ན་རྟེའུ་ནས་ཡོང་། མི་ཞིག་ཡོང་ན་ཆུང་ནས་ཡོང་། ཁྱིམ་མཚེས་དག་གིས་དེ་ལྟར་བསྟོད་བསྔགས་བྱས།

ཁྱོད་ཀྱིས་འདི་ལྟར་བྱས་ན། ཀོ་ལྷམ་ཅི་ཙམ་དགོས། ཨ་ཕས་དེ་ལས་ལྡོག་སྟེ་གཤེ །

ཨ་མས་སྨུག་མའི་བུད་ཤིང་དག་ཐབ་ནང་དུ་བུད། གདོང་ལས་མེ་མདངས་དམར་ལྷབ་ལྷབ་ཏུ་འཕྱུར་བཞིན། གཅེས་ལོ་སྐྱིད་ཐལ་ཟེར།

རང་ཉིད་ཀྱིས་ཁྱིམ་ལ་ཕན་ཐོགས་པས་ཨ་མའི་སེམས་ཀྱང་སྐྱིད་པ་སངས་རྒྱས་ཀྱིས་ཤེས།

སྐབས་དེར་མི་ཞིག་གིས་རྒྱན་འཕེན་པར་འགྲོ་དགོས་པའི་བརྡ་ཐོ་བཏང་། གྲོང་སྡེས་ཐབས་འདི་འདྲ་ཞིག་ལས་ཉིན་རེར་མི་དྲུག་རེས་ཚོ་རེ་བྱས་པའི་ཚོ་གསུམ་ལམ་མདོ་ཁག་ཏུ་ཕྱི་མི་འགོག་མཁན་གྱི་སྒྲིགས་རྫོག་པར་མངག་ཆད་བྱས།

ཨ་ཕ་ཡར་ལངས། སངས་རྒྱས་ཀྱང་ཕའི་རྗེས་སུ་བསླེགས།

རི་མགོ་ནི་ད་དུང་གངས་དང་བུ་ཡུག་གིས་བཏུམས། ལྷོ་བ་ལྷིར་བ་ལྷ་བུའི་སྤང་རྩྭ་སེར་པོའི་གཤོངས་སར་འདུས་སྡོད་བྱས་པའི་མི་ཁྱིམ་ཚང་མས་རང་རང་གི་སྒྲ་ཕུབ།

སྐྱེས་པ་རྣམས་གྲོང་དཔོན་ཚང་གི་སྒྲ་མདུན་དུ་འཛོམས། སྒྲ་ཟུར་དུ་ལུག་མིག་མེ་ཧོག་གི་ཡལ་ག་ཆག་ཧྲུག་འགའ་ཡོད། གྲོང་དཔོན་གྱིས་རིང་ཐུང་མི་སྙོམས་པའི་དཔྱུ་གུ་འགའ་མཛུབ་མོ་གཅིག་ཆད་པའི་ལག་ནང་དུ་བཟུང་སྟེ། སྒྲིགས་ལམ་གསལ་བསྒྲགས་བྱས། རྒྱན་འཐེན་མཁན་རྣམས་སང་ཉིན་རེས་ཐུན་ཡིན། སང་ནུབ་སྨར་རྒྱན་འཕེན་ཏེ་གནངས་ཉིན་གྱི་རེས་ཐུན་སུ་ཡིན་བལྟ་ཟེར།

གྲང་ནྲུང་ལྷང་། སྐྱེས་པ་རྣམས་ཀྱིས་ལག་པ་ཕྱུ་པའི་ཕུ་ཐུང་ནང་དུ་བཙུག །གྲོང་དཔོན་གྱིས་དཔྱུ་གུ་བཟུང་སྟེ་མི་རྣམས་ཀྱི་མདུན་དུ་བསྟན།

ཐེངས་གསུམ་པ་ནི་སངས་རྒྱས་ཀྱི་ཨ་ཕ་རེད། ཨ་ཕས་ལག་པ་ཕྱུར་མགོ་ལས་མ་བཏོན་པར་རང་གི་བུ་ལ་བལྟས།

སངས་རྒྱས་ཀྱིས་འཛིན་ཚོག །གྲོང་དཔོན་གྱིས་སྨྲས།

སངས་རྒྱས་ཀྱིས་ཕར་བརྒྱངས་པའི་ལག་པ་ཚུར་བསྐུམ།

གང་ལགས་ཤེ་ན་མདུན་གྱི་མི་གསུམ་གས་དབྱུག་ཐུང་འཛིན། ཁོས་ནག་སྟོབས་རྒྱས་ལགས་ཀྱིས་རྩིས་རིག་སློབ་ཚན་ཐོག་གསུངས་པའི་ཚིག་དྲན་གསོས། ཕྱིད་ཚད། དེ་དུས་ཁོས་འདིའི་དོན་མ་ཤེས། ད་ལྟ་ཁོས་ཅུང་ཤེས་པར་གྱུར། མདུན་གྱི་མི་གསུམ་གྱིས་དབྱུག་ཐུང་འཛིན་པས། ཕལ་ཆེར་དབྱུག་རིང་ཐོན་ལ་ཉེ།

དེ་ཕྱིར་ཁོས་གྲོང་དཔོན་ལ། སྔོན་དུ་གཞན་གྱིས་འཛིན་དང་། ངས་རྩིས་ཤིག་བྱེད་ཟེར།

རྩིས་ཅི་ཞིག་བྱེད། ཁྱོད་བླ་མ་ཡིན་ནམ། སྐྱེས་པ་ཚོས་ཁྲིལ་དགོད་བྱེད་བཞིན་སྨྲས།

ངས་རྩིས་རིག་ལས་རྩིས་ཤིག་བྱེད། སངས་རྒྱས་ཀྱིས་མགོ་བོ་གཡུགས།

ཨོ། ཕྲུ་གུ་འདིའི་རྩིས་རིག་བླ་མ་ལས་མཁྱེན་རྒྱ་ཆེ། ཁོ་ཚང་གི་གདན་སྟོད་ཁྲུལ་གྱི་ཁྲིམ་མཆོས་དེས་ལག་པ་བརྒྱངས།

གྲོང་དཔོན་གྱི་ལག་ཏུ་དབྱུ་གུ་ཉེར་བརྒྱད་ཡོད་པ་ལས། དུག་རིང་པོ་ཡིན་ཞིང་། ཐུང་བ་གསུམ་འཛིན་ཟེར། ད་ལྟ་ཁོ་ཚང་གི་ཁྲིམ་མཆོས་ལ་དབྱུག་རིང་འཛིན་པས། ད་ནི་དབྱུག་ཐུང་རེད། དེ་ནས་དབྱུག་རིང་རེད། དབྱུག་རིང་འཛིན་ན་ལྐུང་ཧ་མེད། ཚང་མ་སྤྲིགས་རྫོག་པ་བྱས་ཏེ་གྲོང་སྡེའི་དབྱར་རྩ་

རི་བསྲུང་བར་འདོད་ཀྱང་། ཚང་མ་ཉིན་དང་པོ་མི་འདོད། གང་ལགས་ཤེ་ན། ཉིན་དང་པོའི་ཡོང་འབབ་ནི་ཕྱིས་ཀྱི་ཉིན་གསུམ་བཞི་ལས་མང་བས་རེད།

དེ་དུས། ངས་བརྩིས་ཚར། སངས་རྒྱས་ཀྱིས་དེ་ལྟར་སྨྲས་རྗེས། ལག་པ་བརྐྱངས་ཏེ། དབྱུག་ཐུང་ཞིག་འཛིན།

དགོང་མོ། ཨ་ཕས་སྤྲའི་ནང་ལན་དུ་མར་ཨ་མར་ཁྱོད་ཀྱི་བུས་རྩིས་ཤིག་བྱེད། རྩིས་ཤིག་བྱེད་ཟེར།

མལ་ནང་དུ་སངས་རྒྱས་ཀྱིས་སྤྲའི་ཕྱི་རོལ་དུ་ཆུང་བུ་ཞུར་ཞུར་དུ་ལྷང་བའི་སྒྲ་ཐོས། ཁོས་སླར་སྔས་འོག་ནས་སྐུག་སྐམ་རྡོ་ལེབ་ཀྱི་ཕྱི་སྐོགས་ཅན་དེ་ཁ་ཕྱེ་སྟེ། ཤིན་ཏུ་ཚོ་བའི་དབྱར་རྩྭ་གསུམ་པོར་སྦར་ཞུལ་བྱས་པ་ན། མཉེན་ལ་ནུར་བའི་རེག་བྱ་ཕོའི་མཇུབ་རྩེར་ཡོང་།

ཨ་ཕས་ཤུབ་བུར་ཨ་མར་བུ་གཉིད་དུ་ཡུར་རམ་ཟེར་བ་ཐོས་ཐོས།

ཁྱོད་ཀྱིས་ད་དུང་འདི་འདྲ་བྱས་ན། གཞི་བདག་གི་བཀའ་ཆད་ཕྱུང་སྟེ། ང་ཚོའི་མིག་གིས་དབྱར་རྩྭ་མི་མཐོང་བར་གྱུར་ངེས། ཨ་མས་སྨྲས།

གཞི་བདག་ཐུགས་ཁྲེལ་ཆེ་བས། ཁྱོད་གཅིག་པུར་བལྟ་ཐོམ་ཞིག་ག་ལ་ཡོད། ཨ་ཕས་ལན་བཏབ།

གཞི་བདག་ལ་མངོན་ཤེས་ཡོད་པས། མི་མཐོང་བ་ཅི་ཡང་མེད།

ཨ་མ་ཡར་ལངས་ཏེ། ཨ་ཕའི་འཁྲིས་ལས་ཐྲལ་རྗེས། སངས་རྒྱས་ཀྱི་མལ་དུ་ཞུགས། མས་ལུས་ཚ་ཁྱིལ་ཁྱིལ་དང་། ལག་པ་སངས་རྒྱས་ཀྱི་མཆན་འོག་ཏུ་བཅུག་སྟེ་དལ་བུར་ཁོ་ལ་འཐམས། མའི་པང་ཁ་དེ་ལྟར་འཇམ་ཞིང་དེ་ལྟར་དྲོ། ཨ་ཕས་ཐབ་མདུན་གྱི་མལ་ནང་དུ་དེ་ལྟར་ཡིན་པར་ཆ་འཛོག

བྱེད་ཅེས་ཆིག་ལབ་བརྒྱབ།

སངས་རྒྱས་ཀྱི་ལུས་ཙུང་གུག་པ་ནི་སྔས་འོག་ཏུ་ཡོད་པའི་སྣུག་སྨམ་ནང་གི་དབྱར་རྩྭ་དང་འདྲ། དེ་ལྟར་ལྗོད་ལ་དེ་ལྟར་སྐྱིད་སྣང་ཆེ། ཁོ་མྱུར་བར་གཉིད་དུ་ཡུར།

ཛ་སྨྲ་ཞིག་གིས་ཁོ་གཉིད་ལས་སད།

སྨྲ་ནང་དུ་མི་མེད། ཕྱི་རོལ་དུ་ཛ་སྨྲ་གྲག །

ཁོས་དེ་ནི་དགེ་འདུན་གྱིས་ཚོ་ག་བརྗོད་པས་ཡིན་པ་ཤེས།

གནམ་ངོ་ཤིན་ཏུ་དྭངས། ཉི་འོད་ལྷག་ཏུ་འཕྲོས།

ཨ་སྟོན་གནམ་དང་འཆར་ཀའི་ཉི་འོད་འོག་ཏུ་དབྱར་རྩྭ་རིའི་དབུ་རྩེའི་གངས་ནི་གསེར་བཙོ་མའི་མདོག་ལ་འགྱུ། རི་བྲག་དག་ནི་ཏུར་སྒྲིག་གི་མདངས་སུ་གྱུབ། སྤང་རྩྭ་རྣམས་ནི་རིན་ཆེན་དང་པོའི་གཤིས་སུ་སྣང་།

མི་རྣམས་ཚུ་འགྲམ་དུ་འདུས་ཏེ། རྔོའི་མཆོད་ཁྲི་ཞིག་བཞེངས། དགེ་འདུན་རྣམས་དེར་བཞུགས་ཏེ་ཚོ་ག་བརྗོད། སྐྱེས་པ་རྣམས་ཀྱིས་བསངས་སྤྲིགས་ཐོག་ཏུ་ཤུག་པའི་ལོ་མ་བསྣན། ལྷ་ཤིང་ཤུག་པའི་བསུང་ཞིམ་མཆེད་པའི་བསངས་དུད་ཨ་སྟོན་དཀུང་ལ་བསྙེགས། དགེ་འདུན་རྣམས་ཀྱིས་ཕྱག་དྲིལ་བཀྲོལ་བའི་ཚེ་ཚོ་ག་མཇུག་བསྒྲིལ་ལ་ཉེ། སྐྱེས་པ་རྣམས་ཀྱིས་ཁ་གཅིག་གྲགས་ཀྱིས་ཀི་བསྭ་སྒྲོག་བཞིན། གཞི་བདག་མཆོད་པའི་རླུང་རྟ་ཁ་བ་བཞིན་ཕྱོགས་མཚམས་ཀུན་ཏུ་ཕྱུར།

དབྱར་རྩྭའི་དུས་ཚིགས་དངོས་སུ་འགོ་ཚུགས།

སྒྲིགས་རྫོག་པར་གྱུར་པ་རྣམས་ཁག་བགོས་ཀྱིས་ལམ་མདོ་འགོག་པར་

ཁྱིན། གྲོང་སྡེ་ཡོངས་ཀྱི་སྐྱེས་ཕོ་མོ་ཐམས་ཅད་རིར་བསྐོར། མི་ཐམས་ཅད་ཀྱིས་ཀོ་མ་བྱ་མཆུ་ཅན་རེ་དང་། གུ་གུ་ཤའི་ཕོར་པ་རེ་འཁྱེར་ཏེ། རི་ལྡེབས་ཀྱི་ཕྱོགས་བཞིར་འཕོར། སྒང་ཐོག་ནས་ཁ་སྒྲུབ་ཏུ་ཏན་ཏན་ཏིག་ཏིག་དང་རྡ་སྨྱུག་རྫ་མདོག་འཛམ་མཉེན་ཅན་དེ་འཚོལ་བཞིན་ཡོད།

སངས་རྒྱས་ཀྱི་ལག་ཏུ་ཡང་ཀོ་མ་བྱ་མཆུ་ཅན་བཀོལ་བདེ་ཞིག་ཡོད། དབྱར་རྡའི་སྨྱུ་གུ་ཞིག་མིག་མདུན་དུ་མངོན་མ་ཐག་ཁོས་ཀྱང་མི་རྣམས་དག་ལ་ལད་ཟློས་ཀྱིས་མཐའ་འཁོར་གྱི་རྡ་དང་ས་རྣམས་བསལ་ཏེ། རྡ་སྨྱུག་གི་གཡས་གཡོན་ནས་བྲུས། དེ་ནས་ཤུགས་ཀྱིས་འཐེན་པ་ན་རྩ་བ་ཆད་པའི་སྨྲ་ཞིག་ཐོས་ཤིང་། ས་རྟུལ་ཕྱོགས་སོ་སོར་འཕོར། དེ་རྗེས་དལ་བུར་མུ་མཐུད་ཤུགས་ཅུང་ཟད་བརྒྱབ་པ་ན། དབྱར་རྡ་དཀྱིལ་ངོས་ནས་དལ་བུར་མངོན། ཁོས་ཤུགས་ཀྱིས་འཁྲམ་པ་སྐྱུལ་ཏེ་ཕུ་བཏབ། དབྱར་རྡའི་ས་རྟུལ་རྣམས་ཕྱོགས་བཞིར་འཕོར། དབྱར་རྡ་དལ་བུར་གུ་གུ་ཤའི་ནང་དུ་བླུགས། ཁོས་ངེས་པར་དུ་བྱ་རིམ་འདི་དག་ཐམས་ཅད་ལ་ཡིད་གཟབ་བྱས་ཏེ། དབྱར་རྡར་གནོད་པ་ཆུང་ངུ་ཙམ་ཡང་མི་ཕོག་པ་བྱེད་དགོས། ཉེན་འདི་དག་རེད་དབྱར་རྡའི་བར་ཁེ་པ་དག་ཡོང་། ཁོ་ཚོའི་གཏམ་ལ་ནམ་ཡང་ཚིག་གཅིག་ལས་མེད་དེ། ཐུས་ཚད་ལ་བལྟ་དགོས། ཐུས་ཚད་ལ་བལྟ་དགོས་ཟེར། དང་པོ་ནི་ཐུས་ཚད་རེད། གཉིས་པ་དང་གསུམ་པ་ཡང་ཐུས་ཚད་རེད། སློབ་གསོས་སྦྲས་པ་ལྟར་དང་པོ་ནི་མི་ཇི་ལྟར་བྱེད་པ་རེད། གཉིས་པ་དང་གསུམ་པ་ཡང་མི་ཇི་ལྟར་བྱེད་པ་རེད། རྒན་སྤོབས་རྒྱས་ལགས་ཀྱིས་གསུངས་པ་བཞིན་དང་པོ་སློབ་སྦྱོང་རེད། གཉིས་པ་དང་གསུམ་པ་ཡང་སློབ་སྦྱོང་རེད། རྒན་

ལྷ་མོ་ལགས་ཀྱི་གསུང་ལུགས་བྱས་ན། དང་པོ་ནི་བསྟེ་བ་རེད། གཉིས་པ་དང་གསུམ་པ་ཡང་བསྟེ་བ་རེད།

རི་ཐོག་ཏུ་ཁོ་དང་ཨ་མ་གཉིས་ལས་སྟོབས་ཆེ་བའི་ཨ་ཕ་ནི་གླིན་རྟགས་དེ་བས་ཆེ།

ཐོག་མར་ཁོང་གིས་རྩྭ་མྱུག་ཕྲ་ཞིང་ཆུང་བས་རྙེད་དཀའ།

མཐའ་མ་ཁོང་གིས་རྙེད་ཀྱང་ལག་པ་ཆེན་པོ་དེས་རྩྭ་མྱུག་ཆུང་ངུར་ཁ་གཏད་གཅིག་སྐབས་ཐབས་ཟད་ཀྱི་ཉམས་ཤིག་མངོན།

ཉི་མ་ཚ་གྲུང་དུ་སླེབས་དུས་ཁྱིམ་མི་རྣམས་གྲུང་ཟས་ལ་རོལ། ལྷོ་ཆས་ནི་འཕིངས་ཤ་དང་། བསྲེགས་འཁྱུར། ཛ་དེམ་ནང་གི་ཛ་དྭངས་ཚ་པོ་བཅས་རེད། སངས་རྒྱས་ཀྱིས་ཧབ་ཟ་ཧབ་འཐུང་བྱས་སྐབས་ཨ་ཕས་ཁོའི་བཟའ་སྟངས་བཟའ་ལུགས་མི་ལེགས་ཟེར། ཨ་ཕ་སྐྱིལ་ཀྲུང་དུ་བསྡད་དེ། ཤ་ཏི་ཀ་རེ་རེ་བཞིན་གྲི་ཆུང་གིས་གཏུབས། དེ་ནས་ཁ་ནང་དུ་བླུགས་ཏེ་དལ་བུར་བཟས། ཛ་དྭངས་འཐུང་སྐབས་ཞིམ་པའི་ཚོར་བ་ལྷང་ངེར་བྱིན། སངས་རྒྱས་ནི་སྣང་མེད་དོགས་མེད་ངང་ཙི་ཡིན་དེ་ཚོག་ཏུ་མྱུར་བར་ལྟོ་བ་རྒྱགས་སྣང་འཆར། ཁོ་ཁ་སྦུབ་ཏུ་ཉལ་ཏེ། གྲུ་གྲུ་ཤ་གསུམ་པོའི་ནང་གི་དབྱར་རྩྭ་རེ་རེ་བཞིན་བརྩིས། ཁོ་ལ་བཅུ་དགུ་དང་། ཨ་མར་བཅུ་གསུམ། ཨ་ཕར་བཅུ་གཅིག་ཡོད།

རྩྭ་མྱུག་ཆུང་ངུ་འདི་རིགས་ཕྲུ་གུ་དང་བུད་མེད་ཀྱི་མཐོང་ཡུལ་དུ་ཡོད། སྐྱེས་པའི་མིག་ནི་སྟོབས་ཆེ་ས་དང་རྒྱང་རིང་སར་བལྟ་བྱེད་རེད། ཨ་ཕ་དགོད་བཞིན་སྨྲས།

ཁྱོད་ཀྱི་ཨ་ཕ་ཆུང་དུས་རི་དྭགས་རྗེན་པ་དང་། ནོར་ནག་བརླག་པ་

འཚོལ་སྐབས་ཤིན་ཏུ་རྒྱང་རིང་ན་ཡོད་ཀྱང་། ཁོང་གིས་མྱུར་བར་མཐོང་། ཨ་མས་སངས་རྒྱས་ལ་དེ་ལྟར་སྨྲས་ཤིང་། མུ་མཐུད་ཨ་ཕར་གཏད་དེ། ད་ལྟ་རི་དྭགས་རྗེས་མི་དགོས་ལ། འཁྲིག་ལས་ཀྱང་བྱེད་མི་དགོས། དབྱར་རྔ་བརྙེ་དུས་ཉེ་ས་དང་ཕྲ་ས་མཐོང་དགོས་ཟེར།

ཨ་ཕ་ལྷོ་བ་རྒྱགས་པས། ཁྲི་ཚང་གྲི་ཤུབས་ནང་དུ་བླུགས། ཁ་འཁྱིས་ཙམ་བྱས། གན་རྒྱལ་དུ་སྤང་སྟེང་ཐོག་ཉལ། ཞྭ་མོས་ངོ་གདོང་བཀབ།

སངས་རྒྱས་ཀྱིས་ཨ་ཕར་བལྟས། སངས་རྒྱས་ཀྱི་མིག་མདངས་དབང་མེད་དུ་ཕ་མའི་ཐོག་ཏུ་འཁྱོགས། ཨ་ཕའི་ངོ་ཞྭ་མོས་བཀབ་ཀྱང་། ཟླ་བ་འགུལ་ཙམ་འགུལ་ཙམ་བྱེད། འདི་ནི་ཨ་ཕས་སངས་རྒྱས་ལ་རྩེད་མོ་བྱས་པ་རེད། ཚུལ་འདི་བརྙན་འཕྲིན་ནང་གི་མི་དག་གིས་ང་ཚྭོད་ལ་དགའ་ཟེར་བ་དང་འདྲ། ཨ་ཕས་གཏམ་མ་སྨྲས་པར། ཟླ་བ་འགུལ་ཙམ་འགུལ་ཙམ་བྱས་ཏེ། སངས་རྒྱས་ཀྱི་སེམས་དགའ་བར་བྱས།

སངས་རྒྱས་མིག་རྫི་བས། ཨ་ཕའི་ཟླ་བའི་འགྲམ་ནས་སྤྱང་ངོས་ལས་ཐོན་མ་ཐག་པའི་དབྱར་རྔའི་མྱུ་གུ་ཞིག་མཐོང་།

ཁོས་རྐོ་མ་བྱ་མཆུ་ཅན་སྤང་ཐོག་ཏུ་བཏབ། ཨ་ཕར་འགུལ་སྐྱོད་བྱེད་མི་ཉུང་ཞེས་སྨྲ་བཞིན་དབྱར་རྔ་ཆེན་པོ་ཞིག་ཡར་བཏོན།

དེ་རྗེས་ཁོས་ཨ་ཕའི་ངོ་གདོང་སྟེང་གི་ཞྭ་མོ་ཕར་ཕུད་དེ། དབྱར་རྔ་དེ་ཁོང་གི་མིག་མདུན་དུ་བསྟན།

ཨ་ཕ་ཤིན་ཏུ་དགའ་སྟེ་ཨ་མར། ཕྲུ་གུ་འདི་སྐྱེས་རིན་ཆོག །གཅེན་མོ་དང་གཏན་ནས་མི་འདྲ་ཟེར།

སངས་རྒྱས་ཀྱི་བུ་སྲུན་ལོ་བཅུ་དྲུག་སོན་པ་དེ་སློབ་ཆུང་ལོ་རིམ་གསུམ་པ་ནས་མ་ཕྱིན། ལོ་བཅུ་བཞི་སོན་དུས་བརྒྱ་ཕྱུས་ཏེ་དངུལ་དང་བརྗེས། ཤང་སྲིད་གཞུང་གནས་ཡུལ་གྱི་གྲོང་རྡལ་ལམ་རྫོང་གྲོང་དུ་སྡིགས་གྲུག་རྩེ་བར་འགྲོ། ཁོས་ནོར་ནག་བརྒྱ་སྐྱོང་ལ། རྒྱ་མ་གཞན་ཞིག་དང་འགྲོགས་ཏེ། མགྲོན་ཁང་དུ་བཞག་པའི་རླངས་འཁོར་གྱི་ཐེབས་བཀོལ་འཁོར་ལོ་བརྐུས་ནས། འཁོར་བཟོ་ཁང་དུ་བཙོངས་རྗེས། ད་དུང་ཐག་རིང་དུ་མི་འགྲོ་བར་འཁོར་བཟོ་ཁང་གི་སྒོ་འགྲམ་གྱི་ཀླད་མེད་སྡིགས་གྲུག་སྒྲིག་ཙེར་སྡིགས་གྲུག་རྩེད། སྡིགས་གྲུག་སྒྲིག་ཙེའི་འཕྲིས་སུ་ལྦུ་ཚང་སྒམ་ཞིག་བཞག་སྟེ་ལྦུ་ཚང་འཐུང་བཞིན་སྡིགས་གྲུག་རྩེད། ཉིན་གསུམ་པར་མངག་གཏོང་ཁང་གིས་ཁོ་བཟུང་སྟེ། གཟའ་འཁོར་གཅིག་གི་ཡུན་ལ་བཙོན་ཁང་དུ་བཅུག །

གང་སར་འཁྱམས་ཏུལ་བྱེད་པའི་བུ་སྲུན་དེ་རྟག་ཏུ་ཁྱིམ་དུ་མི་ལོག །བཀྲིས་ལྟོགས་ཀྱིས་ཤིན་ཏུ་མནར་ན། སློབ་གྲྭར་ཡོང་སྟེ་ཁོའི་ཟས་རྣམས་བཟའ་བར་བྱེད།

གཟའ་ཉི་མའི་ཕྱི་དྲོ། སློབ་གྲྭའི་རྒྱབ་ཀྱི་སྤང་ཐོག་ཏུ་ཁོས་བུ་སྲུན་ལ་འདི་ལྟར་སྨྲས། ཁྱོད་ཀྱིས་ངའི་ལྟོ་བཟའ་བར་ཡོང་བས། ང་ཤིན་ཏུ་དགའ།

བུ་སྲུན་གྱིས་ཏབ་ཟ་ཏབ་འཐུང་བྱེད་ཞོར། སྐྱུགས་པ་ཁྱོད་ཟེར།

སངས་རྒྱས་ཀྱིས་ཚུལ་མཐུན་ནན་ཏན་གྱིས། ཁྱོད་ཀྱིས་ངའི་ལྟོ་བཟའ་བར་ཡོང་བས། ཁྱོད་ཀྱིས་བརྐུ་བྱེད་མ་ཐུབ། དེ་ཕྱིར་ང་ཤིན་ཏུ་དགའ་ཟེར།

སྐྱུགས་པ། དེ་ནི་གནས་འདི་དབུལ་ཞིང་ཐོངས་པས་ལན། བུ་སྲུན་གྱིས་སྨྲས།

སངས་རྒྱས་ཤིན་ཏུ་སྐྱོ་སྟེ། སྨྲ་མཁྱེན། ཁྱོད་ཀྱིས་རྐུན་མ་མ་བྱས་ན་ཆོག་གམ་ཟེར།

བུ་སྤུན་གྱིས་ཀྱང་སྐྱོ་བའི་ཉམས་ཀྱིས། ང་སློབ་གྲྭར་འགྲོ་བར་ངའི་སྤྱངས་འཁྲས་ཞན། མི་རྒན་བཞིན་འཁྲོག་པ་བྱེད་འདོད་ཀྱང་། ད་ལྟ་ནི་མི་རྒན་དག་གིས་ཀྱང་འཁྲོག་ལས་མི་བྱེད། དངུལ་ཡོད་པས་རྫོང་གྲོང་དུ་ཚོང་ཤག་བཙུགས། ངེད་ཚང་ནི་ཁྱོད་ཚང་ལས་དབུལ། ཁྱོད་ཀྱིས་འདིར་སྤྲམ་རྫུ་ཆེན་པོས་ང་ལ་ཁ་ཏ་བྱེད་དམ་ཟེར།

སངས་རྒྱས་ཀྱིས་གཏམ་མ་སྨྲས།

བུ་སྤུན་གྱིས་སླར་ཡང་ཁོ་ལྷུ་ཆང་ཉོ་བར་བཏང་། དབུགས་ཐེངས་གཅིག་ལ་ལྷུ་ཆང་ཤེལ་དམ་གཉིས་བཏུངས་རྗེས། ཁོས་རྣ་བཟིའི་ཚུལ་དུ་དཔེ་ཆ་ཤེས་ན་སློབ་ཆེན་དུ་བསྐྱོད། ལས་བྱེད་པར་ཚུད། ཁྱོད་ལས་བྱེད་པ་ཞིག་བྱས་རྗེས་ང་ལ་སློབ་གསོ་བྱེད་པར་ཤོག །ཁྱོད་ཀྱིས་ཤོད་དང་། ངས་བརྐུ་མ་བྱས་ན་ཅི་ཞིག་བྱེད་དགོས་སམ་ཟེར།

སངས་རྒྱས་མགོ་བོ་སྒྱུར་ནས་ཡུན་རིང་བསྡད། ཐབས་ཤིག་མ་རྙེད་པར། འོ་ན་ཁྱོད་ཀྱིས་ཙུང་ཙམ་བརྐུས་ན་ཟེར།

བུ་སྤུན་གྱིས་ཁོ་ལ་འཁྲམ་ལྕུག་ཚ་ཐག་ཆོད་ཅིག་གཞུས་རྗེས། སླུ་ལེན་བཞིན་ཕྱིན། ཉིན་དེར་ཁོས་སློབ་གྲྭའི་སྒྲ་སྒྱུད་འཕྲུལ་ཞིག་བརྐུས་པས། དེ་རྗེས་སློབ་གྲྭས་བུ་སྤུན་དེ་སློབ་གྲྭའི་ནང་ཁོ་འཚོལ་བར་མ་བཏང་།

སློབ་གསོས་སློབ་གྲྭ་ནི་ཡི་དྭགས་ལ་སྦྱིན་པ་གཏོང་མཁན་ཞིག་མིན་པས། འདིར་ཡོང་མི་ཆོག་ཟེར།

ཇན་སྐོབས་རྒྱལ་ལགས་ཀྱིས་ངས་ཁྱོད་ཤི་ལ་ཁད་ཅིག་བཏུང་ངེས། ཁྱོད་ཡིད་ཆེས་ཨེ་ཡོད་ཟེར།

བུ་སྤུན་ཐལ་འབྱུར་རེར་ཕྱིན། ཇན་སྐོབས་རྒྱལ་ལགས་ཀྱི་རྣམ་འགྱུར་ཞི་འཇམ་དུ་གྱུར། ཁོང་གིས་སངས་རྒྱས་ལ་གཏད་དེ། ཁྱོད་ཀྱིས་ད་ལྟ་ཁོ་ལ་ཕན་མི་ཐོགས། སློབ་སྦྱོང་ཡག་པོ་བྱས་ན། རྗེས་སུ་ཕན་ཡང་སྲིད་ཟེར།

དེ་རྗེས་བུ་སྤུན་གྱིས་བརྐུ་མ་བྱས། ཁོས་དེ་ནས་དོས་པ་ཞིག་བྱས་ཏེ། གཞན་གྱི་དངོས་པོ་དཔོར་འདྲེན་བྱེད་མཁན་ཞིག་ཏུ་གྱུར། བར་དུ་གངས་རིར་ཕྱིན་ཏེ་ཡུལ་སྐོར་བར་དངོས་པོ་འཁྱེར་སྒྲོགས་དང་། གཏེར་འཚོལ་བའི་དངོས་པོ་འཁྱེར་སྒྲོགས་ཀྱང་བྱས། མཐའ་མར་ཇོན་ཧག་གི་གསོད་ལྕགས་འཁྱེར་སྒྲོགས་བྱེད་དུས། ཇོན་ཧག་རྣམས་ལག་སྟོང་པར་རི་ལས་ཐོན་རྗེས། ཁོ་རི་བཤེར་བ་དང་ངོ་ཐུག་བྱུང་བས། བཙོན་དུ་ལོ་གཅིག་ལྷག་ཙམ་བསྡད།

ཨ་ཕས་གཏམ་འདི་གླེང་དུས། ཁོས་བུ་སྤུན་དེ་དྲན།

ཁོས་ཇན་སྐོབས་རྒྱལ་ལགས་ཀྱི་སྐད་ཆ་དྲན། ཁྱོད་ཀྱི་བུ་སྤུན་ནི་དོན་དུ་མི་བཟང་པོ་ཞིག་རེད། འོན་ཏེ་བཙོན་ཁང་ནི་མི་བཟང་པོ་ཞིག་ཏུ་འགྱུར་ཡུལ་ཅི་ལ་ཡིན།

ཁོའི་བསམ་པར་དགུན་རྒྱའི་དུས་ཚིགས་ཡོལ་རྗེས། ལག་ཏུ་དངུལ་བྱུང་ན་རྫོང་གྲོང་དུ་བུ་སྤུན་ལ་བལྟ་བར་འགྲོ་རྒྱུ། བུ་སྤུན་དང་གཅེན་མོ་རྫོང་གྲོང་དུ་ཡོད། མི་འདྲ་བ་ནི་གཅིག་སློབ་གྲྭར་ཡོད་ཅིང་། གཅིག་ཤོས་བཙོན་ཁང་དུ་ཡོད། ཁོས་བུ་སྤུན་ལ་ལག་ཤུབས་ཤིག་སྤྲོད་འདོད། ཀོ་བའི་ལག་ཤུབས་མཛུབ་རྩེ་ཕྱི་རོལ་དུ་མངོན་པ་ཞིག་སྤྲོད་འདོད། བུ་སྤུན་གྱིས་

ལག་ཤུབས་དེ་འདྲ་གྱོན་མྱོང་མེད། ཕྱི་རོལ་ནས་བསྒྲུགས་པ་ཤ་སྟག་རེད། འོན་ཏེ་ཁོས་ལག་ཤུབས་དེ་འདྲ་ཞིག་གྱོན་ཏེ་སྐྱེགས་གྲུག་རྩེ་བར་དགའ་ལ། མགོ་ཐོག་ཏུ་དབྱུག་གྲུག་ཞྭ་མོ་ཟུར་གྱོན་བྱེད་པར་དགའ། རེད། ད་དུང་ཁོ་ལ་དབྱུག་གྲུག་ཞྭ་མོ་ཞིག་ཉོ་དགོས། འོན་ཏེ་བུ་སྦུན་ལ་མགུལ་རྒྱན་ཉོ་མི་རུང་། མགུལ་རྒྱན་དེའི་ཐོག་གི་འཁྱིག་གི་མགོ་བོ་ཀེང་རུས་ཅན་ལྕགས་རྩེ་སྦྱགས་པ་དེ་འདྲ་ཁོ་གཉན་ནས་མཐོང་མི་འདོད། དེ་ནི་གཏུམ་མཁྲེགས་ཅན་གྱི་སློག་རྟུལ་རོལ་རྩེད་ནང་དུ་ཡོད།

ཁོ་སྤྲང་ཐོག་ཏུ་བསྡད། ཉེ་འོད་འོག་ཏུ་བུ་སྦུན་དྲན། སེམས་ཡི་མུག་ཏུ་སྒྱུར།

ཨ་མས་ཨ་ཕར་ལེ་བདའ་བྱས། ཁྱོད་ཀྱིས་བུ་སྦུན་གདོང་ཆུ་ལ་བསྐྱུར་མཁན་དེ་སླེང་ནས་ཅི་བྱེད། ཁྱོད་ཀྱིས་སངས་རྒྱས་ཀྱི་སེམས་སྐྱོ་བར་བྱས་ཐལ་ཟེར།

ཨ་ཕ་ཡར་དགྲེ་སྟེ། ཁོའི་མགོ་བོར་བྱིལ་བྱིལ་བྱེད་བཞིན། དབྱར་རྟས་ད་དུང་ང་ཚོ་སྲུག་བཞིན་ཡོད་ཟེར།

ཕྱི་དྲོ་དེར་སངས་རྒྱས་ཀྱིས་དབྱར་རྟ་བཅུ་གྲངས་ཤིག་ལོན།

དགོང་མོ་སྤྲ་ནང་དུ་སླེབས་དུས་ཨ་མས་ཐལ་འཐོ་མི་ལེན་བྱས་ཏེ་ཐུག་པ་བསྐོལ། ཐུག་ཆུའི་ནང་དུ་ཤ་དང་། སོ་སྐམ་པོ། ཀྲོ་ཕྱེ་ལྷེབ་ལྷེབ་ལྷོག་ལྷོག་ཏུ་འཕོལ། དགོང་ཟས་ནི་ལྷེབ་ཐུག་ཁྲངས་པ་འཚུབ་འཚུབ་ཅིག་རེད།

སངས་རྒྱས་ཀྱིས་ཕག་ཟེ་འཇམ་པོ་ཞིག་གིས་དབྱར་རྟའི་ལུས་ཐོག་གི་རྫར་དངོས་དག་གཙང་སེལ་བྱས། དེ་རྗེས་དབྱར་རྟ་རེ་རེ་བཞིན་པང་

ལེབ་སྐམ་པོ་ཞིག་གི་ཐོག་ཏུ་སྟར་ཕྲེང་བསྒྲིགས། དབྱར་རྩྭའི་བཞའ་ཅུང་ཟད་མཁའ་ཀླུང་ཁྲོད་དུ་འཁྱིལ་ཞིང་། ཅུང་ཟད་པང་ལེབ་སྐམ་པོར་སིམས། བར་ཁ་པ་དག་སྐར་ཐོག་ཏུ་ཡོང་ན། དབྱར་རྩྭ་བཙོང་ཆོག་ཆོག་རེད།

ཨ་ཕ་རྒྱུན་འཕེན་ཏེ་ལོག་ཡོང་དུས་ལྷེབ་ཐུག་ཆོད། ཐུག་པ་ལང་ལོང་དུ་འཕོལ་བ་ན་ཨ་མས་གྲང་ཆུ་ལྡུག །དེ་ལྟར་བྱས་ན་འཕོལ་ཅུང་ཞིག་ཞི། ཐུག་པ་སླར་ཡང་འཕོལ། ཨ་མས་གྲང་ཆུ་བླུགས། དེ་ལྟར་ལན་གསུམ་བྱས་རྗེས། དྲི་ཞིམ་ལྷེབ་ཐུག་ལེགས་པར་ཆོད།

ཨ་ཕས་སླར་ཡང་དབྱུག་ཐུང་ཞིག་འཐེན།

ཨ་ཕས་སངས་རྒྱས་ལ་ངས་ཀྱང་རྩིས་ཤེས་ཞེས་སྨྲས་པས། སངས་རྒྱས་བགད་མ་ཚུགས་པར་གྱུར།

སངས་རྒྱས་ཀྱིས་དགོད་བཞིན་སྦྲ་སྒོ་ཕྱེ། མི་ཞིག་གྲང་ཀླུང་དང་ལྷན་དུ་ཡར་འཛུལ་ཡོང་། དེ་ནི་ཆོས་གོས་མནབས་པའི་དགེ་འདུན་ཞིག་རེད།

ཨ་མས་ཆེད་དུ་དཀར་ཡོལ་གཙང་མར་བཀྲུས་ཏེ། ལག་པ་གཉིས་ཀྱིས་ལྷེབ་ཐུག་དཀར་ཡོལ་ཆེན་པོ་ཞིག་དགེ་འདུན་གྱི་སྐུ་མདུན་དུ་ཕུལ། དགེ་འདུན་གྱིས་གསུང་མ་ཐོན་ཞིང་། དགོད་བཞིན་ཕྱག་གཡུག་མཛད།

ཁྱིམ་མི་རྣམས་ཅི་དགར་བྱེད་སྐབས་མི་བདེ་བས། ཆོད་ཟིན་པའི་ལྷེབ་ཐུག་ལྷུར་དུ་བཙུག །

སྔོན་ཆད་དབྱར་རྩྭའི་དུས་ཚིགས་མཇུག་བསྒྲིལ་ན་དགེ་འདུན་རྣམས་ཡོང་བཞིན་ཡོད། ཁོ་ཚོས་དུད་ཁྱིམ་ཚང་མར་དབྱར་རྩྭའི་བསོད་སྙོམས་བྱེད་པ་ནི་དབྱར་རྩྭའི་དུས་ཚིགས་འཆར་མ་ཐག་གི་གཞི་བདག་གི་ཚོ་གའི་ཡོན་

ད་སྐད། འོན་ཏེ། ཉིན་དང་པོར་ཁྲིམ་ཚང་དུ་ཡོང་བ་ཐོག་མ་རེད། དགེ་འདུན་གྱིས་གསུང་མ་ཐོན་པས། ཁྲིམ་མི་རྣམས་ཀྱིས་ཁོང་ཕེབས་དོན་ཅི་ལ་ཤེས། ཚང་མ་ཁྲག་འཁྲུལ་མེད་པར་ལུས།

དགེ་འདུན་གྱིས་གསུང་ཐོན་མོད། ཕེབས་དོན་མ་གསུངས་པར། ཟེར་སྒྲོས་ལ་ཁྱོད་ཚང་གི་སངས་རྒྱས་ནི་བློ་རིག་བཀྲ་ཞིང་། སློབ་གྲྭའི་ནང་དུ་སྦྱངས་འབྲས་ཤིན་ཏུ་ལེགས་གསུངས། དེ་ནི་སྟོད་ལྡན་ཞིག་ཡིན་པའི་རྟགས་རེད་ཅེས་གསུངས། འོན་ཏེ་ལོ་ཆུང་དུས་དགོན་པར་མ་ཞུགས་པར་སློབ་གྲྭར་ཕྱིན། སློབ་གྲྭ་ལེགས། སློབ་ཆེན་དུ་ཕྱིན། རྫོང་གྲོང་དུ་བསྐྱོད། ཁྱོད་མི་གཅིག་ཚེ་འདིའི་ལོངས་སྤྱོད་ལ་རོལ་ཚོག །གལ་ཏེ་རབ་ཏུ་བྱུང་ན། བསླབ་པ་མཐར་སོན་ཏེ། རང་གཞན་གཉིས་ཕན་རེད། སེམས་ཅན་གྱི་དོན་རྒྱ་ཆེན་འགྲུབ་ངེས། དེ་ཁྲིམ་མི་ཚང་མའི་བསོད་ནམས་རེད། ད་དུང་ཚེ་འདི་ཙམ་ག་ལ་ཡིན། ཕྱི་མ་ཡང་ཡོད་གསུངས།

འདི་དག་གསུང་སྐབས་དགེ་འདུན་གྱིས་སྤྱན་ཟུང་སྨྲ་ཟུར་གྱི་པང་ལེབ་ཐོག་གི་དབྱར་རྩར་གཟིགས།

ཐབ་ལས་མེ་མདག་མཆེད་དུས་དབྱར་རྩ་དེ་དག་ཤིན་ཏུ་གསལ། མེ་མདག་མེད་ན་ནག་ཁུང་དུ་གྱུར་ཏེ་མཐོང་ཡུལ་དུ་མེད། སངས་རྒྱས་ཀྱིས་འཕོངས་འཁྲུལ་ཙམ་བྱས་ཏེ། དབྱར་རྩར་བལྟ་བའི་མེ་འོད་བཀག །

དངོས་གནས་རྣམ་རིག་བཀྲ་བ་ལ། དགེ་འདུན་གྱིས་བཤད་བཞིན་གསུངས།

ཁྱོད་ཀྱིས་ཤེས་སམ། རྒྱལ་བའི་གསུང་རབ་ནང་དུ་ད་དུང་གྲིབ་བརྙན་

གྱི་སྐོར་མང་། སྤྲིན་པའི་གྲིབ་མས་རི་བོ་བཏུམས་མི་སྲིད། དགེ་འདུན་གྱིས་སུ་མཐུད་གསུངས།

སངས་རྒྱས་ཙུང་ཞིག་ཁྲིས་ཏེ། དགེ་འདུན་ལ་ཐད་ཀར་ཁ་ལན་སློག །རི་བོར་གཟིགས་དགོས་ན་རྩ་ཐང་དུ་ཕེབས་ཅོག །དེད་ཚང་སྣ་ཁྲུང་འདྲ་བར་ཕེབས་ཏེ་ཅི་བྱེད།

བུ། དཀོན་མཆོག་གསུམ་ལ་དད་པ་དགོས། ཨ་ཕས་སླྲས།

སངས་རྒྱས་དང་། ཆོས། དགེ་འདུན་གསུམ་ནི་དཀོན་མཆོག་གསུམ་ཡིན་པ་སངས་རྒྱས་ཀྱིས་ཤེས། ཨ་ཕས་དྲན་སྐུལ་བྱས་པས་ཕོ་ཙུང་ཟད་སྐྲག །སློབ་གྲྭའི་ནང་ཕོས་དགེ་རྒན་ལ་ཁ་ལན་སློག་དུས་ཀྱང་འདི་ལྟར་སྐྲག་མ་མྱོང་།

བླ་མ་མཁྱེན། ཐུགས་རྗེས་གཟིགས། སྐུ་དོན་ཅི་ཡོད་གསལ་པོར་གསུང་དུ་གསོལ། ཕ་མ་གཉིས་ཀྱིས་དགེ་འདུན་ལ་དེ་ལྟར་ཞུས།

ཁྱོད་ཆོས་ལོ་ལྟར་དབྱར་རྩ་བཀོས། གཞི་བདག་གི་གཏེར་ཁ་བཏོན། ངེད་ཆོས་ཚོ་ག་རིམ་གྲོ་བྱས་པས། གཞི་བདག་གི་བཀའ་ཆད་མ་ཕྱུང་། དགེ་འདུན་གྱིས་སྨྲས།

འདི་བདག་ཆོས་ལོས་ཤེས། དབྱར་རྩྭའི་དུས་ཚིགས་ཡོལ་ན་བདག་ཆོས་ཕྱར་བཞིན་གཏང་རག་འབུལ་ངེས། ཨ་ཕས་སླྲས།

དགེ་འདུན་གྱི་ཞལ་འཛུམ་འཇའ་ལྟར་ཡལ། རི་བོག་གི་གཏེར་ཁ་ལོ་རེ་བཞིན་ཇེ་ཉུང་དུ་འགྲོ། གཞི་བདག་ལོ་རེ་བཞིན་བཀའ་ཇེ་གཉན་དུ་གྱུར། གཞི་བདག་མཆོད་པའི་ཚོ་ག་རིམ་གྲོ་ཕྱར་བས་ཇེ་མང་ཇེ་རྒྱས་རེད་ཅེས་གསུངས་ཏེ། ཉིན་དང་པོའི་དབྱར་རྩྭའི་ཡོང་འབབ་ཀྱི་ལྔ་ཆ་གཅིག་བསྣམས་

རྗེས། བཀའ་དྲིན་ཆེ་ཞུ་བཞིན་ཕེབས། འདི་དུས་ལྟེབ་ཐུག་ལྷར་ལྷུར་དུ་གྱུར།

སང་ཉིན་ཁོ་ཚོ་རི་ལ་འགྲོ་དུས་དགེ་འདུན་རྣམས་སྤྱང་ཐོག་ཏུ་བཞུགས་ཏེ། ཇ་བཏུང་སྦུབ་དཀྲོལ་གྱིས་ཚོ་ག་རིམ་གྲོ་གནང་བཞིན་ཡོད།

སངས་རྒྱས་ཀྱིས་ཨ་ཕར་སང་ནུབ་དགེ་འདུན་ཨེ་ཡོང་ཟེར།

དེ་ནུབ་དགེ་འདུན་མ་ཕེབས།

ཉིན་ལྔ་པའི་ནུབ་མོ་དགེ་ཚུལ་ཆུང་ཆུང་གཉིས་ཡོང་། ཕྲུག་གཅིག་གིས་འཁོར་ལོ་བསྐོར། ཕྲུག་ཅིག་ཤོས་ཀྱིས་སྤེར་མ་ཞིག་བསྣམས། སྦྲ་ནང་དུ་མི་འཛུལ་བར་སྦྲ་སྒོར་ལངས་ཏེ། ཉི་ཤུ། ཉི་ཤུས་འགྲིག་ཟེར།

དབྱར་རྩ་ཉི་ཤུ། སྒོར་དྲུག་བརྒྱ། སངས་རྒྱས་དབང་མེད་དུ་སྐད་ཤོར།

ཁོས་མུ་མཐུད་གང་བྱུང་སླས་པར་དོགས་ཏེ། ཨ་མས་ལག་པ་བསྲིངས་ནས་ཁོའི་ཁ་བཀག །

བཞི།

དབྱར་རྩྭ་ཉིན་བཞིན་ཇེ་མང་དུ་འགྲོ།

དབྱར་རྩྭ་སྐམ་པོ་དག་ལེགས་པར་ཚགས་ཏེ། རྫོང་གྲོང་གི་ལྕུགས་བཟོ་ཁང་དུ་དམིགས་སུ་བཟོས་པའི་སྐམ་ཆུང་ནང་བླུགས། སྐམ་གྱི་ཕྱི་སྐོགས་ལྕུགས་དཀར་གྱིས་བཏུམས། ནང་ངོས་སུ་རས་དམར་སྨུག་སྤུ་འཇམ་ཞིག་སྦྲས། དབྱར་རྩྭ་སྐམ་པོ་དག་རེ་རེ་བཞིན་ལྕུགས་མཁར་ནག་ཁུང་དེར་གཟིམས། གཟའ་འཁོར་གཅིག་ལས་མ་ཕྱིན། པང་ལེབ་ཐོག་ཏུ་བཞག་པའི་དབྱར་རྩྭ་དེ་དག་མ་བརྩིས་པར། སྐམ་ཆུང་ནང་དབྱར་རྩྭ་དྲུག་བརྒྱར་ཉེ་བ་ཐུང་། དེར་སྨུག་སྐམ་ནང་གི་དབྱར་རྩྭ་གསུམ་པོ་དེ་ཚུད་མེད།

གྲོང་དཔོན་ཚང་གི་སྤྲ་མདུན་དུ་རྒྱུན་འཕེན་དུས་ཨ་ཕས་སྣར་ཡང་དབྱུག་ཐུང་ཞིག་འཐེན། ཨ་ཕའི་སེམས་ནང་དུ་དགའ་མོད་ཁ་ནས་ད་ནི་ང་ལམ་མདོ་བསྐྱུང་བར་འགྲོ་དགོས་ཡོད་ཟེར།

ཁྱིམ་དུ་སླེབས་རྗེས། སྤྲོ་བ་ངོ་ཐོག་ཏུ་འཆར་ནས། ད་ལོ་ང་ཚོ་རླུང་རྟ་མཐོ་བ་ལ་ཟེར།

བུ་མོ་སློབ་ཆེན་དུ་ཚུད་ན་དངོས་གནས་རླུང་རྟ་མཐོ། ཨ་མས་དེ་ལྟར་སྨྲས།

ཨ་ཕས་ལག་པ་བཀྲུས་ཏེ། སྐུ་གསུང་ཐུགས་རྟེན་མདུན་གྱི་མཆོད་ཀོང་ལ་སྣུམ་བསྣན། སྒྲོན་མེ་ཇེ་ཆེར་ཕྱིན།

དེ་ནུབ་སྐར་ཡང་དབྱར་རྩྭ་གསུམ་པོ་དེ་སངས་རྒྱས་ཀྱིས་མལ་ནང་གི་སྤྱོད་ཡུལ་དུ་གྱུར།

ཁོ་སློབ་གྲྭར་ཡོག་དུས་ཀན་སྟོབས་རྒྱས་ལགས་དང་། ཀན་ལྷ་མོ་ལགས་ལ་ལག་རྟགས་འདྲ་མཚུངས་རེ་སྤྲོད་དགོས་སྙམ། རེས་གཟའ་སྤེན་པ་དང་ཉི་མར་གནམ་གཤིས་ལེགས་དུས་དགེ་ཀན་རྣམས་ཀྱིས་སྒོ་རའི་ནང་དུ་ཁྲུས་བྱེད་པ་དྲན། ཀན་སྟོབས་རྒྱས་ལགས་ཀྱིས་སྨར་བཞར་ལྷུ་བ་ངོ་ལ་བྱུགས་ཏེ། སྐ་ར་མཛེས་འཚོས་བྱེད། ཀན་ལྷ་མོ་ལགས་ཀྱིས་སྐྲ་འབྲུད་ཚུ་ཡིས་གནག་སྨུམ་སྐྲ་ལོ་འབྲུ། ཁོའི་བསམ་པར་སློབ་གྲྭར་ཡོག་དུས་སྨར་བཞར་ལྷུ་བ་ཞིག་དང་། སྐྲ་འབྲུད་ཚུ་ཞིག་ཉོ་དགོས་བསམ།

དབྱར་རྩྭ་གསུམ་ལ་སྙོར་དགུ་བཅུ་གོ་དྲུག །

དེ་ལྟར་སེམས་ནང་དུ་དགའ་ཁག་ཅིག་ཀྱང་བྱུང་། དེ་ལྟར་བྱས་ན་བུ་སྤུན་ལ་ཀོ་བའི་ལག་ཤུབས་ཉོ་བའི་དངུལ་མི་འདང་།

ཐ་ན་རྨི་ལམ་དུ་ཡང་ཅུང་ཟིང་འཚུབ་ཏུ་གྱུར་པ་ནི་བྱེའུ་ཐལ་མདོག་མ་འཕུར་ལྡིང་བྱེད་པ་དང་འདྲ།

ཞོགས་པ་ཨ་ཕ་ལམ་མདོར་སྒྲིགས་རྟོག་པ་བྱེད་པར་ཕྱིན། སངས་རྒྱས་དང་ཨ་མ་རི་ལ་ཕྱིན། རི་འདིའི་ཕྱོགས་བཞི་ལས་ནུབ་ངོས་སུ་གྲོང་སྡེ་ཞིག་ཡོད་པ་ལས། གཞན་གསུམ་ལྟོ་བ་བཞིན་ལྷིར་བ་འདིར་དབྱར་རྩྭ་འཚོལ་བཤིར་ལན་གཉིས་གསུམ་བྱས། དེར་བརྟེན། དེ་རིང་ཡོང་འབབ་ཤིན་ཏུ་ཆུང་། ཁོ་དང་ཨ་མ་ལྷན་དུ་བསྡོམས་ཀྱང་དབྱར་རྩྭ་བཅུ་གྲངས་ཤིག་ལས་མ་རྙེད། སངས་རྒྱས་ཀྱིས་དེ་ལས་སྤུ་ཙམ་ཡོག་སྟེ། དངོས་པོ་བསྡུ་གསོག་བྱས་

ནས། སང་ཉིན་སྤུ་ཙམ་སྐར་ས་གསར་པར་སྤྱོས་ན་ཞེས་གྲོས་མགོ་བཏོན།

ཨ་མ་མར་བཤད། སངས་རྒྱས་ཀྱིས་མགོ་བོ་མའི་པང་དུ་བཞག་ནས། སྤུ་ཙམ་ཕྱིན་ཏེ་ཅི་བྱེད། ཚོ་ག་མ་གནང་བར་སུ་ཞིག་གིས་དབྱར་རྩྭ་བཀོ་ནུས་སམ་ཟེར།

སྤུ་ཙམ་ཕྱིན་ན། བུད་ཤིང་སྐམ་པོ་མང་ཙམ་རྙེད། ལྕི་སྐམ་མང་ཙམ་རྙེད། ངེད་ཚང་གི་ཐབ་གཞན་ལས་ཚ་བ་འབར་ངེས། སངས་རྒྱས་ཀྱིས་སྨྲས།

བུ་ཕྲུད་འདྲ་ཞིག་ཡོད་པས། ངེད་ཚང་དངོས་གནས་འབར་ངེས། ཨ་མས་སྨྲས།

སངས་རྒྱས་ཀྱིས་སློབ་ཚན་ཐོག་དཔེ་ཆ་ཀློག་པའི་གདངས་ལས། རླུང་རྟ་མེ་འབར་འབར། འཁོར་པ་མཚོ་རྒྱས་རྒྱས་ཟེར།

ཨ་མས་ཁོའི་མགོ་བོར་བྱིལ་བྱིལ་བྱེད་བཞིན། དཀོན་མཆོག་མཁྱེན། ཁྱོད་ཀྱི་གླད་པ་འདིར་ངས་མི་ཤེས་པའི་ཤེས་བྱ་ཇི་ཙམ་ཡོད་ཟེར།

སྦྲ་ནང་དུ་སླེབས་རྗེས། སངས་རྒྱས་ཀྱིས་པང་ལེབ་ཐོག་བཀྲམས་པའི་དབྱར་རྩྭ་གསུམ་པོ་སྣུག་སྐམ་དུ་བླུགས། འདི་ཁོའི་སེམས་ནང་དུ་སྤྱོད་ཡུལ་ཤིན་ཏུ་ཆེ།

དེ་རྗེས་ཆུ་འགྲམ་དུ་ཆུ་གཙུ་བར་ཕྱིན། ཨ་མས་དེ་རིང་ཤ་བཙོ་ཟེར། ཤ་ཚོན་པོ་ཙམ་མ་ཟད། ནོར་ནག་གི་རྐང་རུས་ལ་རུས་ཐང་གར་པོ་ཞིག་ཀྱང་འོང་།

སངས་རྒྱས་ཀྱིས་ནོར་ནག་གི་རྐང་རུས་དག་ཕྱི་རོལ་གྱི་རྡོ་ལེབ་ཐོག་སྟ་རེའི་རྒྱབ་ཀྱིས་བརྡུངས། རུས་ཕྱི་ཕྱོགས་བཞིར་འཐོར། དེ་འཕྲལ་བྱིའུ་འགའ་

ཞིག་འཕུར་ཡོང་སྟེ། སྤང་ཐོག་ཏུ་ཡར་འཕུར་མར་ཆགས་བྱས་རྗེས། མཉམ་རུབ་ཀྱིས་རྐང་མར་འདྲིས་པའི་རུས་ཕྱེ་ཁབ་ཐོབ་བྱས། ཨ་མ་སྨྲ་སྒོར་ལངས་ཏེ། དགོད་བཞིན་བྱེའུ་ཁྱོད་ལ་མི་སྐྱག །མཉམ་རུབ་ཀྱིས་ཡོང་བཞིན་འདུག་ཟེར།

སངས་རྒྱས་ཀྱིས་ཤུགས་གང་ཡོད་ཀྱིས་རྐང་རུས་བརྡུངས་པས། རུས་ཕྱེ་དེ་བས་མང་བ་ཕྱོགས་བཞིར་འཐོར་ཏེ། བྱ་བྱེའུ་ཡི་གཟན་དུ་གྱུར།

རུས་ཕྱེར་རྐང་མར་ཙུང་འདྲིས་མེད། དོན་དུ་རུས་པ་ཡིན་པས། བྱེའུས་འཐོག་ཙམ་འཐོག་ཙམ་བྱས་ཏེ། གཤོག་པ་རྫེབ་བཞིན་འཕུར། སངས་རྒྱས་ཀྱིས་གཞི་ནས་ལས་མཚམས་བཞག་སྟེ། མགོ་སྟེང་གི་སྐུད་ཞྭ་ཕུད་པས། མགོ་སྐྲེས་རྟུལ་ཏེ་ལྷངས་པ་དཀར་པོ་ཐོན།

ལྟོས་དང་། ཁྱོད་ཀྱི་མགོ་བོ་བགྲུས་པ་ཇི་བཞིན་རེད། ཨ་མས་དེ་ལྟར་སྨྲས།

ཨ་མས་ཁོའི་རྐང་པའི་འཁྲིས་ཀྱི་རུས་ཕྱེ་དག་བསྡུམ་སྟེ་ཁོག་མའི་ནང་དུ་བླུགས། ཤ་དྲི་ཞིམ་པོ་སྦྲ་ནང་དུ་འཁྱིལ། སངས་རྒྱས་ཀྱིས་དབྱར་ཟླ་རིའི་ཡོང་འབབ་རྣམས་གཙང་སེལ་བྱས་ཟིན། དབྱར་ཟླ་གསུམ་པོ་དེ་མ་བརྩིས་ན། ཚོ་བོ་དང་གཅེན་མོར་སྤྲོད་བྱེད་ཀྱི་དབྱར་ཟླ་བཅུ་གཉིས་དེ་མ་བརྩིས་ན། ཁོའི་ཁྱིམ་མི་གསུམ་གྱིས་དབྱར་ཟླ་རི་ལས་དབྱར་ཟླ་དྲུག་བརྒྱ་བདུན་ཅུ་དོན་གཅིག་ལོན། དབྱར་ཟླ་གཅིག་ལ་སྒོར་སུམ་ཅུ། དབྱར་ཟླ་དྲུག་བརྒྱ་བདུན་ཅུ་དོན་གཅིག་ལ་ཁྱོན་སྒོར་ཁྲི་གཉིས་དང་སྟོང་མེད་བརྒྱ་དང་སུམ་ཅུ། ཁོས་ཨ་མར་དངུལ་གྱི་གྲངས་འབོར་དེ་དག་བཤད།

ཨ་མས་ཁ་ཙམ་མ་ཟད་མིག་ཀྱང་བགད།

དེ་དུས་ཨ་ཕས་སྐྱིད་པ་སྒྲུར་བཞིན་སྤྲའི་ནང་དུ་འཇུལ་ཏེ། ཁྱོད་འདི་ལྟར་དགའ་དོན་ནི་དངུལ་མང་བས་ཡིན་ནམ། སངས་རྒྱས་ཀྱིས་རྩིས་བྱས་པ་མྱུར་བས་ཡིན་ནམ་ཟེར།

ཨ་མས་གཏམ་ལན་མ་བྱས་གོང་། ཨ་ཕས་སྐྱ་མགྲོན་ཕེབས་སོང་ཟེར།

སྤྲ་སྒོར་མི་ཞིག་ལངས།

མི་དེས་འགོ་སྟམ་གྱི་ལྭ་རིང་དང་། ལྟེབ་ཞྭ་ཞིག་གྱོན། དེ་ནི་ལས་བྱེད་པ་ཞིག་རེད། ཡ་མཚུའི་ཐོག་ཏུ་སྨ་ར་ནག་པོ་སྟུག་པོ་ཞིག་སྐྱེས།

མི་དེས་མགོ་བོའི་ཞྭ་མོ་བཏེགས་ཙམ་བྱས་ཏེ། སྐྱིད་པ་སྒྲུར་བཞིན་སྤྲ་ནང་དུ་འཇུལ། ཨ་མས་མི་དེར་གདན་ཞིག་སྤྲད་ནས་ཐབ་མདུན་དུ་སྡོད་པར་སྐུལ།

མི་དེ་སྐྱིལ་ཀྲུང་དུ་བསྡད། ཇམ་ཅན་དང་སངས་རྒྱས་ལ་གཏད་དེ། འདི་སློབ་ཕྲོལ་བྱེད་མཁན་གྱི་སངས་རྒྱས་རེད་དམ་ཟེར།

སློབ་མཇུག་སྐབས་ངས་སྔར་བཞིན་ཡིག་རྒྱུགས་སྐར་བརྒྱ་ལོན་པ་བྱེད། སངས་རྒྱས་ཀྱིས་སྨྲས།

ཁྱོད་ཀྱིས་ང་ངོ་མི་ཤེས་སམ། ངའི་མིང་ལ་མགོན་པོ་ཟེར།

ཨ་ཁུ་མགོན་པོ་ལགས།

ང་ནི་རྫོང་སྲིད་གཞུང་གི་རྟོག་ཞིབ་པ་ཡིན། དབྱར་ཀའི་དུས་ཚིགས་ལ་སློབ་ཕྲོལ་བྱེད་མཁན་གྱི་སློབ་མར་ཆེད་དུ་རྟོག་ཞིབ་བྱེད་པར་ཡོང་།

རྟོག་ཞིབ་ནི་ཅི་རེད་དམ། སངས་རྒྱས་ཀྱིས་དངོས་གནས་ཚིག་འདི་ཐོས་མ་མྱོང་།

ཁྱོད་སློབ་ཕྲུག་བྱེད་པའི་ཉིན་དེར་ང་ཁྱོད་ཚོའི་སློབ་གྲྭར་ཡོང་། ཁྱོད་ཀྱིས་སློབ་ཕྲུག་གཟའ་འཁོར་གཅིག་བྱས། ཁྱོད་ཀྱི་རྗེས་སུ་སློབ་མ་བདུན་གྱིས་སློབ་ཕྲུག་བྱས།

ཨ་ཕ་དེའི་བར་དུ་འཛུལ་ཏེ། ཕྲུ་གུའི་རྩོད་ཟླ་བྱེད་སྐབས་ནས། མཚུ་ཟུར་དུ་ཚིག་གསལ་ལ་མི་གསལ་ཞིག་ཐོན་སོད། རྟོག་ཞིབ་པས་ལག་པ་གཡུག་གཡུག་བྱས་སྐབས། གཏམ་མཚུ་ཟུར་ནས་བསྐྱུམས། རྟོག་ཞིབ་པས་ཁྱོད་ཁ་རོག་སྡོད། ང་སངས་རྒྱས་ལ་གཏམ་སྨྲ་བཞིན་ཡོད། སངས་རྒྱས་ནི་གཏམ་གླེང་བྱེད་རིན་ཡོད་པའི་སློབ་མ་ཞིག་རེད་ཟེར།

རྟོག་ཞིབ་པ་ནི་ཅི་རེད། ངས་གོ་མ་མྱོང་ལ་ཐོས་ཀྱང་མ་མྱོང་། སངས་རྒྱས་ཀྱིས་ཨུ་ཚུགས་ངང་དེ་ལྟར་སྨྲས།

རྟོག་ཞིབ་པས་ཨ་མའི་ལག་ནས་ཤ་ཁྲུ་ལེན་བཞིན་གུས་ཞབས་ཀྱི་ཚུལ་དུ་བཀག་ཙམ་བྱས། ཁོས་ཤ་ཁྲུ་ཁམ་གམ་གང་བཏུངས་རྗེས། ངག་ནས་ཏག་སྒྲ་དང་བཅས་ཤ་ཁྲུའི་བྲོ་བར་བསྟོད་པ་བྱས། འདི་དུས་སངས་རྒྱས་ཀྱིས་ལྟ་ཞིབ་ཅེས་སྨྲས།

སངས་རྒྱས་ཀྱི་མིག་ཟུང་ས་ཐོག་ཏུ་འཕངས། ལྟ་ཞིབ། ཁྱོད་ནི་འགོ་ཁྲིད་ཅིག་ཨེ་རེད་ཟེར།

རྟོག་ཞིབ་པས་ཏ་ཏ་ཞེས་དགོད་བཞིན། ཕྲུ་གུ་ཆུང་ཆུང་འདི་འདྲ་ཞིག་གིས་ཀྱང་འགོ་ཁྲིད་ཅི་ཡིན་ཤེས་ཟེར། སླར་མུ་མཐུད། སེམས་ཁྲལ་མི་དགོས། ང་ནི་ཁྱོད་སློབ་གྲྭར་བསྐྱོང་མཁན་མིན་ཟེར།

དངོས་གནས་རེད་དམ། སངས་རྒྱས་གཞི་ནས་ལྷོད་དུ་བབས།

ཁྱོད་ཀྱིས་གཞན་ལ་དྲིས་ཆོག །

དེ་དུས་སངས་རྒྱས་ཀྱིས་གཞི་ནས་དེ་ནུབ་ཀྱི་ས་སྤྱོད་ཙམ་གྱི་སྐར་ས་འཁྲུག་ཆ་ཤིན་ཏུ་དོད་སྣང་བྱུང་། ཕྲུ་གུ་ཕྲུ་ཞིག་སྐར་སར་ཡོང་བས། སྐྱིས་སྤོབས་ཀྱི་དཔལ་འབར། སློབ་གྲྭ་དངོས་གནས་གུང་གསེང་བཏང་། དུད་ཁྱིམ་ཚང་མའི་ཕྲུ་གུ་སྐར་སར་སླེབས། ཕྲུ་གུ་བུ་དག་གིས་དམུ་རྗོད་དང་རྒྱུ་མེད་རྐྱེན་མེད་དུ་ཀི་སྒྲ་སྒྲོག་ཅིང་། རྒྱུག་འཁྲབ་བྱེད། ཕྲུ་གུ་བུ་མོ་དག་ནི་འཁྱིག་ཐག་རྩེད། གཅིག་གཉིས་གསུམ་བཞི་ལྔ་དྲུག་བདུན། བདུན་དྲུག་ལྔ་བཞི་གསུམ་གཉིས་གཅིག །

སངས་རྒྱས་སྒྲ་སྒོ་ལས་མཆོངས་ཏེ། ཕྲུ་གུ་ཚོའི་ཁྲོད་དུ་ཕྱིན།

འོན་ཏེ་ཁོ་ཚོས་སངས་རྒྱས་ལ་དགའ་སྣང་དེ་ཙམ་མ་བྱས། ཁོ་ཚོའི་སྙིང་ཐུང་ཟད་མི་དགའ་བར་གྱུར་ཡོད། ཁོས་སློབ་གྲོལ་བྱས་ཀྱང་། སློབ་མཇུག་ཡིག་ཚད་སྐར་མ་བརྒྱ་ཡོན། ད་དུང་ཁོས་སྐར་སར་ཤུང་མཐར་ཡང་སྐོར་ཁྲི་གཅིག་ལྷག་གི་དབྱུར་རྩྭ་བརྩོས་ཞེས་གླེང་། ཁོ་ཚོས་སྤང་ཐོག་ཏུ་སྐོར་སྐོར་བྱས་ཏེ་རྐང་གྲུག་རྩེད། སུས་ཀྱང་ཁོ་ལ་རྐང་གྲུག་མ་འཕངས། འོན་ཏེ་རྐང་གྲུག་སུ་ཞིག་གིས་ཤུགས་ཀྱིས་འཕངས་ཏེ་རྒྱང་རིང་དུ་སྤུར་བའི་ཚེ་འགའ་ཞིག་གིས་སངས་རྒྱས་ཞེས་སྨྲས།

ཁོས་རྐང་གྲུག་བླངས་མེད། ཁོ་ཚོས་སྔར་བཞིན་ཁོ་ལ་རྐང་གྲུག་མ་འཕངས།

དོན་འདིས་ཁོའི་སེམས་པ་འཁྲུགས་ཏེ། མགྱོགས་ཙམ་མྱུར་ཙམ་ཐུན་ཅུབ་ན་ཁྱིམ་དུ་ལོག་དགོས་བསམ།

ཁྲིམ་དུ་ལོག་དུས་ཨ་ཕ་ཁ་མཆུ་སྨྲོག་གིན་དངུལ་བསྒྱི་བཞིན་འདུག །བཅུ་ལོན་ན་ཨ་མར་སྤྲད། སླར་ཡང་བཅུ་བསྒྱིས། མཐར་ཨ་ཕ་དགོད་བཞིན་ཉིས་ཁྲི་སྟོང་མེད་བརྒྱ་དང་སུམ་ཅུ་ཞེས་སྨྲས།

གྲོང་སྡེར་ཁ་ཆད་ཡོད། དབྱར་རྩྭ་མཉམ་དུ་འཚོང་དགོས། ཨ་མས་ཡི་མུག་བཞིན་དེ་ལྟར་སྨྲས།

ང་ད་ལྟ་གྲོང་དཔོན་གྱི་སྦྲ་ནང་དུ་འགྲོ། ཁོ་ཚོའི་དབྱར་རྩྭ་ཡང་ཉོ། རྟོག་ཞིབ་པས་འཛུམ་བཞིན་དངུལ་ཁུག་སྐྱིད་པར་འཛེར།

ཨ་མས་ཐབ་ཁ་ལས་ཤ་རྫོག་ཆེན་པོ་ཞིག་བླངས་ཏེ་ལེགས་པར་བསྒྲིལ་རྗེས། རྟོག་ཞིབ་པར་ཕུལ་བ་ན། འདི་མི་དགོས། ཉིན་ཞིག་ཁྱོད་ཚང་དུ་འདི་བཟའ་བར་ཡོང་ཞེས་སྨྲས།

འདི་ལྟར་ན་རྟོག་ཞིབ་པ་ཉིན་འགའ་སྡོད་ཀྱང་སྲིད།

རྟོག་ཞིབ་པས་སངས་རྒྱས་ཀྱི་མགོ་བོར་བྱིལ་བྱིལ་བྱེད་བཞིན། ཕྲུ་གུ་འདི་ཚོ་དབྱར་རྩྭའི་གུང་གསེང་གཏོང་རིང་ང་འདིར་བསྡད་དེ་ཁོ་ཚོར་བལྟ། ཕྲུ་གུ་རི་ཐོག་ཏུ་འདྲེད་བརྡབ་ཤོར་མི་རུང་ལ། དྲེད་མོང་གིས་རྨས་མི་རུང་ཞེས་སྨྲས།

སྐུ་ཉིད་ཐུགས་བདེ་པོ་གྱིས། རི་ཐོག་ཏུ་དྲེད་མོང་མེད་པར་ལོ་བཅུ་གྲངས་ཕྱིན། ཨ་ཕས་སྨྲས།

རྟོག་ཞིབ་པས་ཁོ་ཚོའི་དབྱར་རྩྭའི་སྐམ་ཆུང་དེ་འཕྱིར་ནས་ཡར་ལངས། འདི་ལྟར་ཡིན། ཐེངས་རྗེས་མའི་དབྱར་རྩྭ་ཡང་ང་ལ་འཇོག་རོགས་ཞེས་སྨྲས་ཏེ། སྤྲ་སྒོ་ཕྱེ་སྟེ་ཕྱིར་ཐོན།

དབྱར་རྔའི་སྐམ་ཆུང་གི་དངུལ་སྤྲད་མེད། སངས་རྒྱས་ཀྱིས་སྨྲས།

སངས་རྒྱས་ཀྱིས་སྨུ་འཇམ་དམར་པོ། ལྷུགས་དཀར་ལེབ་མོ། ལག་བཟོས་རིན་པ། འདི་དག་བསྡོམས་ན་སྒོར་སུམ་བརྒྱ་ཙམ་དགོས་ཟེར། སྐམ་ཆུང་འདིའི་དོན་དུ་ཨ་ཕས་ལྷུགས་བཟོ་ཁང་དེར་ཉིན་གསུམ་བསྒུག་སྟེ། མགར་བས་བཟོ་བྱེད་པར་བལྟས། ཉིན་ལྟར་སློབ་ཚན་གྲོལ་མཚམས་ཁོས་ཨ་ཕ་དང་ལྷན་དུ་དེར་ཕྱིན། ཉིན་ཐོག་མར་མགར་བས་ལྷུགས་ཤོག་དཀར་པོ་གྲུ་བཞི་ནར་མོ་ཞིག་དྲས་ཏེ། སྐམ་གྱི་རྣམ་པར་བསྒྱུར། ཉིན་གཉིས་པར་སྐམ་གྱི་ནང་ངོས་སུ་པང་བཀག་བླུགས་ཤིང་། རས་སྨུ་འཇམ་གྱིས་བཏུམས། ཉིན་མཐའ་མར་སྐམ་གྱི་ཁ་ལེབ་དང་འཛིན་ཡུ་བཟོས་ཤིང་། ཟྭ་ཞིག་ཀྱང་བསྐོར། ཟྭ་དེ་ནི་སངས་རྒྱས་ཀྱིས་གཞུང་ཡིག་ཁྲུག་མ་རྙིང་ཧྲལ་བསྒྲུགས་པ་ལས་བྱུང་། ཕྱི་རོལ་ནས་གྲོང་རྡལ་དུ་ཡོང་མཁན་དག་ཕྱིར་ལོག་སྐབས་རྟག་པར་དངོས་པོ་རྩབ་ཧྲལ་ཅི་རིགས་གད་སྙིགས་ནང་བསྐྱུར་གྱི་ཡོད། རླངས་འཁོར་གཏོང་མཁན་གྱིས་འཁོར་ལོ་རྙིང་པ་དང་། ཁང་བཟོད་པ་དག་གིས་རི་འཛོགས་ལག་རྟེན་བསྐྱུར་བ་ལྟ་བུ་རེད། ཟྭ་དེ་ཡང་སློབ་གྲྭར་ལས་དོན་ཞིབ་བཤེར་བྱེད་མཁན་ཞིག་གིས་བསྐྱུར་བའི་ཟྭུར་བཞི་བརྡར་ནས་དཀར་པོར་གྱུར་པའི་གཞུང་ཡིག་ཁྲུག་མ་ཞིག་རེད། སངས་རྒྱས་ཀྱིས་ཀྱང་ཅི་ཕྱིར་ཁྲུག་མ་དེ་ལས་ཟྭ་བཀོལ་དོན་མ་ཤེས་ལ། ཨ་ཕས་དབྱར་རྔ་ཉར་ཆེད་དུ་སྐམ་ཆུང་དེ་འདྲ་ཞིག་བཟོ་བ་ཅི་ལ་ཤེས། ཨ་ཕ་ད་ཐེངས་གྲོང་རྡལ་དུ་ཡོང་དོན་ནི་དབྱར་རྔའི་སྐམ་ཆུང་བཟོ་ཆེད་ཡིན་ཚུལ་སྨྲས་པས། ཁོས་གཞི་ནས་ཟྭ་དེ་ཨ་ཕར་སྤྲད།

སངས་རྒྱས་ཀྱིས་དབྱར་རྩྭ་བརྐོས་རྗེས་ང་ཚོའི་ལག་ཏུ་ཉིན་བཅུ་གྲངས་ཤིག་ལས་ཉར་ཚགས་མི་བྱེད་པས། སྐམ་ཚུང་དགོས་དོན་ཅི་ཡིན་ཞེས་དྲིས།

ང་ཚོར་ལོ་གཅིག་གི་འཚོ་བ་སྒྲིན་མཁན་དེ་དག་རས་ཁུག་རྙིང་པ་ཞིག་ཏུ་བཞག་ན་ག་ལ་འགྲིག །ཨ་ཕས་སྨྲས།

ཉིན་གསུམ་གྱི་རྗེས་སུ་སྐམ་ཚུང་བཟོས་ཚར་ཞིང་། དེའི་ཐོག་ཏུ་ཟླ་དེ་ཡང་ཡོད།

ལྷེ་མིག་མེད་པར་ཟླ་ཞིག་བསྐོན་ཏེ་ཅི་བྱེད། མགར་བས་ཁོ་ཚོར་ཁྲེལ་དགོད་བྱེད་བཞིན་སྨྲས།

ལྷེ་མིག་མེད་པའི་ཟླ་ཡང་ཟླ་རེད། འོན་པའི་རྣ་བ་ཡང་རྣ་བ་རེད། ཨ་ཕས་སྨྲས།

དངོས་གནས་ཟླ་འདི་ཡོད་པས། ལྷེ་མིག་ཡོད་ཙང་མེད་ཙང་སྐམ་ཚུང་ཚུལ་ལྡན་ལུགས་མཐུན་ཞིག་ཏུ་གྱུར། དེ་ནི་དངོས་གནས་དངོས་པོ་རིན་ཐང་ཅན་ཞིག་འཇོག་ས་དང་འདྲ།

འོན་ཏེ། ད་ལྟ་སྐམ་ཚུང་དེ་རྟོག་ཞིབ་པས་འཕྱེར།

སངས་རྒྱས་ཀྱིས་རྗེས་འདེད་བྱས། གྲོང་དཔོན་གྱི་སྦྲ་སྒོར་སླེབས་དུས་ཁོས་རྟོག་ཞིབ་པའི་ལྷ་རིང་གི་སྐ་རགས་ནས་བཟུང་།

ངས་ཁྱོད་ཚོར་དངུལ་སྤྲོད་རྒྱུ་མང་དྲགས་སམ། རྟོག་ཞིབ་པས་སྨྲས།

སྐམ་ཚུང་འདི་འཕྱེར་མི་ཙང་། སངས་རྒྱས་ཀྱིས་སྨྲས།

སྐམ་ཚུང་ཨེ། ངས་དབྱར་རྩྭ་ལས་གཞན་ནི་འཕྱེར་མེད། རྟོག་ཞིབ་པས་སྨྲས།

ཁྱོད་ཀྱིས་དབྱར་རྔ་ཁོ་ན་ལས་དབྱར་རྔ་འཛོམ་བྱེད་ཀྱི་སྐབས་ཆུང་དེ་འཕྱེར་མི་ཐུབ། སངས་རྒྱས་ཀྱིས་སྨྲས།

ཁྱོད་ཀྱིས་ཤོད་དང་། འོ་ན་ངས་དབྱར་རྔ་འདི་དག་ལག་ཏུ་འཕྱེར་དགོས་སམ་ཡང་ན་ཁ་ནང་དུ་འཛོམ་དགོས་སམ། རྟོག་ཞིབ་པས་སྨྲས།

དབྱར་རྔ་ཉོ་མཁན་དག་གིས་དབྱར་རྔ་འཛོམ་བྱེད་རང་གིས་འཕྱེར་སྲོལ་ཡོད། སངས་རྒྱས་ཀྱིས་སྨྲས།

སངས་རྒྱས་ཀྱིས་དོན་ལ་རྟོག་ཞིབ་པས་ཆེད་དུ་གློག་མཐུད་ན་བརྟན་དྲོད་བརྟན་གཉེར་བྱེད་པའི་སྐམ་ཆུང་ཞིག་འཕྱེར་བ་ཤེས་མེད། དེ་ནི་དབྱར་རྔ་འཛོམ་ཆེད་མིན་པར་གྲོང་ཁྱེར་བ་དག་གི་ཐ་མག་སི་གར་འཛོམ་བྱེད་རེད། རྟོག་ཞིབ་པའི་སྐམ་ཆུང་དེ་ཁོའི་རླངས་འཁོར་ནང་ཡོད། ཁོའི་བསམ་པར་གྲོང་དཔོན་ཚང་དུ་དགོང་ཟས་བཟས་རྗེས། སྐར་ཁྱིམ་ཚང་འགའ་ཞིག་བསྐོར་ཏེ་བསྡུས་པའི་དབྱར་རྔ་དག་རླངས་འཁོར་གྱི་སྐམ་ཆུང་བརྟན་དྲོད་བརྟན་གཉེར་ནང་དུ་བཞག་སྟེ། སང་ཞོགས་སངས་རྒྱས་ཚང་གི་སྐམ་ཆུང་དེ་ཕྱིར་སྤྲོད་དགོས་སྙམ།

ད་ལྟ་རྟོག་ཞིབ་པའི་བསམ་པར་ཕྲུ་གུ་འདི་ཡ་མཚན་སྙམ་སྟེ། ཁྱོད་ཀྱིས་གྲོང་རྡལ་གྱི་རིམ་འདས་ཁྲིམ་ར་ནས་དངོས་པོ་ཉོ་སྤྱོད་ངམ་ཞེས་དྲིས།

ཉོ་སྤྱོད། སངས་རྒྱས་ཀྱིས་སྨྲས།

ཅི་ཞིག་ཉོ་སྤྱོད་ཤོད་དང་།

སྤྲང་དང་། སྣག་ཚ་སོགས།

འོ་ཡ། ཁྱོད་ཀྱིས་རིམ་འདས་ཚོང་ཁང་ལ་སྤྲང་གི་ཕྱི་ཐུམ་དང་སྣག་ཚའི་

སྣག་བུམ་ཕྱིར་སྦྲོད་ཨེ་སྦྱོང་།

སངས་རྒྱས་ཀྱིས་མགོ་བོ་གཡུག །

ཨོ། གྲོགས་པོ། ཁྱོད་ཀྱིས་མགོ་བོ་གཡུག་བཞིན་ཡོད་དམ། མཚན་མོ་མགོ་བོ་གཡུག་ན་མི་མཐོང་བ་ཁྱོད་ཀྱིས་མི་ཤེས་སམ། རྟོག་ཞིབ་པས་སྨྲས།

ཁྱོད་ཀྱིས་དབྱར་རྩྭའི་དངུལ་ལས་སྐམ་ཆུང་གི་དངུལ་སྤྲད་མེད། སངས་རྒྱས་ཀྱིས་སྨྲས།

རྟོག་ཞིབ་པ་དགོད་བཞིན་གྲོང་དཔོན་གྱི་སྒོ་ནང་དུ་མ་འཛུལ་བར། ཁ་ཕྱིར་བསྐོར་ཏེ་སྣང་འཁོར་འཇོག་སའི་ཕྱོགས་སུ་ཕྱིན། ཐག་རིང་ནས་འཁོར་སྐྲེའུ་ཡི་ཤེལ་ངོས་ལས་ལྷོག་འོད་འཕྲོ་བ་མཐོང་། ཁོས་ལག་ནང་གི་ལྡེ་མིག་མནན་པས། འཁོར་སྒྲོན་ལྷམ་མེར་འབར་ཞིང་། ཛེར་སྒྲ་གྲག །

རྟོག་ཞིབ་པས་སྣང་འཁོར་གྱི་ལམ་ཆས་སྒམ་གྱི་སྒོ་ཕྱེ། སྣང་འཁོར་ནང་གློག་སྒྲོན་འབར་ཞིང་། སྐམ་ཆུང་ཞིག་མཐོང་ཡུལ་དུ་གྱུར། སྐམ་ཆུང་ནག་རྩི་ཅན་དེའི་སྒོའི་འཕྲིས་སུ་ལག་དུས་ཆེན་པོ་གཉིས་དང་མཚུངས་པའི་ཁྲ་སྡེར་ཞིག་སྣང་། རྟོག་ཞིབ་པས་གྲོགས་པོ། མིག་གིས་ཡག་པོ་ལྟོས་དང་། དངོས་པོ་འདི་འདྲ་ལ་གཞི་ནས་སྐམ་ཆུང་ཞེས་སྨྲ་དགོས་ཟེར།

ཁོས་སྐམ་གྱི་སྒོ་ཕྱེ། ནང་ངོས་ལས་འགྱིག་སྐམ་ཞིག་བཏོན། དབྱར་རྩྭ་དེའི་ནང་དུ་བླུགས།

སངས་རྒྱས་ཀྱི་བསམ་པར་རྟོག་ཞིབ་པས་ད་ནི་སྐམ་ཆུང་ཕྱིར་སྤྲོད་ངེས་སླམ་མོད། རྟོག་ཞིབ་པས་དེ་ལས་ལྡོག་སྟེ། སངས་རྒྱས་ལ་འདི་ལྟར་དྲིས།

སྣག་ཚ་རྫོགས་ན། ཁྱོད་ཀྱིས་སྣག་བུམ་རིམ་འདས་ཁྲིམ་རང་ཕྱིར་སྤྲོད་

བྱེད་དམ།

ད་ཐེངས་སངས་རྒྱས་ཀྱིས་མགོ་བོ་མ་སྒྲུར་ལ། སངས་རྒྱས་དང་སློབ་གྲོགས་ཚོས་སྨག་བུམ་སྟོང་པ་སློབ་གྲྭའི་གྲུང་ངོས་སུ་བཞག་སྟེ། འཁྱིག་མདའི་འཕེན་དུ་བྱས་ཞེས་ཀྱང་སྨྲ་མ་ཐོད།

ཁྱོད་ཚོས་སྨག་བུམ་བཅགས་པ་ངས་ཤེས། གྲུང་གི་ཕྱི་རོལ་ཐམས་ཅད་ཤེལ་རྡུག་རེད། ཨེ་རེད། གྲོགས་པོ། ངའི་བསམ་པར་ཁྱོད་ཀྱིས་ངའི་རྗེས་དེད་བྱས་ཏེ་སློབ་ཕྲུལ་བྱས་པའི་སྐྱོན་བཤེར་ཡི་གེ་སྐྱེལ་བར་ཡོང་ངམ་སྙམ། རེད། ང་ལ་སྐམ་ཆུང་སྤུས་ཞན་འདི་འདྲ་མི་དགོས། འོན་ཏེ་འདི་ངའི་དབྱར་སྒྲ་བསྒྱུ་བྱེད་རེད། ཨེ་ཤེས། རྟོག་ཞིབ་པས་དེ་ལྟར་སྨྲས།

ཁྱོད་ལ་སྐམ་ཆུང་སྙིང་རྗེ་པོ་དེ་འདྲ་ཞིག་ཡོད་པས། སྐམ་ཆུང་འདི་ཚུར་སྤྲོད་རོགས། སངས་རྒྱས་ཀྱིས་ད་གཟོད་རེ་བའི་མིག་གིས་སྨྲས།

རྟོག་ཞིབ་པས་དུ་བ་ཞིག་འཐེན་བཞིན། ལས་བྱེད་པས་གཞན་དག་ཅི་བྱ་གཏོལ་མེད་དུ་གྱུར་པ་བྱེད་དུས་ཀྱི་རྣམ་འགྱུར་ལས། ཁྱོད་སློབ་མ་སྤྱངས་འབྲས་ལེགས་པོ་ཞིག་ཡིན་པའི་ངོ་ལ་བལྟས་ཏེ། ངས་ཁྱོད་ལ་སློབ་ཕྲུལ་སྐྱོན་བཤེར་ཡི་གེ་འབྲི་ཏུ་བཙུག་མེད། ད་ནི་ངས་སྐམ་ཆུང་འདི་ཡང་འཁྱེར་མི་ཚོག་གམ་ཟེར།

སངས་རྒྱས་ཀྱི་བསམ་པར་ལས་བྱེད་པའི་ངོ་ལས་རྣམ་འགྱུར་འདི་འདྲ་ཐོན་དུས། ཐབས་ཤིག་མ་བྱས་ན་སྐམ་ཆུང་མི་ལོན་པོ་ཐག་རེད་སྙམ།

ཁོས་ཁ་ནང་གི་མཆིལ་མ་མིད་དེ། ཅུང་དཀའ་བའི་ཚུལ་གྱིས། ངས་ཁྱོད་ལ་དབྱར་སྒྲ་སྤྲད་ཆོག་ཟེར།

དབྱར་རྔ། ཁྱོད་ཀྱིས་ང་ལ་དབྱར་རྔ་སྦྱོད་ཨེ། རྟོག་ཞིབ་པས་སྐེད་པ་སྒྱུར་ཏེ་སྨྲས།

ང་སྐམ་ཆུང་འདི་བླུ་འདོད།

ཅི་ཙམ་སྦྱོད། རྟོག་ཞིབ་པས་སྨྲས།

གསུམ་སྦྱོད། དབྱར་རྔ་གསུམ། སངས་རྒྱས་ཀྱིས་སྐད་ཤུགས་ཆུང་ཟད་ཆེ་རུ་བཏང་།

དེ་ལྟར་བྱེད། རྟོག་ཞིབ་པས་དུ་རོ་ས་ངོས་སུ་འཕངས་ཏེ། ཁང་པས་མི་བསད།

སངས་རྒྱས་ཀྱིས་སྐམ་ཆུང་བླངས།

གྲོགས་པོ། ཁྱོད་ཀྱིས་འདི་ལྟར་ཉོ་ཚོང་སློབ་སྦྱོང་བྱེད་ན། སྔོན་ལ་དབྱར་རྔ་སྦྱོད་དགོས། རྟོག་ཞིབ་པས་སྨྲས།

སངས་རྒྱས་སྦྲ་ནང་དུ་རྒྱུག །ཕྱིས་འོག་ནས་ལྕགས་ཀྱི་སྒྲུག་སྐམ་བཏོན། ཕར་སླེབས་དུས་རྟོག་ཞིབ་པས་སླར་ཡང་དུ་བ་འཐེན་བཞིན་སངས་རྒྱས་ཀྱིས་སྒྲུམ་སྐམ་ཁ་ཕྱེ་བར་བལྟས། ནང་ངོས་ལས་དཀར་ཞིང་ཚོ་བའི་དབྱར་རྔ་གསུམ་པོ་དེ་མཐོང་། ཁོས་དལ་བུར་དབྱར་རྔ་གསུམ་པོ་དེ་ཡར་བླངས། སྐམ་ཆུང་ནག་རྩི་ཅན་དེར་བླུགས་ཏེ། ཉིན་དེ་དག་ནང་ཁྱིམ་མི་ཚང་མས་བཙོས་པའི་སྐོར་ཁྲི་གཉིས་ལྷག་གི་དབྱར་རྔ་དང་ལྷན་དུ་བཞག །

སངས་རྒྱས་ཀྱིས་སྐམ་ཆུང་རུམ་དུ་བཙུག །

རྟོག་ཞིབ་པས་ཁོའི་རྒྱབ་ཕྱོགས་ནས་ཅུང་ཙམ་བསྒུག་དང་ཟེར། ཁོས་འཁོར་ཐོག་ལས་སྦྲང་ཐུམ་སྒྲིལ་ཞིག་དང་ཟེན་དེབ་སྙིང་རྗེ་པོ་ཞིག་བླངས་ཏེ།

སངས་རྒྱས་ཀྱི་ཙམ་དུ་ཡོད་པའི་སྐམ་ཆུང་ཁ་ཕྱེ་ནས་དེའི་ནང་དུ་བླུགས། ཁོས་སྐམ་གྱི་ཁ་ལེབ་ལ་ལག་པས་ལྩག་ཙམ་བྱས་ཏེ། ཁྱོད་ཀྱི་ཉེ་ཚོང་ལེགས་གྲུབ་བྱུང་བར་རྟེན་འབྲེལ་ཞུ། འདི་གཟེངས་རྟགས་ཡིན་ཞེས་སྨྲས།

རྟོག་ཞིབ་པས་ཁོའི་མགོ་ལ་ཅིལ་ཅིལ་བྱས་རྗེས། གྲོང་དཔོན་ཚང་གི་ཕྱོགས་སུ་ཕྱིན།

སངས་རྒྱས་ཀྱིས་སྐམ་ཆུང་ཙམ་དུ་བཙུག་སྟེ་ཁྱིམ་དུ་ལོག །མཚན་མོའི་སྐར་འོད་ཁྲོད་ཁོའི་གདོང་ངོས་སུ་མིག་ཆུའི་ཕྲེང་ཐག་ཆད། ཁོས་དཀར་ཞིང་ཚོ་བའི་དབྱར་རྩྭ་གསུམ་པོ་དེ་དྲན། བུ་སྲུན་ལ་མཇུབ་མོ་མེད་པའི་ལག་ཤུབས་ཉོ་རྩིས་བྱས་ཙང་། ད་ནི་ལག་སྟོང་པར་བུ་སྲུན་ལ་བལྟ་དགོས་པ་དྲན། སྨར་བཞར་ལྷུ་བ་དང་སྐྲ་འཁྲུད་ཆུ་ཉོ་རྩིས་བྱས་ཙང་། ད་ནི་རྣན་ལགས་ལ་འབུལ་རྒྱུས་ཀྱང་མེད་པ་དྲན། ཁོ་དེ་ལྟར་མིག་ཆུ་ཁྲུམ་ཁྲུམ་དུ་ཤོར་བས། ནམ་མཁའི་སྐར་མ་ཡང་ཡིད་སྐྱོ་སྟེ་འོད་འཚེར་བཞིན་འདུག །

ཁོ་གྲང་རླུང་ཁྲོད་དུ་དར་ཅིག་བསྡད། མིག་ཆུ་སྐམ་རྗེས། གཞི་ནས་སྤྲ་ནང་དུ་ལོག །ཁོས་ཨ་ཕ་དང་ཨ་མར་ངས་སྐམ་ཆུང་ཚུར་བླངས་ཡོད་ཅེས་སྨྲས།

༄།

ཉིན་གཉིས་པར་དུད་ཁྱིམ་ཚང་མས་སྒྲ་ཕུབ་སྐབས་རྟོག་ཞིབ་པའི་
ཐྲངས་འཁོར་བསྐྱོད། ཁོས་ཆེད་དུ་ཐྲངས་འཁོར་སངས་རྒྱས་ཀྱི་གམ་དུ་བཏང་།
འཁོར་སྐེའུ་ཕྱེ་སྟེ་མི་ཏན་དང་ལབ་གླེང་བྱེད་པ་བཞིན་གླེང་མོ་བྱས། ང་ཉིན་
ཤས་ནས་སླར་ཡོང་། ཁྱོད་ཚང་གི་དབྱར་རྩྭ་ཉར་ཚགས་ལེགས་པོ་གྱིས་ཟེར།

སངས་རྒྱས་ནི་ཁོ་ལ་གཏམ་སྨྲ་མ་འདོད་པས་ཁ་ཕྱིར་བསྐོར།

སངས་རྒྱས་ཀྱི་ཚུགས་ཀ་དེས་ཁོའི་ཨ་ཕ་སེམས་འཚབ་ཆེན་པོ་ལངས།
འགོ་ཁྲིད་ཀྱིས་ཁྱོད་ལ་གཏམ་སྨྲ་བཞིན་འདུག་ཟེར།

རྟོག་ཞིབ་པས་གཞི་ནས་ཨ་ཕར་གཏད་དེ། ང་ཁྱོད་ཀྱི་ཕྲུ་གུ་འདི་ལ་
དགའ། ང་ཕྱིར་ཡོང་དུས་ཁོ་ལ་ལག་རྟགས་ཤིག་འཁྱེར་ཡོང་། ཁོ་ཅི་ཞིག་
ལ་དགའ་འམ།

དཔེ་ཆ། ཨ་ཕས་སྨྲས།

རྟོག་ཞིབ་པས་ཁ་བསྐོར་ཏེ་སངས་རྒྱས་ལ། ཤེས་བྱ་ཀུན་འདུས་ཀྱི་དཔེ་
ཆ་ཞིག་གིས་ཨེ་ཆོག་སྨྲས་རྗེས། སུ་མཐུད་སྐད་ཇེ་གཉོམ་དུ་བཏང་ནས། དེ་
ནི་ཁྱོད་ལ་མཚོན་ན་ཁེ་ཆེན་པོ་རེད། ཤེས་བྱ་ཀུན་འདུས་ཀྱི་དཔེ་ཆ་ཞིག་ལ་
དངུལ་ཅི་ཙམ་རེད་ཅེ་ན། དམངས་སྒོར་དགུ་བརྒྱ་ལྷག་ཙམ་རེད། ངས་ཁྱོད་
ལ་བཤད་ཆོག །ཁྱོད་མི་ཞིག་ལ་དགའ་དུས་ཉོ་ཚོང་ཁྲིད་སྐྱོང་ཆེན་པོ་ཕོག་

ངེས་ཟེར།

ཁོས་སྨུམ་སྔོ་མནན་ཐེངས་གཅིག་ལ་རླངས་འཁོར་རྨ་ཐང་ཐོག་ཡམ་ཡོམ་དུ་བསྐྱོད། སངས་རྒྱས་ཀྱིས་རླངས་འཁོར་རྨ་ཐང་གི་འདམ་ཁྲོད་དུ་ཤོར་བའི་རྣམ་པ་མཐོང་སྐྱོང་བས། རླངས་འཁོར་འདི་ཡང་འདམ་ནང་ལྷུས་ངེས་སྙམ། གསལ་བར་བཤད་ན་སངས་རྒྱས་ཀྱི་བསམ་པར་རླངས་འཁོར་འདི་འདམ་ནང་ལྷུས་ན་བསམ། འོན་ཏེ། རླངས་འཁོར་ཡམ་ཡོམ་བྱེད་བཞིན་ཧུཾ་སྒྲ་སྒྲོག་བཞིན་འདམ་ལས་ཐོན། ལམ་ཐོག་ཏུ་སླེབས་རྗེས་རྟོག་ཞིབ་པས་ཁོ་ལ་ལག་པ་གཡུག་གཡུག་བྱས། འཁོར་རྒྱབ་ཏུ་ཐལ་རྡུལ་འཚུབ། མགྱོགས་པར་ལ་ཉག་བུད་དེ་མིག་ལམ་དུ་ཡལ། ཐལ་རྡུལ་གནམ་སའི་བར་དུ་ཡུན་རིང་འཁྱུར།

ཨ་ཕས་ལེ་བདའ་བྱེད་པའི་གདངས་ལས། གཞན་ནི་ཁྱོད་ལ་དགའ་ཟེར།

ཁོས་སྐྱེས་བུ་དམ་པ་ཞིག་གི་ཉམས་ལས་ང་དང་གཏམ་གླེང་བྱེད་པར་ང་མི་དགའ། སངས་རྒྱས་ཀྱིས་དེ་ལྟར་སྨྲས།

འོན་ཏེ། ཁོའི་སེམས་ནང་དུ་ཤེས་བྱ་ཀུན་འདུས་ཀྱི་དཔེ་ཆ་ནི་ཅི་འདྲ་ཞིག་ཡིན་པར་བསམ་ཚོད་བྱས། འདི་ནི་ཁོས་ཤེས་བྱ་ཀུན་འདུས་ཀྱི་དཔེ་ཆ་ཞེས་པ་ཐོས་ཐེངས་གཉིས་པ་རེད། རི་འཛོགས་པ་འགའ་སློབ་གྲྭར་ཡོང་སྐབས་ཁོ་ཚོའི་འཛིན་གྲྭའི་སློབ་མ་ཡོངས་ལ་སྨུག་སྨམ་རེ་སྤྲད་ཅིང་། ཁོ་ཚོ་དང་ལྷན་དུ་པར་མང་པོ་བརྒྱབ། ཁོ་ཚོ་གྲོང་ཁྱེར་དུ་སླེབས་རྗེས་གཟའ་འཁོར་གཉིས་ལས་མ་འགོར་བར། པར་དེ་དག་དང་ཤེས་བྱ་ཀུན་འདུས་ཀྱི་དཔེ་ཆ་ཞིག་བསྐུར་ཆོག་ཟེར། འོན་ཏེ་ལོ་གཉིས་ཁྱིད་རུང་། ཁོ་ཚོས་ཁས་བླངས་པའི་

དངོས་པོ་དེ་དག་མ་འགྲོར།

དབྱར་རྩྭ་རིའི་ཐོག་ཏུ་སངས་རྒྱས་ཀྱི་སྙོ་ངོར་རྟག་ཏུ་ཤེས་བྱ་ཀུན་འདུས་ཀྱི་དཔེ་ཆ་དེ་འཆར།

དེ་དུས་རྟོག་ཞིབ་པ་ལམ་དུ་འགྲོ་བཞིན་ཡོད། ལམ་དུ་འཕོར་འཚང་ཆེ་བས་ཁྲོ་བཞིན་གཤེ་བཞིན་འཕོར་ཁ་བཀག །

ཁོ་དེ་ལྟར་ཁྲོ་བཞིན་དེ་ལྟར་གཤེ་བ་ནི་སེམས་མི་སྐྱིད་པས་ལན།

མི་རིང་བའི་སྔོན་དུ་ཁོ་རྫོང་དཔོན་ཡིན་མོད། ལས་བྱེད་སློམ་སྒྲིག་བྱེད་དུས་ཚང་མས་ཁོ་རྫོང་དཔོན་ནམ་ཐབས་རྟགས་ཤོས་ལ་རྒྱུན་ལས་རྫོང་དཔོན་རེད་ཅེས་སྨྲས་ཀྱང་། སློམ་སྒྲིག་བྱས་རྗེས་མཇུག་འབྲས་ནི་རྫོང་གི་རྟོག་ཞིབ་པ་རེད། ཚང་མས་ལས་འགྱུར་བྱེད་ལ་ཉེ་བའི་ལས་བྱེད་པ་ཞིག་བཀོད་འཛུགས་བྱེད་པ་ལ་རྟོག་ཞིབ་པ་འཚམ་ཤོས་ཡིན་པ་ཤེས། འོན་ཏེ་ཁོ་ལོ་བཞི་བཅུ་ཟིན་ཙམ་ལ་རྟོག་ཞིབ་པར་གྱུར། རྟོག་ཞིབ་པར་གྱུར་པའི་བྱ་བ་ཐོག་མ་ནི་ཤང་གྲོང་སློབ་གྲྭའི་དབྱར་རྩྭའི་གུང་གསེང་གི་གནས་ཚུལ་རྟོག་ཞིབ་བྱེད་པ་དེ་རེད། རྟོག་ཞིབ་པ་ལ་ཁ་ལོ་བ་ཡོད། འོན་ཏེ་སྙིང་རླུང་སྟོད་ལ་འཚང་བས་ཁོ་རང་ཉིད་ཀྱིས་རླངས་འཕོར་བཏང་ནས་ཡོང་། སྙིང་རླུང་སྟོད་ལ་འཚང་བས་སངས་རྒྱས་ཡོད་སའི་སློབ་གྲྭར་སླེབས་མ་ཐག་ཁོས་དབྱར་རྩྭ། དབྱར་རྩྭ། ཅི་ཞིག་གི་དབྱར་རྩྭ། སློབ་མའི་ལས་འགན་ནི་སློབ་ལ་འབད་པ་དེ་རེད། དབྱར་རྩྭ་ཞིག་བཙོ་རྒྱུ་ཅི་ལ་ཡོད་ཅེས་སྨྲས་ཏེ། སློབ་གྲྭའི་དབྱར་རྩྭའི་གུང་གསེང་མེད་པར་བཟོས། གཟའ་འཁོར་གཅིག་གི་རྗེས་སུ་ཁོའི་སྙིང་རླུང་ཕལ་ཆེར་ཞི། གྲོགས་པོས་ཁོ་ལ་ཆེད་དུ་རླངས་འཕོར་བཏང་

ནས་དབྱར་རྩྭ་ཞིག་བསྐྱུབས་ཏེ། འབྲེལ་བ་བྱེད་དགོས་སར་འབྲེལ་བ་བྱས་ན། མ་མཐར་ཡང་དཔོན་གནས་སྐྱར་གསོ་ཡོང་ཞེས་མངགས། དེ་བས་ཁོས་སྐྱར་ཡང་དབྱར་རྩྭའི་གུང་གསེང་གཟའ་འཁོར་གཅིག་བཏང་། ཁོས་གུང་གསེང་མ་བཏང་ན་ཅི་ལ་འགྲིག །རྩྭ་ཐང་འབྲོག་པ་རྣམས་ཀྱི་རེ་བ་ཉག་ཅིག་ནི་དབྱར་རྩྭ་རེད་ཟེར།

ཁོས་སངས་རྒྱས་ཀྱི་གྲོང་སྡེར་ཡོད་པའི་དབྱར་རྩྭ་རི་ལས་སྐོར་ཁྲི་ལྔས་དབྱར་རྩྭ་ཉོས། ད་ལྟ་ཁོས་རླངས་འཁོར་གཏོང་བཞིན། དབྱར་རྩྭ་སོས་པ་དག་གནས་གཞན་ཞིག་ཏུ་སྐྱེལ་བར་བྲེལ་བཞིན་ཡོད། ལམ་ཐོག་ཏུ་འཁོར་འཚང་གིས་མུན་ཧུབ། གསར་དུ་བསྐྲུན་པའི་མགྱོགས་བསྒྲུ་ལམ་ཆེན་གྱི་གཡོན་གཡས་གཡོན་དུ་སྨར་ཕྲེང་བསྒྲིག་པ་ལྟར་ཡོད་པའི་ལམ་སྒྲོན་མཚན་མོ་སྤྱོར་བའི་ཚེ་ད་གཟོད་རྫོང་གྲོང་དུ་སླེབས།

དེ་ནུབ་ཁོས་ཁྱིམ་ཚང་གཉིས་ཀྱི་སྒོ་ཤུལ། གྲོང་དཔོན་ཚང་གི་དབྱར་རྩྭ་པུའུ་ཀྲང་ལ་སྤྲད། སངས་རྒྱས་ཚང་གི་དབྱར་རྩྭ་ཧྲུའུ་ཅི་ལ་སྤྲད།

སངས་རྒྱས་ཚང་གི་དབྱར་རྩྭ་ཧྲུའུ་ཅིའི་ཁྱིམ་དུ་ཞག་གསུམ་ལས་མ་ལུས།

ཞག་གསུམ་པར་ཧྲུའུ་ཅི་ཡོང་འཕྲི་བས། ཧྲུའུ་ཅིའི་བཟའ་ཟླས་གྲང་སྒམ་ནང་བཞག་པའི་དབྱར་རྩྭ་རྩྩར་བླངས།

མོས་དབྱར་རྩྭ་ཞིབ་མོར་བཟས། དེ་ནི་དབྱར་རྩྭ་ལེགས་པོ་ཞིག་རེད་སྙམ།

དེ་དུས་ཧྲུའུ་ཅི་ཁྱིམ་དུ་སླེབས།

ད་ལོའི་དབྱར་རྩྭ་ལེགས། ཧྲུའུ་ཅི་ཡི་བཟའ་ཟླས་སྨྲས།

འོ་ན་ཐུམ་སྒྲིལ་ལེགས་པོ་ཞིག་གིས་དང་། ཕོམ་དུས་ཤིག་ལ་རྟའུ་ཅིར་འབུལ་དགོས། རྟའུ་ཅི་ཡིས་སྨྲས།

རྟའུ་ཅི་ཡིས་རྟའུ་ཅི་ལ་འབུལ། བཟའ་ཟླས་དགོད་བཞིན་སྨྲས།

རྟའུ་ཅི་ཡིས་ཀྱང་བཟའ་མི་སྲིད། སླར་ཡང་རྟའུ་ཅི་གོང་མ་ཞིག་ལ་འབུལ་སྲིད། རྟའུ་ཅི་ཡིས་ཀྱང་དགོད་བཞིན་སྨྲས།

རྟའུ་ཅི་ཡི་བཟའ་ཟླ་དགེ་རྒན་ཡིན་མོད། ལོ་འདི་དག་རིང་ལ་སློབ་ཁྲིད་མི་བྱེད། ལས་ཀ་མེད་ན་དཔེ་ཆ་བསྡུགས་ཏེ་ཁྱིམ་དུ་འདུག་པར་དགའ་བས། སུ་ཞིག་གིས་དབྱར་རྩྭའི་འགྲུལ་བཞུད་ཅེས་པའི་བརྩམས་སྒྲུང་ཞིག་མི་འབྲི་བ་ཅི་རེད་ཟེར།

རྟའུ་ཅི་ཡང་ལས་ཐོག་འབུམ་རམས་པ་ཞིག་ཡིན་ཞིང་། དཔྱད་རྩོམ་གཞན་གྱིས་འབྲི་རོགས་བྱས་ཤིང་། སློབ་ཆེན་གྱི་གཞི་ཚན་སྐབས་སུ་ནི་དངོས་སུ་སློབ་གྲྭར་ཕྱིན། རྒྱུན་གཏན་ཁྱིམ་དུ་སླེབས་ན་ཊྭ་འཛུག་བྱེད། ཁོ་སློག་བླང་གི་མདུན་དུ་བསྡད། ཅིག་བརྙན་ཤུད་འདེད་བྱེད་ཞོར། ཁྱོད་ཀྱིས་བསླུག་མི་སྲིད། ཕྱོགས་འདིར་དཔལ་འབྱོར་རིག་གནས་འཕེལ་རྒྱས་འགོར་དྲགས་པས། བརྩམས་སྒྲུང་འབྲི་མཁན་མེད་ལ། དཔོན་རའི་བརྩམས་སྒྲུང་འབྲི་མཁན་ཡང་མེད་ཟེར།

བཟའ་ཟླས་དབྱར་རྩྭ་ལེགས་པར་བསྟུས་མོད། བཅུ་གྲངས་ཤིག་བཞག་སྟེ། སྨན་རྫའི་ནང་ཡིད་གཟབ་ཀྱིས་བླུགས། རྟའུ་ཅི་ཡིས་མགོ་བོ་གཡུག་བཞིན། བཀྲིན་དྲོགས་ལ། དབྱར་རྩྭ་རི་ཅི་ཙམ་ཡོད་རྩིས་དང་། དུས་ཚོགས་འདིར་མང་ཚོགས་རི་སྟེང་དུ་དབྱར་རྩྭ་ཀོ་བཞིན་ཡོད་པ་རྩིས་དང་།

མ་མཐར་ཡང་ཁྲི་གསུམ་བཞི་ཡོད། ཁྲི་བཅུ་གྲངས་ཤིག་ཡོད་ཀྱང་སྲིད། ད་དུང་དབྱར་རྩྭ་མེད་པར་སྐྲག་གམ་ཟེར།

སོས་པ་ཡིན་པས་ལན། འདིས་ལུས་ཀྱི་ཟུངས་དང་སྟོབས་གསོ། བཟའ་བླས་སྨྲས།

ང་བཀྲག་མདངས་མི་ཆེའམ།

འོ་ན་རིམ་པ་སྤྱར་ཚོག །

ཞོགས་པ་རྟའུ་ཅི་བསུ་མཁན་གྱི་རླངས་འཁོར་ཡོང་། རྟའུ་ཅི་ཡི་བཟའ་བླས་ཇ་ཐོར་རྡུང་ཡིག་ལ་སྤྲད་དེ། རྒྱ་སྐོལ་ཐོག་མ་དེ་ཚ་པོ་དེ་ཙམ་མི་དགོས་ཟེར།

འོན་ཏེ་དབྱར་རྩྭ་སོས་པ་ཡོད། རྡུང་ཡིག་གིས་སྨྲས།

གཞུང་དོན་ཐོག་ཁང་དུ་སླེབས་རྗེས་ཀྱི་ཚོགས་འདུ་ཐོག་མ་དེ་དབྱར་རྩྭའི་ཚོགས་འདུ་རེད། དབྱར་རྩྭ་ཉོ་བསྐྱུའི་སྒྲིགས་ཁྲིམས་ཚོགས་འདུ་རེད། དབྱར་རྩྭའི་ཐོན་ཁུངས་ལུགས་མཐུན་གསར་འབྱེད་དང་སྲུང་སྐྱོང་གི་ཚོགས་འདུ་རེད།

རྟའུ་ཅི་ཡིས་སྡེབས་བུའི་ཐོག་གཏམ་བཤད་བྱས། ཁོའི་མདུན་དུ་ཇ་ཐོར་དྭངས་གསལ་ཅན་ཞིག་བཞག་ཡོད། ཇ་ཐོར་གྱི་ལྟོ་བར་ཇ་ལོ་ལྡིང་ཞིང་། ཐོར་ཞབས་སུ་དབྱར་རྩྭ་ཉལ་སྐབས་སུ་ཡོད་པ་ནི་གཤམ་འོག་གི་མི་རྣམས་ལ་སོ་ལྟ་བྱེད་པ་འདྲ། གཤམ་འོག་གི་སྒྲོག་ཅེའི་ཐོག་ཏུ་ཇ་ཐོར་ཡོད། ཇ་ཐོར་འགའ་ཞིག་གི་ནང་དུ་ཡང་དབྱར་རྩྭ་ཡོད། སྐད་སྒྲུག་ལས་ཕྱང་སྒྲ་གྲག་པས་ཐོར་ཞབས་ཀྱི་དབྱར་རྩྭ་དེ་དག་ཕན་ཚུན་སོ་ལྟ་བྱེད་པ་ལྟར་སྣང་།

སངས་རྒྱས་ཀྱི་དབྱར་ཟླ་གསུམ་པོ་ཧྥུའུ་ཅི་ཡི་ཁྱིམ་དུ་སོ་སོར་གྱེས།

དབྱར་ཟླ་གཉིས་འཁྱིག་ཁུག་ནག་པོ་གཉིས་ཀྱི་ནང་དུ་འཛུལ་ཏེ། གྲང་སྐམ་ནང་དུ་ལུས། དབྱར་ཟླ་གཅིག་ཧྥུའུ་ཅི་ཡི་ཕོར་པའི་ནང་དུ་ཡོད། ཚོགས་འདུ་གྲོལ་རྗེས་ཧྥུའུ་ཅི་གཞུང་ལས་ཁང་དུ་སླེབས། སྙན་ཞུ་འགའ་ཞིག་ཉན། ཡིག་ཆ་འགའ་ཞིག་བལྟས། དབུགས་ཐེངས་གཅིག་ལ་ཕོར་ནང་གི་ཆུ་ཚང་མ་བཏུངས། དབྱར་ཟླ་ཆེན་པོ་དེ་བླངས་ཏེ། ཁ་ནང་དུ་བཟས་རྗེས། དེ་འདྲའི་དམར་དྲི་ཆེ་བ་ལ་ཞེས་ཚིག་ལབ་བརྒྱབ།

མཚམས་དེར་དྲུང་ཡིག་འཛུལ་ཡོང་བཞིན། དོན་དུ་འབུ་ཞིག་རེད་ཅེས་ཆོག་ཇ་མཐུད།

འབུ་ཨེ། ཁྱོད་ཀྱིས་ང་སྐྱུགས་ན་བསམ་མམ། ཧྥུའུ་ཅི་ཡིས་སྨྲས།

སྐྱུ་ངོས། ངས་ནོར་སོང་། དྲུང་ཡིག་གིས་དེ་འཕྲལ་བཤགས་པ་བྱས།

ཁྱོད་ཀྱིས་ང་ལ་ཚན་ཁྲབ་ཅིག་ཨེ་བྱེད། སྐྱུགས་འདང་ཡལ་རྗེས་ཧྥུའུ་ཅི་ཡིས་སྨྲས།

དེ་དུས་སངས་རྒྱས་རི་སྟེང་དུ་ངལ་གསོ་བཞིན་ཡོད།

སངས་རྒྱས་ཀྱི་ངོ་ལག་པས་བཀབ་སྟེ། ཉི་ཟེར་འོག་ཏུ་ཡུད་ཙམ་ཉལ། མིག་བཙུམ་མ་ཐག་གདངས་པ་ན་ཐོས་མི་སྲིད་པའི་སྐད་མང་པོ་ཞིག་ཐོས། ཟླ་སྟོན་སྤང་ཐོག་ཏུ་སྐྱེ་བའི་སྐད་ཐོས། ན་ནིང་གི་ཟླ་སྐམ་པོ་ཉི་ཟེར་འོག་ཏུ་བརྐྱང་གཤེར་ཡལ་བའི་སྐད་ཐོས། ས་གཞིའི་གཏིང་རུམ་གྱི་ས་འབྲུགས་འཁེངས་བཞུ་བྱེད་པའི་སྐད་ཐོས། དེ་རྗེས་ཁོ་གཉིད་དུ་ཡུར། ཁོ་ལ་སླར་ཡང་ཤེས་བྱ་ཀུན་འདུས་ཀྱི་དཔེ་ཆ་རྨིས། གཉིད་ལས་སད་རྗེས་མིག་འཕྱུར་བཞིན།

དཔེ་ཆ་དེ་ཅི་འདྲ་ཞིག་ཡིན་པ་ཕྱིར་དྲན་བྱུས། འོན་ཏེ་ཕོས་མ་དྲན། ཇི་ལྟར་བྱས་ཀྱང་མ་དྲན། འདིས་ཕོ་ཅུང་ཞིག་འཁྲུགས་འཚེར་གྱི་སློང་དུ་ཚུད། དབྱར་ཟླ་བཞི་ལྔ་ཙམ་རྗེད་རྗེས། ཕོའི་བློ་བདེ་བར་གྱུར། ཐ་ན་ཕོས་ཏ་ཏ་ཞེས་དགོད་བཞིན་རང་གིས་རང་ལ། ཁྱོད་ལ་དངོས་པོ་ཞིག་རྙི་ལམ་དུ་རྨིས། ཁྱོད་ལ་མཐོང་མ་མྱོང་བའི་དཔེ་ཆ་ཞིག་རྨི་ལམ་དུ་རྨིས། ཁྱོད་ལ་མཐོང་མ་མྱོང་བ་ཞིག་རྨི་ལམ་དུ་རྨིས་དོན་ཅི་རེད་ཅེས་ཆིག་ལབ་བརྒྱབ།

ནམ་ཟླ་ཇེ་དྲོར་གྱུར། སྤང་རྩྭ་ཇེ་སྔོར་གྱུར། གངས་ཐིག་ཇེ་མཐོར་གྱུར། དབྱར་རྩྭ་ད་དུང་འཚར་ན་རྩ་བ་སྐམ་ཀྱོང་ཅན་དུ་འགྱུར། དེ་ནི་ལོ་གཅིག་གི་དབྱར་རྩྭའི་དུས་ཚིགས་ཡོལ་བའི་རྟགས་མཚན་རེད།

དབྱར་རྩྭའི་དུས་ཚིགས་མཇུག་བསྒྲིལ་བའི་ནུབ་མོ་དེར་དབྱར་རྩྭ་བར་ཁེ་པ་ཞིག་གིས་སྐར་ཐོག་ཏུ་སློག་བརྙན་བསྟན།

སློག་བརྙན་གྱི་འོད་ཀོར་ཡོལ་དཀར་ཐོག་འཕྲོས་པས། ནམ་མཁའི་སྐར་ཚོགས་འཇའ་ལྟར་ཡལ། དེ་ནི་སློག་བརྙན་ཅི་འདྲ་ཞིག་ཡིན་ནམ། དབྱར་རྩྭ་རྐོ་མཁན་དག་གིས་མཚུངས་བརྗོད་བྱེད་ཐབས་བྲལ། རྒྱལ་ཁབ་འདིར་ཕོ་ཚོས་མཚུངས་བརྗོད་གསལ་པོ་བྱེད་ཐུབ་པའི་སློག་བརྙན་ཞིག་ཕལ་ཆེར་མེད། སློག་བརྙན་ནང་དུ་མི་འགའ་ཞིག་གིས་ཡུལ་འདིའི་མི་ཕལ་མོ་ཆེས་མི་གོ་བའི་སྒྱི་སྒྱོད་སྐད་སྦྲ་བཞིན། ཁང་པ་གཅིག་ནས་ཁང་པ་གཞན་ཞིག་ཏུ་འཛུལ། ཆྣངས་འཁོར་གཅིག་ནས་ཆྣངས་འཁོར་གཞན་ཞིག་ཏུ་འཛུལ། ཁང་བརྩེགས་གཅིག་ནས་ཁང་བརྩེགས་གཞན་ཞིག་ཏུ་འཛུལ། སྐད་ཆ་བཤད། སྐད་ཆ་བར་མཚམས་མ་བཞག་པར་བཤད། ཕོང་ཁྲོ། མིག་ཆུ། དངོས་པོ་བརྡབ་

གཅིག །དགོད་སྒྲ། དེ་ནས་འོ་བྱེད། དབྱར་རྫ་རྐོ་མཁན་དག་ལ་མཚོན་ན་ཁོ་ཚོ་ནི་སྨྱུ་མའི་འཛིག་རྟེན་དུ་འཚོ་བཞིན་ཡོད། ཁོ་ཚོ་དང་འབྲེལ་མེད་དོན་གཞན་དུ་གྱུར་པའི་འཛིག་རྟེན་ཞིག་ཏུ་འཚོ་བཞིན་ཡོད། འོན་ཏེ། དབྱར་རྫའི་དུས་ཚིགས་མཇུག་བསྡིལ་སོང་། དུད་ཁྱིམ་ཚང་མས་བཏུས་པའི་དབྱར་རྫ་རེ་རེ་བཞིན་གྲངས་ཀ་བགྲངས་ཏེ། དབྱར་རྫའི་དུས་ཚིགས་འདིར་བསགས་པའི་དངུལ་རྣམས་ཁ་གསལ་གཏིང་གསལ་དུ་བརྩི་ཤེས། སྒྲ་ནང་དུ་སྨོད་རྒྱུ་ལས་མེད། གློག་བརྙན་གྱི་འཆར་ཡོལ་མདུན་དུ་ཡང་སྨོད་རྒྱུ་ལས་མེད། དེ་ལས་ཚང་མ་མཉམ་དུ་བསྡད། དེ་རྗེས་ལྷད་མོ་བའི་ཁྲིད་དགོད་སྒྲ་ལྷང་ལྷང་དུ་གྲག །དོན་ཅི་ཞིག་གི་ཆེད་དུ་རྫོགས་རྒྱུ་མེད་པ་ཞིག་བཤད། དེ་ནས་ཆུང་བུ་ལྷང་། ཆུང་བུས་ཡོལ་དཀར་སྐོར་ཕྱེད་དུ་གྱུར། ཡོལ་དཀར་གྱི་མདུན་ཕྱོགས་ཇ་ལྟར་ལྷེར། མཛེས་མ་དག་གི་ལྟོ་བ་ཇ་ལྟར་ལྷེར། ཆུང་ཕྱོགས་ལ་འགྱུར་བ་བྱུང་། ཡོལ་དཀར་གྱི་རྒྱབ་ཕྱོགས་ཇ་ལྟར་ལྷེར། ཡོལ་དཀར་ཐོག་གི་མི་རྣམས་དགོད་ཅུང་ངུས་ཅུང་རང་ལུས་མདུན་དུ་སྨྲུར། ཚུལ་འདིས་མི་རྣམས་བགད་མ་ཚུགས་པར་གྱུར། ཆུང་བུ་དེ་བས་ཆེ་བ་ཞིག་གིས་ཡོལ་དཀར་ཐོག་གི་མི་རྣམས་ཡར་འཐེན་མར་འཐེན་བྱས། དེ་ལྟར་གློག་བརྙན་ སྦུར་དུ་མཇུག་བསྡིལ།

མི་རྣམས་སྒྲ་ནང་དུ་ལོག །ཐབ་ནང་དུ་མེ་ལྕེ་རབ་ཏུ་འབར། ལྟོ་བར་ཇ་ཚ་པོ་བཞུར། ཨ་མས་སློ་བུར་དུ་དགོད་བཞིན་དགོད་བཞིན་ན་རེ། མི་དེ། བུད་མེད་དེ། བུད་མེད་དེ། …

ཨ་ཕ་ཡང་བགད།

སངས་རྒྱས་མ་བཀག། ཁོས་བལྟ་མི་ཤེས་པ་ཞིག་ལ་བཀག་མི་སྲིད།

ཁོས་སླར་ཡང་སྐམ་ཚུང་ཁ་ཕྱེ། ཁོའི་དབྱར་རྩྭ་གསུམ་འཛོག་བྱེད་ཀྱི་སྐམ་ཚུང་དེ་ཁ་ཕྱེ་སྟེ། ནང་ངོས་ཀྱི་དབྱར་རྩྭའི་གྲངས་ཀ་བགྲང་།

དབྱར་རྩྭའི་དུས་ཚིགས་འདིར་ཁོས་འཕྲིན་ཡིག་ཞིག་བྲིས་ཏེ། གཙེན་མོར་དབྱར་རྩྭའི་དུས་ཚིགས་ལ་ཕོ་དང་ཨ་ཕ་ཨ་མ་གསུམ་གྱིས་དངུལ་ཁྲི་ལྔ་ལ་ཉེ་བ་བསགས་ཞེས་སྨྲ་འདོད།

ཁོས་འཕྲིན་ཡིག་ཤོག་ཐོག་ཏུ་འབྲི་མི་དགོས། ཕོ་སློབ་གྲྭར་སླེབས་ན་རྒན་སྟོབས་རྒྱས་ལགས་ཀྱི་གློག་ཀླད་ནང་བྲིས་ཆོག །གཙེན་མོས་ཕོ་ལ་གློག་རྡུལ་ཡིག་སྐམ་ཞིག་སྤྲད། གཙེན་མོའི་སློབ་གྲྭར་རྩིས་འཕྲུལ་ཁང་ཡོད། རྩིས་འཕྲུལ་ཁང་གི་གློག་ཀླད་ལས་འཕྲིན་ཡིག་འཕྱོར་ཐུབ། ཁོས་ད་ལོ་དབྱར་རྩྭའི་དུས་ཚིགས་ལ་ཡོང་འབབ་དམངས་སྒོར་ཁྲི་ལྔ་བྱུང་བས། གོ་སྐབས་འདི་བཟུང་ནས་ཨ་ཕར་སྒོར་ཉིས་སྟོང་བསྐུར་ཤོག་ཅེས་སྨྲས་ན་ཨ་ཕས་བསྐུར་ངེས་ཞེས་སྨྲ་འདོད།

དེ་ཉུབ་སྨྲ་ནང་དུ་བསྟུད་མར་མི་འགའ་ཡོང་།

དེ་དག་ལས་རེ་འགའ་ནི་གློག་བརྙན་སྟོན་མཁན་རེད། ཕོ་ཚོས་གློག་བརྙན་བསྟན་དོན་ནི་དབྱར་རྩྭ་ཉོ་ཕྱིར་རེད།

རེ་འགའ་ནི་དགོན་པའི་དགེ་འདུན་རེད།

མི་འདི་དག་ལ་སངས་རྒྱས་ཚང་གིས་དབྱར་རྩྭ་མ་སྤྲད།

གློག་བརྙན་སྟོན་མཁན་དག་གིས་ཉོས་སམ། དགེ་འདུན་དག་གིས་དྲིས།

གོང་རིམ་འགོ་ཁྲིད་ཀྱིས་མ་བརྟུས་ན། ངེད་ཚང་གི་དབྱར་རྩྭ་དགོན་

པར་འཚོང་ངེས། ཨ་ཕས་སླས།

ལས་བྱེད་པའི་ལག་པ་དངོས་གནས་རིང་། དགེ་འདུན་ཚུང་མ་རངས་པར་སླས།

དུས་དེར་ཕྱི་རོལ་ནས་ནླངས་འཕོར་ཡོང་བའི་སྒྲ་གྲག །

དེ་ནི་རྟོག་ཞིབ་པ་རེད། རྟོག་ཞིབ་པས་ནླངས་འཕོར་སངས་རྒྱས་ཚང་གི་སྒྲ་མདུན་དུ་བཏང་།

ད་ཐེངས་རྟོག་ཞིབ་པས་འབུ་འཚོང་པ་ཞིག་འཁྲིད།

འབུ་འཚོང་པ་འདི་ངའི་གྲོགས་པོ་རེད།

སྔོན་ཆད། འབུ་འཚོང་པ་ནི་ཁོའི་རིམ་པ་གཞོན་པ་རེད། རྟོག་ཞིབ་པ་ཡང་ཁོའི་རིམ་པ་གཞོན་པ་རེད།

འབུ་འཚོང་པས་འགན་དོར་བྱས་ཏེ་ལྷ་ཚོང་དུ་འགྲོ་སྐབས་རྟོག་ཞིབ་པ་སློབ་གསོ་ཚུད་ཀྱི་ཚུད་ཀྲང་རེད། འབུ་འཚོང་པ་ཕྱུག་བདག་ཏུ་གྱུར། རྟོག་ཞིབ་པ་ཇོང་དཔོན་གཞོན་པར་གྱུར། འབུ་འཚོང་པས་རྟོག་ཞིབ་པ་ཆང་མགྲོན་དུ་བོས་ཏེ། འདི་ཡང་ཐུན་མོང་ཡར་ཐོན་བྱེད་ཐབས་ཤིག་རེད་ཟེར།

འོན་ཏེ་བསམ་ཡུལ་ལས་འདས་པ་ཞིག་ལ་ཁོ་རྟོག་ཞིབ་པར་གྱུར། འབུ་འཚོང་པ་མ་རྩ་ཅན་དུ་གྱུར། ཁོས་ད་ཐེངས་འབུ་འཚོང་པ་ཆང་མགྲོན་དུ་བོས་ཏེ། ད་ཐེངས་ངས་རྗེས་མ་ཆོད་ཟེར།

འབུ་འཚོང་པས་ཀྲང་སློམ་ཆེན་པོ་ལས་དབྱར་རྩྭ་ཐུམ་སྒྲིལ་ཞིག་བཏོན་ཏེ། དེར་ཅི་ཡོད། སྤྲོད་སྤྲོད་འབུལ་འབུལ་བྱས་ན། རྗེས་མི་ཆོད་པ་ཅི་ལ་ཡོད་ཟེར།

འོན་ཏེ་འབྲུ་འཚོང་པས་དབྱར་རྩྭ་སླར་ཡང་སྒྲོམ་ནང་དུ་བཅུག །

ཉིན་དེར་རྟོག་ཞིབ་པས་ཉོས་པའི་དབྱར་རྩྭ་དག་འབུལ་བར་ཕྱིན་ཏེ། རྫོང་གྲོང་དུ་ཡོད་པའི་འབྲུ་འཚོང་པར། སྲིད་ཚར། ཞུལ་ཚར། འདིས་དངོས་གནས་གོ་ཆོད་དམ། ཕ་རོ་བཟའ་རྒྱུ། ལས་ནག་སྐོར་ཁྲི་ལྔ་ཟེར།

ཕ་རོ་བཟའ་རྒྱུ། གཞན་གྱིས་ཀྱང་འབུལ་བ་བྱེད་པ་མི་ཤེས་སམ།

ངས་དངོས་སུ་མཐོང་མ་སོང་།

གཞན་གྱིས་བླངས་སམ།

བླངས་སོང་། འོན་ཏེ་ད་ལྟ་ང་ལ་དངུལ་མེད།

འབྲུ་འཚོང་པ་ནི་རྟོག་ཞིབ་པའི་གྲོགས་པོ་ཡིན་པས། སླར་ཁྲི་ཉི་ཤུའི་དབྱར་རྩྭ་བསྡུས་ན་ཁེ་སྤྱོགས་མ་ཡོན་ནམ་ཟེར།

ཁུག་མ་ཛ་ཛོར་དེ་ཐམས་ཅད་དངུལ་རེད། ཁྲི་ཚག་རེ་རེ་བྱས་ཏེ་ཡོད། རྟོག་ཞིབ་པས་ཁྲི་ཚག་ཉི་ཤུ་བླངས། འབྲུ་འཚོང་པས་ཁུག་མའི་ཁ་དམ་དུ་བསྡམས་ཏེ། མལ་ཁྲིའི་འོག་ཏུ་འཕངས།

འབྲུ་འཚོང་པས་ང་ཁྱོད་དང་མཉམ་དུ་ཡོང་། དབྱར་རྩ་བསྡུ་ཐུབ་ན་ང་ལ་ཚོངས་དང་། ངས་ཁྱོད་ལ་ཁྲི་ལྔ་སྤྲོད་ཟེར།

འདི་ནི་གཡོ་ཐབས་ཀྱིས་རྙོག་ཛན་སྲིད་པ་མ་རེད་དམ། རྟོག་ཞིབ་པས་སྨྲས།

ངས་ཁྱོད་བཙལ་ཏེ་དོན་བསྒྲུབ་ཏུ་བཅུག་གམ།

བཅུག་མ་སོང་།

དེང་དུས་ང་དངོས་གནས་དོན་ཞིག་བསྒྲུབ་དགོས་ན། ཁྱོད་ཀྱི་དཔོན་

གནས་ཀྱིས་ཆུང་དྲགས་པ་རེད།

རྟོག་ཞིབ་པས་དལ་བུར་དབྱར་རྩྭའི་གྲངས་ཀ་བརྩིས། དེ་རྗེས་སངས་རྒྱས་ཀྱིས་ཨ་ཕར་ལྟ་བཞིན། སློ་ཆེམ་ཡིད་ཆེམ་ངང་དཏུལ་གྲངས་བརྩིས།

དེ་རྗེས་རྟོག་ཞིབ་པ་དང་འབུ་འཚོང་པ་སླར་ཡང་སྒྲ་གཞན་དུ་འཇུལ།

ཤིན་ཏུ་འཕྲོ་མོད། སངས་རྒྱས་ཉལ་མ་འདོད། ཁོའི་སེམས་ནང་དུ་ཡལ་དུ་མེད་པ་ནི་རྟོག་ཞིབ་པས་ཁོ་ལ་སྤྲད་པའི་ཤེས་བྱ་ཀུན་འདུས་ཀྱི་དཔེ་ཆ་དེ་རེད།

གཉིད་ཉོལ། ལས་བྱེད་པས་རིན་གོང་མ་བཅག་པ་ཤིན་ཏུ་ལེགས། ཁོས་དངོས་པོ་ཞིག་སྤྲོད་པའི་རེ་བ་མ་བྱེད། ཨ་ཕས་སྨྲས།

སངས་རྒྱས་ཉལ་མ་འདོད། ཁོས་མགོ་བོ་བཀྲ་ཤའི་ནང་དུ་བཙུག །ཡི་ཆད་ཀྱིས་ལུས་ཀྱང་ཡར་དགྱེ་མ་ཐུབ།

དེ་དུས། མཚན་གུང་རེད། ང་ཉལ་གྱི་ཡིན། ཨ་ཕས་སྨྲས།

སངས་རྒྱས་ཀྱིས་འགུལ་ཙམ་ཡང་མ་བྱས།

ཨ་ཕ་ཡོང་སྟེ་ཉལ་བར་སླུལ་མོད། ཁོས་མགོ་དང་དཔུང་པ་དཀྲུག་སྟེ། ཨ་ཕའི་ལག་པ་གཡོལ། ཨ་ཕ་དབུགས་རིང་གཏོང་བཞིན་མར་ཉལ།

དེ་དུས་ཁོས་ཁྲིག་ཅེས་པའི་སྒྲ་ཞིག་ཐོས། ཁོས་དེ་ནི་སྒྲོག་ཆགས་མིན་པ་ཤེས། དེ་ནི་རྟོག་ཞིབ་པའི་རླངས་འཁོར་གྱི་རྒྱང་འཛིན་ཐྭ་ཡི་སྐད་ཡིན་པ་ཤེས། དེ་རྗེས་སྒྲོན་འོད་གསལ་ལ་བཀྲ་བ་ཞིག་ཐོན།

སངས་རྒྱས་ཕྱི་རོལ་དུ་ཐོན། རྟོག་ཞིབ་པ་དང་འབུ་འཚོང་པ་གུར་ཕུབ་བཞིན་ཡོད། ཡུལ་སྐོར་བའི་རི་འཛོགས་གུར་འདེབས་བཞིན་ཡོད།

ཁོ་གཉིས་ཀྱིས་མགོ་སྨྲོན་ཐོགས། གུར་ནང་དུ་བཞའ་འགོག་གདན་བཏིངས་ཏེ། མལ་ཁྲུག་ཁ་ཕྱེ་བ་སངས་རྒྱས་ཀྱིས་མཐོང་།

རྟོག་ཞིབ་པ་ཉལ་རྩིས་བྱེད་སྐབས། མགོ་སྨྲོན་གྱིས་སངས་རྒྱས་ཀྱི་ངོ་གདོང་མཐོང་།

ལྟོས་དང་། ངའི་དྲན་ཤུས་འདི། རྟོག་ཞིབ་པས་སྨྲས།

རྟོག་ཞིབ་པ་གུར་ནས་ཐོན་ཏེ། མུ་མཐུད། ང་ཁྱོད་ལ་ལན་ཅིག་བལྟ་བར་ཡོང་བ་ཡིན། ང་ཁ་དན་ཆོག་ལ་ཨེ་གནས་ཟེར།

ཁོས་སངས་རྒྱས་འཁྲིད་དེ་ཀླངས་འཁོར་གྱི་འཁྲིས་སུ་ཕྱིན། ཁྱོད་ཀྱིས་ཤེས་སམ། ང་ཁྱོད་ཀྱི་སློབ་གྲྭར་ཉིན་འགའ་སྡོད་རིང་། ངས་ཁྱོད་ཀྱི་སྦྱོང་ཚན་ཚང་མར་ལན་ཅིག་བལྟས། ངས་ཁྱོད་ཚོའི་སློབ་གསོར་ཡུལ་འདི་འདྲ་ཞིག་ནས་སྐབས་ཤིག་རིང་སློབ་མ་བཟང་པོ་འདི་འདྲ་ཐོན་མི་ཏུང་ཞེས་བཤད་ཟེར།

དེ་རྗེས་ཤོག་སྐམ་ཞིག་མིག་མདུན་དུ་འཆར་བ་ཀླངས་འཁོར་གྱི་རྒྱབ་སྟེགས་ཐོག་ཡོད། རྟོག་ཞིབ་པས་གནམ་སྨྲོན་སྤར། སངས་རྒྱས་ཀྱིས་ཤོག་སྐམ་ལས་ཤེས་བྱ་ཀུན་འདུས་ཀྱི་དཔེ་ཆ་ཞེས་པའི་ཡི་གེ་མཐོང་། རྟོག་ཞིབ་པས་གྲི་ཆུང་ཞིག་བླངས་ཏེ། ཤོག་སྐམ་གྱི་ཁ་སྲེམ་བྱེད་ཀྱི་སྐྱིན་ཐག་དབྲལ་བས་ཁྲུང་བུ་ཞིག་བརྟོལ་བ་ན། སངས་རྒྱས་ཀྱིས་སྐྱིན་ཐག་འཐེན། ཤོག་སྐམ་ཁ་ཕྱེ། མིག་མདུན་དུ་ཤིན་ཏུ་གྲ་འགྲིག་པའི་དེབ་སྐལ་གསེར་ཤོག་ཅན་པོད་མང་པོ་ཞིག་ཁྲ་ལྷམ་མེར་འཆར།

ང་བོ་རབ་ཆོག་ཐོག་ཨེ་རེད། རྟོག་ཞིབ་པས་སངས་རྒྱས་ཀྱི་མགོ་བོར་

བྱིལ་བྱིལ་བྱེད་བཞིན་སྨྲས།

ཕོ་རབ་ཆེག་ཐོག །འཕར་བ་རྫེས་ཐོག །སངས་རྒྱས་ཀྱིས་སྨྲས།

ཁྱོད་ཀྱི་ཨ་ཕས་ཁྱོད་ལ་ལས་བྱེད་པའི་གཏམ་ལ་ཆ་འཛོག་མ་བྱེད་ཅེས་མ་སྨྲས་སམ།

སང་ལོ་ངས་ཁྱོད་ལ་སླར་ཡང་དབྱར་ཟླ་བཅུ་སྤྲོད། སངས་རྒྱས་ཀྱིས་སྨྲས།

དབྱར་ཟླ་བཅུ་ཡིས་ཀྱང་དཔེ་ཆ་འདི་ཉེ་མི་ཐུབ། ད་ནི་དབྱར་ཟླ་གཅིག་ཀྱང་མི་དགོས། གང་ལྟར་དཔེ་ཆ་འདི་དག་བལྟ་མཁན་མེད། རྟོག་ཞིབ་པས་དགོད་བཞིན་སྨྲས།

སངས་རྒྱས་ཀྱིས་འཁོར་ཐོག་ལས་དཔེ་ཆ་དག་ལེན་རྩིས་བྱས་པ་ན། རྟོག་ཞིབ་པས་བཀག་སྟེ། དེ་ལྟར་མི་འགྲིག །སང་ཉིན་ངས་དཔེ་ཆ་འདི་དག་སློབ་གྲྭར་འཛོག །ཁྱོད་སློབ་གྲྭར་ཡོང་ན་དཔེ་ཆ་འདི་དག་ཁྱོད་ལ་བདག །ཁྱོད་སློབ་གྲྭར་མ་ཡོང་ན་དཔེ་ཆ་འདི་དག་ཁྱོད་ལ་མི་དབང་། ཤེས་སམ། ཁྱོད་ཀྱིས་སློབ་སྦྱོང་གང་ལེགས་གྱིས་ཤིག་ཟེར།

ང་ད་ལྟ་དཔེ་ཆ་འདི་དག་བལྟ་འདོད། སངས་རྒྱས་ཀྱིས་སྨྲས།

རྟོག་ཞིབ་པས་རྒྱབ་སྐེགས་ལས་ལྭ་རིང་ཞིག་བཅལ་ཏེ། སངས་རྒྱས་ཀྱི་ལུས་ཐོག་ཏུ་བཞག །འོ་ན་རླངས་འཁོར་ནང་དུ་ལྟོས་དང་ཟེར།

སངས་རྒྱས་ཀྱིས་རླངས་འཁོར་ནང་དུ་དཔེ་ཆ་བལྟས།

དཔེ་ཆ་མཐུག་ལ་ལྟི་བ་འདིའི་ཡིག་འབྲུ་ཆུང་ཞིང་ཞིབ་ལ། ཚོན་པར་ཤིན་ཏུ་མང་། ཐུབ་མོ་དེར་ཁོས་པར་རིས་ལ་བརྟེན་ནས་འཛམ་གླིང་ཁྱོན་

ཡོངས་ལ་བལྟས་སྣང་འཆར། ཕེ་རིས་ཀྱི་ཨེ་ཏྲེར་ལྟུགས་མདུང་མཐོང་། ལྗོ་སྙེའི་གླིང་གི་འཁྲུགས་རོལ་དང་བྱ་ཁྱིའུ་མཐོང་། བར་སྣང་གི་འོད་ལྷང་མཐོང་། ཁ་བའི་འདབ་མ་ཆེར་བསྐྱོད་བྱས་པའི་ཚུལ་རྣམས་མཐོང་། ཁོས་ད་དུང་རྒྱ་ཐང་གི་མེ་ཏོག་མང་པོ་ཞིག་གི་མིང་ཤེས། ཤང་དྲིལ་དང་། སྣག་མ། ལུག་རྩེ་དོ་བོ་ལྟ་བུ་རེད། འོན་ཏེ་དབྱར་རྒྱ་མ་རྙེད། དཔེ་ཆ་དེ་དག་ནི་ཕྱི་རྒྱལ་བ་དག་གིས་བསྒྲིགས་པས། ཁོ་ཚོའི་ཡུལ་དུ་དབྱར་རྒྱ་མེད་པས་ལན་སྐམ། ཡང་བསྐྱར་བསམ་ན་དེ་ལྟར་མ་རེད། ཁོ་ཚོའི་ཡུལ་དུ་ལྗོ་སྙེའི་གླིང་དང་བྱ་ཁྱིའུ་མེད་ཀྱང་དཔེ་ཆའི་ནང་དུ་ཡོད་སྐམ། དེ་ནས་སངས་རྒྱས་ལྷངས་འཁོར་ནང་གཉིད་དུ་ཡུར།

ཞོགས་པ་འཁོར་སྐྱིའུ་ཐོག་ཏུ་བ་མོའི་མེ་ཏོག་རྣམ་པར་བཞད།

སངས་རྒྱས་ཀྱིས་རྟོག་ཞིབ་པར། ང་དཔེ་ཆ་འདི་ལ་དགའ་ཞེས་བཤད།

ད་ལྟ། དཔེ་ཆ་ཕར་བསྡུས་ཤིག །ཁྱོད་སློབ་གྲྭར་སླེབས་ན་དཔེ་ཆ་འདི་དག་ཁྱོད་ཀྱི་རེད། རྟོག་ཞིབ་པས་སྨྲས།

དཔེ་ཆ་ཤོག་སྐམ་ནང་བསྡུ་དུས་སངས་རྒྱས་པར་རིས་དེ་དག་དང་བྲལ་མ་ཕོད་པར་གྱུར། ཁོ་གཉིས་ཀྱིས་གུར་བསྡུས་ཏེ་ལྷངས་འཁོར་གྱི་ལམ་ཆས་སྐམ་ནང་བླུགས། དཔེ་ཆ་པོད་གཉིས་སྐམ་ནང་དུ་མ་ཤོང་བར་ལུས།

ལྷངས་འཁོར་ལྷིར་སྒྲ་དང་བཅས་ཕྱིན། སངས་རྒྱས་འཁོར་རྒྱབ་ཏུ་གང་ཙམ་ཞིག་བསྐྱིགས།

ཉིན་དེར་གྲོང་སྡེ་ཡོངས་ཀྱིས་སྒྲ་བསྡུས་ཏེ། དབྱར་རྒྱ་བཙོངས་པའི་དངུལ་དག་འཁྱེར་ནས་རང་ཁྱིམ་དུ་ལོག །

མི་ཚང་མའི་ངོ་ནས་འཛུམ་མདངས་ཤྲུངས།

ཉིན་གུང་སྐབས་ལ་ཉེ་དུས་གཞི་བདག་ལ་གཏང་རག་འབུལ་མཁན་གྱི་དགེ་འདུན་རྣམས་ཕེབས། དགེ་འདུན་གྱིས་གྲོང་སྡེ་གཞན་གྱི་ཚོ་གས་ནར་འགྱངས་བྱས་སོང་ཟེར། འོན་ཏེ་ཡུལ་མི་རྣམས་ཀྱིས་དེ་ནི་གྲོང་སྡེ་འདི་ལས་དབྱར་རྩྭ་མང་པོ་བསྒྱུ་མ་ཐུབ་པས་ལན་ཟེར། གཏང་རག་གི་ཚོ་ག་མཇུག་བསྒྲིལ། ཡུལ་མི་རྣམས་ཀྱིས་དགེ་འདུན་དག་ལ་དངུལ་རྒྱུན་གཏན་ལས་ཅུང་མང་བ་ཕུལ།

གྲོང་སྡེ་ཡོངས་དགའ་དགའ་སྤྲོ་སྤྲོའི་ངང་ལོག་སོང་། སངས་རྒྱས་ནི་སྐྱབ་སྒྲུར་སྡུ་ཙམ་ལོག་འདོད།

ཤེས་བྱ་ཀུན་འདུས་ཀྱི་དཔེ་ཆ་ནི་ཁོ་ལ་མཚོན་ན་མིང་ཚིག་རྐྱང་པ་ཙམ་མ་ཡིན་པར། ཁ་ཡོད་ལག་ཡོད། ཕུན་ཚོགས་འཛད་མེད་ཀྱི་གཏེར་དང་འདྲ་བ་ཞིག་ཏུ་མཐོང་།

ཤེས་བྱ་ཀུན་འདུས་ཀྱི་དཔེ་ཆའི་ནང་དུ་ཁོའི་འཚོ་བའི་ནང་མེད་པའི་འཇིག་རྟེན་གྱི་ཡོད་ཚད་འདུས་ཡོད། ཤིན་ཏུ་རྒྱ་ཆེ་བའི་དཔེ་མཛོད་ཁང་དང་། མཐའི་རྒྱ་མཚོའི་ནང་ཅི་དགར་རྒྱུ་བའི་ཆུ་སྲིན་དང་ནྲུང་གཡོར། གྲོང་ཁྱེར་ལ་བརྟེན་པའི་གྲུ་ཁ། གྲུ་ཁའི་བྱ་ཚོགས། ད་དུང་ལ་ཁའི་ཉི་མ།

གྲོང་སྡེར་སྐབས། གསར་དུ་བསྐྲུན་པའི་གཏན་སྡོད་ཁྱུལ་ནི་བལྟས་ཚོད་ལ་ཆེ་ཆུང་མཚུངས་པའི་ཁང་པ་སྟར་ཕྲེང་དུ་ཐང་ཀོད་ཀྱི་དབུས་སུ་ཡོད། སངས་རྒྱས་ཀྱི་ཡིད་དེ་མ་ཐག་བློང་བློང་པོར་གྱུར། ཁོའི་སེམས་ནང་དུ་ཁང་པ་དེ་དག་ནི་ཤེས་བྱ་ཀུན་འདུས་ཀྱི་དཔེ་ཆའི་ནང་གི་ཐབས་ཤེས་ག་

གེ་མོ་ཞིག་ལ་ལད་ཟློས་བྱས་སྣང་རབ་རིབ་ཅིག་འཆར། གང་ལགས་ཤེ་ན་ཁང་པ་འདིའི་ནང་དུ་སྡོད་མཁན་གྱི་འབྲོག་པ་དག་གི་འཚོ་བ་ནི་ཁང་པ་འདྲ་མཚུངས་སུ་གནས་པའི་འཇིག་རྟེན་གཞན་གྱི་མི་རྣམས་ཀྱི་འཚོ་བ་དང་གཏན་ནས་མི་འདྲ་བས་རེད།

སངས་རྒྱས་ཀྱིས་དེ་ནི་ཤེས་བྱ་ཀུན་འདུས་ཀྱི་དཔེ་ཆ་བལྟས་པའི་མྱོང་བ་ཡིན་པ་ཤེས།

རྨོ་བོས་ལག་རྟེན་བཟུང་སྟེ། ཁྱིམ་མདུན་དུ་ལངས་ནས་ཁོ་ཚོ་ཡོང་བར་བསྒུག །

སངས་རྒྱས་ཀྱིས་རང་གི་ཐོད་པ་རྨོ་བོའི་ཐོད་པར་གཏུགས། ཁོས་དྲི་ཞིག་འཐུལ་བ་ཚོར། སྐྱི་དངོས་ཤིག་ཚེ་མཐར་ཕྱིན་པའི་དྲི་འཐུལ་བ་ཚོར།

ཨ་ཕས་སྐེ་རགས་བཀྲོལ།

ཨ་ཕའི་སྐེ་རགས་ཐོག་གི་མདུད་པ་དག་ལ་དངུལ་ཡོར་ཆག་པ་རེ་ཡོད། ཨ་ཕས་དེ་དག་ལས་ཆག་པ་གཅིག་འཕྲེར་ཏེ། འཆི་མེད་ཚང་དུ་ཕྱིན། འཆི་མེད་ཚང་གིས་ཙག་ཙིག་ཚོང་ཁང་ཞིག་གཉེར་ཡོད། གློག་རྫས་དང་། མེ་ཆ་ཐེངས་གཅིག་པ། མགྱོགས་ཐུག །ཆང་རག །ཐ་མག །སྤྲང་། སྒོང་བག་སོགས་ཡོད།

ཨ་ཕས་སྒོར་ལྔ་བཅུ་བཏོན་ཏེ། ལྦུ་ཆང་དང་སྒོང་བག་ཉོས།

ཁྱིམ་མི་རྣམས་ཉི་འོད་དྲོ་པོའི་འོག་སྒོར་མོ་བྱས་ཏེ་བསྡད། ཨ་ཕ་ལྦུ་ཆང་བཏུངས། རྨོ་བོ་དང་ཨ་མ་སྒོང་བག་བཟས།

སངས་རྒྱས་སྤང་ཐོག་ཏུ་ཉལ་ཏེ་རྨོ་བོར་བལྟས། རྨོ་བོས་མཆུ་ཏོ་འགུལ་

བཞིན་འགྲུལ་བཞིན། ཡས་འགྲམ་དང་མས་འགྲམ་གྱི་འདེགས་འཛོག་བསྒྱུར་ཏེ། སྐྱི་ལ་སོབ་པའི་བག་ལེབ་ཀྱི་བྲོ་བ་མྱོངས། སེམས་པ་ལུས་ཐོག་གི་ཉི་མ་ལས་ཇྲོ་སྣང་འཆར། སངས་རྒྱས་ནི་ཁ་ན་སོ་མུ་ཏིག་ཙམ་ཡང་མེད་པ་ཞིག་གིས་སོ་རྙིལ་གྱིས་ཟས་བཟའ་བའི་ཚོར་བ་ཅི་འདྲ་ཞིག་ཡིན་པར་མནོ་བསམ་བྱེད་བཞིན་ཡོད།

རྒྱ་བོས་ད་དུང་ལག་ཟུང་བར་མེད་དུ་གཡུག་སྟེ། ལག་ནང་གི་བག་སྐོང་ཕྱེ་མ་གཡས་གཡོན་དུ་ཅིག་ཅིག་ཅིག་ཅེས་ཡར་འཕུར་མར་ཆགས་བྱེད་པའི་བྱིའུ་དག་ལ་བྱིན།

སངས་རྒྱས་དགའ་སྟེ་བགད།

རྒྱ་བོ་ལགས། ང་སང་ཉིན་སློབ་གྲྭར་འགྲོ། སངས་རྒྱས་ཀྱིས་སྐད་ཤུགས་ཆེན་པོས་བཤད།

རྒྱ་བོས་དེ་དོན་མ་ཐོས་ཙང་ཁོ་ལ་གཏད་དེ་བགད་ཙམ་བྱས།

རྒྱ་བོ་ལགས། ང་ལ་ཤེས་བྱ་ཀུན་འདུས་ཀྱི་དཔེ་ཆ་ཞིག་ཡོད།

རྒྱ་བོས་ཤེས་བྱ་ཀུན་འདུས་ཀྱི་དཔེ་ཆ་ནི་ཅི་ཞིག་ཡིན་པ་ག་ལ་ཤེས། འོན་ཏེ་འཛུམ་དམུལ་དམུལ་དང་མིག་ཟུང་སེར་ག་བཞིན་འཐེན་ཏེ་བགད།

འོན་ཏེ། སངས་རྒྱས་ལ་ཤེས་བྱ་ཀུན་འདུས་ཀྱི་དཔེ་ཆ་མ་འཁྱེར།

སློབ་གྲྭར་སླེབས་རྗེས་ཁོས་ཀན་སྤོབས་རྒྱས་ལགས་ལ་དྲིས།

རྟོག་ཞིབ་པས་དཔེ་ཆ་འཕྲོག་ཡོད་དམ།

ཀན་སྤོབས་རྒྱས་ལགས་ཀྱིས་ཇམ་ཙན་དང་། སྟོན་ལ་ཁྱོད་ཀྱིས་སློབ་ཁྲིད་བྱས་པའི་ངོས་འཛིན་གླེང་ཟེར།

སངས་རྒྱས་ཀྱི་སེམས་ནང་དུ་ངོས་འཛིན་གང་ཡང་མེད་སྐབས། ནོར་འཕྲུལ་ཤོར་བའི་ཕྱིས་པ་གཞན་གྱི་ཚུགས་ཀ་ལྟར། མགོ་བོ་སྒྱུར་ཁྱུལ་དང་། གནོང་འགྱོད་བྱེད་ཁྱུལ་བྱས། རྐང་པ་གཡོན་མའི་ལྷམ་མཐིལ་གྱིས་གཡས་པའི་ལྷམ་ཡུར་ཐུག་ཙམ་ཐུག་ཙམ་གཞུས། དེ་རྗེས། དུག་སྦྲང་གི་སྐད་གདངས་ལས། ངས་ནོར་སོང་། ངས་སྐྱོན་བཤེར་བྱེད་ཟེར།

རྐན་སྟོབས་རྒྱས་ལགས་ཀྱིས་གཞན་གྱིས་ངོས་འཛིན་བྱས་པར་ང་ཡིད་ཆེས་ཡོད་ཙང་། ཁྱོད་ཀྱིས་ངོས་ལེན་བྱས་པར་ཡིད་ཆེས་མེད་ཟེར།

འདི་ནི་སངས་རྒྱས་རྐན་སྟོབས་རྒྱས་ལགས་ལ་དགའ་བའི་རྒྱུ་རྐྱེན་གལ་ཆེན་ཞིག་རེད། དེ་ནས་ཁོས་མགོ་བོ་ཡར་དགྱེ་སྟེ། ཆེད་འདྲིའི་མིག་མདངས་ཀྱིས་རྐན་ལགས་ལ་བལྟས།

རྐན་ལགས་ཀྱིས་ངའི་བསམ་པར་ཁྱོད་ཀྱིས་བྱ་བ་ནོར་བ་ཞིག་གཏན་ནས་བྱེད་མི་སྲིད་ཟེར།

སངས་རྒྱས་ཀྱིས་དཔེ་ཁུག་ལས་སྦྱང་དེབ་བཏོན། སློབ་ཕྱོལ་བྱེད་རིང་གི་སློབ་ཚན་དག་གི་སྦྱང་ཚན་རྣམས་བྲིས།

རྐན་སྟོབས་རྒྱས་ལགས་ཀྱིས་རི་མོ་བྲིས། ཁོང་གིས་པེར་གྱིས་མིག་མདུན་དུ་བཞག་པའི་སྦྱོང་དེབ་ཀྱི་ཁ་ཕྱེ། སློབ་ཚན་མ་ཉན་ཡང་སྦྱང་ཚན་བྲིས། ཁྱོད་ཀྱིས་ང་ལ་ཁྱོད་ནི་ཅི་འདྲའི་སྐྱེས་ཤེས་ཅན་ཞིག་ཡིན་པ་ར་སྤྲོད་བྱེད་དམ་ཟེར།

སངས་རྒྱས་ཀྱིས་སླར་ཡང་དཔེ་ཁུག་ལས་ཀ་ར་མང་པོ་ཞིག་བཏོན་ཏེ། ཚོན་ཕོར་གྱི་འཁྲིས་སུ་བཞག །

ཀན་ལགས་ཀྱིས་ཕྲུག་ནང་གི་པིར་བཞག་རྗེས། ཀ་རའི་ཕྱི་སྐོགས་བཤུས། ཀ་ར་ཞལ་ནང་དུ་བཅུག་སྟེ། ཁྱོད་ཀྱིས་དཀའ་བ་སྤྱད་པའི་བྲོ་བ་ཞིམ་ཟེར།

ངའི་ཤེས་བྱ་ཀུན་འདུས་ཀྱི་དཔེ་ཆ། སངས་རྒྱས་ཀྱིས་ད་གཟོད་ཀན་ལགས་ལ་གཏམ་སྨྲ་ཕོད་པར་གྱུར།

དཔེ་ཆ་དེ་ཁྱོད་ཀྱི་ཨེ་རེད། ཀན་ལགས་ཀྱིས་སྨྲས།

ངའི་དཔེ་ཆ་གང་དུ་ཡོད་དམ།

མི་དེ་དཔོན་ཉམས་ཆེ་བས། ཁོས་ཁྱོད་ལ་དཔེ་ཆ་ཞིག་བྱིན་སྲིད་དམ། ཀན་ལགས་ཀྱིས་སྨྲས།

ངའི་དཔེ་ཆ་གང་དུ་ཡོད་དམ། སངས་རྒྱས་ཀྱིས་སྨྲས།

ཁོ་ངའི་གཞུང་ལས་ཁང་དུ་ལན་ཅིག་ཡོང་སྟེ། ཁྱོད་ཀྱི་སྦྱང་ཚན་བལྟ་དགོས་ཟེར། ཁོས་ཀྱང་ཁྱོད་ལ་བསྟོད་པ་བྱས། ཀན་ལགས་ཀྱིས་སྨྲས།

ཀན་ལགས། སངས་རྒྱས་དངངས་སྐྲག་ལངས།

རེད། ཁྱོད་ཀྱི་དཔེ་ཆ་ཨེ་ཡིན་མི་ཤེས། རྟོག་ཞིབ་པས་སློབ་གཙོར་དཔེ་ཆ་སྐམ་གང་སྤྲད།

སངས་རྒྱས་ཀྱིས་ཀན་སྟོབས་རྒྱས་ལགས་ཀྱི་ཚིག་མཇུག་མ་ཉན་པར་ཁང་པ་ལས་བུད། ཁང་སྒོ་ལས་ཐོན་ན་དཀྱིལ་མཚམས་ཤིག་གི་ཁང་མིག་གསུམ་པ་དེ་སློབ་གཙོའི་གཞུང་ལས་ཁང་རེད། སངས་རྒྱས་ཀྱིས་སྒོ་གཏན་མེད་པ་ཤེས་རྗེས། ཤར་རེར་ནང་དུ་འཛུལ།

སློབ་གཙོ་ནི་རྒྱལ་དར་ཆུང་དུ་ཞིག་བཙུགས་པའི་གཞུང་ཅོག་གི་ནང་ངོས་སུ་ཡོད། རྒྱབ་ཕྱོགས་ནི་འཛམ་གླིང་ས་ཁྲ་རེད། གོམ་སྒྲ་ཐོས་རྗེས། སློབ་

གཙོས་མགོ་བོ་ཡར་དགྱེ། སངས་རྒྱས་ཀྱིས་གཏམ་མ་སྨྲས་གོང་ལག་པ་གཡུག་གཡུག་བྱས་ཏེ། ནང་དུ་འཛུལ་བའི་ལུགས་སྲོལ་བརྗེད་དམ། མར་རྒྱུག་ཟེར།

སངས་རྒྱས་སློ་འགྲམ་བར་ཕྱིར་ནུར་བྱས། སླར་སློ་དལ་བུར་ཕྱེ་ནས། ཡར་ཞུ་ཞེས་བོས།

སློབ་གཙོས་སྐད་གདངས་རིང་པོས་ཡར་ཤོག་ཟེར།

སངས་རྒྱས་གཞུང་ལས་ཁང་དུ་འཛུལ་རྗེས། ཐློ་སྒྲིམས་ཀྱི་ཚུགས་ཀ་ལས་སློབ་གཙོའི་གཞུང་ཅོག་མདུན་དུ་ལངས།

ད་གཟོད་ཁྱོད་རེད། སློབ་གཙོས་མགོ་བོ་དགྱེ་བཞིན་སྨྲས།

ངའི་དཔེ་ཆ། ངའི་ཤེས་བྱ་ཀུན་འདུས་ཀྱི་དཔེ་ཆ། སངས་རྒྱས་ཀྱིས་སྨྲས།

ཁྱོད་འདིར་སྐྱོན་བཤེར་ཡི་གེ་སྐྱེལ་དུ་ཡོང་མི་དགོས་སམ། སློབ་གཙོས་སྨྲས།

ངས་ནན་སྟོབས་རྒྱས་ལུགས་ཀྱི་མདུན་དུ་སྐྱོན་བཤེར་བྱས་ཚར། ནན་ལུགས་ཀྱིས་རྟོག་ཞིབ་པས་བསྐྱལ་བའི་ཤེས་བྱ་ཀུན་འདུས་ཀྱི་དཔེ་ཆ་ཚང་མ་འདིར་ཡོད་ཅེས་གསུང་ཐལ།

ཡོད། འདིར་ཤེས་བྱ་ཀུན་འདུས་ཀྱི་དཔེ་ཆ་ཞིག་ཡོད། ངའི་བསམ་པར་དཔེ་ཆ་དེ་དག་ནི་ང་ཚོའི་སློབ་གྲྭར་སྤྲད་སྙམ། ང་ཚོའི་སློབ་གྲྭར་ཤེས་བྱ་ཀུན་འདུས་ཀྱི་དཔེ་ཆ་ཞིག་མེད་པར། ཁྱོད་ལ་རྟོག་ཞིབ་པས་ཅི་ཕྱིར་སྤྲོད་དམ། སློབ་གཙོས་སྨྱུ་གུ་སྒྲིག་ཅེའི་ཐོག་རྡབ་བཞིན་དེ་ལྟར་སྨྲས།

གཏམ་འདི་ཐོས་རྗེས། སངས་རྒྱས་མིག་ཆུ་ཁྲུམ་ཁྲུམ་དུ་ཤོར། ཁོའི་

བསམ་པར་མཇུག་འབྲས་འདི་འདྲ་ཞིག་ཅི་ལ་ཡོང་བསམ། མིག་ཆུ་ཐོན་དུས་ཁོས་རང་ལ་ངུ་མི་ཉུང་བའི་དྲན་པ་བསྐྱེད། འོན་ཏེ་དྲན་པ་བསྐྱེད་རྒྱུ་ཕྱིས་དྲགས་པས་ངུ་སྨྲ་མ་ཐོན་པ་ཙམ་ལས། མིག་ཆུ་བཞུར་བ་འགོག་མ་ཐུབ།

སློབ་གཙོ་ཅི་བྱ་གཏོལ་བྲལ་དུ་གྱུར་ཏེ། དལ་བུར་ཤོད་དང་། ཁྱོད་ལ་ཡང་སྙིང་ཅི་བྱས་སམ་ཟེར།

སངས་རྒྱས་ངོ་ཚ་སྟེ། ཁ་བསྒྲར་ནས་སློབ་གཙོའི་གཞུང་ལས་ཁང་ལས་ཐོན། ཁོའི་ཚུགས་ཀ་འདི་སློབ་མ་རྣམས་ཀྱིས་མཐོང་བར་དོགས་ཏེ། ཉལ་ཁང་དུ་ལོག་མ་ཕོད། ཁོས་སྐར་ཁ་བསྒྲར་ཏེ་སློབ་གྲྭའི་ཕྱི་རོལ་གྱི་དེའུ་འབུར་ཐོག་ཏུ་ཕྱིན། མིག་ཆུ་མཚམས་ཆད། མི་སྐྱིད་པ་ཉུང་ཞིག་ཡལ་རྗེས་སློབ་གྲྭར་ལོག །སློབ་གཙོས་གཞུང་ལས་ཁང་ལ་ཟླ་བསྐྱན།

ངའི་དཔེ་ཆ། སངས་རྒྱས་ཀྱིས་སྨྲས།

གཏམ་སྨྲ་བཞིན་འཁྲོ་རྒྱུ་ཅི་ཡོད། སྐར་ཡང་སློབ་ཕྱོལ་བྱེད་འདོད་དམ། ཕྱིར་ལོག་སྟེ་སྐྱོན་བཤེར་ཡི་གེ་ཞིག་འབྲིར་ཤོག །སློབ་གཙོས་དེ་སྐད་སྨྲ་བཞིན་ཁྱིམ་གྱི་ཕྱོགས་སུ་ལོག །

དེ་དུས་གནམ་ལ་འབྲུག་སྒྲ་ལན་གཉིས་གྲག །དེ་ནི་ད་ལོའི་འབྲུག་སྒྲ་ཐོག་མ་རེད། དྲག་ཆར་འབབ་པའི་སྔ་ལྟས་ཀྱང་རེད།

སློབ་གཙོ་བྱ་འདབ་འོག་ཏུ་སྲིན་པ་གནམ་མཐར་ལང་ལོང་དུ་འཕྱུར་བར་ལྟ་བཞིན། ངུ་མི་དགོས། འབྲུག་སྐད་ཀྱིས་ང་ལ་ཕྱོགས་ཏེ་ཁྱོད་སྨྲག་པར་བྱེད་དམ། ཡང་ན་ཁྱོད་ལ་ཕྱོགས་ཏེ་ང་སྨྲག་པར་བྱེད་ཟེར།

རྟོག་ཞིབ་པས་ང་ལ་སྤྲད་པའི་ཤེས་བྱ་ཀུན་འདུས་ཀྱི་དཔེ་ཆ་སློབ་གྲྭར་

བཞག་ཡོད། ཁྱོད་ཕྱིར་ལོག་རྗེས་སློབ་གྲྭ་ནས་ཞིན་དགོས་ཟེར། སངས་རྒྱས་ཀྱིས་སྨྲས།

འོ་ན་རྟོག་ཞིབ་པས་དེ་དུས་དཔེ་ཆ་ཁྱོད་ལ་མི་སྤྲོད་པ་ཅི་རེད། སློབ་གསོས་སྨྲས།

ངས་དཔེ་ཆ་ཁལ་གཡག་ལ་བཀལ་ན། དཔེ་ཆ་འཁོར་དགོས་ཀྱིས་ཡིན་ངེས།

ཐ་ར་ར། ཐ་ར་ར། གནམ་ལས་སེར་ཆོབ་བབས། སློབ་གསོ་བྱ་འདབ་འོག་ཏུ་ལངས། སངས་རྒྱས་ཀྱི་མགོ་ཐོག་ཏུ་གླ་གབ་མེད། སེར་ཆོབ་སངས་རྒྱས་ཀྱི་དཔུང་པ་དང་ལུས་ཐོག་ཏུ་མཆོངས་བཞིན་བབས། བབས་བཞིན་མཆོངས།

ཡར་ཤོག །སློབ་གསོས་སྨྲས།

སངས་རྒྱས་འགུལ་ཙམ་ཡང་མ་བྱས།

རྟོག་ཞིབ་པས་ཤེས་བྱ་ཀུན་འདུས་ཀྱི་དཔེ་ཆ་ཞིག་སྤྲད་མོད། ཁྱོད་ལ་སྤྲོད་ཅེས་མ་གསུངས། ངའི་བསམ་པར་སློབ་གྲྭར་བགོ་སྤྲོད་བྱས་སྐམ། ལོ་མང་རིང་སློབ་གྲྭ་ཚང་མར་དཔེ་མཛོད་ཁང་རེ་བསྐྲུན་འཆར་ཡོད་པས། ད་གཟོད་དཔེ་ཆ་སྐམ་གཅིག་སླེབས་མོད། དེ་གཞན་གྱི་རེད་ཟེར། སློབ་གསོས་སྨྲས།

དེ་ངའི་རེད།

རྟོག་ཞིབ་པ་རྗེས་མ་ཡོང་དུས་ང་ཚོ་ངོ་གཏུགས་བྱས་ཏེ་གསལ་པོར་དྲིས་ཆོག །

སངས་རྒྱས་སླར་ཡང་དུས།

སློབ་གཙོའི་རྒྱབ་ཕྱོགས་ཀྱི་ཤེལ་ཁྲའི་ཐོག་ཙུང་སྐྲངས་པའི་ངོ་གདོང་ཞིག་ཐོན། དེ་ནི་སློབ་གཙོའི་ཆུང་མ་རེད། བུད་མེད་དེར་ལས་ཀ་མེད་ཅིང་། སློབ་གྲྭ་ཡོངས་ཀྱི་མལ་གདན་གཙང་བཀྲུ་བྱེད། མོ་ཨོལ་ལག་གཉན་ཚད་མ་ན་བའི་གོང་དུ་ཟླ་ཕྱེད་ལ་མལ་གོས་ཐེངས་རེ་བཀྲུ་སོང་། མོ་ནད་ཀྱིས་མནར་རྗེས་གཏན་འཕེལ་མེད་པར་གྱུར། མོའི་ངོ་གདོང་འདི་ལྟར་སྐྲངས་དུས་མོའི་དབུགས་ཀྱང་ཕལ་ཆེར་འགག་ལ་ཉེ།

ཁྱེད་ཕེབས་དང་། སངས་རྒྱས་ཀྱིས་སྨྲས།

ཁྱོད་ཀྱི་སེམས་བཟང་བས། ང་ལ་འཐམ་འཁྱུར་མི་བྱེད། སློབ་གཙོས་སྨྲས།

རྟོག་ཞིབ་པ་སླེབས་ན་སླར་དྲིས་ཚོག །སངས་རྒྱས་ཀྱིས་སྨྲས།

ངའི་བསམ་དོན་ཡང་དེ་ལྟར་ཡིན། ཁྱོད་ལོག་ཚོག །སློབ་གཙོས་ཁྱིམ་སྒོ་ཕྱེ་སྟེ། ཁ་ཕྱིར་བསྒོར་ནས། གལ་ཏེ་སློབ་གྲྭའི་དཔེ་མཛོད་ཁང་གི་ཡིན་ན། ཁྱོད་ཀྱིས་ཀྱང་གཡར་ཚོག་ཟེར།

སངས་རྒྱས་སློབ་གཙོའི་ཁྱིམ་དུ་འཛུལ།

སློབ་གཙོས་སངས་རྒྱས་མེ་ཐབ་བཏང་བའི་ཚོམས་ཆེན་ནང་བསྡུག་ཏུ་བཅུག་སྟེ། རང་ཉིད་ནང་ངོས་སུ་འཛུལ། སངས་རྒྱས་ཀྱིས་ཆུ་ལྟར་གྲང་བའི་ལག་ཟུང་ཐབ་མདུན་དུ་བསྲོས། སྣ་ལམ་དུ་ནང་ངོས་ནས་སྤོ་སྨན་གྱི་དྲི་འཐུལ། རྣ་ལམ་དུ་ནང་ངོས་ལས་གློ་ལུ་བའི་སྒྲ་ཐོས། སློབ་གཙོ་མྱུར་དུ་ཐོན། ལག་ནང་དུ་ཤེས་བྱ་ཀུན་འདུས་ཀྱི་དཔེ་ཆ་པོད་གཅིག་བཟུང་སྟེ། འདི་དཔེ་

ཆ་ཐོག་མ་དེ་རེད། ངས་ཁྱོད་དཔེ་ཆ་ལ་དགའ་བ་ཤེས། འོན་ཏེ་ཡིག་ཀྱུགས་ལ་བར་ཆད་བྱེད་མི་ཏུང་ཟེར།

སངས་རྒྱས་ཀྱིས་དཔེ་ཆ་བཟུང་སྟེ་སེར་ཆོབ་ཁྲིད་དུ་དགེ་རྒན་གྱི་ལས་ཤག་དང་སློབ་མའི་ཉལ་ཤག་གི་བར་གྱི་ས་སྟོང་དེར་བྱ་འཕུར་བ་ལྟར་རྒྱུག །དེ་ནས་སངས་རྒྱས་མལ་ཁྲིའི་ཐོག་བསྡད་དེ་འཕྲལ་མར་དཔེ་ཆ་མཐུག་པོ་དེ་ཁ་ཕྱེ། ཆུ་ཚོད་བཙུ་པར་གློག་སྒྲོན་གཟིམས་པས། རེ་ཞིག་མི་འདོད་བཞིན་དུ་དཔེ་ཆ་ཁ་བཏབ། མཚན་མོ་དེར་སངས་རྒྱས་ཡུན་རིང་གཉིད་མ་ཁུག །ཕྱི་རོལ་དུ་མཐོ་སྒང་གི་གྲང་རླུང་ཁུར་ཁུར་དུ་ལྡང་། ཉུང་མཐར་ཡང་ལེ་དབར་གསུམ་བཞི་ཙམ་གྱི་བས་མཐའ་ན་ཡོད་པའི་བོད་ཁྱི་གསོ་སྐྱེལ་ཁང་གི་སྟག་ཁོད་འདྲ་བའི་ཟངས་ཁྱི་དག་གིས་ཟླ་འོད་འོག་ང་རོ་སྒྲོག་པའི་སྐད་ཐོས། བློ་ཡུལ་དུ་དཔེ་ཆ་དེ་ལས་མཐོང་བའི་རྒྱ་ཆེ་བའི་འཛིག་རྟེན་དེ་འཆར།

ཉིན་གཉིས་པའི་ཚོགས་པ་དབྱར་རྩའི་གུང་གསེང་མཇུག་བསྒྲིལ་ཏེ་སློབ་གྲྭ་ཚུགས།

སློབ་གྲྭ་ཡོངས་ཀྱི་སློབ་མ་རྣམས་སྟར་ཕྲེང་བསྒྲིགས་ཏེ་འདུས། རྒྱང་སྒྲོག་ལས་རྒྱལ་གླུ་བླངས་སོད། ཇམ་བརྗིད་ཀྱི་རོལ་དབྱངས་ཙང་ཙང་དུ་སྣང་བ་ནི་སྒྲ་དྲུང་གིས་ལན། སློབ་གྲྭའི་ནང་དར་སྒྲེང་པས་རྒྱལ་དར་དལ་བུར་བསྒྲེངས། སློབ་གཙོས་གཏམ་བཤད་གནང་།

སློབ་གཙོས་སྒྲུང་ཞིག་བཤད། སློབ་མ་དཔེ་ཆ་ལ་དགའ་བ་ཞིག་གི་སྒྲུང་བཤད། སྒྲུང་གི་ཕྱེད་ཙམ་ནས་སངས་རྒྱས་ཀྱིས་ཁ་སང་སློབ་གཙོའི་རྗེས་དེད་དེ། ཇི་ལྟར་ཤེས་བྱ་ཀུན་འདུས་ཀྱི་དཔེ་ཆ་ཞིག་རྩད་པའི་སྣང་བ་

དག་འཆར། འོན་ཏེ་མི་འདྲ་བ་ཞིག་ནི་སྦྱུང་དེར་ཁ་སང་གི་མི་བདེ་བ་དང་མི་སྐྱིད་པ་ཐམས་ཅད་མེད་པར། སློབ་མ་ཞིག་གིས་སློབ་གྲྭར་ཤེས་བྱ་ཀུན་འདུས་ཀྱི་དཔེ་ཆ་ཞིག་ཡོད་པའི་སྐོར་ཐོས་པས། སློབ་གྲྭའི་དཔེ་མཛོད་ཁང་དངོས་སུ་མ་བསྐྲུན་པར་ངང་སྒུག་མ་བྱས་པར། སློབ་གཙོར་འཐམ་འཁྱེར་གྱིས་ངེས་པར་དུ་དཔེ་ཆ་དེ་དགོས་ཞེས་ཞུ་ཚུགས་མཐར་སྐྱེལ་བྱས་པ་དེ་རེད།

སློབ་གཙོའི་མཇུག་གཏམ་ནི་འདི་ལྟ་སྟེ། སློབ་མ་ཚོ། ང་ཚོས་ཅི་ཕྱིར་ངང་སྒུག་བྱེད་དགོས་སམ། སློབ་གྲྭའི་དཔེ་མཛོད་ཁང་མ་བསྐྲུན་ན། ང་ཚོས་དཔེ་ཆར་རེ་གདུང་བྱས་མི་ཆོག་གམ་ཞེས་སོ། །

ལུས་རྩལ་ཐང་དུ་སྐར་ཕྲེང་བསྒྲིག་པའི་སློབ་མ་དག་གིས་གླིང་མོ་སྒྲ་ཚོགས་བྱས། ཚང་མས་སྐད་ཆུང་དུས་ཅི་ཞིག་བཤད་པ་དག་མཉམ་དུ་འདྲེས་པ་ནི་ནམ་མཁར་མཐོང་དུ་མེད་པའི་འབུ་སྲིན་རྒྱུ་བ་དང་མཚུངས། སློབ་མ་ཚང་མས་རང་ཉིད་ལ་ལྟ་སྐབས་སློབ་གཙོས་གསུངས་པ་དེ་ནི་སངས་རྒྱས་རང་ཉིད་ཡིན་པ་ཤེས། མིག་མང་པོ་ཞིག་དུས་གཅིག་ལ་རང་ཉིད་ཀྱི་ལུས་ཐོག་ཏུ་ལྟ་དུས། སངས་རྒྱས་དབང་མེད་དུ་དངངས་འདར་ཤོར།

ཁོའི་བསམ་ཡུལ་ལས་འདས་པ་ཞིག་ནི་དཔེ་ཆའི་རྐྱེན་གྱིས་རང་ཉིད་སྦྱུང་གི་མི་སྣར་གྱུར་པ་དེ་རེད།

འདིས་ཁོས་རང་ཉིད་མ་ཡིན་པའི་མིག་མདངས་ལས་རང་ཉིད་ལ་བལྟ་དགོས་པར་གྱུར།

འདི་ནི་མེ་ལོང་ནང་གི་རང་ཉིད་དང་འདྲ།

སངས་རྒྱས་ཀྱིས་མི་ཞིག་སྦྱུང་ནང་དུ་ཡངས་པ་མཐོང་།

སློབ་གཙོས་གཏམ་བཤད་བྱས་རྗེས། ལུས་རྩལ་ཐང་གི་མི་རྣམས་ཕྱོགས་བཞིར་འཐོར། ཉིན་དེར་རླུང་བུ་ཆུང་ངུ་ཙུང་ཞིག་ལྷང་ཞིང་ཙུང་ཞིག་འཇགས་པས། ཉོབ་སྣང་སྤེར། གུང་གསེང་གི་རྗེས་སུ་བསྐྱར་དུ་བརྗེས་པའི་རྒྱལ་དར་གསར་པ་ཞི་འཇམ་རླུང་བུས་གཡོ། སློབ་ཁང་ནང་གི་སློབ་མ་ཚོས་སློབ་ཚན་དབྱངས་སུ་ཁྲིར། སངས་རྒྱས་ནི་དབྱངས་རྟ་འདི་ལྟར་སློབ་ཚན་ཁྲིར་བར་མི་དགའ། ཁོ་རང་གི་དབྱངས་འགྲོས་ཇི་བཞིན་ཡིད་འདོན་བྱེད་པར་དགའ། ཁོའི་དབྱངས་འགྲོས་ནང་གི་བོད་ཡིག་དབྱངས་གསལ་རྣམས་ནི་བུང་བའི་ཚོགས་ཀྱིས་འཕུར་ལྡིང་བྱེད་པ་འདྲ། རྒྱ་ཡིག་ཚིག་གསར་དག་ནི་ཏང་སྒྲ་ཏིང་སྒྲ་རེད། སློབ་ཐུན་དེར་ཁོས་སློབ་ཚན་བློ་སྦྱོར་མ་བྱས།

དབྱངས་སུ་ཁྲིར་བའི་སློབ་མའི་དཀྱིལ་དུ་སངས་རྒྱས་བསྡད་པ་ན། སྒྲུང་ནང་གི་སངས་རྒྱས་དེ་མཐོང་།

སངས་རྒྱས་དེས་ལུས་ལ་ཚོ་དྲིག་ཙུང་ཡོད་པའི་པགས་སྲུག་ཅིག་མནབས་ཤིང་། པགས་སྲུག་གི་འོག་ཏུ་སློབ་གོས་སྔོན་པོ་ཞིག་གྱོན། ངོ་གདོང་དམར་བའི་སྟེང་གི་མིག་ཟུང་ལས་ར་རིས་མ་གོས་པའི་འོད་མདངས་ཤིག་འཚེར། ལོ་འདི་གཉིས་ལ་ལོ་རིམ་དྲུག་པའི་སློབ་མ་དག་གི་ལུས་པོ་འཚར་སྐྱེད་ཆེ། སྟོན་ཆད་ལྷོབ་ཆེ་བའི་པགས་སྲུག་ལ་སྐེད་རགས་སྐོར་བ་གཉིས་བཅིངས་ཏེ། མཛེས་ལྡེབས་བྱས་པས། ལུས་ཀྱི་ཕྱུས་མོ་ཡང་མི་ཁེབས། ཁོས་སློབ་གོས་གྱོན་ལོས་ཚོག་མོད། སློབ་གོས་ནི་དུས་ཚིགས་འདིར་སྲབ་དྲགས་སྣང་སྤེར། སངས་རྒྱས་ཀྱིས་སྒྲུང་ནང་གི་སངས་རྒྱས་མཐོང་ཞིང་། མིག་ནང་ཤེས་འདོད་དང་རེ་བས་བཅིངས་པ་ནི་མེ་ཐབ་ནང་དུ་མེ་མདག་མཆེད་

པ་དང་འདྲ། ཤེས་བྱ་ཀུན་འདུས་ཀྱི་དཔེ་ཆའི་ནང་དུ་ཉིན་ཞིག་མཐའི་རྒྱ་མཚོ་ཆེན་པོའི་འཕྲུགས་རོམ་དག་གནམ་ས་འགྲུལ་བ་བཞིན་བརྡེབ་པ་ན། རྒྱ་མཚོའི་ཐོག་ཏུ་ཟ་རླབས་དྲག་ཏུ་འཕྱུར་ངེས་ཞེས་འཁོད། ཤེས་བྱ་ཀུན་འདུས་ཀྱི་འབྲེལ་ཡོད་ཆོག་ཚན་ནང་ད་དུང་རྒྱ་མཚོ་དེའི་ནང་དུ་ཆུ་སྲིན་ཡོད་ཅིང་། འཕྲུགས་རོམ་དེའི་ཐོག་ཏུ་བྱ་ཁྱིའུ་ཡང་ཡོད་ཅེས་གསལ། སློབ་མ་གཞན་དང་བསྡུར་ན། སངས་རྒྱས་ལ་དམིགས་བསལ་གྱི་ནུས་ཤེད་ཅིག་ཡོད་པ་ནི་ཁོས་རྒྱུན་དུ་འབྲེལ་མེད་ལྟ་བུའི་ཆོག་ཚན་དག་སློབ་ཚན་བསླག་པ་ལྟར་ལྷུ་བསྒྲིག་ཐུབ་པ་དེ་རེད། སངས་རྒྱས་ཀྱི་སྣང་བར་མཚོ་ཐོག་གི་འཕྲུགས་རོམ་བརྡེབས་པས། ཆུ་སྲིན་ཁྲོས་ཤིང་། བྱ་ཁྱིའུ་དངངས་སྐྲག་བྱས། སངས་རྒྱས་ཀྱི་སྣང་བར་འཛིག་རྟེན་གྱི་ངོ་མཚར་ལྟད་མོ་མཐོང་བའི་མིག་ཟླུང་ནི་སྐར་འོད་བཞིན་དུ་འཚེར།

ཕྱི་དྲོའི་སློབ་ཐུན་བཞི་པ་གྲོལ་ལ་ཉེ། ལུས་རྩལ་ཐང་དུ་བཀལ་བའི་འཁོར་རྩིབས་ལས་ཧྲིང་སྒྲ་གྲག་སྐབས་སློབ་མ་རྣམས་ཟ་ཁང་གི་ཕྱོགས་སུ་རྒྱུག་མོད། སངས་རྒྱས་སློབ་གྲྭ་ལས་ཐོན་ཏེ། སློབ་གྲྭའི་རྒྱབ་རིའི་ཕྱོགས་སུ་ཕྱིན། སྐབས་དེར་སངས་རྒྱས་ཀྱི་བསམ་པར། དཔྱིད་རྩྭ་ཐོག་མར་འབུས་པའི་དེའུ་འབུར་སྔུ་ལྗུད་ཅན་དང་། དེའུ་འབུར་གྱི་ངོགས་སུ་རྒྱུ་བའི་དལ་འབབ་གཙང་ཆུར་ཉི་འོད་རབ་ཏུ་ཐན་པས་འོད་རབ་ཏུ་འཚེར་བ་ནི་ཤེས་བྱ་ཀུན་འདུས་ཀྱི་དཔེ་ཆ་ཞིག་དང་འདྲ་བར་ཁོ་ལ་ཅི་ཞིག་འཆད་བཞིན་འདུག་སྙམ།

སྐད་ཅིག་དེར་སངས་རྒྱས་ཀྱི་ངོ་གདོང་དམར་པོར་གྱུར། མིག་ཟླུང་ལས་འོད་རབ་ཏུ་འཚེར།

དེ་དུས་ཧ་ཞིག་མགོ་བོ་ལྷོག་བཞིན་སངས་རྒྱས་ཀྱི་མདུན་དུ་ཡོང་། ཧ་རྒྱབ་ཏུ་དགེ་འདུན་ཞིག་ཡོད།

སངས་རྒྱས་ནི་རང་གིས་བཞེངས་པའི་འཕྲུལ་སྣང་གི་འཇིག་རྟེན་ནང་ཧྗོག་འདང་ཅི་དཀར་ཕྱེད་བཞིན་ཡོད་པས། དགེ་འདུན་སྣང་མེད་དུ་བཞག །

དགེ་འདུན་གྱིས་ཞི་དུལ་བག་ཡོད་ངང་ལོ་ཚུང་ཞིག་འདི་ལྟར་རྒྱུག་དོན་ཅི་རེད་ཟེར།

སངས་རྒྱས་མཛུབ་མོ་རྒྱང་རིང་གི་གཙང་ཚུར་བཙུགས།

ཨ་ཚུ། དགེ་འདུན་གྱིས་སྨྲས།

ཨ་ཚུ་དངོས་གནས་རྒྱ་མཚོར་བཞུར་རམ། སངས་རྒྱས་ཀྱིས་སྨྲས།

བཞུར་ངེས། གཡུ་བྱུར་སྐྱེ་སའི་རྒྱ་མཚོར་བཞུར་ངེས། ཆོས་དུང་ཡོད་སའི་རྒྱ་མཚོར་བཞུར་ངེས། དགེ་འདུན་གྱིས་སྨྲས།

རྫོགས་པ་ཁོང་ནས་རྒྱས་པའི་བུ་ཆུང་ཞིག །དགེ་འདུན་གྱིས་བསྟོད་པ་བྱས།

བུ་ཆུང་རྣམ་རིག་ཅན་ཁྱོད་ཀྱིས་ལན་ཅིག་གསོན་དང་། དགེ་འདུན་གྱིས་སྨྲས།

ཤོད་དང་། སངས་རྒྱས་ཀྱིས་སྨྲས།

གཙང་ཆུ་རྒྱ་མཚོར་འདྲིས། རྒྱ་མཚོ་སྤྲིན་པར་གྱུར། སླར་ཡང་དྭངས་གཙང་གི་ས་གཞིར་འདྲིས། དེ་ཕྱིར་ང་ཚོ་གཙང་ཆབ་དང་ལྷན་དུ་རྒྱ་མཚོར་འདྲིས་མི་དགོས།

ང་གཙང་ཆབ་དེད་དེ་རྒྱ་མཚོར་འདྲིས་འདོད།

གཙང་ཆབ་དེད་པའི་ལམ་དུ་ཐལ་རྡུལ་མང་ཞིང་འོ་བརྒྱལ་ཆེ། འོ་བརྒྱལ་དེ་འདྲ་མྱངས་ཏེ་སྙིང་པོ་ཅི་ཡོད། སྙིང་པོ་ཅི་ཡོད། ཁྱེད་རྣམ་རིག་འདི་ལྟར་སྤྱོད་པས། དམ་པའི་ཆོས་ལ་ཞུགས་ཆོག །ཐར་པའི་གྲོང་ལ་བསྙེག་ཆོག །

སངས་རྒྱས་ཡར་ལངས་ཏེ། དེའུ་འབུར་ལས་བབས།

ཡུད་ཙམ་གྱི་རྗེས་སུ་ཁོས་དབུགས་ཧལ་བཞིན་ཤེས་བྱ་ཀུན་འདུས་ཀྱི་དཔེ་ཆ་པང་དུ་བླངས་ཏེ། སླར་ཡང་དེའུ་འབུར་གྱི་ལྡེབས་སུ་ཡོང་། ཁོའི་ལུས་ནས་རྔུལ་ཆུ་ཐོན། ལུས་ཡོངས་ནས་པགས་སྐྱག་རྔུལ་རྗེས་སུ་ཐོན་པའི་རྔུལ་དྲི་དང་། པགས་དྲི། མར་དྲི་འདྲེས་པའི་དྲི་ཞིག་འཐུལ།

དགེ་འདུན་ན་དུང་ཡང་དེའུ་འབུར་ཐོག་ཏུ་ཡོད། ལུས་རྒྱབ་ཀྱི་སྣ་ཆས་བརྒྱབ་པའི་རྟ་དེས་མགོ་བོ་སྒྲུར་ཏེ་སྤང་རྩྭ་ཟ་བཞིན་འདུག །

སངས་རྒྱས་ཀྱིས་དཔེ་ཆ་མཐུག་པོ་དེ་དགེ་འདུན་གྱི་ལག་ཏུ་སྤྲད།

ཆོས་ཀུན་སྟོང་ཉིད་རང་བཞིན་ཡིན། །འཁོར་བའི་ཆོས་ལ་རྣམ་གྲངས་མང་། །དགེ་འདུན་གྱིས་དཔེ་ཆ་ཁ་ཕྱེ་སྟེ་སྨྲས།

ང་གྲྭ་པ་བྱེད་མི་འདོད། ང་སློབ་གྲྭར་འགྲོ་འདོད། སངས་རྒྱས་ཀྱིས་སྨྲས།

དགེ་འདུན་ཡར་བཞེངས། སངས་རྒྱས་ཀྱི་མགོ་བོར་བྱིལ་བྱིལ་བྱས། སངས་རྒྱས་ཀྱི་ལུས་ཐོག་ཏུ་གློག་རྒྱུན་མཆེད་པའི་སྣང་བ་ཞིག་སྐྱེར།

ལོ་གསུམ་སོང་། ངས་དབྱར་རྩྭ་བསྔུ་དུས་དང་། གཞི་བདག་གསོལ་དུས་ཁྱེད་དགེ་འདུན་ཁྲིད་ནས་མ་མཇལ། སངས་རྒྱས་ཀྱིས་སྨྲས།

བུ་ཆུང་རྣམ་རིག་ཅན། རྟེན་འབྲེལ་མ་བསྒྲིག་ལྷུན་གྱིས་གྲུབ་པས། ང་ཚོ་ད་ལྟ་གནས་འདིར་སླར་ཡང་འཕྲད།

སངས་རྒྱས་ཀྱི་བློ་ངོར་གློ་བུར་དུ་བྲལ་མི་ཐོད་པའི་སྣང་བ་འཆར། མགོ་བོ་སྒྱུར་ཏེ་རེ་ཞིག་ལུས།

དགེ་འདུན་གྱིས་རྟ་ཁ་བསྐོར་ཏེ། བུ་ཆུང་རྣམ་རིག་ཅན་ཁྱོད་བློ་ཁ་ཚུར་འཁོར་མ་བྱས་སམ་ཞེས་སྨྲས།

སངས་རྒྱས་ཀྱིས་མགོ་བོ་གཡུག་བཞིན་དཔེ་ཆ་བཟུང་སྟེ་དེའུ་འབུར་ལས་བབས།

དེ་དུས་སངས་རྒྱས་ལྟོགས་སྣང་འཆར། སློབ་གྲོགས་དག་གིས་ཁོའི་ལྟོ་བླངས་ཡོད། ཁོས་ཁ་ཐོར་ལས་ཟ་མ་སྒྱུང་ཟ་སྟག་མེད་བྱེད་ཤོར། སྐེའུ་ཁུང་བརྒྱུད་ནས་དེའུ་འབུར་ལ་ལན་ཅིག་བལྟས། དགེ་འདུན་ད་དུང་རྟ་ཐོག་ཏུ་ཡོད་ཅིང་། རྒྱབ་ཕྱོགས་ནི་ཨ་སྔོན་གནམ་ཡིན་པས། ཤིན་ཏུ་མཛེས་པའི་དྲས་བརྙན་ཞིག་དང་འདྲ།

གཅིས་ལོ་ཁྱོད། ང་ཚོའི་བསམ་པར་ཁྱོད་དགེ་འདུན་གྱི་རྗེས་སུ་འགྲོ་ངེས་སྙམ། སློབ་གྲོགས་དག་གིས་སྨྲས།

དཔལ་འབྱོར་ཇི་བཞིན་རེད། ཀན་སྟོབས་རྒྱས་ལགས་ཀྱིས་སྨྲས།

དཔལ་འབྱོར་ནི་སུ་ཞིག་རེད་དམ། སངས་རྒྱས་ཀྱིས་དྲིས།

སྔོན་ཆད་ཀྱི་སློབ་མ་ཞིག་རེད། ཁྱོད་དང་འདྲ་བའི་སློབ་མ་རྣམ་རིག་ཅན་ཞིག་རེད། ཀན་སྟོབས་རྒྱས་ལགས་ཀྱིས་སྨྲ་བཞིན། ཁྱོད་ནི་དཔལ་འབྱོར་ལས་ཀྱང་རྣམ་རིག་སྤྱང་ཟེར།

ཀན་སྟོབས་རྒྱས་ལགས་ཀྱིས་དམིགས་རྒྱང་རིང་པོ་བསྐར་བའི་པར་ཆས་ཤིག་བླངས་ཏེ། སྐེའུ་ཁུང་ལ་བསྙེས་ནས་དེའུ་འབུར་གྱི་ལྟེབས་སུ་ཡོད་པའི་རྟ

ཐོག་གི་དགེ་འདུན་པར་ལེན་བྱེད་ཐབས་བྱས་མོད། མི་ཏྲ་གཉིས་ཀ་མཐོང་ཡུལ་དུ་མ་གྱུར། དེའུ་འབུར་ཐོག་གི་རྩ་སྔོན་གྱི་རྒྱབ་ལྗོངས་ནི་ཨ་སྔོན་གནམ་རེད། ཨ་སྔོན་གནམ་ལ་ཞོ་གསར་སྤྲུངས་འདྲའི་སྤྲིན་དཀར་ཆོམ་བུར་རྒྱུ།

སངས་རྒྱས་ཀྱིས་པར་ཆས་བླངས་ཏེ། དམིགས་རྒྱང་རིང་པོ་ལས་མཐོང་བའི་ནམ་མཁར་བལྟས། ལེན་ཤེལ་གྱིས་ནམ་མཁའི་སྤྲིན་དཀར་ཆོམ་བུ་མིག་མདུན་དུ་འཐེན། རྒྱང་རིང་གི་མཉེན་ཞིང་གཤིན་པའི་སྤྲིན་དཀར་ནི་ལེན་ཤེལ་ནང་ཨ་འཐམས་སྦྲ་འཐམས་ཤིག་མིན་པར། མིག་གིས་ཟིན་དུ་མེད་པའི་བར་སྣང་གི་རླུང་བུས་གང་སར་གཏོར་ཏེ་ལང་ལོང་དུ་འགྱུར།

གཟའ་འཁོར་གཅིག་གི་རྗེས་སུ་གཟའ་སྤེན་པ་འཆར། སངས་རྒྱས་ཀྱིས་ཤེས་བྱ་ཀུན་འདུས་ཀྱི་དཔེ་ཆ་ལས་པོད་ཐོག་མ་དེ་བལྟས་ཚར། ལོ་ཁྲིམ་དུ་མ་ཡོང་པར་སློབ་གཙོའི་ཁྲིམ་དུ་འཇུལ་ཏེ་པོད་གཉིས་པ་དེ་གཡར་བར་ཕྱིན། བསམ་ཡུལ་ལས་འདས་པ་ཞིག་ལ་ཁོའི་རེ་འབྲས་དོན་དུ་མ་སྨིན། སློབ་གཙོས་དཔེ་ཆ་འདི་དག་ལས་མེད། སློབ་མ་ཚང་མ་དཔེ་ཆ་གཡར་འདོད། ཁྱོད་ཀྱིས་ཤོད་དང་། ངས་སུ་ཞིག་ལ་གཡོར་དགོས་སམ། ད་ནི་ངས་སུ་ལ་ཡང་དཔེ་ཆ་མ་གཡོར། དཔེ་མཛོད་ཁང་བསྐྲུན་རྗེས་ཁྱོད་གཡར་བར་ཡོང་ཆོག་ཟེར།

དཔེ་ཆ་འདི་དག་དོན་དུ་ངའི་རེད། སངས་རྒྱས་ཀྱིས་སྨྲས།

ཁྱོད་ཀྱི་དཔེ་ཆ་ཨེ། རྟོག་ཞིབ་པ་ཡོང་དུས་ངས་སློབ་གྲྭའི་ཚབ་བྱས་ཏེ་ཤ་ཐྱེན་ཞིང་ཆང་དྲངས། ཁོས་དཔེ་ཆ་འདི་དག་བསྐུར་ཏེ་ཕྱིན། ཁོས་བཀའ་དྲིན་ཆེ་ཙམ་ཡང་མ་སྨྲས་ལ། དཔེ་ཆ་འདི་དག་སློབ་མ་སུ་ཞིག་གི་ཡིན་མིན་ཡང་མ་བླེང་།

སངས་རྒྱས་ཀྱི་ཁོག་ནང་དུ་ཁོང་ཁྲོའི་མེ་ལྕེ་འབར།

ཕར་ལོག་སྡེ་སྡུང་ཚན་འཕྲི་བར་རྒྱུག །ཆུང་རྒྱུགས་གཏོང་ཐབས་མེད་དམ། སློབ་གཙོས་དྲིས།

སངས་རྒྱས་ཀྱིས་ང་ཁྱོད་ལ་ཞེ་ནས་འཁོན་ཞེས་སྨྲ་འདོད་མོད། དྲིན་པ་མ་ཟུང་གིས་མི་གཞན་ལ་འཁོན་འཁྲུས་བྱེད་མི་རུང་ཞེས་གདམས་པ་ཡིད་ལ་དྲན།

ཁྱོད་ཅི་ཞིག་སྨྲ་འདོད་དམ།

ཁྱོད་ལ་ལེ་ཁག་མེད། སངས་རྒྱས་ཀྱིས་འཛུམ་ཕྱུང་བཞིན་སྨྲས།

ཁྱོད་ལ་ལེ་ཁག་མེད། སློབ་གཙོས་སྐད་གདངས་རིང་པོ་བསྐར་ཏེ་སྨྲས།

ཁྱོད་ལ་ལེ་ཁག་མེད། སངས་རྒྱས་ཀྱིས་ཚིག་ཐག་ཆོད་པོས་སྨྲས།

ཁྱོད་ཀྱིས་ང་ལ་འཁོན་འཁྲུས་ཆེ་ཞེས་སྨྲ་འདོད་དམ། སློབ་གཙོས་སྨྲས།

སློབ་འབྲིང་དུ་སླེབས་ན་ང་རྫོང་གྲོང་དུ་རྟོག་ཞིབ་པ་འཚོལ་དུ་འགྲོ། སངས་རྒྱས་ཀྱིས་སྨྲས།

དོན་དུ་དེ་དུས་སངས་རྒྱས་ལ་འཁོན་འཁྲུས་ཙུང་ཟད་ཡོད། གང་ལགས་ཞེ་ན་སྔོ་ལས་ཐོན་སྐབས་ཁོས་ཁྲིམ་སྲུག་ལས་སློབ་གཙོའི་ཚ་བོ་ལོ་གསུམ་སླེབས་པ་དེའི་དུ་སྨྲ་ཐོས། དེ་ནས་ཨོལ་ལག་གཉན་ཚད་ཡོད་པའི་རྩྭ་བོས་ཁོས་ཕྱིར་སློག་བྱས་པའི་དཔེ་ཆ་དེ་དུ་བཞིན་པའི་ཚ་བོའི་མདུན་དུ་བཞག་པ་ན། ཚ་བོ་མུ་མཐུད་མ་དུས་པར་ལག་ཟུང་བཙོག་པ་དེས་དཔེ་ཆའི་ནང་གི་རི་མོ་དག་ལ་བལྟས།

མ་འོངས་པར་ཚ་བོ་འདི་ཁྱོད་ལས་ཀྱང་དཔེ་ཆར་དགའ་བ་ཞིག་ཡོང་

ངེས། སློབ་གཙོས་དོགས་མི་བདེ་བ་མེད་པར་དེ་ལྟར་སྨྲས།

སངས་རྒྱས་ནི་མུ་མཐུད་བལྟར་མ་བཟོད་པར་གྱུར། གང་ལགས་ཤེ་ན་ཚ་པོ་དེའི་ངོ་གདོང་ལས་བཞུར་བའི་སྣབས་ལུད་དང་མིག་ཆུ་དལ་བུར་ཁོའི་སྙིང་ནས་དགའ་བའི་དཔེ་ཆ་དེའི་ཐོག་ཏུ་ལྷུང་།

ལུས་སེམས་ཤིན་ཏུ་ངལ་བའི་རྒོ་བོ་དེས་ལུས་པོ་མལ་ཁྲིར་བརྙེས་ཏེ། མིག་བཙུམས་ངལ་གསོ་བྱས།

སངས་རྒྱས་ཁང་པ་དེ་ལས་ཐོན།

སངས་རྒྱས་རབ་ཏུ་ཁྲོས་ཏེ། ཐན་སྟོབས་རྒྱས་ལགས་ཀྱི་ཉལ་ཤག་ཏུ་ཕྱིན།

ཐན་སྟོབས་རྒྱས་ལགས་བཞུགས་མེད། ཁོང་ཡུལ་ཤོག་སྨན་ཁང་གིས་གསར་དུ་བསྐྱུས་པའི་བུད་མེད་སྨན་པ་དེ་འཚོལ་བར་ཕྱིན་ངེས་རེད།

དེ་བས། སངས་རྒྱས་ཀྱིས་ཐན་ལྷ་མོ་ལགས་བཙལ།

ཐན་ལགས་ནི་ཁྲུ་སིམ་མེར་སྐྱིའུ་ཁྲུང་གི་ཉི་འོད་འོག་ཏུ་ཛམ་ཙན་དང་བཞུགས།

སྒྲ་སྡུད་འཕྲུལ་ལས་ཚངས་དབྱངས་རྒྱ་མཚོའི་མགུར་གླུ་བླངས། དང་པོ་མ་མཐོང་ཆོག་ག །སེམས་པ་ཤོར་དོན་མི་འདུག །གཉིས་པ་མ་འདྲིས་ཆོག་ག །སེམས་གཙོང་དགོས་དོན་མི་འདུག །

ཐན་ལགས་ཀྱིས་མགུར་གླུ་གསན་བཞིན་སྨྱུན་ཟུང་སྐྱིའུ་ཁྲུང་གི་ཕྱི་རོལ་དུ་གཟིགས། སངས་རྒྱས་ནང་དུ་འཛུལ་བ་ཡང་མ་ཚོར།

སངས་རྒྱས་ཀྱི་བློ་བསྒྱུར་ཏེ། དལ་བུར་ཕྱིར་ཡོང་།

དྲུག

སངས་རྒྱས་ཀྱིས་འཕྲུལ་དུ་རྟོག་ཞིབ་པ་འཚོལ་བར་འགྲོ་ཐག་བཅད།

སངས་རྒྱས་གནས་སའི་གྲོང་རྡལ་ནས་རྫོང་གྲོང་དུ་སྤྱི་ལེ་བརྒྱ་ཙམ་ཡོད། ཁོས་རྐན་སྐྱོབས་རྒྱས་ལགས་ཀྱི་སྒོ་འགྲམ་དུ་ཤོག་འཛར་ཞིག་བཞག་སྟེ། རང་ཁྱིམ་དུ་རྨོ་བོར་བལྟ་བར་འགྲོ་ཟེར།

དེ་རྗེས། ཁོ་ཁྲིམ་ཐོག་ཏུ་ཕྱིན་ཏེ། ཁ་ཆེའི་ཟ་ཁང་ཞིག་ནས་བསྐྲིགས་གོར་གཉིས་ཉོ་དགོས་བསམ།

བསྐྲིགས་གོར་ཐབ་གང་བཙོངས་ཟིན། ཁོ་བསྐྲིགས་གོར་ཐབ་གཉིས་པ་བསྐུག་དགོས་པས། ཚོང་ཁང་འགའ་ཞིག་ཏུ་འབྱམས་ཉུལ་བྱས། སྐྲ་འབྲུ་ཞབས་ཞུ་མས་སྐྲ་ཁང་གི་སྒོ་འགྲམ་དུ་སེན་བཙོས་བྱེད། དངུལ་བཟོ་ཁང་གི་བཟོ་བོ་རྐན་པས་བཟོ་བོ་ཆུང་ཆུང་དག་ལ་དྲག་ཏུ་གཤེ །འཁོར་བཟོ་ཁང་གི་ལས་བཟོ་བ་དག་གིས་ཁོ་འབྱམས་ཉུལ་བྱེད་པ་མཐོང་མ་ཐག་འཁྱིག་འཁོར་ནང་དུ་བསྒུས། ཁོ་ཆོས་འདི་ལྟར་བྱེད་པར་རྒྱུ་མཚན་མེད་པ་མིན་ཏེ། སློབ་གྲྭའི་ནང་གི་སློབ་ཕྲུག་བུ་མ་ཐུངས་པ་དག་གིས་འཁྱིག་འཁོར་ལས་འཁྱིག་མདའ་བཟོ་བཞིན་ཡོད། ཡང་ན་འཁྱིག་ནར་མོ་རིང་པོར་གཏུབས་ནས་སློབ་ཕྲུག་བུ་མོ་དག་ལ་འཁྱིག་ཐག་བཟོ་བཞིན་ཡོད། བུ་མོ་ཁ་འཚལ་དག་གིས་ཨར་འདམ་ཐོག་ཏུ་གསུམ་ལྡེ་དྲུག །གསུམ་ལྡེ་བདུན། བཞི་བརྒྱད།

བཞི་དགུ། ཏྲུག་ཙུ་རེ་གཅིག་ཅེས་མཚོངས་རྩེད་བྱས་པས། གནག་སྟུམ་སྐྲའི་ལན་བུ་རིང་ཐུང་སྣ་ཚོགས་ཕར་གཡོ་ཚུར་གཡོ་བྱེད། བས་མཐའི་གྲོང་རྡལ་འདིར་དར་ཡུལ་སྤྱ་ས་ནས་བརྗེད་པའི་དུས་དར་སྐད་ཆ་སྨྲ། ཁོས་འཁོར་བཟོ་བ་དག་གིས་རང་ཉིད་ལ་དོགས་པའི་མིག་ལྟ་བཞིན། འཁྱིག་འཁོར་བསྐུ་བ་མཐོང་བས། མའོ་ཀྲུའུ་ཞི་ཚད་བཙུགས། ངས་སླིགས་འཁོར་གཏན་ནས་བརྐུ་མ་སྤྱོང་ཞེས་སྨྲས།

ཁྱོད་ནི་མི་རྒན་གྱི་གཏམ་སྨྲ་རྒྱུར་དགའ་བའི་སངས་རྒྱས་ཡིན་ནམ། མི་དེ་དག་གིས་སྨྲས།

སངས་རྒྱས་ཀྱིས་མི་རྒན་གྱི་གཏམ་རྒྱུར་དགའ་བའི་སངས་རྒྱས་དང་། མཐོང་མ་ཐག་ཏུ་ཤེས་པར་གྱུར་པའི་སངས་རྒྱས་སོགས་རང་གི་མིང་གྲགས་གྲོང་རྡལ་འདིར་ཡོངས་སུ་ཁྱབ་པ་ཤེས།

སངས་རྒྱས་མགུ་སྟེ་མགོ་བོ་ལྡོག་བཞིན་ལྕགས་བཟོ་ཁང་དུ་ཡོང་།

ལྕགས་བཟོ་ཁང་དུ་ལྕགས་ཤོག་དཀར་པོ་ཐོ་བས་བརྡུང་བའི་སྒྲ་ལྷང་ལྷང་དུ་མཆེད།

བཟོ་བོ་རྒན་པས་ཆན་གྱི་གྲི་ཆེན་པོ་ཞིག་གིས་ལྕགས་ཤོག་དྲས། ཁོའི་བུས་ཐོ་བས་བརྡུངས། ལྕགས་ཤོག་ལ་དངོས་པོའི་བཟོ་ལྟ་རིམ་བཞིན་ཐོན། ཁོ་ཚོས་བཟོས་པ་དག་ལས་ལྕགས་ཐབ་མང་། ཡང་མི་འགའ་ཞིག་དེར་ཁོག་མ་མཐིལ་བརྗེས་རྒྱག་པར་ཡོང་། ད་ལྟ་བཟོ་བོ་རྒན་པ་ཆུ་ཟོམ་བཟོ་བཞིན་ཡོད། སངས་རྒྱས་ནི་ཧི་ཆ་བྱུགས་པའི་ལྕགས་ཤོག་གི་ཁ་བ་ལྟ་བུའི་ཤལ་རིས་ལ་དགའ། བཟོ་བོས་སངས་རྒྱས་ངོ་ཤེས། ལག་ནང་གི་ཐོ་བ་བསྐྱུར། རྣ་རྒྱབ་ཏུ་བཞག་

པའི་དུ་བ་བླངས། མེ་སྤར། ཁམ་གང་འཐེན་ཞོར་ངོ་ལེན་བྱེད་བཞིན། ཡོང་བ་ཡིན་ནམ་ཟེར།

ཡོང་བ་ཡིན། སངས་རྒྱས་ཀྱིས་སྨྲས།

ད་ཐེངས་ཡང་སྙིང་སྟོན་མེད་གསར་པ་ཅི་ཞིག་བཟོའམ།

བལྟས་ཚོད་ལ་བཟོ་བོས་ཁོ་དང་ཨ་ཕས་འདིར་སྐམ་ཚུང་ཞིག་བཟོས་པ་དྲན་པ་འདྲ།

ང་བལྟ་ཙམ་བྱེད། སངས་རྒྱས་ཀྱིས་མགོ་བོ་གཡུགས།

རེད། ཁྱོད་ལ་སྐམ་ཚུང་བཟོ་ལྟ་གཅིག་མཚུངས་ཤིག་ག་ལ་དགོས། བཟོ་བོ་རྒན་པས་སྨྲས།

བཟོ་བོའི་བུ་དེས་ཀྱང་ལས་མཚམས་བཞག་སྟེ། ངའི་བསམ་པར་མི་མང་པོ་ཞིག་གིས་སྐམ་ཚུང་དེ་འདྲ་བཟོ་སྐམ་མོད། དོན་དུ་བཟོ་མཁན་གཅིག་ལས་མ་བྱུང་ཟེར།

སངས་རྒྱས་མར་བསྡད། ཕོ་གཉིས་ཀྱི་སྔོན་དུ་འདིར་བཟོས་པའི་སྐམ་ཚུང་གི་རྣམ་པ་དྲན་ཞིང་། སྐམ་ཚུང་དང་འབྲེལ་བའི་དོན་རྣམས་ཀྱང་དྲན། འདི་དག་དངོས་གནས་གཏམ་རྒྱུད་ཅིག་དང་འདྲ།

དེ་དུས་ཚོང་ཁང་འགའ་ཞིག་གི་ཕར་ཕྱོགས་ན་ཡོད་པའི་ཁ་ཆེ་ཞྭ་དཀར་གྱོན་པ་ཞིག་གིས་ཐག་སྒྲ་དང་བཅས་རྡལ་དབྱུག་སྒྲོག་ཅིའི་ཐོག་ཏུ་བརྡབ་པའི་སྒྲ་ཐོས། དེ་ནི་བསྲེགས་གོར་ཚོས་པའི་བརྡ་རེད། གཏམ་རྒྱུད་ཀྱི་མུ་མཐུད་ན། སངས་རྒྱས་ཀྱིས་ཟ་ཁང་ལས་ཤོག་བུ་ཞིག་བླངས་ཏེ། བསྲེགས་གོར་གཉིས་པོ་དེའི་ནང་དུ་བསྒྲིལ་ནས། ཕྲག་བརྒྱུས་ཁུག་མར་བླུགས། ཆང་

པའི་འཁྲིས་སུ་དམ་ཟས་ཀྱི་ལྷུགས་སྐོགས་སྟོང་པ་ཞིག་ཡོད་པ་མཐོང་བས། ལྷུགས་སྐོགས་དེར་ཝང་པས་གཞུ་བཞིན་ཕྱིན། མཐར་གྲོང་རྡལ་ཕྱི་རོལ་གྱི་ཟམ་ཆུང་དེར་སླེབས་དུས་ལྷུགས་སྐོགས་སྟོང་པ་དེ་ཟམ་འོག་ཏུ་འཕངས། གཙང་ཛོས་ཀྱི་སེར་བྱ་ངང་པ་དངངས་འཕུར་བྱས་ཏེ། ནམ་མཁར་ལྡིང་བཞིན་ཙུད་བརྫོད་བྱེད།

རྗེས་སུ་ཁོ་དང་འཕྲུལ་རྟ་བཙོན་པ་ཞིག་འཕྲད། འཕྲུལ་རྟའི་རྒྱབ་ཏུ་བུད་མེད་ཅིག་ཡོད། བུད་མེད་ཀྱི་ལག་ཟུང་འཕྲུལ་རྟ་བའི་སྐེད་པར་དམ་དུ་འཐམས། འཕྲུལ་རྟ་ཤིན་ཏུ་མྱུར་བར་ཁོའི་མདུན་ནས་ཕྱིན་རྗེས། དཀྱོགས་ལམ་ཡོལ་མཚམས་སུ་འཕྲུལ་རྟ་བཀག་སྡེ་ཁོ་བསྒུག །

ཁྱོད་སངས་རྒྱས་ཟེར་བ་དེ་ཡིན་ནམ། འཕྲུལ་རྟ་བ་དེས་སྨྲས།

ཁྱོད་ཀྱིས་རེད་ཟེར་ན་རེད། སངས་རྒྱས་ཀྱིས་སྨྲས།

ཁྱོད་གང་དུ་འགྲོའམ།

རྫོང་གྲོང་དུ། སངས་རྒྱས་ཀྱི་གཏམ་ལན་ཤིན་ཏུ་ཙུང་།

ང་རྫོང་གྲོང་དུ་མི་སླེབས་མོད། ཁྱོད་དུམ་ཞིག་ངའི་འཕྲུལ་རྟར་བཙོན་ཅོག །

ཤོང་མི་སྲིད། ཁྱོད་ཚོ་ཕྱིན་ན་ཅོག །སངས་རྒྱས་ཀྱིས་བུད་མེད་དེར་ལྟ་བཞིན་སྨྲས།

བུད་མེད་དེས་དགོད་བཞིན་རྒྱབ་གདན་ལས་བབས་ཏེ། རྒྱབ་གདན་འཕུར་ཙམ་འཕུར་ཙམ་བྱས།

སངས་རྒྱས་རྒྱབ་གདན་ཐོག་ཏུ་བཙོན། བུད་མེད་དེས་ཁོ་ལ་འབུད་

འདེད་ཙུང་ཞིག་བྱས་ཏེ། ཕོ་འཕྲུལ་རྟ་བའི་རྒྱབ་ཏུ་དམ་པོར་འཐམ་དུ་བཙུག་ནས། རང་ཉིད་སྐྲར་ཡང་བཞོན།

འཕྲུལ་རྟ་ཕྱིན།

སངས་རྒྱས་ཀྱིས་འཕྲུལ་རྟ་བྱ་ལྷར་འཕུར་བ་སྣང་ཡོངས་སྤྱོད་བྱེད་སྐབས།

རྒན་སྟོབས་རྒྱས་ལགས་འཕྲུལ་རྟ་བཞོན་དུས་མཚམས་རེ་ཕོ་འཁྲིད་ཀྱི་ཡོད་ཅིང་། ཕོ་ལ་དགའ་བཞིན་དངངས་པའི་སྐད་འདོན་དུ་མི་འཇུག །

འོན་ཏེ་ད་ཐེངས་བྱ་ལྷར་འཕུར་སྣང་མ་འཆར། ཕོ་ལུས་པོ་སྟོབས་ཆེན་གཉིས་ཀྱི་བར་དུ་བཙིར་བས། དབུགས་ཀྱང་གཏོང་དཀའ་བར་གྱུར། བུད་མེད་དེས་ཤུགས་བརྒྱབ་ན་ཕོའི་ངོ་གདོང་འཕྲུལ་རྟ་བའི་སྒལ་ཐོག་ཏུ་འཕྱུར་གྲབས་བྱེད་ཅིང་། བུད་མེད་ཀྱི་ལྷེམ་གཤིས་ཅན་གྱི་བྲང་ངོས་ཕོའི་སྒལ་རྒྱབ་ཏུ་འཕྱུར། ངོས་མི་སློམས་པའི་ལམ་ཐོག་ཏུ་འཕྲུལ་རྟ་འདར་ཡོམ་བྱེད་ཐེངས་རེར་ཕོས་ལྷེམ་ཞིང་མཁྲང་བའི་རེག་བྱ་ཞིག་ཚོར། ཕོས་དེ་ཅི་ཡིན་པ་ལོས་ཤེས། མཐར་ཕོ་ཐབས་ཟད་དེ་ང་བསྲན་མི་ཚུགས། བཟོད་མི་ཐུབ། ང་འཕྲུལ་རྟ་ལས་ཐོབས་དང་ཟེར།

འཕྲུལ་རྟའི་ཁ་བཀག །སངས་རྒྱས་གཞི་ནས་ཚ་དྲོད་ཆེ་བའི་ལུས་པོ་གཉིས་ཀྱི་བར་ནས་ཐར་ཏེ་ལམ་འགྲམ་དུ་ལངས། མི་དེ་གཉིས་ཀྱི་ལུས་དྲོད་མེད་པའི་མཁའ་རླུང་གཙང་མ་ཤུགས་ཀྱིས་བརྡབས།

འཕྲུལ་རྟ་བས་བུད་མེད་ཀྱི་རྐུབ་ལ་རྡེབ་ཙམ་བྱས་ཏེ། འཕྲུལ་རྟ་བཞོན། འཕྲུལ་རྟའི་ཐོག་གི་མི་གཉིས་པོ་ཏ་ཏ་ཞེས་བགད་བཞིན་རྒྱང་རིང་དུ་བུད།

སངས་རྒྱས་ཀྱིས་འགྲོ་བཞིན་གནད་དོན་ཞིག་ལ་མནོ་བསམ་བྱས། ཆེན་

པོ་འཚར་ན་མི་ཐམས་ཅད་ཀྱི་ལུས་པོ་སྨྱོས་པར་བྱེད་པར་ཨེ་འགྱུར་སྙམ། སློ་བུར་དུ་མཁའ་དབྱིངས་ནས་བྱ་ སླག་ཅིག་འུར་གྱིས་བབས་ཏེ། གཡང་དཀར་ལུ་གུ་ཞིག་བྲག་སྟོད་ཕྱོགས་སུ་འཕྱིར་བས། ཁོའི་མདོ་བསམ་གྱི་འཕྲོ་བཅད།

ཆུ་ཚོད་གཉིས་ཙམ་ཕྱིན་རྗེས། ཁོ་དང་གཏེར་རྗེ་དཔོན་མཁན་གྱི་ཧྲངས་འཕོར་ཞིག་འཕྲད།

ཧྲངས་འཕོར་གྱི་ཁ་ལོ་བས་ཁོའི་ལག་ཏུ་མེ་ཆ་ཞིག་དང་ཐ་མག་སྣམ་ཆུང་ཞིག་སྤྲད་དེ། སྐར་མ་བཅོ་ལྔ་ཡོལ་མཚམས་སུ་ཐ་མག་ལ་མེ་སྤོར་དུ་བཅུག །

ད་བར་མེ་སྤོར་ཐེངས་ཐོག་མ་དེར་སངས་རྒྱས་རབ་ཏུ་བརྣངས། ཁོས་ཐ་མག་སྣམ་ཆུང་ཐོག་གི་དུ་བ་འཐེན་ན་བདེ་ཐང་ལ་གནོད་པའི་སྐོར་དག་ཁ་ལོ་བར་བསྒྲགས། ཅི་ཟེར། འཕྲོན་མ་ནི་འཕྲོན་མ་རང་རེད། ད་དུང་ཁ་ཞེ་མི་མཐུན་པའི་རྟ་བབས་ཤིག་ཀྱང་བཟོས། ཁ་ལོ་བས་དེ་ལྟར་སྨྲས།

སངས་རྒྱས་ཀྱིས་འཕྲོན་མ་ཞེས་པའི་དོན་རགས་པ་ཞིག་རྟོགས། དཔེར་ན་གྲོང་རྡལ་གྱི་སྐྲ་ཁང་དུ་ཡོད་པའི་སེན་མོ་དམར་པོ་བྱས་ཤིང་། རྟག་ཏུ་མེ་ལོང་ལ་ལྟ་བཞིན་རྣམ་འགྱུར་ཉ་བེ་ཉོབ་བེ་ཡིན་པའི་གཞོན་ནུ་མ་དེ་དག་ལྟ་བུ་རེད། འོན་ཏེ་ཁོས་རྟ་བབས་ཞེས་པའི་དོན་ཅི་ཡིན་མ་ཤེས།

ཁོས་ཁ་ལོ་བར་དྲིས། ཁ་ལོ་བས་སྨིན་མ་གཟེངས་ཙམ་བྱས་ཏེ། བསམ་བློ་ཡུད་ཙམ་བཏང་རྗེས་ན་རེ། ཨོ། དེ་དོན་ངས་ཀྱང་མི་ཤེས། གང་ལྟར་གཟེངས་རྟགས་ལྟ་བུ་ཞིག་ལ་གོ་ཆོག །

ཁ་ལོ་བ་ཁྲོས་ཏེ། གྲོང་གསེབ་པ་ཁྱོད་ལྟ་བུས་དེ་འདྲ་མཐོང་མྱོང་མེད་པས། ངས་ཅི་ལྟར་སྨྲ་དགོས་སམ་ཟེར།

རྒན་སློབ་རྒྱས་ལགས་ཀྱིས་ཤེས་ངེས། ཤེས་བྱ་ཀུན་འདུས་ཀྱི་དཔེ་ཆའི་ནང་དུ་ཡོད་ངེས། སངས་རྒྱས་ཀྱིས་ཁ་ལན་བསློག །

ཨ་ཕོ་ལྷ་སར་མ་སླེབས་ན་ད་ནི་ཨ་ཕོས་གང་བཤད་རེད། ཁྱོད་ཕྲུ་གུ་དཔེ་ཆ་ལ་དགའ་བ་ཞིག་ཡིན་པ་ངས་མ་ཤེས། ཁ་སོ་བ་ཁྲིས་པ་ལས་ལྷོག་སྐྱེ་ཙུང་དགའ་བའི་རྣམ་འགྱུར་ལས། སྒུ་མཐུད། རེད། ད་ལྟ་ཁྱོད་ཀྱིས་སྨྲས་པའི་དཔེ་ཆ་དེའི་མིང་ཅི་རེད།

ཤེས་བྱ་ཀུན་འདུས།

དཔེ་ཆ་དེ་ཅི་འདྲ་ཞིག་རེད་དམ། ངའི་བུ་ནི་འདོད་ཡོག་གི་དཔེ་ཆ་བལྟ་བར་དགའ།

ཤེས་བྱ་ཀུན་འདུས་ནི་ཤེས་བྱ་ཐམས་ཅད་ཀྱི་དོན་གསལ་ལེར་འཕོད་པའི་དཔེ་ཆ་ཞིག་རེད། སངས་རྒྱས་ཀྱིས་ཡིད་སྨོན་གྱི་ཉམས་ལས་དེ་ལྟར་བཤད།

ཁྱོད་ལ་དཔེ་ཆ་དེ་ཨེ་ཡོད།

ད་ལྟ་ང་ལ་མེད། སངས་རྒྱས་ཀྱིས་བློ་ཕམ་ངང་སྨྲས།

ཁ་སོ་བས་ཕྱིད་ཙམ་འཛིན་པའི་དུ་བ་དེ་སྐེཙ་ཁུང་གི་ཕྱི་རོལ་དུ་འཕངས། ཁོའི་མགོ་ལ་ཁྱིལ་ཁྱིལ་བྱེད་བཞིན། ཁྱོད་ལ་ཡོད་ངེས། ཁྱོད་ལ་དཔེ་ཆ་དེ་འདྲ་ཞིག་སྔ་ཕྱི་མ་གཏོགས་ཡོད་ངེས་ཟེར།

བཀའ་དྲིན་ཆེ། སངས་རྒྱས་ཀྱིས་དགོད་བཞིན་སྨྲས།

མི་འགའ་ཞིག་གིས་རང་ལ་དོགས་མི་བདེ་བའི་སྣང་བ་སྐྱེར། མི་འགའ་ཞིག་གིས་རང་ལ་མ་རྡུངས་པའི་སྣང་བ་སྐྱེར། འོན་ཏེ་ཁྱོད་ནི་གཞན་སེམས་དགའ་ཞིང་ཕྱོད་པར་བྱེད་པའི་ཕྲུ་གུ་ཞིག་རེད། ཁྱོད་རྒྱུན་གཏན་དེ་ལྟར་

ཡིན་ནམ། ཁ་ལོ་བས་སྨྲས།

ང་ལ་ཡང་མི་དགའ་ཞིང་མི་སྐྱིད་པའི་དུས་ཡོད། སངས་རྒྱས་ཀྱིས་ཡུད་ཙམ་མནོ་བསམ་བྱས་རྗེས་སྨྲས།

མི་ཚང་མར་མི་དགའ་མི་སྐྱིད་པའི་དུས་ལོས་ཡོད། ང་ཚོས་འཛིག་རྟེན་འདིར་དོན་བཟང་བ་མང་ཙམ་དྲན་དགོས། རང་ཉིད་དགའ་བར་བྱེད་པའི་དོན་བཟང་པོ་མང་ཙམ་དྲན་དགོས།

སངས་རྒྱས་ཀྱི་བསམ་པར་ཁ་ལོ་བའི་གཏམ་འདི་དོན་ཟབ་སྙམ།

ལམ་མདོ་ཞིག་ཏུ་ལམ་བྱང་སྟོན་པོ་ཆེན་པོ་ཞིག་གིས་ཁོ་གཉིས་ཀྱི་འགྲོ་ཡུལ་མི་འདྲ་བ་བསྟན། ཁ་ལོ་བ་ཞིང་ཆེན་ནང་ཕྱིན་ཏེ་གཏེར་རྫ་མེ་འཁོར་འབབ་ཚོགས་སུ་སྐྱེལ་དགོས། གཅེན་མོ་ཡོད་སའི་སློབ་གྲྭ་དེར་མཚན་གུང་ཁ་ཁུ་སིམ་པའི་དུས་སུ་ཐག་རིང་ནས་མེ་འཁོར་གྱི་དུང་བརྡ་གྲག །འོན་ཏེ་ཁོ་ནི་གཡོན་ངོས་ཀྱི་རྫོང་གྲོང་དུ་འགྲོ་དགོས། ད་དུང་ལམ་ཐག་ལེ་དབར་ཉི་ཤུ་ཙམ་ཡོད།

ཁ་ལོ་བས་ཁ་ལོ་ཁང་ནས་མགོ་བཏོན་ཏེ། ཁྱོད་ཀྱི་དཔེ་ཆ་སྙེད་ངེས་ཟེར།

སངས་རྒྱས་ཀྱི་ངོ་ནས་འཛུམ་མདངས།

ཁོ་སླར་ཡང་ཆུ་ཚོད་གཅིག་ལྷག་ཕྱིན་པ་ན། འདུད་འཁོར་ཞིག་གིས་ཁོ་རྫོང་གྲོང་དུ་འཁྲིད།

རྫོང་གྲོང་དུ་སངས་རྒྱས་དང་འཕྲད་པའི་མི་ཐོག་མ་དེར་འདི་ལྟར་དྲིས། རྟག་ཞིབ་པ་གང་དུ་ཡོད་དམ། ང་ཁོང་འཚོལ་འདོད།

ང་ཅུད་ཀྱང་འཚོལ་འདོད་ཅང་། ད་དུང་མ་རྙེད། ཁྱོད་ཀྱིས་མ་ཤེས་ང་

ལ་དྲིས། ང་ནི་སུ་ལ་འདྲི་བར་འགྲོ། ཁྲོ་བཞིན་པའི་མི་ཞིག་གིས་དེ་སྐད་སྨྲས།

ང་སངས་རྒྱས་ཡིན། ཇོག་ཞིབ་པ་གང་དུ་ཡོད་དམ། སངས་རྒྱས་ཀྱིས་མི་གཞན་ཞིག་ལ་དྲིས།

ཇོག་ཞིབ་པ་ནི་ཅི་རེད། མི་དེས་ཁྲོམ་ཟུར་གྱི་ལྷུང་མའི་འོག་ཏུ་ལངས་པའི་མི་དེར་དྲིས།

ཅི་ཡིན་ངས་ཀྱང་མི་ཤེས། འབུས་མ་ཐག་པའི་ལྷུང་མའི་ལོ་མ་གསར་པར་ལྟ་བཞིན་པའི་མི་དེས་མགོ་བོ་གཡུག་བཞིན་སྨྲས།

གོ་འགན་ཞིག་རེད། དཔོན་གནས་ཤིག་རེད། ཁྲིའུ་ཐོག་ཏུ་ཐུམ་ཡུར་བྱེད་པའི་མི་དེས་མིག་གདངས་ཏེ། སངས་རྒྱས་ལ་འདི་ལྟར་དྲིས། ཁྱོད་ཀྱིས་འཚོལ་བྱའི་དཔོན་པོ་དེའི་མིང་ལ་ཅི་ཟེར།

དེ་དུས་སངས་རྒྱས་ཀྱིས་ཇོག་ཞིབ་པའི་མིང་ཅི་ཞིག་ཡིན་པ་གཏན་ནས་བརྗེད།

ཕྲུ་གུ་ཏབ་ཅོབ་ཅན་འདི། མིའི་མིང་ཡང་མི་ཤེས། མི་དེས་མགོ་བོ་གཡུག་བཞིན་སྨྲས།

སངས་རྒྱས་ཀྱིས་ཇོག་ཞིབ་པས་རང་ཉིད་ངོ་སྤྲོད་བྱས་རྗེས། མིང་སྨྲས་པ་དྲན་མོད། རེ་ཞིག་དྲན་ཡུལ་དུ་མ་གྱུར།

དཔོན་པོ་འཚོལ་དགོས་ན་སྲིད་གཞུང་ནང་དུ་རྒྱུག །སྲིད་གཞུང་དེར་ཡོད། ཡང་མི་ཞིག་ཡོང་ནས་དེ་ལྟར་སྨྲས།

སངས་རྒྱས་ཀྱིས་རྫོང་སྲིད་གཞུང་གི་སྒོ་ར་ཆེན་པོ་ཞིག་དངོས་སུ་མཐོང་། སྤྲོས་ཉམས་ཅན་གྱི་སྒོ་ཆེན། སྒོ་རའི་ནང་དུ་འོད་འཚེར་བའི་ཀླངས་

འཁོར་ཚུང་ཚུང་མང་པོ་ཡོད།

འོན་ཏེ་བདེ་སྐྱུང་པས་ཁོ་སྒོ་ར་དེའི་ནང་འཛུལ་དུ་མ་བཅུག །ཁྱོད་ཀྱིས་སུ་ཞིག་འཚོལ་དགོས་མི་ཤེས་པར། ངས་ཁྱོད་སློད་ན། ང་ལ་ཁ་ཡོར་དགོས་སམ་མི་དགོས། བདེ་སྐྱུང་པས་དེ་ལྟར་སྨྲས།

དེ་དུས་ཁོས་རྟོག་ཞིབ་པས་དབྱར་རྩ་བསྡུ་བར་ཡོང་སྐབས་ཀྱི་ཐེའུ་ཡིག་རྟགས་ཅན་གྱི་རླངས་འཁོར་དེ་མཐོང་། ཁོ་ལ་མཐོང་ན་མི་བརྗེད་པའི་བློ་ཡོད་པས། ད་ལྟ་རླངས་འཁོར་དེའི་ཨང་གྲངས་མཐོང་མ་ཐག་ཁོས་གསལ་གསལ་ཐིང་ཐིང་དྲན། སངས་རྒྱས་ཀྱིས་བདེ་སྐྱུང་པར་འདི་ལྟར་སྨྲས། རླངས་འཁོར་དེར་སྟོད་མཁན་གྱི་རྟོག་ཞིབ་པ་དེ་རེད།

ཁོང་རེད་དམ། ཁ་སང་ཕྱིན་མ་ཐག་རེད། གནས་འཕར་བྱས་པ་རེད། བདེ་སྐྱུང་པས་བཤད།

སངས་རྒྱས་དང་བདེ་སྐྱུང་པས་དོན་འདི་ཅི་ལ་ཤེས། མི་འདི་རྫོང་དཔོན་ནས་རྟོག་ཞིབ་པ་དང་། རྟོག་ཞིབ་པ་ནས་སླར་རྫོང་གཞན་ཞིག་གི་རྒྱུན་ལས་རྫོང་དཔོན་དུ་གྱུར་དོན་ནི། ཁོས་དབྱར་རྩ་རེར་ཡོང་སྟེ། གོང་རིམ་ལ་སྒོར་ཁྲི་འགའི་དབྱར་རྩ་བསྐྱལ་བས་རེད།

ཁོང་ནམ་ཙམ་ལ་ལོག་ཡོང་ངམ། སངས་རྒྱས་ཀྱིས་དྲིས།

ལོག་ཡོང་སྟེ་ཅི་བྱེད། ལོག་མི་སྲིད། བདེ་སྐྱུང་པས་སྨྲས།

དེ་དུས་རྟོག་ཞིབ་པ་རྫོང་གཞན་ཞིག་གི་སྲིད་གཞུང་གྲོས་ཚོགས་ཁང་དུ་ཡོད། གོང་རིམ་རྩ་འཛུགས་པུའུ་ཡི་པུའུ་ཀྲང་གིས་ཚོགས་འདུར་ཞུགས་པའི་ལས་བྱེད་པ་བརྒྱ་ལྷག་ཙམ་ལ་ཁོ་ངོ་སྤྲོད་བྱས། པུའུ་ཀྲང་གིས་ཁོ་ལ་བསྔགས་

གཏམ་མང་པོ་ཞིག་བཤད། ཁོས་ཀྱང་སྙེམས་ཆུང་གི་གཏམ་འགའ་སྨྲས།

གནམ་མཐའི་མཚམས་སྤྲིན་ཡལ་དུས་ལམ་སྒྲོན་འབར།

སངས་རྒྱས་ཁྲོམ་ཐོག་ཏུ་ཕྱིན་ཏེ་ཀང་པ་ཡང་ན་བས། ཁོས་ཞག་འདུག་གི་གནས་ཤིག་འཚོལ་དགོས།

སངས་རྒྱས་ཀྱིས་ཅི་ལ་ཤེས། ཁོའི་དབྱར་ཟླ་གསུམ་པོ་ལས་གཅིག་ནི་ཧྥུའུ་ཅི་དེས་ཚོགས་འདུ་འཚོགས་སྐབས་ཆུ་སྐོལ་ནང་དུ་སྦངས་ཏེ་འཐུང་བཞིན་ཡོད།

ཉིན་དེར་དབྱར་ཟླ་བཟས་པའི་ཧྥུའུ་ཅིའི་རྩ་ལམ་དྭངས་ཤིང་། རྣམ་རིག་ཤིན་ཏུ་གྲུང་བས། གཏམ་བཤད་ཆུ་ཚོད་གཅིག་ལྷག་ཙམ་བྱས། ཐོན་ཁུངས་གསར་འབྱེད་དང་ཁོར་ཡུག་སྲུང་སྐྱོང་གི་རྩོད་སྒྲུབ་རིགས་པའི་སྐོར་བཤད། གཏམ་བཤད་ཚར་རྗེས་སྐུ་མགྲོན་ཁང་དུ་ཕེབས་ཏེ། དྲུང་ཡིག་ལ་གཏམ་བཤད་འདི་འདྲ་བྱེད་དུས་དཀའ་ལས་ཤིན་ཏུ་ཆེ་བས་ཤི་གྲབས་བྱེད་ཅེས་སྨྲས། དེ་དུས་གཤམ་འོག་ན་གཏམ་བཤད་ཉན་མཁན་གྱི་གྲས་སུ་ཡོད་པའི་གཏེར་རིའི་བདེ་འཛུགས་དོ་དམ་གཙོ་འགན་པའི་རྒྱུན་ལས་སྐན་ཞུ་བྱེད་པར་ཡོང་སྟེ། གཏེར་རི་ཆེ་ཤོས་དེ་གསར་འབྱེད་ཀྱི་ཚོང་དཔོན་གྱིས་འགད་རྫས་ཏུན་ཉིས་བརྒྱ་ཁ་སྟོན་བྱེད་པའི་དམིགས་ཚད་བཏོན་པའི་སྐོར་གླེང་། ཧྥུའུ་ཅི་ཡིས་ངས་ད་ལྟ་ཁོར་ཡུག་ལ་བརྩི་འཇོག་དགོས་ཚུལ་གླེང་མ་ཐག་རེད། ཁྱོད་ཚོས་གཏེར་རི་ཆེན་པོ་དེ་ཉིན་འགའ་ལ་གཏོར་རྩིས་བྱེད། ཚོང་དཔོན་གྱིས་འགད་རྫས་དམིགས་ཚད་ཁ་སྟོན་བྱས་ན། སྟོན་ལ་ཁྲལ་འབབ་ཅི་ཙམ་ཁ་སྟོན་བྱེད་དགོས་མིན་གླེང་དགོས་ཟེར།

རྒྱུན་ལས་པ་ཕྱིར་བུད། རྟའུ་ཅི་གཞུང་ལས་ཁང་དུ་སླེབས། ཚ་ཚོར་ལེན་དུས་ཚོར་ནང་གི་ཆུ་རྣམས་སྐམ་པ་མཐོང་། འཁྲིས་སུ་མི་མེད། དྲུང་ཡིག་གིས་རྒྱུན་ལས་ཡོང་བ་མཐོང་བས་རང་ཉིད་གཡོལ། རྟའུ་ཅི་ལངས་མ་འདོད་པར། རང་གིས་བཀྲུང་དེམ་ལས་ཆུ་ཚ་ཚོར་གང་བླུགས། ཚ་ཚོར་ནང་ཉལ་སྐབས་སུ་ཡོད་པའི་དབྱར་རྩྭ་དེ་སྦར་མཐིལ་ནང་བླུགས། ཁ་ནང་དུ་བསྐྱིངས། བལྡད་ཐེངས་འགའ་ལ་བཟས་ཚར།

དར་འབུ་ཉལ་བ་ལྟ་བུའི་དབྱར་རྩྭར་དམར་དྲི་ཚུང་ཟད་ཡོད། རྟའུ་ཅིའི་བསམ་པར་འདི་ནི་ཕྱེད་འབུ་དང་ཕྱེད་རྩྭ་རེད་སྙམ། ཞིབ་མོར་བལྡད་ཀྱང་། ལྟོ་བའི་ནང་ཅི་ཞིག་གིས་ནུར་འགུལ་བྱེད་སྣང་འཆར་བས། འདིས་རྟའུ་ཅི་གློ་བུར་དུ་སྐྱུགས་གྲབས་བྱས།

དེ་དུས་སྐར་སྒོ་བརྡུང་མཁན་ཞིག་ཡོང་བས། སྐྱུགས་བསྲུན་བྱེད་བཞིན། ལུས་སྡོང་པོར་བསྡད།

དགོང་མོ་ཁྱིམ་དུ་སླེབས་རྗེས། རྟའུ་ཅི་ཡིས་ཤིན་ཏུ་དུབ་པའི་ཉམས་ཤིག་བསྟན། ཁོའི་ཆུང་མས་སྒྲ་རྒྱུར་རྒྱུན་ལས་པ་སུ་ཞིག་དང་། གཏེར་རིའི་ཚོང་དཔོན་གྱིས་དབྱར་རྩྭ་རྒྱ་མ་ལྔ་བསྐྱལ་ཟེར།

ཉིན་འགའི་སྔོན་དུ་ད་དུང་འགའ་ཞིག་མ་བསྐྱལ་ལམ། འདི་དག་མཉམ་དུ་མི་སློས་འཁེལ་བ་ཞིག་བཙལ་ཏེ། ཞིང་ཆེན་གྱི་གཙོ་འགན་པར་སྐྱེལ་བར་ཐོངས་ཤིག །རྟའུ་ཅིས་དེ་ལྟར་སྨྲས་རྗེས་སྐར་ཐེ་ཚོམ་བྱེད་བཞིན་མུ་མཐུད། དཀོན་མཆོག་མཁྱེན། ད་ལྟ་གཙོ་འགན་པ་རྟུས་ཉེས་ཡོང་བའི་བརྒྱུད་གཏམ་ཧ་མང་དུ་འགྲོ། དབུས་གཞུང་གི་སྐོར་ཞིབ་པ་སྐར་ཡང་ཞིང་ཆེན་དུ་ཡོང་།

ཁྱོད་ཀྱིས་བྱས་ན་ད་ཐེངས་འཚམ་པོ་ཨེ་ཡོད་ཅེས་སྨྲས།

ལོ་ལྟར་སྐྱེལ་བཞིན་ཡོད། ད་ཐེངས་བསྐྱལ་ཏུང་མ་བསྐྱལ་ཏུང་ཁྱད་ཅི་ཡོད། རྡུའུ་ཅིའི་ཆུང་མས་སྨྲས།

ཡོན་པོ་སྐོམས་པོར་བྱེད། ཡོན་པོ་སྐོམས་པོར་བྱེད། རྡུའུ་ཅི་ཡིས་ལག་པ་བརྐྱངས་ཏེ། ཚོད་འཛིན་གྱི་སྟངས་སྟབས་ཤིག་བྱེད་བཞིན་སྨྲས།

ཡོན་པོར་སྐོམས་རྒྱུ་ཅི་ཡོད། འཛོང་དཔོན་ཁྲུ་གཅིག །ཐོག་ཁང་དམར་པོའི་རྩི་ལམ་བལྟ་ཨེ་ཐྱོང་། རྒྱུད་ན་མཉམ་རྒྱུད་དང་དར་ན་མཉམ་དར་རེད། ད་ཐེངས་ལ་ཁྱད་ཅི་ཡོད། རྡུའུ་ཅིའི་ཆུང་མས་སྡུ་དགོད་བྱེད་བཞིན་བཤད།

འོ་ན་སྤར་སྤྲོལ་བཞིན་བྱེད། རྡུའུ་ཅི་ཡིས་སྨྲས།

སྤར་སྤྲོལ་བཞིན་བྱེད་པ་ལས་ཐབས་ཅི་ཡོད། དེང་སྤྲོལ་བཞིན་བྱས་ན་ཁྱོད་ཤོང་མི་སྲིད།

དེ་རྗེས་སངས་རྒྱས་ཀྱི་དབྱར་ཟླ་གཉིས་པོ་དེ་དབྱར་ཟླ་ཁྲི་ལྷག་དང་ལྷན་དུ་གྲང་སྐམ་ལས་བརྟན་ཏེ། འཁྱིག་ཁུག་ནག་པོ་དག་གི་ནང་སོ་སོར་བླུགས་རྗེས། ལམ་ཆས་སྐམ་ནང་དུ་བཞག །

སོ་སོར་བླུགས་པའི་བརྒྱུད་རིམ་ནང་དབྱར་ཟླ་གཉིས་ཐ་དད་དུ་དབྱར་ཟླ་གཞན་དང་ལྷན་དུ་ཡོད། དབྱར་ཟླ་འདི་དག་འབུ་ནས་ཟླ་ལ་འགྱུར་བའི་བརྒྱུད་རིམ་དུ་ཡོད། དེ་ལྟར་ཡིན་ཏེ། སྔོན་དུས་ས་རྡོས་ནག་པོའི་ནང་དུ་ཡོད་པའི་འབུ་དེར་སོན་ཕུང་གིས་བཙན་འཛུལ་བྱས་པས་རང་བཞིན་གྱིས་ཏུལ་ཏེ་སྔོན་མཇུག་གི་གོ་སྐོད་དང་འདྲ་བར་གྱུར། དགུན་དུས་ཀྱི་གྲང་ངར་བརྒྱུད། དཔྱིད་ཀ་འབུ་སད་པ་དལ་ཞིང་འགོར། སོན་ཕུང་སད་པ་མགྱོགས་ཤིང་མྱུར་

བས། སོན་ཕུང་འབུའི་ཁོག་པའི་ནང་དུ་འཚར་ཏེ། ཕྱི་སེར་སྐྱ་ཤ་མདོག་ཅན། ནང་དཀར་པོ་ཤ་རྒྱུ་ཅན་གྱི་རྩྭ་སྨྱུག་ཏུ་གྱུར། མཐར་རྩྭ་སྨྱུག་འབུའི་ལུས་ལས་བརྟོལ་ཏེ་ས་ངོས་སུ་ཐོན། ཉི་འོད་བཀྲ་བའི་སྤང་ཐོག་ཏུ་མགོ་འབུར་འབུར་བྱེད་བཞིན། རྩྭ་རྣལ་མ་ཞིག་ཏུ་འཚར་བའི་ཚེ་ན། སངས་རྒྱས་ལྷ་བུའི་འབུ་བཀྲ་བ་དག་དང་འཕྲད། ནང་ངོས་སོན་ཕུང་གིས་ཁེངས་ཏེ་རེངས་ཤ་ཐེབས་པའི་འབུ་དེ་ཁྲིམ་རར་སླེབས།

འཁྱིག་ཁུག་ནང་དབྱར་རྩྭ་འཚང་ཁ་ཤིག་ཤིག་ཏུ་ཡོད་པས། ཐ་ན་ཕན་ཚུན་ཅུང་ཟད་ཞེ་ལོག་བྱེད། འབུ་དྲི་མང་བས་རྩྭ་དྲི་མང་བར་ཞེ་ལོག་བྱེད་ཅིང་། རྩྭ་དྲི་མང་བས་འབུ་དྲི་མང་བར་ཞེ་ལོག་བྱེད།

དབྱར་རྩྭ་འདི་དག་རླངས་འཁོར་ནང་ཞིང་ཆེན་དུ་སླེབས་མོད། ཞིང་ཆེན་གྱི་གསོ་འགན་པའི་ཁྲིམ་དུ་མ་སླེབས། སྔོ་ཁའི་མིས་འགྲོ་ལམ་བཀག་སྟེ། ཉིན་འདི་དག་རིང་གསོ་འགན་པས་ཁྲིམ་དུ་མི་གཞན་ཐུག་འཕྲད་མི་བྱེད་ཟེར། དབྱར་རྩྭ་སྐྱིལ་མཁན་དེས་རྒྱུན་གཏན་གསོ་འགན་པས་དགྱེས་གཟིགས་གནང་ངེས་ཞེས་སྨྲས་པའི་ལན་དུ། ད་ལྟ་དུས་ཅི་འདྲ་རེད། ཕར་སོང་། ཕར་སོང་། ད་ལྟ་གསོ་འགན་པ་འོ་བརྒྱལ་ཆེ། བལྟ་རྒྱུ་ཅི་ཡོད་ཟེར། དེ་ཕྱིར་དབྱར་རྩྭ་གསོ་འགན་པའི་ཁྲིམ་སྒོར་ལུས། ད་ཐེངས་ཁ་ལོ་བ་ཞིག་བསྟན། སྔར་སྲོལ་བཞིན་རླངས་འཁོར་གྱི་དངོས་པོ་རྣམས་གནམ་ཐང་དུ་དགོར། གནམ་ཐང་གི་འཁོར་ལྷས་ནང་ཁ་ལོ་བས་ལམ་ཆས་སྐམ་ལས་ཐུམ་སྒྲིལ་གཅིག་བཏོན། དབྱར་རྩྭ་དེ་བས་མང་བ་གནམ་གྲུར་བསྡད་དེ་རྒྱལ་སར་སླེབས། དེ་ནས་སླར་གཟིམས་ཁང་སྐུའི་ཕོ་བྲང་འདྲ་བ་ཞིག་གི་ས་འོག་བང་མཛོད་དུ་འཚོར།

བང་མཛོད་དེར་དངོས་པོ་རྩ་ཆེན་འདི་དག་ལ་འཚམ་པའི་དྲོད་ཚད་དང་རླན་ཚད་ཡོད།

བང་མཛོད་དེར་དངོས་པོ་ཤིན་ཏུ་མང་། དབྱར་རྩྭ་ཁོ་ན་ཡང་ཁྲི་ལྔ་ལྷག་ཡོད། དེ་དག་ནི་ན་ནིང་གི་རེད། ༢༠༢༥ལོའི་མངོན་ཚུལ་མི་འདྲ། ཁ་པར་གྱི་འཕྲིན་ཕྲན་དང་། མང་ཚོགས་ཀྱི་གླེང་སྟེང་ཁྲོད་དུ་གཙོ་འགན་པ་རྟུས་ཉེས་བྱུང་བའི་བརྒྱུད་གཏམ་ཇེ་མང་དུ་འགྲོ། ཁ་ལོ་བས་རླངས་འཁོར་གནམ་གྲུ་བསྒྱུག་ཁང་མཐོང་སའི་གནས་ཤིག་ཏུ་བཞག་སྟེ། ཕར་འགྲོ་ཚུར་ཡོང་གི་གནམ་གྲུར་བལྟས། ཁ་ལོ་བས་དབྱར་རྩྭ་བསྐྱལ་ཡོད་མེད་གཙོ་འགན་པས་ཕལ་ཆེར་ཤེས་མི་སྲིད་ཟེར། ཁོ་གཉིས་ཀྱིས་རླངས་འཁོར་གྱི་ཁ་བསྒོར།

དེ་དུས་ནམ་ལངས་པས། ཇོང་གྲོང་དུ་འཛུལ་སྐབས་ཉི་མ་ཁོ་གཉིས་ཀྱི་རྒྱབ་ཕྱོགས་ནས་འཆར། ཁྲོམ་ཐོག་གི་ལྷུང་མ་དང་སློག་ཤིང་གི་གྲིབ་བརྙན་ཏ་ཅང་རིང་། ཁ་ལོ་བས་རླངས་འཁོར་བཀག་སྟེ། ཚོང་ཁང་གི་སྒོ་བརྡུངས། དབྱར་རྩྭ་ཕྲུམ་སྒྲིལ་ཅིག་ཤོས་དེ་ཕར་སྤྲད། ཕྲུམ་སྒྲིལ་དེར་ཉུང་ཤོས་ལའང་དབྱར་རྩྭ་སྟོང་ཕྲག་གཅིག་ལྷག་ཡོད། ཚོང་བདག་གིས་འདིར་དབྱར་རྩྭ་ཁྲི་ལྷག་ཡོད་ངེས། དངུལ་སྨར་མང་པོ་དེ་འདྲ་ག་ལ་ཡོད། ཁྱོད་ཀྱི་དངུལ་བྱང་ཐོག་བསྒྱུར་ན་ཆོག་གམ་ཟེར།

ཡང་ཉིན་འགྱངས་ཞག་འགྱངས་བྱེད་མཁན་མིན་ནམ། ཁ་ལོ་བས་སྨྲས།

དེ་འདྲ་ག་ལ་ཡིན། དངུལ་ཁང་སྒོ་ཕྱེ་ན། མྱུར་དུ་བསྒྱུར་ཆོག །ཚོང་བདག་གིས་བཤད།

ཚོང་བདག་དངུལ་ཁང་དུ་མ་ཕྱིན་གོང་། ནང་ངོས་ལས་སྔོན་སྐམ་ཞིག་

སླེབས་ཏེ། དེའི་ཐོག་ཏུ་ཨ་རག་གྲུགས་ཅན་དང་། ཐ་མག་གྲགས་ཅན། དབྱར་རྩྭ་དགུན་འབུ་བཅས་ཕྱིར་བསྡུ་བྱེད་བཞིན་ཡོད་ཅེས་བྲིས།

དེ་ཡང་སྔར་སྲོལ་བཞིན་ཡིན་མོད། ད་ལོ་ཅུང་མི་འདྲ། ཁ་ལོ་བས་ཚོང་བདག་འཁོར་རྒྱབ་ཏུ་འཁྲིད། རྒྱབ་སྒོ་ཕྱེ། ཚོང་བདག་གིས་དབྱར་རྩྭ་དེ་ལྟར་མང་བ་མཐོང་བས། གདོང་གཤིས་ཀྱང་འགྱུར། ངའི་ཚོང་ཁང་ཆུང་ཆུང་རེད། ངའི་ཚོང་ཁང་ཆུང་ཆུང་རེད། ཁྱོད་ཚོས་ཚོང་བདག་ཆེན་པོ་བཙལ་ཅོག་ཟེར། ཁ་ལོ་བ་གཉིས་པོ་ཟིང་འཚུབ་ཏུ་གྱུར། འཕྲལ་དུ་བརྟན་པོར་དབྱར་རྩྭ་འདི་འདྲ་མང་པོ་ཉར་མཁན་གྱི་ཚོང་བདག་ཅིག་གང་དུ་འཚོལ་བར་འགྲོ་ཞེས་སྨྲ་བཞིན། རང་སར་ལངས་ཏེ། དངངས་སྐྲག་གིས་མགོ་བོ་ནས་རྟུལ་ཆུ་ཐོན།

སངས་རྒྱས་ཀྱིས་དབྱར་རྩྭའི་གསང་བའི་འགྲུལ་བཞུད་འདི་དག་ག་ལ་ཤེས། སངས་རྒྱས་ཀྱིས་དབྱར་རྩྭ་གཉིས་ཁ་བྲལ་བ་ཙི་ལ་ཤེས། གཙོ་འགན་པའི་ས་འོག་བང་མཛོད་གནམ་གྱི་ཉི་མ་མི་མཐོང་བ་དེར་འགྲོ་འོས་པའི་དབྱར་རྩྭ་དེ་དག་ད་ཐེངས་ཁ་ལོ་བ་གཉིས་ཀྱི་ལག་ཏུ་འཇོར་ཏེ། ཚོང་བདག་གསར་པ་བསྐྱུག་རྒྱུར་ལུས། དབྱར་རྩྭ་འདི་དག་ཇི་ལྟར་འཚོང་ངམ། འདི་དག་གིས་གསང་བའི་འགྲུལ་བཞུད་ཇི་ལྟར་བྱེད་དམ། དེ་ནི་གཏམ་རྒྱུད་ཡ་མཚར་བ་ཞིག་རེད།

སངས་རྒྱས་རྫོང་གྲོང་དུ་འཁྱམས་ཉུལ་བྱེད་དུས་མུན་ཚུབ་བཞིན་ཡོད།

ཁོ་ལྗོགས། ཁོ་ཤིན་ཏུ་ལྗོགས། ཁོས་སྐོར་དྲུག་སྤྲད་དེ་ཟ་ཁང་ཆུང་ངུ་ཞིག་ལས་མཚག་ཤ་དང་ཝ་སུའི་ཁུ་བ་ཚ་པོ་ཞིག་བླངས། རང་ལུས་ཐོག་ཡོད་པའི་བསྲིགས་གོར་གཉིས་དང་མཉམ་དུ་བཟས། ལྷུགས་པ་ཕྱིན། བསྲིགས་གོར་གྲང་

མོ་བཟས་ཧེ་ཅི་བྱེད། ང་ཚོའི་འདིར་བསྡིགས་གོར་ཚ་པོ་ཡོད། ཟ་ཁང་ཆུང་ངུ་དེའི་ཞབས་ཞུ་བས་ཁོ་ལ་ཁྲེལ་དགོད་བྱེད་བཞིན་སྨྲས།

ཚོང་བདག་མས་ཞབས་ཞུ་བ་ཕར་བསྐྲད་དེ། ཁོའི་ཕོར་པའི་ནང་དུ་སླར་ཐང་སྐྱོགས་ཕྱེད་ཙམ་ལྷུག་བཞིན། དལ་བུར་ཟོ་དང་། ཁོ་ཚོར་ལེ་བདའ་མ་བྱེད་ཟེར།

ཟ་ཁང་གི་གྲུང་ངོས་ཀྱི་སྒྲོག་ཅིའི་ཐོག་བརྙན་འཕྲིན་ཞིག་ཡོད། བརྙན་འཕྲིན་ལས་ཇོང་བརྙན་འཕྲིན་ཁང་གི་གླུ་མངག་ལེ་ཚན་བཏང་། གླུ་མངག་མཁན་གྱི་མིང་རེ་རེ་བཞིན་ཐོན་དུས། ཟ་ཁང་ནང་གི་སྐུ་མགྲོན་ཐ་ཐོར་དག་གིས་ཅི་རེད། ཁྱི་རོ་འདིས་ཀྱང་གླུ་མངག་ཤེས་ཟེར།

ག་གེ་མོ་དང་ཆེ་གེ་མོའི་གཉེན་སྒྲིག་རྟེན་འབྲེལ་ལ་གླུ་མངག་ཟེར།

ག་གེ་མོའི་ཚོང་ཁང་སྒོ་འབྱེད་རྟེན་འབྲེལ་ལ་གླུ་མངག་ཟེར།

ཆེ་གེ་མོའི་སྐྱེས་སྐར་རྟེན་འབྲེལ་ལ་གླུ་མངག་ཟེར།

ལྷས་ངན་འདིས་ཁོའི་ཙུད་གྲང་ལ་གླུ་མངག །ཐང་བཏུངས་གོར་བཟའ་བྱེད་མཁན་ཞིག་གིས་དགོད་བཞིན་དེ་ལྟར་སྨྲས།

དེ་རྗེས། དབྱར་རྩྭའི་ཚོང་ཁང་ཅི་ཞིག་གིས་གྲོགས་པོ་རྣམས་དང་ལས་མི་རྣམས་ལ་གླུ་མངག་ཟེར།

གླུ་དེ་དག་ནི་ཡུལ་མིས་གོ་མི་ཐུབ་པ་ཤ་སྟག་རེད། ཡུལ་སྐད་ཀྱིས་བླངས་པའི་གླུ་ཚིག་དེའི་ཡི་གེར་བལྟས་ཆོ། སྒྲོག་བསྒོས་ཀྱིས་དགའ་ན་གཞི་ནས་རྒྱལ་ཁ་ཐོབ་ཅེས་གསལ།

ཟ་ཁང་གི་མི་དག་གིས་དབྱར་རྩྭའི་ཚོང་བདག་ཅིག་གླེང་། སྔོན་ཆད་

ཁོ་ཁྲིམ་ཐོག་གི་འཕྲུམས་པོ་ཞིག་རེད་ཟེར། དགྱུར་རྩྭ་བསྡུ་བར་ཐོག་མར་འགྲོ་སྐབས་གཞན་གྱིས་སོ་ཡང་བཅགས་ཟེར། དཔའ་བོའི་ཡུལ་གང་ཡིན་མི་གླེང་། གང་ལྟར་ཁོ་ཚོང་བདག་ཆེན་པོར་གྱུར་ཟེར།

དེ་དུས་སངས་རྒྱས་ལ་འཕྲད་པ་ནི་དོན་གཞན་ཞིག་རེད། རང་ཉིད་ཀྱི་ལུས་ཐོག་ཏུ་སྐོར་བཙུ་ལས་མེད། ཤ་ཁུའི་དངུལ་སྤྲད་རྗེས། ལྟེབས་ཉེས་བྱས་པའི་གཅིག་ཡོར་བཞི་ལས་ལྷག་མེད།

ཚོང་བདག་མས་པང་ཁུག་ལས་དངུལ་སིལ་མ་དེ་དག་བཏོན་ཏེ། སངས་རྒྱས་ཀྱི་ལག་ཏུ་བཞག །ཁོས་དེ་མ་ཐག་གཉེན་ཉེ་མེད་པའི་རྫོང་གྲོང་དུ་སྐོར་བཞི་ལ་བརྟེན་དགོས་པ་ཤེས། ཁོ་ལ་ཞག་སྡོད་བྱེད་ས་ཞིག་མི་རྙེད་པ་ཐག་ཆོད།

མཐོ་སྒང་གི་མཚན་མོ་དྲོད་ཚད་ཤིན་ཏུ་དམའ། སངས་རྒྱས་ཟ་ཁང་ལས་ཐྲལ་ཏེ། གྲང་ངར་ཆེ་ཞིང་སྟོང་པར་ལུས་པའི་ཁྲིམ་ཐོག་ཏུ་འགྲོ་བའི་སྤོབས་པ་མེད།

ཟ་ཁང་གི་མི་དག་རེ་རེ་བཞིན་ཕྱིན།

ཞབས་ཞུ་བས་བརྙན་འཕྲིན་གཏོང་མཚམས་བཞག །ཚོང་བདག་ནང་ངོས་ཀྱི་ཐབ་འགྲམ་ནས་ཡོང་སྟེ། སྒྲོག་ཅེའི་ཐོག་བསྡད་རྗེས་དུ་བ་ཞིག་ལ་མེ་སྤར། ཁོས་སངས་རྒྱས་ལ་ལྟ་བཞིན། པང་ཁེབས་དཀྲོལ་བཞིན་པའི་ཚོང་བདག་མར་སློབ་གྲོལ་བྱེད་མཁན་གྱི་ཕྲུ་གུ་ཞིག་ཅེས་སྨྲས།

བུ། དྲང་པོར་ཤོད་དང་། སྐྱག་བྲོས་བྱས་པ་མིན་ནམ། ཚོང་བདག་མ་ཡོང་སྔོ་དྲིས།

སངས་རྒྱས་ཀྱིས་ལན་འདེབས་སྐབས་མ་ཤེས་པར། མགོ་བོ་ལྷོག་ལྷོག་བྱས།

ཁྱིམ་གྱི་དངོས་པོ་བརྐུས་ཏེ་འཚོང་མཁན་ཞིག་མ་ཡིན་ནམ། ཚོང་བདག་མས་སྐད་ཤུགས་ཆུང་དུ་བཏང་ནས་སྨྲས།

སངས་རྒྱས་ཀྱིས་མགོ་བོ་འཕྲེད་དུ་གཡུགས།

དབྱར་རྩྭ་ཡོད་དམ་ཅི།

འདི་ལྟར་དྲི་དུས་སངས་རྒྱས་དེ་འཕྲུལ་མིག་ཆུ་ཤོར། རྟོག་ཞིབ་པས་ངའི་དབྱར་རྩྭ་གསུམ་འཕྲོར་ཏེ། ང་ལ་ཤེས་བྱ་ཀུན་འདུས་ཀྱི་དཔེ་ཆ་ཞིག་སྒྲོད་ཟེར། འོན་ཏེ། སློབ་གཙོས་དཔེ་ཆ་དེ་སློབ་གྲྭའི་རེད་ཟེར། ང་རྟོག་ཞིབ་པ་འཚོལ་དུ་ཡོང་། འོན་ཏེ་ཁོ་ལས་བསྐྱུར་བྱས། ཡུལ་གཞན་དུ་རྫོང་དཔོན་བྱེད་པར་ཕྱིན་ཞེས་སྨྲས།

ཁོ་རེད་དམ། ཁོས་ཁྱོད་ཀྱི་དབྱར་རྩྭ་གསུམ་ལེན་དོན་ཅི་རེད། ཚོང་བདག་མའི་གདོང་ལ་ཧ་ལས་པའི་ཉམས་ཤིག་ཕྱུངས་ཏེ་སྨུ་མཐུད། ཅི་རེད། ཁྱོད་ཀྱིས་དབྱར་རྩྭ་དང་དཔེ་ཆ་བརྗེས་སམ་ཞེས་སྨྲས།

ཚོང་བདག་ཡར་ལངས་ཏེ། དུ་ར་སྒོ་ཕྱིར་འཕངས། ལས་འདི་འདྲ་ཅི་རེད། དོན་ཅི་ཞིག་ཡིན་ཅུང་ཁ་གསལ་གཏིང་གསལ་བཟོས་རྗེས་རང་ཁྱིམ་དུ་ལོག་ཆོག །ཕྱུ་ཁྱོད་དོ་ནུབ་འདིར་ཉལ་ཆོག་ཅེས་སྨྲས་མཚམས། ཞབས་ཞུ་བར་གཏད་དེ། ཁོ་དང་མཉམ་དུ་ཉལ་ཆོག་ཟེར།

ཚོང་བདག་དང་ཚོང་བདག་མ་སྒོ་ཕྱིར་ཐོན། ཧུག་སྒྲ་དང་བཅས་དྲིལ་སྒོ་འཐེན་ཏེ། ཕྱི་ངོས་སུ་ཟྭ་བརྒྱབ།

ཕྲུ་གུའི་གཤིས་ཀ་འདྲ་བའི་ཞབས་ཞུ་བས་སྟོན་ལ་མི་དགའ་བའི་ཉམས་ཀྱིས་སྒྲོག་ཅོ་བསྒྲིགས་ཏེ། དེའི་ཐོག་ཏུ་མལ་གདན་བཏིངས་རྗེས། རང་ཉིད་སྟོན་དུ་ཉལ། ཚོང་བདག་དང་ཚོང་བདག་མའི་གོམ་སྒྲ་ཐག་ཇེ་རིང་དུ་གྱུར་ཏེ་ཡལ་རྗེས། ཁོས་གཞི་ནས། ཁྱོད་ཀྱིས་དབྱར་རྔ་གཅིག་ཀྱང་འཁྱེར་མེད་དམ་ཟེར།

ངས་དངོས་གནས་དྲང་གནས་འཁྱེར་མེད། སངས་རྒྱས་ཀྱིས་ལན་བཏབ།

ཡར་ཤོག །ཞབས་ཞུ་བས་ཉལ་ཁྲིབས་ལ་རྗེབ་ཙམ་བྱེད་ཞོར་སྨྲས།

སངས་རྒྱས་ཀྱིས་ཕྱུ་པ་ཕུད་དེ། ཉལ་སྟེས་བྱས།

ཕར་ཉོལ་དང་། ང་ཁྱོད་དང་མགོ་བོ་གཏུག་སྟེ་ཉལ་མི་འདོད། ཞབས་ཞུ་བས་སྨྲས།

སངས་རྒྱས་གཞོགས་ཤིག་ཏུ་ཉལ། ཁོས་དལ་བུར་རྐང་པ་བརྐྱངས་པ་ན། གཞོགས་ཅིག་ཤོས་ནས་ཉལ་ཁྲིབས་ཕུད་དེ། ཡར་མཆོངས་བྱེད་བཞིན། ཅི་རེད། དྲི་ངན་པ་ལ་ཟེར།

སངས་རྒྱས་ནི་ཅི་བྱེད་མ་ཤེས་པར་གྱུར། ཁོས་སྐྱེད་པ་སྒྲུར་ཏེ་ངོ་ལ་ངོ་གཏད་དེ་སྒྲོ་སྣང་ཆེན་པོས་ངས་ཁྱོད་ལ་ཅི་ཞིག་བསྟན་ཟེར།

ཁོས་རྐང་པ་ཡར་བཀྱག་སྟེ་གནམ་པང་ཕར་ཕུད། ཤོག་སྒམ་ཆུང་དུ་ཞིག་བཏོན་རྗེས། སངས་རྒྱས་ཀྱི་མིག་མདུན་དུ་བཞག་ནས། ལྟོས་དང་། ཁ་ཕྱེ་ནས་ལྟོས་དང་ཟེར།

སངས་རྒྱས་ཀྱིས་སྒམ་ཆུང་དེ་ཁ་ཕྱེ། ནང་ངོས་ནི་སྐར་ཕྲེང་བསྒྲིག་པའི་དབྱར་རྔ་རེད། དེ་འདྲའི་མང་བ་ལ་ཞེས་སྨྲས།

ཞབས་ཞུ་བས་དབྱར་རྩྭ་བསྟུས་ཏེ། གནམ་ཡང་སོར་ཆུད་པ་བྱས། ད་ཐེངས་ཁོས་སྤུས་མགོ་འཁྱེར་ཏེ། སངས་རྒྱས་དང་མཉམ་དུ་ཉལ། རྩུང་ཞིག་བསྒུག་དང་། ལོ་འགའ་ཞིག་གི་རྗེས་སུ་ང་ནི་དབྱར་རྩྭའི་ཚོང་བདག་ཅིག་བྱེད་ཟེར། ཁོས་གནམ་ཡང་ལ་བལྟ་བ་ནི་གནས་ཐག་རིང་ཞིག་ལ་བལྟ་བ་འདྲ། ཁོས་ང་ད་ལོ་ལོ་བཅོ་ལྔ་རེད། རྩུང་ཞིག་བསྒུག་ཨང་། ང་ལོ་ཉི་ཤུ་སོན་དུས་དབྱར་རྩྭ་བསྟུ་སྐབས་ཁྱོད་ཀྱིས་ང་ལ་ལམ་སྟོན་དགོས། ཚོང་ཪོ་སྤྲོད་བྱེད་དགོས་ཟེར།

དེ་དུས་ང་མཐོ་འཁྲིད་དུ་ཡོད། སངས་རྒྱས་དགོད་བཞིན་སྨྲས།

ཨེ་རེད། དེ་དུས་ཁྱོད་ཀྱིས་ངའི་སྒླ་པ་བྱེད་དགོས་ཀྱང་བསམ་མམ།

སངས་རྒྱས་ཀྱིས་གནད་དོན་གཞན་ཞིག་དྲིས། ཁྱོད་ཀྱི་དངུལ་རྣམས་ཁྱིམ་ལ་སྤྲོད་མི་དགོས་སམ།

ཞབས་ཞུ་ལོ་བཅོ་ལྔ་ཅན་འདིས་དུར་རྣན་གྱི་ཉམས་ལས། གྲོགས་པོ་གནད་དོན་འདི་མ་གླེང་ན་ཆོག་གམ་ཟེར།

ཞབས་ཞུ་བས་སྒྲོག་སྒོ་མནན་ཏེ་ཉལ་རྩིས་བྱས།

སངས་རྒྱས་ཀྱིས་རེ་བ་ཞིག་བཏོན་པ་ནི། ང་བརྟན་འཕྲིན་རྩུང་ཙམ་བལྟ་འདོད་ཟེར།

ཞབས་ཞུས་བས་བལྟ་འདོད་ན་ལྟོས་ཤིག །ང་ནི་ཁྱོད་དང་ལྷན་དུ་མཚན་འགྲོངས་མི་བྱེད་ཅེས་སྨྲས་ཏེ། ཉལ་ཁེབས་མགོ་ཐོག་ཏུ་བཀབ་ནས་ཉལ།

སངས་རྒྱས་ཀྱིས་རྒྱང་འཛིན་བླངས་ཏེ། འཕྲིན་ལམ་རེ་རེ་བཞིན་བལྟས། ཁོས་རྫོང་གྲོང་གི་འཕྲིན་ལམ་གྲོང་རྡལ་ལས་མང་བ་ཡོད་པ་ཤེས། རེད། ཤང་

གྲོང་གི་འཁྱིན་ལམ་གྲོང་སྡེ་ལས་ཀྱང་མང་བ་ཡོད།

དེ་ནུབ་ཁོས་རྫོང་གྲོང་ལས་དབུས་གཞུང་དངོས་ཟིན་འཁྱིན་ལམ་རྙེད། འཆར་ཤེལ་ཐོག་ཏུ་གཡུ་ཞུན་ལན་བརྒྱར་བཞུ་བའི་མུ་མེད་རྒྱ་མཚོ་མཐོང་། རྒྱ་མཚོའི་ནང་དུ་ཉ་ནམ་མཁའི་བྱ་ཕྲུ་བཞིན་མང་། ཆོམ་བྱ་ཡིས་བར་སྣང་ནས་ཉ་ཕྲུའི་ཕྱོགས་སུ་འཕུར་མཆོངས་བསྟུད་མར་བྱེད། མི་རྣམས་ཀྱིས་གཡོར་གྲུ་བཏང་སྟེ་མཐིང་མདོག་གི་གླིང་ཕྲན་དག་ཏུ་བསྐྱོད། ལེ་ཚན་དེ་ཚར་རྗེས། བསྟན་འཆར་གྱི་གློག་བརྙན་སྟོན་བཛ་རེད། དེ་ནི་དམག་འཁྲུག་གློག་བརྙན་རེད། དེར་འཐབ་གྲུ་དང་། མེ་སྒྱོགས། གདོང་མཆོང་མི་ཚོགས། རྒྱལ་ཁའི་འཁོད་སྒྲ་སོགས་ཡོད། གཞན་ཞིག་ནི་ཚྭ་གླིང་གི་སྐོར་རེད། ཚྭ་ཐང་དེའི་ཐོག་གི་མི་རྣམས་ཀྱི་ཤ་མདོག་གནག །སེང་གེ་དང་། གླང་ཆེན། ཉི་ནུབ། ད་དུང་སྐྱོ་ཤས་ཀྱི་གླུ་དབྱངས་སོགས་ཡོད།

སངས་རྒྱས་ཀྱི་བསམ་པར་བརྙན་འཁྱིན་ནང་དུ་ཡང་ཤེས་བྱ་ཀུན་འདུས་ཀྱི་དཔེ་ཆ་འདྲ་བའི་ལེ་ཚན་ཞིག་འདུག་སྙམ།

དེ་ནས་འགྲེམ་བཛ་རེད། བསམ་ཡུལ་ལས་འདས་པ་ཞིག་ལ་དེ་ནི་དབྱར་རྩྭའི་འགྲེམ་བཛ་རེད། ལྷི་ལ་གཏིང་རུམ་ན་ལུས་པའི་སྐད་ངག་གིས་འདི་ལྟར་དྲིས། ཁྱོད་ཀྱིས་དབྱར་རྩྭ་ཆུ་ནང་དུ་སྐྱོང་བཞིན་ཡོད་དམ། ཁྱོད་ཀྱིས་དབྱར་རྩྭ་སྨན་རྩྭ་ལྟར་སྐོལ་བཞིན་ཡོད་དམ། ཁྱོད་ཀྱིས་དབྱར་རྩྭ་ཕྱེ་མར་རྡུང་བཞིན་ཡོད་དམ།

སངས་རྒྱས་ཀྱིས་གཞི་ནས་མི་རྣམས་ཀྱིས་དབྱར་རྩྭ་ཇི་ལྟར་བཟའ་བ་ཤེས། ཐོར་དུ་སྤངས། ཐབ་ཏུ་བསྐོལ། ཕྱེ་མར་བཏགས། སྨན་ཚབ་ཏུ་སྤྱད།

འབྲས་བུ་འདིས་སངས་རྒྱས་ལ་བློ་ཕམ་ཙུང་ཙམ་བྱུང་། ངོ་མཚར་བའི་དཀྱར་རྩྭའི་ལས་དབང་ཡང་དེ་འདྲ་ཞིག་རེད་སྙམ།

ཉོགས་པ་སངས་རྒྱས་གཉིད་ལས་སད་དུས་ཞབས་ཞུ་བ་དེ་མི་བཏང་རྗེན་བཟོས་བྱེད་བཞིན་ཡོད།

སངས་རྒྱས་སྐར་ཙུང་ཙམ་ཉལ། ཁོས་མལ་ཁྲིའི་ཐོག་ཏུ་ཕ་ཡུལ་དྲན། སློབ་གྲྭ་དྲན། ཚོང་བདག་ཟུང་གིས་དྲིལ་སྒོ་ཕྱེ་བའི་སྐད་ཐོས་མ་ཐག་ཁོ་མྱུར་དུ་ལངས། ཉོགས་ཟས་བཟས་རྗེས། ཚོང་བདག་གིས་ཞབས་ཞུ་བ་དེ་སངས་རྒྱས་མགྲོན་ཚོགས་སུ་སྐྱེལ་བར་མངགས། ཚོང་བདག་མས་བཅུ་ཡོར་ཞིག་ཁོའི་ལག་ཏུ་བཞག་སྟེ། འཁོར་འཛིན་གཅིག་ལ་འདིས་འདང་ངེས། སློབ་གྲྭར་སློབ་སྦྱོང་གང་ལེགས་གྱིས་ཤིག་ཟེར།

ཚོང་བདག་གིས་སྐར་ཐབ་ནས་བཀོན་མ་ཐག་པའི་བསྲེགས་གོར་གཉིས་སྤྲད་དེ། བསྲེགས་གོར་གཉིས་ལ་སྒོར་དྲུག །ཉོགས་ཟས་ཐེངས་གཅིག་ལ་སྒོར་བཅུ་གཉིས། ཞག་སྡོད་ཐེངས་གཅིག་ལ་སྒོར་ཉི་ཤུ། ཁྱོད་ཀྱིས་ང་ལ་སྒོར་བཞི་བཅུ་ཞེ་བརྒྱད་ཆད་ཟེར།

ཞབས་ཞུ་བ་དེས་ཚིག་ཟ་འཕྲོག་སྟེ། ད་དུང་ངའི་ཉལ་ཁབས་ཀྱི་སྒོར་བཅུ་ཟེར།

ཚོང་བདག་གིས་གནམ་རྒྱན་ལ་ལྟ་བཞིན། ད་ནི་ཁྱོད་ཀྱིས་བསགས་པའི་དངུལ་དེ་དག་གིས་སྐྱིན་ཚབ་འཇལ་ཆོག །ངའི་བསམ་པར་ཁྱོད་གཉིས་གྲོགས་པོར་གྱུར་ངེས་སྙམ་ཟེར།

བཏུས།

སློབ་གྲྭར་སླེབས་རྗེས། སངས་རྒྱས་ཀྱིས་ཀན་སྟོབས་རྒྱས་ལགས་ལ་འདི་ལྟར་དྲིས། རྫོང་གྲོང་དུ་འཕྲིན་ལམ་མང་པོ་དེ་འདྲ་ཡོད་དོན་ཅི་ཡིན་ནམ།

ཅི་ཟེར། ཁྱོད་ཀྱི་དྲི་བ་ཤིན་ཏུ་མང་། སློབ་ལ་འབད་ན། གནས་དེ་གའི་སློབ་གྲྭར་རྒྱུགས་འཛུད་ན། དྲི་བ་འདི་དག་མེད། ཀན་ལགས་ཀྱིས་གསུངས།

སངས་རྒྱས་ཀྱི་བསམ་པར་ཀན་ལགས་ཀྱིས་གསུངས་པ་བདེན་སྙམ།

སློབ་ཆུང་ནས་སློབ་འབྲིང་དུ་འཕར་བའི་ཡིག་རྒྱུགས་གཏོང་ལ་ཉེ། སངས་རྒྱས་ཀྱིས་ཞེས་བྱ་ཀུན་འདུས་ཀྱི་དཔེ་ཆའི་སྐོར་མ་གློང་། བློ་གཅིག་སེམས་གཅིག་གིས་ཀན་ལགས་ཀྱི་བཀོད་སྒྲིག་ལྟར་བསྒྱུར་སྦྱོང་ནན་ཏན་བྱས།

ཡིག་རྒྱུགས་བཏང་།

རྒྱུགས་འབྲས་དང་བསྟུ་ལེན་བཟ་ཐོ་བསྒྲུག །

དེའི་རིང་ཞིང་ཆེན་གྱི་གཙོ་འགན་པའི་ཁ་ལོ་བས་ཕྱིར་བསྡུ་ཁང་དུ་བཙོངས་པའི་དབྱར་རྩྭ་དེ་ཁྲིམ་ཚང་ཕལ་པ་ཞིག་གིས་ཉོས། ཁྲིམ་ཚང་དེས་དབྱར་རྩྭ་ཉི་ཤུ་ཙམ་ཉོས། དབྱར་རྩྭ་རེར་སྒོར་ལྔ་བཅུ་སྤྲད། སྨན་ཁང་གིས་ཁྲིམ་འདིའི་སྤྱི་བོ་ལགས་སྐྱོབ་ཐབས་མེད་པར་བཤད། ཕོ་ཆོས་སྤྱི་བོ་ལགས་ཁྲིམ་དུ་འཁྲིད་དེ། གྲུང་ལུགས་སྨན་པ་བསྟེན། སྨན་པས་ལུས་ཀྱི་ཟུངས་དང་སྟོབས་གསོ་བ་ལས་ཐབས་གཞན་མེད། ཟུངས་སྟོབས་གསོ་བའི་སྨན་

གོང་ཆེ། དཀར་པོ་ཆིག་ཐུབ་དང་། དབྱར་རྩྭ་དགུན་འབུ་ལྷ་བུ་རེད་ཟེར། པོ་ཚོས་སྨན་ཐུན་རེར་དབྱར་རྩྭ་གཉིས་རེ་ཁུ་བའི་ནང་གདུས་ཏེ། སྤྱི་བོའི་ལུས་ཟུངས་གསོ་ཐབས་བྱས། སྤྱི་བོས་མགོ་དཀྲོག་སྟེ། ཁ་ཕྱེད་ཙམ་གདངས། ཁུ་བ་དལ་བ་དལ་བུར་མཆུ་ཟུར་ལས་ཟགས་ཏེ། ཨོག་མ་བརྒྱུད་བྲང་སྟེང་དུ་བཞུར།

སངས་རྒྱས་ཀྱིས་འདི་དག་མི་ཤེས།

དེ་དུས་སངས་རྒྱས་ནི་ཕ་ཡུལ་དུ་བསྡུ་ལེན་བཟ་ཐོ་སྒྲུག་བཞིན་ཡོད། ཉིན་ཞིག་ཁོས་སློ་བུར་དུ་ཨ་ཕར་ཁོ་རི་སྟེང་དུ་འཁྲིད་པར་སྐུལ། ཁོ་ནི་རྩྭར་གྱུར་པའི་དབྱར་རྩྭ་ནི་ཡང་སྙིང་ཅི་འདྲ་ཞིག་ཡིན་པར་བལྟ་འདོད།

ངས་དབྱར་རྩྭ་བརྐོ་དུས་ཀྱི་རྣམ་པ་ལས་གཞན་མི་ཤེས། མི་རྣམས་ནི་རྩྭར་གྱུར་པའི་དབྱར་རྩྭའི་རྣམ་པ་ཅི་འདྲ་ཞིག་ཡིན་པ་ཤེས་ག་ལ་འདོད། ཨ་ཕ་དགོད་བཞིན་སྨྲས།

ཨ་ཕའི་གཏམ་ལ་སངས་རྒྱས་ཡིད་མ་ཆེས། ཁོས་ཡུལ་མི་ཐམས་ཅད་ལ་དྲིས། དངོས་གནས་ཡུལ་མི་སུས་ཀྱང་རྩྭར་གྱུར་པའི་དབྱར་རྩྭའི་རྣམ་པ་ཅི་འདྲ་ཞིག་ཡིན་པ་མ་ཤེས།

སང་ལོའི་དབྱར་རྩྭའི་དུས་ཚིགས་སྐབས་དབྱར་རྩྭ་ཞིག་ལ་རྟགས་བྱས་ཏེ། གང་ཙམ་སོང་རྗེས་སླར་ཐེངས་གཅིག་བལྟས་ན། རྩྭར་གྱུར་པའི་རྣམ་པ་ནི་ཅི་འདྲ་ཞིག་ཡིན་པ་ཤེས་ངེས་སྙམ། སངས་རྒྱས་དེ་ལྟར་བསམ་བཞིན་སློབ་གྲྭར་ཕྱིན།

རྒྱུགས་འབྲས་ཐོན།

སངས་རྒྱས་ཀྱིས་སློབ་གྲྭ་འདི་བཙུགས་རྗེས་ཀྱི་རྒྱུགས་འབྲས་ལེགས་ཤོས་

དེ་ཡོན། རང་སྐྱོང་ཁུལ་གྱི་གཙོ་གནད་སློབ་འབྲིང་གི་བསྡུ་ལེན་བརྡ་ཐོ་འབྱོར།

གཅེན་མོས་མངོན་འཕྲིན་བྱང་བུ་སྙིང་རྗེ་པོ་ཞིག་བསྐུར་ཏེ། འབྲིང་རྒྱུགས་སྐབས་ཞིང་ཆེན་མཐོ་འབྲིང་དུ་ཚུད་པའི་རྟེན་འབྲེལ་ཡོད་ཟེར།

དེ་རྗེས། སློབ་ཐོན་མཛད་སྒོ་རེད།

ཨ་ཕས་ཤ་འཕྱར་དཀར་གཙང་ཞིག་སྦྱིན་ཞིང་། ཧ་འཕྲིད་དེ་བསུ་བར་ཡོང་།

སངས་རྒྱས་ཀྱིས་ཏན་སྟོབས་རྒྱལ་ལགས་དང་ལྷ་མོ་ལགས་ཀྱི་མདུན་དུ་ཕྱིན་ཏེ་གྲེས་ཞུ་ཞུས་ཤིང་། ཨ་ཕས་འཁྱེར་བའི་ཆུར་བ་འཚམས་སྐྱེས་སུ་ཕུལ།

ཏན་སྟོབས་རྒྱལ་ལགས་ཀྱིས་ལྷུམ་སོས་པས་བཏུམས་པའི་ཆུར་བ་སངས་རྒྱས་ཀྱི་ལག་ཏུ་བཞག་སྟེ། ཁྱོད་ནི་དེང་ཚོའི་སློབ་གྲྭའི་སློབ་མ་རྒྱུགས་འབྲས་ལེགས་ཤོས་དེ་ཡིན་པས། སློབ་གཙོ་འཚོལ་བར་རྒྱུགས་དང་། སློབ་གཙོ་དགའ་ངེས་ཟེར།

སངས་རྒྱས་ཅུང་ངོགས་མི་བདེ་བར་གྱུར་མོད། སློབ་གཙོའི་ཁྱིམ་དུ་ཕྱིན།

སློབ་གཙོས་སངས་རྒྱས་མཐོང་མ་ཐག་ཤིན་ཏུ་དགའ་སྟེ། ཁོའི་མགོ་ལ་བྱིལ་བྱིལ་བྱེད་བཞིན། ག་བཏང་གོ་ཆོད། ག་བཏང་གོ་ཆོད། ང་འདིར་ཐོག་མར་ཡོང་དུས་དགེ་འོས་སློབ་གྲྭ་ནས་ཐོན་པའི་གཞོན་ནུ་ཞིག་རེད། ད་ལྟ་ཏས་ཟིན། ལས་འགྱུར་བྱེད་ལ་ཉེ། ཁྱོད་ཀྱི་རྒྱུགས་འབྲས་ལེགས་པས། ང་ཤིན་ཏུ་དགའ། ང་ཤིན་ཏུ་དགའ་ཟེར།

སངས་རྒྱས་སེམས་འགུལ་ཐེབས། ཆུར་བ་སློབ་གཙོའི་མདུན་གྱི་ཇ་ཅོག་ཐོག་བཞག་སྟེ། སློབ་གཙོར་ནན་ཏན་གྱིས་གུས་བཏུད་ཞུས།

སངས་རྒྱས་ཀྱིས་ལུས་ཡར་དགྱེ་དུས་སློབ་གཙོའི་ཁྱིམ་གྱི་མལ་ཁྲིའི་ཐོག་ཨོལ་ལག་གཉན་ཚད་འགོས་པའི་ཆུང་མས་མལ་ཁྲིར་བསྙེས་ཏེ། ཚ་པོ་མལ་ཁྲིའི་ཐོག་དགའ་དགའ་སྒྲོ་སྒྲོས་ལངས་པར་བལྟ་བ་མཐོང་། མདུན་དུ་ཤེས་བྱ་ཀུན་འདུས་ཀྱི་དཔེ་ཆ་ཞིག་བཞག་ཡོད། བྱིས་པ་དེས་ལག་པ་བརྐྱངས་ཏེ་དཔེ་ཆ་ལས་ཤོག་ལྷེ་གཅིག་དབྲལ་ཞིང་། རི་མོ་ཡོད་པའི་ཤོག་ལྷེ་ལག་པའི་ནང་བསྒྲིངས་ཏེ། དགའ་བཞིན་གཡུག་གཡུག་བྱས།

སངས་རྒྱས་ཀྱིས་ཁ་བསྐོར་ཏེ་ཁང་པའི་ཕྱིར་ཐོན།

རྐན་སྟོབས་རྒྱས་ལགས་ཀྱིས་སངས་རྒྱས་ལ་བསམ་ཤེས་ཀྱིས་དང་ཟེར།

སངས་རྒྱས་ཀྱིས་རང་གིས་སློབ་གཙོར་བསམ་ཤེས་བྱེད་མིན་མ་ཤེས།

སློབ་དུས་གསར་པ་མགོ་ཚུགས། སངས་རྒྱས་སློབ་གྲྭའི་དཔེ་མཛོད་ཁང་དུ་འཛུལ་ཏེ། ང་ལ་ཤེས་བྱ་ཀུན་འདུས་ཀྱི་དཔེ་ཆ་ཞིག་གཡར་རོགས་ཞེས་སྨྲས།

ཤེས་བྱ་ཀུན་འདུས་ཀྱི་དཔེ་ཆ་ནི་ཡོ་བྱད་དཔེ་ཆ་ཞིག་རེད། ཕྱི་རོལ་དུ་འཁྱེར་མི་ཆོག་མོད། དཔེ་མཛོད་ཁང་དུ་བལྟས་ཆོག །

སངས་རྒྱས་སྒྲོག་ཅེའི་མདུན་ངོས་སུ་བསྡད། མི་ཞིག་གིས་དཔེ་ཆ་མཐུག་ལ་ལྕི་བ་ཞིག་ཁོའི་མདུན་དུ་བསྐྱལ།

དཔེ་མཛོད་ཁང་ལས་ཕྱིར་ཐོན་སྐབས་ཁོས་ད་དུང་ང་སང་ཉིན་ཡོང་ཟེར།

དེ་ནུབ། སངས་རྒྱས་ཀྱིས་སློབ་གྲྭའི་རྩིས་འཕྲུལ་ཁང་ནས་རྐན་སྟོབས་རྒྱས་ལགས་ལ་གློག་རྡུལ་ཡི་གེ་ཞིག་བསྐུར། འཕྲིན་ཡིག་ནང་ངས་ཁྱེད་ཉིད་ལྷག་པར་དྲན། ད་དུང་ངས་སློབ་གཙོར་བསམ་ཤེས་བྱས་ཞེས་བྲིས།

འགྱུར་བྱང་།

འོ་སྐོལ་ལ་དུས་རབས་སྔ་མའི་ནང་ཕྱིན་པའི་རྩོམ་རིག་གི་ཤིང་རྟ་ཆེན་པོ་དགེ་འདུན་ཆོས་འཕེལ་དང་། དོན་གྲུབ་རྒྱལ་གྱིས་ཕལ་སྐད་ཀྱི་ལུགས་སུ་བྱས་ཏེ། སྙན་ངག་དང་བརྩམས་སྒྲུང་མང་དུ་མཛད་པས། དེང་རབས་བོད་སྐད་ཀྱི་མ་ལག་གྲུབ་པར་ལེགས་སྐྱེས་གཟེངས་སུ་ཐོན་པ་ཕུལ་ཡོད་ཅིང་། དུས་དེ་ནས་ཀྱང་དེང་གི་བར་བོད་སྐད་ཡིག་གི་བརྗོད་བྱ་བརྗོད་བྱེད་ལ་འགྱུར་བ་མང་དུ་ཕྱིན་པ་ནི་ཀུན་གྱི་མཐོང་ཆོས་ཡིན། ལར་ཤེས་ནུས་ཀྱིས་ཐམས་ཅད་ལ་འགྲན་སློང་བྱེད་པའི་དེང་གི་དུས་འདིར། ཡིག་སྒྱུར་ཡང་ཤེས་ནུས་འཕྲུལ་བསྒྱུར་ནི་མི་ནུས་ཡིག་སྒྱུར་ལས་གྲངས་ཚད་དང་སྤུས་ཚད་གཉིས་ཀའི་ཆར་ལེགས་ངེས་པ་བཟློག་ཏུ་མེད་ན། སྐད་ཡིག་ཟུང་འཇུག་གི་བར་གསེང་ནས་ཡིག་འབྲུ་རེ་རེ་བཞིན་གཏུགས་ཏེ། སྔོན་ཕྱིན་ལོ་པཎ་དག་གི་གཤེགས་ཤུལ་བསྙེག་པ་ནི་སྔོན་བསགས་ཀྱི་བསོད་ནམས་ཅི་ལ་མ་ཡིན།

ཁོ་བོ་ཅག་གིས་གྲོ་མོའི་གཏམ་མཛོད་རབ་གསལ་མེ་ལོང་བློས་བསླངས་བྱེད་པའི་བརྒྱུད་རིམ་ནང་ཡུལ་དེའི་ཉེ་དུས་ཀྱི་འཕོ་འགྱུར་ནི་བརྩམས་སྒྲུང་འདི་ཉིད་ཀྱི་མཛེས་དཔྱོད་ལྟ་བ་དང་། བསམ་པའི་ཁྱེར་སོ་དག་རྒྱུ་ལ་རྒྱུ་བཞག་པ་ལྟར་སྣང་བས། བརྩམས་སྒྲུང་འདི་ཉིད་གངས་ཅན་སྐད་མཛོད་

དུ་འདྲེན་ཐབས་ལ། བསྒྱུར་བྱའི་དཔེ་རྒྱུན་ནི་འབྲི་ཆུའི་རིག་རྩལ་དཔེ་སྐྲུན་ཁང་གི་ཉིས་སྟོང་བཅོ་ལྔའི་ཟླ་བ་བདུན་པའི་པར་གཞི་དང་པོའི་པར་ཐེངས་དང་པོ་ཡིན། སྒྲ་བསྒྱུར་དངོས་གཞིའི་སྐབས་སུ་དོན་བསྒྱུར་ཚིགས་སུ་བཟུང་སྟེ། ཚིག་སྦྱོར་སླ་ཐབས་དང་། གོ་བ་བཙན་ཐབས། ཡིག་འགྲོས་གཙང་ཐབས་སུ་བྱས་ཤིང་། ཡིག་སྒྱུར་གྱི་ཡོ་བྱད་དཔེ་ཆ་གཙོ་བོ་དེང་རབས་བོད་སྐད་ཤན་སྦྱར་མིང་མཛོད་ལ་གཏུགས་ལ། གནད་འགག་རེར་རྒྱལ་རོང་གི་རིག་གནས་རྒྱབ་ལྗོངས་དང་མཐུན་པའི་གསར་རྩོམ་འཕར་མའི་ཆོད་ལྟ་ཡང་བྱས་སོ། །བུ་ཡིག་ཡོངས་སུ་གྲུབ་རྗེས་ཐོག་མར་སྒྲ་བསྒྱུར་བ་ཉིད་ཀྱིས་སྔ་ཞུས་བར་ཞུས་ཕྱི་ཞུས་བཅས་སུམ་ཞུས་དང་། སླར་ཀློག་པ་པོ་དབང་པོ་རབ་འབྲིང་ཐ་གསུམ་གྱིས་ཚིག་ཞུས་ལན་རེ་བྱས་མོད། བུ་ཡིག་གི་བསྒྱུར་ཕྱུས་སྤྱར་བས་ཧ་ལེགས་སུ་གཏོང་ཆེད། སླད་ཀྱི་ཆར་ཀློག་པ་པོ་དག་གིས་ཞིབ་འཇུག་གི་གྲུབ་དོན་དང་། ཤ་ཚའི་བསླབ་བྱ་ཆར་དུ་བསྐྱིལ་བར་མཁྱེན་མཁྱེན་ཞེས་ཀྱང་ཞུའོ། །

འདི་ལྟའི་བུ་ཡིག་ནི་གཙང་ལྗོངས་མྱང་སྟོད་འདོད་རྒྱ་དཔལ་འཁྱིལ་དུ་ལྟེ་ཁྲག་འཐོས་ཤིང་། ཡབ་ཡུམ་བཟང་པོའི་དྲིན་གྱིས་དེང་རབས་སློབ་གསོ་རྫོགས་པར་མྱངས་པའི་བསྐལ་བཟང་ཅན། ཟླ་མེད་བཤེས་གཉེན་གྱི་ཐུགས་རྗེ་ལས་གསུང་རབ་ཀྱི་བསྟན་བཅོས་ལ་ཐོས་བསམ་ཕྱོགས་རེ་བ་བྱས་ཤིང་། དེང་དུས་ཀྱི་ཚན་རིག་རིག་གཞུང་ཞིབ་འཇུག་ལ་སྤྲོ་བ་ཐན་ཐུན་ཡོད་པ། ཆུང་ནས་སྒྲུང་རབས་ཆེན་མོ་གླིང་སྒྲུང་སོགས་ཀྱིས་ནར་སོན་ཞིང་བརྩམས་སྒྲུང་བལྟ་བར་མོས་པ། དབུས་ཀྱི་སྐྱིད་སྟོན་མོའི་གྲུ་ཟུར་དུ་གཏོལ་མེད་དུ་འཁྱམས་ཤིང་རྒྱུ་བ། ཟོ་བཟང་མི་གཞིའི་རིག་གནས་སྨྲ་བའི་

ཐོ་ཙེ་འཆང་བ་ཤར་ཆེན་ཉི་མར་འབོད་པས་སྤྱི་ལོ་ཉིས་སྟོང་ཉི་ཤུའི་ཟླ་བ་དང་པོའི་ཡར་ཚེས་དགེ་བར་དབུ་བཙུགས་ཏེ། ལོ་དེའི་ཟླ་བ་གསུམ་པའི་ཚེས་ཉེར་གཉིས་ལ་གངས་ཅན་ས་ཡི་ཐིག་ལེ་དཔལ་གྱི་ཆོས་འཁོར་ལྷ་སར་རྫོགས་པར་བསྒྱུར་གྲུབ་པ་འདིས་ཀྱང་འོ་སྐོལ་གྱི་རྩོམ་རིག་བསྟན་པ་དར་ཞིང་རྒྱས་པར་གྱུར་ཅིག ། །།

དཔྱར་རྩ་གསུམ་ནི་རབ་རྒྱུན་ཤིང་འབྲུག་ལོའི་ཁྲིམས་ཟླར་བསྒྱུར་གྲུབ་ཅིང་ཞུས་སོ། །

དེ་ལྟར་འཚོ་བའི་སྣང་བརྙན་ཡིད་འཕྲོག་མ། །
དེང་རབས་བོད་སྐད་གཡུ་ཡི་གཙུག་རྒྱན་ཅན། །
རྫོན་པས་དོན་ཞགས་འཕེན་པའི་ནོར་བུ་འདི། །
ནོར་བཟང་གཞོན་ནུའི་སྙིང་གི་དགའ་མར་འབུལ། །

བཀྲ་ཤིས་དཔལ་འབར། ཞལ་ངྲོ་གཡང་ཆགས།

ཤྭ་ཨོ་ཤུ་ཀུ་རྒྱུད།

རྩོམ་པ་པོ།	ཨ་ལེ།
བསྒྱུར་པ་པོ།	ཤར་ཆེན་ཉི་མ།
རྩོམ་སྒྲིག་འགན་འཁུར་བ།	བསྟན་པ་ཆོས་གྲགས། གཡང་སྐྱིད།
མཐའ་ཤུས།	བསོད་ནམས་ཚེ་རིང་།
མདུན་ཤོག་མཛེས་འཆོས་པ།	ཞོགས་གླིང་།
པར་སྒྲིག་པ།	སྒྲིན་སྒྲོལ་མ།
དཔེ་སྐྲུན་འགྲེམས་སྤེལ།	བོད་ལྗོངས་བོད་ཡིག་དཔེ་རྙིང་དཔེ་སྐྲུན་ཁང་།
པར་འདེབས་ཆར་པ།	ཁྲིན་ཏུའུ་ཁྲིན་ཆོའོ་པར་འདེབས་ཚད་ཡོད་ཀུང་སི།
དེབ་ཚད།	850mm×1168mm 1/32
པར་ཤོག	10.375
པར་གྲངས།	01-3,000
ཡིག་གྲངས།	ཁྲི་19.6
པར་གཞི།	2025ལོའི་ཟླ་3པར་པར་གཞི་དང་པོ་བསྒྲིགས།
པར་ཐེངས།	2025ལོའི་ཟླ་3པར་པར་ཐེངས་དང་པོ་བཏབ།
དཔེ་རྟགས།	ISBN 978-7-5700-0977-0
རིན་གོང་།	སྒོར་24.00